Phébus *libretto*

LA RÉVOLUTION

IV

LES HOMMES PERDUS

ROBERT MARGERIT

LA RÉVOLUTION

IV

LES HOMMES PERDUS

Phébus *libretto*

Illustration de couverture :
Pierre Prudhon
Schimmelpenninck et sa famillle (détail)
Rijksmuseum, Amsterdam

www.phebus-editions.com

AVANT-PROPOS

On s'étonnera, peut-être, qu'après avoir conclu par un épilogue le troisième volume de *La Révolution*, je revienne sur le dessein, bien marqué ainsi, d'en finir avec elle. Pourquoi reprendre le résumé qui clôt *Un vent d'acier*, et le développer en quatre cents pages?

Parce que, d'une part, des lecteurs m'ont aimablement reproché de m'arrêter trop tôt, des critiques ont observé que le 9-Thermidor et la réaction thermidorienne ne terminent nullement la lutte entre révolutionnaires et contre-révolutionnaires, des libraires m'ont déclaré qu'une suite à ces trois volumes, une véritable fin, non pas un épilogue, serait souhaitable. D'autre part, après un intervalle consacré à un ouvrage différent, je me suis rendu compte que je n'étais pas libéré de ce sujet. En fait, mon propre désir, autant que les bienveillantes incitations, m'a engagé à dépeindre les convulsions de l'an III, la fin de la Convention, à esquisser le Directoire, le Consulat, l'Empire, la Restauration, plus brièvement encore la monarchie de Juillet puis le début du Second Empire, qui vit siéger au Sénat le dernier des conventionnels.

Donner à toute cette matière l'épaisseur romanesque eût exigé une dizaine de volumes : entreprise impossible. La troisième partie de celui-ci, survolant cinquante années, est un crible qui retient seulement les faits caractéristiques. J'ai dû me résoudre à un galop assez déconcertant après la lente allure maintenue jusque-là; mais j'avais le besoin de concevoir — principalement au moyen des personnages imaginaires — comment les anciens Jacobins purent accepter le Directoire, souhaiter le Consulat, traverser l'Empire, accueillir comme une promesse de liberté le retour des Bourbons, enfin soutenir au début des Cent-Jours Napoléon dont ils avaient subi le despotisme. A ce point, je ne pouvais plus quitter les survivants; il m'a fallu les suivre dans l'exil, évoquer leurs derniers jours.

En 95, Barère écrivit *Les Alors*. J'ai voulu aller jusqu'au bout des *Après*.

PREMIÈRE PARTIE

I

Un jour gris. Une route crayeuse et cahoteuse. Les voitures y cheminaient en file à travers la forêt dont les bourgeons tardaient à éclore. Soudain, elles serrèrent les unes sur les autres et s'arrêtèrent successivement.

« Ventrebleu! s'exclama Jean Dubon. Encore ces gueux, sans doute! Veillez bien ici, brigadier. Je vais voir. »

C'était le septième printemps de la Révolution. Un printemps froid après le plus glacial hiver. Huit mois avaient passé depuis les jours brûlants de thermidor an II où Robespierre et ses amis, brusquement attaqués dans la Convention par ceux que Maximilien appelait « un tas d'hommes perdus », étaient allés rejoindre Danton, Fabre d'Églantine, Camille Desmoulins, Lucile, au cimetière improvisé des Errancis. Huit mois de réaction, d'anarchie, de misère toujours pire pour le peuple. La Commune de Paris, décimée par les Thermidoriens — quatre-vingt-sept de ses membres guillotinés, quarante emprisonnés —, n'existait plus. Plus de Conseil général, plus de maire, plus d'agent national ni de substituts, plus d'administration municipale. Le gouvernement gérait les services de la ville, réunis désormais à ceux de l'État. Quoique ci-devant jacobin et même cordelier, Dubon, en raison de son hostilité à Robespierre avant même la fête de l'Être suprême, et pour s'être nettement rangé parmi les défenseurs de la Convention au 9-Thermidor, conservait la direction des subsistances parisiennes. Mais ce bureau dépendait à présent de la commission exécutive de l'Intérieur — ex-ministère de l'Intérieur — et se trouvait sous l'autorité supérieure de Boissy d'Anglas qui succédait dans le rôle de grand responsable des subsistances à Robert Lindet sorti du Comité de Salut public entièrement renouvelé.

Ainsi qu'en 1789, où il n'avait pas hésité à se mettre lui-même en quête de blé pour nourrir ses compatriotes, Jean Dubon, ce Ier germinal an III — 21 mars 1795, vieux style — ramenait un convoi de vivres difficilement rassemblés à Meaux. La colonne de vingt-cinq véhicules hétéroclites : chariots à quatre chevaux, charrettes, fardiers, et même une antique turgotine bourrée de grains en sac, coupait la forêt de Bondy dans sa pointe nord, lorsque l'arrêt s'était produit. Déjà, ce matin, au sortir d'un hameau, le convoi avait été accroché par quelques pillards essayant de détourner les dernières voitures. C'est pourquoi Jean chevauchait en arrière-garde, avec quatre gendarmes et un brigadier.

Pendant que le corpulent mais encore leste commissaire — il aurait cinquante ans la décade prochaine — galopait sur le flanc de la colonne, une fusillade crépita en tête. Diantre! C'était sérieux!

En effet, comme il put le constater bientôt, il s'agissait d'une véritable embuscade. Un chêne abattu dans un tournant barrait la route. A droite, à gauche, des hommes dissimulés derrière les arbres tiraient sur les gendarmes formant l'avant-garde du convoi. Ils avaient dû reculer et s'abriter, eux aussi, pour riposter, car la cavalerie est inefficace contre des tirailleurs disséminés sous bois. Seuls, cinq ou six des soldats nationaux, demeurés en selle, sabre ou pistolet au poing, tourbillonnaient au milieu d'une centaine de paysans — ou d'individus habillés en paysans — qui, avec leurs terribles faux redressées, attaquaient les véhicules. Les charretiers se défendaient vaillament à coups de fouet. Mais ni eux ni les gendarmes ne tiendraient longtemps en respect cette populace. Poussant des jambes sa monture et ouvrant à deux mains son manteau pour montrer l'écharpe bleu, blanc, rouge qui lui barrait la poitrine, Jean cria : « Arrêtez, citoyens! Au nom de la loi, au nom du Comité de Salut public, je vous somme... »

Le respect de la loi, la crainte inspirée par le farouche Comité de l'an II s'étaient éteints avec la Terreur. Pour toute réponse, des balles sifflèrent. Le sous-lieutenant commandant l'escorte détourna juste à temps, d'un revers de sabre, une faux qui visait Dubon au ventre. « Vous vous feriez tuer, dit l'officier en le conduisant à l'écart. Ces canailles n'ont rien de commun avec des citoyens. Ce sont des ennemis de la république, commandés militairement. Regardez là-bas. »

De l'autre côté de la route, on apercevait entre les ramures à peine verdissantes un homme assez grand, debout, couvert d'une lévite noire à triple collet, une grosse cocarde au chapeau : ce qui ne prouvait rien. Derrière lui, une amazone tenait en main un autre cheval. Les deux personnages se trouvaient trop loin pour que l'on discernât leurs traits. Quelques jeunes gens, grossièrement vêtus mais portant moustaches et cadenettes, entouraient cet individu à la façon d'aides de camp attendant leurs ordres. Les uns après les autres, ils se détachaient en courant vers le terrain de l'action, manifestement pour coordonner les mouvements de la racaille à faux avec la progression des tirailleurs.

« Nous allons être enveloppés, dit le sous-lieutenant. Il faut sacrifier les premières voitures et faire faire demi-tour aux autres le plus vite possible. Il n'existe pas d'autre espoir. Croyez-moi, citoyen commissaire. Si j'avais seulement cinquante gendarmes, je ne vous proposerais pas de fuir. »

Mais alors, répondant comme par miracle au vœu de l'officier, un claironnement de trompettes retentit et s'approcha en foudre tandis que des sabots nombreux battaient le sol. Un rang de hussards en uniforme gris, aux talpacks rouge et blanc, la pelisse soulevée par le vent de la course, déboula dans le tournant, puis un deuxième, un troisième, un quatrième, qui sautèrent tour à tour le chêne abattu et foncèrent, sabre haut, sur les paysans. Un second peloton suivait. Il s'arrêta. Les cavaliers, décrochant leur fusil suspendu à l'arçon, mirent prestement pied à terre pour aller renforcer les uniformes bleus en train de tirailler sous bois. En un instant, tout fut terminé. Les assaillants s'égaillèrent, fondirent, se coulèrent dans les taillis, emmenant leurs blessés. L'homme en noir, l'amazone avaient disparu. Seuls restaient quelques taches de sang, çà et là, et un mort avec un coup de pistolet en plein cœur : un vrai campagnard à en juger par ses mains calleuses, son teint recuit, ses forts relents d'étable. Pour leur part, les gendarmes comptaient trois blessés légèrement atteints.

Le secours qui avait si heureusement mit fin au combat était dû à un escadron du 3e hussards. Employé dans les derniers temps en Vendée, à l'armée de Hoche, il rejoignait le régiment en Lorraine. Habitué à l'insécurité des campagnes, il marchait sur le qui-vive, gibernes approvisionnées, avec des flanqueurs et des éclaireurs. D'où sa prompte intervention.

Rentré le soir même à Paris sans autre incident, Dubon jugea opportun, après avoir adressé son rapport à Boissy d'Anglas, d'aviser le Comité de Sûreté générale. Il s'y rendit le lendemain à la première heure. Puis, en quittant l'hôtel de Brionne, il monta voir son beau-frère Mounier-Dupré, qui habitait toujours là, au coin du Carrousel, rue Nicaise. La grosse Margot ouvrit la porte. Claude, dans sa chambre, se rasait devant un miroir pendu à l'espagnolette. En silence, il écouta Dubon lui narrer son aventure.

« Mon cher Jean, dit-il ensuite, c'est tous les jours que l'on apprend des choses de ce genre, depuis quelque temps. Bô de l'Aveyron, en mission dans la Somme, a été attaqué, renversé, traîné par les cheveux, piétiné; ses gendarmes ne l'ont qu'à grand-peine dégagé *in extremis*. Avant-hier, la correspondance lue à l'Assemblée contenait une lettre envoyée de Bourg-Égalité par Garnier de Saintes et réclamant de la troupe, car on a pillé les greniers nationaux; il a dû désarmer la commune tout entière qui était organisée en corps de brigands, assure-t-il. A l'en croire, celle de Rebois serait pire encore, et il ne dispose pas de forces suffisantes pour ramener l'ordre.

— Si les commissaires de la Sûreté générale montraient de l'énergie, la situation changerait. Que crois-tu qu'ils aient fait quand je leur ai parlé de mon homme en noir? Ils ont levé les mains au ciel. Au temps où il présidait les Cordeliers, Legendre avait un peu plus de nerf. A présent, c'est devenu un jouisseur. Comme tant d'autres, hélas! »

Claude s'ébrouait dans la cuvette. « Les commissaires, dit-il en s'essuyant, ne peuvent pas grand-chose. Déjà la multitude des contre-révolutionnaires paralysait le grand Comité alors que la guillotine les menaçait à toute heure. Actuellement, il y a dans Paris et aux alentours cent fois plus de séides royalistes, appointés ou bénévoles, que la Sûreté générale ne possède d'agents — parmi lesquels les traîtres ne manquent assurément pas. Au reste, il se pourrait parfaitement que ton homme, si ce n'était le baron de Batz en personne accompagné par sa maîtresse, fût le propre maire de Bondy avec sa femme. La plupart du temps, les municipalités excitent elles-mêmes le peuple à la révolte, tu le sais bien. Voilà le résultat de la politique thermidorienne. Depuis huit mois que les anciens Montagnards descendus dans la Plaine ne cessent de pousser à la réaction, pourquoi les contre-révolutionnaires se gêneraient-ils?

— Tallien, Barras, Legendre ne souhaitent sûrement pas que Paris meure de faim, et il y a un moyen très efficace de contrecarrer les royalistes qui veulent affamer la population pour l'exaspérer contre le gouvernement. C'est d'escorter fortement les convois avec des troupes de ligne, comme je le demande à Boissy d'Anglas. Il faudra en venir à cette mesure, car, je le répète, si l'on ne rétablit promptement un peu d'ordre le ravitaillement de Paris cessera.

— Sieyès a présenté hier à la Convention la loi « de grande police » dont on parlait dans les antisalles et les couloirs. Tu n'as pas lu *Le Moniteur*? s'enquit Claude en roulant sa cravate.

— Pas encore. Je sais néanmoins qu'il s'est produit du tumulte ici. Notre Bernard m'en a touché un mot tout à l'heure. Les collets noirs et les patriotes se sont houspillés autour du Palais national, paraît-il.

— Oui. Deux ou trois freluquets ont fait connaissance avec le Grand Bassin. Après quoi les muscadins, renforcés, ont pris leur revanche.

— Tout cela n'a rien de nouveau, observa Jean.

— La nouveauté tient à ce qu'il ne s'agissait pas, comme d'habitude, d'une poignée d'ouvriers en chômage ou de femmes réclamant du pain. C'était un gros de sans-culottes mobilisés pour la circonstance afin d'obliger la Convention à proclamer la Constitution de 93. Et, crois-moi, ils nous ont mis dans un bel embarras... Mais viens, veux-tu? Laissons Margot nettoyer la chambre. »

Ils passèrent dans le petit salon-bibliothèque et s'assirent près de la cheminée. Au fond de l'âtre, rougeoyait un feu misérable.

« La Constitution, dit Dubon, se trouve fort bien dans l'arche en bois de cèdre où vous l'avez enfermée sitôt faite. Après les désordres par lesquels nous avons passé, nul n'y peut plus songer sérieusement. Elle perpétuerait l'anarchie.

— Sans doute. En son temps, elle ne me semblait pas irréalisable; mais il est certain que la Montagne, après l'expulsion des

Girondins, lors des 31 mai-2 juin, l'a votée surtout pour démontrer qu'eux seuls paralysaient nos travaux. D'ailleurs, tout régime constitutionnel était impossible. Il fallait la rigueur d'un gouvernement révolutionnaire pour terrifier les royalistes, réprimer le fédéralisme, dresser la nation contre les armées étrangères. Maintenant les rois sont soit vaincus soit en passe de l'être, le fédéralisme n'est plus qu'un souvenir, l'Ouest a fait sa soumission, Hoche achèvera de le pacifier. Le gouvernement révolutionnaire doit céder la place au régime constitutionnel, la nation le réclame avec raison.

— Bien entendu. Toutefois ce régime, même aux yeux d'un démocrate tel que moi, ne saurait être le gouvernement du peuple par lui-même, comme l'établit la Constitution de 93, mais le gouvernement du peuple par ses représentants élus. C'est cela que nous voulons depuis 89. Le véritable État républicain n'a aucun rapport avec les insurrections perpétuelles, ni avec le désordre qui n'a cessé de régner depuis six ans.

— Mon cher Jean, tu parles d'or. Seulement pense à ce petit détail : si l'on forçait la Convention à proclamer la Constitution de 93, la menace qui plane sur les ci-devant terroristes, sur Billaud-Varenne, Collot d'Herbois, Barère, Amar, Vadier et sur tous les membres des anciens Comités, dont moi-même, serait levée. Comprends-tu, mon ami? »

Dubon hocha rêveusement la tête. « Et alors?

— Je ne proposerai jamais que l'on tire ce parchemin de son cercueil, répondit Claude en se levant et se mettant à marcher de long en large. Je ne tenterai rien non plus pour soutenir ceux de mes collègues qui, par crainte ou par politique, veulent l'exhumer. La Montagne a perdu son âme en abattant Saint-Just avec Robespierre. Billaud s'en mord les doigts à présent. C'est trop tard. Ce jour-là, les patriotes rectilignes ont livré la république aux bourgeois modérés. On ne la leur reprendra plus. L'espérance d'une égalité complète s'est éteinte avec Saint-Just, si elle a jamais existé. J'y ai cru, mais c'était un songe qui ne tenait pas compte de la force des choses ni du caractère des hommes. Reste à préserver la liberté et ce qu'une république bourgeoise peut admettre d'égalité. Pour cela, tout démocrate raisonnable, comme tu le dis, doit marcher avec les modérés afin de s'opposer au royalisme dont les hébertistes obstinés font inconsidérément le jeu. En ameutant le peuple, ils procurent à ses ennemis autant d'occasions de le présenter comme un épouvantail, de le fouler, de lui remettre les chaînes.

— Ma foi, remarqua Dubon, ne faudrait-il pas chercher les responsables parmi les agents étrangers ou ceux des princes, plutôt que chez les anciens terroristes? Car enfin le décret d'accusation porté contre Billaud, Collot, Vadier, Barère, doit les inciter à se tenir tranquilles.

— Eux, oui, du moins en apparence. Mais Bourdon le *Léopard* s'agite à l'assemblée sectionnaire des Gravilliers, raconte-t-on. Duhem, le ci-devant évêque Huguet, Maribon-Montaud vont chuchotant dans les cafés : " Le peuple se soulèvera, il faut qu'il se soulève. " Comment le pourrait-il? Le bon Santerre, qui n'en veut pas à ses amis de l'avoir envoyé en prison pour s'être montré piètre général dans l'Ouest, dit fort justement : " En anéantissant la municipalité de Paris, les ventres dorés ont à jamais frappé d'impuissance le peuple parisien; il ne lui reste que la capacité de souffrir. " Santerre se refuse à lancer le faubourg dans une aventure destinée à finir inévitablement par de terribles représailles. Pourtant des aveugles veulent une *journée.* Ils se sont essayés, hier. »

Comme Dubon demandait ce qui s'était passé au juste, Claude se rassit et lui expliqua : « Oh! on a employé la vieille méthode. On a mené aux Tuileries un gros de sans-culottes, je te le répète. On nous a présenté une pétition. Seulement les sans-culottes, quoique nombreux pour la période actuelle, étaient à peine un millier, et la pétition fort prudente. Elle émanait de deux sections : Quinze-Vingts, Montreuil. Leurs orateurs nous déclarèrent qu'elles considéraient tous les Français comme des frères, qu'il fallait en terminer avec la persécution des patriotes, avec les emprisonnements succédant aux guillotinages, que le seul moyen de dissiper définitivement nos tempêtes politiques consistait à promulguer la Constitution de l'an II. La pétition était habile. Elle nous plaçait devant cette alternative : ou bien nous incliner, accepter la demande, fixer une date pour la promulgation; ou bien avouer que nous ne voulons pas la Constitution de 93.

— Cette ruse me paraît effectivement trahir l'influence du *Léopard.* On y reconnaît son esprit retors.

— Elle trahirait tout autant l'astuce de Barère ou celle de Collot d'Herbois, voire de Fouché. Celui-là aussi serait bien aise qu'on en finisse avec les condamnations de ci-devant terroristes, car il y passera un jour ou l'autre si elles continuent. Bref, Thibaudeau, du fauteuil présidentiel, répondit aux pétitionnaires avec sa rudesse coutumière. Mais Tallien eut une de ces illuminations comme il lui en arrive parfois au milieu de son habituelle médiocrité. Le voilà qui monte à la tribune et s'écrie à peu près ceci : " Nous voulons tous la Constitution avec un gouvernement ferme. Quelques représentants s'efforcent de faire croire au peuple que cette assemblée repousse la Constitution. Il faut aujourd'hui même prendre des mesures pour empêcher ces députés de calomnier la majorité respectable et pure. Il faut faire marcher la Constitution et lui donner la vie; mais nous n'aurons pas l'imprudence de vouloir l'exécuter sans lois organiques, de la livrer ainsi, incomplète et sans défense, à la malignité de tous les ennemis de la république. Décrétons, primo qu'il sera fait incessamment un rapport sur les moyens d'exécuter la Constitution de 93, secundo, qu'il n'y aura aucun intermédiaire entre le gouvernement actuel et le gouvernement définitif. "

— Bravo! dit Dubon. On ne pouvait plus adroitement éviter la promulgation immédiate et se réserver de réviser la Constitution en l'organisant. Tout de même, les Montagnards extrêmes ont bien dû voir la manœuvre.

— Parbleu! Mais ils ne sont pas en situation d'élever la voix. Méaulle a essayé d'obtenir, à défaut de l'exécution, la publication sans délai. Il a proposé que la Constitution fût gravée sur des tables de marbre et exposée dans les lieux publics. C'eût été la rendre intouchable. Alors Thibaudeau a compromis, ou plutôt réduit à néant, le stratagème de Tallien, en répondant avec brutalité à Méaulle qu'avant de publier la Constitution il fallait la modifier du tout au tout. Aussitôt il a mis aux voix la clôture, prononcée sur-le-champ malgré les murmures de la " Crête " montagnarde amplifiés par le public populaire. Puis Sieyès s'est installé à la tribune pour développer en long et en large son projet de loi de grande police. Pendant ce temps muscadins et sans-culottes échangeaient des horions dans le jardin. Résultat : le vote de la loi en a été accéléré. Voilà tout ce à quoi ont abouti les agitations des patriotes.

— Et que dit cette loi?

— Tu la verras dans *Le Moniteur*. En bref, elle tend à réprimer toute forme de désordre. Elle punit des fers ou de la déportation les provocations à la révolte, les attroupements séditieux, les outrages à la Convention et aux représentants. Elle prévoit qu'en cas de péril l'Assemblée quitterait Paris pour siéger à Châlons.

— Arrêtera-t-on ainsi les perturbateurs?

— J'en doute. La guillotine n'est point venue à bout des royalistes, ce ne sont pas les fers ou la déportation qui les intimideront. Quant aux anciens hébertistes — tout spécialement visés par ces mesures —, ils ont désormais un besoin essentiel de leur *journée*. Après la stupide déclaration de Thibaudeau, ce jeune imbécile, ils savent, s'ils avaient pu s'illusionner là-dessus, que la majorité n'admettra jamais la Constitution de 93, que par conséquent la Commune ne sera pas rétablie, les clubs rouverts, le jacobinisme relevé, ni eux-mêmes laissés en repos par les Thermidoriens. La Crête de la Montagne doit donc anéantir la Plaine ou périr. Avant la fin de germinal, nous verrons un nouveau 2-Juin, j'en suis sûr; et je puis te garantir qu'il ne réussira pas, ou je me trompe fort. »

Dubon se leva. « Comment vont Lise et le petit? questionna-t-il.

— Parfaitement. L'air de Neuilly leur réussit à merveille. Antoine forcit de jour en jour. Il est superbe.

— Ta sœur et Claudine se disposent à les aller visiter aujourd'hui-même. »

II

Deux heures plus tard, vers midi, lorsque Claude sortit pour se rendre à l'Assemblée, le Carrousel avait pris son aspect des jours sinon d'émeute au moins de trouble. Il faisait gris et froid comme la veille. Sur la place et dans la cour du Palais national, séparées par la grille aux flèches dorées, au milieu des badauds qu'attirait l'espoir d'assister à quelque rossée, des groupes de patriotes accompagnés de ménagères en fichu et bonnet, déambulaient en chantant la *Marseillaise*. D'autres criaient : « Vive la République! Vive les Jacobins! A bas les aristocrates! » Les jeunes gens venus en force du Palais-Égalité avec leurs collets noirs ou verts, leurs grosses cannes, les cheveux tressés en cadenettes à la façon militaire, répliquaient par des : « Vive la Convention! A bas les Jacobins! A bas les terroristes! » et scandaient le *Réveil du peuple*, un chant lancé deux mois plus tôt par le *Messager du soir*, journal thermidorien, pour l'anniversaire de la mort de Louis XVI :

Peuple français, peuple de frères,
Peux-tu voir sans frémir d'horreur
Le crime arborer les bannières
Du carnage et de la Terreur?...
Hâte-toi, peuple souverain,
De rendre aux monstres du Ténare
Tous ces buveurs de sang humain!
Guerre à tous les agents du crime!
Poursuivons-les jusqu'au trépas;
Partage l'horreur qui m'anime!
Ils ne nous échapperont pas...

Ces muscadins avaient provoqué de petites rixes en voulant empêcher les femmes de pénétrer dans le palais, mais des patrouilles de gardes nationaux bourgeois, en habit bleu à revers blancs, culotte blanche, étaient intervenues pour maintenir l'ordre. Des réserves se tenaient, l'arme au pied, sous les érables et les sycomores dont les rangées divisaient en trois la vaste cour. Au fond, le vieux château des Médicis, théâtre de toutes les scènes révolutionnaires depuis octobre 1789, élevait ses pavillons carrés : celui de Flore *(de l'Égalité)* accolé au Louvre, celui de l'Horloge *(de l'Unité)* que ne sommait plus le bonnet rouge sans-culotte, mais seule désormais l'oriflamme tricolore, celui de Marsan *(de la Liberté)*, reliés les uns aux autres par les ailes plus basses. Devant celle de droite, au long des arcades par lesquelles le public gagnait les couloirs d'accès à ses places dans la salle de la Convention, s'alignait une file de grenadiers grandis par le bonnet à poil, baïonnette au canon. Bien que les muscadins eussent assurément toute leur sympathie, les gardes obéissaient à la consigne; ils interdisaient l'entrée aux porteurs de cannes ou les obligeaient à les déposer.

La Convention devait, ce 2 germinal, se prononcer sur le sort des députés, anciens membres des Comités de gouvernement, Billaud-Varenne, Collot d'Herbois, Barère, Vadier, contre lesquels la droite avait déjà obtenu un décret d'accusation. Il s'agissait à présent de savoir s'ils seraient décrétés d'arrestation ou blanchis. Évidemment, les patriotes et les Thermidoriens mobilisaient leurs partisans pour soutenir, les uns la Crête, les autres la Plaine, au cours de ce débat.

Dans le pavillon de l'Unité tapissé de boutiques, plein d'allants et venants, Claude tomba sur Sieyès et Cambacérès arrivant — par le long couloir qui traversait toute l'aile gauche — de l'ancienne chambre de Marie-Antoinette où siégeait toujours le Comité de Salut public. Cambacérès le présidait maintenant. Sieyès venait d'y entrer. Il n'eût point déparé le grand Comité, lui, l'audacieux inspirateur des États généraux, le meneur de la première Assemblée nationale, l'éminence grise de la Convention sous la Terreur. Mais Cambacérès à la place où avaient régné un Danton, un Robespierre! Signe des temps! Cette présidence même peignait le personnage. Au début, à l'époque de Danton, il existait bien, en principe, un président; cela n'avait pas duré, et par la suite le seul titre que l'on connût dans le salon blanc et or, même au moment où la personnalité de Robespierre dominait, était celui, d'ailleurs très vague, de Barère, secrétaire. Cambacérès, très sensible aux honneurs, au prestige, avait rétabli la présidence. Selon certaines mauvaises langues, il la devait uniquement au soin qu'il prenait d'entretenir pour ses collègues un excellent buffet, proche du salon. Commérages. Il y avait toujours eu, dans les petits cabinets donnant sur la cour, des tables avec des plats préparés pour les commissaires qui pouvaient se restaurer là rapidement quand leurs travaux les retenaient au pavillon de l'Égalité, c'est-à-dire presque tous les soirs. Peut-être Cambacérès, gourmet et gourmand, raffinait-il sur les menus; mais il devait en vérité sa présidence à un sens très réel de l'organisation, de l'ordre, des formes, et à son influence sur les modérés dont il incarnait à merveille l'esprit.

« Eh bien, lança Claude, vous allez sonner l'hallali des terroristes?

— Pas pour ma part, répondit le maigre Sieyès. Je n'ai aucune envie de jouer de la trompe.

— Bah! fit Cambacérès, corpulent et solennel, je ne tiens

nullement à les envoyer en prison, mais il faut en finir avec la queue d'Hébert après celle de Robespierre. Il faut nous délivrer des éternels agitateurs, des hommes de sang.

— A ce compte-là, dit Claude, pourquoi n'accuse-t-on pas tous les anciens terroristes? Pourquoi Billaud, Collot, Barère, Vadier, et pas Tallien, Barras, Fréron, entre autres? Car Tallien à Bordeaux, Barras et Fréron dans le Midi, s'en sont mis jusqu'au coude, du sang. Si Billaud-Varenne a, comme on le prétend, encouragé les massacreurs de septembre, si Collot d'Herbois a employé les mitraillades à Lyon, Fréron et Barras ne se sont pas privés non plus, à Marseille, à Toulon, d'organiser des massacres et de mitrailler. Ils s'en glorifiaient alors. Lisez donc leur correspondance de ce temps avec le Comité. Elle leur a valu d'être rappelés sur-le-champ et traités de la façon la plus rude par Robespierre. Voilà les héros du thermidorisme! Des héros qui tremblaient, le 8 thermidor. Comme toute la Montagne et la Plaine, ils ont voté l'impression du discours de l'*Incorruptible* contre les « hommes perdus », c'est-à-dire eux-mêmes en tout premier lieu. Qui a jeté alors au visage de Robespierre le nom de tyran? Est-ce Tallien, est-ce Fréron? Non, ce fut Cambon, ce fut Vadier. Le 9 au soir, à quoi songeait Barras? A faire filer la Convention vers Meudon, et rien de plus. C'est Billaud qui lui a dit : " Qu'attends-tu donc pour marcher sur l'Hôtel de ville? "

— Nul ne t'empêche de porter ces accusations à la tribune, observa froidement Sieyès.

— Nul, en effet, mais je ne le veux point. Je ne souhaite pas de voir décréter Fréron, Tallien, Barras, ni aucun autre, et tu le sais. L'Assemblée doit abandonner enfin les querelles de personnes, qui nous ont causé tant de maux. Si, après septembre 92, les Brissotins n'avaient pas poursuivi Danton de leur aveugle fureur et repoussé son alliance, ils seraient là encore, eux et lui. Vous, les sages, encouragerez-vous les vengeances des ex-dantonistes, des ex-girondistes, qui continuent à déchirer la Convention?

— Nous n'encouragerons aucune forme d'agitation, dit Cambacérès. Au contraire, nous réprimerons avec sévérité les agitateurs. Or ceux-ci, pour le moment, sont avant tout les Crêtistes.

— Parce qu'on les persécute, on les menace. D'ailleurs les royalistes se remuent tout autant, mais par-dessous.

— S'ils bougent trop, ils auront leur tour. Il faut vaincre les uns au moyen des autres », déclara Sieyès. Il s'y connaissait, ayant dans l'ombre fait trébucher successivement Brissot, Hébert, Danton et Robespierre.

En parlant, les trois députés avaient gravi le vaste escalier du Dix-Août, traversé la salle de l'Unité : l'ancienne chapelle, envahie elle aussi par les boutiques. Ils entrèrent dans la salle de la Liberté, aux fenêtres haut perchées. Elle s'appelait maintenant salle de la Liberté et des Drapeaux parce que le trophée placé dans celle des séances, au-dessus du fauteuil présidentiel, ne pouvait plus contenir tous les étendards enlevés à l'ennemi par les armées de la république. Leurs faisceaux pavoisaient ces murs de faux marbre. Le public habituel — curieux, gazetiers, solliciteurs, *mouches*, muscadins, sans-culottes, surveillés par les invalides en habit bleu qui faisaient la police des antisalles et des couloirs — se mêlait aux représentants assis sur les banquettes pourpres ou debout çà et là par groupes. Près du socle supportant l'énorme statue de la Liberté en plâtre patiné bronze, Claude avisa Louvet, Lanjuinais, Kervelgan.

Depuis longtemps, les Girondins proscrits le 2-Juin étaient sortis de leurs prisons ou de leurs cachettes et revenus à Paris; ils n'avaient cependant repris leurs sièges à la Convention que depuis treize jours, réintégrés par un décret du 18 ventôse. Entre-temps, Louvet, pour vivre, avait ouvert une librairie au Palais-Égalité (que la jeunesse dorée appelait de nouveau Palais-Royal), en association avec la veuve du malheureux Gorsas. Il y vendait non point *Faublas*, mais l'*Histoire de mes périls*, composée dans son dernier asile parmi les montagnes du Jura. Claude voulait lui dire un mot là-dessus.

« Mon cher Louvet, j'ai lu tes Mémoires et j'ai été heureux d'apprendre que tu avais trouvé secours et protection dans ma ville, à Limoges. Toutefois, tu te trompes fort quand tu écris qu'ensuite si Billaud-Varenne et Collot d'Herbois t'avaient su caché à Paris chez ta femme, ils vous auraient envoyés tous deux à la guillotine.

— Comment ça, je me trompe?

— Ils n'ignoraient point où te prendre, je puis te l'affirmer. Si tu ne me crois pas, demande à Legendre de chercher dans les cartons de la Sûreté générale à cette époque; il y trouvera un rapport de Jagot, lu à la réunion des deux Comités et signalant ta présence rue je ne me rappelle plus laquelle, dans un appartement loué par ta femme sous son nom de jeune fille.

— Par exemple! s'exclama le petit homme, interdit.

— Cette lecture n'a pas eu de suite. Trois mois plus tôt, il n'en aurait peut-être pas été de même; mais à ce moment le fédéralisme agonisait, ce n'est pas toi qui l'eût relevé. Nous te savions républicain dans l'âme, capable, comme Rebecqui désabusé, de te suicider plutôt que de donner la main au royalisme. Enfin Billaud n'est pas dénué de sentiment, lui aussi il a une belle femme qu'on lui a longtemps refusée, et il l'aime. »

A ces mots, le bouillant Kervelgan éclata. « Pour le coup, Mounier-Dupré tu nous promènes! Billaud-Varenne sentimental! Billaud-Varenne respectant les vrais républicains! N'en sommes-nous pas, nous les Soixante-Treize, et Billaud n'a-t-il pas cent fois, avec Collot d'Herbois, avec les Cordeliers enragés, avec l'ignoble Père Duchesne, réclamé notre envoi à l'échafaud, quand nous étions en prison, incapables d'agir? Et ne savons-nous pas que si nous existons encore c'est parce que certains membres du Comité de Salut public, dont Robespierre, il faut bien le reconnaître, ont constamment refusé nos têtes à Billaud, Collot et au Comité de Sûreté générale? Tu es de ceux à qui nous devons la vie, je ne l'oublierai point; mais, je t'en prie, ne viens pas essayer de blanchir à nos yeux ces hommes dégouttants de sang!

— En somme, à quoi veux-tu en arriver? demanda Lanjuinais.

— A ce que j'ai toujours cherché et prêché : l'union de tous les républicains sincères. Si, la dernière fois que je me suis adressé à vous, les girondistes, du haut de la tribune, Isnard, Guadet, Barbaroux avaient consenti à entendre mes adjurations, et toi aussi, Louvet, il n'y aurait pas eu de 31-Mai ni de 2-Juin. Vous avez poussé à bout la Montagne, elle a répondu par la Terreur. Ne soutenez pas à présent ceux qui sont en train de pousser à bout les Crêtistes, si vous ne souhaitez pas une nouvelle convulsion dont profitera, cette fois encore, le seul royalisme. Car le 31-Mai, à tout prendre, ne fut une victoire que pour les ennemis de la république. Ni Danton, ni Robespierre, ni Marat ne le voulaient. Ils sentaient bien le danger d'entamer la représentation nationale. C'est à partir de là, en effet, qu'elle a commencé de se décapiter elle-même.

— Allons donc! protesta Kervelgan, qui aurait fait, hormis eux, les 31-Mai—2-Juin?

— Les Enragés, au moyen du Comité de l'Évêché. Et derrière ces neuf-là il y avait, j'en jurerais, le baron de Batz. Lui et ses amis n'ont pas renoncé à obtenir que nous nous entre-détruisions. Croyez-moi, laissez en paix Billaud et les autres; ils n'ont plus de ressources, ils disparaîtront d'eux-mêmes.

— Je ne les attaquerai pas, dit Louvet. Je n'ai rapporté ici aucun esprit de vengeance, et je vois trop, tu as raison, le royalisme relever la tête au milieu de la jeunesse dorée. »

Lanjuinais haussa les épaules. « Mounier est toujours plein des meilleures intentions, » dit-il non sans ironie. Et il ajouta rudement : « Il n'y a pas d'union possible avec des criminels, il n'y a pas de république possible avec la canaille. » Là-dessus, il s'écarta. Les groupes se défaisaient, car les huissiers lançaient leur appel : « En séance, citoyens! En séance, s'il vous plaît. »

« Lanjuinais est revenu plus Feuillant, plus obstiné encore qu'en 93. Pourtant je conserve la sympathie que j'ai toujours eue pour lui, » constata Claude en se dirigeant avec Louvet vers le bref couloir par lequel les députés accédaient à la salle de la Convention, comprise entre la salle de la Liberté et le pavillon de Marsan.

Aux deux extrémités du long vaisseau où le vert et le jaune du décor à l'antique, imitant le marbre, se mariaient avec les draperies vertes relevées par des cordons pourpres, le public manifestait bruyamment. Le muscadin *Réveil du peuple* et la *Marseillaise* accueillirent les représentants. Tout d'un coup, le vacarme cessa : les députés avaient gagné leurs places sur les banquettes de l'hémicycle; Thibaudeau sortant, avec les secrétaires, du salon masqué par une tenture, venait d'apparaître sur l'estrade. Il monta au fauteuil, se découvrit. « Citoyens, la séance est ouverte, annonça-t-il. L'ordre du jour appelle l'audition des représentants décrétés. »

Il s'assit et commanda de les introduire. Billaud, Collot, Barère s'installèrent en silence autour du bureau : Billaud sombre, avec sa mise sévère, sa petite perruque rousse à l'anglaise, Collot ne renonçant pas à ses airs de comédien, Barère toujours soigné. Quant au vieux Vadier, profitant de ce qu'il était simplement en surveillance chez lui, comme ses trois co-accusés, il avait trouvé moyen de fausser compagnie à ses gardes et de disparaître,

« La parole, dit Thibaudeau, appartient...

— Motion d'ordre! coupa Robert Lindet resté avec Carnot, Prieur et Claude, debout près de l'estrade. Je demande à être entendu sur le fond, avant toute explication personnelle. »

Des protestations s'élevèrent à droite. On s'y doutait bien de ce que préparaient les membres difficilement attaquables des anciens Comités.

« La parole est aux prévenus, proclamaient d'ex-Dantonistes. Leurs accusateurs ou leurs défenseurs parleront après. » De sa place, Bourdon de l'Oise déclara : « Hier, on a tramé un complot pour sauver les accusés; les bons citoyens l'ont déjoué. Aujourd'hui, on recourt à d'autres moyens dans un dessein identique. Des hommes honnêtes, que l'accusation a séparés de leurs collègues, ne doivent pas s'associer aux coupables pour retarder le cours de la justice.

— Il ne s'agit pas de cela, répliqua fermement Lindet. A travers nos collègues, on attaque tout le Comité. Nous étions solidaires. C'est le Comité que je prétends défendre. Je réclame la parole. »

On n'osa point passer outre. Celui qui s'était refusé à signer l'arrestation de Danton, en disant : *Je suis ici pour nourrir les citoyens, non pas pour tuer des patriotes*, imposait encore le respect. Il gravit les marches d'acajou conduisant à la tribune et entama un discours méthodique, clair, impartial. Il parla très longtemps, dépeignant l'énormité de l'œuvre accomplie, les circonstances dramatiques dans lesquelles il avait fallu gouverner. Il reconnut que la violence des partis, acharnés les uns contre les autres, s'était peut-être répercutée au sein du Comité; mais, pour assurer le salut de la république, on devait, qu'on le voulût ou non, frapper toutes les factions qui la mettaient en danger. Interrompu maintes fois par des girondistes exaltés, comme Isnard, Henry-Larivière, et par d'ex-Dantonistes également incapables de reconnaître leurs fautes, il conclut non sans hauteur : « S'il existe des coupables, ne les cherchez pas dans le Comité de l'an II. Il a sauvé la France, vaincu l'Europe, étonné le monde. Le vrai responsable, c'est la Convention tout entière, car vous avez sanctionné nos arrêtés, vous nous avez confirmés dans nos fonctions à tous les renouvellements. »

Carrier, le bourreau de Nantes, lors de son procès, en novembre dernier, avait dit, à cette même tribune : *Tout est coupable ici, jusqu'à la sonnette du président.*

« Prenez-y garde, poursuivit Lindet, la lâcheté vous perdrait. Les ennemis de la république n'attendent que le moment favorable; ils ont choisi pour aujourd'hui quatre d'entre vous; ils se réservent de désigner les autres. »

La Montagne applaudit, la droite protesta furieusement, quelques approbations partirent du centre. Le public, déçu par cette séance si différente de ce qu'il escomptait, était resté à peu près passif.

Le lendemain, il ne vint qu'en petit nombre. La fièvre semblait éteinte, du moins autour des Tuileries où tout se montrait calme. Les gardes nationaux en renfort avaient disparu; seuls demeuraient les factionnaires habituels. Mais, cantonnée dans les faubourgs, l'effervescence s'y amplifiait sous l'influence de certains Montagnards extrêmes qui excitaient sourdement le peuple — et aussi, très probablement d'agents royalistes, pensait Claude.

Ce 3 germinal, Carnot à son tour prit la défense de l'ancien Comité. Plus exactement, sous couleur de le justifier, il cherchait à tirer du jeu sa propre épingle. D'abord, il affirma qu'il s'était, le premier au pavillon de l'Égalité, rebellé contre Robespierre et Saint-Just. Il disait vrai; il les avait traités de tyrans ridicules. Prieur et Claude confirmèrent d'un signe. Puis, sans oser nier entièrement la solidarité des commissaires, Carnot présenta les choses à sa façon. « Accablés de soins immenses, exposa-t-il, ayant jusqu'à trois et quatre cents affaires à régler par jour, nous signions une multitude de pièces sans les lire. Je signais des mises en accusation, et mes collègues signaient des ordres de mouvement, des plans d'attaque, sans que ni les uns ni les autres nous eussions le temps de nous expliquer. La nécessité de cette œuvre immense avait exigé cette dictature individuelle, qu'on s'était réciproquement concédée à chacun. L'ordre d'arrêter l'un de mes meilleurs employés à la Guerre, ordre pour lequel j'attaquai Saint-Just et Robespierre et les dénonçai comme des usurpateurs, cet ordre je l'avais signé sans le savoir. Ainsi notre signature ne prouve rien; elle ne peut nullement devenir la preuve de notre participation aux actes reprochés à l'ancien gouvernement. »

Claude et Prieur s'entre-regardèrent. Carnot en prenait à

son aise avec la réalité! Oui, on contresignait sans les lire les pièces de routine, mais aucune décision un peu importante n'était jamais arrêtée qu'en commun. Carnot ne pouvait pas prétendre n'avoir point participé en pleine connaissance de cause aux actes dont on accusait le Comité, notamment à l'arrestation de Danton et de ses amis. Il était intervenu dans la discussion en observant : « Songez-y bien, une tête comme celle-ci en entraîne beaucoup d'autres! » Après quoi, au contraire de Lindet, de Ruhl, il avait signé sans hésitation. Il n'aimait guère plus Danton qu'il n'aimait Robespierre, Couthon et Saint-Just. Au fond de lui-même, bien qu'ayant activement poussé au 10-Août, Carnot était un Feuillant.

Il cherchait maintenant à faire entendre, sans trop le dire, car c'eût été difficile à soutenir, que le Comité comprenait deux sortes de membres. Les uns, purs administrateurs, se consacraient exclusivement à leur travail de direction et d'organisation, sans s'occuper ni rien savoir de ce que manigançaient les autres : les politiques, seuls responsables des excès terroristes. Toutes les fautes, il les rejetait ainsi sur les triumvirs morts — et sur quelques collègues vivants, Billaud-Varenne et Collot d'Herbois n'étant pas entrés au Comité à cause de leurs qualités administratives, mais comme ultra-révolutionnaires imposés par les Hébertistes. Carnot dit toutefois à leur décharge que les accusés avaient résolument combattu le triumvirat au sein du Comité, et qu'il fallait considérer Billaud et Collot comme les principaux artisans du renversement de Robespierre.

Prieur puis Claude appuyèrent aussi là-dessus et s'en tinrent sobrement à se déclarer solidaires de leurs collègues. Cambon, Moïse Bayle voulurent défendre, l'un le Comité de Salut public, l'autre celui de Sûreté générale. Ils eurent peine à se faire écouter. Le centre n'accueillait pas mal ces plaidoyers, et pour cause! Il avait voté sinon l'expulsion des Soixante-Treize, du moins la mise hors la loi des vingt-deux Girondins en fuite après le 2-Juin. Les modérés les plus notoires, Cambacérès, Treilhard, entre autres, avaient signé comme membres du Comité de législation, l'arrestation des Dantonistes, approuvée par Sieyès. Mais les ex-Dantonistes, bon nombre des Soixante-Treize et les rescapés des Vingt-Deux, formant désormais la droite, ne souffraient plus d'entendre justifier les hommes dont leurs amis et eux-mêmes avaient été, disaient-ils, les innocentes victimes. Ils exigèrent que les prévenus s'expliquassent enfin. Thibaudeau leur donna la parole. Billaud-Varenne se leva et attaqua aussitôt.

« On nous accuse de terrorisme, dit-il. Les responsables de la Terreur, ce n'est pas nous. Ce sont ceux qui l'ont rendue inévitable et nécessaire pour lutter contre les ennemis de la république. Ce sont ceux qui, parjures au serment d'unité et d'indivisibilité, ont plongé la France, déjà prise à la gorge par l'étranger, dans les sanglantes dissentions du fédéralisme; ceux qui, à Lyon, à Bordeaux, dans le Midi, dans le Calvados, se sont faits les alliés des royalistes et de la coalition étrangère. Ce sont... »

Il ne put poursuivre. Toute la droite hurlait et les muscadins, à peu près seuls à occuper les tribunes ou les gradins publics, faisaient chorus. Les survivants des Vingt-Deux s'étranglaient de fureur. La Montagne leur criait : « On vous a laissé parler, laissez parler à votre tour! » Impuissant à ramener le calme, Thibaudeau, abandonnant sa sonnette, se leva et se couvrit. Un peu de silence revint.

« Pourquoi ces clameurs? demanda Billaud. Ce que je dis est connu de tout le monde. Qui commandait les forces fédéralistes, à Caen? Un royaliste émigré, Puisaye. Qui commandait, à Lyon? Un royaliste émigré, Précy. A qui les fédéralistes de Toulon ont-ils ouvert leurs portes? Aux Anglais, aux Espagnols et autres coalisés.

— Jamais nous n'avons donné la main aux royalistes! protesta Louvet au milieu du bruit renaissant.

— Pas toi, ni Barbaroux, ni Guadet, ni Rebecqui, je le sais, mais bien d'autres. » Il se mit à citer des noms, des faits. Le vacarme s'enfla.

Pendant la fin de la séance et durant les suivantes, les 4, 5, 6 germinal, ce tumulte ne cessa guère. A tout instant, les accusés, pour se justifier, mettaient en cause d'autres représentants, qui répondaient de leur place, dans le brouhaha, ou se précipitaient à la tribune. Des controverses furieuses et longues éclataient, dégénéraient en attaques personnelles non moins interminables. Après les coups de boutoirs aux Girondins, Billaud-Varenne et Collot d'Herbois chargeaient les Dantonistes, leur reprochant d'avoir, par leur politique de bascule, poussé à la Terreur en voulant se montrer plus révolutionnaires que les Enragés, les Jacques Roux, les Varlet, les Leclerc d'Oze, puis de s'être faits les persécuteurs de l'hébertisme et les apôtres de la modération alors qu'ils l'avaient rendue impossible. Un public de nouveau abondant et partagé ajoutait applaudissements et huées au désordre de ces débats. Les échos s'en répandaient dans les faubourgs, où l'agitation croissait dangereusement.

Pour comble, le 6 au soir, Claude soupant chez les Dubon, au Pont-Neuf — un souper on ne peut plus frugal — apprit qu'un convoi de blé avait été pillé en route. Sur les dix-huit cents sacs de farine nécessaires à l'alimentation quotidienne des Parisiens, on n'en pourrait livrer aux boulangeries que neuf cents. Demain, le peuple ne toucherait qu'une demi-ration de pain; le peuple, car les gens à l'aise trouvaient toujours moyen de s'en procurer, et du beau pain blanc. Depuis 89, cela ne changeait pas. « J'espère, ajouta Jean, recevoir dans la relevée de quoi faire distribuer une autre demi-livre avant la fin du jour, mais ce n'est pas certain.

— Voilà sans doute l'occasion qu'attendent les anciens Hébertistes, et en même temps les séides du royalisme, pour lancer les faubourgs contre la Convention.

— Je ne crois pas, dit Dubon, que les agents royalistes poussent à la roue. Ils n'ont nul intérêt à favoriser, contre la droite conventionnelle où ils comptent des sympathies, un assaut bien capable, quoi que tu en penses, de réussir. Selon moi, l'affaire demeure, pour le moment, entre Crêtistes et Thermidoriens. »

Le 7 germinal, Claude ne fut pas surpris de voir le Carrousel envahi par une cohorte de ménagères raccolant toutes les passantes pour se grossir. La manœuvre débutait de la sorte. Quand il traversa la cour du Palais national, elles menaient grand tapage devant les arcades dont la garde leur refusait l'entrée.

Dans la salle de la Convention, Barère se trouvait à son tour en butte aux ardeurs vengeresses des Dantonistes. Il s'était défendu d'avance par une brochure, *Les Alors*, où lui aussi déclarait l'action des Comités indissociable des votes de l'Assemblée : *Alors Danton s'écriait... Alors la Convention décrétait...* Il développait à présent ce thème. Claude arrivait en retard, étant allé à Neuilly embrasser sa femme et son fils. Il s'assit juste à point pour entendre Legendre répliquer durement à Barère : « Espères-tu, toi aussi, te décharger sur les morts?

Est-ce donc Danton qui a dit : « *Portons la terreur à l'ordre du jour* »? C'est toi, à cette tribune même.

— Quelquefois, avoua Barère embarrassé, l'enthousiasme révolutionnaire a pu nous faire dévier de la ligne géométrique; mais, quand nous avons reconnu notre erreur, nous l'avons réparée.

— Tes « carmagnoles » entraient-elles dans la ligne géométrique? lui jeta André Dumont. Était-il dans la ligne géométrique d'envoyer Danton au Tribunal de sang? »

Barère répondit que l'accusation contre Danton n'avait pas été concertée par le Comité de Salut public, mais seulement par Saint-Just et Robespierre, lequel avait fourni au jeune homme les éléments de son rapport. « Et vous, ajouta-t-il avec plus de justesse, qu'avez-vous tenté pour défendre Danton le 11 germinal? Hormis Legendre, personne ici n'a osé seulement élever la voix! »

Le président interrompit les débats en annonçant, après avoir agité sa sonnette : « Une délégation de citoyennes demande à être entendue. Voulez-vous la recevoir? » On acquiesça. Vingt femmes furent introduites par la porte des pétitionnaires. Une de ces citoyennes, personne fort délurée, s'avançant vers la barre, prit la parole au nom de ses compagnes pour se plaindre de n'avoir reçu qu'une demi-ration de pain. Comme Thibaudeau voulait répondre, elles se mirent toutes à crier : « Du pain! Donnez-nous du pain! » Boissy d'Anglas n'eut pas plus de succès en déclarant qu'un convoi venait d'arriver; la seconde partie de la ration serait distribuée ce soir. Elles écoutèrent un instant puis recommencèrent leur vaine clameur, reprise en chœur par les patriotes des tribunes et des gradins. C'était évidemment un coup monté; si ces femmes désiraient tant du pain, elles n'avaient qu'à se rendre dans les boulangeries, au lieu de rester à piailler comme des volailles. Thibaudeau ordonna aux huissiers de les faire sortir, et l'on revint au procès.

L'absurdité de cette interminable dispute, qui renouvelait, à trois ans de distance, la folie des Girondins attaquant sans fin Marat, Robespierre et Danton, exaspérait Claude malgré sa patience. Tout était odieux et faux dans la querelle, les défenses aussi bien que les accusations. Carnot avait déformé la vérité pour se tirer d'affaire. Barère, lui, avec son adresse hypocrite, mentait carrément. Claude aurait voulu dire à la Convention :

« Oui, Robespierre a effectivement fourni à Saint-Just les détails du rapport sur les Dantonistes, mais en lui recommandant la clémence, et après avoir mainte fois refusé à Billaud-Varenne, à Collot d'Herbois, la mise en accusation de Danton et de Camille Desmoulins. C'est Collot, Billaud, Amar, Vadier, Voulland qui la lui ont finalement imposée. Saint-Just non plus ne souhaitait pas la mort de Danton ni de Camille. Robespierre et Saint-Just n'entendaient point les traduire devant le Tribunal révolutionnaire, mais devant vous. Ce sont encore Billaud, Collot et ces trois membres du Comité de Sûreté générale qui ont arraché au Comité de Salut public et à celui de législation l'arrestation immédiate. Rappelez-vous les paroles de Billaud lui-même, à cette tribune, le 9-Thermidor : *Robespierre s'est opposé avec acharnement à l'arrestation de Danton; sans nos efforts, à Collot et à moi, ce traître vivrait encore!* Au demeurant, Billaud avait raison lorsqu'il affirmait hier, que le terrorisme n'aurait pas existé sans l'inconcevable aveuglement des Girondins puis la politique insensée des Dantonistes. Si Danton n'avait pas enchéri sur Hébert, Barère n'aurait pu proclamer : " Portons la terreur à l'ordre du jour ". »

Claude, un instant, ferma les yeux, s'efforçant de faire en lui le silence. Ce qu'il brûlait de dire, il devait le taire. Tout ce qu'ils avaient accompli ensemble, ils devaient en assumer ensemble la responsabilité.

Collot, avec un bel élan d'acteur, était en train de déclarer : « Nous avons fait trembler les souverains sur leurs trônes, renversé le royalisme à l'intérieur, préparé la paix par la victoire. Qu'on nous condamne; Pitt et Cobourg seront seuls à s'en féliciter. »

Encore une fois la sonnette retentit. Thibaudeau lança : « La parole est à Ysabeau pour une communication pressante du Comité de Sûreté générale.

— Citoyens, dit Ysabeau, une tentative de soulèvement vient de se produire dans le quartier du Temple. Les femmes qui se sont présentées à la Convention avaient été rassemblées rue du Vert-Bois par des agitateurs, et envoyées ici pour occuper votre attention. Pendant ce temps, les meneurs couraient chez le président de la section des Gravilliers, lui enlevaient violemment les clefs de la salle, allaient y former une nouvelle assemblée. Ils nommèrent un président, un bureau et lurent l'article de la

Déclaration des droits qui proclame l'insurrection comme un devoir lorsque la Constitution est violée. Ils exhortèrent les assistants à marcher sur la Convention pour obtenir du pain, la Constitution de l'an II, la libération des patriotes détenus. Avertis par quelques bons citoyens, nous avons fait ramener les femmes aux Gravilliers par des patrouilles. Bourdon de l'Oise est parti avec l'une de celles-ci pour dissoudre cette assemblée illégale. »

Peu après, Bourdon revint, annonçant que ladite assemblée avait d'abord refusé de se séparer; mais en voyant la force armée prête à agir, les rebelles s'étaient dispersés. On connaissait les meneurs, d'ex-Hébertistes obscurs. Les agents de la Sûreté générale se trouvaient à leurs trousses et les arrêteraient incessamment. « Ce sont, ajouta Bourdon, de misérables comparses. Les vrais auteurs de ce complot contre la représentation nationale, comme les auteurs des deux tentatives précédentes de cette décade, siègent ici-même, vous le savez. Vous ne vous délivrerez d'une menace permanente qu'en débarrassant la Convention des éternels conspirateurs. »

Ce disant, Bourdon désignait des yeux non seulement les accusés, mais encore l'autre Bourdon, Léonard : le *Léopard*, et Fouché qui promenait impassiblement son pâle regard d'albinos sur la salle où la jeunesse dorée clamait : « A bas les jacobins! Vive la Convention! » et les patriotes : « A bas les aristocrates! Vive la République! »

III

Depuis le 18 mars, Claude s'était séparé de sa femme et de son fils. Le petit Antoine, né le 25 brumaire an III, c'est-à-dire le 15 novembre 1794 — quatre jours après la fermeture du club des Jacobins par le ci-devant boucher et ex-président du club des Cordeliers, Legendre — venait d'entrer dans son cinquième mois. Lise l'allaitait et avait besoin d'une nourriture substantielle, introuvable à Paris quand on ne disposait pour toute fortune que de l'indemnité allouée aux représentants. Sans doute celle-ci était-elle passée de dix-huit à trente-six francs par jour; mais, avec la dépréciation constante des assignats, il fallait donner douze francs pour une livre de pain, treize pour un chou — qui coûtait de quinze à vingt sous l'année précédente, — cent vingt francs pour un boisseau de haricots. On vivait beaucoup mieux dans les villages aux environs immédiats. Or la sœur de Lise, Thérèse Naurissane, et son mari, le ci-devant maître de la Monnaie, à Limoges, dégoûtés du Limousin après ce qu'ils y avaient subi, et venus s'installer dans la capitale, s'étaient bientôt transportés à Neuilly d'où Naurissane se rendait aisément au Palais-Royal. Il spéculait à la bourse du perron. Comme tant d'autres, il achetait, vendait, rachetait, revendait n'importe quoi, souvent même des marchandises inexistantes. Cela se pratiquait couramment dans ce temps de spéculation effrénée où le louis valait d'ordinaire deux cent quarante francs papier et où l'agiotage le faisait parfois monter au double en quelques heures. Expert à ces opérations, Naurissane reconstituait rapidement sa fortune. Thérèse, d'une part, Claude de l'autre, insistant pour que Lise s'établît avec Antoine à Neuilly où l'on disposait de tout ce qu'il fallait pour les recevoir et les bien soigner, la jeune femme, chagrine de quitter son mari en une période difficile pour lui, avait fini cependant par y consentir à cause de son fils. Claude allait les voir généralement un jour sur deux, le matin.

Il était bien résolu à passer avec eux le prochain décadi tout entier et le primidi jusqu'à onze heures, malgré l'agitation croissante. Après les tentatives du 1er et du 7 germinal, les modérés redoutaient un soulèvement pour le décadi, jour chômé, jour d'assemblée dans les sections. Il serait facile d'entraîner le peuple. Le 8 et le 9, Claude, répétant dans les couloirs et les antisalles son conseil de sagesse : « Ne poussez pas à bout les hommes de la Crête », eut la satisfaction de constater que beaucoup de membres du centre, voire certains de la droite, l'écoutaient favorablement. En particulier, Merlin de Thionville — le moustachu *Merlin-Mayence* — thermidorien ardent, lui dit : « Bah! bah! tu plaides pour ton saint, mais tu n'as pas tort; je commence à croire qu'il vaudrait peut-être mieux éviter la lutte. » Un peu plus tard, en séance, il proposa carrément de convoquer les assemblées primaires, de mettre en vigueur la Constitution et de laisser à la prochaine législature le soin de juger les prévenus. De la part d'un ex-Montagnard, et des plus exaltés, la proposition se concevait. Ce retournement était néanmoins une extravagance. La Convention ne comptait pas trente députés qui eussent à présent admis la Constitution de 93, dont Robespierre lui-même et Saint-Just dans ses *Institutions de la Cité future* avaient déjà, en intention, modifié l'édifice. Merlin de Douai — *Merlin-Suspects* — appuya fortement le renvoi du procès à la prochaine législature. Le savant Guyton-Morveau, ancien membre du premier Comité — le Comité Danton — déclara : « La procédure que nous faisons est un scandale. On ne sait, en vérité, si nous achevons ou si nous recommençons la Révolution! » Mais les André Dumont, les Isnard, les Larivière, les Rovère, les Lehardy et tous ceux qu'aveuglaient l'esprit de parti et le désir de vengeance n'entendaient pas renoncer à celle-ci. Ils paralysèrent l'Assemblée. On ne décida rien, sinon de ne s'occuper du procès qu'un jour sur deux.

Louis Naurissane attendait son beau-frère dans la salle de la Liberté, en causant avec Cambacérès dont il avait été le collègue à la Constituante. « Il est survenu bien des choses depuis, disait Louis, mais elles n'ont accru le bonheur de personne.

— Il faut l'avouer, reconnut Cambacérès. En revanche, la France n'a jamais été si grande.

— La misère non plus, la trésorerie si embarrassée, l'inégalité des conditions si choquante. Je me demande comment vous vous tirerez de là. »

Il emmena Claude en voiture, et le ramena le 11 peu avant la séance. Pendant le décadi, il n'y avait rien eu. On s'était seulement échauffé de plus en plus dans les assemblées de section. Celle des Quinze-Vingts avait rédigé une nouvelle pétition, plus hardie. « On doit venir aujourd'hui en donner lecture à la Convention, dit à Claude son compatriote Gay-Vernon. Je n'ai pas voulu m'en mêler, » ajouta-t-il. L'ex-évêque constitutionnel de la Haute-Vienne, bien déjacobinisé, siégeait toujours sur la Montagne, par respect humain, mais il n'approuvait pas les agitations de la Crête. Au demeurant, toute la députation, presque entièrement reconstituée par le retour des représentants revenus au milieu des Soixante-Treize, tendait à s'unir dans la modération. Les girondistes Rivaud du Vignaud, Soulignac, Faye, ne passaient pas, certes, aux Hébertistes et aux Robespierristes la mort de leur collègue Lesterpt-Beauvais, ni celle de leurs anciens compatriotes Vergniaud, Gorsas, mais ils savaient, par Bordas et Gay-Vernon, qu'ils devaient tous les trois la vie à Robespierre et à quelques-uns de ses ex-partisans, dont Mounier-Dupré. Essentiellement hommes d'ordre, ils renonçaient aux revanches par horreur du désordre que l'esprit de vengeance entretenait. Tous les députés de la Haute-Vienne s'accordaient donc sur la politique de sagesse préconisée par Claude.

Sitôt la séance ouverte, les délégués des Quinze-Vingts présentèrent la pétition. Elle était nettement — et à juste titre sur bien des points — accusatrice. « Pourquoi, disait-elle, Paris reste-t-il sans municipalité? Pourquoi les sociétés populaires sont-elles fermées? Pourquoi manquons-nous de pain? Pourquoi les assignats sont-ils tous les jours plus avilis? Pourquoi laisse-t-on les spéculateurs faire commerce de l'argent? Pourquoi les jeunes gens du Palais-Royal peuvent-ils seuls s'assembler? Pourquoi les patriotes peuplent-ils les prisons? » Enfin l'orateur lança cette menace non moins nette : « Le peuple veut être libre. Il sait que si on l'opprime l'insurrection devient le premier de ses devoirs. » Les Crêtistes applaudirent. La droite et le Centre murmuraient. Pelet de la Lozère, remplaçant au fauteuil Thibaudeau absent pour la journée, répondit aux délégués que le temps n'était plus où les sections de Paris dictaient la loi à la représentation nationale. Elle ne s'en laisserait pas imposer par des agitateurs. Cependant, sur une observation de Ruamps, on consentit à envoyer aux sections la liste des patriotes détenus, afin qu'elles pussent réclamer ceux de leurs ressortissants dont elles estimeraient injustifié le maintien en prison. Ce fut tout l'avantage remporté par les pétitionnaires.

Il fallait penser que les anciens Hébertistes ne s'en tiendraient pas là. Ils devaient bien prévoir l'échec de la pétition, inacceptable pour les Thermidoriens, et ne l'avaient, très probablement, fait présenter qu'en vue de pousser le peuple à bout par ce nouveau refus de la Convention. « Vous jouez un jeu périlleux, » dit Claude au ci-devant évêque Huguet, comme l'hémicycle se vidait après la séance. « Nul de nous n'y gagnera, et les patriotes risquent d'y perdre beaucoup.

— Nous ne jouons aucun jeu. Nous continuons seulement à croire, nous, à la devise jacobine : *Vivre libre ou mourir*.

— La liberté n'est pas l'anarchie. En perpétuant la seconde, vous mettez la première en danger. Je te connais trop pour douter de ta sincérité, mais j'en viens à douter de ta perspicacité. Le royalisme n'a pas de meilleurs artisans que vous, ne le vois-tu donc point? Vous êtes aussi aveugles que le furent successivement Brissot, Danton et Robespierre. Sais-tu bien, Huguet, si j'étais membre du Comité de Sûreté générale, je vous ferais saisir sur-le-champ, toi, le *Léopard*, Amar, Duhem, Voulland, et je vous tiendrais sous clef jusqu'après l'installation du nouveau gouvernement de la république? »

On pouvait parler à Huguet avec cette franchise identique à la sienne. Il parut ébranlé. Arrêté au bas des gradins, il fixa sur Claude, un instant, ses yeux limpides, puis : « Je te comprends, Mounier, dit-il, mais tu te trompes. Tu n'as pas assez de confiance dans le peuple. Il vaincra, il établira la vraie république, non point ce simulacre que voudraient nous imposer les profiteurs et où le peuple serait esclave.

— Danton aussi était sûr de vaincre, Robespierre et Saint-Just aussi quands ils ont franchi tranquillement cette porte, le 9 Thermidor.

— L'erreur que nous avons commise ce jour-là, il faut la réparer. Elle peut l'être demain. Toute la Montagne s'unira. Tiens, regarde Fouché; il recrute. »

Dans la salle de la Liberté et des Drapeaux, où ils débouchaient, le député de Nantes, roux pâle, la figure blanche, allait de groupe en groupe parmi les représentants qui se dirigeaient peu à peu vers la sortie. Aux Montagnards modérés, il déclarait doucement : « Pensez-y bien, si vous n'agissez pas nous serons tous décrétés tour à tour. Tous les anciens membres des Comités y passeront, puis tous les Jacobins. Présentement, nous tenons tête à la droite parce que nous sommes encore nombreux, mais si nous nous laissons décimer nous ne pourrons plus nous défendre. Pensez-y. »

Juste avant thermidor, Fouché avait contribué à grossir la coalition contre Robespierre en glissant ainsi aux uns et aux autres : « Toi aussi tu es sur la liste de l'*Incorruptible*. Prends bien garde, si nous ne l'abattons pas, il te coupera la tête! » Après cela, il aurait dû s'établir au premier rang des Thermidoriens. Mais, loin de donner avec eux dans la réaction, il proclamait, à la Convention, dès fructidor : « Toute pensée d'indulgence est une pensée contre-révolutionnaire. » Montagnard persistant, il avait combattu de toutes les façons ses compagnons de victoire : à sa manière sournoise, en poussant contre eux, contre la « Convention-croupion », Gracchus Babeuf qui, dans son journal, le *Tribun du peuple*, retrouvait les audaces de Marat, de Jacques Roux, d'Hébert; mais aussi — après l'arrestation de Babeuf — à visage découvert, en attaquant du haut de la tribune Tallien, le sanglant, le voluptueux proconsul de Bordeaux, devenu par la grâce de Thérésa Cabarrus l'apôtre de la clémence et l'instrument de l'aristocratie renaissante, sinon même du monarchisme.

Claude savait, par suite de ses fonctions au Comité de l'an II, qu'au contraire de Tallien, de Barras, de Fréron, Fouché ne s'était nullement enrichi dans ses missions, et qu'au contraire de Collot d'Herbois il avait, encore à sa façon ambiguë, atténué à Lyon les mesures sanguinaires ou violentes, — à tel point que, se heurtant pour cette raison aux Amis de Chalier, il s'était attiré la suspicion de Robespierre abusé par ces Enragés travestis en robespierristes. Dans la Nièvre, il avait agi en révolutionnaire énergique, comme l'exigeait le Comité, mais vivant en bon père de famille, avec sa femme et sa toute petite fille baptisée du nom du département. Il s'y était fait haïr des contre-révolutionnaires de tout poil, mais aimer des honnêtes patriotes. L'instinctive aversion de Robespierre pour lui venait de son athéisme, de son ardeur à déchristianiser, non pas d'une cupidité ou d'une froide férocité semblables à celles de Tallien, de Barras, de Fréron, de Collot d'Herbois. Claude, lui, ne pouvait pas ne point nourrir une certaine sympathie pour l'homme qui avait fait graver au fronton des cimetières : *La mort est un sommeil éternel*. C'est pourquoi, le rejoignant dans la salle de l'Unité, il lui dit : « Tu me surprends. Un citoyen avisé se mêle-t-il d'une affaire perdue d'avance?

— Perdue d'avance! Comme tu y vas!

— Perdue, j'en suis sûr. Duhem est un fou, Huguet n'a pas assez d'intelligence pour se rendre compte de la situation. Mais toi, réfléchis et dis-moi si le 10-Août aurait réussi sans le bureau de correspondance des sections à l'Hôtel de ville et sans le comité insurrectionnel; si le 31-Mai aurait eu lieu sans le directoire de l'Évêché et sans les troupes d'Hanriot. Où sont les vôtres? Quelques sections à piques contre les fusils et les canons des sections bourgeoises. Où se trouve votre centre moteur? Aux Gravilliers, au Vert-Bois, aux Quinze-Vingts? Allons donc! ce n'est rien du tout, cela. Vous n'avez ni forces ni organisation.

On ne soulève pas le peuple avec des motions, pas plus qu'avec des parlotes de café. Enfin, crois-tu que nous aurions renversé Robespierre si la Convention n'avait pas été tout entière contre lui? Aujourd'hui, hormis une trentaine de ses membres, elle est toute contre vous.

— Ainsi il ne nous reste plus, selon toi, qu'à nous croiser les bras en attendant que la droite, avec la bénédiction du centre, ait fait le chemin du royalisme, que Louis XVII soit établi sur le trône, et qu'on nous guillotine, nous, les régicides.

— A mon avis, répondit Claude, le centre compte assez de régicides pour que nous puissions nous opposer puissamment à la droite si elle devenait redoutable. Dans cette droite même, ils ne manquent pas; tu les verrais tourner casaque au moindre vrai danger de restauration. Quant au petit Louis XVII, il ne montera jamais sur le trône, je puis te le garantir.

— Ah bah! — Claude se sentit fouillé par ces yeux incolores, aux cils et aux sourcils si clairs qu'ils étaient invisibles. — Tu en es absolument certain?

— Absolument. Au reste, parles-en à Barras. Il a visité le Temple, le 10 thermidor. »

Là-dessus, laissant en haut du Grand-Degré Fouché songeur, Claude descendit, traversa la cour, gagna l'hôtel de Brionne où se trouvaient toujours les bureaux de la Sûreté générale. Par le couloir en planches tapissées de toile à rayures, il passa dans le pavillon de Marsan, siège du Comité. Autrefois, il entrait tout droit. Maintenant, il lui fallait demander audience. Un des huissiers qui le connaissaient bien, alla s'enquérir et l'introduisit.

Dans la salle de délibération, dont les fenêtres donnaient sur le restaurant Berger et la terrasse des Feuillants, il y avait deux commissaires seulement : Legendre et Ysabeau, ancien curé constitutionnel de Saint-Martin de Tours, ancien Montagnard devenu thermidorien avec son collègue au proconsulat de la Gironde, Tallien. « Je viens vous donner un conseil, leur dit Claude. Arrêtez donc, cette nuit, Huguet, Léonard Bourdon, Amar et Duhem, par mesure de sûreté générale.

— Tiens! fit le gros Legendre. Comme ça! alors que la Convention n'a pas encore prononcé sur la culpabilité de Billaud et de Collot! Tu te crois toujours au temps de la dictature, ma parole!

— Le conseil n'est peut-être pas si mauvais, reconnut Ysabeau, mais irréalisable. Ce serait de l'arbitraire.

— Et mettre en arrestation les Soixante-Treize, ce n'était pas de l'arbitraire? Tu n'y as pourtant pas balancé, mon cher Legendre, et tu as eu raison, car cet arbitraire, point méchant, nous a permis de mater le fédéralisme, de sauver la France. Et toi, Ysabeau, as-tu hésité, en Gironde, à faire couper la tête de Guadet, de Barbaroux?

— Ils étaient hors la loi.

— Eh bien, il ne s'agit pas de mettre quiconque hors la loi, ni de guillotiner personne, mais d'assurer à la Convention, par un simple acte de police, comme la loi de Sieyès vous en donne le droit, la tranquillité nécessaire pour élaborer la nouvelle constitution. Délibérez-en avec le Comité de Salut public, si vous voulez, mais je ne le crois pas assez énergique pour adopter la mesure si vous ne la prenez pas vous-mêmes.

— Énergique, énergique! dit Legendre avec humeur. On saura l'être quand il faudra.

— Il le faut à présent. Vous n'ignorez pas qu'il y aura un mouvement demain. »

L'ancien boucher se contenta de grogner : « Bah! bah! » Ysabeau fut plus explicite. « Nous n'ignorons rien de ce qui se trame, répondit-il. Et même (ne te froisse pas, je te prie) nous en savons beaucoup plus que toi là-dessus, forcément. Sois tranquille, les factieux seront réduits. »

En sortant, Claude regrettait l'époque où les agents secrets, Héron, Jaton, le second Maillard le tenaient au courant de toutes les menées des partis. Aujourd'hui — Ysabeau avait raison —, il savait seulement ce qu'il pouvait voir ou entendre dans le cercle désormais restreint où il se mouvait. Il ne lui restait pour moyens d'action que les propos d'antisalles, les démarches impatiemment supportées comme celle qu'il venait de tenter vainement. Mais il n'avait plus à agir, il était un simple député, toléré par la droite et voué probablement à l'expulsion ou pis, si les Montagnards extrêmes faisaient des sottises. Il se demanda si les Thermidoriens ne souhaitaient pas qu'ils les fissent. Legendre, avec son air embarrassé et agacé, induisait à le croire. Sans doute voulaient-ils, avant de sévir, laisser les Crêtistes s'engager à fond, pour avoir l'occasion de les frapper plus rudement, de briser toutes les survivances jacobines. La loi de grande police, les fers, la déportation rendaient ce dessein assez facilement réalisable. Xavier Audouin, dans son journal, dénonçait depuis quelque temps une de ces réunions comme les Brissotins avaient aimé à en tenir chez des particuliers. Un nommé Formalguès, soupçonné par Audouin d'être un agent étranger, donnait à dîner, deux fois par décade, dans son appartement, aux députés les plus marquants de la droite. Isnard, Fréron, Boissy d'Anglas, entre autres, y rencontraient les meneurs de la jeunesse dorée, dont Lacretelle jeune, Frénilly. On pouvait fort bien avoir formé là un complot contre-révolutionnaire, en réponse au complot hébertiste. Dans ce cas, les Thermidoriens demeurés sincèrement républicains, Legendre, Ysabeau, *Merlin-Mayence*, Dubois-Crancé, Thuriot, et tant d'autres, risquaient fort de se voir soudain dépassés, enveloppés, roulés dans la farine royaliste. Ah! le temps des convulsions n'était pas fini! Quand donc la république, victorieuse au-dehors, trouverait-elle au-dedans l'assise qu'elle cherchait en vain depuis six ans?

Arrivant à sa porte, Claude y rencontra le brave, l'honnête Levasseur. « Je descends de chez toi, dit-il. Faisons quelques pas, veux-tu bien? » Il regarda autour d'eux dans la nuit tombante où blanchissait la lueur des réverbères, et poursuivit d'un ton plus bas : « Je suis venu t'avertir. Toute la Montagne est décidée à se joindre demain au mouvement s'il prend d'importantes proportions.

— Il n'en prendra pas. Mais il ne convient point de parler davantage ici. Des *mouches* nous observent peut-être. Allons chez moi. »

Levasseur remonta donc. Une fois dans le petit salon gris-blanc, tendu de toile à personnages, avec les bibliothèques de part et d'autre de la cheminée, et le bureau à cylindre où Desmoulins avait écrit plus d'un article, Claude dit à son visiteur : « Quelques proportions que le mouvement paraisse prendre, il ira seulement jusqu'où l'on a dessein de le laisser aller. Écoute-moi. »

Il raconta franchement — car il n'avait point à se cacher d'un homme comme Levasseur — sa démarche auprès du Comité de Sûreté générale, ses raisons de l'entreprendre et les conclusions qu'il en tirait. L'ancien chirurgien du Mans, fervent robespierriste, remuait la tête en écoutant tout cela. En mission lors des événements de thermidor, il s'était, à son retour, incliné devant le fait accompli; mais, adversaire déterminé des Girondins, il souffrait mal la rentrée de leurs amis à la Convention et la turbulence rancunière des amis de Danton, ces jouisseurs, ces affairistes, ces modérantistes à leur profit, dont il avait, aux Jacobins, dénoncé les tripotages et les mensonges éhontés, notamment ceux de son compatriote Philippeaux sur la guerre en Vendée et sur la conduite des généraux sans-culottes Rossignol et Ronsin.

« Ainsi donc, il nous faudrait subir la tyrannie des hommes perdus! protesta-t-il. Voir le peuple au dernier degré de la misère, et ne rien faire pour l'aider à se délivrer de ceux qui l'oppriment! Je n'y consentirai pas.

— Il faut aider le centre à contenir la droite. C'est le seul moyen de sauver la république. Depuis six ans, jamais rien dans nos Assemblées n'a été obtenu qu'avec le concours du centre. Si Robespierre est tombé, c'est parce que le centre l'a finalement abandonné. Le centre seul peut tirer la république du chaos où nous sommes, rendre au peuple le pain et une existence supportable. Ce sera une république bourgeoise, évidemment, mais susceptible de se démocratiser par le progrès des esprits. Mieux vaut une république bourgeoise que la royauté ou l'anarchie dans laquelle nous sombrons. Voilà pourquoi mes collègues de la Haute-Vienne et moi ne nous mêlerons pas au mouvement. N'y compte pas. »

Levasseur partit, mal convaincu. Claude s'accouda un moment au balcon, regardant le Carrousel plein d'obscures allées et venues, le cour des Tuileries avec ses rangées d'arbres sombrement silhouettés, le château noir sauf dans l'aile du pavillon de Flore où la lumière brillait aux fenêtres des petits cabinets et sous la voûte du ci-devant escalier de la Reine gardé par les factionnaires qui veillaient sur le Comité de Salut public. Claude revoyait en pensée tout ce dont ces lieux avaient été le théâtre : l'invasion du 20-Juin, dirigée par Santerre et Legendre, les combats et les massacres du 10-Août, l'investissement du 2-Juin suivant et la comédie jouée par Hanriot pour obtenir l'éviction des Girondins, la fausse attaque de la Convention le 9-Thermidor. Que serait-ce demain?...

Le lendemain, 12 germinal — le 1er avril — la matinée, froide, bruineuse, s'écoula sans révéler la moindre apparence de mouvement. Claude, à son bureau, jetait des notes sur le papier en vue d'une brochure qu'il méditait d'écrire. Puisqu'on repoussait la Constitution de 93, il était temps d'en proposer une autre, sur laquelle tous les républicains pussent s'accorder. Il voulait donc définir un mode de gouvernement démocratique, fondé sur la souveraineté du peuple et les principes essentiels de la Déclaration des droits, mais ne laissant aucune ouverture à l'anarchie. Pas de difficulté pour le pouvoir législatif, composé de deux assemblées élues et renouvelables par tiers, dont l'une tempérerait l'autre, comme l'expérience de six années en montrait la nécessité. Mais l'exécutif!... Toujours la même pierre sur laquelle on achoppait. Confier le pouvoir exécutif à un président de la république, n'était-ce pas préparer la dictature, ou même un rétablissement de la monarchie? Le placer entre les mains de triumvirs, n'était-ce pas préparer entre eux des rivalités, la division, l'impuissance? Claude inclinait à la présidence, en la disposant de telle sorte que l'homme porté à ce poste par le choix des députés ne pût exercer aucune influence politique, aucune action personnelle en dehors de son rôle, et fût simplement une espèce de super-ministre chargé de personnifier la nation et de veiller à l'exécution des lois rendues par les deux assemblées. Ce rôle conviendrait fort bien à un Cambacérès, par exemple; Cambacérès majestueux, représentatif, possédant juste assez le sens de l'organisation et la fermeté nécessaire pour remplir sa tâche. Restait à préciser les mesures qui maintiendraient le président de la république dans sa condition de simple fonctionnaire, le premier de tous, le plus honoré car il incarnerait la France, mais un fonctionnaire, sans plus.

A onze heures, Claude s'interrompit pour dîner — fort mal, Margot n'ayant pu se procurer qu'une prétendue escalope dure comme du cuir, et quelques pommes de terre germées —, puis il se rendit à la Convention. Tout autour, sous la pluie fine, rien ne troublait le calme. La garde n'était pas plus importante qu'à l'ordinaire. Avait-on renoncé au mouvement? A cause du mauvais temps, peut-être. Le 29 mai 93, Pétion annonçait à ses amis inquiets : « Il pleut, il n'y aura rien. »

Claude fut détrompé bientôt par Gay-Vernon qui le rattrapa dans la cour nationale et lui dit : « Les Quinze-Vingts ne bougent pas pour le moment, j'en viens; mais on s'excite beaucoup. Des femmes se sont soulevées dans la section de la Cité. Choudieu les a vues aux portes des boulangeries, empêchant les chalands de recevoir la ration et s'efforçant d'entraîner tout le monde vers les Tuileries. On raconte que la Convention va partir pour Châlons en abandonnant le peuple de Paris à la famine, que les jeunes gens sont rassemblés sur le Champ-de-Mars au nombre de trente mille et qu'avec leur concours on va désarmer les sections patriotes. Je ne sais si l'affaire prendra ou non, mais assurément on chauffe les fourneaux.

— Je ne comprends pas, ou je comprends trop, répondit Claude. Le Comité de Sûreté générale est au courant de tout cela, sans aucun doute; et il n'y a pas même une simple compagnie pour barrer les guichets du Louvre, pas une dans les rues d'accès au Carrousel. On veut donc que le peuple arrive jusqu'ici.

— Je le pense. Il faudrait dénoncer à la Convention ce dessein.

— Fais-le! » suggéra Claude non sans ironie.

Gay-Vernon n'était pas, ou n'était plus, homme à s'aller compromettre de la sorte. Au demeurant, l'avis devait venir du centre. Mais il ne se trouva dans les antisalles aucun député de la Plaine pour vouloir s'en charger. Le courageux Louvet, si prompt, au temps de Marat et de Robespierre, à voir partout des conspirations, haussa carrément les épaules.

« Soupçonnerais-tu Legendre d'avoir partie liée avec les royalistes?

— Certes non! Je le soupçonne de s'intéresser plus à Mlle Contat qu'à la Sûreté générale, et de se laisser manœuvrer. Voilà tout. »

Les huissiers appelaient les représentants. Selon la décision prise le 9, on aurait dû consacrer cette séance au procès des quatre. Mais l'ordre du jour en renvoyait la reprise après l'audition d'un rapport de Boissy d'Anglas sur les subsistances. Ce problème pressait davantage. Boissy d'Anglas — que le peuple appelait *Boissy-Famine* — s'était résolu, comme le réclamait Jean Dubon, à demander à la Convention une force armée capable de protéger efficacement les convois. Il entama son rapport. Environ une heure plus tard, il finissait d'exposer la situation, lorsqu'on entendit, par les fenêtres donnant sur la cour nationale, un bruit de tambours et une rumeur qui s'enflait. Puis le tumulte retentit dans le palais même. Les huissiers s'étaient précipités dans la salle de la Liberté pour prêter main-forte aux invalides et à la garde. Cela n'empêcha point le grondement, toujours accru, de parvenir jusqu'à la porte. Des heurts l'ébranlèrent. Les battants aux panneaux de marqueterie se séparèrent brusquement, comme avaient cédé, au 20-Juin, ceux de l'Œil-de-Bœuf dans le pavillon de l'Horloge. Un flot d'hommes, de femmes, d'enfants, pêle-mêle, roula jusqu'au milieu de la salle, emplit le parquet en criant, gesticulant, soulevant un nuage de poussière. On voyait çà et là des bâtons, mais la plupart des hommes se bornaient à brandir leurs chapeaux — car on ne coiffait plus le bonnet rouge — portant une inscription : *Du pain et la Constitution de 93!* C'étaient aussi les mots que vociférait la foule.

Sauf le président Thibaudeau, debout, couvert, les représentants n'avaient pas bougé. L'hémicycle semblait un de ces tableaux-vivants où, soudain, tout se fige. Boissy demeurait encore à la tribune, ses notes devant lui. Pour voir quelle serait la réaction, Claude se leva et lança aux envahisseurs : « Vive la République! » Tous ses collègues l'imitèrent. Le peuple répondit : « Vive la République! Du pain! La Constitution de 93! » Quelques applaudissements retentirent sur les bancs de la haute Montagne et dans les tribunes publiques presque vides. Évidemment, cette foule n'avait été préparée à rien d'autre qu'à pousser ces cris. Ne sachant que faire, elle entreprit de se répandre parmi les députés, de s'asseoir à côté d'eux, de leur parler. Legendre voulut protester. Il gronda : « Si jamais la malveillance... » on ne le laissa pas aller plus loin. « A bas! à bas! Point de discours, nous n'avons pas de pain! »

Merlin-Mayence tenta d'arranger les choses. Descendant parmi les hommes à chapeaux, il les engagea d'un ton fraternel à respecter la représentation nationale. On lui cria aigrement, du haut de la Crête : « A ta place!

— Ma place, riposta-t-il, est au milieu du peuple. Ces citoyens viennent de m'assurer qu'ils n'ont aucune mauvaise intention. Ils ne sont ici que pour vous faire connaître l'urgence de leurs besoins.

— Oui, oui, répéta la foule, nous voulons du pain! »

Mais un nouveau tintamarre couvrit cette clameur et la porte vomit un autre flot qui vint comprimer le premier, toujours au cri de : « Du pain! du pain! » Encore une fois, le coup monté se sentait, car le pain ne manquait pas à ces gens, aujourd'hui. De toute sa poitrine, Legendre hurla quelques mots qui se perdirent dans les vociférations. Au-dessus de Claude, Huguet, Foussedoire braillaient : « A bas! à bas! » Alors Thibaudeau, quittant l'estrade, sortit avec les secrétaires. Legendre, Tallien, Fréron, *Merlin-Mayence* et la plus grande partie de la droite suivirent.

Pour Claude, la situation était claire. Il discernait nettement ce qui allait arriver. « Tu vas entendre le tocsin », cria-t-il à l'oreille de Gay-Vernon. Puis, se retournant pour regarder derrière lui Levasseur, il lui adressa des épaules un signe de commisération. Le piège fonctionnait au mieux. On avait laissé les Crêtistes se compromettre irrémédiablement en poussant cette populace sur les Tuileries sans défense. Nul ne pourrait nier l'attentat contre la représentation nationale maintenant que le président et une partie de l'Assemblée avaient dû se retirer devant l'invasion. Il ne restait plus qu'à revenir en force et à faire jouer la loi de grande police. En attendant, les pauvres aveugles ne manqueraient point de s'enferrer davantage. Tant pis, je me suis donné assez de mal pour leur ouvrir les yeux!...

Fouché avait compris, lui. Il se tenait immobile sur sa banquette, les bras croisés, les lèvres minces. D'autres commençaient de sentir l'erreur commise. Deux Montagnards modérés, Gaston, Duroy, se plaignirent de l'état où l'on réduisait la Convention. Ni l'un ni l'autre ne furent entendus dans le vacarme, mais on se tut un peu pour écouter l'ex-évêque Huguet dont on connaissait les sentiments. « Le peuple qui est ici, affirma-t-il, n'est pas en insurrection; il vient demander une chose juste : l'élargissement des patriotes. Peuple, n'abandonne pas tes droits. » On n'eût pu parler plus maladroitement, mieux confirmer le vrai motif de l'entreprise fomentée par les ci-devant ultra-révolutionnaires pour s'affranchir des menaces suspendues sur eux.

Un citoyen, fendant la foule, s'adossa au soubassement de la tribune. C'était Vaneck, chef du bataillon de la Cité au 31 mai 93, et encore le bras droit de Dobsen, président de cette section qui semblait jouer un rôle primordial dans le mouvement. « Représentants, dit Vaneck, vous voyez devant vous les hommes du 14-Juillet, du 10-Août, du 31-Mai. Ils ont juré de vivre libres ou de mourir; ils maintiendront la Constitution de 93 et la Déclaration des droits. Il est temps que la classe indigente ne soit plus victime de l'égoïsme des riches et de la cupidité des marchands. Mettez un terme à vos divisions qui déchirent la patrie; elle ne doit plus souffrir de vos haines. Rendez la liberté aux patriotes et le pain au peuple. Faites-nous justice de l'armée de Fréron, ces jeunes gens à bâtons. » Comme Duhem approuvait vigoureusement cette déclaration, Vaneck se tourna vers les hautes banquettes de gauche. « Et toi, Montagne sainte, s'exclama-t-il, toi qui as tant combattu pour la liberté, les hommes du 14-Juillet, du 10-Août et du 31-Mai te réclament dans ce moment de crise. Tu les trouveras toujours prêts à te soutenir, toujours prêts à verser leur sang pour la patrie et pour la république. »

D'autres messagers des sections succédèrent à Vaneck. Claude en reconnut deux, obscurs hébertistes dont on avait eu à s'occuper au temps des Enragés. Tous répétèrent les mêmes réclamations. Le violent thermidorien André Dumont — ex-terroriste sanguinaire et vil, rappelé de mission par le Comité de l'an II parce que sa conduite en province rendait odieux le gouvernement révolutionnaire — s'était, non sans intention certainement, installé au fauteuil après le départ de Thibaudeau. Il répondit aux orateurs : « La Convention s'occupera des vœux et des besoins du peuple quand elle sera libre de reprendre ses travaux.

— Qu'elle le fasse tout de suite, lui répliqua-t-on. Nous avons besoin de pain! »

Le désordre recommença. Choudieu, debout en haut de la Montagne, criait : « Le royalisme est au fauteuil!

— Nos ennemis excitent l'orage; ils ignorent que la foudre va tomber sur eux! riposta André Dumont, trahissant ainsi le complot aristocratique à son tour.

— Oui! s'écria Ruamps, la foudre c'est votre jeunesse du Palais-Royal!

— Du pain, du pain! » hurlaient les femmes.

Claude tapa sur le genou de Gay-Vernon en lui faisant signe d'écouter. Par-dessus le vacarme, on percevait les battements d'une cloche haletante, sonnant au pavillon de l'Unité. D'autres Montagnards l'avaient entendue. Ils se rendirent compte qu'il fallait dégager l'Assemblée pour convertir en décrets les vœux des sectionnaires quand il était temps encore. « Président!

appela Duhem. Invite les bons citoyens à sortir, pour que nous puissions délibérer. » Comme Dumont ne paraissait point s'en soucier, Duhem s'adressa au peuple d'un ton pressant. « Le tocsin sonne, la générale a battu dans les sections contre-révolutionnaires, n'en doutez point. Si vous ne nous laissez pas délibérer, la partie est perdue. » Choudieu vint à la rescousse : « Sortez ! On vous tend un piège. Retirez-vous pour que nous puissions remplir vos vœux. » Et, furieux contre Dumont, il lui cria : « Quitte ce fauteuil ! Si tu ne sais pas remplir ton devoir et faire évacuer la salle, cède la place à un autre ! »

André Dumont eût été bien en peine de faire évacuer la salle, même s'il l'avait voulu. Or il ne le voulait évidemment pas. Il ne voulait pas que les vœux des patriotes pussent être transformés en décrets. Avec ses complices, il désirait que les sections bourgeoises et sans doute la jeunesse dorée, marchant au secours de la Convention, trouvassent la représentation nationale opprimée par les « mauvais citoyens ». Mais les meneurs des sections populaires avaient compris Duhem, Choudieu, et Huguet, Foussedoire qui, eux aussi, les exhortaient. Le mouvement de retraite était déjà sensible lorsque Dumont, sommé par Choudieu, dut ordonner d'ouvrir la barre. Ainsi, se vidant à la fois par la salle des pétitionnaires et par celle de la Liberté, le long vaisseau marbré vert et jaune, avec ses bustes, ses statues en faux bronze, ses étagements de banquettes vertes et de gradins bleus, le massif de la tribune et du bureau surmonté par le trophée de drapeaux pris à l'ennemi, fut rapidement rendu à lui-même. Bordas, sorti pour voir, puis revenu bien vite, dit que sitôt dans la cour les patriotes se dispersaient par petits groupes.

Allait-on voter leurs vœux ? Claude ne le croyait pas, et en effet le centre, jusque-là muet, s'anima tout entier pour imposer la reprise des délibérations là où elles avaient été interrompues. Au demeurant, cela revenait tout de même à satisfaire au désir et aux besoins populaires puisqu'il s'agissait des subsistances. Boissy d'Anglas poursuivit son exposé, après quoi il demanda qu'une force armée imposante fût formée pour protéger les convois, en levant un contingent dans la garde nationale de chaque section. « C'est un moyen illusoire, objecta Claude. Si vous voulez réellement protéger les convois, il faut les faire escorter par de la ligne. » André Dumont feignit de ne pas entendre. La motion de Boissy fut adoptée. Prieur de la Marne suggéra de commencer la distribution par les familles ouvrières. Adopté également.

Là-dessus, la droite rentra, avec Thibaudeau qui reprit le fauteuil et, « indigné de l'attentat commis contre l'Assemblée », donna la parole à Ysabeau pour un rapport sur ce complot. « Voilà les vengeances, » dit Claude à ses voisins. Les Crêtistes murmuraient. Quelques-uns, dont l'ancien chanoine Chasles crièrent même : « L'ordre du jour! » mais sans aucune chance d'entraîner la majorité. Le centre voulait être renseigné. Ysabeau lui apprit que le mouvement venait de la Cité. Il parla des rassemblements de femmes et d'enfants devant les boulangeries, désigna comme principaux responsables les autorités de la section, en premier lieu Dobsen, ex-président du Tribunal révolutionnaire rénové après le 9-Thermidor, qui avait abandonné aux meneurs les tambours du bataillon, avec lesquels ils étaient allés battre la générale dans les quartiers voisins. Une partie de la population du Temple, des faubourgs Antoine et Marcel avait accompagné les bandes de la Cité, obstruant le Carrousel de manière que les patrouilles répandues dans la ville ne pussent porter secours à la Convention. Mais l'Assemblée, Ysabeau l'en félicita, s'était délivrée elle-même. A présent, la garde nationale — des sections bourgeoises, il ne le dit pas —, renforcée par « quelques jeunes gens de bon vouloir » — la clique à Fréron — occupait solidement les alentours du Palais national et donnait la chasse à certains factieux réfugiés dans l'enceinte des Quinze-Vingts. D'autres résistaient encore dans la Cité, où ils s'étaient fait un fort de l'église ci-devant Notre-Dame.

Ce rapport restait plutôt modéré, il s'en tenait aux événements et ne mettait en cause aucun des représentants suspects de collusion avec les patriotes. Cela ne faisait point l'affaire des Thermidoriens. Mais, *in fine*, Ysabeau ajouta que deux députés, Auguis et Pénières, envoyés dans les faubourgs par le Comité de Sûreté générale pour dissiper les rassemblements subsistant çà et là, avaient été blessés, le second d'un coup de feu. Aussitôt ce fut un tollé. Le centre s'émut, la droite poussait des glapissements d'indignation. Assez modérément encore, Ysabeau proposa : 1° de déclarer qu'en ce jour la liberté des séances de la Convention nationale avait été violée; 2° de charger les

Comités d'instruire contre les auteurs de cet attentat. Les Crêtistes protestèrent, car ils discernaient bien que des simples auteurs, comme Dobsen, Vaneck, on passerait aux inspirateurs. « La liberté des séances n'a pas été violée, prétendirent Chasles et Choudieu, le peuple est venu exprimer ses besoins à la Convention. » Ruamps s'exclama : « Le peuple est chez lui dans la maison nationale!

— Était-il chez lui le 20-Juin? lui répliqua-t-on à droite. Cette journée a été un 20-Juin contre la représentation nationale. On a aujourd'hui envahi l'Assemblée comme on a, au 20-Juin, envahi le palais du roi; et si la Convention ne sévit pas, on préparera bientôt contre elle un 10-Août. »

Sergent observa : « Les fauteurs de ce complot ne sont pas les patriotes, mais les Feuillants réfugiés à Londres : les Lameth, les Duport, qui veulent perdre les républicains en les poussant aux excès.

— Allons donc! protesta Thibaudeau passant du fauteuil à la tribune et désignant la Crête. Elle est là cette minorité qui conspire! Je me suis absenté pendant quatre heures parce que je ne voyais plus ici la représentation nationale. Maintenant j'appuie le projet de décret. Le temps de la faiblesse n'est plus. C'est la faiblesse de la Convention qui l'a toujours compromise et qui a encouragé une faction criminelle. Le salut de la patrie se trouve aujourd'hui dans vos mains. Vous la perdrez si vous êtes faibles. »

Ce jeune Thibaudeau — il avait tout juste trente ans — fils de l'ancien député du Poitou aux États généraux, ne laissait pas d'agacer Claude. La faiblesse de la Convention, ne la partageait-il pas lorsqu'il se tenait coi, travesti en sans-culotte, tandis que s'affrontaient Brissotins, Dantonistes, Robespierristes, Hébertistes? Il lui seyait bien de la dénoncer aujourd'hui! Mais aujourd'hui on ne risquait plus sa tête à la lever au milieu de la Plaine, et pour en finir avec la « criminelle faction » jacobine et cordelière il ne restait à abattre que des hommes abandonnés de tous. Certes, Thibaudeau n'était pas thermidorien. Il servait sans le vouloir la réaction et le royalisme, comme beaucoup d'autres républicains sincères dans la Plaine. Grâce à eux, la droite obtint haut la main le vote du décret. Ce n'était pas assez pour elle.

Le président allait lever la séance, car il se faisait tard; depuis plus d'une heure, les garçons de salle avaient allumé les lustres et les grappes de globes portés par les lampadaires qui éclairaient le bureau et la tribune. Néanmoins André Dumont y prit place après avoir réclamé la parole. « Citoyens, dit-il, lorsque je vous présidais, au cours de l'orage, j'ai été l'objet de menaces, d'insultes qui ne s'adressaient pas seulement à moi mais à tous les honnêtes gens de cette assemblée. Choudieu, Chasles ont déclaré que le royalisme occupait le fauteuil...

— Tu mens, coupa Chasles. Je n'ai pas prononcé un mot avant de demander l'ordre du jour sur le rapport d'Ysabeau. »

Mais des Thermidoriens ne craignirent pas d'affirmer furieusement : « Tu l'as dit! Tu l'as dit avec Choudieu! » Outré, Claude ne put se retenir de s'écrier : « C'est inexact. Chasles n'a point parlé à ce moment.

— Au reste, répliqua Dumont emphatique, je méprise tous ces ennemis qui ont voulu diriger des poignards contre moi. Ce sont les chefs qu'il faut frapper. On a voulu aujourd'hui sauver les Billaud-Varenne, les Collot d'Herbois, les Barère. Je ne vous proposerai pas de les envoyer à la mort, car le temps des assassinats est passé; je vous propose simplement de les bannir du territoire qu'ils infectent et agitent par des séditions. Je vous propose pour cette nuit même la déportation des trois prévenus dont on débat la cause depuis trop longtemps. »

Le complot thermidorien atteignait enfin son but. La droite éclata en applaudissements qui trouvèrent des échos au centre. « Le décret! Aux voix, aux voix! » criait-on. Claude se dressa. « Je demande le vote par appel nominal. Vous pouvez arrêter et détenir momentanément les prévenus, par mesure de sûreté générale; vous ne pouvez pas les déporter sans jugement. On nous reproche d'avoir exercé une dictature. Comment qualifieriez-vous donc cela? » Robert Lindet, Prieur et toute la Montagne appuyèrent, réclamant l'appel nominal. Les Thermidoriens hurlaient. « A quoi bon délibérer! fulmina *Merlin-Mayence* enragé à présent. L'opinion publique les a jugés; il ne reste qu'à frapper. » Bourdon de l'Oise (Robespierre disait de lui : "Il joint la perfidie à la fureur ") bondit à la tribune et lança : « L'appel nominal est le dernier effort d'une minorité dont la trahison est confondue. On veut nous faire peur, nous désigner aux poignards hébertistes. Eh bien, je vous propose non seulement la déportation des Trois, mais aussi l'arrestation de Choudieu, de Chasles, de Foussedoire. »

La folie de vengeance saisit la droite déchaînée. « Et Huguet! s'écria-t-on. N'a t-il pas avoué la collusion de la Crête avec la populace? N'a-t-il pas dit : *Peuple, n'oublie pas tes droits!* — Et Léonard Bourdon! Il a poussé à l'insurrection par ses agitations continuelles aux Gravilliers. — Et Duhem! Il a encouragé ouvertement les insulteurs de l'Assemblée pendant leur invasion. Tous ces jours-ci, on l'a vu au café Payen ainsi qu'à la section des Invalides, buvant avec les meneurs. — Et Ruamps! — Et Amar!... » Les noms, les accusations volaient. On entendit désigner Moïse Bayle, Fouché, Levasseur et jusqu'au dantoniste Thuriot. « Il faut que cette journée soit complète! » exultait André Dumont, jouissant comme un chat-tigre.

Thibaudeau, soutenu par les sages de la Plaine, mit fin à ce délire. Il fit passer au vote sur une liste établie par les secrétaires. A une forte majorité, fournie par la plupart des Soixante-Treize et des Vingt-Deux associés aux Thermidoriens, Billaud-Varenne, Collot d'Herbois, Barère, Vadier furent voués à la déportation en Guyane; Choudieu, Chasles, Foussedoire, Huguet, Bourdon le *Léopard*, Ruamps, Duhem, Amar, à la détention. On décréta que, pour éloigner ces huit-là de Paris, ils seraient enfermés dans la forteresse de Ham.

Claude alors se leva, descendit des degrés, son chapeau à la main. Se voyant suivi par Gay-Vernon, Bordas, Levasseur, Romme, Soubrany, Lindet, Ruhl, Duquesnoy et tous les Montagnards modérés, il s'arrêta devant l'estrade. « La majorité a décidé, dit-il calmement. Nous nous inclinons devant sa décision, mais nous n'y pouvons souscrire. Je te demande, président, la permission de nous retirer. »

Thibaudeau inclina la tête. « Le procès-verbal prendra acte de cette protestation », déclara-t-il.

IV

L'Assemblée poursuivit sa séance jusqu'à trois heures du matin. Pour réduire plus aisément le restant de rébellion, mais surtout pour grossir aux yeux des « honnêtes gens » le péril dont on les sauvait et s'autoriser ainsi à de plus complètes rigueurs, la majorité proclama l'état de siège. Le général Pichegru, « glorieux vainqueur de la coalition » en Hollande, qui se trouvait à Paris par un hasard singulier, fut nommé commandant de la force armée, avec le vainqueur de Thermidor : Barras, et *Merlin-Mayence* pour seconds.

Dès l'aube, les représentants arrêtés furent enfermés dans des voitures. Pichegru eut la maladresse de les laisser envelopper par une foule qui paralysa l'escorte. Les patriotes tentèrent de libérer les députés, mais Barras intervint avec le bataillon de la Butte-des-Moulins suivi par quatre ou cinq cents jeunes gens à cadenettes et à matraques. Après une assez vive échauffourée où Raffet, le commandant de la garde nationale, fut légèrement blessé d'une balle au ventre, les voitures quittèrent Paris.

Pichegru investit militairement Notre-Dame. Les insurgés des Quinze-Vingts réunis à ceux de la Cité avaient constitué là une assemblée permanente. Sommés de se séparer, menacés d'un assaut, ils évacuèrent l'église. Pendant deux jours, on tirailla encore, çà et là, tandis que les agents de la Sûreté générale mettaient la main sur tous les meneurs connus. Le 16 enfin, Pichegru se présentait, dans la redingote bleue qui lui servait d'uniforme, à la barre de la Convention. « Citoyens, annonça-t-il, vos décrets sont exécutés et la tranquillité publique rétablie. » Le président Thibaudeau le remercia, ajoutant avec candeur : « Le vainqueur des tyrans conjurés ne pouvait manquer d'anéantir les factieux. » Acclamé par les muscadins qui remplissaient les tribunes, le général fut admis aux honneurs de la séance. En ces trois journées, il venait de fixer sur lui tous les espoirs des royalistes.

Victorieuse, la réaction n'était point assouvie. Tallien, montant à la tribune pour lire un rapport des deux Comités sur le complot montagnard, réclama l'arrestation de dix autres députés. En tête, Cambon. Cambon, le grand argentier de la Convention, qui maintenait à flot par miracle la trésorerie naufrageante, Cambon qui s'était porté garant, devant le Tribunal révolutionnaire, de l'innocence de Danton, mais auquel les anciens dantonistes Fréron, Tallien, Barras et autres enrichis, ne pardonnaient pas d'avoir dénoncé leurs concussions. Cambon, l'ennemi de Robespierre, condamné comme terroriste! Son vrai crime, c'était de gêner trop d'avidités. Après lui, Thuriot, Thuriot de la Rozière, fervent et courageux ami de Danton, mais irréconciliable avec les Soixante-Treize qui trouvaient là l'occasion de s'en débarrasser, ainsi que de Lecointre et de Lesage-Sénault, pour la même raison. La Gironde proscrivait à son tour ses proscripteurs. Venaient ensuite l'honnête Levasseur, Moïse Bayle, victimes des rancunes dantonistes; puis Crassous, Maignet, Granet, Hentz, coupables de s'être montrés trop zélés républicains. Enfin, le rapport proposait la détention de Pache, ancien maire de Paris, deux fois ministre, de Rossignol, ex-général des armées révolutionnaires en Vendée, et de Dobsen, tous considérés comme suspects de participation à la journée du 12 germinal, — ce qui était très exact pour Dobsen et faux pour les deux autres. En réalité, Pache payait sa rupture d'octobre 92 avec les Brissotins, son passage du rolandisme au robespierrisme et à l'hébertisme; Rossignol, ses emportements contre l'état-major dantoniste et girondiste de Saumur. Rovère demanda encore l'arrestation de Fouché, mais on ne l'écouta pas.

Thuriot, Maignet, Hentz, se sachant désignés d'avance, ne siégeaient plus; ils se cachaient. Ils échappèrent aux recherches. Cambon disparut à temps, comme l'avait fait Vadier. Les six restant furent expédiés à Ham. Après quoi, les vainqueurs, sûrs d'avoir maté l'opposition dans l'Assemblée et les patriotes dans Paris, déclarèrent que la Constitution de 93 serait remplacée par une autre. A peu près tout entière d'accord là-dessus, la Convention nomma aussitôt une commission de onze membres qui lui présenterait un texte nouveau.

Spécialiste des travaux constitutionnels, depuis Versailles où il collaborait avec Lanjuinais, Cambacérès, Sieyès, La Révellière-Lépeaux, Claude aurait dû figurer dans cette commission. Il ne fut pas choisi parce qu'on n'y voulait point de membres des anciens Comités, et parce qu'il n'était pas revenu siéger aux Tuileries. Muni d'un congé en bonne et due forme, retiré à Neuilly la plupart du temps, il avait mis au point ses *Principes d'une Constitution républicaine.* Louvet, auquel il apporta le manuscrit, dans sa boutique du Palais-Egalité, l'approuva fort et se chargea non seulement de l'imprimer, de le vendre, mais encore de soutenir ces principes dans la commission des onze, dont il était membre. Fidèle à l'idéal de ses amis morts, les Roland, Buzot, Pétion, Guadet, il demeurait foncièrement attaché à la république, et il déplorait l'esprit de réaction qui gagnait chaque jour parmi les Soixante-Treize.

« Reprends ta place à l'Assemblée, dit-il. Je conçois ta retraite, mais nous avons besoin d'hommes comme toi. Au fond, tu as toujours été un modéré, tu t'es efforcé d'accorder Danton avec nous, tu as combattu Hébert et Robespierre devenu dictateur. Eh bien, c'est désormais le temps des modérés. Il n'y a plus de risque à gauche, nous devons mettre ensemble toutes nos forces pour refréner la droite. Toi-même, ne prêchais-tu pas cette union!

— Certes! et tes paroles me font plaisir. Mais je crains que le temps des modérés ne soit pas encore venu. La *guillotine sèche* de la déportation a remplacé la sanglante *Louisette*, la passion de vengeance substitue une autre terreur à la froide Terreur dirigée contre les ennemis de la patrie. Aujourd'hui, ce sont les républicains que frappent d'anciens terroristes passés à la réaction. Nous serons tous atteints, moi, toi-même peut-être. Ils ne voient pas, ces hommes aveuglés, qu'ils échauffent dans le peuple une formidable colère. Elle éclatera comme un volcan, je te le dis, je le pressens. Je suis las de rester sur mon banc, comme un terme, impuissant à rien empêcher. »

Néanmoins, le 24 germinal, 13 avril, Claude reprit son siège à la Convention. Il le reprit avec une grande émotion patriotique, pour ratifier le traité signé à Bâle, huit jours plus tôt, par Barthélémy et le plénipotentiaire prussien Hardenberg. C'était le résultat des victoires de la république, la rupture enfin de la coalition dont le cabinet de Berlin sortait en faisant la paix. Ne demeuraient plus en armes contre la France que l'Autriche lasse, la Russie lointaine, l'Angleterre durement touchée par la perte de son influence aux Pays-Bas, de tout débouché sur le continent. L'Espagne cherchait à négocier.

Par le traité de Bâle, la Prusse reconnaissait pratiquement à la république la frontière du Rhin, séculairement et en vain ambitionnée par la monarchie. Les troupes françaises évacueraient la rive droite, elles continueraient d'occuper la rive gauche en attendant la paix générale avec l'Empire. La Prusse acceptait d'agir en médiatrice auprès des Etats allemands. Elle laissait les mains libres à la France en Hollande. Enfin l'Allemagne du Nord était neutralisée sous la garantie prussienne.

Immense succès. Il consacrait le triomphe de la République

française sur les rois conjurés depuis si longtemps pour l'abattre. Il couronnait le gigantesque effort accompli par le gouvernement révolutionnaire en galvanisant la nation. Claude rendit hommage au présent Comité, « dont la ténacité dans les négociations diplomatiques a vaincu les atermoiements et les résistances du cabinet de Berlin. Mais, ajouta-t-il en se tournant vers Cambacérès, Sieyès, Merlin de Douai, avouez à votre tour que vos prédécesseurs au pavillon de l'Egalité ont bien fait quelque chose pour préparer ce triomphe ».

Ce soir-là, le souper chez les Dubon fut une véritable fête, en dépit de la pauvreté du menu. Au reste, aurait-on pu se remplir l'estomac quand la majorité de la population vivait tout juste d'un peu de pain noir? Certains commis aux subsistances profitaient de leur fonctions pour se servir. Lorsque Dubon en obtenait la preuve, il les révoquait impitoyablement et envoyait leur dossier à la Sûreté générale. Il donnait lui-même l'exemple. Quant à Claude, chez son autre beau-frère, Naurissane, où le superflu ne manquait guère, il acceptait seulement l'indispensable.

Bernard Delmay et lui, en cette soirée, ne se virent pas sans tomber dans les bras l'un de l'autre. La paix imposée à la Prusse, la coalition démantelée, c'était pour cela que Claude avait accepté de condamner ses amis, de risquer lui-même la guillotine ou le poignard, d'accumuler les nuits sans sommeil et les journées fébriles, de s'épuiser à ce labeur de titans, puis de se voir rejeté, dédaigné, menacé maintenant; pour cela aussi que Bernard s'était improvisé stratège, tacticien, général en chef, chef d'état-major des armées réunies sous Jourdan; pour cela qu'il avait subi toutes les misères des volontaires de 91, des soldats de l'an II, et souffert dans sa chair déchirée; pour cela enfin que sa sœur, la maternelle Léonarde, était morte sur l'échafaud. Quels mots eussent exprimé tout ce que ressentaient Bernard et Claude?... Jean Dubon, Gabrielle et Claudine n'étaient guère moins émus.

Bernard, marié à la ravissante Claudine depuis le 17 janvier de cette année 95, ne pouvait reprendre un commandement. Sa jambe brisée le 14 septembre, lors du franchissement de l'Ourthe, le laissait encore invalide. Débarrassé des béquilles, il marchait en s'aidant d'une canne, et ne s'en passerait pas avant plusieurs mois. Aussi Carnot, voulant utiliser ses dons militaires, l'avait appelé au bureau topographique. En dépit d'une dénomination qui dissimulait au soupçonneux Robespierre l'importance de cet organisme créé presque clandestinement sous la Terreur, le bureau ne s'occupait qu'accessoirement de topographie. En réalité, il établissait les plans de campagne et dirigeait les mouvements des armées. Cela correspondait bien aux capacités de Bernard. Mais Carnot, définitivement sorti du Comité de Salut public le 15 ventôse, 5 mars, était remplacé par Aubry, ci-devant capitaine d'artillerie et vague colonel général des gardes nationales du Gard : un des Soixante-Treize, nourrissant, comme la plupart d'entre eux, une solide rancune contre les Jacobins. En un mois, il avait déjà fait renvoyer dans leurs foyers soixante-quatorze généraux « sans-culottes ».

Bernard s'en plaignit. « Cette espèce de girondin! C'est au fond un royaliste. Il ne souffre autour de lui que des officiers d'ancien régime, comme lui-même, et il serait bien aise de me faire rayer des cadres.

— Aubry! dit Claude. Mais il a voté la mort du roi, je me le rappelle parfaitement. Il ne saurait souhaiter le rétablissement de la monarchie.

— En tout cas, s'il n'est pas royaliste, il en a l'étoffe.

— Pourquoi ne le serait-il pas? dit Dubon. Ne t'illusionne pas, Claude, le régicide ne fournit aucune garantie de républicanisme durable.

— Des illusions! Tu penses si j'en garde après tout ce que nous avons vu! Rien ne me paraît plus impossible.

— Ma foi! fit Bernard, retrouvant sa bonne humeur, les rois conjurés doivent en dire autant. Voilà de quoi nous consoler, mes amis!... »

Parmi les choses à peine croyables qu'ils avaient vues, l'une des plus fortes, pour Claude, était la prodigieuse impudence de Fréron osant, lui, le massacreur des Marseillais, des Toulonnais, lui engraissé de sang et de rapines, réclamer à la Convention le châtiment de Fouquier-Tinville. « Tout Paris attend son supplice, justement mérité. Je demande qu'il aille cuver dans les Enfers le sang qu'il a versé. » En effet, tout Paris connaissait le rôle joué par l'accusateur public; mais Paris ignorait les férocités de Fréron, de Barras dans le lointain Midi. Quoi de mieux, pour en détourner l'attention, que de la fixer sur « les crimes de Fouquier »? Il allait donc servir de bouc émissaire aux hommes perdus. Aussi Claude, sitôt après le décret d'arrestation, rendu le 14 thermidor, était-il allé dire à la douce Henriette Fouquier que son mari pouvait compter sur lui comme témoin à décharge.

Il fut convoqué pour le 8 floréal — 27 avril. Fouquier-Tinville se trouvait en prison depuis plus de sept mois, et son procès durait depuis vingt-huit jours. A plusieurs reprises au cours de ces mois, Claude avait été entendu par les magistrats instructeurs et s'était entretenu avec les deux défenseurs successifs : La Fleutrie puis Gaillard de La Ferrière. A présent, dans la situation faite aux anciens membres des Comités, témoigner publiquement en faveur de l'ex-accusateur, sur lequel tombaient toutes les haines, devenait un acte bien périlleux. Carnot, cité à comparaître, avait estimé prudent de s'y dérober en se disant malade, avec certificat médical à l'appui. Claude ne balança pas cependant.

Le Tribunal révolutionnaire, deux fois rénové depuis le 9-Thermidor, siégeait toujours dans la Grand-Chambre de la Tournelle — la salle de la Liberté —, sous le magnifique plafond bleu et or. Le dallage de marbre, le papier gros bleu sur les murs, les gradins ménagés pour les prévenus, rien n'était changé, sinon que Fouquier-Tinville et vingt-trois autres membres ou jurés du tribunal s'étageaient sur ces gradins. En face, de nouveaux jurés et d'autres juges, un autre accusateur public installé à la table aux pieds de griffon, portaient à leur tour le manteau noir et le chapeau empanaché de plumes noires. Pour garantir leur impartialité, juges et jurés avaient été pris tous hors de Paris — ce qui, au vrai, ne garantissait pas grand-chose.

Fouquier, maigri, plus blême, les sourcils plus charbonneux, plus en accent circonflexe que jamais, occupait au bas des gradins le fauteuil, *le pot*, où il succédait à Danton, à Hébert, à Madame Elisabeth, à Marie-Antoinette, à Charlotte Corday, à Manon Roland, à tant d'autres victimes; et, comme elles, mais pour une tout autre raison, il était d'avance condamné. Son procès, avec sa minutieuse instruction, ses témoins, ses défenseurs, ses formes ostensiblement observées, n'offrait de la justice que les apparences. Cette hypocrisie indignait Claude. Quand on envoyait à la guillotine sur simple constatation d'identité, du moins ne cachait-on pas que l'on tuait parce qu'il fallait tuer sauvagement pour épouvanter tous les ennemis de la nation. Maintenant, on tuait sans besoin, par vengeance; et on prétendait le faire au nom de l'humanité!

En réalité, Fouquier-Tinville devait expier lui aussi la mort des grands Girondins et surtout de Danton, de Lucile Desmoulins si chère à Fréron. Qui songeait à juger Dobsen? Président du tribunal révolutionnaire jusqu'au 22 prairial an II, il avait pourtant prononcé la condamnation à mort de Bailly et de cent autres. Nul ne s'en souciait. Mais Herman figurait à côté de Fouquier parce qu'il présidait au procès des Dantonistes. Et sur quoi reposait le gros de l'accusation présente? Sur les témoignages de deux greffiers de Fouquier-Tinville : Fabricius Pâris et Wolff, tous les deux ardents amis de Danton, placés par lui au tribunal, et pleins de haine pour Fouquier. Une parodie de justice! L'intéressé le démontrait dès la première audience en déclarant : « C'est Pâris qui a remis au substitut Cambon les pièces du réquisitoire. Je le demande, un greffier dépositaire de pareilles pièces doit-il être entendu comme témoin principal? » Cette affirmation, reproduite par quelques journaux impartiaux, personne ne l'avait démentie.

Néanmoins, il eût été maladroit d'attaquer la cour devant laquelle on déposait. Ayant reçu la parole, Claude se borna donc à la cause elle-même. « Tout d'abord, dit-il, pour juger exactement les actes des accusés, il faut retenir quelques chiffres. Le Tribunal révolutionnaire, dont Fouquier-Tinville fut l'accusateur public depuis mars 1793 jusqu'en thermidor 1794, a prononcé deux mille six cent trente-sept condamnations et plus de trois mille acquittements. Deux mille six cent trente-sept condamnés, en dix-sept mois; or, en un seul jour, à Châtillon, les royalistes de la Vendée nous ont tué huit mille hommes. Les citoyens composant le jury ne manqueront pas de réfléchir à ces chiffres. »

Claude marqua un temps là-dessus, puis reprit : « Le Tribunal révolutionnaire fut créé, sous l'impulsion de Danton, comme une arme dirigée contre l'ennemi intérieur. Tant que l'étranger pouvait soutenir celui-ci, le tribunal devait donc frapper sans pitié. Il n'a pas frappé toujours sans justice, puisque le nombre des acquittements, malgré la loi du 22 prairial, dépasse celui des condamnations. Je le sais, on lui reproche d'avoir atteint nombre de petites gens; mais les agents du baron de Batz n'étaient pas souvent de grands seigneurs, et le paysan qui retenait ses grains, nous empêchant de nourrir les soldats, la cuisinière qui conseillait aux détaillants de refuser les assignats, le laquais ou le perruquier qui se faisait propagateur de fausses nouvelles, commettaient autant de crimes contre la nation. Ce tribunal, dit-on, est coupable d'odieuses erreurs; il a condamné des fils à la place des pères, et des pères à la place des fils. Tyrannique, il a refusé la parole à des accusés. Déplorons tout cela, déplorons même son existence. Mais rappelons-nous sous quelle terrible pression il fallait agir contre les ennemis de la patrie lorsque les Vendéens tenaient Saumur, les fédéralistes toute la vallée du Rhône, que l'armée piémontaise leur donnait la main à Lyon, que les Anglais occupaient Toulon, et que les Austro-Prussiens pouvaient en moins de six jours être à Paris. Citoyens, vous n'avez pas connu vraiment ce temps-là, vous en avez eu le simple reflet dans les gazettes; mais nous, membres des Comités de gouvernement, nous qui portions les destinées de la nation, qui la voyions étranglée, suffoquante, nous qui sentions pour ainsi dire dans nos mains ses sursauts désespérés, comment nous fussions-nous souciés de la vie d'autrui, de la nôtre! le Tribunal révolutionnaire s'est conformé aux directives des Comités. Des innocents ont péri, c'est certain, mais les cent mille volontaires ou réquisitionnaires qui sont tombés à Valmy, à Jemmapes, à Hondschoot, à Mayence, à Fleurus, à Châtillon, à Torfou, à Toulon, n'étaient-ils pas des innocents, eux aussi? »

Le président Liger demandant au témoin de bien vouloir s'expliquer sur les rapports de Fouquier-Tinville avec les Comités, Claude répondit : « Il était leur instrument, rien de plus, rien de moins. Il venait tous les soirs à la réunion commune dans le pavillon de l'Égalité, pour rendre compte et recevoir les instructions. Il ne possédait aucune initiative. Tout ce qu'il pouvait de lui-même, c'était *oublier* un dossier. Ainsi furent sauvés ses anciens collègues du Châtelet, et tant d'autres personnes, dont l'ex-président Montané, les amis de Danton : Beugnot, Rousselin de Saint-Albin pour lequel Fouquier risqua sa propre tête, car Robespierre voulait avec acharnement celle de Rousselin.

— Vous étiez au courant de ces manœuvres?

— Nous ne les ignorions pas. Plus d'une fois Collot d'Herbois a menacé Fouquier de l'envoyer à la guillotine s'il les continuait. Au contraire, d'autres parmi nous approuvaient ces agissements et en profitaient pour sauver des prisonniers qui ne méritaient pas la mort. Beaucoup ont pu être épargnés. Le frère de Marie-Joseph Chénier, la sœur du général Delmay l'auraient été aussi sans l'épouvantable maladresse d'un père et d'un mari. Évidemment, ni Fouquier ni nous n'avions le pouvoir d'éviter l'échafaud à des hommes ou des femmes trop signalés. Pourtant, sans les Hébertistes, ni Westermann, ni Danton, ni Desmoulins et encore moins sa femme, ni Mme Roland, ni Madame Elisabeth, ni même la reine n'auraient paru ici.

— Je demande, s'écria Judicis, l'accusateur public, que le témoin précise sa pensée là-dessus. »

Claude hésita, un instant, puis : « Je ne voudrais pas mettre en cause des collègues qui ne sont plus là pour se défendre. Cependant ce n'est aujourd'hui un secret pour personne qu'au sein des Comités il existait une division profonde entre les membres hébertistes et les autres. Une fois passé le danger immédiat de la patrie, cette division, on le sait aussi, n'a pas cessé de s'approfondir. Notre minorité a dû subir la loi des *rectilignes*. Nous voulions citer Danton à la barre de l'Assemblée; ils nous ont imposé son envoi au Tribunal révolutionnaire. Saint-Just en ressentit une telle colère qu'il jeta au feu son discours. Fouquier, j'en jure sur ma conscience, était favorable aux Dantonistes. A tel point que l'ordre de l'arrêter, avec Herman, fut donné à Hanriot. Je l'ai dit lors de la première instruction. La minute de cet ordre, ou sa copie, doit figurer au dossier.

— Oui, mais, objecta Judicis, il fut révoqué le lendemain.

— Parce que Couthon estimait la mesure impolitique pour le moment, et qu'entre-temps Billaud-Varenne avait déclaré à Fouquier : “ Si tu n'obtiens pas la condamnation de tous ces scélérats, c'est toi qui mettras ta tête à la chatière ”. Ainsi avisé, Fouquier a été en outre, pendant tout le procès, sous la pression de quatre membres du Comité de Sûreté général. Je ne les nommerai point, Fabricius Pâris les connaît parfaitement; il est au courant de tout cela. Je l'affirme, ce sont ces quatre commissaires, et Billaud-Varenne, Collot d'Herbois qui ont poussé Danton sous le couteau. Fouquier, Herman ne pouvaient qu'obéir ou marcher eux-mêmes à l'échafaud. Mme Roland, Madame Elisabeth ont été également sacrifiées par les Hébertistes à leur politique d'extermination. Quant à la reine, le Comité voulait si bien éviter cette mort odieuse et inutile, que l'on n'avait pas arrêté Michonis après la première tentative d'enlèvement, et qu'après l'échec de la seconde, la Conspiration de l'œillet, le *Tribunal de sang* le condamna tout simplement à l'emprisonnement jusqu'à la paix. Plus tard, il fut, à notre insu, adjoint aux " Chemises rouges " : cette théâtrale boucherie organisée par les Hébertistes du Comité de Sûreté générale pour noyer Robespierre dans un flot de sang. Encore une fois, je l'assure, ce sont eux, avec Billaud et Collot, les vrais responsables des crimes imputés à Fouquier. Pour lui, je le répète aussi, c'était un instrument. Si vous le condamnez, alors condamnez le bourreau, condamnez la guillotine. »

Claude répondit encore à plusieurs questions concernant le procès des Girondins et celui des Dantonistes (celui d'Hébert, on n'y songeait même pas). Il parlait avec conviction, car il croyait dire la vérité, mais, étant de parti pris lui aussi, il la déformait un peu parce qu'il tendait inconsciemment à se justifier, lui et les modérés du Comité de Salut public, en justifiant le tribunal. Au vrai, quoique Fouquier, mal vu de Robespierre et le détestant, eût effectivement agi sous la menace, sa responsabilité dans l'accélération du Tribunal révolutionnaire demeurait lourde. Oui, il avait mainte fois protesté, à la réunion des Comités, contre la violation des plus élémentaires principes judiciaires à laquelle on le contraignait. En revanche, son aversion pour l'*Incorruptible*, sa crainte des commissaires hébertistes lui avaient fait servir odieusement ceux-ci dans le procès des "Assassins de Robespierre " et, pour le compromettre, envoyer à la mort en chemises rouges toute une fournée de victimes innocentes ou dont le châtiment était hors de proportion avec les fautes.

En bonne justice, Billaud-Varenne, Collot d'Herbois, Vadier ayant été condamnés à la déportation, on aurait dû appliquer la même peine à Fouquier-Tinville. Mais trop de fantômes sanglants le tiraient à eux. Il les rejoignit dix jours plus tard. Le 17 floréal, 6 mai, l'ex-accusateur public, l'ex-président Herman et quinze ci-devant jurés — parmi lesquels Sempronius-Gracchus Vilate qui avait une si jolie maîtresse et mourait à vingt-sept ans — *éternuaient dans le sac* sur la place de la Commune, redevenue place de Grève. Le tribunal avait acquitté les treize autres accusés, dont Duplay, l'hôte de Robespierre. Fouquier monta le dernier à l'échafaud. L'éternelle foule braillarde lui criait : « Tu n'as pas la parole! Tu n'as pas la parole! » Il répondit : « Et toi, canaille imbécile, tu n'as pas de pain! »

Chose tout à fait exacte maintenant. En dépit des mesures (d'ailleurs illusoires) votées le 12 germinal pour protéger les arrivages, Boissy d'Anglas se révélait incapable d'assurer les subsistances. Retenues par les paysans, pillées en route par des affamés ou les contre-révolutionnaires dont les gardes nationales se faisaient sourdement complices, il n'en parvenait à Paris que des quantités insuffisantes. De plus, les spéculateurs jouant là-dessus, les prix enchérissaient sans cesse. Enfin, depuis la disparition de Cambon — il se cachait dans un grenier, rue Honoré — et la réouverture subséquente de la Bourse, les assignats s'effondraient littéralement. Le louis, en moins d'un mois, était monté de trois cent quarante francs papier à quatre cents francs, huit cents parfois pour les agioteurs. Dans les boutiques, on n'acceptait plus le franc papier que pour six centimes. Si l'on voulait acheter une marchandise valant cinquante francs, il fallait donner trois cents francs en assignats. Dans la classe pauvre, la misère atteignait un degré que l'on n'avait jamais connu ni même imaginé aux pires moments de 89 et de 93. On voyait dans les rues, des femmes, des hommes tomber d'inanition. D'autres, à bout de souffrance, se jetaient dans la Seine ou se précipitaient d'une fenêtre sur le pavé. Des pères, des mères de famille, ne pouvant plus nourrir leurs enfants, les tuèrent et se coupèrent la gorge. Le va-et-vient des corbillards remplaçait celui des charrettes rouges. En quelques semaines, la faim avait fait plus de victimes que la guillotine en un an et demi. Pendant ce temps, les profiteurs se gobergeaient chez *Venua*, dans les restaurants du Palais-Royal ou chez les traiteurs des Champs-Élysées. Les riches mangeaient du pain blanc, des gâteaux. Mme Tallien, dans sa somptueuse chaumière du Cours-Égalité, les belles amies de Barras, la veuve du général Beauharnais, les actrices passées de Sainte-Pélagie ou de Port-Libre dans les bras des Thermidoriens, donnaient des fêtes aux députés de la droite, aux muscadins, aux émigrés rentrés.

Cette provocation, involontaire sans doute, mais permanente, était bien pire que le banquet des gardes du corps, à Versailles, en 89. Claude sentait frémir le volcan. Le peuple grondait d'une colère non plus artificiellement excitée comme en germinal. C'était la violence du désespoir qui allait exploser d'un jour à l'autre. Le risque n'échappait point à la Convention. Elle venait de remplacer Boissy d'Anglas par l'énergique Roux et de lui adjoindre trois autres députés : Barras, le jeune Féraud, Rouyer, chargés de réquisitionner des vivres dans les campagnes en mobilisant — on s'y décidait enfin — les troupes de ligne. Barras, accompagné par Brune, toujours général de brigade et sans commandement, partit chercher des grains en Belgique. Mais déjà, le 10 floréal, la section de Montreuil, invitant toutes les autres à l'imiter, s'était déclarée en permanence pour lutter par tous les moyens contre la famine. Le lendemain une émeute, difficilement réprimée par la garde nationale bourgeoise, éclatait dans la section Bonnet-de-la-Liberté. A l'Assemblée, on n'osait plus parler de refaire la Constitution; on s'en tenait de nouveau à l'idée de « lois organiques ». Inquiets, les Comités concentraient de la cavalerie à Rambouillet, Chartres, Longjumeau. Le 25 floréal, le télégraphe porta aux armées du Nord et de Sambre-et-Meuse l'ordre de mettre en marche sur Paris quatre mille fantassins. Le 26, la ration de pain tombait, pour la journée et les jours suivants, à deux onces par personne — environ soixante-deux grammes, selon le système de mesures nouvellement adopté.

Le 28, Claude, allant au faubourg Antoine causer un peu de la situation avec Santerre, entendit un orateur de carrefour exhorter la foule haillonneuse et hâve. « Il est temps, disait cet homme, lui-même d'aspect misérable, que nous nous levions en masse si nous ne voulons pas périr tous de faim. Il faut que les ouvriers se montrent contre les marchands, les accapareurs et les égoïstes. » Une ménagère constatait : « Sous le règne de Robespierre, le sang coulait et on ne manquait pas de pain; aujourd'hui qu'il ne coule plus, on en manque. Il faut qu'il coule pour en avoir. » Cependant Santerre demeurait hostile à un soulèvement. « Le peuple ne peut plus rien, dit-il. Si on ne l'avait pas su déjà, on l'aurait trop vu le 12 germinal. Il n'a plus de têtes, et puis les enrôlements volontaires, la réquisition ont enlevé aux faubourgs presque toute la jeunesse. Nos gardes nationaux comptent en moyenne cinquante à soixante ans. Du courage, ils n'en manquent pas; mais il ne leur reste plus le ressort indispensable pour soutenir une grande insurrection. Rappelle-toi tout ce que le 10-Août nous a coûté d'efforts, de ténacité! Même si le peuple triomphait un moment, il serait à la fin écrasé, comme le mois dernier. Et cette fois les représailles seraient accablantes.

— Un orage va néanmoins éclater, cela n'est pas douteux.

— Je le déplore, mais comme je ne saurais ni l'arrêter ni le conduire, à quoi serais-je bon? »

Dans sa brasserie fermée faute de matières premières, ruiné, abandonné par sa femme, Santerre, hercule amaigri, aux chairs flasques, car lui aussi souffrait de la disette, était l'image même de l'abdication.

D'autres pourtant ne désespéraient pas. Des humbles, complètement inconnus hors de leurs quartiers, artisans, ouvriers, employés — parmi lesquels un dégraisseur, Pierre Dorisse, un cordonnier, François Duval, un ancien membre du comité révolutionnaire de l'Arsenal, Étienne Chabrier —, avaient fini par réunir, dans la rue Mauconseil, une espèce de petit comité insurrectionnel ignoré de la police. Mais il restait sans lien avec le plus grand nombre des sections populaires, sans contact avec les députés montagnards subsistant, sauf Fouché, peut-être, qui ne renonçait pas à la lutte contre les Thermidoriens, et qui, sans paraître, agissait souterrainement au moyen d'intermédiaires obscurs.

Claude crut identifier le style du ci-devant professeur de l'Oratoire dans un placard anonyme dont soudain Paris fut inondé, le 30 floréal au soir. Des centaines de gamins en guenilles le distribuaient aux passants. Fouché ou Xavier Audouin. Assurément, il ne provenait pas de plumes inexpertes. Avec une grande fermeté de ton, ce manifeste, intitulé : *Insurrection du peuple pour obtenir du pain et reconquérir ses droits*, exprimait une vraie pensée politique. On y réclamait du pain, mais en même temps on protestait contre les détentions de patriotes. On invoquait l'article de la Déclaration des droits accordant au peuple celui de s'insurger quand il est opprimé, mais encore on demandait la dissolution de l'Assemblée, « dont chaque faction a tour à tour abusé pour ruiner, pour affamer et asservir le peuple ». On exigeait la mise en vigueur de la Constitution de 93, la destitution des Comités, l'arrestation de leurs membres, la libération des représentants emprisonnés. On invitait les troupes à se ranger avec le peuple, et les quarante-huit sections à élire chacune un délégué afin de former une Assemblée centrale.

Étant allé avec son beau-frère Naurissane souper et coucher à Neuilly, Claude ne sut point ce qui se passait cette nuit-là; mais Jean Dubon, quittant fort tard l'Hôtel de ville, trouva la Cité en effervescence. Quoique la chandelle fût rare et chère, beaucoup de fenêtres restaient éclairées. Des portes battaient. Dans l'ombre transparente, des gens, des femmes surtout, allaient et venaient, parlaient haut, criaient même. Dubon entendit insulter la Convention. Elle avait tué Robespierre pour régner à sa place, disait-on. Elle voulait anéantir le peuple. Elle l'affamait volontairement, elle protégeait les marchands, qui suçaient le sang du pauvre. Elle envoyait à la mort tous les patriotes. Il fallait demain marcher contre cette Assemblée traîtresse, les femmes les premières parce que les soldats n'oseraient pas leur tirer dessus. Jean, n'ayant pas lu le manifeste, ne comprenait point la cause de cette brusque ébullition, mais il reconnaissait là quelque chose de la fièvre qui enflammait ces quartiers à la veille du 14-Juillet et du 10-Août. Il songea, un instant, à prévenir le Comité de Sûreté générale. Bah! il avait ses agents pour l'aviser!... Dubon rentra chez lui, fatigué d'une rude journée après tant d'autres. Pour lui, comme pour Santerre, le temps d'arrêter ou de diriger la foudre était passé.

Au Pont-Neuf, régnait le calme. La lune argentait la Seine. Sur la rive gauche, aucune lumière, aucun bruit. Les Cordeliers, naguère si turbulents, ne bougeaient pas. Et pour cause! Ils avaient été décimés par la réaction thermidorienne. En fermant sa porte, Jean se rappela une invective d'Hébert, lancée de la tribune, dans la vieille chapelle, contre les fondateurs mêmes du club : « Des hommes usés en Révolution! » Eh bien, oui, usé; il y avait de quoi l'être après six ans. Il ne souhaitait plus que d'en finir avec ses épuisantes et vaines fonctions, avec la vie publique, et de reprendre son métier de robin.

Le lendemain, 1er prairial, dès cinq heures du matin, le tocsin sonnait au faubourg Antoine. Un peu plus tard, le faubourg Marceau répondait. Des femmes avaient forcé les portes des clochers. Dans ces deux sections et dans celles de la Cité, des Gravilliers, de l'Arsenal, du Panthéon, du Finistère, de Montreuil, les hommes à leur tour forcèrent les portes des dépôts où les autorités thermidoriennes tenaient enfermés fusils, canons, munitions de la garde nationale populaire. Ils se partagèrent les armes, rétablirent leurs compagnies dissoutes. Tout cela exigea beaucoup de temps. Il était entre dix et onze heures lorsque ces sections s'ébranlèrent pour marcher vers les Tuileries, sous la direction d'un garçon de vingt-trois ans, l'artisan graveur Pierre Lime, poussé au commandement général par la section de Montreuil.

Les femmes les avaient précédés. Parmi elles figuraient nombre d'anciennes adhérentes de la *Société des femmes révolutionnaires* de Claire Lacombe, ou de la *Société fraternelle des deux sexes*. L'expérience des « journées » ne manquait ni aux unes ni aux autres. Parvenues au Palais national, elles bousculèrent sous les arcades la garde trop faible, occupèrent les tribunes et les gradins publics dans la salle de la Convention. Quand celle-ci, réunie au bruit du tocsin sonnant au pavillon de l'Unité, voulut mettre hors la loi les chefs d'attroupements, c'est-à-dire « les vingt premiers individus qui seraient arrêtés marchant en tête », elles accueillirent ce décret par des rires sardoniques et les cris : « Du pain! du pain! »

Claude arrivait. Comme au 12 germinal, il avait été frappé par l'absence de force armée autour des Tuileries. Les membres des Comités ne pouvaient cependant ignorer l'imminence et la grandeur du péril. Il ne s'agirait plus cette fois d'un vague complot, mais du soulèvement de puissantes masses animées par le désespoir. Pourquoi attendre? Les Thermidoriens, se rendant compte que, le mois dernier, ils n'avaient qu'imparfaitement maté le Paris patriote, entendaient-ils profiter de cette occasion pour renouveler leur manœuvre du 12 et briser définitivement le ressort révolutionnaire? C'était à croire, car Ysabeau venant, au nom du Comité de Sûreté générale, annoncer que sept sections en armes, vingt mille hommes au moins, avec leurs canons, marchaient sur l'Assemblée par les quais et toutes les rues de l'est, se borna, une fois ce renseignement donné, à lire, aux applaudissements des femmes, le manifeste de l'insurrection, connu de tous les députés. Le girondin Vernier, successeur de Thibaudeau à la présidence, laissait faire. Après quoi, Ysabeau réclama le vote d'une proclamation aux Parisiens pour rejeter la responsabilité des troubles sur les sans-culottes. On discuta, on vota, on ajouta un appel « aux bons citoyens, amis des lois, de la liberté, de la paix, et attachés par principe au maintien des propriétés ». Les heures coulaient.

A plusieurs reprises, Claude était sorti avec Gay-Vernon et

Bordas, comme bien d'autres députés, pour voir l'état de choses sur le Carrousel. Rencontrant Xavier Audouin descendu de la tribune des journalistes, il le questionna : « Est-ce toi l'auteur ou l'inspirateur de ce manifeste?

— Moi! Assurément non. Il me faudrait être fou. Alors que mon beau-père est en prison, j'irais le compromettre un peu plus en me signalant de la sorte!... »

Au début, on apercevait sous les guichets du Louvre quelques individus mal vêtus, sans ordre et sans armes. Plus tard, des têtes de colonnes apparurent avec des tambours. Plus tard encore, le gros des bataillons sectionnaires, les canonniers et leurs pièces. A deux heures après midi seulement, la Convention fut investie. Et pendant tout ce temps-là rien n'avait été entrepris pour la défendre. Haussant les épaules, Claude rentra. « Je voudrais bien savoir, dit-il à Bordas, ce que préparent Fréron, Tallien et Legendre. On ne les a pas vus dans la salle. Ils sont certainement en train de mijoter un grand coup. »

En effet, les trois commissaires délibéraient au pavillon de Marsan. A l'encontre de ce que supposait Claude, ils n'avaient nullement souhaité cette nouvelle invasion de l'Assemblée. Parfaits incapables, occupés avant tout de leurs plaisirs, ils s'étaient laissé surprendre par l'insurrection. Ils n'imaginaient pas possible un tel soulèvement, ni que le peuple osât se réarmer, recomposer ses milices. A présent, ils se hâtaient de réparer leur erreur, mais il fallait du temps pour réunir les bataillons bourgeois, beaucoup de temps pour amener les troupes cantonnées dans les environs. On s'efforçait d'en gagner. C'est pourquoi Vernier, prévenu par Ysabeau, faisait traîner les débats. Tallien l'appela pour l'endoctriner. Sous aucun prétexte il ne devait lever la séance. Puisque — et là Claude devinait juste — on avait l'occasion d'en finir une fois pour toutes avec les sans-culottes, on donnerait aux députés qui voudraient soutenir les rebelles toute latitude de s'enferrer, comme cela s'était produit le 12 germinal.

Seulement Tallien, Legendre, Fréron, toujours bornés, ne prévoyaient pas quelle violence allait prendre aujourd'hui la manifestation populaire. Ils croyaient à un nouveau complot montagnard, abusés en cela par le féroce et inepte ci-devant marquis de Rovère — encore un sanglant terroriste devenu thermidorien — qui avait dénoncé, le 28 germinal, une prétendue *Conspiration des Œufs rouges* pour délivrer les Crêtistes emprisonnés; alors que tout le complot, c'était la misère du peuple.

Lorsque Claude regagna sa banquette au bas de la Montagne, André Dumont — naturellement! — occupait le fauteuil à la place de Vernier, et l'Assemblée envoyait onze députés dans les sections de l'Ouest avec mission d'y ranimer le zèle des bons citoyens. A peine pa taient-ils, le tumulte commença dans la salle de la Liberté et des Drapeaux. Les ménagères des tribunes y firent écho en criant : « Du pain! du pain! » Dumont leur déclara que si elles ne se taisaient pas elles allaient être expulsées. Elles le couvrirent de huées, de rires ironiques. « C'est bon », dit-il et, s'adressant à un général de brigade, Fox, qui venait de paraître à la barre avec des jeunes gens de la très bourgeoise section Bon-Conseil pour présenter une pétition : « Général, proclama-t-il, vous êtes nommé commandant provisoire de la force armée. Faites respecter la représentation nationale. » La majorité confirma par ses applaudissements cette nomination impromptue. Fox jura de mourir à son poste, et sortit. « J'avertis les perturbateurs, lança Dumont au public, que l'on va employer la force contre eux. Je somme les honnêtes gens d'évacuer les tribunes. » Les simples curieux obéirent. Les citoyennes restèrent, injuriant le président et les députés de la droite, jusqu'au moment où le général revint avec huit ou dix fusiliers de la garde et les jeunes muscadins munis de fouets qu'ils avaient empruntés aux cochers de fiacre sur le Carrousel. Ils escaladèrent les gradins. Les femmes s'enfuirent en hurlant devant les lanières claquantes.

Mais le vacarme redoublait dans la salle de la Liberté. La grande porte aux panneaux de marqueterie vibrait sous les coups. Pierre Dorisse, le dégraisseur, s'était, avec quelques compagnons, emparé d'une des banquettes écarlates disposées le long des murs. On s'en servait comme d'un bélier. La porte se rompit. Comme au 12 germinal, une marée vociférante inonda l'hémicycle. Les représentants durent se retirer sur les bancs supérieurs. Cette foule ne se composait encore que de femmes et d'hommes sans armes portant à leur chapeau l'inscription : « Du pain. La Constitution de 93. » Ils ne tinrent pas longtemps devant des gendarmes et les gardes nationaux de la section Grenelle qui firent irruption par le couloir des pétitionnaires.

Auguis, ce commissaire de la Sûreté générale que l'on avait inexactement dit blessé le 12 germinal, était allé les requérir. Il les conduisait, barré de son écharpe, le sabre à la main. Sur l'ordre du général Fox, la troupe se déploya en cordon, cerna les rebelles, et, baïonnettes pointantes, les refoula dans la salle de la Liberté.

Il y eut un répit. On en profita pour décréter que la section Grenelle avait bien mérité de la patrie, pour charger Delmas, autrefois commissaire à la Guerre dans le Comité Danton et revenu dans le nouveau, de coordonner toutes les forces dont pouvait disposer la Convention. Soudain, la troupe formant barrage à la porte reflua dans la salle. Des bataillons populaires, entrés par le pavillon de l'Horloge, avançaient au pas de course, repoussant tout devant eux. Un instant, les gardes nationaux en pantalon, veste ou corps de chemise et les gardes nationaux en uniforme bleu et blanc se trouvèrent face à face, croisant la baïonnette. Puis ils s'abordèrent en criant, les uns : « Vive la République ! » les autres : « Vive la Convention ! » Un coup de feu éclata, suivi par les explosions d'une fusillade assourdissante dans cet espace clos. Des balles claquèrent contre les murs, contre les banquettes, aux pieds des représentants réfugiés tout en haut de l'hémicycle.

Cela ne dura guère. Les adversaires étaient trop proches, trop mêlés pour se tirer dessus. Ils se battaient corps à corps, de plus en plus serrés par la pression de la foule revenue derrière les gardes populaires. Les femmes, les hommes portant l'inscription au chapeau, mais armés à présent de piques, de sabres, de pistolets, assaillirent la tribune, à laquelle les huissiers, des gendarmes, des députés, Auguis, Féraud faisaient un rempart vivant. André Dumont, sachant ce qui l'attendait si les insurgés parvenaient jusqu'à lui, s'était éclipsé par le salon de la présidence. Boissy d'Anglas le remplaçait. Il se tenait debout au bureau, couvert, immobile, considérant avec dégoût cette scène d'anarchie qui laissait loin derrière elle tous les désordres dont la salle verte et jaune avait été témoin. Des piques, des pistolets menaçaient *Boissy-Famine.* Des femmes, enragées par la fureur, le criblaient d'injures. Un jeune officier, placé sur les marches de la tribune, voulut arracher une de ces piques. Il fut abattu aussitôt à coups de pistolet. Féraud s'élança pour combler la brèche ainsi faite. Une balle l'atteignit à son tour. Il tomba, blessé en haut de la poitrine. Des femmes se précipitèrent sur lui en criant : « C'est Féraud des subsistances! Féraud l'affameur! A mort! » Elles le foulèrent aux pieds, le traînèrent, l'emportèrent au-dehors.

Entre les gardes nationaux, la mêlée continuait. Quelques renforts arrivèrent aux bourgeois par l'entrée des pétitionnaires. Cela ne pouvait suffire à équilibrer la pression des troupes populaires poussées encore par la foule. En vérité, la lutte dans la salle bourrée, archicomble, se transformait en un remous de corps agglomérés, où les armes ne pouvaient plus servir. Acculés à l'ouverture de la barre, gardes bourgeois et gendarmes furent finalement expulsés avec le commandant provisoire de la force publique. Cinq heures sonnaient. Les insurgés étaient maîtres de la Convention.

Les députés, tous couverts comme leur président, avaient suivi les phases du combat avec des sentiments bien divers. La droite, le centre s'indignaient. Quoique sympathisant avec le peuple exaspéré par sa misère, Claude détestait cet abominable désordre. Les derniers Montagnards se taisaient, incertains. Plusieurs souhaitaient sans doute le succès de l'insurrection; mais, sans liaison avec elle, ils ignoraient son état dans Paris. S'était-on emparé de l'Hôtel de ville, avait-on établi une Assemblée centrale, arrêté ou investi les Comités thermidoriens? Dans ce cas, les patriotes triompheraient, à condition de faire voter dès maintenant les décrets indispensables. Claude ne croyait pas ces choses-là possibles. Il observait Fouché, qui se gardait de rien dire. Lui seul aurait eu, peut-être, malgré ses brouillonnements, la capacité d'imprimer une certaine cohérence à l'entreprise. Mais, obligé de paraître ici, d'y demeurer pour ne point confirmer les soupçons, il ne disposait certainement pas, au-dehors, de moyens d'action efficaces sur les insurgés. Et, déjà très compromis par sa collusion avec Babeuf, par ses sourdes agitations avant et après le 12 germinal, il ne pouvait ici-même agir sans se perdre. Néanmoins, Claude ne doutait pas que Fouché, confiant dans la réussite finale, n'eût point hésité à braver les risques, comme il l'avait fait, non sans imprudence, en attaquant Tallien à la tribune. Son mutisme, son immobilité ne portaient donc pas à bien augurer de la révolte.

Ruhl, le vieil Alsacien aux cheveux blancs, l'austère Romme se décidèrent à parler au peuple. Ils essayèrent et il ne le leur permit pas. « A bas! A bas! » cria-t-il. Au 12 germinal, on l'avait abusé par des discours. Il n'en voulait plus. Il ne voulait même pas entendre ses propres meneurs, d'ailleurs inconnus du grand nombre. Espérant ramener le silence, François Duval, le cordonnier, canonnier au bataillon de l'Arsenal, fit battre les tambours de sa section. Peine perdue. La foule n'en hurla que plus fort. Elle se grisait de sa révolte. Le bruit, le chaos l'enivraient. Les femmes se mirent à taper des mains, à trépigner. Elles jouissaient d'un plaisir sadique en voyant l'état auquel la Convention, humiliée, bafouée, se trouvait réduite. C'était leur revanche pour tant de souffrances, tant de provocations des Thermidoriens et de leurs clients.

Quelques hommes cependant se rendaient bien compte qu'à prolonger le désordre on risquait de tout perdre. L'un d'eux, un anonyme au verbe claironnant, s'efforça de dominer le tumulte. « Mes amis, le temps presse! s'écria-t-il. Il faut des décrets. Laissons nos représentants les prendre!

— A bas! lui répondit-on. A bas les avocats! »

Ruhl encore, Duroy demandèrent la parole à Boissy d'Anglas. Il n'avait aucune possibilité de la donner. Chaque fois qu'il tendait la main vers la sonnette, on le menaçait. Brusquement, un nouveau remous divisa la foule. Elle s'ouvrit devant une procession hérissée de fers luisants, de sabres. Entrée par la salle de la Liberté, elle s'avança jusqu'au bureau avec des clameurs sauvages. Parmi les pointes et les lames brandies, on voyait, piquée au bout d'une hampe, une boule chevelue, blême, sanguinolente. C'était la tête de Féraud, décapité rue de la Loi. Les massacreurs entendaient la faire baiser à son complice *Boissy-Famine.* Il la repoussa d'un geste en détournant les yeux. « A mort! A mort! » hurlait-on. Des piques l'environnaient. Pour l'atteindre, des forcenés tentaient d'escalader la tribune. François Duval rassembla les fusiliers de l'Arsenal pour la dégager.

Dehors, les bataillons des sections en révolte tenaient toujours la cour et le Carrousel. Le commandant général, Pierre Lime, braquait ses pièces au débouché de la rue Nicaise. Mais il n'avait pas eu l'idée, et personne ne la lui avait soufflée, d'occuper les locaux des Comités, d'en arrêter les membres. Pas la moindre escouade ne s'était emparée de l'Hôtel de ville, et l'Assemblée centrale n'existait pas.

En revanche, le bataillon bourgeois de la Butte-des-Moulins s'alignait sur la place du Palais-Royal, renforcé depuis un moment par celui de Le Pelletier, ci-devant des Filles-Saint-Thomas, royaliste jusqu'en pleine Terreur. Celui du Contrat-Social se trouvait encore plus proche, dissimulé sur le Petit-Carrousel, en liaison d'une part avec le pavillon de Marsan, de l'autre avec les gendarmes et le bataillon de Grenelle chassés de la Convention mais demeurés dans l'aile droite du Palais national. Legendre, Tallien, Fréron, Ysabeau conservaient ainsi le contact avec l'Assemblée. Un de leurs agents, Ignace Eck, faisait le va-et-vient entre la salle du Comité et celle de la Convention. Ils l'auraient libérée dès maintenant s'ils l'avaient voulu, mais cela n'offrait aucun avantage. Qu'importait au mitrailleur Fréron, au guillotineur Tallien la vie d'un ou deux députés, voire de Boissy d'Anglas lui-même, quand on pouvait liquider toute l'opposition montagnarde et toute la sans-culotterie au nom de laquelle ils avaient pourtant guillotiné et massacré! Pour réaliser leur dessein, il ne fallait qu'attendre. On ne risquait plus rien désormais. Raffet, ex-prétorien de La Fayette, commandant la garde nationale, rassemblait tous les bataillons de l'Ouest. Les girondistes Defermon et Pontécoulant allaient au camp des Sablons recevoir la cavalerie arrivant à Paris. Des troupes à pied suivaient. On gardait solidement les barrières, le télégraphe, les prisons. Chaque instant écoulé assurait la victoire. Vernier regagna son poste à la Convention, par le passage communiquant avec la salle des pétitionnaires.

Les fusiliers populaires avaient dégagé le massif formé par la tribune et le bureau. Il était six heures et demie. François Duval, pour justifier l'insurrection, donnait lecture du manifeste, au milieu des applaudissements et des cris. Après lui, toujours dans la même pensée trop honnête, Étienne Chabrier gaspilla encore du temps à lire l'article de la Déclaration des droits légalisant l'insurrection. Les deux hommes occupèrent ainsi la tribune pendant plus d'une demi-heure parce qu'il fallait sans cesse refaire battre le tambour afin d'obtenir un nouvel instant de silence. Et, à sept heures, Pierre Lime, sur le Carrousel, reçut l'ordre, signé Raffet, de rejoindre sans délai le dépôt de sa section. Il obéit, n'entendant pas entrer en rébellion contre le commandant en chef, et n'ayant, du reste, jamais eu confiance dans l'entreprise. Il partit avec ses canons, suivi par la majorité de sa troupe.

Dans la salle, on ignorait cette défection. Vernier réinstallé au fauteuil avait, avec une autorité servie par la fatigue des manifestants et par la bonne volonté de Pierre Dorisse, de Duval, de Chabrier, des gardes de l'Arsenal, fait évacuer le parquet devant la tribune, ainsi que les banquettes voisines. La raison, le sentiment de l'urgence commençaient de l'emporter sur la violence. Et puis, bien des femmes, en mouvement depuis l'aube, se retiraient, épuisées, ce qui ne favorisait pas peu le retour à un certain calme. Des vociférations furieuses, les rebelles passaient aux revendications. Les uns réclamaient la libération des patriotes, la Constitution de 93; d'autres, le rétablissement de la Commune, des sociétés populaires, l'interdiction du commerce de l'argent, le même pain pour tous; d'autres enfin, la réincarcération des Soixante-Treize, l'arrestation des Thermidoriens, des émigrés rentrés, la réquisition des denrées, le retour au *maximum*, l'organisation de visites domiciliaires chez les riches pour y saisir le superflu. Plusieurs demandèrent que l'on nommât sur-le-champ un commandant de la force armée parisienne, et désignèrent pour ce poste « le brave député Soubrany ». Celui-ci, ex-noble, montagnard modéré comme son ami et compatriote Romme, était connu pour son antithermidorisme.

Plus d'une heure se perdit à ces réclamations confuses. La salle s'enténébrait. Comme les huissiers allumaient les quinquets et les lustres, Ignace Eck vint discrètement avertir Vernier que la garde nationale fidèle remplaçait dès à présent sur le Carrousel les troupes de l'insurrection. A neuf heures, Lecourt-Villiers, commandant le bataillon des Filles-Saint-Thomas, recevrait l'ordre d'entrer avec ses hommes dans la salle de la Liberté et des Drapeaux. En outre, les deux Comités, réunis maintenant, avaient pris un arrêté annulant par avance tous les décrets que pourrait rendre la Convention « envahie et opprimée ». Vernier consulta Boissy d'Anglas demeuré auprès de lui, puis, annonçant qu'on allait mettre en délibération les vœux exprimés par le peuple, invita les représentants à descendre siéger au milieu de celui-ci, sur les banquettes libres. On ne pouvait voter par assis et debout, mêlé comme on l'était aux assistants debout pour la plupart. Aussi opinerait-on en levant son chapeau.

Les Montagnards hésitaient. Ils se souvenaient du 12 germinal. Ils se rappelaient la façon dont on avait laissé se compromettre les Crêtistes pour les accuser ensuite. La complaisance de Vernier, un des Soixante-Treize, pour le peuple qui voulait leur réincarcération paraissait extrêmement louche. De plus le conciliabule, au bureau, entre un inconnu, le président et Boissy avait frappé Claude.

« Ne descendez pas, dit-il. C'est un piège.

— Peut-être, avoua Ruhl, mais il faut bien faire quelque chose pour ces pauvres diables. Ils comptent sur nous. Ils n'ont que nous.

— Vous ne leur servirez à rien. A quoi leur ont servi Duhem, Ruamps, Choudieu, Chasles, Foussedoire? A subir de dures représailles.

— Si c'est un piège, dit Romme, nous le déjouerons en agissant vite. Allons, ne perdons plus de temps. »

Il descendit et aussitôt prit la parole pour demander la libération de tous les patriotes emprisonnés depuis le 9-Thermidor. Des chapeaux se levèrent, le président les compta des yeux. « Adopté », proclama-t-il. Duroy proposa le rappel des représentants arrêtés le 12 germinal et après. Adopté de la même manière. Romme de nouveau, réclama des visites domiciliaires pour saisir les farines cachées, le rétablissement du « pain de l'Égalité », l'interdiction de faire des gâteaux. Il proposa aussi le renouvellement des comités de section, qui devaient être élus par les citoyens, non pas nommés par le gouvernement comme cela se pratiquait depuis le 9-Thermidor. Adopté, adopté, adopté. C'était une comédie. Claude gardait son chapeau sur la tête; autant d'assistants que de députés levaient le leur, et Vernier ne faisait même plus semblant de les dénombrer, tant il avait hâte de voir présenter le plus possible de motions compromettantes. Un enfant s'en serait rendu compte. Et qui pouvait croire une seule seconde à la valeur de décrets rendus dans ces conditions! Leur inconsistance n'échappait point à Goujon, le remplaçant d'Hérault-Séchelles. « Voter ne suffit pas, s'écria-t-il. Il faut assurer l'exécution des décrets. Chargeons-en une Commission extraordinaire, et composons-la sur-le-champ. »

Cela revenait en somme à supprimer les Comités de gouvernement pour les remplacer par une commission dictatoriale. La chose parut forte aux Montagnards modérés. Ruhl, Duroy,

Forestier, plusieurs autres se refusaient à destituer les Comités sans les avoir entendus. Une discussion s'engagea, longue, confuse. Le temps passait. Il allait être neuf heures. Les uns après les autres, les patriotes se lassaient. Ils partaient, rentrant chez eux pour tâcher de souper s'il y avait moyen, ou parce qu'ils ne croyaient plus au succès du mouvement. Gay-Vernon entendit un de ceux-ci dire à ses voisins : « Avec leurs parlotes, les avocats sont en train de nous foutre dedans une fois de plus. Allons-nous-en! » Dehors, ils trouvaient les gardes nationaux en uniforme, rangés l'arme au pied, baïonnette au canon, qui les regardaient d'un air peu amène mais ne tentaient rien contre eux. Lecourt-Villiers avait ordre de ne point inquiéter les sortants.

Une remarque d'Albitte entraîna encore des retards. « A quoi riment, dit-il, ces délibérations dont personne ne prend note? » En effet, les places des secrétaires restaient vides. La comédie se trahissait là. On s'empressa de nommer à ces postes Laignelot et Thirion. Puis on s'égara dans des motions dénuées de tout rapport avec les circonstances. Bourbotte occupa la tribune pendant un quart d'heure pour demander l'arrestation des journalistes thermidoriens. Une voix s'éleva pour proposer de supprimer la peine capitale. « Les patriotes ne sont pas des sauvages. Prouvons-le en abolissant la peine de mort! » D'autres voix répondirent : « Oui. — Non. — Oui, excepté pour les émigrés et les fabricants de faux assignats. » Le sens de l'immédiat, le sentiment de la situation, de ses exigences, de ses risques, tout s'en allait dans le dévoiement intellectuel qui est le vice des assemblées délibérantes, et, bien entendu, Vernier ne faisait rien pour l'arrêter. Enfin, avec son bon sens terrien, Duquesnoy, ci-devant cultivateur dans le Pas-de-Calais, remit les choses au point. « Je demande, dit-il avec force, la suspension immédiate des Comités et la nomination, à l'instant même, de quatre d'entre nous pour former la Commission extraordinaire réclamée par Goujon. Ces quatre membres devront aussitôt s'emparer des papiers du Comité de Sûreté générale et de son local. La mesure vous paraît violente, je le sais; mais si nous ne la prenons pas maintenant, on fera tout à l'heure ce qu'on a fait dans la nuit du 12 germinal. »

Les patriotes applaudirent. Bourbotte, le ci-devant marquis de Soubrany, Albitte, Romme, Lecarpentier et d'autres Montagnards agitaient leurs chapeaux en criant : « Aux voix! Aux voix, président! » Il eut peur. Les Comités allaient-ils se laisser destituer ainsi? Eck n'était plus là pour les prévenir. Vernier dit un mot à Boissy d'Anglas et, lui cédant le fauteuil, disparut derrière la tenture du salon présidentiel. De là, il courut au pavillon de Marsan.

« Eh bien, aux voix », annonça Boissy. Il se mit à compter les chapeaux. Claude refrénait avec peine l'envie de lever le sien, de s'associer à cette tentative. Mais la raison lui répétait qu'elle était folle et coupable. Elle ne pouvait pas réussir, et ces hommes, si dévoués au bien du peuple, lui préparaient un mal désormais sans remède. Robert Lindet, Carnot, Prieur demeuraient immobiles eux aussi. Nul, d'ailleurs, ne songeait à eux, nul ne les nomma pour faire partie de la Commission extraordinaire. On désigna Duquesnoy, Duroy, Bourbotte, Prieur de la Marne. Ils acceptèrent. Duquesnoy, en leur nom à tous, déclara : « Si périlleuses que soient les fonctions dont vous nous chargez, nous saurons les remplir et mourir à notre poste, s'il le faut. » A ce moment, un homme s'approcha de Fouché, lui parla furtivement à l'oreille. D'un signe de tête, Fouché le renvoya, puis, se retournant : « Nous sommes cernés, dit-il à mi-voix.

— Quoi! s'exclama Claude.

— L'antisalle est pleine d'uniformes, expliqua Fouché froidement.

— Il faut le dire! »

Trop tard. Legendre, Delecloy arrivaient par la porte des pétitionnaires, et Legendre lançait de tout son gosier : « J'invite l'Assemblée à rester ferme et je somme tous les citoyens qui sont ici de se retirer! » Des huées couvrirent sa voix. Injuriés, bousculés, menacés, Delecloy et lui durent sortir. Soubrany pressait la Commission de se rendre à l'hôtel de Brionne pour occuper les bureaux de la Sûreté générale. Duquesnoy entraîna ses collègues vers la grande porte aux vantaux démolis. Dans le passage, ils se heurtèrent à Raffet suivi de Kervelgan et Auguis, qui les refoulèrent. Prieur de la Marne interpella Raffet, lui demandant s'il avait reçu du président l'ordre d'entrer. « Je ne te dois aucun compte, répliqua le commandant de la garde nationale. Soldats, en avant! »

Les hommes de Lecourt-Villiers pénétrèrent alors dans la salle de la Convention et, se divisant pour entourer la foule, bien diminuée, la poussèrent à la pointe des baïonnettes vers l'antisalle. Les patriotes n'étaient plus en nombre. Ils résistèrent néanmoins, et même ils parurent un instant avoir le dessus. Kervelgan reçut à la main un coup de sabre. Peyssard, Bourbotte criaient déjà victoire. Mais le bataillon de Grenelle, conduit par Fox et Legendre, celui de Le Pelletier arrivèrent au pas de charge par le couloir des pétitionnaires. En quelques instants, la foule fut balayée, chassée dans la salle de la Liberté, poursuivie à travers l'ancienne chapelle, dans l'escalier du Dix-Août et jetée dehors. Il était minuit.

V

Bernard Delmay s'inquiétait au sujet de Claude. Toute la relevée, des bruits alarmants avaient couru les bureaux du Comité militaire, dans les anciens appartements du roi. Situés entre le pavillon de l'Horloge et celui de Flore, à l'étage, ils donnaient sur le Jardin national, fermé aujourd'hui. Les insurgés, racontait-on, avaient envahi en masse l'Assemblée, tiré sur les représentants. Plusieurs étaient morts ou blessés. La populace promenait au bout d'une pique la tête de Fréron (on le confondait avec Féraud). Bernard demandait en vain le nom des autres. On ne les connaissait pas. Il rageait de ne pouvoir aller sur place. Aubry, craignant qu'un de ses « généraux sans-culottes » ne se mît à la tête des rebelles, avait consigné tous les officiers dans les appartements royaux, avec une sentinelle à chaque bout de l'ex-galerie des Carraches. Vers huit heures, n'y tenant plus, Bernard s'en fut demander l'autorisation d'aller voir ce qu'était devenu son ami, son frère, Mounier-Dupré. Et, comme Aubry la lui refusait, il s'emporta jusqu'à dire : « Fort bien, je m'en passerai. Depuis quand un général doit-il obéissance à un colonel?

— Monsieur, lui rétorqua le Soixante-Treize dont l'aristocratisme ressortait sous le coup de la colère, vous obéissez ici non pas au colonel mais au membre du Comité de Salut public. Rejoignez immédiatement votre bureau, ou je vous fais arrêter. »

Cependant Aubry n'était pas si mauvais diable. Moins d'une heure plus tard, un planton apportait à Bernard le billet suipant : « Travaillez en paix, général, le représentant Mounier-Dupré est indemne. » Par bonheur, l'altercation n'avait pas eu de témoins, sans quoi Aubry ne se serait peut-être pas montré si généreux.

Cette nouvelle soulageait Bernard d'un grand poids, mais il se rappelait les proscriptions de Germinal. Aussi ses premiers mots, lorsque, la consigne levée, il put parler à son ami, sur le seuil de la salle dégradée, salie, furent-ils : « Es-tu menacé?

— Pas immédiatement, je pense. Mais qui saurait dire où s'arrêtera la réaction?

— Sauve-toi quand il en est remps encore. Nous te cacherons.

— Allons donc, Bernard! As-tu jamais fui devant l'ennemi?

— Ce n'est pas la même chose.

— Pourquoi? Au reste, nous verrons ça demain.

— Mais Lise va savoir ce qui s'est passé, elle sera très inquiète.

— Que ma sœur ou Claudine, demain matin, aille la rassurer. Soyez tous tranquilles. Pour le moment, je ne cours aucun risque. »

Ce n'était pas tellement sûr. La Convention se remettait à peine, après cette terrible journée, que déjà l'homme des rancunes et de la fureur, André Dumont, rentré derrière les baïonnettes, se hâtait vers la tribune, comme s'il craignait de se voir souffler par un collègue plus prompt le rôle de pourvoyeur du bourreau. Il escalada les marches encore empreintes de sang piétiné, et, avec sa grandiloquence hypocrite, menteuse, s'écria : « Il est donc vrai que cette Assemblée, berceau de la république, a manqué encore une fois d'en devenir le tombeau! »

Le tombeau de la république démocratique, elle l'était parfaitement devenue; il ne restait qu'à le refermer sur les cadavres des derniers Jacobins, pensa Claude. Dumont s'y employait.

« Représentants, continua-t-il, vous ne seriez pas dignes de la nation si vous ne la vengiez pas d'une manière éclatante. Cette fois, le crime, autrement grave qu'en Germinal, appelle des châtiments bien autrement sévères. »

Legendre intervint. « Avant tout, commençons par rapporter les lois votées sous la pression des rebelles.

— Il n'y a rien à rapporter, répondirent des voix passionnées.

La Convention n'a pas voté, n'a pas pu voter tandis qu'on égorgeait un de ses membres. Rien de ce qui a été fait n'est à elle, tout appartient aux brigands qui l'opprimaient et aux représentants criminels qui se sont rendus leurs complices.

— Oui, renchérit le bouillant Thibaudeau, il n'y a plus aucun espoir de conciliation entre nous et la minorité factieuse. Elle a tiré le glaive, saisissons-le pour la combattre, pour rétablir à jamais dans le sein de la Convention la paix et la sécurité. Je demande que vous décrétiez sur-le-champ l'arrestation de ces députés, traîtres à tous leurs devoirs, qui ont voulu réaliser les vœux de la révolte et les ont rédigés en lois. »

Aussitôt, des noms volèrent. La nuit du 12 germinal recommençait bel et bien. On n'osa quand même pas s'en prendre à Ruhl, mais Romme parce qu'il avait participé aux délibérations, Albitte parce qu'il avait fait compléter le bureau, Goujon, Duquesnoy parce qu'ils avaient réclamé la suspension des Comités et la formation de la Commission extraordinaire, Duroy, Bourbotte, Prieur de la Marne parce qu'ils avaient accepté d'en être membres, Soubrany parce que les rebelles l'avaient proposé au commandement de l'armée parisienne, Peyssard parce qu'il avait crié victoire pendant l'action, furent décrétés. Saisis immédiatement, groupés à la barre, entourés par les gendarmes, ils voulurent s'expliquer. On ne le leur permit pas. « A bas les assassins ! » leur criait la droite.

Ces arrestations ne lui suffisaient pas. Defermon, Bourdon de l'Oise, Lehardy obtinrent celles de Lecarpentier, de Pinet, Bory, Fayaud. Sauf le premier, ils n'avaient pas pris la parole aujourd'hui, ni même voté, mais agi en zélés Montagnards au cours de leurs missions dans les départements. Ce n'était pas encore assez d'eux. Tallien, montant à la tribune, déclara : « Il ne faut plus de demi-mesures. Si nous avions été tout à fait énergiques en Germinal, ce mouvement criminel ne se serait pas produit. Il visait à rétablir les Jacobins et la Commune. Eh bien, nous devons détruire impitoyablement ce qui en reste.

— Voilà donc dévoilée sans fard la pensée des Comités ! » dit Claude entre haut et bas.

Tallien poursuivait : « Pache est en prison. Je propose que son gendre, Xavier Audouin, aille l'y rejoindre, avec leur complice Bouchotte. » L'ancien ministre de la Guerre, successeur de Pache à ce poste, était haï des Dantonistes dont il avait dénoncé les trafics dans les fournitures militaires.

« Et moi, clama le venimeux imbécile Lehardy, je demande l'arrestation de ces monstres : Robert Lindet, Mounier-Dupré, Prieur de la Côte-d'Or! »

Ainsi, l'instant était venu! Claude inspira fortement tandis qu'une chaleur nerveuse lui montait aux tempes. Mais de nombreuses protestations partirent aussitôt du centre et même de la droite. « Je rappelle les Soixante-Treize à la pudeur! s'écria Louvet. Quoi! s'ils parlent, s'ils vivent encore, ils le doivent à ceux dont on vient de citer indignement les noms! Eux qui ont si longtemps risqué leurs têtes pour sauver les vôtres, peuvent-ils sans frémir s'entendre traiter de monstres! Je demande que Lehardy soit rappelé à l'ordre.

— Nous devons, dit Lanjuinais, frapper les complices des assassins, non point attaquer des hommes inattaquables.

— Ils se sont, insista Lehardy, déclarés solidaires des scélérats Billaud-Varenne, Collot d'Herbois, Barère. Dans la nuit du 12, Mounier-Dupré a réclamé l'appel nominal. Il s'est fait depuis le défenseur de Fouquier-Tinville.

— Il a obéi à sa conscience », répliqua Legendre.

Malgré les excitations des nécrophages, la majorité n'était pas mûre pour les holocaustes complètes. Cambacérès, La Révellière-Lépaux, Sieyès, Daunou, Guyton-Morveau, Kervelgan revenu avec la main bandée, et les Limousins Treilhard, Brival, Faye, Rivaud du Vignaud, Soulignac appuyèrent le rappel à l'ordre. Vernier morigéna donc Lehardy. L'incident clos, on passa aux mesures d'ensemble. Tallien s'engagea, au nom des Comités, à présenter dans les vingt-quatre heures un plan général de répression contre « ces hommes qui veulent faire des révolutions et ne savent faire que des révoltes. Profitons de leur maladresse, hâtons-nous de les frapper et de mettre ainsi un terme à la Révolution », conclut-il sous les applaudissements.

« Tallien! murmura Claude. Tallien, le premier agitateur du faubourg, le fondateur de la *Société fraternelle*, le courtisan de Marat, le passe-Danton, le sans-culotte à tous crins que nous avons vu siéger au Manège en carmagnole et bonnet rouge! Tallien qui proclamait alors : *Quand l'Assemblée le voudrait, si la Commune ne le veut pas cela ne sera point!* L'adversaire acharné des Girondins au 31-Mai!..

— Eh! dit Gay-Vernon, en ce temps-là, c'était un famélique aux dents longues. Maintenant il est riche. Voilà tout. »

En attendant le plan de répression, on décidait que, le quintidi prochain, chaque section s'assemblerait dans son local, « pour procéder au désarmement des assassins, des buveurs de sang, des voleurs, des agents de la tyrannie jetée bas au 9-Thermidor ». En d'autres termes, on invitait les autorités sectionnaires, thermidoriennes même dans les quartiers populaires, car nommées par les Comités, à désarmer tous les citoyens considérés comme sans-culottes. Bien mieux, on permit à ces autorités d'arrêter les *terroristes* et de les traduire devant les tribunaux. « Avec ça, sous huit jours, prophétisa Bordas, il y aura vingt mille personnes en prison. » Enfin, après avoir résolu de ne plus admettre les femmes parmi le public, on renvoya la séance à dix heures du matin. Les représentants décrétés furent gardés à vue dans l'hôtel de Brionne, comme l'y avaient été Robespierre, son frère, Le Bas, Saint-Just. Au petit jour, des voitures vinrent prendre les prisonniers pour les conduire au château du Taureau, près de Morlaix. Cette fois, il n'y eut pas de réaction populaire, parce qu'il n'existait aucune liaison entre les déportés et les patriotes des faubourgs.

Seulement, trois heures plus tard, ce 2 prairial, le tocsin sonnait de nouveau dans les sections du faubourg Antoine : Quinze-Vingts, Popincourt, Montreuil. Bientôt, la cloche du pavillon de l'Unité leur répondit, appelant les députés à se réunir d'urgence. Elle réveilla Claude qui dormait encore à huit heures du matin, assommé par la fatigue et la tension de la journée précédente. Il sortit du lit en sursaut, puis ses nerfs malmenés se calmèrent. Jamais, même aux plus rudes moments de la préparation du 10-Août, ni dans les périodes critiques du Comité de l'an II, il n'avait été si rompu, si las. Alors on agissait, au moins, on soulevait des montagnes. Et puis, Lise était près de lui; sa simple présence dispensait confiance et courage. Il ressentait profondément le besoin de la retrouver, après l'alerte de cette nuit, ne fût-ce que pour la tenir un instant contre lui. Mais la cloche appelait. Il fallait obéir. Margot lui apprit que les gens des faubourgs, en révolte dès l'aube, marchaient sur l'Hôtel de ville.

Les malheureux! Ne comprenaient-ils pas qu'en prolongeant l'insurrection ils rendraient plus féroces les représailles, plus complète la réaction! Ils tendaient inévitablement les mains aux chaînes! Déjà ils avaient anéanti tout espoir de sauver un reste de démocratie. Plein à la fois de pitié pour eux et d'irritation contre eux, Claude, sa barbe faite hâtivement, avala un jus de glands, sa demi-once de pain noir, dit à Margot de s'arranger comme elle voudrait pour la journée sans se soucier de lui, et descendit.

En bas, il trouva Bernard qui arrivait, toujours athlétique dans son uniforme aux revers brodés, mais sans ceinturon ni sabre, et appuyé sur sa canne. « Je venais te parler, dit-il. Tu as failli être arrêté cette nuit, nous le savons. Je t'en conjure, sors de Paris. Mon beau-père voulait t'y exhorter lui-même, mais sa besogne l'accable. Écoute-moi, Claude, pars dès maintenant. Pense à Lise...

— Justement, j'y pense, mon ami. Avant le 10-Août, au moment où tout semblait perdu, où Marat comme les Roland s'apprêtait à fuir, j'ai eu la faiblesse d'y songer moi aussi. Lise alors m'a dit : " Quoi! nous partirions, nous irions nous cacher, quand Bernard risque à tout instant sa vie pour nous défendre! " Nous sommes restés, et je resterai aujourd'hui.

— Mais rappelle-toi aussi qu'après l'assassinat de Saint-Fargeau elle tremblait pour toi, elle m'a chargé de te protéger. Va-t'en, je t'en prie! Imagine ce que serait sa douleur si on te déportait! Et la nôtre! »

Claude serra le bras de son ami avec affection. « Ne t'inquiète pas, cher Bernard. Si je suis décrété, je ne me laisserai pas mettre la main dessus. En attendant, je dois demeurer à mon poste. Je n'y peux plus faire grand-chose, sans doute, et cependant sait-on jamais? »

En traversant l'ancienne chapelle, il se souvint d'avoir lui aussi supplié en vain Danton de se cacher. Il concevait maintenant, parce qu'il le ressentait, ce besoin de lutter jusqu'à l'ultime minute. Comment s'esquiver si on le décrétait d'arrestation? Il n'en savait rien. Bah! on verrait. Fouché était là également, dans l'antisalle, promenant de groupe en groupe sa pâle rousseur et ses yeux incolores. « Toi de même, tu t'obstines à rester ici, lui dit Claude.

— Pourquoi pas? Une âme pure ne redoute rien. Mes ennemis m'arracheront peut-être de ma place; je ne la quitterai pas volontairement. »

Louvet s'approcha. Claude, qui l'avait déjà remercié de son intervention, voulait lui exprimer encore sa gratitude. Le courageux petit blondin, à présent presque chauve, l'interrompit. « Prends garde, dit-il. Nous ne pourrons pas toujours vous défendre. La réaction ne se connaît plus, elle s'excite à mesure qu'elle s'entoure de forces. Les Comités sont en train de réunir une garde prétorienne pareille à celle du scélérat La Fayette. Toute la nuit, ils ont choisi dans les bataillons de la garde nationale les citoyens sûrs, pour en composer des compagnies à part, et ils convoquent en ce moment les plus zélés muscadins afin de les armer. Kervelgan me l'a dit. Il estime comme moi que l'on va beaucoup trop loin vers la droite. Par horreur du peuple, la majorité se jette aveuglément dans les bras des royalistes... Tiens! s'exclama-t-il, voilà ton épouse, là-bas! »

Claude se retourna. Au seuil de l'antisalle, Lise, accompagnée par leur nièce et par Louis Naurissane, le cherchait des yeux. Claudine était allée en fiacre à Neuilly; mais, inquiète elle-même, n'avait pas réussi à rassurer sa tante. Elle voulait rejoindre Claude. Il se contraignit à marcher tranquillement vers le petit groupe, avec des signes joyeux. « Quelle bonne surprise, mon amie! dit-il en embrassant sa jolie femme. J'avais fort envie de te voir. Hélas! la situation ne me le permettait pas.

— Je sais, dit Lise. Tu es en danger.

— Non. Je l'ai été. Je ne le suis plus », prétendit-il.

Il raconta brièvement avec quelle vivacité la Convention avait réagi à l'attaque dirigée contre Lindet, Prieur et lui-même. « Nous comptons de nombreux et solides défenseurs, on ne nous accusera plus. Soyez sans crainte, tous.

— Je pense, en effet, reconnut Louis, que vous ne courez plus de dangers personnels.

— Mais, observa Lise, l'agitation ne se calme pas. Il peut se produire encore du tumulte ici.

— C'est bien pourquoi, mon cœur, je désire que tu repartes au plus tôt. Va retrouver notre Antoine, j'aurai l'esprit tranquille en te sachant là-bas. Va, je t'en prie! Il faut que je vous quitte. »

L'appel : " En séance! " ne cessait de retentir. Dix heures sonnaient au pavillon de l'Horloge. Les députés retardataires se hâtaient de gagner leurs places.

Tout de suite, le président Vernier donna la parole à Ysabeau pour un rapport de la Sûreté générale. « Représentants, annonça Ysabeau, l'insurrection a repris, ce matin. Toutes les sections jacobines se trouvent en armes. Celles du faubourg Antoine ont confié le commandement à un mulâtre nommé Guillaume Delorme, capitaine des canonniers de Popincourt. Un rassemblement s'est formé à l'Hôtel de ville, il a usurpé le titre de Convention nationale. Le Comité vous demande de déclarer ces factieux hors la loi. »

Cela fut fait sans retard. Puis on décida, pour apaiser le peuple, d'interdire le commerce des espèces monnayées, on ordonna un recensement général des farines et autres denrées, enfin on ferma aux regrattiers l'accès des marchés. Avec ses amis, Claude vota volontiers ces motions, mais sans confiance. C'étaient des leurres; elles resteraient lettre morte, comme le remarqua tout haut Gay-Vernon.

Vers midi, Ysabeau reparut, porteur de nouvelles. L'assemblée usurpatrice, apprenant sa mise hors la loi, s'était dispersée sans résistance, au moment où elle venait de reconstituer la Commune en élisant Cambon maire et Thuriot procureur, quoiqu'ils ne fussent point présents. Elle n'avait pas eu le temps de nommer le Conseil général. De ce côté, plus d'inquiétudes. En revanche, les agents signalaient des rassemblements armés, très importants, dans toutes les sections de l'Est, surtout au faubourg Antoine d'où semblaient partir les mots d'ordre. Il fallait s'attendre à un nouveau mouvement contre la Convention. Mais les Comités disposaient désormais de ressources puissantes, ils tenaient la situation bien en main.

Pas tant qu'Ysabeau se le figurait. Claude s'en douta en voyant l'air bizarre de Fouché. Il offrait l'apparence d'une tranquillité totale; mais justement, il baissait trop les paupières, comme endormi, ou bien il bavardait d'une façon trop volontairement insoucieuse avec ses voisins, quand la déclaration d'Ysabeau aurait dû l'inquiéter plus que quiconque, s'il ne savait point des choses ignorées de tous ici. Peut-être ses obscurs émissaires avaient-ils réussi à convaincre les insurgés de s'organiser. L'organisation : il ne leur manquait rien d'autre pour mener à bien leur entreprise. Claude alla lui parler à l'oreille.

« Crois-tu que nous serons encore envahis?

— Pourquoi me demandes-tu cela? Comment le saurais-je? Me prends-tu pour un devin?

— Non, mais pour quelqu'un de très bien renseigné, généralement. »

Fouché haussa les épaules. Alors Claude lui glissa, plus bas encore : « Je suis certain que tu as, sinon rédigé, au moins inspiré le manifeste de l'insurrection. Sois tranquille, sur ma vie je n'en soufflerai mot à personne. »

Une seconde, le regard bleu foncé et le regard de l'albinos se croisèrent, s'enfoncèrent profondément l'un en l'autre.

« Je ne pense pas que la Convention soit envahie, dit Fouché, néanmoins elle pourrait être forcée d'établir la Constitution de 93.

— Tu y crois encore!

— J'y croirai jusqu'au bout. »

L'insurrection s'organisait, en effet. Après l'échec de la Convention populaire, à l'Hôtel de ville, Étienne Chabrier, François Duval et leurs compagnons de la rue Mauconseil, auteurs de cette tentative, s'étaient retirés dans le faubourg Antoine. Là, grâce au mulâtre Delorme, auquel ne manquaient ni la résolution ni la méthode, le mouvement prit une rigueur toute militaire. Plus de femmes, plus d'énergumènes, plus de désordre. Des soldats et de la discipline. Les gardes nationaux en pantalon, en veste ou en corps de chemise, manches retroussées, les uns avec le bicorne noir, d'autres avec le chapeau civil, rond, à boucle, mais tous le fusil au bras, les buffleteries de la giberne et du briquet se croisant sur la poitrine, formèrent leurs compagnies. Les hommes munis seulement du sabre et de la pique se rangèrent derrière eux. A trois heures après midi, les trois sections du faubourg s'ébranlèrent, tambours battant, vers le centre. A trois heures et demie, ces dix mille hommes rencontraient sur la Grève la cavalerie de la garde nationale conventionnelle, soutenue par un escadron de ligne arrivé dans la marinée, et balayaient le tout de leur masse, sans brûler une seule cartouche. Là, on attendit pour laisser le mouvement prendre de l'ensemble. Chabrier et Duval avaient envoyé dans les autres sections des émissaires, et Delorme des lieutenants, afin de généraliser, de régulariser l'action. Le bataillon de la Cité, d'abord, puis ceux du faubourg Marcel, parurent sur les quais. Les Gravilliers, la Courtille se présentaient par la rue du Temple. On se remit en marche.

A cinq heures, le Paris bourgeois et le Paris populaire étaient face à face au centre de la ville. Les citoyens en armes remplissaient toutes les voies aboutissant aux Tuileries. La rue Honoré dans presque toute sa longueur, la place des Piques, ex-Vendôme, les rues adjacentes, des Bons-Enfants, des Petits-Champs, et celles qui descendaient de Montmartre à la place des Victoires nationales, enfin les quais, le Pont-Neuf, le ci-devant pont Royal, la place du Palais-Égalité, le Carrousel fourmillaient de baïonnettes étincelant à l'acide soleil de mai. L'air, très frais encore, agitait des drapeaux percés par les balles du 10-Août. Mais même cette journée fameuse n'avait point vu pareille mobilisation. Plus de trente mille ouvriers, artisans, chômeurs, employés ne gagnant plus de quoi se nourrir, petits commerçants ou fabricants ruinés par le marasme des affaires, étaient là, prêts à mourir pour leur pain et leurs droits. De l'autre côté, dans la cour des Tuileries, le cul-de-sac Dauphin, sur le Petit-Carrousel, sur les terrasses du Jardin national, dans la cour du Manège, se tenaient les bataillons des " ventres dorés " : une vingtaine de milliers d'individus non moins résolus à mourir pour le respect de la propriété et la suprématie bourgeoise.

L'Assemblée continuait à prendre de démocratiques décisions : poudre jetée aux yeux du peuple pour le dissuader de faire parler la sienne. On avait sourdement entendu les canons rouler sur le pavé, et l'on percevait à travers les murs la confuse rumeur de cette mer humaine qui environnait les Tuileries. Les bruits mêmes du 2-Juin. A présent, il semblait près de se reproduire. Fouché était attentif, tendu, mais ne bougeait pas. Des représentants sortaient, revenaient, rapportant des nouvelles. Le mouvement se révélait formidable, cependant la Convention ne manquait pas non plus de forces. L'issue d'un combat demeurait incertaine.

Soudain, vers sept heures, Rovère rentra, tout agité. Il n'avait plus rien d'un furieux terroriste, l'ex-marquis, mais plutôt l'air terrorisé. « Tous les canonniers des sections fidèles sont passés à l'insurrection! » jeta-t-il. Un bref silence puis un brouhaha succédèrent à cette annonce. La Montagne demeura muette. Parmi ses rangs clairsemés, on exultait néanmoins. Ruhl, entre autres. Toute l'artillerie parisienne aux mains des insurgés, la résistance devenait impossible. Le peuple triomphant allait dicter sa loi. Un mince sourire étirait les lèvres de Fouché. La droite était en ébullition. Ses députés se bousculaient pour monter à la tribune. Le gros Legendre, de sa place, dit calmement : « Tenez-vous donc tranquilles et demeurez sur vos banquettes. La nature nous a tous condamnés à mort; un peu plus tôt, un peu plus tard, qu'importe! En attendant, la plus belle motion est le silence. »

Sur le Carrousel, Delorme se voyait maître d'enfoncer quand il voudrait les troupes conventionnelles. Les bourgeois allaient payer cher leur dédain pour l'artillerie et l'erreur d'abandonner cette arme aux gens de basse condition. Ceux-ci, à l'instant de la bataille s'étaient tout naturellement rangés avec leurs pareils. Découverte à présent, la cavalerie commandée par le général Dubois se trouvait face à une ligne ininterrompue de canons. La charger serait vain, car des piquiers, la pointe dardée, et des fusiliers défendaient chaque pièce. Dubois néanmoins commanda un mouvement par les ailes pour tenter éventuellement de les rabattre sur le centre. Dans cette évolution, un peloton de gendarmes, mettant tout à coup ses chapeaux à la pointe des sabres, tourna bride vers les insurgés, aux cris de : « Vive les patriotes! Vive la République! »

Delorme n'avait attaché aucune importance à la manœuvre adverse. Ni aux ailes ni au centre, son front ne courait le moindre risque. Il suffisait d'en donner le signal, l'armée thermidorienne serait écrasée à la première décharge. Le mulâtre hésitait pourtant. Sa supériorité même le paralysait. Moins sûr d'anéantir les uniformes bleus, il n'eût pas balancé à engager le combat. Mais ce n'était pas un combat qu'il allait déclencher, ce serait un massacre. Or ces gens-là, en face, il ne les haïssait point, il n'en voulait nullement faire une boucherie. Chabrier, Duval partageaient ses sentiments. La haine qui leur eût assuré la victoire leur manquait. Hommes de conscience, leur terrible responsabilité les effrayait. Et puis, si vils, si détestés que fussent les Thermidoriens, la Convention n'en gardait pas moins son caractère de représentation nationale. Ils l'avaient protégée, hier, contre la foule au désespoir. Ils entendaient aujourd'hui la contraindre à remplir les vœux du peuple, non point la noyer dans le sang.

De l'autre côté, on mesurait le péril et l'on restait sur la défensive, en se gardant de toute provocation. Longtemps un mortel silence plana sur ces masses affrontées, entre lesquelles pouvait à tout moment éclater la foudre. On n'entendait que le sabottement ou les hennissements des chevaux, les cris des martinets tournoyant dans le ciel rose et vert. Le soir venait. Il fallait agir. Delorme, levant son sabre, ordonna : « Allumez les mèches ! » Mais, cela fait, il marcha vivement vers Dubois, à cheval avec son état-major, devant l'entrée de la cour nationale. « Citoyen général, lui dit le grand mulâtre, retire tes troupes, sinon je vais commander le feu. Ce sera une effroyable et inutile hécatombe. Vous n'êtes pas en état de nous tenir tête, tu le sais bien. » Duval, qui s'était avancé lui aussi, ajouta : « Nous ne voulons de mal à personne. Nous sommes ici pour réclamer les droits du peuple et non pour tuer des citoyens. Devront-ils s'entre-massacrer parce que les uns sont à l'aise, les autres malheureux? »

Dubois saisit la situation : au fond, ces gens-là ne demandaient qu'à négocier. « Je ne puis me retirer sans ordres, répondit-il, mais j'en vais envoyer prendre à la Convention. »

Le 2-Juin, Hanriot non plus n'entendait nullement mettre à feu et à sang l'Assemblée nationale. Il n'en déclarait pas moins avec violence : « Si, dans une heure, elle ne m'a pas livré les Vingt-Deux, je la ferai canonner. » Et elle s'était inclinée devant cet ultimatum. Mais Hanriot avait derrière lui les neuf de l'Évêché, sachant très précisément à quoi ils tendaient sous les apparences de la confusion, et ils disposaient certainement d'intelligences parmi les Dantonistes pourris : les Chabot et autres. Aujourd'hui, même si Fouché, comme le pensait Claude, inspirait de loin les insurgés, ils ne pouvaient cependant compter ni sur sa complicité ni sur aucune aide dans la Convention.

Avertie par Dubois, elle délégua douze représentants pour « entendre les plaintes des citoyens qui s'adressaient à elle ». Déjà Tallien et plusieurs autres membres des deux Comités avaient pris les devants. La délégation les trouva sur la place, parlant aux sectionnaires, les assurant que l'Assemblée se souciait d'eux, qu'on venait, tout le jour, de rendre des décrets en leur faveur. Les délégués firent de même. Ils passèrent dans les rangs, affirmèrent leurs bonnes intentions, écoutèrent les doléances, prodiguèrent les promesses. Enfin, ils invitèrent ceux qui semblaient les meneurs à composer une députation, offrant de la conduire eux-mêmes à la barre.

En effet, ils l'y menèrent, obtinrent pour elle la parole. L'orateur fut François Duval. « Nous sommes, dit-il, chargés de vous demander la Constitution de 93 et la liberté des patriotes. » Des huées l'interrompirent. Les muscadins avaient succédé aux femmes dans les tribunes. Ils criaient : « A bas les Jacobins ! » Le président Vernier leur imposa silence. Duval continua : « Les citoyens réunis autour du Carrousel ne sont venus ni pour répandre le sang de leurs semblables ni pour manquer aux égards dus à la Convention nationale. Ils sont prêts à se retirer dans le sein de leurs familles, mais ils mourraient plutôt que d'abandonner leur poste, si les réclamations du peuple n'étaient pas écoutées. » Vernier répondit en lisant le décret contre l'agiotage, le décret relatif aux subsistances. Il ajouta qu'au reste l'Assemblée étudierait les propositions des pétitionnaires. On les admit aux honneurs de la séance, le président leur donna l'accolade, et ils assistèrent à une discussion factice sur le rétablissement du *maximum* que l'on n'aurait jamais pu remettre en vigueur même si on l'eût vraiment souhaité.

Il allait être onze heures. Depuis longtemps les canonniers avaient éteint leurs mèches. Sur le Carrousel et dans les rues, confusément éclairés par les réverbères, les fenêtres et la lumière froide de la lune, régnait un prodigieux chaos. Sous prétexte de fraterniser avec les sections populaires, les soldats bourgeois, déposant leurs armes, s'étaient mêlés aux hommes des faubourgs. Ceux-ci, divisés en petits groupes, noyés parmi leurs adversaires devenus leurs amis, entraînés dans les cafés, chez les traiteurs, ne conservaient plus aucune capacité offensive. D'ailleurs, la nuit eût interdit tout combat. Habitués à se coucher tôt pour se lever avec le jour, les ouvriers retournèrent chez eux par paquets emmenant chacun son canon. Autour de Delorme, demeuraient seuls ses lieutenants et quelques sectionnaires de Popincourt. Peu après onze heures, il se résolut à partir avec eux, n'ayant aucune raison de rester davantage. A minuit, la Convention renvoya sa séance. Duval, Chabrier et les trois autres membres de la députation n'eurent plus qu'à s'en aller, bernés comme des enfants.

Ils se rendaient bien compte que les *avocats* venaient, encore une fois, de blouser les patriotes. « En ne nous décidant pas à verser le sang, nous avons tout perdu, constata Duval.

— Parbleu ! s'exclama Pierre Dorisse. Il fallait se battre au lieu de parler ! Si Lazouski avait agi de la sorte au 10-Août, nous serions toujours les sujets de Capet.

— Lazouski n'a pas tiré le premier, dit Chabrier, ce sont les Suisses. Si, ce soir, les bourgeois avaient fait feu, nous aurions riposté. Le peuple ne sait pas commencer.

— Bon, nous avons épargné leur sang, mais, soyez-en sûrs, ces bougres de Thermidoriens ne balanceront pas à répandre le nôtre. Il faut aviser. »

Ils allèrent à leur misérable petit comité, rue Mauconseil, et ils passèrent la nuit à envoyer des mots d'ordre pour maintenir sur pied les sections insurgées, pour réunir leurs bataillons dans le faubourg Antoine où l'on se retrancherait contre toute attaque en élevant, au besoin, des barricades.

Pendant ce temps, les Comités de la Convention continuaient leur recrutement secret — ou, plutôt, discret. Ils ne cherchaient pas, comme le croyait Louvet, à se créer une garde prétorienne avec des éléments choisis dans la garde nationale bourgeoise, mais à renforcer celle-ci. Ils appelaient, par convocations individuelles aux bureaux des " bonnes sections ", les militaires en congé connus pour sûrs antidémocrates, ainsi que des muscadins. Car la racaille à toute main et les matamores de salon, du genre Frénilly, ne composaient pas seuls la jeunesse dite dorée. Elle comprenait beaucoup de soldats, aux cadenettes très authentiques : déserteurs, émigrés ayant servi sous Condé et rentrés clandestinement depuis Thermidor, royalistes venus des armées défaites en Vendée; tous vivant sous des identités fausses, enregistrés à la Sûreté générale et tolérés par elle. On relevait leurs noms sur la liste, on leur expédiait un billet avec lequel ils se présentaient au bureau militaire de la section. Là, ils étaient armés et affectés à des bataillons spéciaux commandés par un officier d'origine écossaise : le général Kilmaine.

Dans la nuit, trois nouveaux détachements de cavalerie arrivèrent aux Sablons, avec de l'artillerie divisionnaire. Un peu plus tard, ce furent les fantassins amenés de Fontainebleau. Au matin, ce 3 prairial, les forces conventionnelles égalaient presque celles des sections révoltées, et l'on attendait encore quatre mille hommes. Sûre de n'avoir plus rien à craindre, la majorité thermidorienne organisa dès lors la répression. Barras n'étant pas là, elle commença par adjoindre à Delmas deux autres membres du Comité de Salut public : le colonel Aubry et Gillet haï des patriotes nantais, pour régler les mesures militaires. Elle décréta la peine capitale contre quiconque battrait la générale ou sonnerait le tocsin sans y être autorisé. Elle institua une commission militaire qui jugerait sans appel les émeutiers appréhendés le 1er prairial. Les condamnés seraient exécutés sur-le-champ. Enfin, elle convertit en décret d'accusation le décret d'arrestation rendu l'avant-veille contre Romme, Duroy, Bourbotte, Duquesnoy, Goujon, Prieur de la Marne, Albitte, Soubrany, Peyssard, Lecarpentier, Pinet, Bory, Fayaud. Et elle fit de même pour les prisonniers du 12 germinal : Ruamps, Duhem, Amar, Chasles, Choudieu, Foussedoire, Huguet, Léonard Bourdon, et ceux du 16 : Cambon, Thuriot (toujours en fuite l'un et l'autre), Levasseur, Moïse Bayle, Crassous, Maignet, Granet, Hentz. Tous comparaîtraient devant un tribunal que les Comités auraient à désigner. Au lieu de la simple détention dans une enceinte fortifiée, avec la loi de grande police les Montagnards traités ainsi risquaient des peines graves, la déportation à Cayenne, sinon la mort.

Sans perdre un instant, le Comité de Sûreté générale — ou, plus exactement, Rovère, seul, au nom de celui-ci — choisit cinq juges pour former la Commission militaire. Dès midi, ils siégeaient à la Tournelle, dans la chambre de l'Égalité, et, une heure plus tard, ils envoyaient à l'échafaud leur première victime : un garçon serrurier, Tinel, accusé du meurtre de Féraud. Tinel avait effectivement, dans la rue de la Loi, coupé la tête au jeune député exécré par le peuple comme tous ceux qui, depuis le 9-Thermidor, s'occupaient des subsistances; mais à ce moment Féraud était sans vie, on traînait son cadavre.

De leur côté, le major général Delmas et Aubry — Gillet, dont Saint-Just en l'an II dénonçait la lâcheté et l'incapacité, faisait la mouche du coche — avaient pris de rapides dispositions. Paris, au centre, à l'ouest, semblait un camp. Comme la veille, les baïonnettes hérissaient les rues, les places, les quais, mais elles étincelaient aujourd'hui par-dessus les uniformes bleu et blanc, ou bleu avec les revers rouges des fantassins de ligne, au bicorne piqué du plumet écarlate. On ne voyait que compagnies en marche, bataillons bivouaquant, les fusils en faisceaux, pelotons de dragons verts, de hussards gris, batteries à cheval, allées et venues d'estafettes. Les ponts et tous les débouchés des faubourgs étaient fortement gardés, les réserves massées aux points stratégiques.

Vers trois heures, Aubry et Delmas décidèrent de tâter les

rebelles. Kilmaine, plutôt à la légère, dirigea ses douze à quinze cents muscadins par la rue Antoine. Ils atteignirent sans difficulté l'ancienne place de la Bastille, s'engagèrent dans le faubourg où le peuple s'écartait devant eux, se bornant à ricaner et à railler. Soudain, après avoir dépassé la rue Traversière, la colonne s'arrêta. La foule venait de démasquer une puissante batterie mise en position par Delorme à la hauteur des Bons-Enfants. Les canonniers agitaient leurs mèches, prêts à faire feu. Les gens du faubourg s'égaillaient, laissant les muscadins face aux canons.

Beaucoup, parmi les jeunes gens à cadenettes et à moustache, avaient déjà enlevé d'assaut des batteries non moins redoutables. Mais ici, resserrés dans l'étroite voie qui ne permettait pas l'attaque en ordre dispersé, ils seraient hachés par une seule décharge à mitraille. Se sacrifier pour rien eût été absurde. Au bout d'un instant, Kilmaine se mit en retraite. Elle fut courte. Juste avant le débouché de la rue Traversière, la seule transversale dans ces parages, se dressait une barricade formée rapidement avec des charrettes et des matériaux préparés à cette fin dans les cours voisines. Les muscadins se trouvaient pris au piège entre cet obstacle et les canons. Il ne leur restait qu'à périr là.

Heureusement pour eux, le peuple ne voulait pas leur mort. Il était joyeux. Il venait d'enlever, sur la Grève, le serrurier Tinel au moment où il montait à la guillotine. Au lieu de massacrer les jeunes gens, on se contenta de rabaisser leur morgue en les faisant passer par les fourches caudines. On leur ouvrit dans la barricade un étroit intervalle où ils durent se glisser un à un, couverts de quolibets. Mais on ne poussa pas l'humiliation jusqu'à les contraindre de déposer leurs armes, car les faubouriens distinguaient de la racaille à collet noir ces braves qu'ils avaient vus près de se lancer sur les canons.

Le soir venu, les accès du faubourg, à l'est, au sud, au nord, étaient fermés par des barricades pourvues d'artillerie. A l'ouest, au débouché sur la place de la Bastille, Delorme réunit toutes les pièces restantes et les disposa de façon à battre entièrement l'esplanade. Puis le peuple s'en alla dormir, gardé par ses sentinelles. Avec les meilleures intentions, François Duval, Étienne Chabrier, leur petit comité, Delorme lui-même avaient commis la pire erreur.

Le 4 prairial, aux premières heures, l'armée thermidorienne

se grossit des quatre mille fantassins attendus. Peu après, elle se mit en mouvement, sous les ordres du général de Menou : cet ancien membre du comité militaire sous la Constituante, qui avait, au retour de Varennes, emporté le dauphin dans ses bras, causant à la reine une si grande frayeur. Plus tard, commandant en Vendée une brigade et battu par le jeune La Rochejaquelein, il eût payé de sa tête cette maladresse, sans la protection de Barère. Promu divisionnaire après Thermidor, il venait de se voir confier par Aubry et Delmas, comme lui officiers d'ancien régime, le soin d'exécuter leur plan. Celui-ci n'exigeait aucune éminente qualité tactique; il s'agissait tout simplement d'investir le faubourg Antoine. A la fin de la matinée, ce fut chose accomplie. L'armée populaire, encerclée dans son fort, n'en pouvait plus sortir. Aussitôt, les Comités firent rendre par la Convention un décret ordonnant aux sections en révolte : 1° de livrer Tinel; 2° d'abandonner leurs armes, faute de quoi le faubourg serait réduit par la famine. Menou, établi avec son état-major sur l'emplacement de la Bastille démolie, face à Delorme, envoya un parlementaire lui communiquer ce texte et lui enjoindre d'obéir sans retard.

Duval et ses compagnons mesurèrent alors l'erreur qu'ils avaient commise en concentrant toutes les forces de l'insurrection dans un espace facile à défendre, certes, mais aussi à bloquer. Erreur irréparable. Il ne restait qu'à se soumettre. On ne pouvait même pas mourir en combattant, car on eût exposé la population aux coups de l'artillerie adverse. Cependant des femmes, enragées par le désespoir, réclamaient la bataille : « Aux armes! aux armes! criaient-elles. La liberté ou la mort! »

A quatre heures, Menou, impatienté, donna l'ordre : « En avant! » Ses troupes, sous la protection de leurs batteries, traversèrent la place. Les rebelles ne tirèrent pas. Une étoffe blanche s'agita au-dessus de leurs rangs. Ils capitulaient.

VI

Tinel, repris, fut exécuté. Après quoi la Commission militaire commença par envoyer à la guillotine les gendarmes passés à l'insurrection le 2. Puis elle s'occupa des meneurs. Delorme, Duval, Chabrier, qui s'étaient refusés à verser le sang, versèrent le leur sur l'échafaud avec trente-six autres membres des ex-comités révolutionnaires de section. Douze, dont Pierre Dorisse, furent condamnés à la déportation, sept aux fers, trente-quatre, dont Pierre Lime, à la détention.

Du 5 au 8 prairial, en application de la loi votée le 2 au soir et donnant aux autorités sectionnaires le droit de traduire elles-mêmes leurs terroristes devant les tribunaux, huit mille personnes allèrent en prison attendre un jugement. Dès le 5, les bataillons des sections désarmées le 4, avaient été dissous. La distinction entre *citoyens actifs* et *citoyens passifs*, abolie la veille du 10-Août, fut rétablie; les ouvriers, artisans, journaliers, tout individu ne vivant que d'un salaire, ne purent plus faire partie de la garde nationale. Désormais, elle se composa exclusivement de propriétaires.

Claude, impuissant, voyait se réaliser tout ce à quoi il s'attendait depuis les premiers jours de germinal. En voulant maintenir ce qui ne pouvait plus être, les patriotes avaient détruit ce que l'on eût pu sauver par une politique souple et adroite. Son propre projet de constitution, fondé sur le principe d'une majorité souveraine, perdait tout sens à partir du moment où l'on rétablissait deux catégories de citoyens : une minorité *active*, une majorité *passive*. La réaction thermidorienne courait désormais sans obstacles à la monarchie.

Quant à sa situation personnelle, il n'éprouvait aucun souci à cet égard. Les Montagnards restant dans la Convention étaient si manifestement étrangers au mouvement du 2 prairial que même les Thermidoriens ultras ne tentaient pas d'accuser le seul représentant soupçonnable : Fouché. A présent, le peuple jugulé, la sans-culotterie anéantie, pourquoi donc eût-on inquiété les membres subsistants des Comités de l'an II, ces fantômes?

Ce fut en pleine tranquillité que, le 8 prairial, Claude, après avoir passé à Neuilly la soirée de la veille et la nuit, retourna au Palais national vers dix heures, par une belle matinée printanière. Mai s'échauffait enfin. Les érables et les sycomores de la cour déployaient maintenant toutes leurs verdures. Comme il allait entrer au pavillon de l'Horloge, sur le perron où Danton, un an plus tôt, lançait sa dernière menace à Vadier et Amar,

Claude se sentit saisir par le bras. « Viens par là », lui disait en même temps la voix de Legendre. Il le ramena dans la cour, à l'écart. « Mounier, ajouta-t-il en baissant le ton, monte en voiture et sors de Paris à l'instant. C'est un conseil d'ami, crois-moi.

— Mais!... s'exclama Claude, éberlué.

— Tu seras arrêté d'ici une heure. Je ne puis t'en dire davantage. Sur ce, bonne chance! » Il s'éloigna, gravit les cinq degrés du perron.

Inconcevable! Pourtant il n'y avait pas à douter de Legendre, d'une amitié nourrie dans les luttes communes et persistant malgré l'évolution de ses idées, à lui, songea Claude repassant la grille aux flèches dorées. Un locatis le mena au Pont-Neuf où il avisa rapidement sa sœur. En descendant, il prit à la station de la Monnaie un autre fiacre qui le consuisit aux jardins de la Muette. Il entra chez un limonadier, but une bavaroise à l'eau, pour laisser passer un peu de temps. Puis, d'un pas flâneur, il gagna le bois de Boulogne et y disparut, se dirigeant vers Neuilly. Une fois là, on verrait. Il pensait avoir brouillé sa piste suffisamment pour être en sécurité un jour ou deux.

Ce que Legendre ne pouvait lui révéler, le Comité de Sûreté générale le savait seulement depuis la veille. Une insurrection semblable à celle de Paris s'était produite dans le Var. Le peuple de Toulon, révolté contre la réaction thermidorienne, avait forcé l'arsenal, enlevé les armes, contraint par la menace les représentants Brunel et Nion à libérer les patriotes emprisonnés. Brunel s'était suicidé de désespoir. Triomphants, les insurgés marchaient sur Marseille pour soulever tout le Midi, lorsque les députés en mission dans les Bouches-du-Rhône, Isnard, Cadroy et Chambon, les avaient fait cerner par des troupes rapidement amenées de l'armée d'Italie.

Le Comité ne douta pas que les deux insurrections, déclenchées au même moment et visant un même but, ne fussent liées. La responsabilité en revenait évidemment aux Montagnards, dont Charbonnier, Saliceti, Ricord, ex-robespierristes non encore rappelés de leur mission en Provence, servaient les desseins. Dans sa lettre, Nion accusait nommément Charbonnier d'avoir, en secret, dirigé le mouvement. C'en était trop! Il fallait en finir une fois pour toutes avec le jacobinisme, ses fantômes, ses séides!

La séance de la Convention débutait à peine — et Claude roulait vers la Muette —, quand Rovère demanda la parole, au nom des deux Comités, « pour un rapport terminé à l'instant », dit-il. Il relata les faits, insista sur la liaison entre la révolte toulonnaise et la rébellion parisienne, marquées toutes deux par la mort d'un député, vitupéra « une minorité criminelle, auteur de tous les attentats contre la représentation nationale », puis conclut en réclamant l'arrestation de Charbonnier, Escudier, Ricord, Saliceti. La droite, poussant des hurlements d'indignation, s'écria que cela ne suffisait point. On devait anéantir tous les factieux. Clausel, Henry-Larivière, Bourdon de l'Oise exigèrent « pour commencer », la mise en accusation de tous les représentants ayant siégé dans le Comité de l'an II. Malgré l'opposition de la plus grande partie du centre, Lindet, Mounier-Dupré, Jean Bon Saint-André, oublié jusque-là parce qu'en mission sur la flotte, furent décrétés incontinent. On ne respecta que Prieur. Larivière dénonça furieusement Carnot. « Il ne s'est pas opposé au crime; ne pas l'empêcher, c'est le commettre.

— Carnot a organisé la victoire! » se récria une voix.

Cette exclamation le sauva.

On se rabattit sur les anciens commissaires de la Sûreté générale : Ruhl, David (déjà détenu au Luxembourg), Lavicomterie, Élie Lacoste, Jagot, Voulland, Dubarran, Bernard de Saintes. Tous y passèrent. Ce n'était pas assez frapper. On s'en prit une fois encore aux représentants arrêtés le 1er prairial et décrétés d'accusation le 3 : Romme, Duquesnoy, Bourbotte, Goujon, Soubrany, Prieur de la Marne, Albitte, Peyssard, Lecarpentier, Pinet, Bory, Fayaud. Leur sort subit une nouvelle aggravation. Au lieu de comparaître devant leurs juges naturels, ils furent déférés à la Commission militaire. On trouva aussi que la déportation prononcée, le 12 germinal, contre Billaud-Varenne, Collot d'Herbois, Barère, ne constituait pas un châtiment assez fort. On décida de les rappeler pour les faire condamner à mort. Ruamps, Duhem, Amar, Léonard Bourdon, Choudieu, Chasles, Foussedoire, Huguet seraient ramenés de Ham et envoyés au tribunal criminel d'Eure-et-Loir, avec tous les députés décrétés aujourd'hui. A ceux-ci, on ajouta encore Panis et Sergent — soupçonnés inexactement d'avoir organisé les massacres de Septembre —, puis les anciens conventionnels en mission Javogues, Dartigoyte, Mallarmé, Monestier, J.-B. Lacoste, Esnue Lavallée, Massieu, Baudot, Allard, Lejeune, Pautrizel, Thirion, Laignelot, Maure, accusés pour leur jacobinisme.

La Convention ainsi purgée, on passa aux séides. Pache, Xavier Audouin, Bouchotte, Rossignol, déjà emprisonnés, Clémence, Héron, anciens agents du Comité de Salut public, Hassenfratz, Jourdeuil, anciens fonctionnaires au ministère de la Guerre, furent destinés eux aussi au tribunal d'Eure-et Loir.

Trente-deux députés s'adjoignirent donc aux victimes du 1er prairial et du 12 germinal. En tout, la Montagne avait perdu soixante de ses membres. Il ne subsistait plus dans l'Assemblée que deux ci-devant commissaires du Salut public : Carnot, Prieur, et un de la Sûreté générale : Louis du Bas-Rhin. Seul des derniers opposants notoires, Fouché demeurait miraculeusement indemne.

Claude apprit ces détails, à Neuilly, par son beau-frère Naurissane d'abord, lorsqu'il rentra de Paris, puis par *La Gazette française*, le lendemain, enfin par Bernard qui vint avec Claudine. Le matin même, des agents de la Sûreté générale s'étaient présentés rue Nicaise; Margot leur avait déclaré tout ignorer de son maître, absent depuis le 7 au soir. Cependant on savait bien, au pavillon de Marsan comme à celui de Flore, que sa femme et son fils se trouvaient à Neuilly; on ne manquerait pas de commencer par là les recherches.

« Sans doute, dit Claude, mais enfin Lindet, Saint-André et moi avons été décrétés simplement d'accusation; cela comporte la mise sous surveillance, rien de plus. »

Si les Comités n'eussent compté que des Legendre, des Kervelgan, des Ysabeau, des Marie-Joseph Chénier, des Cambacérès, des Sieyès, des Treilhard, et même des Auguis ou des Defermon, il n'eût pas hésité à demeurer là, sachant qu'ils l'y laisseraient en paix. Seulement, il y avait les Lehardy, les Rovère, les Henry-Larivière et autres furieux. Il balançait pourtant. S'éloigner de Lise! Et où aller? Limoges, il n'y fallait pas songer. Louis Naurissane garantissait de le mettre en un asile sûr, près de Rouen, chez des amis qui l'avaient hébergé lui-même au printemps de 92. Lise, déchirée de ne pouvoir le suivre, à cause du petit Antoine, poussait néanmoins son mari à fuir sans plus attendre. Il s'y résolut enfin. Naurissane se rendit sur-le-champ à Paris afin d'acheter de faux passeports. Deux heures plus tard, un cabriolet s'engagea dans l'allée de hêtres conduisant à la maison. Ce ne fut pas Louis qui en descendit, ce fut Louvet.

« J'espérais bien te trouver ici, dit-il. J'y ai eu quelque peine, il m'a fallu demander l'adresse à la municipalité, et je craignais un peu d'arriver trop tard pour t'éviter des pérégrinations semblables aux miennes.

— Je te remercie beaucoup, mais qu'entends-tu par là?

— Que rien ne t'oblige à t'éloigner. Legendre a eu raison de te faire partir, comme il me l'a dit; car, sur le coup, on aurait pu vous arrêter, Lindet et toi. Inutile d'aller plus loin. Nul ne viendra t'inquiéter céans, je te le jure. Vois-tu, le décret contre Lindet, toi et Saint-André a indigné la plus grande partie du centre. Malheureusement, la partie flottante qui vote tantôt avec les sages quand on parle à sa raison, tantôt avec la droite quand on excite sa passion anti-jacobine, s'est laissé entraîner. Je le pressentais en t'avisant, naguère, que nous ne pourrions pas toujours vous défendre.

— Je le sais bien.

— On vous a frappés à tort. Il faut, pour le moment, souffrir cette injustice; elle sera réparée. En attendant, Legendre a rudement secoué Henry-Larivière et Rovère, hier soir, au pavillon de la Liberté. Il a rappelé à Larivière ses paroles en séance : *Ne pas empêcher le crime, c'est le commettre.* « Eh bien, a-t-il dit, Mounier et Lindet ont journellement risqué leur tête, pendant quatre mois, pour empêcher le crime, et, en ce qui vous concerne, ils l'ont empêché. En auriez-vous fait autant? » Et puis il s'est produit une chose lamentable : Ruhl, auquel personne, hormis ces forcenés, ne voulait le moindre mal, s'est tué cette nuit.

— Ruhl! Ah! le malheureux! L'homme le plus honnête, le plus loyal, le plus généreux!... Mais sa mort, bien entendu, doit réjouir ceux qui ne lui pardonnaient pas d'avoir brisé la sainte ampoule, à Reims!

— Je ne sais si cette mort réjouit quelqu'un; en tout cas, elle nous a consternés, nous les modérés, et elle a révolté les anciens Dantonistes. Tallien, Legendre, Fréron lui-même sont résolus à mettre un frein aux fureurs des ultras. Ils ne vous tracasseront pas, Robert Lindet, Saint-André et toi, si vous vous tenez tranquilles. Aucune mesure n'a été prise pour exécuter le décret rendu contre vous. Reste ici et dors sur tes deux oreilles.

— Voudrais-tu bien donner cette assurance à ma femme? Elle en sera plus confiante. »

Il l'appela. Louvet lui répéta ce qu'il venait de dire. Comme elle le remerciait avec effusion, il ajouta : « Citoyenne, je suis encore votre obligé. Vous et votre mari, vous avez été pleins de bonté, de délicatesse pour ma chère Germaine et pour moi, quand nous n'étions pas encore légalement unis. J'oublie souvent le mal que l'on me fait; le bien, jamais. »

Claude demeura donc à Neuilly avec Lise et leur fils, tandis que les derniers Montagnards de quelque renom périssaient les uns après les autres. Comme Ruhl, l'honnête Maure, incapable de supporter l'injustice, se suicida. Romme, Duroy, Duquesnoy, Bourbotte, le marquis de Soubrany, Goujon, condamnés à mort par la Commission militaire, se poignardèrent dans l'escalier descendant à la Conciergerie. Duquesnoy, Romme, Goujon succombèrent sur le coup. Duroy, Soubrany, Bourbotte furent portés tout sanglants à la guillotine. Soubrany était mort pendant le trajet. On ne lui en trancha pas moins la tête.

Billaud-Varenne, Collot d'Herbois échappèrent à l'échafaud parce qu'ils voguaient déjà vers la Guyane quand l'ordre de les ramener parvint à Oléron. Mais Collot devait mourir à Sinnamari peu après son arrivée. Billaud, lui, vivrait encore vingt ans, solitaire, dédaignant toute amnistie, refusant de revenir en France où sa belle femme s'était empressée de divorcer pour se remarier, — et ne se consolant pas d'avoir « assassiné la liberté » en abattant Robespierre, écrirait-il. Quant à Barère, il trouva moyen de s'évader avant son embarquement et de disparaître à son tour.

Les prisons regorgeaient. A Paris, on comptait quelque vingt-cinq mille détenus. En province, la réaction restait modérée dans de nombreux départements, surtout ceux du centre. Mais la nouvelle Terreur, favorisée par les ultra-thermidoriens en mission, sévissait avec fureur dans le Lyonnais, la vallée du Rhône, le Languedoc, la Provence. A Lyon, les prêtres réfractaires et les émigrés, rentrés massivement depuis nivôse, avaient constitué sans tarder une société secrète dénommée *Compagnie de Jésus.* Elle mêlait l'exaltation religieuse à l'esprit de vengeance. Avant même germinal, ses membres organisaient des expéditions punitives contre les patriotes, auxquels on entendait faire payer à la fois leur impiété et les horreurs du siège. Dès le 13 pluviôse, la municipalité, formée pourtant d'anciens fédéralistes, peu favorables aux sans-culottes, se voyait contrainte par les circonstances de prendre l'arrêté suivant : « Considérant que les excès les plus répréhensibles se multiplient ... que déjà plusieurs citoyens ont été mutilés et que d'autres ont perdu la vie, la municipalité défend de porter de gros bâtons et des cannes à épée et toutes autres armes offensives. » Cela n'empêcha point les compagnons de Jésus de tuer chaque jour un ou plusieurs *Mathevons* (ainsi appelaient-ils les ci-devant sans-culottes). Ils n'épargnaient pas même les femmes. Ils égorgèrent une jeune fille de dix-sept ans, faute de pouvoir mettre la main sur son père. Ils brûlèrent la cervelle à une marchande devant sa boutique. Ils firent périr sous les coups trois ménagères, et ils assommèrent une vieille de soixante-dix ans parce qu'elle raillait les costumes des muscadins. On attachait les cadavres à la première voiture venue, on les traînait par les rues et on les jetait dans le Rhône ou dans la Saône.

Après le 12 germinal, la répression du jacobinisme légalisée en quelque sorte par la Convention, et encouragée sur place par le représentant Boisset, ex-montagnard douteux rallié sans peine à l'ultra-thermidorisme, on passa des attentats individuels aux mises à mort collectives. Le 16 floréal, les compagnons de Jésus — lesquels, à la vérité, comptaient parmi eux nombre d'anciens hébertistes qui se "rachetaient" en mettant leur férocité au service de l'autel et du trône — forcèrent les portes des prisons et massacrèrent les détenus. Il y eut quatre-vint-dix-neuf victimes, dont six femmes. Boisset écrivit à la Convention pour justifier les assassins, ajoutant que le seul moyen d'éviter pareilles scènes consistait à guillotiner tous les anciens jacobins.

Les journées de prairial et la répression encore renforcée à Paris entraînèrent un redoublement de la Terreur. Boisset fit expédier par la Manufacture de Saint-Étienne dix mille fusils qu'il distribua aux compagnons de Jésus, et les exécutions massives s'étendirent non seulement dans tout le département du Rhône, mais à l'Ain et au Jura d'une part, à la Loire de l'autre. A Montbrisson, les femmes et les filles patriotes furent attachées, nues, à l'arbre de la liberté et fouettées avec des nerfs de bœuf. Dans ce seul district, six mille familles se réfugièrent au milieu des bois pour échapper aux massacreurs. A Saint-Étienne, ils fusillèrent quarante-deux prisonniers, aux cris de : « Vive la Convention! Vive Précy! » Ses lieutenants avaient, à la tête de cinq mille Vendéens, occupé la manufacture, d'où trois mille ouvriers durent s'enfuir pour chercher, eux aussi, un refuge. A Lons-le-Saulnier, une cinquantaine de compagnons de Jésus assaillirent la prison et exterminèrent les jacobins incarcérés. Le commandant de la garde nationale dirigeait en personne les assassins. A Bourg, une première exécution collective avait eu lieu déjà le 30 germinal. Le 13 prairial, un convoi de sans-culottes dirigé sur cette ville fut arrêté une lieue avant par une bande d'individus masqués de noir, qui les mirent systématiquement à mort. Le maire de Bourg, honnête modéré, fit savoir au Comité de Sûreté générale que les égorgeurs appartenaient à l'aristocratie de la ville. Ils se vantaient de leur exploit. On les applaudissait dans les salons et au théâtre. Aucun d'entre eux ne fut inquiété.

Le 1er messidor, le représentant Bonnet, envoyé dans la Loire, écrivait au Comité de Salut public : « Dans ce département, on met en fuite, on tue les terroristes, mais ce sont, comme à Lyon, les royalistes qui les tuent... Une légion de six cents prêtres est venue pour s'emparer des campagnes de la Haute-Loire... Les émigrés dans Lyon, les prêtres dans tout le pays sont aussi libres que s'ils étaient rentrés à la suite d'un roi... Les massacres continuent toujours. »

Dans la vallée du Rhône, le Languedoc et la Provence, ils avaient commencé dès la mi-ventôse, avec la complicité active des Thermidoriens en mission : Cadroy, Girod-Pouzol, Mariette, puis Chambon et Isnard après le 12 germinal. Cet ancien parfumeur de Draguignan, ex-jacobin furieux contre la cour, les émigrés et les prêtres, régicide impitoyable, cet Isnard que Claude considérait, en 1791, comme le Marat de la Gironde, se faisait à présent le champion du royalisme et de la religion. Il organisa dans le Var la *Compagnie des fils du Soleil*, toute semblable à celle de Jésus. Elle proliféra très vite. Chaque département voisin eut ses compagnons du Soleil. A Tarascon, à Aix, à Nîmes, ils égorgeaient les patriotes, sans excepter les femmes ni les enfants.

Ce fut cette frénésie sanguinaire et le brutal anti-jacobinisme des représentants en mission qui provoquèrent la révolte, à Toulon, presque concomitante avec l'insurrection parisienne de prairial. Quand les Toulonnais rebelles eurent été cernés, au Bausset, par les troupes de ligne et désarmés après un combat où tombèrent quarante à cinquante des leurs, les nouveaux terroristes ne connurent plus aucun frein. Isnard, haranguant les fils du Soleil, s'écria : « Si vous ne possédez pas d'armes, si vous manquez de fusils, eh bien, déterrez les os de vos pères et servez-vous en pour exterminer tous ces chiens ! »

On l'entendit. Pendant la nuit du 5 au 6 prairial, à Tarascon, un groupe de fanatiques assaillit le fort, saisit soixante-cinq républicains détenus et les précipita du haut de la tour. Les émigrés et les prêtres ultramontins, assis sur des chaises dans la claire nuit de mai, applaudissaient à ce spectacle. Chaque cadavre fut jeté au Rhône avec une étiquette en bois portant cette inscription : « Défense d'ensevelir sous peine de la vie ».

Les compagnons du Soleil allaient faire mieux encore à Marseille. Le 17 prairial, ils envahirent en nombre le château Saint-Jean. Les choses étaient préparées depuis plusieurs jours. Pour prévenir toute tentative de résistance, on avait enlevé aux prisonniers leurs couteaux, leurs chaises et même leurs assiettes. Jusqu'à dix heures du soir, on abattit au canon, au sabre, à coups de pistolets deux cents patriotes, dans la cour du fort. Cadroy, averti par un officier de la garnison, le commandant Lecesne, qui voulait rassembler ses hommes pour secourir les prisonniers, le lui interdit. Lui-même n'alla sur place qu'après avoir attendu le plus longtemps possible. Indignés, les grenadiers de Lecesne étaient montés de leur propre mouvement au château. Ils avaient arrêté une douzaine d'égorgeurs. Cadroy les leur fit relâcher. Et, constatant qu'il arrivait malgré tout trop tôt, car un petit nombre de détenus restaient en vie, il s'emporta contre les massacreurs. « Lâches que vous êtes ! leur cria-t-il, vous n'avez pas encore fini de venger vos pères et vos parents ! Vous avez eu cependant tout le temps nécessaire pour cela ! »

Parmi les rares prisonniers indemnes, se trouvaient les jeunes princes de Montpensier et de Beaujolais, fils de feu Philippe-Égalité et frères du duc d'Orléans émigré avec Dumouriez. Mais leur vie, à eux, ne courait aucun risque. En revanche, les fils du Soleil, dans la fureur du massacre, avaient bel et bien expédié un des leurs : un cordonnier mis en prison quelques mois plus tôt pour avoir crié : « Vive le Roi! »

Les sentiments républicains de la garnison ne permirent pas d'organiser à Marseille d'autres exécutions sommaires. Mais à Tarascon, le fort s'était de nouveau rempli. On le vida une seconde fois, le 2 messidor, toujours à la grande joie de l'aristocratie locale. Vingt-trois cadavres, dont deux de femmes, allèrent rejoindre ceux qui pourrissaient dans le delta du fleuve. Plus tard, les républicains du Midi purent dire à la Convention : « Les chiens des bergers de la Crau ont paturé trois mois sur les bords du Rhône. » Il n'existait pas une ville, pas un bourg qui n'eût ses victimes. « On tue les patriotes comme on tue les grives dans les champs, partout où on les rencontre », disait Durand-Maillane, et, quoique monarchiste, il trouvait la chose abusive. Goupilleau de Montaigu, envoyé dans le Vaucluse, s'effrayait du changement survenu depuis sa précédente mission. Il écrivait à Rovère pour mettre le Comité de Sûreté générale en garde contre la façon dont se conduisaient les représentants. Il accusait Girod-Pouzol d'avoir causé la mort de treize jacobins massacrés pendant leur transfert à Orange. Il n'hésitait pas à déclarer : « Naguère, on tonnait contre les satellites de Robespierre qui ont teint toute la France de sang, et ceux qui les dénonçaient à l'Europe entière comme des égorgeurs sont devenus plus égorgeurs encore. » Non sans amertume, il ajoutait : « Aujourd'hui, est considéré comme terroriste celui qui reste attaché aux principes de la Révolution, et moi, tu ne t'en douterais peut-être pas, je passe ici pour un des plus grands terroristes de la république. » Goupilleau avait été montagnard et favorable à Ronsin, en Vendée. Il ne reniait point ce proche passé, au contraire de son ami Rovère, le « bourreau du Vaucluse », qui se vantait en l'an II d'avoir fait envoyer à la guillotine, comme modérantistes, ses collègues et compatriotes Duprat et Mainvielle. A présent, influencé par les relations de sa seconde femme, épouse divorcée du comte d'Agoult, le ci-devant marquis conspirait avec les royalistes. Dans les Comités, lui, le colonel Aubry, Henry-Larivière, Clauzel, Lehardy soutenaient Cadroy, Isnard, Chambon, Girod-Pouzol, Mariette. Ils trouvaient un puissant allié en Boissy d'Anglas, secrètement mais complètement acquis, avec beaucoup de modérés, à une restauration du trône.

Le 20 prairial, 8 juin, Louvet eut l'occasion d'en parler à Claude. Chaque décadi, la librairie fermée, au Palais-Royal, il venait, accompagné de sa *Lodoïska*, renouant les relations qu'ils avaient entretenues avant le 31-Mai. Lise revoyait avec plaisir l'aimable Germaine; elle admirait le courage et l'ingéniosité dont elle avait fait preuve dans leurs dangers, à son mari et à elle. Une chose rapprochait beaucoup les deux femmes : de toutes leurs anciennes amies, elles étaient les seules à survivre ou bien à conserver leur époux. En évoquant des souvenirs de la malheureuse Gabrielle-Antoinette, de Lucile Desmoulins, de Manon Roland, de l'inconsolable veuve de Brissot, elles ressentaient d'autant plus leur chance. Quant à Thérèse Naurissane, assagie par les épreuves, elle accueillait courtoisement ces républicains, amis de sa sœur et de son beau-frère. Au reste, les gens les plus divers fréquentaient la maison : ex-terroristes et Feuillants réconciliés dans l'agiotage, financiers improvisés et vieux banquiers ayant traversé la Terreur avec leur tête bien solide sur leurs épaules. On vit même Tallien et sa belle Thérésa, car Louis, estimant toute proche la paix avec l'Espagne, projetait d'ouvrir aussitôt à Paris une succursale de la banque Saint-Charles dirigée, à Madrid, par le beau-père de Tallien, Cabarrus. En reconnaissant Claude, Tallien lui lança : « Ah ! tu es bien heureux, toi, ici ! C'est nous maintenant qui avons tous les soucis, et ils sont de taille, crois-moi. »

Le 20 prairial, donc, Louvet, tête à tête avec Claude dans une allée, lui confia qu'il tenait non seulement Boissy d'Anglas et Cambacérès, mais aussi Lanjuinais, Daunou et une bonne part de la Commission des onze pour gagnés au rétablissement de la monarchie, sous la forme constitutionnelle. C'est pourquoi, malgré les impatiences de Sieyès et l'insistance de La Révellière-Lépeaux, les commissaires ne se décidaient pas à formuler leurs idées sur la nouvelle constitution.

« C'en est fait de la république, pour laquelle nous avons tant souffert ! ajouta-t-il. L'esprit rétrograde remporte chaque jour une nouvelle victoire. As-tu vu que l'on a rendu les églises au culte ? Lanjuinais l'a voulu et a obtenu le vote sans grande difficulté. Il croit sauver ainsi son cher gallicanisme, mais les ultramontains reprendront les paroisses comme il leur plaira et n'auront de cesse qu'ils ne ramènent la monarchie de droit divin, il ne s'en rend pas compte.

— Oui. J'ai remarqué aussi que Boissy a fait voter la restitution de leurs biens aux familles des victimes de la Terreur. Demain ou après-demain, les émigrés se présenteront comme des victimes et réclameront les leurs. Mais, dis-moi, avec qui les monarchistes pensent-ils rétablir la royauté constitutionnelle?

— Avec le petit Louis XVII, bien entendu! et Boissy d'Anglas, Lanjuinais ou Cambacérès pour régent.

— Ah! bah! » s'exclama Claude, très surpris.

Cambacérès, Boissy, Lanjuinais ignoraient-ils donc que le petit roi était mort depuis plus d'un an? Ou bien espéraient-ils faire passer pour lui l'enfant si étroitement gardé au Temple? Il ne semblait pas imaginable que des hommes essentiellement prudents et posés, comme Boissy d'Anglas et Cambacérès, se lançassent dans une telle aventure. Mais Claude ne croyait pas, non plus, que Cambacérès ignorât la mort du petit roi, lui qui, dans son discours de pluviôse, avait dit de l'enfant : « Lors même qu'il *aura cessé d'exister*, on le retrouvera partout, et cette chimère servira longtemps à nourrir de coupables espérances. » Alors? Employaient-ils ce prétexte pour préparer une constitution monarchique, en obtenir le vote, puis, révélant la disparition de Louis XVII, appeler au trône soit le comte de Provence s'il acceptait cette constitution, soit le jeune duc d'Orléans, Louis-Philippe, le brillant soldat de Valmy, de Jemmapes, de Neerwinden : celui que Danton tenait pour le futur roi des Français?

Les « impatiences » de Sieyès firent sourire Claude. Évidemment, *la Taupe*, comme le qualifiait Robespierre, ayant creusé sa galerie tout au long de la Révolution, n'entendait pas laisser mettre un roi, fût-il constitutionnel, à la place où il comptait bien déboucher lui-même. Sieyès ne serait jamais que sieyéiste.

« Et Tallien, Legendre, Barras?

— Barras, répondit Louvet, je n'en sais rien. Il vient juste de rentrer de sa mission en Belgique. Legendre, Tallien, Fréron sont absolument opposés à toute tentative de restauration. Fréron a décidément rompu avec le monarchisme. Comme Tallien désormais, il se montre républicain résolu.

— Parbleu! Lui, Tallien, Barras et leurs semblables se moquent bien de la République, mais ils ne veulent à aucun prix voir disparaître la république des profiteurs. C'est elle qu'ils s'efforceront de perpétuer sous un nouveau régime. Pour sauver la nôtre, il faudra beaucoup de souplesse, de ténacité, de patience. Penses-tu pouvoir encore soutenir mon projet dans la Commission?

— Non, franchement. Il n'y a plus de chances. Si Daunou, Lanjuinais, Lesage, Durand-Maillane, Boissy n'arrivent pas à imposer une constitution monarchique à l'anglaise, l'exécutif sera certainement confié à un collège de quelques membres. Malgré toutes tes précautions, ton président de la république effraie les sages, comme La Révellière et Creuzé-Latouche. A la réflexion, moi-même je le trouve dangereux. Et aussi il gêne trop d'ambitieux. Ils aiment encore mieux se partager le pouvoir que d'en être écartés au seul profit de l'un d'eux. »

La question du petit Louis XVII fut résolue brusquement le lendemain. Au moment même où Claude et Louvet parlaient de lui, l'enfant du Temple agonisait. Les Comités le savaient seuls. Il s'éteignit à trois heures après midi. Les journaux annoncèrent son décès le primidi, 21, dans la relevée. L'autopsie, pratiquée par le docteur Pelletan assisté de ses confrères Dumangin, Lassus, professeur de médecine légale, et Jeanroy, également professeur aux écoles de médecine, révélait que la mort était due à une maladie scrofuleuse « existant depuis longtemps ». Deux commissaires de la Sûreté générale, les citoyens Kervelgan et Bergoing, ont identifié le corps, précisait-on. Claude savait parfaitement que ni l'un ni l'autre ne connaissait le dauphin, sinon pour l'avoir aperçu de loin, et jamais plus après le 10-Août. Bien entendu, on s'était gardé de présenter le petit cadavre à Marie-Thérèse-Charlotte ni à l'ancien personnel du Temple, qui voyait le garçon tous les jours, avant son isolement. Trois de ses serviteurs devaient subsister encore, dans la tour même. Claude ne se rappelait pas leur nom, hormis celui du portier : Baron. Ils eussent révélé la fraude. Or il fallait, évidemment, que le mort fût le fils de Louis XVI. On ne pouvait dire à l'Espagne : il a été enlevé en janvier 94 et il n'est assurément plus de ce monde, mais nous n'en possédons aucune preuve. Claude aurait donné cher pour siéger encore dans le salon blanc du pavillon de l'Égalité. Savoir ce qui s'y passait?...

Le Comité réagit avec fermeté. Barthélemy, en train de négocier, à Bâle, avec l'agent diplomatique espagnol Yriarte, fut immédiatement informé. On verrait bien comment la cour de Madrid et le ministre Godoy prendraient cette nouvelle.

A Paris, circulaient des bruits, vagues, d'empoisonnement, de substitution. Mais Madrid n'émit aucun doute sur l'identité du petit mort, ni sur la cause du décès. Les purs royalistes, non plus, ne manifestèrent nul soupçon, car ce triste hasard leur convenait fort. Il leur donnait comme souverain, au lieu d'un enfant dont les constituants de 91 allaient se servir pour restaurer la monarchie bâtarde imposée à Louis XVI, un prince résolu à rétablir la royauté dans son intégrité. En effet, dès le 6 messidor, quinze jours après la mort de l'enfant, au Temple, l'aîné des deux frères de Louis XVI, le comte de Provence, réfugié à Vérone où il s'était, en janvier 93, proclamé régent, se déclarait roi sous le nom de Louis XVIII et adressait à son peuple un message. Il s'y engageait à délivrer ses honnêtes sujets des misérables qui les opprimaient depuis six ans, à punir sans merci les régicides et tous les responsables des événements révolutionnaires, à reconstituer les trois ordres dans leur situation d'avant 1789, à restituer au clergé et à la noblesse leurs biens volés, à rendre au catholicisme son caractère de religion d'État, à remettre sur pied les Parlements et toute la ci-devant organisation judiciaire et administrative. Bref, il entendait ramener purement et simplement en France l'Ancien Régime.

Comment un tel programme n'eût-il pas ravi les émigrés, les prêtres, les ci-devant dont tous les biens avaient été saisis par la nation! Dans le Midi, les royalistes pavoisèrent et massacrèrent avec allégresse. En Bretagne, ils ranimèrent la chouannerie. A Paris même, leurs journaux prirent un ton insolent. Certains laissaient percer de sourdes menaces : échos des propos couramment tenus dans l'entourage de Louis XVIII, dont le moins exalté des mentors, le comte Ferrand, considérait comme suffisantes quarante-quatre mille exécutions capitales, sitôt après le retour en France. Le comte d'Oultremont voulait pendre tout ce qui restait de l'Assemblée constituante, première coupable. D'autres entendaient fusiller tous les acquéreurs de biens nationaux.

En lisant la déclaration de Vérone, Claude avait eu le sourire. Rien au monde, estimait-il, ne pouvait mieux que ce monument de stupidité raffermir le républicanisme chancelant. On n'eût jamais espéré une si miraculeuse maladresse de la part d'un prince sournois, certes, ambitieux, absolument égoïste, mais avisé et assez fin politique. Sans doute se laissait-il, comme le malheureux Louis XVI, influencer par des conseillers ineptes. A présent, les régicides en mal de restauration savaient à quoi s'en tenir sur les éventuelles indulgences.

En vérité, tous les desseins des monarchistes semblaient à l'eau désormais. L'enfant du Temple mort, les royalistes qui eussent peut-être accepté le duc d'Orléans, de préférence à un roi mineur avec un conventionnel pour régent, n'avaient plus aucune raison d'admettre au trône la branche cadette. Quant à la branche aînée!.. Après le manifeste de Louis XVIII, qui donc espérerait encore imposer une constitution à ce champion de l'absolutisme? En prétendant rétablir l'Ancien Régime, il effaçait d'un seul coup toute nuance entre les hommes de 89 et ceux de 93. Face au royalisme lançant sa déclaration de guerre, il n'existait plus de Feuillants, de Fayettistes, de Girondins, de Dantonistes, d'Hébertistes, mais des révolutionnaires également menacés : les responsables du 14-Juillet et des journées d'octobre comme ceux du 10-Août.

Claude s'attendait à voir les Montagnards modérés rappelés dans la Convention pour combattre avec elle le péril de droite. Les Thermidoriens n'osèrent pas se désavouer si vite. Ils emprisonnèrent même Jean Bon Saint-André, venu à Paris où il protestait très haut contre la manière dont on traitait les membres des anciens Comités.

Cependant les massacreurs de patriotes s'aperçurent soudain que quelque chose était changé. Malgré une opposition violente d'Aubry, de Rovère et d'Henry-Larivière, ultras obstinés, les Comités avaient renversé la vapeur. Dans le Lyonnais, Boisset fut remplacé par Poullain-Grandpré. On mit sous ses ordres un fort contingent de troupes prises à l'armée des Alpes. Il désarma les compagnons de Jésus et leurs prétendues gardes nationales, cassa les autorités ultra-thermidoriennes, confia aux modérés les pouvoirs locaux. Dans le Midi, Cadroy, Isnard, Girod-Pouzol, Chambon durent, bon gré mal gré, dissoudre eux-mêmes les fils du Soleil. Legendre et Tallien leur signifièrent qu'ils auraient à répondre des troubles s'il s'en produisait encore. Goupilleau fut chargé de les surveiller. On ne poursuivit pas sérieusement les assassins, mais on invita expressément les bureaux civils des sections, dans la France entière, à réviser leurs listes de détenus, pour faire élargir les personnes incarcérées sans motifs suffisants, c'est-à-dire toutes celles qui n'auraient pas commis, avant le 9-Thermidor, des actes de terrorisme caractérisés.

DEUXIÈME PARTIE

I

Confondu parmi les promeneurs qui encombraient la terrasse des Feuillants, un homme d'une quarantaine d'années, en lévite brune, chapeau rond à boucle, entra au café Hottot. Au milieu des allées et venues, il se dirigea tranquillement vers deux consommateurs attablés devant leur demi-tasse. Il les salua et s'assit avec eux. Ils échangèrent quelques nouvelles banales, puis l'arrivant prononça ces mots non moins banals : « J'ai reçu une lettre de notre ami. Il pense tout le mal possible de Pitt, et considère que l'on ne saurait trop se défier des entreprises où ce fourbe met la main. » Les deux autres approuvèrent. Une *mouche* eût-elle écouté, elle n'eût trouvé rien de suspect à cette conversation, au contraire. Pourtant l'homme en lévite brune n'était rien de moins que l'abbé Brottier, directeur de l'agence royaliste à Paris, et il venait, en ces quelques mots, de transmettre à deux affidés un message de Vérone.

L'agence renseignait la petite cour exilée et en recevait les directives. Elle correspondait également avec le comte d'Antraigues, à Venise, la cour de Madrid, l'agence française de Londres dont les principaux personnages étaient d'anciens constituants et les amis du comte d'Artois. Enfin, elle se tenait en liaison avec l'essentiel artisan de la contre-révolution en Bretagne : Puisaye. Au temps des grands Comités, qui avaient plusieurs fois bouleversé les réseaux d'Antraigues et finalement réussi à neutraliser le baron de Batz, un tel organisme n'eût pas fonctionné longtemps; mais le changement périodique des commissaires, renouvelés par tiers chaque mois, ne leur permettait plus aucune action soutenue. De plus, Vadier, Jagot, Voulland, Amar, inquisiteurs-nés, étaient en prison ou en fuite, et à leur place fonctionnaient des conventionnels sans dispositions particulières pour la police générale, comme Legendre, ou royalistes, comme Rovère. Aussi l'abbé Brottier et ses principaux associés : Lemaître, Desponelles, La Villeurnoy, œuvraient tranquilles, moyennant quelques précautions. Ils disposaient partout d'innombrables complicités, d'appuis jusque dans les Tuileries.

Avant la mort de l'enfant du Temple, on avait, à Paris et à Vérone, élaboré un plan mirifique pour restaurer la royauté de droit divin. Il s'agissait tout simplement d'envahir le royaume à la fois par le Nord-Est, l'Ouest, le Midi, tout en insurgeant la capitale. Le prince de Condé, passant le Rhin avec son corps d'émigrés, s'avancerait par la Franche-Comté. Le comte d'Artois, débarquant en Bretagne, se mettrait à la tête des chouans et des Vendéens. Le régent lui-même, descendu en Provence, entraînerait les royalistes de la vallée du Rhône. A Paris, les sections aristocratiques, auxquelles ne s'opposait plus aucune force populaire, jetteraient bas la Convention. On proclamerait Louis XVII, sous la tutelle de son oncle qui rétablirait la monarchie absolue. Évidemment, Condé ne réunissait guère sous ses ordres plus de quatre à cinq mille fantassins et quinze cents cavaliers : bien faibles ressources pour tenter une invasion. Mais on ne doutait pas de gagner un général qui joindrait ses troupes à celles du prince. Le propre chef de l'armée du Rhin, Pichegru, était tout désigné par sa conduite en germinal, par ses inclinations monarchistes, connues du ministre anglais en Suisse, Wickham, par son ambition et son avidité.

Malheureusement pour les royalistes, Vérone et l'agence parisienne ne s'entendaient pas du tout avec Londres ni avec Puisaye sur les moyens de réaliser ce beau plan. Pour Puisaye, seul Pitt pouvait fournir ces moyens. Or le régent ne souffrait point que les ministres anglais fussent mêlés à l'entreprise. Il voyait d'un très mauvais œil Pitt, comme son collègue autrichien Thugut, hostiles tous les deux à l'idée de rétablir l'absolutisme en France, car, mieux informés et autrement réalistes que la cour de Vérone ou les songe-creux parisiens, ils jugeaient le retour de l'Ancien Régime absolument chimérique. Le régent refusait donc le concours de Londres et ordonnait de le repousser. Il voulait jouer sa partie exclusivement avec ses parents, les Bourbons d'Espagne.

Le comte de Puisaye — cet ancien constituant qui déjà, en juillet 93, à Caen, s'efforçait de convaincre Louvet et les Girondins proscrits d'appeler dans le Calvados les Anglais — s'étant rendu à Londres pour organiser une expédition en Bretagne, l'agence Brottier vit là l'occasion de le flouer en prenant un contact direct avec les chefs locaux. Un ancien marin, Duverne de Presle, fut envoyé à Charette, lui-même officier de marine, avec une lettre écrite par le régent peu avant la pacification de l'Ouest. Dans ce message enthousiaste, le comte de Provence appelait Charette le « second fondateur de la monarchie », lui exprimait son admiration, sa reconnaissance. Il le nommait lieutenant général (c'est-à-dire général de division) et lui annonçait pour prochain l'envoi d'une flotte espagnole portant des armes, des troupes, de l'argent. Duverne, comme on le lui avait recommandé, déclara que la pacification ne changeait rien à tout cela. Sitôt ces secours arrivés, on recommencerait la guerre. En attendant, il fallait se défier extrêmement de Puisaye, inféodé à Pitt. Une expédition anglaise semblait peu probable. Si le comte réussissait néanmoins à en faire partir une pour la Bretagne, on la détournerait afin qu'elle abordât en Vendée, car rien ne devait s'accomplir hors de sa direction à lui, Charette : seul général à posséder l'entière confiance du régent.

Bien entendu, Charette accepta. Il se conduirait exclusivement d'après les instructions de Paris. Mais l'agence de Londres n'ignora pas longtemps ce qui se passait en Vendée, et en Bretagne où d'autres missionnaires travaillaient les chefs chouans. Puisaye, retenu par la mise sur pied de l'expédition, pour laquelle le gouvernement anglais réunissait des moyens considérables, délégua en Bretagne deux officiers. Loin de s'en laisser imposer par eux, les agents de Paris les retournèrent en leur reprochant de servir l'Angleterre seule quand ils croyaient servir la France et le trône. La perfide Albion prétendait soutenir la cause royale, mais ne cherchait que son propre avantage. N'ayant pu garder Toulon, elle voulait se faire ouvrir un autre port. La Hollande perdue, il lui fallait un autre champ de bataille sur le continent, mais elle entendait y faire battre des Français contre des Français, sans y engager ses propres troupes, car elle ne désirait pas rétablir la monarchie véritable. L'Espagne, au contraire, le souhaitait. Aucun de ses intérêts ne s'opposait à ceux de la France. Elle mettait, outre ses vaisseaux et son argent — un million cinq cent mille francs par mois —, ses soldats à la disposition du régent. Au reste, Tallien était déjà gagné par la cour de Madrid, grâce à l'entremise du banquier Cabarrus, son beau-père.

Louis Naurissane ne s'imaginait point que ses pourparlers avec celui-ci, par l'intermédiaire de Mme Tallien, passeraient pour des tractations diplomatiques. Louis, à vrai dire, aurait vu très favorablement une restauration de la monarchie constitutionnelle. Il ne se souciait pas néanmoins de s'en mêler. Dégoûté de la chose publique par ses mésaventures limousines, il ne songeait à restaurer que sa fortune. A quoi il était en train de réussir on ne peut mieux.

Ainsi, bien et mal renseignée tout ensemble, l'agence prenait et faisait prendre des vessies pour des lanternes. Plusieurs chefs bretons donnèrent leur adhésion. Toutefois, ceux du Morbihan, du Finistère, liés depuis longtemps avec Puisaye, connaissant son activité, sa ténacité, et d'autre part l'inconsistance habituelle des princes (avaient-ils jamais rien tenté, depuis le soulèvement, pour aider les défenseurs de la cause royale en Vendée et en Bretagne!) demeurèrent fidèles au comte. Indignés par les manœuvres des agents de Paris, ils les dénoncèrent à Londres comme traîtres, ainsi que le second de Puisaye, le baron de Cormatin.

Celui-ci, un certain Dessoteux, baron de fantaisie, laissé à Rennes par son chef pour le représenter en son absence, et qui avait joué un rôle assez important dans la pacification — rôle tout contraire aux principes de Puisaye —, visait tout bonnement à le remplacer. Il s'était rallié aux envoyés de Paris, espérant se faire nommer par le régent gouverneur de la Bretagne. Il se comportait comme si c'eût été déjà chose accomplie. Installé au château de la Prévalaye, près de Rennes, devenu aussi belliqueux qu'il avait été pacifique deux mois plus tôt, il expédiait ses ordres à tous les chefs pour préparer de nouveau la guerre avec les secours espagnols. Dans le costume des chasseurs chouans, habit et culotte verte, gilet rouge, il visitait les paroisses sous prétexte d'organiser les milices autorisées par les traités de la Jaunaye et de la Mabillais. En fait, il organisait la désertion parmi les troupes républicaines, qui manquaient de tout. Hoche le signalait en ces termes au Comité de Salut public : « La conduite de Cormatin est abominable, ses propos sont d'un forcené; il a, en vérité, perdu la tête et se croit le dictateur de la Bretagne. » Le jeune général — il avait alors vingt-sept ans — ne s'illusionnait pas sur le résultat des traités. Cormatin, Charette, Stofflet, Sapinaud et leurs lieutenants s'étaient partagé les vingt millions avec lesquels le Comité de Salut public avait naïvement cru acheter leur soumission, mais ils gardaient leurs troupes sous la main, ils conspiraient, et, quoique désunis — en particulier, Charette haïssait le ci-devant garde-chasse Stofflet, qui le lui rendait bien —, ils s'accordaient pour continuer d'affamer les villes, l'armée républicaine, de tuer les patriotes isolés, spécialement les anciens prêtres constitutionnels, d'attaquer les diligences. On devait réunir les voitures en convoi et les escorter. Quiconque, dans la campagne, ne portait pas la cocarde blanche risquait sa vie. Les patriotes des villages, réfugiés dans les cités, ne pouvaient rentrer chez eux.

Hoche voyait tout cela. Il écrivait au Comité que la pacification était une insigne duperie. On bafouait ouvertement la république. Tout annonçait une reprise prochaine de la guerre. Il s'y préparait en distribuant dans tout le pays des colonnes mobiles pour fondre sur le premier rassemblement qui se formerait. Mais ses effectifs restaient insuffisants par rapport à l'étendue de la contrée, au développement des côtes, sur lesquelles il fallait exercer une surveillance constante. En vain réclamait-il des renforts. Le colonel Aubry se gardait bien de lui en fournir. Hoche aurait voulu que l'on s'emparât des îles anglo-normandes, braquées sur le cœur de la Bretagne et où s'opéraient des concentrations d'émigrés. Pouvait-on laisser à l'ennemi la disposition d'un pareil tremplin! Là encore, Aubry trouvait des excuses pour ne point agir.

Le 6 prairial, les représentants Grenot et Bollet, en mission à Rennes, se décidèrent à faire arrêter Cormatin. En riposte, les chouans du Morbihan reprirent les armes, bientôt suivis par ceux de toute la Bretagne. En Vendée, Charette ne bougea pas. Il attendait les ordres du régent.

Le 22 prairial, 10 juin, le lendemain du jour où fut annoncée, à Paris, la mort du petit roi, l'expédition montée par Puisaye avec le concours de Pitt, du ministre de la guerre, Windham, et de l'Amirauté, mettait à la voile. Elle réunissait de puissants moyens : trois frégates, cinq vaisseaux de 36 à 40 canons, des chaloupes canonnières, deux lougres, deux cutters, des navires de charge. Elle portait des vivres pour une armée de quarante mille hommes, dix-sept mille uniformes d'infanterie, quatre mille de cavalerie, cent chevaux, vingt mille fusils, dix pièces de campagne, six cents barils de poudre, dix mille louis d'or, trois milliards en faux assignats, l'évêque de Dol, Mgr de Hercé, dont le pape avait fait son vicaire général pour la Bretagne, enfin quatre mille cinq cents émigrés, officiers ou soldats. Ce n'était pas beaucoup, mais une seconde division formée par les vieilles légions à cocarde noire, battues en Flandre puis en Hollande et ramenées à l'embouchure de l'Elbe, suivrait dans quelques jours. En outre, d'autres régiments royaux devaient arriver de Jersey pour compléter le corps de débarquement. Il compterait alors dix mille hommes. Au reste, l'expédition comprenait parmi les émigrés quarante officiers sans troupes destinés à conduire des compagnies de chouans. Pitt, qui promettait d'abord l'appui de régiments britanniques, les avait refusés finalement, à la grande déception de Puisaye peu confiant dans les vertus militaires des émigrés. Toute l'expédition se trouvait sous ses ordres. Il tenait du comte d'Artois les pouvoirs les plus étendus pour la diriger en attendant que le prince le rejoignît une fois la descente opérée. Cependant lord Windham, bien qu'aimant beaucoup Puisaye et ayant grande confiance en lui, ne lui reconnaissait pas assez l'expérience de la guerre pour lui confier le commandement des troupes embarquées. Il aurait dû revenir au colonel d'Hector, le plus ancien en grade des officiers soldés par l'Angleterre; mais Puisaye lui avait fait préférer le colonel d'Hervilly qui prétendait désirer ardemment servir sous lui et dont il escomptait beaucoup plus de docilité. Un marin distingué, le commodore Warren, commandait la flottille. L'escadre de lord Bridport, quinze vaisseaux croisant dans la Manche, l'escorterait à partir d'Ouessant.

Depuis la mi-prairial, le temps se faisait de plus en plus mauvais. Presque toute la flotte française de Brest, durement éprouvée pendant ce terrible hiver, était rentrée en rade. La division légère, elle, continuait à courir, observant et harcelant les croisières ennemies soudain très actives.

Le 26 prairial, 15 juin, par une forte brise d'ouest, la frégate la *République*, en mission de surveillance, tirait des bords au large d'Ouessant. Fernand Dubon, le fils de Jean et de Gabrielle, était retourné pendant l'automne de 94 sur cette frégate, — laquelle avait, juste un an plus tôt, tellement inquiété Louvet et ses amis. Il y succédait au capitaine Marvejol passé sur un 74. Ce commandement attribué à un lieutenant de vaisseau de vingt-trois ans montrait en quelle estime Villaret-Joyeuse tenait le jeune Dubon. Il le considérait comme l'un des meilleurs marins de la flotte. Plusieurs fois durant l'hiver, mettant son pavillon amiral sur la *République*, il s'était confié à l'habileté de son capitaine, lors de rapides inspections dans le golfe de Gascogne, et ils avaient toujours défié les Anglais.

Ce soir-là, vers cinq heures, les vigies signalèrent des vaisseaux par tribord devant. C'était — spectacle familier — l'escadre de l'amiral Bridport bourlinguant à la sortie de la Manche en colonnes par division. La *République* prit aussitôt une route parallèle à la leur pour les garder en vue. Les instructions données à la division légère prescrivaient non seulement d'observer l'ennemi, mais encore de l'engager hardiment si l'occasion s'en présentait. Bien entendu, aucun espoir de rien tenter contre ces quinze patauds. Le gros temps ne les troublait pas. Sous le hunier au second ris, la brigantine, la misaine et le petit foc, ils louvoyaient en files impeccables, inapprochables. Mais les trois poulettes — des 44 canons — qui, loin sur l'avant, les éclairaient, on les chatouillerait peut-être, ces demoiselles, avec de la chance.

Fernand s'attendait à voir l'escadre changer bientôt de cap, car elle n'avait aucune raison de s'en aller ainsi plein ouest. Alors, à la faveur d'une évolution, il serait possible, sans doute, d'accrocher l'une ou l'autre des trois frégates.

Cependant ni elles ni les vaisseaux ne changeaient d'amures, sinon pour louvoyer. A huit heures, les dix-huit navires au pavillon à franc-quartier bleu surcroisé de blanc et de rouge tenaient toujours leur route en zigzag. Le soir tombait rapidement du ciel bas et sombre. D'ici peu, on ne verrait plus les Godams. En les suivant à l'aveuglette, on les perdrait assurément, car ils ne pouvaient pas ne point revenir vers la terre à un moment ou un autre. Lord Bridport ne songeait certainement pas à traverser l'Atlantique. Et pourquoi donc sa flotte irait-elle se promener sur les bancs de Terre-Neuve? Au demeurant, la façon dont les frégates battaient la mer prouvait qu'elles ne se bornaient pas à éclairer, comme il semblait tout d'abord. Elles cherchaient. Quoi? Une autre escadre britannique ou, bien plutôt, quelque convoi avec lequel Bridport avait rendez-vous sur cette latitude de 48° 27′ où il se maintenait exactement. Comme ses navires s'effaçaient dans l'ombre et la grosse mer, Fernand ordonna de virer cap pour cap. On ferait de l'est toute la nuit sous le moins possible de toile, recommanda-t-il.

Le 27 prairial à l'aube, pas de Godams en vue. Le vent, qui s'était renversé après le coucher du soleil, comme chaque soir, hâlait dans l'ouest où il se fixerait comme la veille. Il semblait vouloir forcir, mais peu, le baromètre ne bougeait pas. Le troisième lieutenant, un aspirant de 1re classe, achevant le dernier quart de nuit, n'avait rien à signaler. Fernand ne s'en émut nullement. Il redescendit déjeuner d'une tasse de café, de biscuit, se raser, puis alla songer sur la carte. Il était certain que Bridport ne quitterait point le parallèle d'Ouessant, voire que sa croisière ne devait guère dépasser le 8e degré de longitude. Aussi inscrivit-il dans le journal de bord : « Calculant que l'ennemi a viré pendant la nuit aux environs de 48° 27′ 35″ lat. N. et 8° longit. O., je vais l'attendre sur sa route pour l'attaquer si je puis. »

Il raisonnait juste. Peu après sept heures du matin, les Anglais reparurent, filant droit vers la côte, vent arrière, toujours sur trois colonnes, avec les frégates en éventail. Ils avaient l'avantage du vent; mais Fernand ne comptait pas engager encore une action. Il se contenta de les suivre de nouveau, à distance. Il voulait savoir ce qu'ils allaient faire. Revireraient-ils? Reprendraient-ils, au contraire, leur station sous Ouessant? Autrement dit, leur escadre croisait-elle par pure routine? Très peu probable. Attendait-elle réellement un convoi? Il importait fort de le vérifier, car un convoi dans ces parages signifiait : tentative de descente. Tout le monde savait bien que, depuis la perte des bouches de l'Escaut, l'Angleterre cherchait à n'importe quel prix une ouverture sur le continent.

Sitôt après le dîner, à onze heures du matin, la question fut réglée. Les Godams avaient reviré, ils recommençaient leurs louvoiements plein ouest. Fernand connut alors clairement son devoir : 1° empêcher autant que possible lord Bridport de rallier un convoi; 2° aviser l'amiral. Or le seul moyen, pour la *République*, de gêner Bridport consistait à le priver de ses frégates. « Peste! marmonna le jeune commandant. Une contre deux, ça irait. Mais contre trois!... »

Par l'escalier tribord, il descendit du château arrière sur le pont, et, par le passavant, gagna les haubans du grand mât. Agile comme un pilotin, il grimpa jusqu'aux barres de perroquet d'où il délogea la vigie pour prendre sa place. De l'avantage d'avoir des capitaines de vingt ans! Le second, que les aspirants appelaient « le père Ray», eût été incapable de monter seulement dans la grand-hune, même en passant par le trou du chat.

Vus de cette hauteur, les soulèvements des vagues s'aplanissaient. Lorsque la *République* se trouvait sur le dos d'une lame, le regard embrassait une vaste superficie. Calé contre le ton du mât et la caisse du perroquet, Fernand examina longuement à la lunette l'escadre anglaise qu'il découvrait, par moments, tout entière. Elle ne donnait aucun signe de l'avoir repéré, ou plutôt dédaignait-elle ce Jean Crapaud solitaire : un espion conservant avec prudence sa marge de sécurité. Si l'on courait sur lui, il s'enfuirait pour revenir un peu plus tard. A quoi bon s'en soucier! Imperturbables, les trois colonnes faisaient de l'ouest par petites bordées. Elles remontaient en diagonale dans le vent, au plus près tribord amures, et soudain les quinze vaisseaux, contrebrassant tous ensemble, amuraient à bâbord. Ils prenaient la diagonale inverse, la suivaient pendant trois quarts d'heure puis brassaient de nouveau. C'était précis comme un mouvement d'horloge. Pas un seul ne déviait de la file. Fernand admirait cette régularité, ce parfait accord. Ah! si les équipages des vaisseaux français avaient su naviguer ainsi en divisions!... Parfois, la plus lointaine paraissait s'engloutir, vaisseau après vaisseau, dans un creux, puis les huniers — au bas ris, maintenant —, les basses voiles, les gaillards resurgissaient sous le ciel terne où couraient des grains. Les frégates louvoyaient, elles aussi, mais fort en avant et à grandes bordées. La troisième, gagnant dans le norois, ne se distinguait presque plus parmi la crasse et les nuages effilochés. Elle reviendrait au bruit du canon, certes. Cela lui demanderait quelque temps. La première, dont on distinguait tous les détails à la lunette, et la seconde étaient séparées par un espace assez vaste pour permettre de les attaquer l'une après l'autre. Il ne suffisait plus, aujourd'hui, de les chatouiller, ces demoiselles; il fallait les sabouler méchamment. On y réussirait peut-être, pourvu que se présentât un grain bien placé.

L'océan basculait d'un bloc sous le navire grimpant vers le ciel, puis le ciel basculait à son tour. Chaque fois, Fernand balayait attentivement du regard l'horizon. Vers deux heures après midi, il y trouva enfin ce qu'il désirait. Il n'était pas devenu marin consommé seulement pour avoir appris, afin de passer les examens d'aspirant de 2e et de 1re classe, les éléments mathématiques du métier : la géométrie, les deux trigonométries, la cosmographie, la statique, la navigation, mais surtout parce que son instinct, sa passion s'étaient, durant ses six années de service à la mer, exercés à pénétrer ses secrets et ceux de l'atmosphère. Une certaine nacrure dans les gris lointains, relevée à un angle ouest-sud-ouest, allait lui permettre d'établir tout un plan de combat. Rompu à évaluer les angles simplement de l'œil, il situa plus précisément cette tache par rapport à la ligne de foi que lui fournissaient les flouettes. La regardant vibrer et briller de plus en plus, il estima la vitesse à laquelle elle se déplaçait : un petit peu supérieure à celle du vent dominant, quoique l'orientation fût la même, bien entendu. Il calcula les temps en fonction de la vitesse probable de la *République* quand elle ferait route grand largue, et fixa ainsi le point où le navire devrait se trouver au moment voulu. Assuré alors de ses moyens, il dévala les enfléchures, du perroquet dans la grand-hune et de la grand-hune au passavant, avec autant de prestesse qu'il les avait gravies à onze heures.

Sur la dunette, il interpella l'officier de manœuvre. C'était le second lieutenant. « Citoyen Eyssandier, laisse arriver est-sud-est 135°. » Et s'approchant du banc de quart où veillait le premier lieutenant, un enseigne de vingt-trois ans : « Jacques, dit-il, tu garderas ce cap. Dans deux quarts d'heure, ou guère plus, un grain sera sur nous. Juste avant, reviens plein est, de façon qu'il nous prenne par l'arrière. » Fernand affectionnait et estimait beaucoup son premier lieutenant. Marin très expérimenté, car il naviguait depuis l'âge de douze ans, Jacques Bergeret ne tarderait assurément pas à commander lui aussi une frégate. Il avait débuté dans l'ancienne marine, passé au commerce, repris la culotte rouge en 93 comme enseigne sous les ordres du désastreux capitaine Renaudin.

La *République*, dont Eyssandier faisait brasser les vergues et amurer les voiles à tribord, s'inclinait sur la hanche, s'installait avec aisance dans l'allure du grand largue. Fernand avait envoyé chercher le second capitaine. Il lui exposa, à lui et à Bergeret, son dessein. « Je veux me dissimuler dans le grain en perspective, pour courir sur les frégates anglaises. J'espère déboucher dans les eaux de la plus proche, la plus au sud, sans la laisser se mettre en garde. Elle ne s'attend pas à combattre; ses manœuvres dormantes ne sont pas serpentées, les filets de casse-tête pas tendus, j'ai pu m'en rendre compte à la lunette. Il en va certainement de même pour les autres. Elles savent bien que l'escadre de Brest ne sortira pas. Toutes les trois cherchent des amis sans se soucier d'une voile française solitaire. Nous serons à portée de la première bien avant que ses canonniers aient seulement touché les palans. Vous tirerez à démâter, pour la mettre hors du jeu pendant que nous remonterons chercher la seconde. Nous lui mènerons la vie dure, puis nous verrons ce que nous pourrons faire avec celle du norois. La *République* est autrement manœuvrante et possède quatre pièces de plus qu'elle. Quant aux gros pataudes, vent debout ils n'auront pas le loisir d'approcher. Qu'en pensez-vous, citoyens?

— Cela me semble aventuré, commandant, mais conforme aux instructions, et non pas impossible si le temps reste maniable, répondit le “père Ray”, vieil auxiliaire de la marine royale.

— Le temps ne changera pas d'ici à ce soir. Et toi, Jacques, ton avis?

— A tes ordres, commandant. Je crois ce plan parfaitement combiné.

— Eh bien, citoyens, préparez le navire », conclut Fernand.

Il descendit sur le pont, passa derrière les quartiers-maîtres debout à la roue du gouvernail, entra dans la brève coursive par laquelle on accédait, sous la dunette, aux logements du château arrière. Tout de suite à droite, se trouvait la timonerie, la chambre du second; à gauche, la chambre des cartes et des instruments, puis celle du premier lieutenant, assez étroite. Après quoi, on coupait la coursive transversale conduisant aux deux « bouteilles » — les cabinets d'aisance des officiers — accolées à bâbord et à tribord du château. Au milieu de ce couloir, béait dans le plancher le panneau de l'échelle arrière d'entrepont : escalier étroit, à deux voies qu'au moment du branle-bas on remplaçait par deux échelles de cordage. En face s'ouvrait la porte de la grand-chambre. Le fond de cette large pièce basse, abondamment vitré entre les reliefs des membrures et légèrement arrondi, donnait sur le balcon d'arcasse, ou galerie de poupe, dominant le sillage écumeux. La grand-chambre était la salle à manger et le salon du commandant. Là, il invitait à sa table, là il réunissait le conseil du navire.

Fernand nota dans le journal de bord l'heure, le point, les décisions qu'il venait de prendre. Ensuite, par l'échelle d'entrepont, il gagna son appartement, situé sous la grand-chambre. Les dispositions de l'étage supérieur se répétaient en celui-ci. Il contenait le carré de l'état-major, celui des aspirants — un vrai trou à rats — et les chambres communes. Lorsque Fernand servait comme troisième lieutenant sur cette même *République*, les officiers logeaient et mangeaient avec l'équipage, dans la batterie. Les cloisons mobiles qui la séparaient de l'arrière avaient été déposées une fois pour toutes. Les deux capitaines, les lieutenants, les aspirants couchaient comme les matelots dans les hamacs crochés sous les barrots du pont. Mais cette innovation égalitaire ne favorisait guère la discipline. Jean Bon Saint-André avait dû rétablir sur tous les navires de la flotte l'ancienne distribution : les maîtres dans le poste avant, les quartiers-maîtres et les hommes dans la batterie, les officiers à l'arrière. Maintenant, on en était à une cote mal taillée entre les excès démocratiques de 93 et l'aristocratisme féodal du temps où le commandant, seigneur du navire, vivait dans sa chambre, sa grand-chambre, sa galerie de poupe, presque entièrement à part même de son état-major, n'admettant auprès de lui que de rares privilégiés, et ne paraissant sur la dunette que pour le combat, les revues, les circonstances importantes, où les officiers s'appelaient « Monsieur » et ne connaissaient de l'équipage que la mestrance, où les matelots et les seconds maîtres n'avaient pas le droit de leur adresser la parole. Le successeur de Jean Bon Saint-André, le conventionnel thermidorien Topsent, marin d'ancien régime, s'évertuait à supprimer le tutoiement sans-culotte et le terme « citoyen ». Les aspirants s'en amusaient. Ils se donnaient du « Monsieur » en se voussoyant pour rire. Ce qui ne plaisait guère au second. Il serait volontiers revenu aux errements d'autrefois, on le sentait; mais Fernand, tout en ne souffrant nulle entorse à la discipline et à l'ordre hiérarchique, maintenait à son bord la familiarité républicaine.

Il revêtait un caban, car on allait être trempé là-haut, quand il entendit toquer à sa porte. « Entre! » cria-t-il. L'usage des domestiques restait proscrit, néanmoins le commandant avait droit à un *homme de service*, le carré des officiers à un autre, tous deux pris parmi les aides cuisiniers. « Commandant, annonça le matelot, on demande si on peut préparer les pièces. » Derrière lui, un aspirant se présentait avec sa section. « Venez donc, mes amis, dit Fernand, et soignez-les, ces mignonnes; elles auront de la besogne d'ici peu. » Tournant leur culasse au cadre dans lequel il couchait, deux pièces de 8 longues — les canons de retraite, portant bien plus loin que les gros calibres — étaient étroitement amarrées devant leurs sabords clos. Une fois disposées pour le tir, elles darderaient leurs gueules à l'arrière de la frégate, sous la galerie.

Il sortit. Seule, sa chambre restait encore, pour un instant, fermée. Les charpentiers achevaient de démonter les autres cloisons, afin que l'entrepont fût libre de bout en bout, avec la file entière des canons pointant leurs volées à travers les sabords de l'un et l'autre flanc. Douze par bordée. Au total, vingt-quatre pièces de 18 allongeant sur les affuts de chêne leur bronze clair amoureusement suiffé. Les servants les ramenaient à bout de brague pour les mettre en position de charge. Le second capitaine, qui commandait la batterie, se tenait au centre devant l'étambrai du grand mât, entouré par quatre aspirants de 1re classe, chefs de section. En haut, sur le pont des gaillards, des aspirants de 2e classe, aux ordres du premier lieutenant, surveillaient les apprêts de la batterie découverte, dite barbette, laquelle comptait sur chaque bord neuf pièces de 12, plus, tout à l'avant, deux de 8, longues elles aussi : les canons de chasse. Dans le gréement, on doublait les drisses, les bras, les boulines, les palanquins, on assurait les manœuvres dormantes, tandis que la bordée de quart vaquait à la manœuvre.

La frégate se redressait, revenant dans le lit du vent, comme l'avait prescrit Fernand, pour recevoir le grain. Il arrivait, au point et au moment prévus. Entre la mer vert d'huître et le ciel couleur de plomb, une jupe argentine courait en ondoyant, le bas fanfreluché d'écume, le haut accroché à des rondeurs de nuages orageux. Elle atteignit le couronnement, le banc de quart, la dunette, puis son crépitement envahit tout le pont. Le navire fut enveloppé par la pluie mêlée de grêle cinglante, poussée par un courant de vent plus fort, plus chaud. Fernand attendit, pour être en plein dans le grain. « Un peu plus de toile », dit-il bientôt à l'officier de manœuvre. La *République* naviguait sous son foc, sa brigantine, son grand-hunier et sa misaine, tous deux au second ris. Eyssandier, embouchant son porte-voix, lança au premier maître de manœuvre : « Grand-hunier. Largue un ris. » Le second lieutenant était lui-même un ancien maître d'équipage, passé du gaillard d'avant au château arrière grâce à la Révolution. On pouvait se fier à lui pour ne souffrir ni retard ni maladresse dans l'exécution des ordres.

La bande de ris lâchée, la voile se gonfla davantage. La frégate prit la vitesse même du grain, si bien qu'elle aurait paru immobile n'eût été le glissement des paquets de mer contre ses flancs. On ne distinguait rien d'autre parmi les traits de la pluie, de la grêle, les embruns qui poudroyaient. Mais, tout à l'arrière, un pilotin, filant le loch, criait les nœuds. Fernand calculait. De temps à autre, il consultait sa montre en l'abritant sous son caban. A trois heures, il dit : « Reviens grand largue. Un peu de toile en bas. » Il fallait maintenant sortir du grain. Le lieutenant Eyssandier donna le cap aux hommes de barre, fit brasser les vergues puis larguer un ris de la misaine. La *République* se pencha, s'élança comme une pouliche éperonnée. Quelle merveille! Elle et la *Virginie*, conçue aussi par le génial Sané, étaient assurément seules, sur toutes les mers, à pouvoir se jouer d'un temps pareil. Il ne comptait pas plus pour elles qu'une jolie brise de force 4.

De nouveau à 135° avec le lit du vent, on descendait en latitude vers la position présumée de la frégate ennemie la plus au sud. Cette navigation aveugle comportait évidemment un risque : celui de déboucher trop bas; mais Fernand pensait ne pas se tromper dans son estime. Cependant la croisière anglaise n'avait-elle pas changé de route? Il se mit à marcher de long en large pour dompter son excitation impatiente. La pluie qui, au début, chassait vers l'avant, puis était tombée droit, fouettait à présent vers la fesse bâbord. On dépassait donc le grain; on allait le laisser par le travers arrière. « A moi le soin », dit Fernand au lieutenant Bergeret en le remplaçant sur le banc de quart. « Va sur l'avant et ouvre le feu à vue. »

Depuis le début de la manœuvre, à deux heures, le jeune commandant avait, en somme, obliqué pendant une demi-heure dans le sud-est pour mettre son navire sur le trajet du grain, repris la ligne droite pour le suivre, fait de nouveau route oblique dans le sud-est, pour le quitter. Il ne restait qu'à courir encore une fois tout droit pour déboucher — peut-être — dans les eaux de la frégate britannique.

Quand les franges de la pluie devinrent transparentes, il joua son va-tout en jetant au citoyen Eyssandier ces simples mots : « Plein est. » Une fois de plus, la *République* se redressa sur sa quille en prenant le vent arrière. Fernand fit carguer la misaine pour achever le branle-bas, car ce n'était pas une voile de combat. Le grain continuait à bâbord sa course vers la terre. A tribord, la mer se découvrait, creuse, avec ses crêtes galopantes. Et la frégate anglaise était là, à moins d'un mille, peinant, vent debout, dans la houle. Les vigies l'annoncèrent : « Navire ennemi par tribord avant! » Fernand eut une minute triomphante.

Les Anglais durent en avoir une de stupeur en voyant ce Jean Crapaud surgir soudain et foncer vers eux avec toute la vitesse de la forte brise contre laquelle ils louvoyaient. Comme le présumait Fernand, leurs canons étaient à la serre, la volée sur la banquette du sabord. Il leur fallait les haler en position, monter de la soute gargousses, boulets, pulvérin, charger. Tout en s'affairant à cette besogne, plus compliquée parce que les cloisons n'avaient pas été abattues, ils venaient au plus près pour gagner vers leur escadre. Mais Bergeret, avec les pièces de chasse les malmenait déjà. Crevée, leur brigantine se déchira dans le vent, partit en lambeaux, faisant embarder le navire. Et, tandis qu'ils s'efforçaient de substituer à cette voile un foc d'artimont, la *République*, parvenant à leur hauteur, leur lâcha section par section, sans qu'ils pussent répondre, ses deux bordées tribord : quarante-quatre boulets ramés de 18 livres et de 12. Le gréement n'étant pas renforcé, ce fut un vrai chablis de mâts, de vergues, de haubans. Désemparée, ballottée par les flots, la frégate partait à la dérive. Inutile de s'attarder avec elle. Les vaisseaux, auxquels le vent avait apporté les échos de la canonnade, montraient leurs huniers. Il se faisait temps de remonter dans le nord-ouest. « Au plus près bon plein », commanda Fernand.

Les mâtures s'effacèrent bientôt sur tribord arrière. Peu après, d'autres leur succédèrent par le travers avant : celles de la deuxième colonne, car on suivait maintenant une route parallèle au front de l'escadre, une route orientée comme la sienne, est-nord-ouest. Celles-là, on allait les garder en vue — et demeurer à la leur, mais sans grand danger, car des vaisseaux, même les simples 60, étaient incapables de porter un pouce carré de toile en plus par ce temps, sans casser du bois. On courait certains risques, bien entendu. La moindre fausse manœuvre ou, tout à l'heure, un boulet de la petite sœur anglaise dans une voile, et l'on tombait sous le feu écrasant des vaisseaux. Cependant une fausse manœuvre n'était guère probable avec des lieutenants comme Eyssandier, Bergeret, et avec un équipage exercé par trois ans de croisières presque continuelles. Quant au boulet, justement on se donnait une chance de l'éviter grâce à cette position audacieuse. Fernand estimait qu'étant donné la direction et le bruit du vent, le fracas de la mer, la seconde frégate n'avait pas entendu la canonnade, ni, par conséquent, fait branle-bas. Mais elle y procéderait sans perdre une minute si elle découvrait un navire venant vers elle de l'ouest où l'on savait un Français aux aguets. Si, au contraire, ce navire apparaissait entre l'escadre et elle-même, jamais elle n'imaginerait qu'un Jean Crapaud fût assez téméraire et assez manœuvrier pour s'introduire au milieu des rangs anglais. Elle connaîtrait trop tard son erreur.

Afin de la prolonger, Fernand ordonna d'amener la flamme tricolore, trop visible en haut du grand-perroquet. Les Godams n'hésitaient point à employer les ruses de guerre. Aucune raison de ne pas leur rendre la pareille. Pour le pavillon, le grand-hunier le cachait à la frégate. En revanche, les vaisseaux le distinguaient fort bien. Concevant le dessein de ce *bloody Frenchman*, le chef de file se mit à tirer, sans espérer l'atteindre mais afin d'avertir la *Glory*, beaucoup trop lointaine pour recevoir aucun signal visuel. Fernand ne s'en soucia pas. A deux milles au vent des vaisseaux, par cette grosse mer la frégate ne pouvait pas plus les entendre que les voir.

Sur la *Glory*, les vigies avaient signalé simplement une voile par le travers arrière. L'officier de quart, qui aurait bondi si on l'eût annoncée par le travers devant, s'était contenté d'un coup d'œil. Il s'agissait évidemment de la *Sea-Mew*, remontant elle aussi dans le norois. Tout le monde cherchait le commodore Warren; on ne s'occupait point d'une direction d'où ni lui ni un adversaire ne saurait venir. Le malheureux officier n'en crut pas ses oreilles lorsqu'une des vigies, identifiant le Français à ses formes quand il fut assez proche, précisa, dans un hurlement de porte-voix : « A un mille par le travers arrière, frégate ennemie! » En réalité, la *République* se trouvait à un peu plus d'un mille, mais cela ne changeait pas grand-chose. Tandis que les sifflets, les tambours anglais rappelaient aux postes de combat, les pièces longues arrivèrent à portée. Elles commencèrent la danse. Fernand ne comptait ni s'attarder ni se dérouter pour régler l'affaire. Passant sur l'arrière de la frégate, il se borna, pour achever le travail de Bergeret, à la balayer d'enfilade, presque à bout portant, avec la bordée de 12, puis il lui expédia en flanc celle de 18. Après quoi, les canons de retraite la martelèrent jusqu'à ce qu'elle fût hors d'atteinte. Quand on la laissa dans le sud-est, elle était, comme la *Sea-Mew*, bonne pour la remorque.

Toujours au plus près, la *République* poursuivait sa route dans le norois, perdant contact avec les divisions, car elle serrait le vent bien mieux que les vaisseaux. Elle s'écartait d'eux sans cesse davantage, comme s'était écartée la troisième frégate vers laquelle elle cinglait. Excités par ces deux faciles victoires, l'équipage et les aspirants exultaient. Fernand, lui, se demandait si la chance allait le favoriser encore. Ce serait trop beau. Les choses ne se présenteraient plus d'une façon si commode. Cette fois, on serait découvert de loin.

Peu avant six heures, l'adversaire fut relevé droit devant, bien silhouetté sur le ciel qui se dégageait avec le soir, — mauvais signe pour demain. Ce ne pouvait être que la troisième frégate.

C'était elle, en effet, la *Sovereign*, redescendant grand largue vers l'escadre. Elle n'avait pas entendu le canon; mais, comme elle naviguait loin de protection, dans les parages où rôdait, la veille et le matin, un de ces damnés mangeurs de grenouilles, son commandant s'était précautionné. Ses pièces se trouvaient au sabord, en position de charge, ses manœuvres doublées ou serpentées, ses filets de casse-tête tendus entre les bas-mâts, ceux d'abordage parés, les hamacs dans les bastingages. Pour se mettre en état de combattre, il suffirait d'éteindre les feux, d'ouvrir la soute, de monter les munitions.

Un quart d'heure durant, les deux frégates se coururent droit dessus. La vitesse de l'une s'ajoutait à celle de l'autre. Elles se rapprochaient rapidement, inclinées sur la hanche, leur proue tapant dans la vague. Le commandant de la *Sovereign* n'imaginait pas, lui non plus, un ennemi arrivant sous ce cap. Aussi n'entreprit-il rien avant que l'on fût à portée de signaux. Alors il envoya ceux de reconnaissance. Mais ainsi il était venu également à portée des pièces longues. En réponse aux pavillons, Fernand, rehissant sa banderole bleu, blanc, rouge, fit ouvrir le feu. Au troisième coup, la *Sovereign* riposta. Pendant un autre quart d'heure, les deux navires, toujours plus proches, se canonnèrent par l'avant, sans résultat. Dans cette forte houle, avec leur voilure brassée à un angle très aigu, leurs mâts en file, ils ne s'offraient l'un à l'autre que la cible la plus mobile, la plus étroite. Quarante-quatre boulets ramés fauchant ensemble avaient quelques chances de toucher; deux projectiles simples, aucune. Fernand attendait, non sans impatience, le moment d'employer les batteries. Quand il distingua nettement le détail des bossoirs adverses, son repère habituel en pareil cas : « Laisse porter », dit-il pour présenter le flanc et lâcher sa bordée bâbord.

Au même instant, le commandant de la *Sovereign* donnait le même ordre. Les deux frégates commencèrent ensemble de tourner leur proue vers l'est en cédant au vent. Soudain, le beaupré de l'anglaise sauta en morceaux. Il avait littéralement cueilli au passage le dernier boulet lancé par Bergeret avec les pièces de chasse. Un hasard. Par petite ou même jolie brise, il n'aurait eu aucune importance. Dans les circonstances présentes, la suite en fut terrifiante et d'une vertigineuse rapidité. Avec le boute-hors et le chouque, toutes les manœuvres capelées ou ridées sur eux s'étaient rompues, provoquant la chute du petit perroquet, du petit mât de hune, l'envol du foc. Privée, en pleine évolution, de cette voile qui compensait les violents efforts du vent à l'arrière, sur la brigantine, la *Sovereign* manqua au gouvernail. Elle fit une abattée brutale et tomba dans le creux de la houle. Les lames, le prenant en flanc, l'escaladèrent, la couchèrent furieusement sur tribord, déferlèrent par les sabords de la batterie, par les écoutilles. Elle engagea. Tout un côté de son pont disparut sous les vagues. Dans ce renversement, les canons de bâbord, relevés d'un seul coup presque à la verticale et comme suspendus en l'air, cassèrent leurs bragues, se précipitèrent de toute leur masse sur la muraille engagée qui fut défoncée net. Des cataractes s'engouffrèrent alors dans le navire. Sous leur poids, on le vit se relever — brisant le reste de sa mâture haute tandis que l'air comprimé par la ruée de l'eau faisait éclater le pont —, et couler à pic au milieu d'un énorme remous d'écume. La houle l'engloutit, passa, découvrit les hunes, les submergea, puis ce fut fini. De la frégate si ardente et si fière un instant plus tôt, il ne restait rien hormis des virures, des espars, des débris auxquels un petit nombre de survivants s'accrochaient.

Sur la *République* régnait non point la joie d'avoir si totalement défait l'ennemi, mais l'effroi causé par une catastrophe si soudaine, si saisissante pour des marins. « Ce n'est pas possible! ce n'est pas possible! » répétait un des plus jeunes aspirants, livide, les mains crispées sur la lisse du fronteau. « Eh bien! murmura le lieutenant Eyssandier, pâle lui aussi, j'avais entendu parler de navires envoyés au fond par un seul boulet, mais jusqu'à présent je n'y croyais pas. » Fernand surmonta sa pénible impression. D'un instant à l'autre, les vaisseaux anglais seraient là. « Revenons en route », dit-il. Un peu plus tard, il fit prendre de nouveau un cap de 135°, et il donna comme instructions au second de virer plein ouest sitôt dépassé le 8e degré de longitude, afin de regagner Brest en évitant l'escadre britannique. Après quoi, il descendit rédiger son rapport.

Le lendemain, 28 prairial, à six heures du matin, la *République* louvoyait contre le vent de terre pour rentrer dans l'Iroise, lorsque le chef de quart fit prévenir le commandant que l'on relevait, droit dans le nord, des navires très probablement ennemis. Fernand déjeunait. Il acheva vivement son café afin d'aller se rendre compte. Le temps était toujours méchant, mais plus clair que la veille; la mer, hachée par le renversement du flot et par les sautes de la brise. Monté sur le banc de quart, on apercevait, à peu près sur la longitude d'Ouessant, des voiles pour le moment confuses. Lord Bridport descendrait-il donc en latitude, à présent?

Fernand commanda de tirer un long bord au nord-quart-est, et grimpa encore une fois jusqu'aux barres de perroquet. Bientôt, il put distinguer à la lunette une flotte d'une quinzaine de voiles. Trois frégates l'éclairaient. Un peu plus au nord, venaient des vaisseaux de ligne. On ne voyait pas leurs coques, mais les mâts trapus ne prêtaient point à confusion. Des deux-ponts de trente-six à quarante canons. Cinq au total. L'une des frégates arborait, par-dessus la flamme de guerre, celle d'un officier supérieur. Derrière cette ligne, pointaient toutes sortes de mâtures inégales. L'ensemble bien en ordre, bien rassemblé, comme seuls savaient naviguer les Anglais. Fernand poussa un petit sifflement. Ce n'était pas Bridport, mais le convoi qu'il attendait. Une véritable expédition! Ayant fait beaucoup d'ouest, hier, pour secourir ses frégates, contraint de détacher des vaisseaux, l'un pour recueillir les rescapés de la troisième, les autres pour remorquer les deux premières, enfin privé de navires rapides pour battre au loin la mer, l'amiral britannique avait manqué ce convoi — lui-même attardé, sans doute, par le vent contraire. L'intercepter? On n'y pouvait prétendre. C'était déjà beaucoup d'avoir gêné Bridport. Il fallait plus que jamais rejoindre Brest sans perdre un instant.

Fernand se trompait. Lord Bridport avait bel et bien rencontré le convoi, ce matin à l'aube. Mais, sachant l'escadre française ancrée à Brest, au lieu d'accompagner Warren il estimait plus efficace de bloquer l'ennemi au port. Ainsi l'expédition ne courrait aucun risque, le commodore avec ses huit navires n'ayant rien à craindre des corsaires ou des quelques bâtiments légers qui tenaient la mer. D'ailleurs, il connaissait maintenant la position de l'amiral et l'appellerait à la rescousse en cas de besoin.

Lord Bridport, à son tour, ignorait une chose : pendant que Fernand l'entraînait dans l'ouest, Villaret-Joyeuse était sorti avec toute une division.

II

Comme le laissait prévoir, la veille, l'embellie tardive, le temps devint peu à peu exécrable, empêchant la *République* de voir l'escadre anglaise établir sa croisière devant l'Iroise et dissimulant la frégate française aux vigies ennemies. Coups de vent, grains, nuages effrangés courant au ras des vagues, tout se conjuguait pour rendre la visibilité quasi nulle et extrêmement pénible la navigation, toujours délicate dans le canal des Irois. Au soir, en approchant la pointe Saint-Mathieu par les Pierres-Noires, on eut en outre à lutter contre la brise de terre. Ce fut seulement à dix heures qu'on atteignit l'anse de Berthaume, station de la division légère. Fernand se fit conduire aussitôt à bord de son chef. Celui-ci, réveillé dans son premier sommeil, le reçut avec une simplicité toute républicaine, en chemise, l'écouta, le complimenta et poursuivit : « L'amiral est parti hier soir, à la tête de huit gros-culs, pour dégager Duplessis bloqué à Belle-Ile. Mon cher Dubon, il ne te reste qu'à remettre à la mer. Mille regrets. Je n'ai sous la main aucun autre bon marcheur. La *Virginie* croise sous le 46° parallèle, car le Comité de Salut public croit possible une tentative espagnole en Gironde, malgré les pourparlers de paix. Toi seul peux donc rejoindre rapidement l'amiral. Va-t'en accoster la *Méduse;* Giboin s'est ravitaillé ce soir, je lui envoie immédiatement l'ordre de te céder les approvisionnements de bouche et d'artillerie dont tu dois avoir besoin. »

C'est ainsi qu'à une heure du matin, le 29 prairial, la *République*, bénéficiant cette fois du vent et de la marée, coupait en diagonale la sortie du goulet, laissait le feu de Roscanvel par bâbord arrière et faisait voile grand largue sur le Corbeau. A six heures, elle débouquait du raz de Sein, filant à plusieurs milles de l'aile droite anglaise dont nul ne soupçonnait encore la présence entre Ouessant et l'île. Il fallut alors prendre le largue, allure plus lente. Néanmoins on doublait à midi les roches de Penmarch après avoir traversé bon train la baie d'Audierne. Il ne restait qu'à descendre est-quart-sud et de nouveau grand largue, en rangeant les Glénans. Sans doute rallierait-on l'amiral dans les parages de Groix. Avec ses gros pataudes médiocrement manœuvrés, il avait bien mis vingt-quatre heures pour quitter l'Iroise très au large de Sein, car ils ne se seraient pas aventurés dans le raz par vent d'ouest, et un peu moins de temps pour atteindre le 6e degré de longitude. Mais Groix, mal distincte dans la brouillasse, disparut par le travers bâbord, à sept heures du soir, sans que les vigies eussent lancé aucun appel. A onze heures, Fernand s'estimait, d'après sa vitesse et sa dérive, à environ dix mille de Quiberon en longitude et à cinq ou six milles de la pointe des Poulains, en latitude. La nuit opaque, noyée, ne permettait de viser ni une étoile ni un feu. Venir davantage sur Belle-Ile eût été imprudent. Fernand fit serrer le plus possible de toile, ne gardant que le petit foc, le grand-hunier au ris de chasse, la brigantine également au dernier ris : juste l'indispensable pour gouverner. Il prescrivit de tirer des bords est-ouest-est en virant cap pour cap toutes les heures et sans varier de plus de 30″ en latitude. Cela, calculait-il, le mettrait, à l'aube, non loin de son point actuel. Le temps se serait amélioré, car le baromètre remontait lentement depuis le déclin du jour. En attendant, on risquait d'aller à l'aveuglette aborder les gros-culs, qui devaient eux aussi bourlinguer dans ces parages puisqu'ils ne s'étaient point trouvés dans ceux de Groix.

Ray avait doublé les vigies et les hommes de veille aux bossoirs. Fernand ne descendit pas se coucher. Il sommeilla dans la grand-chambre, sur la banquette capitonnée. Assoupi, il demeurait relié à la vie du navire. Il en percevait les mouvements, les bruits à travers la dominante monotone du vent et de la mer, le va-et-vient de Bergeret arpentant la dunette, les piétinements de la bordée appelée toutes les heures à virer, et, régulièrement, le long cri des veilleurs, sur l'avant : « *Booon quaaart !* » Mais cela ne l'empêcha pas de faire un rêve à la fois flou et très vif, dont l'objet — ou plutôt l'actrice, car elle ne restait point passive — était certaine belle fille de Kéravel. Soudain, il fut debout, arraché à la banquette par un commandement qui l'avait atteint comme une flèche. Hors de la coursive, il vit au passage les timoniers tournant main sur main la roue. Tandis que la frégate abattait à tout casser, il escalada les marches du gaillard. Dans le gris nacré de l'aube, une masse noire, aux bandes de sabords chamois, défilait à un demi-nœud tout au plus de la fesse tribord. On distinguait l'expression effrayée des matelots sur le passavant.

« Espèces de faillis chiens de gabiers de poulaine! leur lança Eyssandier. Vous ne savez pas à quoi ça sert des boulines, non?... Commandant, expliqua-t-il, je venais de prendre le quart après Bergeret, quand je les ai vus sortir de la brume à une bonne encablure. J'ai appuyé d'un point. Peut-être ont-ils voulu en faire autant et ont-ils confondu tribord avec bâbord, ce dont je les croirais capables. En tout cas, au lieu de s'écarter, ils ont laissé porter sur nous. J'ai dû mettre tout dessous pour les parer. Heureusement, nous sommes presque à sec de toile, sans quoi nos perroquets et nos mâts d'hune!...

— C'est l'*Alexandre* », dit Fernand.

L'été précédent, le *Révolutionnaire*, sur lequel il servait alors, avait contribué à la capture de ce deux-ponts enlevé aux Anglais. Peu manœuvrier, comme la plupart de leurs bâtiments, il aurait fallu, pour en tirer parti, un équipage semblable aux leurs.

La frégate revenait en route. Fernand demanda au second, attiré sur le pont par la manœuvre insolite, de faire rider les haubans et les galhaubans, qui pouvaient avoir pris du mou dans cette brusque abattée. Mais voilà que, des bossoirs, on annonçait : « Navire à une encablure par bâbord avant! » Celui-ci, c'était le *Formidable*, autre 80, matelot de l'*Alexandre*, à en juger d'après son numéro juste inférieur. Bien entendu, il le précédait au lieu de le suivre. On avait donné en plein dans les patauds. Beaucoup trop en plein, avec cette brume qui ne laissait rien deviner au-delà de deux cents mètres (selon les nouvelles mesures adoptées depuis le mois d'avril), et avec ces navigateurs fantaisistes. Remontant le *Formidable*, Fernand le héla au porte-voix :

« Où se trouve l'amiral?

— Quelque part au vent », répondit-on. Et l'on ajouta obligeamment : « Attention! Ouvrez l'œil sur bâbord, il doit y avoir une autre colonne non loin.

— Que je sois pendu, s'exclama Eyssandier, si j'ai jamais ouï un officier de marine parler comme ça! Qu'est-ce que ça signifie : une autre colonne non loin? »

Par chance, la brume ne tarda point à se dissiper. Le vent,

la mer avaient beaucoup calmi. Le disque rose du soleil sortit entre des strates nuageux, derrière Belle-Ile qui se silhouettait à contre-jour, longue et violette. La lumière dorait les moutons de la houle. Hélas! elle montrait sur l'étendue mauve un désordre de vaisseaux cinglant à toutes les allures, depuis le plus près jusqu'au vent arrière. On aurait dit un exercice de dispersion. Au milieu, la *Montagne*, énorme avec ses trois ponts marqués par les lignes claires des sabords, sa puissante mâture, était immobile sous ses voiles à demi-coiffées. Elle signalait à tour de bras pour ramener les uns et les autres. La *République* piqua sur elle en déployant sa toile et en arborant à la corne, sous son numéro : « Message pour l'amiral. » Comme on entrait dans ses eaux, le trois-ponts, envoyant le numéro de la frégate, fit l'aperçu puis hissa : « Rendez-vous à bord. » La *République* mit en panne elle aussi. A la poupe, on affalait le canot du commandant. Son équipage le mena sous l'échelle de côté. Fernand empoigna les deux tire-veille déroulés, pendant contre le flanc du navire, et descendit vivement à reculons les brefs degrés de bois en saillie sur la coque.

Cinq minutes plus tard, la *Montagne* accostée, comme il en escaladait la haute muraille, il entendit rouler des tambours. Prenant pied sur le seuillet de coupée, il se vit reçu par un piquet de soldats de marine — chapeau ciré, court habit bleu, pantalon blanc — qui lui portaient les armes. Le second lieutenant, son égal en grade, l'attendait et souriait de sa surprise. En le conduisant à la grand-chambre, il lui dit : « Nous avons un hôte très résolu à restaurer les traditions, vous le savez, *Monsieur*. Désormais, dans la flotte de Brest, sur tous les navires, les honneurs devront être rendus aux capitaines arrivant à bord. On a rédigé là-dessus, et sur tout ce qui concerne la hiérarchie, depuis le quartier-maître jusqu'à l'amiral, de minutieuses instructions.

— Il vaudrait un peu mieux s'occuper d'amariner les équipages.

— Mon pauvre Dubon! Saint-André y aurait peut-être réussi, avec le temps; mais ce vieux croûton!... Tiens, regarde : voilà ce qu'il a en tête. »

Deux factionnaires montaient la garde à l'entrée du château arrière. Ils s'écartèrent devant les officiers en portant les armes.

« Évidemment, c'est plus facile de rétablir les honneurs que de transformer des culs-terreux en marins. »

Topsent se trouvait dans la grand-chambre blanche et dorée, avec Villaret-Joyeuse. Celui-ci présenta élogieusement Fernand. Le député semblait froid, méfiant et orgueilleux. A l'habit bleu-gris des conventionnels en mission et à leur large ceinture tricolore, il mariait le gilet rouge, la culotte rouge, la cravate noire des officiers de marine. Son chapeau, empanaché de plumes aux couleurs nationales, reposait sur la table, au bout de laquelle un secrétaire griffonnait.

Fernand exposa brièvement les faits. Il s'étendit davantage sur la composition du convoi. Topsent l'interrompit. « Êtes-vous sûr, monsieur, qu'il s'agisse d'un convoi?

— J'en suis sûr, monsieur le représentant : une quinzaine de navires divers, fortement escortés.

— Cependant vous ne les avez pas vus.

— Je n'ai pas vu leur bois, mais j'ai examiné avec soin leurs mâtures. Je suis certain de ne m'être pas trompé.

— Il me paraît étonnant, dit Topsent à l'amiral, qu'une telle expédition ait été réunie sans que le Comité de Salut public en fût informé et m'en eût averti. Vous auriez dû, lieutenant, pousser davantage votre observation. »

Ça c'était un comble! Fernand regarda Villaret-Joyeuse, qui lui adressa un signe des yeux. « J'ai la plus totale confiance, dit-il, dans les talents du lieutenant de vaisseau Dubon. Il en fournit une nouvelle preuve : dans une même journée, désemparer deux ennemis et en envoyer un autre par le fond n'est pas exploit d'un marin médiocre.

— Je n'ai point voulu dire cela. Vous vous êtes distingué, monsieur, d'une façon exceptionnelle; j'en rendrai compte au Comité avec tous les éloges que votre exploit, en effet, mérite. Mais ce convoi, hum!... Vous en étiez, si j'entends bien, à plus de deux milles, par mauvais temps.

— Avec un ciel assez clair néanmoins, et j'ai observé des barres de perroquet.

— Oui, oui. Deux milles. Et selon vous, où serait-il, présentement, ce convoi?

— Sur le 48° parallèle, s'il n'a pas encore rencontré lord Bridport. Au large de la baie d'Audierne, s'il l'a rencontré.

— Fort bien. Je vous remercie, monsieur. L'amiral et moi allons délibérer. Veuillez attendre vos instructions. »

Fernand, sur le gaillard, causait avec le commandant de la

Montagne et ses officiers, lorsque Villaret-Joyeuse survint. Montant au banc de quart, il examina les huit vaisseaux épars qui se rassemblaient lentement, donna des ordres pour les ranger en ligne de file. Puis il appela Fernand, et, le prenant par le bras, se mit à faire avec lui les cent pas le long du bord. « Tu as accompli une magnifique besogne, mon garçon, lui dit-il paternellement. Je suis très content de toi. Pour le convoi, il n'y a aucun doute. Topsent est devenu baderne, faute de naviguer. Il ne voit que par le Comité de Salut public, il n'a pas confiance en nous parce que nous avons eu celle du gouvernement précédent. Le Comité lui a signalé comme possible une expédition espagnole, c'est pourquoi il ne croit point à une expédition anglaise. On me paraît très mal renseigné maintenant au pavillon de l'Égalité. L'activité de toutes les escadres britanniques depuis une décade est à elle seule significative. Bon, je vais débloquer Duplessis, puis, renforcé de ses cinq voiles, je marcherai au convoi. Je compte sur toi pour le retrouver rapidement. »

Le Comité de Salut public, mal renseigné, en effet, n'avait connu l'existence de l'expédition anglo-émigrée qu'après sa mise en mer. Un message envoyé aussitôt à Brest était arrivé quand Topsent voguait avec Villaret vers Belle-Ile.

A midi seulement, les huit vaisseaux se trouvèrent rangés en ligne de bataille, à tribord et à bâbord du trois-ponts. Peu avant cinq heures, ils doublaient dans cet ordre la pointe des Poulains, au nord-est de l'île. Depuis longtemps, Fernand avait regagné la *République*. Ne pouvant, avec ses quarante-huit canons, se mêler à une rencontre de vaisseaux dont les moindres en portaient soixante, elle cinglait sous petites voiles dans le sillage de l'amiral, prête à recevoir ses ordres. Lorsque les Anglais virent la formidable *Montagne*, menant ses deux ailes, embouquer le chenal qui séparait Belle-Ile de Quiberon, ils manœuvrèrent sur-le-champ pour se mettre en retraite. Il ne leur restait, effectivement, pas un instant à perdre. Duplessis se disposait à jouer son rôle dans l'affaire en leur coupant la route. Ils eussent été écrasés entre deux feux. Ils avaient l'avantage du vent; cela les sauva. Et puis Villaret, songeant au convoi, n'entendait pas risquer des navires dans un combat inutile. Il se contenta d'appuyer la chasse à la division ennemie jusqu'au-delà d'Hoedic et de Locmaria, pour la rejeter dans le sud. Au coucher du soleil, il bascula sous l'horizon, allant rallier probablement l'escadre de lord Cornwallis.

Naturellement, la ligne de bataille n'avait pas résisté à cette poursuite. Les deux-ponts s'échelonnaient d'Houat à l'Échelle. Il fallut encore les rassembler. La *République*, reprenant son ancien métier de chien du troupeau, y contribua, puis reçut de la *Montagne*, à la nuit tombante, le signal : « Liberté de manœuvre. » Elle partit immédiatement.

Toute la nuit, elle fit du norois, vent debout, par une mer sans cesse plus dure. Le temps se gâtait de nouveau. La brise, jolie la veille, puis bonne, puis forte, tournait, vers onze heures du matin, ce 2 messidor, au grand frais lorsqu'on eut connaissance du convoi. Il peinait dans la houle, très au large des Glénans. S'il avait rencontré lord Bridport, il n'en avait du moins reçu aucune aide; l'escorte se limitait toujours aux trois frégates et aux cinq deux-ponts. Fernand leur passa sous le nez pour être bien sûr de ne se point tromper. Cependant la seconde ligne, cette fois encore, était peu visible. Elle se traînait, souffrant de la grosse mer. Cela seul prouvait clairement qu'il ne s'agissait pas de vaisseaux.

Sans plus s'attarder, la *République* redescendit en serrant de la toile, car le temps devenait vraiment vicieux. Peu après trois heures, sous ses voiles de cape, ses mâts de perroquet calés, elle étala un furieux coup de vent qui fit dire à Bergeret : « Eh bien, je me demande comment va être l'escadre après ça ! » La frégate fuyait devant le temps, avec une forte dérive par laquelle on se trouvait déporté en latitude. Mais le vent mollit rapidement. A cinq heures et demie, c'était une bonne brise; la mer tombait. La *République* avait hissé de nouveau ses perroquets, rétabli leur voilure, déferlé ses huniers, rattrapé sa dérive en appuyant à l'est. On découvrit alors la *Montagne* louvoyant, solitaire. Un instant plus tard, Fernand lui signala : « Convoi relevé 11 h. matin 47° 40′ 10″ lat. N. 6° 20′ longit. O. » Elle fit l'aperçu, puis « Merci », et n'ajouta rien. On apercevait des voiles dispersées aux quatre points cardinaux. Évidemment, l'amiral ne pouvait rien entreprendre avant qu'elles eussent rejoint.

C'était lamentable, cette impuissance des vaisseaux à tenir une formation. Depuis 93, ils n'avaient accompli aucun progrès. En soupant avec son second et Bergeret invités à sa table, Fernand le constata non sans exaspération. « Nous nous échinons et cela ne sert à rien. Vous allez voir que ce convoi passera. S'il est destiné pour la Basse Bretagne, il ne nous reste à présent nulle chance de l'enlever.

— Ma foi, commandant, répliqua Ray, les principes jacobins et une bonne marine ne sont pas compatibles. La force des flottes anglaises réside dans la canne des maîtres et le chat à neuf queues. Les paysans ou les manouvriers que la réquisition nous envoie valent bien les repris de justice et les malheureux *pressés* dont se composent leurs équipages. Seulement, ils n'ont pas de droits, eux; ils n'ont que des devoirs. On ne met pas longtemps à leur faire entrer le métier dans la peau. Pour eux, voilà toute l'alternative : tu seras bon marin ou tu crèveras sous les coups. Ce n'est pas républicain, mais c'est efficace. Le représentant Topsent a bien raison de vouloir rétablir le respect de la hiérarchie, avec la plus sévère discipline; là se trouve le fondement de la marine militaire.

— Je n'en disconviens pas, répondit Fernand. Il ne me paraît point cependant que la brutalité soit nécessaire. Personne, sur ce navire, n'a jamais été frappé ni menacé, et pas une frégate anglaise n'est mieux servie. Le 29, quand nous avons dû remettre en mer à peine rentrés après dix jours de rude travail, a-t-on entendu des murmures? Et depuis, ces hommes n'ont guère cessé d'être sur les dents. Se plaignent-ils?

— Non, reconnurent ensemble le second et Bergeret qui ajouta : Ils sont admirables.

— Ils sont fiers de leur frégate et de ce qu'ils font. Ils savent que nous les admirons, que nous sommes fiers d'eux. Ils ont confiance en nous. Cela est républicain et c'est diantrement efficace. Au reste, toute la division légère a d'excellents équipages. Sur les vaisseaux, leur médiocrité provient du manque d'usage. Pourquoi la *Montagne*, dès le temps où le brave Basire la commandait, en a-t-elle toujours remontré à n'importe quel Godam? Parce que l'amiral ne lui a jamais accordé de répit. Les gros-culs, depuis un an, n'ont pas été deux fois à la mer. Le Comité de Salut public n'ose plus les risquer qu'en bloc. La tactique de masse, c'est peut-être très bien pour les troupes de terre; cela ne vaut rien pour les flottes. Si les vaisseaux sortaient constamment par division, on en aurait sans doute perdu, en revanche l'ensemble se serait amariné. Tandis qu'à chaque rencontre d'escadres nous en perdons pour rien.

— Assurément, dit Bergeret, on ne forme pas des marins en naviguant de Brest à Berthaume et de Berthaume à Brest. Mais notre infériorité a bien d'autres raisons. D'abord, un corps d'officiers décimé par l'émigration ne se reconstitue pas en deux ans. Les maîtres d'équipage ou les officiers subalternes qu'il a fallu promouvoir, et même les capitaines au commerce passés sur des navires de guerre, n'ont pas tous les qualités nécessaires pour commander en pied. De plus, la marine n'est point, comme en Angleterre, le souci essentiel du gouvernement. Le Comité de Salut public, pressé par le péril, a consacré toutes ses pensées, tous ses efforts, toutes les ressources du pays aux armées, parce que la menace immédiate et mortelle était sur terre. On a négligé les flottes. Il n'en pouvait aller autrement.

— Tu te trompes, mon cher Jacques, dans une certaine mesure, répondit Fernand. Je sais, par mon oncle Mounier, qu'en 93 le Comité de Salut public et le département de la Marine ont fait un effort gigantesque pour mettre en mer des flottes supérieures à celles de l'ennemi. Et ils y seraient parvenus si le 9-Thermidor n'avait tout arrêté. Le gouvernement révolutionnaire abusait du pouvoir, sans doute, mais il gouvernait. A présent!... »

Le souper expédié, Fernand monta sur le gaillard pour voir où l'on en était. L'amiral, en panne sous ses huniers croisés, arborait un signal fixe : « Sur trois colonnes par Nos », avec l'indication des numéros de tête. Vers huit heures du soir, les files furent enfin établies. La *Montagne*, devançant celle du centre, remplaça son signal par un autre : « Au plus près bon plein. Cap 325. » Puis, à l'adresse de la *République :* « Cherchez l'ennemi. »

Une fois encore, la frégate fit voile au nord-ouest, mais pas exactement dans la direction fixée par Villaret-Joyeuse. Fernand situait le convoi plus près de terre, donc moins dans l'ouest; aussi gouverna-t-il au 340. Selon lui — et Bergeret partageait cet avis —, l'expédition anglaise était destinée soit pour la Basse Bretagne, soit pour le Morbihan. Se dirigeant vers la Vendée, elle eût tracé sa route en pleine mer, à l'abri des rencontres, à l'écart des vents capricieux, et ne serait venue qu'au dernier moment sur les petites longitudes. Il fallait huit heures pour la retrouver; d'ici là, elle aurait ou bien atterri déjà, ou bien gagné largement vers le littoral.

En effet, deux des frégates — la troisième avait disparu — et les cinq vaisseaux furent découverts, à quatre heures du matin, le 3 messidor, à quelques secondes de Groix en longitude et en latitude. Deux heures après, Fernand, qui avait pris soin, toute la nuit, de ne pas trop devancer l'escadre, rejoignait la *Montagne* à laquelle il communiquait le relèvement. Il revirait aussitôt, réglant son allure pour rester à portée de lunette, et, une heure plus tard, il signalait : « Ennemi en vue. » Le jeune commandant jubilait. « Eh bien, mon ami, dit-il à Bergeret, qui était de quart, ne voilà-t-il pas du bon travail! »

Ce convoi, d'abord soupçonné, puis décelé, toujours repéré, malgré les traverses et les retards ils avaient enfin amené l'escadre à son contact. Pris entre elle et la terre, il ne pouvait ni se dérober ni se défendre victorieusement. Deux frégates, trois 40 et deux 36 contre quatorze vaisseaux, dont deux 80 et la *Montagne* avec ses 120 canons, c'était du nanan. Même les pires maladresses des patauds ne risquaient pas de compromettre un succès absolument certain.

Pour dégager la ligne sur laquelle l'escadre allait se former, la *République* laissa porter sud-ouest, puis elle attendit en tirant des bords, sous ses menues voiles. Les deux-ponts commençaient de manœuvrer. Ils y mirent le temps, bien entendu. Mais enfin, au bout d'une heure et demie, environ, ils se présentaient assez correctement en ordre endenté : formation judicieusement choisie par l'amiral, car tout ennemi qui réussirait à s'engager entre les navires du premier rang, tomberait sur ceux du second, placés un peu en arrière, dans les intervalles. C'était aussi la plus facile à tenir.

Intrépides, les Anglais faisaient front. Conduits par la frégate portant la flamme de commodore, ils s'avançaient, bien résolus, semblait-il, à percer l'adversaire malgré son nombre. En vérité, ils allaient au massacre. Dans un instant, trente-six pièces de chasse ouvriraient le feu sur eux, en attendant que quarante-trois batteries leur envoyassent, à la première décharge, huit mille trois cent trente-quatre livres de fonte.

Tout à coup, Fernand crut rêver. Quoi!!! Mais ce n'était pas possible!... Et pourtant si, la *Montagne* abattait, imitée par tous les autres vaisseaux. « C'est inimaginable! Que se passe-t-il? »

Il se passait simplement ceci : Topsent, déjà mal convaincu

d'avoir devant lui une expédition, s'était laissé blouser par la manœuvre intelligente et hardie du commodore Warren fonçant sur les proues françaises. Topsent ne pouvait croire que sept navires osassent en braver quatorze, supérieurement armés. Assurément, ces sept-là avaient derrière eux une seconde ligne très forte, dont ils composaient l'avant-garde. Ces mâtures, là-bas derrière, n'appartenaient nullement à des transports. Comme il le pensait bien depuis le début, il s'agissait non point d'un convoi escorté, mais d'une escadre. Or ses instructions lui prescrivaient de débloquer Belle-Ile et de ramener à Brest la division Duplessis, non pas de livrer bataille sans motif. Il interdit à Villaret de s'engager plus avant et lui intima l'ordre de gagner dans l'ouest. L'amiral s'efforça de le raisonner.

« Une escadre n'aurait rien à faire si près du littoral, dit-il. Ces vaisseaux paient d'audace pour nous intimider. Ils protègent un convoi arrivant sur ses atterrages, c'est clair comme le jour. Les Anglais vont débarquer par ici, peut-être à Lorient, donner la main aux chouans, aux Vendéens, remettre à feu et à sang cette partie de la République. Nous pouvons aisément empêcher cela. Au lieu de quoi, nous allons nous retirer parce que sept moucherons montrent plus de courage que... » Il se retint à temps. Il allait dire : « que vous. » Topsent ne manquait pas de courage mais de bien autre chose. « Songez-y, citoyen, acheva Villaret-Joyeuse, vous prenez là une terrible responsabilité.

— Bah! bah! votre tête travaille, monsieur! Vous vous croyez toujours en 93 », répliqua le Thermidorien.

Villaret dut obéir. Il obtint toutefois un sursis à l'ordre de se retirer. Topsent l'autorisa, pour le moment, à garder l'ennemi en vue. On louvoya donc sur deux files, sans trop de peine car on portait peu de toile et la brise était jolie. De son côté, Warren, bien aise de constater que les Français refusaient le combat, avait viré. Il restait au vent, dans une attitude menaçante. Il ne pouvait rien faire d'autre; les navires du convoi, faiblement armés, ne lui offraient aucune ressource. Mais, le matin, en apercevant l'adversaire, il avait aussitôt détaché les cutters, petits bâtiments légers et rapides, pour les envoyer chercher lord Bridport.

Fernand n'y comprenait rien. Il fouillait de sa lunette

l'étendue glauque, plate, sur laquelle la lumière poudroyait un peu dans le lointain. Du haut de la *Montagne*, aurait-on décelé là-bas quelque renfort anglais?... « Veille aux signaux! lança le timonier de quart. L'amiral hisse. » Le numéro de la frégate montait en effet à la corne, suivi de l'ordre : « Venez à bord. » Fernand s'y rendit sans perdre une minute. Villaret le reçut sur la dunette où ses officiers promenaient des figures les unes moroses, les autres franchement furieuses, lui expliqua les choses et lui dit : « Va donc vivement examiner la seconde ligne anglaise et rapporte-nous les renseignements les plus précis, de façon à convaincre cet entêté.

— Oui, amiral, répondit Fernand, refrénant sa colère. Pourvu que ce ne soit pas trop tard! »

Il lui faudrait deux heures pour remonter à contre-vent vers l'anse du Pouldu, afin de passer derrière le convoi, et plus d'une heure pour revenir. Il pensa bien à se glisser entre les deux lignes, mais c'était trop risqué. Les transports possédaient eux aussi des canons; ils avaient sûrement fait branle-bas. Le moindre coup heureux compromettrait sa mission. Rageant, il couvrit de toile la *République*. Cacatois, voiles d'étai, faux foc, petit foc, bonnettes, tout fut sorti. On envergua même la désuète civadière dont on ne se servait presque plus. Sur le pont et dans la mâture, tribordais et babordais, ensemble à la besogne, se démenaient comme une légion de damnés. Penchée tantôt sur une hanche tantôt sur l'autre, selon les amures, deux moustaches écumeuses se levant de son taille-mer sous la figure de proue et brisant jusque sur les bossoirs, la frégate semblait voler au ras des flots qu'elle effleurait de ses boute-hors de bonnettes basses. La courageuse, l'admirable! En cent cinq minutes et seulement six changements d'amures tant elle serrait le vent de près, elle parvint à la hauteur du convoi. Elle décrivit un large quart de cercle pour le contourner par l'aile droite, puis le rangea sur l'arrière presque à portée de canon. Fernand avait prié le second d'observer avec lui. Ils dénombrèrent quatre vaisseaux de 30 à 36, dix transports, deux lougres c'est-à-dire tout le nécessaire pour un débarquement, et rien qui pût participer à un combat entre navires de ligne.

Débordant le convoi après avoir viré lof pour lof, Fernand commandait à Eyssandier de venir grand largue, quand un avertissement cascada d'étage en étage dans la mâture. « Ho, du gaillard! Nombreux navires sous l'horizon par tribord devant. »

Nombreux navires, diantre! « Tiens bon largue », dit Fernand pour suspendre l'exécution de son ordre, et, se doutant de ce qui advenait, il alla se rendre compte par lui-même. De la hune ni des perroquets, on n'apercevait rien au large; mais les mousses et des pilotins, très excités, s'interpellaient du grand au petit cacatois et à celui de perruche. Juchés tout au bout des trois mâts, dans ces hauteurs qui étaient leur domaine, ils voyaient au loin sur la mer à peine ridée. La frégate, bien assurée dans sa gîte, ne roulait ni ne tanguait. Aussi Fernand, parvenu aux barres de cacatois, saisit immédiatement dans sa lunette ce que lui désignait un mousse assis au-dessus de lui, à califourchon sur le chouquet : « Là, commandant, juste un quart tribord. Je l'ai signalé le premier, commandant. »

Au ras de l'océan, une tache blanc-blond s'allongeait comme une étroite carte de visite posée contre le ciel. Elle avait la couleur des nuages flottant çà et là, mais ne pouvait donner le change à un œil marin. Elle trahissait, effectivement, la présence de nombreux navires encore sous l'horizon où paraissait à peine leur voilure haute. Elle signifiait aussi qu'ils naviguaient sur plusieurs colonnes; c'est pourquoi leurs cacatois échelonnés formaient en apparence un rectangle sans solution de continuité. Ces vaisseaux devaient se trouver à guère plus de trois lieues de mer. Ils semblaient immobiles. En réalité, ils voguaient à pleines voiles; leurs cacatois établis le prouvaient.

« Tu auras double ration de cassonnade », promit Fernand au mousse, un garçon de treize ans. Puis il replia sa lunette, descendit. Sur le gaillard, il ordonna : « Grand largue », et, pour répondre aux regards interrogateurs des officiers, ajouta : « Oui, c'est Bridport. A deux heures ou deux heures et demie dans l'ouest.

— Ainsi, tout ce que nous avons accompli depuis sept jours l'a été pour rien », constata Eyssandier. Fernand haussa les épaules. Il s'en alla dans sa grand-chambre, dont il ne ressortit qu'une fois la *Montagne* proche. « Empanne. Mon canot à la mer, dit-il. Citoyen Ray, tu vas m'accompagner. Prends le livre de bord. »

Topsent était sur la dunette de l'amiral avec Villaret-Joyeuse. Le capitaine de pavillon et son état-major se tenaient de l'autre côté de la claire-voie, selon l'usage. Fernand salua les deux hommes, et, s'adressant d'un ton officiel à son second : « Capitaine, veuillez lire à Monsieur le représentant du peuple ce que vous avez inscrit dans le livre après notre observation commune. » Ray obéit. Il donna l'heure, les coordonnées, la distance séparant la frégate de la deuxième ligne anglaise, énuméra les navires qui la composaient. Une lueur brillait dans les yeux de Villaret, mais Fernand restait impassible. Il demanda froidement au conventionnel : « Ces détails, monsieur, suffisent-ils à lever vos doutes?

— Jeune homme, votre question est déplacée. Je vous remercie de ces précisions; l'amiral et moi allons voir comment en tirer parti. Vous pouvez disposer.

— Monsieur, je ne le puis encore, car j'ai, malheureusement, à vous fournir un autre renseignement auquel on devait s'attendre. La *véritable* escadre ennemie, celle de lord Bridport, dont j'avais eu également l'honneur de vous parler, est en train de rejoindre le convoi, et d'ici deux heures ou guère plus sera dans nos eaux. Capitaine Ray, donnez lecture, je vous prie, de ma propre observation. » Lorsque le second se fut exécuté, Fernand ne put retenir cette conclusion amère : « Ainsi l'expédition anglaise, qu'il était si aisé d'anéantir, ne sera pas détruite; la République connaîtra un nouveau Toulon. Je vous salue, Monsieur le représentant. Amiral, à vos ordres. »

Celui-ci l'emmena un peu à l'écart. « Quelle est, selon toi, la vitesse de Bridport?

— Par ce temps, huit nœuds. »

Villaret secoua la tête. « Nous n'en ferons pas six, avec l'*Alexandre* et le *Formidable*. Ah! gâcher une occasion pareille! »

Fernand ne dit rien, mais il pensait que l'amiral avait manqué d'énergie. A sa place, ce matin, il eût envoyé promener le baderne Topsent et engagé le combat. De quoi se fût plaint le représentant, après une victoire éclatante? Si Villaret-Joyeuse montrait toujours la plus grande fermeté envers l'ennemi, son courage civique ne s'élevait pas à la même hauteur. Malgré tout, il demeurait un courtisan, timide devant les hommes au pouvoir. Lorsque Carnot, l'année dernière, s'était imaginé d'arrêter Jourdan et le beau-frère Bernard dans leur marche irrésistible en Belgique, avaient-ils obéi, eux!...

Fernand regagna son bord avec mission d'éclairer sur le

flanc droit l'escadre. Elle allait rentrer à Brest en décrivant un large demi-cercle. Il était trop tard pour engager les sept navires de l'escorte et les accabler avant l'approche de Bridport. Il fallait même promptement gagner au large pour l'éviter, lui. L'amiral signalait : « A tous, grand largue. Cap 260. » La *République* gouverna au 280, afin de rester entre Villaret et les Anglais. A six heures du soir, après être venue largue puis au plus près, elle découvrait dans l'est l'aile droite anglaise, cinq patauds en colonne : de vieilles connaissances. Ils défilèrent à contre-bord, visibles de tout leur bois, s'enfoncèrent lentement et disparurent par tribord arrière.

Jusqu'à la nuit, ainsi que toute la matinée du lendemain, 4 messidor, on ne revit pas la moindre voile ennemie. Mais les gros-culs, vent debout, n'avançaient point. Ils se traînaient, peinant pour abattre leurs cinq misérables nœuds à l'heure. Dans la relevée, la brise passant de jolie à bonne, leur vitesse tomba encore, car, inaptes à louvoyer par un vent de plus de 4 avec toute leur toile, ils durent en carguer. Bridport, pendant ce temps, ne restait pas inactif, on pouvait bien le penser. Une fois sûr d'avoir mis en fuite les Français, il s'était certainement lancé à leur poursuite. Fernand le cherchait dans l'est, et ne le décelait point. A quatre heures, il résolut donc de tirer une longue bordée perpendiculaire au 47° parallèle. De la sorte, on couperait nécessairement sa route, sur un méridien ou un autre. En effet, deux heures plus tard, la *République* relevait, droit devant, les trois colonnes anglaises — beaucoup plus bas dans le sud que Fernand ne s'y attendait. Malin, lord Bridport avait doublé la manœuvre française en décrivant le même demi-cercle, mais encore plus au large, de manière à tenir Villaret-Joyeuse entre la terre et lui.

Fernand se hâta de remonter. A huit heures, il voyait la *Montagne*, huniers croisés, affaler sa chaloupe à la mer. En changeant d'amures, l'*Alexandre* n'avait-il pas trouvé moyen de faire chapelle, autrement dit de venir face au vent! Avec ses voiles carrées collées aux mâts, sa brigantine masquée, ses focs fasseyant, ses manœuvres courantes rebroussées, il était incapable de remplir lui-même de nouveau sa toile. Le trois-ponts lui envoyait la remorque pour le faire virer. Fernand signala sur-le-champ la position et la route de l'ennemi. La meilleure façon de déjouer son astuce, estimait-il, consistait à s'en aller plein ouest. Ainsi Bridport chercherait vainement la flotte entre lui et le littoral. Quand il aurait dépassé le 48° parallèle, explorant toujours sur sa droite, on se rabattrait au-dessous de lui vers Sein et l'on se glisserait dans le raz, où les vaisseaux ne couraient aucun risque par vent du nord.

Topsent, sans doute, ne concevait pas les choses de cette manière. L'escadre appuya au nord-est. Cela semblait une solution prudente : gagnant vers les Glénans, on trouverait au besoin un refuge dans la baie de la Forest. Les Anglais ne s'aventureraient point parmi tous ces caillous qu'il fallait bien connaître. Mais ensuite? Une fois bloqué là, plus aucune chance de rejoindre Brest; et, si l'on voulait se replier sur Lorient, ce ne serait pas sans y laisser des plumes, — supposé que Lorient ne fût pas au pouvoir des Anglo-royalistes.

Au fait! Topsent et Villaret s'imaginaient peut-être Bridport prêt à leur tomber dessus ce soir-même. C'était le bien mal juger. Il n'avait pas adopté une tactique tournante pour se jeter, à son désavantage, vent devant, sous celui de ses adversaires. Au contraire, assuré de ne les point perdre puisqu'il les tenait entre sa route et la côte, il allait employer la nuit, probablement même la matinée du lendemain, à remonter le plus possible dans le nord, virer, redescendre à leur rencontre. Il aurait mis ainsi tous les atouts dans son jeu : il serrerait les Français contre le littoral, il se présenterait avec l'avantage de la brise, libre de manœuvrer vent arrière, largue, grand largue, et les obligerait, eux, à combattre sous une seule allure, éminemment défavorable : le plus près.

Le soir tombait, le ciel se striait de nuages pourpres. Fernand expédia un long message à la *Montagne* pour exposer la situation, en insistant sur la certitude que l'ennemi n'attaquerait pas avant douze heures au moins, sinon seize ou dix-sept. « Suggère venir ouest en grand », conclut-il. On le remercia, et ce fut tout. Alors, estimant que la *République* avait amplement accompli son devoir, qu'elle ne pouvait plus apporter aucune aide à l'escadre, il demanda l'autorisation de rentrer au port. Elle lui fut aussitôt accordée.

A dix heures du matin, le 5 messidor — 23 juin —, la frégate embouquait le goulet de Brest, après avoir touché à Berthaume. Au début de la relevée, comme le présumait son commandant, Villaret-Joyeuse et Topsent, bourlinguant vent debout pour doubler la pointe de Penmarch, virent l'amiral Bridport descendre grand largue du nord-ouest, déployer ses colonnes et se préparer au combat. Pas moyen de le refuser. La Forest s'ouvrait bien là, sur tribord; mais elle ne pouvait servir à rien. Pour s'y jeter, il aurait fallu tourner le dos aux quinze navires ennemis, présenter les arrières fragiles aux bordées qui balayeraient les batteries de poupe en proue. C'eût été s'offrir au massacre. Villaret se résolut à combattre. Au lieu d'adopter la ligne de vitesse, ainsi nommée parce qu'on la forme rapidement avec les navires tels qu'ils se trouvent, il voulut, peu confiant en certains d'entre eux, prendre la ligne de bataille par numéros, afin de bien encadrer les moins sûrs. Bridport ne lui laissa pas ce loisir. Il aborda l'escadre en désordre, divisa les vaisseaux, s'efforça de les accabler séparément. Mauvais manœuvriers mais combattants redoutables, car les canonniers, eux, ne manquaient pas d'entraînement, ils se défendirent fort bien, Après deux heures d'un feu soutenu, trois seulement : l'*Alexandre*, bien entendu, le *Formidable* et le *Tigre*, démâtés, avaient amené leur pavillon. Mince résultat pour une rencontre si savamment méditée. Lord Bridport, au lieu d'écraser l'escadre française comme il l'escomptait, lui enlevait simplement trois navires, et, assez malmené lui-même, ne réussissait pas à empêcher Villaret-Joyeuse de faire filer les autres par l'anse du Pouldu puis la Basse des Bretons. Le soir, il entrait avec ces onze vaisseaux à Lorient, où l'expédition anglo-royaliste n'avait nullement mouillé.

III

Sur la *Pomone* arborant la flamme du commodore Warren et portant l'état-major de la future armée royale —, le comte Gaspard de Contades, destiné à en commander l'avant-garde, regardait en causant avec le vieil évêque de Dol et le comte de Vauban, aide de camp du comte d'Artois, défiler sur leur gauche les Cardinaux, îlots déserts à la pointe d'Hoedic. C'était le 25 juin. Délivré de l'escadre républicaine, le convoi avait mis trois jours à descendre dans le sud pour contourner Belle-Ile, car les frégates et les vaisseaux devaient fréquemment empanner afin d'attendre les transports. Depuis l'aube, on remontait dans le nord-est.

Quand sir John Warren fit appuyer au nord puis au nord-ouest en laissant l'île d'Hoedic par bâbord arrière, il devint évident que l'on se dirigeait vers la baie de Quiberon. Nul, même pas le colonel d'Hervilly, ne connaissait le lieu du débarquement projeté. On n'ignorait point, et particulièrement pas Vauban, Contades ni Mgr de Hercé, que l'expédition était destinée pour le sud de la Bretagne; mais seuls Puisaye et sir John savaient exactement où l'on tenterait de prendre terre. Ils se gardaient d'en rien dire. D'ailleurs, anéanti par le mal de mer, le général en chef était demeuré comme mort dans son cadre durant toute la traversée, ne parlant à personne, ne répondant pas même au commodore qui l'exhortait à venir au grand air. Enfin, avec ce temps radieux, dans le golfe lissé par une brise de suroît, il apparut sur la dunette, blême encore, l'air défait. Au reste, cet immense personnage de trente ans, mal bâti et gauche, n'offrait dans son aspect rien de guerrier ni seulement de militaire, bien qu'il eût été colonel des Cent-Suisses avant de représenter la noblesse du Perche aux États généraux et à la Constituante. Fagoté dans une espèce de veste grise à huit poches, coiffé d'un vieux chapeau relevé par-devant à la Henri IV, il faisait fâcheuse figure au milieu des émigrés élégamment, ou du moins soigneusement vêtus, et des officiers anglais aux uniformes si stricts. Il semblait carrément ridicule à Contades, son aîné de sept ans, vif et rigoureux dans ses opinions.

Gaspard de Contades connaissait Puisaye depuis peu de mois. Émigré en 1791, alors qu'il commandait le régiment des chasseurs à cheval de Picardie devenu le 7e chasseurs, le colonel de Contades avait fait dans l'armée des princes la désastreuse campagne de 92 en Champagne et connu, après le licenciement des compagnies nobles, une existence difficile à Aix-la-Chapelle puis à Düsseldorf. Au début de 95, il passait en Angleterre avec l'espoir de gagner la Vendée ou la Bretagne pour, disait-il, y « recouvrer son Dieu, son Roi et ses propriétés », sauvegardées à grand-peine par sa femme restée en France. A Londres, Mgr de Hercé, ami de sa famille, l'avait introduit auprès de Puisaye — qui portait alors le nom de marquis de Ménilles. Les deux hommes s'étaient séduits l'un l'autre, encore qu'aux yeux de l'aîné « les formes désagréables » du marquis nuisissent à « la bonne impression produite par sa figure douce et spirituelle ». La lune de miel de cette amitié ne devait pas durer très longtemps. Avant de s'embarquer, Contades estimait qu'avec beaucoup d'esprit M. de Puisaye s'exprimait fort mal. Un peu déçu par les manières embarrassées et imprévisibles du général en chef, il ne trouvait point en lui « cette noble assurance, cet air de franchise et de loyauté propres à susciter la confiance de ceux qui sont destinés à servir sous vos ordres ». A présent, insensible aux effets de la mer, il ne concevait pas ce long état d'abattement « qu'on passerait à peine à la femme la plus faible ».

Moins sévère, sir John accueillait aimablement le comte. Ils conversèrent, un moment, sur le côté droit de la dunette réservé au commodore. Debout dans la coupée, le colonel d'Hervilly observait l'horizon avec un feint détachement. C'était un petit homme de quarante ans, sec, portant l'uniforme écarlate à revers noirs des officiers à la solde de l'Angleterre, avec d'énormes épaulettes démodées et un gigantesque plumet blanc grâce auquel il pensait se grandir. Le colonel d'Hervilly avait fait la guerre en Amérique et passait pour l'avoir bien faite. On l'accusait d'ambition et de fausseté. Cependant Contades le croyait, en dépit de ses façons entortillées, très propre à une expédition comme la leur. C'est lui qui, à la prière de Puisaye, s'était entremis pour faire accepter à d'Hervilly le commandement des troupes soldées. Il prétendait ne désirer rien tant que d'aller en Bretagne. « Qu'on me montre la côte, j'y nagerai, mon sabre entre les dents », déclarait-il. Mais il assurait ne vouloir commander que son régiment. Néanmoins, après toute une comédie de refus et un dîner dans une taverne de Charing-Cross avec Contades, Puisaye et M. de Chambray, oncle de celui-ci, il s'était rendu à ce que Contades estimait être son souhait le plus vif.

Quittant le gaillard, sir Warren et Puisaye se dirigèrent vers le colonel. Ils descendirent tous trois dans la grand-chambre. « Peut-être saurons-nous bientôt où nous allons au juste », dit Vauban.

Le cabinet britannique avait tout d'abord prévu qu'une fois sur la côte l'opportunité du débarquement serait débattue dans un conseil de guerre présidé par sir John Warren et réunissant d'Hervilly, Contades, Vauban, le général en chef, ses officiers chouans : du Bois-Berthelot, Tinténiac et quelques autres. Mais, sur l'avis même de Contades peu confiant dans les capacités de décision d'une assemblée trop nombreuse, Puisaye avait obtenu du ministre Windham que la descente se ferait d'après les opinions du commodore, du général et du colonel, seuls. Au demeurant, Tinténiac, du Bois-Berthelot et la Béraudière étaient, avant la rencontre de l'escadre républicaine, passés sur la frégate la *Galatée* pour gagner l'île d'Houat d'où un chasse-marée les mettrait sur le continent. Il devaient annoncer et préparer la descente.

La conférence eut lieu tandis que la *Pomone*, menant l'escorte et le convoi, avançait lentement vers la baie de Quiberon. La brise tendait à calmir. A l'horizon, la terre dessinait un demi-cercle bleu, plus net aux deux extrémités — celle de Quiberon à l'ouest, celle de Ruis à l'est —, enserrant la mer vert pâle sous le soleil. Par le travers arrière, Hoedic, Houat, Belle-Ile restaient très distinctes. Rien ne s'y manifestait.

Dans la grand-chambre, l'entretien dura longtemps. Le petit colonel soulevait toutes sortes d'objections à un débarquement en ces lieux. Les défenses de la côte l'inquiétaient, prétendait-il, en particulier le fort Penthièvre. Quelle résistance allait-on rencontrer, et quelles ressources trouverait-on dans les populations? Puisaye répondit en se déclarant certain de leur concours enthousiaste. Pour le fort Penthièvre, sa garnison comptait au plus six à sept cents hommes réduits à la famine; on en aurait aisément raison. Quant aux postes républicains parsemés en petit nombre sur la côte, ils seraient pris à revers par les chouans au moment où l'on avancerait vers le rivage. Alors d'Hervilly livra, dans un détour, sa pensée véritable. Pourquoi tenter ici, dit-il, un débarquement dangereux et incertain, quand il était tellement plus sûr d'aller à l'île d'Yeu d'où l'on se joindrait à l'armée vendéenne?

Contades et Vauban virent sortir Puisaye aussi furieux qu'il pût l'être. Il avait cru trouver en d'Hervilly un docile instrument; il connaissait trop tard son erreur. Il ne l'avoua point toutefois, et Contades s'imagina que d'Hervilly, pour affronter les « bleus », ne se sentait pas suffisamment maître de son régiment incomplet, formé d'éléments disparates, et en partie de prisonniers ayant accepté de servir sous l'uniforme rouge pour échapper aux pontons. A l'île d'Yeu, il aurait le loisir de le prendre en main.

Le comte de Contades ne soupçonnait ni les agissements ni même l'existence de l'agence parisienne, car Puisaye ne lui disait pas tout, — il ne se confiait vraiment à personne. En réalité, le colonel Louis-Charles d'Hervilly, fidèle défenseur de la famille royale au 10-Août, ne nourrissait aucune sympathie pour ses compatriotes qui jouaient, avec le cabinet de Saint-James, la carte de la monarchie constitutionnelle. Royaliste pur, il partageait toutes les défiances de l'abbé Brottier contre les anciens constituants réunis à Londres, spécialement contre Puisaye; et il n'avait voulu le commandement des troupes qu'avec l'idée secrète de les conduire à l'illustre Charette, le seul général agréé par la cour de Vérone et l'agence de Paris, le seul à qui les bons royalistes pussent s'en remettre. Descendre ici, c'était trahir les intérêts de la royauté, aller contre la volonté formelle du régent, servir les noirs desseins de Pitt. Le petit colonel comptait sur le soutien de tout son état-major et de nombreux autres émigrés qui pensaient comme lui.

Warren avait hésité à prendre parti. Ses instructions lui prescrivaient de descendre dans le Morbihan ou de ramener les troupes. Le gouvernement anglais n'entendait en aucune façon soutenir Charette et le principe de la monarchie absolue. Mais on ne savait pas à quelles forces républicaines on allait se heurter. Rien ne semblait devoir favoriser le débarquement, au contraire de ce que promettaient les chefs chouans. Depuis que la *Galatée* avait déposé à Houat MM. de Tinténiac, du Bois-Berthelot et de la Béraudière, on restait sans nouvelles d'eux. Le commodore faisait confiance au comte de Puisaye, néanmoins il résolut d'attendre et de voir venir. Toute la relevée, les frégates tirèrent des bords à distance prudente du rivage, depuis Port-Haliguen, à l'extrême pointe de Quiberon, jusqu'aux falaises herbues de Ruis derrière lesquelles se cachaient le hameau de Saint-Gildas et le village de Sarzeau, sans provoquer aucune réaction amie ou ennemie. Au soir, la flottille étant rassemblée au centre de la baie, à une lieue ordinaire des côtes, hors d'atteinte de toute batterie, Warren donna l'ordre de mouiller.

Le soleil disparaissait dans la mer derrière la presqu'île de Quiberon reliée au continent par la Falaise, longue bande sablonneuse, étroite et basse, au sud de laquelle le fort Penthièvre — le fort Sans-Culotte pour les républicains — s'élevait sur un escarpement rocheux. On distinguait sa masse, violette à contre-jour, un peu mangée par le poudroiement du ciel pourpre et or. Plus proches, plus nets s'étalaient au nord les rivages capricieux dominés par les hauteurs de Sainte-Barbe, de Plouharnel, de Carnac, du Mont-Saint-Michel, et les profondes échancrures donnant accès à la baie Saint-Jean, à celle d'Auray, au golfe du Morbihan tout à l'est.

Beaucoup parmi les émigrés ne contemplaient pas sans émotion cette campagne fouillée par la lumière rasante, ces clochers, ces villages groupés autour de leur église, ces toitures de vieux manoirs sortant entre les frondaisons, ces landes, ces pâtures cernées de pierre sèche. La patrie! Quatre, cinq, six ans d'exil avaient donné une réalité nostalgique à un mot pour eux d'abord sans signification. Autrefois, la patrie était l'état de choses monarchique, et ils avaient quitté la France parce que la royauté n'y existait plus, allant chercher auprès de la monarchie, là où elle subsistait, les moyens de la rétablir chez eux. Ils entendaient toujours la restaurer, sous une forme ou une autre; mais ce qui, pour certains d'entre eux, importait avant tout au fond d'eux-mêmes, c'était de retrouver leur pays. Quelques-uns, comme d'Hervilly, pouvaient obéir à l'ambition, à une idée erronée et désuète du devoir; d'autres au sentiment de leurs droits, au désir de « recouvrer leurs propriétés », voire de rentrer dans leurs privilèges. Aucun ne songeait qu'ils allaient attaquer la France. Ils venaient la délivrer de ses bourreaux.

En tournant, la brise apporta une faible senteur d'ajoncs et de feuillages. Ce fut le seul message de la terre aux arrivants, ce soir-là. Le doute gagnait Contades. Cela finirait comme la tentative que Puisaye l'avait envoyé faire, en avril, sur la côte de Saint-Malo, avec le général d'Allègre, le chevalier de la Vieuville et cent gentilshommes. Partis de Jersey sur trois frégates aux ordres du chevalier Strand, ils étaient descendus au raz de Plouër sans voir personne, hormis quelques gardes nationaux qui leur avaient tiré dessus. Cependant Allègre, le plus intime lieutenant de Puisaye, assurait qu'il n'en serait certainement pas de même ici. Il fallait seulement laisser un peu de temps à Bois-Berthelot et à Tinténiac.

En effet, le 26, avant que la brise soufflât de nouveau de la mer, on vit un chasse-marée cingler vers la flottille. Peu après son canot amenait à la *Pomone* Tinténiac méconnaissable dans un vrai costume de brigand : point de bas, culotte flottant à mi-jambe, courte veste verdâtre, froissée, déchirée par les ajoncs, les cheveux répandus sur les épaules. Contades le trouva sale et déguenillé à faire horreur. Mais il apportait de bonnes nouvelles : il n'existait, de la côte à Auray, aucun gros poste républicain, ni un canon. Huit cents chouans réunis par lui-même et Bois-Berthelot étaient dissimulés aux abords de Carnac, attendant pour protéger la descente. La Béraudière en rassemblait d'autres. Charles, Cadoudal, Mercier-la-Vendée, prévenus, arriveraient dans un jour ou deux avec leurs bandes. En moins d'une semaine, on aurait vingt mille hommes.

Dans ces conditions, Warren ne balança plus. Malgré les embarras du colonel d'Hervilly qui prétendait faire d'abord une reconnaissance, le commodore se rangea très fermement à l'avis de Puisaye. La descente fut décidée pour le lendemain soir. Tinténiac repartit sur-le-champ. Sir John, convoquant tous les capitaines de la flottille, prit les mesures nécessaires pour mener à bien les délicates opérations qui allaient commencer. Les canons du fort Penthièvre, hors de portée, ne présentaient aucun danger; encore moins ceux du Fort-Neuf, à la pointe de Quiberon. Mais une escadre républicaine ou des corsaires pouvaient, en dépit de lord Bridport, surgir alors que les navires, occupés aux travaux de débarquement, seraient sans défense. La *Galatée* et l'un des cutters, apte à venir très vite donner l'alarme, durent croiser entre la pointe de Quiberon et celle des Poulains; l'autre frégate, l'*Aréthuse*, et le second cutter veilleraient au large des Grands Cardinaux. La *Pomone* et l'un des vaisseaux, l'*Artois*, gardèrent leurs voiles simplement carguées, leurs pièces au sabord. Les transports désenverguèrent leur toile pour frapper ou capeler dans la gabie les palans, cartahus, élingues destinés à « peser » le matériel de débarquement. On ouvrit les grandes écoutilles pour l'extraire des cales. On tira des grand-rues les chaloupes canonnières dont on rétablit l'intérieur et la mâture mis jusque-là en fagot; on remonta leurs petites pièces. Les charpentiers assemblèrent les éléments des bateaux plats qui porteraient à terre les troupes, l'artillerie de campagne, les munitions, les chevaux. Les maillets claquaient, les chaudières des calfats fumaient, répandant une forte odeur de goudron, les cabestans cliquetaient. Toute la journée du 26 et celle du 27, une activité de fourmilière, scandée par les sifflets, les cris de « Hisse ! » « Pèse ! » « Tiens bon ! » « Affale ! » résonnant dans la langue d'Albion, régna sur les navires.

Le 27 à onze heures du soir, les sept cents hommes de Loyal-Émigrant commencèrent de descendre les échelles des tangons. La nuit était sereine, blanchie par la lune ; la baie, plate et luisante comme une glace. Il n'y avait pas un souffle de vent. Quelques lumières piquetaient la colline de Carnac. Dans l'ouest, Quiberon s'allongeait, grise entre la mer argentine et le ciel criblé d'étoiles. On n'aurait pu rêver temps plus propice. Mgr de Hercé en remercia Dieu qui favorisait ses serviteurs.

Pour suivre la progression des troupes, l'état-major gagna dans plusieurs canots la *Galatée* revenue et empannée à mi-chemin de la terre. Vers deux heures du matin, les premiers bateaux plats, encadrés par deux canonnières, dépassèrent la frégate. En tête, s'avançait Loyal-Émigrant, suivi de près par Royal-Louis formant le corps de bataille. Le régiment de la marine et celui du Dresnay demeuraient à distance, en arrière-garde. Le commodore Warren reprit place dans son canot, avec Puisaye. D'Hervilly s'embarqua dans celui de la *Galatée*, Contades dans celui de l'*Artois*, qui piqua vers l'avant-garde.

Sortis des ombres projetées par les navires, les bateaux plats, les chaloupes, les canots mettaient sur le miroir de la baie des taches sombres ; et chacune, sous l'effort des rameurs, laissait derrière elle un sillage quasi phosphorescent dans la clarté de la lune plus basse. On devait, à la lunette, apercevoir de loin ces traînées, car un fanal s'alluma sur la grosse tour du fort Penthièvre. A ce signal des « bleus », répondit un mouvement dans les grisailles de Plouharnel, puis une petite colonne déboucha au-dessous de Carnac, très visible sur le clair de la plage. Il y avait là deux centaines d'hommes au plus, estima Contades. On distinguait nettement les buffleteries blanches. Les baïonnettes brillaient au bout des fusils. Des ordres arrivèrent aussitôt du canot de la *Galatée* : l'avant-garde continuerait de porter droit devant, entre Saint-Colomban et Carnac; Royal-Louis appuyerait un peu à l'est pour atterrir à l'autre bout de la plage de Por-en-Dro, sur la pointe. D'Hervilly divisait son monde afin d'inquiéter l'adversaire. Warren, en même temps, faisait forcer de rames aux canonnières.

A une demi-portée de boulet du rivage bordé par une courte dentelle écumeuse, Loyal-Émigrant déploya ses drapeaux, et, sautant dans les vaguelettes, s'élança en criant : « Vive le Roi! » Les républicains se replièrent derrière un ressaut du sol, où Contades crut qu'ils s'apprêtaient à tenir ferme. Mais lorsque Royal-Louis prit terre lui aussi, menacés sur leur droite et leur gauche par des forces plus de six fois supérieures, ils battirent précipitamment en retraite. Tinténiac et ses chouans les attendaient. Soudain, des coups de feu déchirèrent la nuit finissante. Pendant quelques minutes, on vit les flammes orangées et l'on entendit crépiter la mousqueterie, puis ce fut fini. L'aube rapide de juin colorait déjà le ciel où la lune pâlissait avant de disparaître dans la légère brume qui s'élevait de la mer. Le rivage se couvrit d'hommes en uniforme écarlate. L'arrière-garde débarquait à son tour.

Sur le Mont-Saint-Michel, au-dessus de Carnac, à une demi-lieue de la plage, pendait dans l'air sans vent quelque chose de blanchâtre et l'éminence paraissait grouillante de monde. Mais dans le faux jour transpercé par de longs rayons naissants, on ne pouvait voir, à cette distance, s'il s'agissait d'amis ou d'ennemis. La question fut résolue peu après : une douzaine de chouans, agitant joyeusement leurs fusils, dévalèrent les prés qui descendaient du bourg. A leur tête, bondissait un petit homme vêtu de la courte veste verte, de la culotte flottant à mi-mollet, le bas des jambes nu et noirci de boue séchée. Sans chapeau, les cheveux épars, la barbe pas faite, il portait à la ceinture un poignard, des pistolets, un large sabre, et tenait un fusil à deux coups. C'était Charles, autrement dit M. de Kerminguy, fidèle compagnon de Puisaye. Bien fait, l'œil vif, il bégayait un peu et n'en voulait parler que plus vite. Ses amis et lui, annonça-t-il, tenaient tout le pays jusqu'à Auray. Le dernier poste républicain, descendu cette nuit de Sainte-Barbe sur la plage, avait été dispersé en un tournemain; on lui avait tué ou pris une vingtaine de « bleus ». Le linge blanc arboré comme signal sur le Mont-Saint-Michel était la chemise même de Tinténiac Il serait ici en personne sous peu.

Effectivement, au bout d'une heure Tinténiac déboucha, menant quatre cents hommes, suivi par du Bois-Berthelot et la Béraudière avec cinq cents chacun. Tous criaient à pleins poumons : « Vive le Roi! », acclamaient les émigrés et manifestaient un enthousiasme touchant. « La Bretagne entière est comme nous, assuraient-ils. Marchez seulement et vous verrez. » Puisaye ne cachait pas sa joie. Sir Warren la partageait. La plupart des émigrés étaient dans l'allégresse. Quelques gentilshommes cependant s'accommodaient mal de ces gens aux trois quarts sauvages dont les transports, la familiarité les offusquaient. Quant au colonel d'Hervilly, très à l'écart, l'air sévère et soucieux, il surveillait la mise à terre de son régiment qui débarquait avec celui d'Hector et l'artillerie. Il le mit en bataille, l'alignant avec un soin méticuleux, sans prendre part à la joie générale.

Derrière les chouans, étaient venus les habitants de Carnac, les paysans du voisinage. Il en arrivait de Saint-Colomban, de Kervinio, de la Trinité. La foule croissait sans cesse, se mêlait aux soldats, portait partout l'enthousiasme et le désordre. Des enfants, des vieillards, des femmes s'avançaient dans l'eau jusqu'aux genoux, jusqu'à la taille, pour aider au déchargement des caisses d'armes, de munitions, d'habits. Les cultivateurs apportant en abondance dans leurs carrioles les nourritures dont ils sevraient les « bleus », quelques-uns poussant même devant eux leur bétail, ajoutaient à la cohue. On eût dit tout ensemble une foire et une scène de pillage, beaucoup plus qu'un débarquement militaire. D'Hervilly en était profondément choqué, et, parmi les officiers volontaires, d'aucuns ne dissimulaient plus leur dégoût pour ces rustres en sabots, en braies, vêtus de peaux de chèvre, qu'ils allaient avoir à commander. Quels soldats! Certains, dans leur hâte à recevoir des fusils, se bousculaient afin d'atteindre les caisses déposées sur le sable. D'Hervilly voulant les mettre au pas, ils répliquèrent avec leurs pen-bas aux sergents qui levaient sur eux la canne. Une rixe faillit s'ensuivre. Furieux, le petit colonel fit battre le rappel et déclara qu'il allait rembarquer son régiment si ce désordre ne cessait pas. Puisaye réussit à calmer les antagonistes en leur faisant crier ensemble : « Vive le Roi!

Vive la religion! » L'évêque, amené à terre avec son clergé, entraîna tout le monde au-delà du village, dans la lande où se dressaient en files les pierres druidiques. Là furent célébrés un service funèbre pour l'enfant du Temple, dont les émigrés venaient d'apprendre la mort, et un *Te Deum* en l'honneur de Louis XVIII.

Mais il était désormais évident que M. de Puisaye et le colonel d'Hervilly ne pouvaient s'entendre. Reconnaissant son défaut de jugement, Contades renonça non sans peine au commandement de l'avant-garde pour prendre le poste de major général, comme l'en pria Puisaye, afin de servir d'intermédiaire conciliant entre le chef de l'expédition et le commandant des troupes.

Pendant deux jours, on arma et on habilla, avec les uniformes rouges fournis par le gouvernement anglais, les chouans qui gagnaient Carnac isolément ou en groupes. Georges Cadoudal, Mercier-la-Vendée étant arrivés avec leurs bandes, les insurgés se trouvèrent dix mille environ. Il ne devait point s'en présenter davantage, parce que des émissaires parisiens apportaient aux autres chefs, notamment à ceux du bas Maine, prêts à rallier Puisaye, l'avis suivant : « AU NOM DU ROI, il vous est enjoint de ne vous soulever que lorsque vous recevrez une nouvelle commission du conseil des Princes. Ce serait exposer le pays que vous commandez et vous-même à de graves inconvénients, que d'outrepasser l'ordre ci-joint. Au nom du conseil de l'agence royale. Signé BROTTIER. »

Dix mille hommes, plus les quatre mille des régiments suffisaient pour exécuter le plan de Puisaye : marcher vivement sur Vannes et sur Rennes sans laisser aux républicains le temps de réagir avec efficacité; renforcé par les bandes qu'on lèverait au passage, pousser vers la Mayenne et s'établir solidement derrière elle. Là, maître d'un territoire de quarante lieues, les approvisionnements, les ressources en hommes, les communications avec la mer largement assurés, on aurait tout loisir d'organiser les troupes irrégulières.

Ce plan ne convenait nullement à d'Hervilly, premièrement parce que le colonel, faute de ne pouvoir ne point du tout agir, n'était pas du tout pressé d'agir; deuxièmement parce que, contraint de faire quelque chose, il ne voulait le faire qu'en conformité avec les règles les plus traditionnelles. Pour lui, il fallait d'abord organiser les troupes, c'est-à-dire porter les régiments à leur effectif normal en complétant les bataillons au moyen de chouans disciplinés, former les autres en compagnies, les encadrer. Alors seulement on s'avancerait, en lançant des reconnaissances et en prenant des positions, comme l'exigeait l'art militaire bien compris.

« L'art militaire n'a point place ici, répondit Puisaye trouvant de l'éloquence dans le feu de la colère. C'est la guerre de partisans que nous devons mener. Aller vite importe par-dessus tout, même s'il nous faut courir des risques, d'ailleurs minimes en ce moment.

— Vous les courrez, monsieur, s'il vous convient. Quant à moi, je ne suis pas revenu en France pour *chouanner*. Commandant les troupes régulières, responsable d'elles devant le gouvernement anglais, je ne les risquerai qu'à bon escient, et non pas sans les avoir complétées. Au reste, aucune entreprise sérieuse ne saurait être tentée avant l'arrivée de la seconde division.

— Tel n'est point mon avis, et je me permettrai, monsieur, de vous faire observer que votre autorité sur les troupes embarquées a cessé au moment où elles ont pris terre. Vous commandez votre seul régiment. Cette expédition n'a qu'un chef : moi-même, s'il vous plaît. Je vous serai obligé de bien vouloir vous soumettre, comme les autres colonels, à mes décisions.

— Veuillez m'excuser, monsieur, mais je n'en ferai assurément rien, répliqua le petit homme à demi-suffoqué par la fureur. Je tiens ma commission de milord Windham et n'ai d'ordres à recevoir que de lui.

— Vous le prétendez maintenant, monsieur. Fort bien, c'est ce que nous verrons. »

Là-dessus, tandis que Contades s'efforçait d'apaiser le colonel, Puisaye alla écrire à Londres, demandant une confirmation précise de ses pouvoirs. Le commodore Warren détacha un cutter pour porter ce message. La réponse ne parviendrait pas avant une douzaine de jours. En attendant, Puisaye employa les moyens dont il disposait. Avec neuf mille chouans, il composa trois corps. L'un, de deux mille cinq cents hommes sous les ordres de Tinténiac, fut envoyé sur la gauche, à Landévant, pour occuper la route de Lorient. Du Bois-Berthelot mena le second, de la même force, sur Auray, à droite. Le dernier, gros de quatre mille hommes commandés par Vauban qui eut autorité supérieure sur les trois corps, prit position au centre, à Mendon. Vauban pouvait ainsi, selon les circonstances, renforcer par des détachements Tinténiac ou Bois-Berthelot. Après bien des tergiversations, d'Hervilly consentit à lui confier un bataillon afin de soutenir le courage des chouans.

Mille autres restaient, dont Puisaye comptait se servir pour s'emparer du fort Penthièvre. Il était essentiel, en effet, d'enlever cet ouvrage. Une fois en sa possession, on devenait maître de la presqu'île, et celle-ci, défendue des deux côtés par les vaisseaux anglais, formait une base inexpugnable, plus commode que n'importe quel port. D'Hervilly, voyant là une retraite assurée, accepta de s'associer à l'entreprise. Warren aussi. Il appuierait l'attaque avec tous les feux de son escadre. La canonnade commença le 1er juillet. Cinq jours s'étaient écoulés depuis le débarquement. Le 3, au moment où les régiments et les chouans, massés sur la Falaise, allaient donner l'assaut, la garnison — plus éprouvée par la faim que par les boulets — capitula.

Mais, dans le même temps, Hoche, avec des forces encore peu nombreuses, chassait d'Auray Bois-Berthelot et Tinténiac de Landévant. Les chouans ne tenaient pas devant des troupes de ligne. Or d'Hervilly avait rappelé ses quatre cents soldats. Voulant se porter au secours de Tinténiac, Vauban tomba en pleine déroute. A leur tour, ses paysans en habit rouge se débandèrent. Il eut la plus grande peine à rallier les trois corps aux abords de Carnac. Les chouans se montraient furieux d'avoir été abandonnés par les troupiers au moment de combattre. Vauban reprocha rudement à d'Hervilly leur défection. « Il me les fallait pour attaquer le fort, répondit-il. Mon effectif est trop faible, vous le savez bien. » Afin de le compléter, il proposa tout bonnement à la garnison prisonnière d'entrer dans ses bataillons. C'étaient tous des hommes de l'ancien régiment de la Reine. Les deux tiers acceptèrent.

Puisaye ne renonçait pas à prendre l'offensive. La déroute ne signifiait rien selon lui. Les paysans se battraient bien si on les amalgamait aux soldats. De la sorte, avec quatorze mille hommes on vaincrait sûrement, car le général Hoche n'en avait pas plus de cinq à six mille. Comme d'Hervilly repoussait cette idée, Puisaye le menaça de demander son rappel s'il persistait à paralyser les opérations. D'Hervilly finit alors par se rendre, tout en protestant auprès de Contades tiraillé entre les deux chefs. On convint de se mettre en marche le 5 au matin. Cette décision fut prise le 4 juillet. Le soir même, d'Hervilly reçut un message dans lequel l'agence royale lui ordonnait de « refuser son concours aux plans du comte de Puisaye, suspects d'être hostiles à la branche aînée des Bourbons ». Aussi, le lendemain, après avoir fait sortir son régiment, comme pour le joindre aux chouans que Puisaye, entremêlant son sabre et ses grandes jambes, passait en revue, prétexta-t-il la maladresse de ces rustiques en leurs manœuvres pour ramener sa troupe dans la presqu'île. A Puisaye exaspéré, il répondit : « Se hasarder contre les républicains avec de si piètres combattants serait folie. Ils mettraient le désordre parmi les bataillons. Il n'y a rien à espérer de ces paysans. Il faut, monsieur, ou nous rembarquer ou nous enfermer ici en attendant de nouvelles directives. » Londres, escomptait-il, constatant l'insuccès des efforts accomplis dans la baie de Quiberon, se raviserait et ordonnerait enfin la descente en Vendée.

Réduit aux chouans, Puisaye, après l'expérience précédente, ne devait plus songer à pousser de l'avant. Mais en outre, le 6, Vauban, établi avec ses neuf mille hommes entre Carnac et la presqu'île, l'avertit qu'il s'attendait à être, dans les vingt-quatre heures, assailli sur toute sa ligne. Il occupait à gauche la solide position de Sainte-Barbe, d'où l'on dominait la Falaise et par où l'on pouvait jusqu'au dernier moment se replier vers le fort. En revanche, son centre et sa droite, sans aucun point d'appui sur la côte, seraient immanquablement jetés à la mer s'il ne les retirait pas avant toute attaque. Il demandait soit l'autorisation d'effectuer ce mouvement, soit un puissant renfort en troupes de ligne. Un tel repli eût été désastreux. D'Hervilly, avisé, promit des troupes. Il écrivit à Vauban de tenir jusqu'à la dernière extrémité. Il viendrait lui-même le renforcer avec tout son régiment. Néanmoins, à l'aube du lendemain, lorsque les têtes de colonnes républicaines apparurent devant Carnac, Plouharnel et Sainte-Barbe, pas le moindre bataillon ne se montrait parmi les sables bas de la Falaise.

Les paysans éclatèrent en imprécations contre les émigrés. Ils jetaient leurs fusils, dépouillaient leurs uniformes. Ils ne voulaient pas faire la guerre pour ces aristocrates injurieux, méprisants, qui les exposaient toujours au feu et en demeuraient soigneusement à l'abri. Les chefs eux-mêmes étaient abattus. Dans une explosion coléreuse, Georges Cadoudal, levant ses poings d'Hercule, s'écria : « Maudits soient ces scélérats d'Anglais et d'émigrés! Ils ne sont venus que pour perdre la Bretagne. Que la mer ne les a-t-elle anéantis au lieu de les porter chez nous! » Il se ressaisit. Comme Tinténiac, Allègre, Jean-Jean, Charles, il exhorta ses hommes. « Où sont-ils, les compagnons du bois Misdon, les vainqueurs de Pélan? Allons, montrez votre courage aux lâches qui nous abandonnent! Faisons-les rougir de honte, ces couards! »

Sachant impossible toute défense, Vauban avait donné à sa droite et à son centre l'ordre de se rabattre sur la gauche. Ils se rabattirent, en effet, mais dans le pire désordre. Un flot tumultueux de chouans en débandade, de femmes, d'enfants, de vieillards pêle-mêle, déferla vers l'isthme. Des familles entières, emportant hardes et menus objets saisis à la hâte, fuyaient leurs chaumières par crainte des représailles. Pour permettre à ce troupeau en panique de s'écouler par la bande sablonneuse que la mer léchait des deux côtés, Cadoudal, Mercier-la-Vendée, Bois-Berthelot, Lantivy et tous les chefs chouans, ralliant les combattants les plus résolus, s'efforcèrent, sous la direction de Vauban, de retarder les colonnes bleues qui s'avançaient sous leurs drapeaux tricolores, tambours battants. Rien d'autre n'était à espérer. Il fallut bientôt abandonner les hauteurs de Sainte-Barbe pour ne s'y trouver point encerclé, faire front sur la Falaise même en reculant pied à pied devant les boulets et les balles. Warren, heureusement, vint à la rescousse. Déjà ses chaloupes canonnières, bordant de près le rivage, avaient pris à partie les républicains, sitôt ceux-ci à portée. Pendant ce temps, le commodore envoyait deux 32, calant peu d'eau, s'embosser sur les petits fonds, de part et d'autre de l'isthme. Croisant leurs feux, ils tendirent un infranchissable rideau de fonte qui contraignit les assaillants à se retirer sur Sainte-Barbe.

La horde fugitive se pressait contre les barricades dressées sous le fort Penthièvre pour en compléter les défenses. Les émigrés, n'entendant pas s'embarrasser de cette foule, lui refusaient l'entrée dans la presqu'île. Ils n'osèrent cependant pas la menacer de leurs armes quand les chouans, furieux, bousculèrent madriers et gabions. Le flot s'écoula. D'Hervilly arrivait enfin de Quiberon à la tête de son régiment. Vauban, qui rentrait avec ses braves soutenant ou portant des blessés, l'apostropha : « Il est bien temps, monsieur! Nous avons tout perdu par votre faute. Je vous en avertis, je vous demanderai compte de votre conduite devant un conseil de guerre. »

La situation, en effet, était grave. Certes, la presqu'île demeurait imprenable; mais on s'y trouvait désormais bloqué. Les « bleus », sans perdre un instant, hissaient des canons sur Sainte-Barbe et se mettaient à fortifier la position. Ils ne possédaient, pour le moment, que des pièces de campagne, incapables d'atteindre le fort, mais suffisantes pour interdire tout passage. Et l'on avait maintenant à caser, à nourrir quinze mille personnes de plus, dans les villages, les hameaux déjà encombrés par les soldats. La plupart de ces malheureux paysans restèrent sans abri.

Les émigrés ne cachaient pas leur sentiment. Puisaye les avait fourvoyés dans une aventure sans espoir; il fallait se rembarquer au plus tôt. Mais, opposant à leurs plaintes une force d'inertie qui agaçait Contades, il ne renonçait pas. Examinant Sainte-Barbe, il voyait les républicains travailler comme des fourmis pour élever un long retranchement flanqué de redoutes. Les officiers eux-mêmes, nu-tête, en bras de chemise, distingués uniquement par le hausse-col de cuivre, maniaient la pelle et la pioche avec leurs soldats. Puisaye résolut de contrecarrer ces terrassements par une sortie nocturne. Elle échoua. Les sentinelles veillaient attentivement. Elles donnèrent l'alarme. Les canons balayèrent à mitraille la Falaise. D'Hervilly, qui allait les dépasser, se replia sans tenter un nouvel effort. On dut se retirer.

Alors le comte combina une vaste manœuvre. Avec l'élite des chouans, il forma deux corps de débarquement. L'un, de quatre mille hommes commandés par Tinténiac, avec Cadoudal, Allègre et Mercier-la-Vendée sous ses ordres, serait transporté à Sarzeau sur le golfe du Morbihan. L'autre, de trois mille hommes confiés à Lantivy et Jean-Jean, prendrait terre aux environs de Quimper. Tous deux, parcourant le pays sur les derrières du général Hoche, rallieraient les chefs chouans dont on était sans nouvelles, et, après avoir opéré leur jonction à Baud, entre l'Elven et le Blavet, le 14 juillet, marcheraient avec toutes les forces réunies, sur Erdeven, Corcoro et Plouharnel pour prendre à revers Hoche dans son camp de Sainte-Barbe que les troupes restées dans la presqu'île attaqueraient de front le 16 au matin.

L'entreprise réussit d'abord fort bien. Tinténiac, débarqué sans anicroche à Sarzeau, contourna Vannes et, enlevant sur sa route les petits postes républicains, parvint rapidement à Elven. Mais là le chevalier de Margadel, agent de Brottier et Lemaître, lui enjoignit, au nom du Roi, de se rendre à Coëtlogon où il était expressément convoqué. Cadoudal protesta. « Le Roi, qui est à Vérone, n'a pas à décommander un mouvement stratégique imposé par les circonstances », déclara-t-il vertement. Tinténiac hésitait. Pouvait-il refuser d'obéir à des gens investis de la confiance royale? De plus, les dames de Coëtlogon étaient ses propres cousines. Espérant revenir à temps vers la côte par une marche forcée, il se dirigea vers le château en question, situé près de Loudéac, ce qui représentait un détour considérable.

Jean-Jean et Lantivy, eux, ayant également pris terre sans encombre au point prévu, se virent sommés de gagner non pas Baud mais Saint-Brieuc. L'agence parisienne n'étant point parvenue à détourner vers Charette et la Vendée l'expédition anglaise, avait imaginé ni plus ni moins de la concurrencer en créant un autre centre d'insurrection — toute légitimiste, celle-là — dans le nord de la Bretagne. A cette fin, elle retenait sous Saint-Brieuc le convoi portant les émigrés de Jersey, et elle appelait là tous les chefs bretons qu'elle avait détournés de se joindre à Puisaye.

En arrivant à Coëtlogon, Tinténiac eut la surprise de s'entendre déclarer par Mme de Guernissac, femme d'un officier de son état-major, laquelle se trouvait en correspondance suivie avec l'abbé Brottier : « Monsieur, nous sommes chargées de vous envoyer, avec vos troupes, à Saint-Brieuc. » Comme il demandait des éclaircissements sur cet ordre, pour lui inconcevable, une rumeur, des détonations éclatèrent. Une colonne volante, lancée par Hoche à la poursuite des quatre mille chouans, et qui les serrait de près depuis la veille, à leur insu, les attaquait dans leurs bivouacs, aux abords du château. Tinténiac courut organiser la défense. A peine débouchait-il sur la lande, une balle l'atteignit en plein front. Il tomba, tué net.

Les bleus, très inférieurs en nombre, furent finalement repoussés. Mais, Tinténiac mort, les chefs ne s'accordèrent pas. Les uns ne voulaient pas manquer de parole à Puisaye, les autres croyaient devoir exécuter les ordres de l'agence royale. Leurs hommes tranchèrent la question. Depuis le 25 juin, tout concourait à les écœurer : le mépris des émigrés, la manière dont ceux-ci se servaient d'eux, la sorte de guerre qu'on prétendait maintenant leur faire faire. Habitués aux embuscades, aux rapides coups de main après lesquels on rentrait chez soi, ils n'entendaient rien aux manœuvres, les batailles rangées ne leur convenaient pas du tout, et cette expédition qui les entraînait loin du Morbihan ne leur plaisait point. L'indécision et le mécontentement des chefs n'étaient pas de nature à les retenir. La plupart d'entre eux se dispersèrent. Le marquis de Pont-Bellanger conserva plusieurs compagnies qui, sous le nom d'*Armée Rouge*, terrorisèrent pendant quelques semaines les républicains des Côtes-du-Nord, puis disparurent. Il en fut de même pour Jean-Jean et Lantivy : avant d'avoir quitté la région de Quimper, leur troupe se désagrégea.

IV

Puisaye préparait l'offensive pour la date fixée. La veille, 15 juillet, au matin, les guetteurs sur la grosse tour du fort Penthièvre signalèrent un convoi. Gêné par le vent contraire, il mit tout le jour à doubler la pointe de Quiberon et entra, le soir, dans la baie. Il amenait la seconde division expédiée par Pitt et Windham. Elle se composait des régiments à cocarde noire : les vieilles légions de Béon, de Salm, de Damas, de Périgord, qui combattaient la Révolution depuis 1792, dans les rangs autrichiens. Après la dure retraite des Flandres puis de la Hollande, elles ne comptaient plus que douze cents hommes au total. L'Angleterre les avait transportées des bouches de l'Elbe à Portsmouth et prises à sa solde, leur donnant pour chef le jeune comte de Sombreuil.

Compatriote de Jourdan, de Bernard Delmay, de Claude Mounier, des Naurissane, Charles Virot de Sombreuil était né tout près de Limoges, au château de Leychoisier avoisinant la route de Paris. Il servait comme capitaine aux hussards d'Esterhazy lorsqu'il émigra des premiers après la chute de la Bastille. En 1793, il commandait avec le grade de lieutenant général l'avant-garde des troupes françaises soldées par l'Autriche. C'est à ses escadrons qu'en messidor de l'année suivante Bernard s'était heurté, sous Lambusart, pendant la bataille de Fleurus : escadrons bientôt balayés avec l'infanterie autrichienne par Jourdan et Saint-Just chargeant à la tête des dragons et des cuirassiers. La Belgique, la Hollande perdues pour les coalisés, Sombreuil, laissant ses troupes se refaire dans la petite ville de Stade, sur la rive gauche de l'Elbe, avait rejoint l'Angleterre où le mandait le cabinet de Saint-James et où l'amour l'attendait.

Le jeune comte restait alors, à vingt-cinq ans, le seul survivant mâle de la famille. Sa sœur, Marie-Maurille, avait une fois sauvé leur père, lors des Massacres de septembre, en trinquant à la République avec les juges installés par Maillard dans le guichet de l'Abbaye. Mais ensuite, elle-même détenue comme suspecte, le marquis et son fils aîné avaient été envoyés à la guillotine en chemises rouges avec Cécile Renault, Ladmiral, les dames de Sainte-Amaranthe, agentes notoires de Batz, et d'inoffensifs prisonniers, tous réunis par les hébertistes du Comité de Sûreté générale sous l'ironique dénomination d' « assassins de Robespierre ». Libérée après le 9-Thermidor, Mlle de Sombreuil se trouvait, en ce mois de juillet 1795, tranquille à Leychoisier où son frère lui écrivait de Londres pour lui annoncer qu'il se mariait. En effet, les années précédentes, pendant de brefs séjours en Angleterre, il avait connu dans la société émigrée une jeune fille aussi remarquable par ses qualités morales que par sa grâce et sa beauté : Mlle de La Blache. Il passait, lui, pour le plus bel homme d'Europe. Grand, svelte, élégant de corps, le regard d'une douceur pénétrante, les traits réguliers et nobles, enfin très brave, bon, généreux, il ne laissait indifférente aucune femme, et Mlle de La Blache lui avait avec bonheur accordé sa main. Le mariage était fixé au 9 juillet. Le 8, à minuit, Sombreuil reçut un cachet plombé de l'Amirauté. On lui ordonnait de se rendre sur-le-champ à Portsmouth où il trouverait les anciennes légions à cocarde noire, d'en prendre le commandement et de s'embarquer avec elles pour Quiberon. Impossible de surseoir à un tel ordre. Sombreuil partit aussitôt, laissant pour Mlle de La Blache une lettre passionnée qui se terminait par ses mots : « Adieu! Je meurs d'amour et de désespoir! » Avant de quitter Portsmouth, il dit à des officiers, ses amis : « J'aurais payé dix mille guinées le bonheur de rester vingt-quatre heures de plus à Londres, mais j'ai dû tout sacrifier à l'honneur et à la cause du Roi, que nous allons défendre. »

A Quiberon, Puisaye le reçut d'autant mieux qu'il apportait un paquet de dépêches dont l'une réduisait à néant les prétentions du colonel d'Hervilly. Le commandement suprême, confirmait Windham, appartenait entièrement au comte de Puisaye, chef absolu des troupes régulières comme des irrégulières. Pour assurer son autorité, on lui conférait le titre de lieutenant général au service de l'Angleterre. Un autre pli lui annonçait un renfort de trois régiments anglais conduits par lord Graham et l'arrivée prochaine du comte d'Artois, Monsieur, accompagné de nouvelles troupes.

Puisaye était à souper. Il s'empressa d'envoyer quérir le petit colonel. Celui-ci, déjà couché car on devait se mettre en marche de très bonne heure, se leva et arriva fort mécontent. Il accueillit Sombreuil avec la plus grande froideur, enregistra sans souffler mot le contenu des dépêches, et s'en tint à demander s'il y avait quelque chose de changé pour le lendemain. Puisaye répondit : « Non », malgré les observations de Sombreuil et de Contades. Tous deux insistaient pour que l'on donnât à la seconde division le temps de descendre à terre. Mille deux cents hommes de plus, soldats de toute confiance, n'étaient pas à dédaigner. Le général en chef refusa, affirmant que l'on ne pouvait repousser le rendez-vous du 16 juillet sans compromettre tout le plan. Et il le compléta en prescrivant à Vauban d'aller, dans la nuit, débarquer sous Carnac avec douze cents des chouans cantonnés dans la presqu'île. Au jour, il marcherait sur le flanc est du camp républicain pour opérer une diversion. En même temps, il devrait se lier à Tinténiac, Jean-Jean et Lantivy, qui ne manqueraient pas d'assaillir Hoche sur ses arrières, comme convenu. Si tout se passait bien, au moment de pousser à l'ennemi il lancerait une fusée; deux, dans le cas contraire.

D'Hervilly n'avait plus rien à dire, et il ne dit rien. Blessé dans son orgueil, outré de voir Puisaye avouer froidement sa collusion avec Pitt en acceptant le titre de général anglais, il n'eût pour rien au monde élevé en public la moindre objection. Dans le privé toutefois, il ne cacha point que ces dispositions lui semblaient très imprudentes. D'abord, les bleus étaient à présent dix mille, au moins. On ne se jette pas avec quatre mille hommes sur dix mille, bien retranchés, en outre. Deuxièmement, on ne pouvait faire aucun fond sur une attaque de diversion exécutée par des chouans. Troisièmement, rien ne prouvait que MM. de Tinténiac et de Lantivy fussent exacts aux rendez-vous. A la guerre, rien n'est jamais sûr. On aurait dû envoyer une reconnaissance pour savoir s'ils se trouvaient bien dans les environs.

Ironie des choses : après avoir sottement pensé quand il entendait imposer son opinion, le petit d'Hervilly pensait on ne peut plus juste quand son opinion ne comptait plus.

A l'aube, le lendemain, sur la Falaise il était à la tête de son régiment en colonne, qui tenait la gauche du corps de bataille, avec mille chouans commandés par le chevalier de Saint-Pierre. Puisaye, sa veste grise couverte d'une cape noire, menait la colonne centrale, composée de Loyal-Émigrant, d'Hector et de quatre cents canonniers toulonnais tirant à la bricole huit des dix pièces de campagnes fournies par les Anglais. Les régiments de Royal-Marine et du Dresnay, plus six cents chouans conduits par le duc de Lévis, formaient à gauche une troisième colonne. Non loin des deux rivages, les chaloupes canonnières attendaient, parées à soutenir le mouvement. Sombreuil, à qui Contades avait prêté un cheval, suivait l'état-major.

Tout le monde regardait dans la direction de Carnac. Le jour montait très vite. A peine distincte dans les rais du soleil, la fusée espérée décrivit sa parabole. Puisaye laissa passer un instant pour voir s'il s'en élèverait une seconde; puis, ne l'apercevant pas, assuré que Vauban allait prendre en flanc l'ennemi, il donna l'ordre d'avancer. Les tambours battirent, les cornets sonnèrent. La petite armée s'ébranla, les deux colonnes latérales marchant à la lisière des vaguelettes qui léchaient le sable. On entendit une fusillade lointaine. « C'est Tinténiac! s'écria Puisaye. Allons, messieurs, la charge! » Elle retentit. Les troupes se précipitèrent. Mais, avant qu'elles aient atteint le débouché de la Falaise et pu se déployer, les canons républicains commencèrent de tonner. Dans les rangs serrés, les boulets abattaient les hommes par files. Comme on avançait néanmoins, la mitraille, les obus, les balles se mirent de la partie. Les pièces des Toulonnais, engravées dans le sable, étaient impuissantes à répondre. Grièvement blessé, le duc de Lévis s'effondra. D'Hervilly tomba, atteint en pleine poitrine par une grosse balle de fer. La droite, décimée, flottait, reculait. La colonne de gauche progressait encore malgré le feu épouvantable. Alors les bleus prirent à leur tour l'offensive. Sortant des retranchements, cavaliers, fantassins s'élancèrent en avalanche sur les blancs ravagés par l'artillerie. Moins d'une heure après avoir franchi les barricades du fort Penthièvre, l'armée royale les repassait en désordre, laissant la Falaise jonchée de blessés et de morts. Les républicains, qui talonnaient une espèce d'arrière-garde hâtivement constituée par Contades, Puisaye et Sombreuil, fussent entrés dans la presqu'île si les canonniers du fort et Warren, dirigeant lui-même le tir de ses chaloupes, ne les eussent arrêtés par une grêle de projectiles.

Les événements ne donnaient que trop raison au malheureux d'Hervilly. Non seulement Tinténiac ne se trouvait pas sur les arrières ennemis — et pour cause! —, mais encore Vauban, sévèrement reçu à Carnac, mal servi par les chouans qui trempaient leurs fusils dans l'eau pour ne pas se battre, avait dû rembarquer en lançant deux fusées dont la première s'était perdue parmi les poudroiements radieux du matin. Il disposait bien de deux cents cinquante *mariners*, soldats d'élite prêtés par Warren, mais il ne voulut pas employer ce détachement anglais contre des Français. Cette abstention et les imprudences de Puisaye aboutissaient à un désastre. Les régiments, les chouans amalgamés laissaient plus de la moitié de leurs effectifs sur le sable sanglant. Royal-Marine avait perdu cinquante-trois de ses soixante-douze officiers, et guère moins les trois autres. Tous les canons restaient aux mains de l'adversaire.

Hoche pouvait écrire, le lendemain : « Les Anglo-émigrés-chouans sont, ainsi que des rats, enfermés dans Quiberon d'où ils ne sortiront plus. » L'armée réparait la bourde commise par Topsent en ne permettant point à Villaret-Joyeuse d'anéantir l'expédition. Ce résultat, néanmoins, ne satisfaisait pas entièrement Hoche, ni Tallien envoyé sur place par le Comité de Salut public. On l'avait choisi pour montrer que les coquetteries entre royalistes et Thermidoriens étaient bien terminées. Il affichait une résolution toute républicaine, déclarant, dès son arrivée à Vannes, dans le meilleur style 93 : « Les émigrés vomis sur nous par l'Anglais ont osé remettre le pied sur la terre natale; que la terre natale les dévore! »

Cependant Hoche et lui ne possédaient nul moyen de forcer Puisaye, à l'abri dans la presqu'île défendue par le fort et par la flotte britannique. Il demeurait libre de se retirer sur celle-ci, de chercher une meilleure fortune en Vendée. C'est ce dont le pressaient tous les gentilshommes survivants. En vérité, s'aller mettre dans la dépendance de l'orgueilleux Charette ne lui convenait guère, ni de subordonner son ambition aux siennes, ni enfin de servir une royauté absolue à laquelle, ancien feuillant comme La Fayette, comme Duport, les Lameth, il ne croyait pas plus que Pitt et Thugut. Depuis 1792, il misait sur les Anglais pour établir en France une monarchie constitutionnelle. Avec sa puissance d'obstination, déclinant tous les conseils il attendit les trois régiments promis et Monsieur.

Contades et Sombreuil — fort amis pour s'être connus précédemment à Ostende — devisaient avec tristesse de l'état de choses. Le jeune comte le découvrait bien différent de ce qu'il s'imaginait. Sa division cantonnait au sud de la presqu'île surpeuplée où régnaient partout le désordre, le mécontentement, la défiance. Il n'estimait pas possible de demeurer dans une telle situation jusqu'à ce que le gouvernement anglais eût envoyé des troupes assez nombreuses pour forcer le passage vers la grande terre, *ar en douar bras* comme on disait à Quiberon. « Nous tiendrions, répondait Contades, si l'on pouvait compter sur des soldats d'une fidélité à toute épreuve. Ce n'est malheureusement pas le cas. » La désertion sévissait parmi les prisonniers enrôlés en Angleterre. Elle avait commencé sitôt après le débarquement, mais restait alors très restreinte, car les paysans ramenaient les fuyards et d'Hervilly les faisait impitoyablement fusiller. Actuellement encore, de son lit à l'hôpital, dont la mort s'approchait un peu plus chaque jour, le petit colonel maintenait de la façon la plus ferme la discipline dans son régiment. En revanche, Royal-Louis perdait de trente à quarante hommes par nuit, selon Contades. « Les officiers n'en veulent pas convenir, mais je n'en ignore rien, ajouta-t-il. Pour moi, si nous ne rembarquons au plus vite, tout est perdu; à moins que nous n'arrivions à une entente avec les bleus. » C'était son idée. Plusieurs fois déjà, il avait ouvert l'avis d'entrer en pourparlers avec les généraux républicains. Puisaye ne disait ni oui ni non.

Ce jour même, après le dîner, bien résolu à chercher l'occasion d'une conférence, le major-général montait à cheval, accompagné par deux officiers de hussards. Ils s'avancèrent tous les trois sur la Falaise. Quand les avant-postes républicains aperçurent ce petit groupe, ils prirent les armes. Quelques dragons sortirent des retranchements, la carabine au poing, conduits par un capitaine. Contades, agitant son mouchoir à la pointe de son sabre, poussa, seul, vers cet officier en lui criant de ne rien craindre. Ils se joignirent, et le royaliste eut la surprise d'entendre le patriote l'appeler par son nom. C'était non seulement un de ses compatriotes de Doué-la-Fontaine, en Maine-et-Loire, mais encore un de ses anciens voisins, un certain Breton.

« Que faites-vous ici? lui demanda cet homme dont il connaissait l'honnêteté. Pourquoi êtes-vous venus déchirer votre patrie?

— Nous venons, répliqua le comte, rétablir le culte de nos pères, relever le trône de notre souverain, rentrer dans nos héritages, ramener la paix et la prospérité dans notre patrie. Est-ce là vouloir la déchirer?

— Pensez-vous réussir là où ont échoué douze cent mille baïonnettes?

— Oui, parce que l'opinion aujourd'hui est pour nous, et vous savez ce qu'elle peut en France.

— Ah! monsieur, soupira le capitaine, si tout le monde pensait comme moi!... Nous ne sommes pas nés pour nous combattre. Tenez, reprit-il, voici le général Humbert qui s'approche. Si vous craignez quelque chose, faites avancer un second; mais, je vous en donne ma parole, vous n'avez rien à redouter. »

Humbert, principal lieutenant de Hoche, écouta poliment l'émigré et lui dit : « Il y a ici un représentant du peuple, le citoyen Tallien. Écrivez-lui. » Contades parla de dix-sept millions apportés sur les vaisseaux. Ce n'était pas le langage qu'il fallait tenir à Humbert. Il répliqua plus honorablement en déplorant le désastre subi le 16 par le régiment de la marine. « Tant de bons et braves officiers, quelle perte pour la France! »

Vauban, arrivant au galop, interrompit cette conversation. Il venait de la part de Puisaye chercher le major-général « pour affaire de service ». Persuadé qu'on rompait une négociation en bonne voie, Contades obéit avec colère. « Donnons-nous la main », proposa-t-il à Breton. Le capitaine se rapprochait pour la lui tendre, quand Humbert s'interposa : «Non, pas aujourd'hui. Plus tard, j'espère. Écrivez à Tallien, nous nous reverrons. »

Puisaye rappelait son subordonné sous prétexte de parler lui-même à Humbert « si on le souhaitait ». Mais il refusa d'écrire à Tallien. Il avait parfaitement raison. Bien plus écervelé que son chef, dont il condamnait les inconséquences, Contades s'imaginait pouvoir, avec dix-sept millions prétendus, acheter les généraux, les représentants, ou bien, par la force persuasive de sa parole, convaincre les républicains d'accepter gentiment la restauration du trône, de l'autel et des privilèges. Il fallait être aussi sot, aussi frivole qu'un courtisan pour se leurrer de pareilles billevesées. Entre républicains et royalistes, il n'y avait pas de négociation possible; les uns devaient détruire les autres, ou périr. Et il n'existait plus pour les royalistes aucune chance de vaincre.

Déjà, de nombreux déserteurs avaient offert de faciliter un coup de main sur le fort Penthièvre grâce à la complicité de leurs camarades de garde aux avant-postes. Hoche ne croyait pas à la réussite d'une telle entreprise. Mais, le 1er thermidor, 19 juillet, le général Humbert lui fit conduire deux hommes de Royal-Louis, un sergent et un caporal, qui prétendaient connaître un moyen de pénétrer sans coup férir dans la forteresse. Hoche les écouta d'une oreille aussitôt intéressée.

« Citoyen général en chef, dit le sergent, un certain David, rien ne serait plus simple que d'enlever le fort Sans-Culotte. Il suffirait à un bataillon d'emprunter en sens inverse le chemin par lequel nous sommes venus vous rejoindre cette nuit. En longeant le rivage de l'ouest, on arrive à un énorme tas de rochers. Il barre tout passage par terre et ne permet pas l'escalade, mais on le contourne en entrant dans la mer avec de l'eau jusqu'à la taille, pas plus, par marée basse. Au-delà, on grimpe sans trop de peine sur les roches. Comme ça, on atteint un sentier qui passe devant une poterne de l'ouvrage. Elle nous sera ouverte par nos camarades, et ils nous prêteront main-forte pour tomber sur les royalistes.

— Combien êtes-vous de patriotes dans la presqu'île?

— Six cents et plus en comptant ceux de l'ancien effectif républicain. Une centaine en tout se trouve dans ce moment à la citadelle. Chaque régiment, l'un après l'autre, fournit un contingent à la garnison. Il faudrait profiter de ce que nos amis sont là-haut. Ils y resteront encore six jours. »

Les deux grenadiers donnèrent à Hoche toutes les indications souhaitables. Ils estimaient à trois mille au maximum les « blancs » en état de combattre. Ils confirmèrent que le plus grand désordre régnait dans la presqu'île. « Les émigrés commandent à tort et à travers, les chefs sont divisés d'opinions, les chouans ne veulent plus obéir, ils se disputent avec les réguliers. Tout le monde est dégoûté et n'aspire qu'à se tirer de là. »

Après avoir mis au courant Tallien et son adjoint, Blad, un député obscur, Hoche décida d'examiner lui-même les lieux. En vêtements de pêcheur, accompagné par son chef d'état-major, le colonel ci-devant marquis de Grouchy, officier d'Ancien Régime, républicain quoique la république eût causé la mort de son beau-frère Condorcet, et par l'adjudant général Ménage, déguisés eux aussi, il s'en fut dans une barque croiser devant la côte ouest de la Falaise. Assez large au-dessous des hauteurs de Sainte-Barbe, le rivage, en allant vers la presqu'île, s'étrécissait sans cesse jusqu'à n'être plus, sous le glacis ouest du fort, qu'un ruban de sable mouillé et tassé par la mer. Il mourait enfin au pied des rocs servant là d'épaulements au fort Sans-Culotte, et qui tombaient à pic dans les flots. Ils ne laissaient nul passage; mais si on pouvait les contourner l'escalade, de l'autre côté, ne semblait pas très difficile, effectivement, car des blocs s'entassaient ici les uns sur les autres, formant comme des degrés.

« Eh bien, Ménage, te sens-tu le cœur de grimper là-dessus, à l'obscur, avec trois cents grenadiers? demanda Hoche.

— Pourquoi pas? » répondit le jeune adjudant général en lançant à l'eau un filet dans lequel nul poisson ne risquait de se prendre.

« Et toi, citoyen Grouchy, que penses-tu?

— La chose ne me paraît pas exécutable tant que ces bateaux seront là. »

Deux goélettes canonnières stationnaient sous le fort, entre le rivage et les écueils semés un peu au large. Plus haut, deux 32 embossés surveillaient la flottille des barques traînant leurs filets.

« Deux hommes, ajouta Grouchy, ont passé inaperçus; il n'en serait sûrement pas de même, fût-ce par une nuit obscure, pour une colonne en mouvement. Si les chaloupes ne les voyaient pas, du moins entendraient-elles le bruit.

— Tu as raison. Aussi ne tenterons-nous l'aventure que si une grosse mer contraint les Anglais à faire le tour et s'aller ancrer dans la baie. Espérons, citoyens, qu'il nous viendra du mauvais temps sous peu. »

Selon le sergent David, le 6 thermidor, les républicains de la garnison seraient remplacés par un contingent du régiment d'Hector ou du Dresnay, bons royalistes. Sans complices à l'intérieur, aucune chance de réussir. Hoche ne perdait cependant pas confiance. Depuis plus de quarante jours, le ciel demeurait serein, cela ne durerait plus, sans doute. Ainsi que le disait Ménage : « Après le beau temps, vient la pluie. » En effet, le 3 thermidor, la chaleur s'alourdit, annonçant un orage. Le 4 au matin, le ciel était plombé, la mer comme morte. On étouffait. A midi, il n'y avait plus un souffle. Hoche arriva de Vannes avec Tallien. Le général Humbert, qui commandait le camp, Grouchy et Ménage poussèrent activement les préparatifs. Une compagnie, à laquelle on incorpora les déserteurs en uniforme anglais, fut habillée avec des habits rouges enlevés aux morts, le 16 juillet. Le sergent David, qui était allé rôder aux avant-postes royalistes, en revint avec le mot de passe donné par un camarade en sentinelle sur la Falaise. Celui-ci avertirait les autres de se tenir prêts pour cette nuit, si l'orage éclatait. Vers cinq heures, tandis qu'au camp les soldats mangeaient la soupe, on commença d'entendre tonner. On vit de Sainte-Barbe les deux goélettes, remorquées par leurs canots, entrer dans le petit havre de Lantivy, seul abri sur la côte ouest de Quiberon. Quant aux 32, ils avaient dès le matin mis à profit les derniers souffles de la brise pour doubler la pointe et se réfugier à l'est, dans la baie. Pendant un moment, le tonnerre demeura lointain. Soudain, ses grondements se précipitèrent, se rapprochèrent avec rapidité. Un vent impétueux arrivait en même temps du sud-ouest, fouettant la mer qui se couvrit de moutons blêmes.

Au soir tombant, on pouvait craindre d'avoir plus de mauvais temps qu'on n'en souhaitait. L'orage s'était enfui très vite, mais il laissait derrière lui l'Océan soulevé. Les lames, poussées du large, déferlaient sur la Falaise, passaient par-dessus ses dunes basses. Une troupe eût été infailliblement balayée. Cependant, des paysans patriotes de Plouharnel assuraient que d'ici trois heures ou quatre la brise et la mer auraient considérablement molli. Dans la tente du général Humbert, Hoche attendait en jouant avec Tallien et le capitaine Rouget de Lisle, amené par celui-là de Paris. Le vent secouait la toile, faisait danser la flamme des bougies dans leurs lanternes. Abandonnant les cartes, on devisa. Comme Tallien rapportait certains propos du banquier Perregaux au cours d'un dîner où figuraient Fréron, Barras et la citoyenne Beauharnais, Hoche l'interrompit avec vivacité, demandant : « Qu'advient-il d'elle?

— Ma foi, répondit Tallien, elle semble présentement attachée au char de Barras.

— De Barras! s'exclama le jeune général sans cacher son dépit. Comment les femmes peuvent-elles aimer un homme qui se partage entre elles et ses mignons? »

Hoche avait connu la belle Rose-Joséphine aux Carmes, quand ils s'y trouvaient détenus l'un et l'autre, l'année précédente, ainsi que Beauharnais lui-même, — alors tout amoureux de la ravissante Delphine, veuve du général Custine, prisonnière également. Entre Rose et Hoche des liens s'étaient noués. Puis, le jeune héros transféré à la Conciergerie, elle l'avait remplacé par un autre détenu, Santerre, le « Consolateur », disait-elle. Mais après l'exécution de Beauharnais et, quatre jours plus tard, le 9-Thermidor libérateur, elle était retournée à Hoche et devenue presque ouvertement sa maîtresse, quoiqu'il eût depuis peu pour épouse une jolie petite Lorraine de seize ans. A cause d'elle, il avait dû rompre, tout en restant très épris, très jaloux.

« Allons donc, général! se récria l'auteur de l'*Hymne des Marseillais*, qui voyait fréquemment Rose chez les Tallien et ne demeurait pas insensible à sa grâce créole, Mme de Beauharnais n'aime sûrement pas Barras. Seulement elle est sans ressources, elle cherche tout naturellement l'aide dont elle a besoin. —

— Ah! dit Hoche avec amertume, elle n'en recevra jamais son compte. C'est une citoyenne avide, sans cœur. Elle m'aura causé tous les chagrins. Mais assez de folies, il est temps de faire le général. »

Le vent, bien que vif, ne soufflait plus avec rage. Un marin l'eût qualifié simplement de bon frais. La mer ronflait et ne détonnait plus sur les rocs de Quiberon. Sous le ciel obscur, s'effilochaient des nuages vaguement blafards. Il allait être minuit. Grouchy et l'état-major tenaient les demi-brigades en avant du camp, prêtes à marcher. Hoche donna ses derniers ordres. Ménage, avec les trois cents grenadiers prévus, partit le premier, guidé par David et le caporal. Ils disparurent tous dans les ténèbres, en direction de la rive ouest. Une demi-heure plus tard, la compagnie dotée d'habits rouges se mit à son tour en marche vers le rivage opposé. Elle devait s'avancer le plus près possible des grand-gardes ennemies, puis démasquer ses falots en opérant une conversion complète, de façon à faire croire que c'était une patrouille venant du fort par le rivage est, et y retournant par le centre de la Falaise. Quand on vit briller les lumières, Hoche, accompagné de Rouget de Lisle et du général Lemoine qui commandait l'avant-garde, emmena deux demi-brigades. Le reste viendrait avec Grouchy et Humbert, une fois l'affaire engagée.

Les voltigeurs de la compagnie rouge foulaient sans précaution, à présent, le sable de l'isthme, battu tout à l'heure par les vagues et qui crissait sous les pieds. On parlait, on laissait tinter les armes, avec la belle insouciance d'une patrouille revenue sur son territoire. Un cri éclata dans l'ombre : « Qui va là? » La médiocre clarté d'un falot éclaira un soldat portant la cocarde noire. Sans inquiétude à la vue de ces habits écarlates, il se tenait néanmoins en défense, la baïonnette croisée. « Royal-Louis », lui répondit-on.

« Avance à l'ordre », lança-t-il. Un sous-officier s'approcha. L'homme l'arrêta. « Halte! Le mot.

— Coblentz et Vérone.

— C'est bon. Passez, les amis. Mais vous en faites, un... » Il n'en dit pas davantage. Une main le bâillonnait. Il fut réduit au silence.

Ménage arrivait alors aux soubassements rocheux. Derrière lui, serpentait la file de ses grenadiers pataugeant jusqu'à mi-jambe, car la mer, grosse encore, ne laissait en bordure aucun découvert. On allait un par un, sans rien voir parmi ces ténèbres, hormis la confuse pâleur des rouleaux écumeux qui venaient se briser sur les guêtres, et l'X blanchâtre des buffleteries croisées dans le dos du voisin. L'Océan ronflait, le vent ululait, emplissant les oreilles. Il fallait hurler pour se passer l'ordre : « Les gibernes au bout des baïonnettes. » Chacun, au moment de contourner la paroi à pic, avertissait le suivant : « Attention, c'est profond! » et, se cramponnant d'une main, élevant de l'autre le fusil, on s'enfonçait non point jusqu'à la taille mais jusqu'aux aisselles. Les lames vous jetaient contre la roche, le ressac vous éclatait en pleine figure, vous aveuglait, vous suffoquait, vous repoussait traîtreusement vers le large. Des hommes perdirent pied, furent emportés, mais la plupart passaient et, atteignant les entassements de rocs, les escaladaient derrière Ménage et les guides.

Sur les dunes de la Falaise, la compagnie rouge avait liquidé l'une après l'autre les sentinelles en grand-garde. Hoche et Lemoine la suivaient avec les deux demi-brigades lorsqu'elle parvint devant les barricades. Là aussi, les habits écarlates, le mot firent merveille. La fausse patrouille commença de franchir les chicanes gabionnées. Soudain, des coups de feu, des cris étouffés par le vent éclatèrent en haut de la tour. Les guetteurs avaient discerné sur le vague blanchoiement des sables une masse plus obscure, en mouvement. Aussitôt le fort s'anima. Les parapets se garnirent de tireurs; les canonniers, qui veillaient auprès de leurs pièces chargées, allumèrent les boute-feu. Balles, boulets, mitraille accueillirent rudement les demi-brigades. Sans barguiner, la compagnie rouge était tombée sur le poste de garde et, lui réglant son compte, assurait à Hoche cette entrée dans l'enceinte avancée. Encore faillait-il progresser jusque-là sous l'averse de plomb et de fonte. Au milieu de la nuit illuminée par la fulguration continue de la poudre, les hommes hésitaient, se bousculaient en reculant. La confusion allait se mettre dans les rangs. Hoche ramena les deux colonnes un peu en arrière, fit rompre les bataillons par sections pour offrir moins de prise aux projectiles. Les tambours battirent la charge. Rouget de Lisle, agitant son chapeau, l'épée brandie, clamait : « En avant! En avant! »

Tout à coup, comme les têtes de colonnes s'élançaient sous

le feu, celui du fort supérieur cessa. De nouveaux cris, des appels, un tumulte retentissaient dans la citadelle. Ménage et ses grenadiers venaient d'y déboucher. Avec tous les républicains de l'intérieur, ils fondaient sur les royalistes, les massacraient. Hoche, pressant l'assaut, n'eut aucune peine à emporter les remparts.

La canonnade avait alerté Contades. Il se rendit à toute bride au fort, pour le voir envahi. Tout en essayant vainement d'organiser une contre-attaque, il avertit Puisaye. Quand celui-ci arriva de Quiberon, avec Vauban et des troupes hâtivement rassemblées, les lueurs d'une aube sale et lugubre montraient le drapeau tricolore flottant sur la tour. Une cohue de chouans, de soldats en désordre, de blessés, d'officiers abandonnés par leurs hommes couvrait le nord de la presqu'île et refluait pêle-mêle devant les bleus. Car Hoche, rejoint par Grouchy et Humbert, les avait sur-le-champ lancés au long des deux rivages pour couper aux vaincus la retraite vers les navires anglais. Lui-même, laissant Lemoine occuper le fort Sans-Culotte, marchait droit sur Quiberon, à sept kilomètres au sud. Vauban accomplit un effort héroïque pour l'arrêter en avant de Saint-Julien; mais les républicains du régiment d'Hervilly, amené par Puisaye parmi ses troupes, tirèrent sur les autres bataillons, tuèrent le nouveau colonel, et, crosse en l'air, criant : « Vive la République! » coururent grossir les rangs de l'ennemi.

Dans le petit jour livide, plombé par de lourds nuages qui s'effrangeaient aux ailes des moulins sur les buttes, les familles réfugiées, les chouans, tous en pleine panique, se précipitaient çà et là, entraînant les soldats perdus dans ce troupeau, incapables de se rallier. Sombreuil, en réserve au-delà de Saint-Julien avec la plus grande partie des régiments à cocarde noire : mille hommes environ, fut emporté par le flot qui roulait Vauban, Contades, Puisaye, les débris de Royal-Marine, du Dresnay, de Loyal-Émigrant, d'Hervilly, d'Hector. D'instant en instant, les bleus accentuaient leur pression et le nombre des fuyards se multipliait. Les habitants abandonnaient villages, hameaux, chaumières, pour courir au sud. Bientôt, plus de six mille personnes furent accumulées dans cet étroit espace, entre Port d'Orange, Quiberon et l'Océan, espérant en vain un secours des Anglais qui ne paraissaient pas. On les maudissait, on les accusait de traîtrise. La tempête avait contraint le commodore Warren à parer de loin la côte. Les vagues grondantes, la brise emportant les bruits au nord-est, la vue bouchée le laissaient encore ignorant du désastre. Les goélettes mouillées dans le havre de Lantivy étaient impuissantes. La grosse houle et surtout le vent contraire, le manque d'espace pour louvoyer, les clouaient là. Au reste, dehors elles se fussent infailliblement brisées sur les écueils. Les éléments interdisaient toute tentative de mettre en mer sur la côte ouest. Les deux petits navires ne pouvaient rien pour les royalistes, sinon canonner la colonne d'Humbert progressant sur le littoral, et s'y employaient activement — sans grand résultat, d'ailleurs.

Puisaye venait d'écrire à Warren. Un chouan, intrépide marin, se chargea de porter le message. Partant du rivage abrité, avec le vent arrière, sa barque disparut bientôt dans le moutonnement des vagues. Une heure s'écoula. Pendant ce temps, à Mané-Meur et en avant de Quiberon, Sombreuil, avec sa troupe à laquelle se ralliaient des restes épars de la première division, reculait pied à pied devant Hoche et Rouget de Lisle. Comme leurs forces se limitaient à sept cents grenadiers, il les refoulait quelquefois par d'énergiques coups de boutoir; mais, menacé sur ses flancs par l'avance de Grouchy à droite, d'Humbert à gauche, qui se réuniraient derrière lui, il lui fallait toujours battre en retraite. Vers neuf heures du matin, son front s'étendait entre Quiberon et Port-Haliguen où Puisaye, à cheval sur la plage avec quelques officiers au milieu de la foule, attendait l'escadre. Sombreuil vint l'avertir qu'il ne pourrait plus résister longtemps.

« J'ai déjà envoyé un message au commodore, il y a une heure, dit le général. Sans résultat, vous le voyez.

— Il faut en expédier un autre, immédiatement. Cela presse. Si les Anglais ne se décident pas, tout ce qui est ici sera massacré.

— C'est bon, j'irai moi-même. »

Ayant pris cette singulière résolution, Puisaye se fit apporter les paquets enfermant sa correspondance, car elle eût, en tombant aux mains de l'ennemi, compromis toute la Bretagne, puis il s'embarqua sous les yeux de la multitude. Elle sut très vite qui partait ainsi, et se mit à pousser des cris de rage.

Quoi! non seulement les Anglais ne se montraient pas, mais encore le chef de l'expédition s'enfuyait! Les paysans hurlaient des imprécations, des femmes se roulaient sur le sable, des soldats jetaient leurs armes en déclarant qu'ils ne combattraient plus pour des lâches. Les officiers eux-mêmes jugeaient sévèrement Puisaye, et, démoralisés, perdaient courage. Sombreuil s'efforça de raffermir tout ce monde en proclamant qu'à sa demande le général allait hâter l'arrivée des secours. Mais personne n'avait plus confiance. On se rua sur les quelques chasse-marée à l'échouage, on les tira, les poussa jusqu'au flot, on se battit pour monter dedans. Plusieurs, mal dirigés, tombèrent par le travers aux lames et chavirèrent.

Sombreuil était retourné à son poste. Il trouva Vauban, qui le suppléait, sur le point de se voir encerclé dans Port-Haliguen. Ils se dégagèrent par une furieuse charge à la baïonnette, bousculèrent Grouchy et coururent, sans tenir compte des objurgations de Contades, s'enfermer dans le Fort-Neuf dont la bâtisse blanche et trapue commandait la plage. Contades disait vrai : ce fortin ne possédait qu'une batterie disposée pour défendre l'entrée de la baie. En revanche, les cartouches ne manquaient pas dans le magasin aux poudres. Une fusillade nourrie tint en suspens l'avance des républicains, tandis qu'enfin les voiles anglaises paraissaient à l'est. Toute la flottille des petits navires se dirigea vers la côte, en louvoyant contre la brise sous le plus possible de toile. Deux 60 suivaient. Il allait être le quart avant dix heures. Le ciel se découvrait. Par moments, le soleil caressait le rivage grouillant où s'alignaient çà et là, sur leurs civières, les blessés évacués de l'hôpital de Quiberon, et parmi eux d'Hervilly mourant.

La mer continuait à s'apaiser, trop lentement, hélas. Elle interdisait encore l'approche immédiate de la grève, même aux bâtiments les plus légers. La flottille et, au-delà, les 60, mirent à l'eau toutes leurs embarcations, cependant qu'ils ajoutaient leur feu à la mousqueterie de Sombreuil afin de tenir les bleus à distance. Mais si les bordées des deux vaisseaux frappaient bien l'ennemi sur les hauteurs, les boulets des chaloupes canonnières, ballottées par les vagues, atteignaient parfois la foule, augmentant le péril et la confusion. Des gens terrifiés, s'avançant dans le flot pour fuir les projectiles, étaient emportés par les lames. D'autres s'y jetaient, espérant gagner à la nage les navires, car les chaloupes, les canots ne pouvaient emmener tout le monde à la fois. On s'entre-tuait pour y entrer. Des grappes de malheureux s'accrochaient à ces embarcations déjà surchargées; il fallait leur faire lâcher prise à coups d'aviron, voire de sabre. Et jusque dans les bateaux, jusque dans la mer parsemée de têtes, les balles des tirailleurs égaillés sur les falaises poursuivaient encore les fugitifs.

Les marins anglais recueillirent quelque mille huit cents personnes. Il en restait plus de trois mille sur la plage quand, vers onze heures, les munitions du fort épuisées, Sombreuil descendit pour tâcher d'évacuer ses hommes. Brûlant ses ultimes cartouches, il réussit à en embarquer quelques-uns, puis les bleus s'avancèrent de toute part et, tandis que les dernières chaloupes s'éloignaient à force de rames, ce fut le corps à corps désespéré, où l'infériorité du nombre ne laissait aucune chance. Saisis d'admiration, de pitié, les républicains criaient à ces acharnés de se rendre. Sombreuil hésita. « Posez vos armes, on ne vous fera rien. Vive les braves ! » clamaient des grenadiers en agitant leurs bonnets à poils.

« Vous n'allez pas capituler sur de si vagues assurances! s'exclama Vauban.

— Que puis-je? Commander à chacun de se jeter à l'eau?

— Parbleu! Je vais le faire, pour ma part, et vous me suivrez si vous m'en croyez. Nous en sommes au sauve-qui-peut. »

Pressant les éperons au ventre de son cheval, il sauta dans la houle. D'autres émigrés l'imitèrent. Plusieurs furent atteints par des balles. Contades nageait à la poursuite d'une chaloupe et allait se noyer, lorsqu'il fut secouru par un nègre.

« Rendez-vous! Vous serez prisonniers de guerre », assuraient les soldats d'Humbert à la petite troupe demeurée sur la grève. Sombreuil voyait, parmi les bonnets d'ourson et les chapeaux à plumes rouges, deux officiers empanachés de tricolore. Il remit son épée au fourreau, se dirigea vers eux, dit qu'il voulait parlementer. « Arrêtez d'abord ce feu », lui répondit Humbert. Une goélette arrosait de boulets bleus et blancs confondus. Sombreuil envoya un aide de camp qui se lança vers elle à la nage. Peu après, elle cessa son tir. Le comte s'adressa de nouveau à Humbert : « Vos hommes disent-ils vrai? Si nous déposons les armes, serons-nous traités comme des prisonniers?

— Je ne saurais vous répondre là-dessus, monsieur. Si vous le désirez, je puis vous conduire au général en chef. »

Hoche se tenait en haut de la plage avec l'état-major. Il accueillit courtoisement cet adversaire, de quelques mois son cadet, dont la surprenante beauté le frappa, devait-il raconter par la suite; mais il ne lui donna aucune garantie. Il promit seulement de demander que les lois de la guerre fussent appliquées aux combattants de Quiberon. Tallien et Blad arrivant alors, il leur présenta le jeune chef royaliste. Celui-ci plaida auprès d'eux la cause de ses compagnons. Avec générosité, il offrit sa vie en rançon de la leur.

« Je ne puis prendre aucun engagement, lui répondit Tallien. Il appartient à la Convention de décider. Il faut combattre ou vous rendre sans conditions. »

Combattre! Il n'y en avait plus la moindre possibilité. Sombreuil déboucla son épée et la remit entre les mains de Tallien; puis, revenant vers ses aides de camp, il donna l'ordre de faire déposer les armes à tout ce qui restait de l'armée catholique et royale.

V

Le jour même, Tallien, laissant Blad sur place, partait pour Paris après avoir rendu la liberté à trois mille femmes et enfants de chouans. Il arriva le 8 thermidor — le 26 juillet —, en même temps qu'une dépêche de l'agent diplomatique Barthélemy. La paix avec l'Espagne venait d'être signée à Bâle par Yriarte et lui. Voulant en finir avec ces négociations qui traînaient, le Comité de Salut public avait ordonné au général Moncey de reprendre l'offensive. Voyant l'armée des Pyrénées occidentales enlever en deux jours Bilbao, Vittoria, investir Pampelune, menaçant toute la Biscaye, Godoy s'était hâté d'abandonner les Bourbons de France. La République triomphait donc doublement : d'une part, l'expédition anglo-émigrée se trouvait anéantie; d'autre part, les royalistes ne pouvaient plus espérer aucune intervention espagnole.

Le 9 thermidor, la Convention devait célébrer l'anniversaire de la journée mémorable où elle avait abattu Robespierre et son parti. Ce fut l'apothéose de Tallien. Dans la longue salle verte et jaune, les députés portant tous l'uniforme des représentants en mission faisaient face aux ambassadeurs installés dans la galerie dominant l'estrade présidentielle. Muscadins et Merveilleuses, parmi lesquelles trônait la belle Thérésa, *Notre-Dame de Thermidor*, emplissaient les tribunes. Un orchestre et des chœurs s'étageaient sur les gradins dans les arcades latérales. Ils exécutèrent les chants patriotiques habituels, puis un hymne écrit pour la circonstance par Marie-Joseph Chénier, redevenu le poète officiel de la République. On entendit ensuite Courtois, le collègue de Danton, auquel avaient été remis les papiers des vaincus du 9-Thermidor an II, lire un long rapport. Naturellement, l'artificieux Courtois accabla les « triumvirs » et exalta l'héroïsme de leurs vainqueurs. Il rappela que Tallien, debout à cette même tribune, s'était écrié : « J'ai vu hier aux Jacobins se former l'armée du nouveau Cromwell, et je me suis armé de ce poignard pour lui percer le sein si la Convention n'a pas le courage de le décréter d'accusation ! » Mais, si courte qu'on eût la mémoire, l'ancien « Marais » ne pouvait pas ne se point souvenir d'avoir longtemps soutenu Robespierre contre les « hommes perdus » qui s'entre-glorifiaient aujourd'hui. En revanche, hormis les Rovère, les Aubry et quelques autres royalistes désolés par le désastre de Quiberon, l'Assemblée se félicitait de cette victoire sur l'absolutisme. Aussi Tallien fut-il applaudi sans réserve lorsqu'il gravit les marches de la tribune pour faire son rapport sur ces événements.

Il les décrivit avec sobriété, louant l'habileté de Hoche, puis en nota les résultats : un matériel considérable saisi, mille cinq cents émigrés capturés, autant de chouans et six mille hommes de troupes. Un recensement hâtif faussait un peu les chiffres ainsi fournis. En réalité, une fois les femmes et les enfants libérés, restaient au total quatre mille huit cent soixante-neuf prisonniers. A leur sujet, Tallien conclut froidement au nom du Comité de Salut public : « Il existe des lois contre les traîtres, nous demandons qu'elles soient appliquées. »

On en avait longuement débattu, la veille, au pavillon de Flore. Hoche, remplissant sa promesse, écrivait : « Il serait cruel et impolitique de songer à détruire cinq ou six mille individus qui ont été entraînés à Quiberon par la terreur ou le prestige. » Il conseillait de traiter les chouans et les émigrés selon les usages de la guerre. Dans le Comité, les ultra-thermidoriens incitaient leurs collègues à l'indulgence; mais leurs intentions étaient suspectes. La majorité ne se montra cependant pas impitoyable pour tous. On décida de distinguer les coupables et les égarés. Les chouans seraient renvoyés chez eux, sauf les chefs, fauteurs du soulèvement. Pour les troupes recrutées à Londres, on en considérerait les soldats comme entraînés dans une aventure dont ils ne mesuraient pas la portée. On disperserait dans les armées de la république ceux qui voudraient y servir. Quant aux véritables émigrés : les régiments à cocarde noire et tous les officiers, les uns et les autres combattant avec obstination leur patrie, depuis trois ans, partout où ils en trouvaient l'occasion, on ne pouvait les épargner. Ils seraient jugés, avec les chefs chouans, par une commission militaire réunie à Vannes.

Le soir, au sortir de la Convention, le ménage Tallien donna un grand souper dans sa « chaumière » du ci-devant Cours-la-Reine, achetée à la Raucourt après la libération des « princesses de théâtre ». Claude et Lise avaient été invités avec les Naurissane. Robert Lindet aussi. En vérité, tous les deux n'étaient proscrits que de la Convention. Claude ne se privait pas d'aller à Paris, voir Louvet au Palais-Royal, Cambacérès, Sieyès au café Payen, ou Legendre dans le pavillon même de la Sûreté générale. On le savait de bon conseil, dévoué au seul bien public. On l'écoutait, on l'employait pour renouer avec la gauche si maltraitée et sur laquelle, depuis la proclamation de Vérone, les modérés sentaient le besoin de reprendre appui. Ainsi avait-il réussi à faire élargir Xavier Audouin et son beau-père Pache, le ci-devant ministre Bouchotte, enfin Héron dont l'expérience en matière de police secrète pouvait rendre service dans la lutte contre la conspiration permanente du royalisme. Tous les révolutionnaires s'accordaient maintenant à reconnaître là le véritable ennemi. Sa défaite à Quiberon et à Madrid n'abolissait point le péril. Voilà pourquoi Tallien jugeait bon de rassembler tous ceux qu'il estimait fermement opposés, malgré leurs nuances, à l'ancien régime.

Par cette chaude soirée de juillet où la lumière durerait encore plusieurs heures, la table était dressée dans le jardin, sous un vélum de toile à rayures jaunes et blanches, entre les ombrages des Champs-Élysées et ceux du Cours, parmi les bosquets pleins d'oiseaux. Outre les banquiers, compagnons ordinaires des Thermidoriens — le très suspect Perregaux, Hamelin et sa femme, l'une des Merveilleuses les plus osées qui portait une robe de mousseline quasi transparente sur un maillot couleur chair —, on voyait là Fréron retourné au républicanisme, coquetant avec la citoyenne Beauharnais, Babet Sage, belles amies de Barras, le gros Legendre accompagné de Mlle Contat, l'austère Sieyès et le majestueux Cambacérès, Lanjuinais avec son pur profil de médaille, Louvet et sa chère Lodoïska, Kervelgan, La Révellière-Lépeaux, le front bas sous la frange des cheveux, le nez bossu comme le dos, le sage Daunou, Durand-Maillane, Boissy d'Anglas, *Merlin-Suspects*, l'élégant Marie-Joseph Chénier. En somme, les rescapés de l'ex-Montagne, de l'ex-Gironde et les hommes de l'ex-Marais qui avaient traversé sans risque toute la Terreur.

Ce repas politique rappelait à Claude les banquets des Dantonistes et des Girondins, chez les Roland au ministère de l'Intérieur, chez Dumouriez, plus tard au café Procope, et aussi l'ultime rencontre de Robespierre avec Danton à la table de Panis, dans l'ancienne maison de Santerre à Charenton. Mais les circonstances étaient bien autres. On ne se réunissait pas, aujourd'hui, pour tenter désespérément de s'entendre. On se réunissait parce qu'on s'entendait sur l'essentiel. Tous ici, depuis Claude et Lindet — les plus à gauche — jusqu'aux monarchistes de penchant, comme Lanjuinais, Boissy, voulaient également préserver les principes de 89 et les conditions de la liberté, c'est-à-dire la représentation nationale et la séparation des pouvoirs. Dès lors, que l'exécutif fût confié à un président, à un monarque constitutionnel élu, ou bien à un collège n'importait pas considérablement.

Comme Lanjuinais lui confiait entre haut et bas : « La monarchie constitutionnelle est la seule forme viable et durable de république », Claude répondit : « Je l'admettrais, mais vous ne trouverez pas de monarque, — à moins de faire roi Cambacérès ou Sieyès », corrigea-t-il avec malice.

Au dessert, Lanjuinais se leva. Il salua leur belle hôtesse et lui demanda la permission de « boire à la santé des députés courageux qui ont abattu la tyrannie, le 9-Thermidor ». Tallien répliqua en portant un toast : « Aux Soixante-Treize, aux Vingt-Deux, à tous les députés victimes de la Terreur ! » La phrase ne manquait pas de saveur, venant d'un homme qui n'avait pas peu contribué à la proscription des premiers, à la mise hors la loi des seconds, à la mort de Manon Roland et de son vieux mari, de Gorsas, Vergniaud, Brissot, Valazé, Gensonné, Fonfrède, Ducos, de l'abbé Fauchet, et aussi de Pétion, de Buzot dévorés par les loups, de Barbaroux, de Guadet. Mais pour vivre il faut oublier. Sagement, leur ami Louvet, seul rescapé de l'odyssée en Guyenne, laissa dormir leurs fantômes. Il leva son verre : « A l'union intime des Soixante-Treize et des Vingt-Deux avec les auteurs du 9-Thermidor! »

Claude l'approuva en regrettant que Louvet n'eût pas, trois ans plus tôt, incliné ses amis rolandistes et brissotins à la même sagesse envers Danton. Que de sang épargné! Il était bien temps, enfin, pour la raison de l'emporter sur les rancunes. C'est pourquoi Claude s'étonnait un peu de ne point apercevoir ici Fouché. Lui aussi, il avait été, en coulisse mais d'une façon assez efficace, un artisan du 9-Thermidor. Barras, interrogé comme on quittait la table dans le crépuscule où s'allumaient les lanternes multicolores, répondit avec son rocailleux accent : « Fouché, bah! c'est un homme fini. Les accusations pleuvent sur lui de tous les côtés, de Nevers, de Moulins, de Lyon. Il sera décrété sous peu. »

Il le fut en effet, treize jours plus tard, à la fin d'une séance que la Convention prolongea fort avant dans la nuit. On accusait Fouché d'abus de pouvoir, de malversations au cours de ses missions en province. Verneret, son successeur dans l'Allier, déclara l'imputation forgée de toutes pièces, et Merlinot cita les noms de gens payés par les royalistes du cru pour témoigner contre l'ex-proconsul. Il fallut abandonner ce cheval de bataille. Alors on attaqua Fouché sur sa conduite juste avant le 9-Thermidor. Legendre, Tallien lui-même le défendirent. Ils signalèrent les services rendus par le député de Nantes dans la lutte contre Robespierre. Au mépris de toute vérité, Boissy d'Anglas répliqua : « Fouché n'a point eu de part au 9-Thermidor. » Assurément, il ne s'était pas montré à la Convention durant cette journée. A vrai dire, personne n'avait eu autant de part au 9-Thermidor que Maximilien lui-même, hélas! Néanmoins, en excitant contre lui les trembleurs, en minant le sol sous ses pas, l'insidieux albinos avait, à sa façon, rendu possible un assaut inimaginable même après l'offensive du ridicule menée par Vadier. Présent à la séance, Claude eût expliqué cela, — pour rien. Il le comprit en poursuivant la lecture du *Moniteur*. Elle lui arracha une exclamation : « Ce Boissy, quel imbécile, décidément!

— Quoi donc? » fit Lise en train de chiffonner avec sa sœur sous la tonnelle où le petit Antoine dormait dans son moïse, tandis que Claude lisait les gazettes.

« Écoutez Boissy d'Anglas : *Fouché n'a point eu de part au 9-Thermidor ; cette journée fut trop belle pour avoir été déshonorée par son secours !...* Nous en sommes là : Billaud-Varenne, Collot d'Herbois, Vadier, Fouché ne sont pas les auteurs du 9-Thermidor, ni moi sans doute; mais les " honnêtes gens " seuls. Bientôt, s'il n'y prend garde, Tallien lui-même n'en sera plus. Et voilà Lesage, le bien mal nommé, qui vend la mèche : *Vous ne devez faire grâce à aucun des brigands de l'ancienne Montagne ; vous devez empêcher qu'ils ne puissent entrer dans le corps législatif qui vous succédera ; c'est pourquoi je demande l'arrestation de Fouché !...*

— Qui est ce Lesage? s'enquit Lise.

— Un membre de la Commission des onze. Un bélître. Mais il nous donne là, à nous, " les brigands ", un avertissement bon à retenir.

— Personne ne te compte parmi les " brigands ", mon ami!

— Bah! dit Thérèse, on ne veut pas de vous dans les prochaines assemblées; eh bien, que vous chaut, Claude? N'avez-vous pas votre soûl des affaires? et ne serait-il pas temps de vous soucier des vôtres? Vous êtes père de famille, à présent.

— Ma sœur, je ne m'obstinerais point aux affaires publiques si je savais les laisser en bonnes mains. Celles d'un Boissy d'Anglas, d'un Lesage ne sont assurément pas telles. Aussi suis-je fort résolu à ne point quitter la place aux ci-devant crapauds du Marais. En l'an II, ils se gardaient de coasser. Aujourd'hui, on n'entend plus qu'eux, et ils prétendent régenter la France. Cela ne se passera pas ainsi. »

Évidemment, pour le cher et respectable évêque Grégoire, pour le gallican mais très catholique Lanjuinais, pour l'honorable Daunou, ancien oratorien lui-même, Fouché, autrefois professeur de l'Oratoire, porterait toujours la flétrissure de son athéisme, de ses arrêtés déchristianisateurs, comme il la portait aux yeux de Robespierre. Quant aux infiniment moins honorables et respectables Boissy d'Anglas, Lesage, Laurenceot, Bion et autres acharnés contre Fouché, ils ne lui pardonnaient pas ses atteintes à la sacro-sainte propriété, les contributions patriotiques levées sur les riches Nivernais, son « impôt progressif », sa collusion avec Gracchus Babeuf durant l'hiver dernier, sa méfiance envers une constitution mijotée par des bourgeois. On le savait habile à tramer dans l'ombre, on soupçonnait son influence souterraine dans les soulèvements de Germinal et de Prairial. La droite et le centre avaient craint, certainement, qu'il ne ranimât les ferments de l'hébertisme encore vivaces dans le peuple frustré et mécontent. A deux heures du matin, le 23, au milieu d'une agitation croissante, le décret d'arrestation avait été porté, « à une grande majorité, contre le citoyen Fouché de Nantes ».

En lisant ces mots, Claude s'imagina Fouché à la Conciergerie. Pas du tout. Protégé par Tallien, ou Barras, ou Legendre, ou par son ami Méaulle, membre du Comité de Sûreté générale, il était toujours en liberté le 25, et il publiait une *Lettre à la Convention*, dans laquelle il évoquait le rapport du Comité de législation concluant à son innocence. La vérité, déclarait-il, avait été « étouffée par les rugissements des passions reluctuantes et furieuses ». Il ajoutait, franchement et habilement à la fois : « Mes ennemis sont les vôtres; ils ne vous préparent pas un meilleur avenir. Ce n'est pas par des sacrifices partiels de la Convention nationale que leurs haines et leurs vengeances s'apaisent. Les rois n'ont point d'amis parmi vous; ils vous revendiqueront tous, les uns après les autres. Ils ne vous pardonneront point les services nombreux que vous avez rendus à la liberté. Ils n'oublieront jamais que vous êtes les fondateurs et les amants passionnés de la république. »

Ce jour même, Claude, quittant ses collègues de la députation limousine, Gay-Vernon et Bordas, avec lesquels il venait de dîner au Carrousel, aperçut Fouché qui parlait à un muscadin de dix-neuf ans, le dénommé Hyde de Neuville, connu comme meneur de la jeunesse dorée. Fouché avait la mine défaite, le teint encore plus incolore que de coutume, le bord des yeux plus rouge. Claude attendit qu'il quittât le blondin à la haute cravate, au chapeau en croissant, et s'avança, demandant : « Ma parole! d'où tiens-tu cet air si affecté?

— Ah! répondit Fouché, tout m'accable! Alors que mes

ennemis ne me laissent aucun répit, le plus grand malheur me frappe. J'ai perdu mon enfant, ma petite Nièvre.

— Mon pauvre ami! Je te plains de tout mon cœur. Il n'y a point de consolation à une peine si déchirante, mais si de savoir ta douleur partagée peut l'adoucir crois bien que j'en prends ma part.

— Je te crois et je te remercie. »

La malheureuse mignonne avait été enlevée en quelques heures par une fièvre muqueuse, au moment où elle atteignait ses deux ans. Et, ajouta-t-il, « ce sont les habitants de la province dont elle portait le nom qui se font mes plus acharnés persécuteurs. Enfin! je viens de rappeler au jeune Hyde mes services. Sans moi, à Nevers, les Enragés locaux l'eussent expédié tout droit à la guillotine. Il en a convenu et m'a promis de calmer ses compatriotes. Ce garçon-là du moins n'est pas un ingrat... Ah! mon ami, soupira l'ancien proconsul, le regard éteint, je suis las de vivre. Ne vaudrait-il pas mieux fuir dans le sein de la nature, si nous devons être successivement les jouets des factions qui nous dévorent et ne travailler que pour le néant, la tyrannie et le crime?

— Ne te laisse pas abattre. J'ai lu ta *Lettre*. Tu as dit à la Convention ce qu'il fallait lui dire. On t'entendra. Les hommes sages connaissent la nécessité pour tous les révolutionnaires de s'unir. La raison finira par triompher.

— Je le souhaite, murmura Fouché en se passant sur le visage une main maigre et belle; mais je vois l'avenir sous un jour très sombre. Nous aurons encore bien des orages à traverser, bien des factions à combattre pour consolider la république. »

On pouvait le penser. Les royalistes n'étaient pas gens à démordre de leur chimère. Il ne fallait plus compter sur l'Espagne. Fort bien. On se rabattrait sur l'Angleterre. On utiliserait son argent, ses ressources, et on la duperait en l'obligeant à servir au rétablissement de la monarchie véritable. Malgré l'échec de Quiberon, Brottier, Lemaître et les conspirateurs parisiens, Antraigues à Venise, la cour émigrée ne renonçaient pas au plan combiné d'invasion et de soulèvement. A Auray, à Vannes tombaient jour après jour, sous le feu des soldats écœurés par cette boucherie, les émigrés stupidement sacrifiés par l'agence. Le jeune Sombreuil, ayant en vain demandé à Hoche de « faire valoir » une capitulation qui n'existait pas, écrivait à sa sœur avant de marcher au peloton : « Bien des gens auront des doutes sur la journée qui nous a amenés ici, étant abandonnés par celui qui nous a mis aux mains de l'ennemi. » Il visait là Puisaye. « J'aurais pu me sauver comme lui; mais, s'il m'avait prévenu, j'aurais tout sauvé et ne serais parti que le dernier. Je succombe par devoir, pour les braves gens qui furent abandonnés. » Et pensant à la belle Mlle de La Blache : « Réunis-toi à celle que j'allais adopter pour compagne et qui réunissait avec toi mes meilleurs sentiments, dis-lui bien que le soin de son bonheur eût été à jamais mon unique objet. Adieu, mon cœur se brise et mes derniers soupirs se portent vers vous... » Charette, par représailles, fusillait deux cents prisonniers bleus. Warren avait débarqué sur Houat les misérables restes de l'expédition. Il attendait les ordres de Londres et Monsieur amené par lord Moira, avec mille autres émigrés plus deux régiments britanniques, pour tenter une descente en Vendée où Pitt espérait substituer Puisaye à Charette. A Bâle, un certain comte de Montgaillard recevait du prince de Condé le billet suivant : « Je vous demande avec instance d'arriver ici le plus tôt possible pour que nous nous concertions sur l'objet de votre mission; je me trouve très heureux que vous vouliez bien vous en charger, car il n'y a que vous qui puissiez déterminer le succès. Comptez à jamais sur ma reconnaissance. » Signé : Louis Joseph de Bourbon. *Ici* voulait dire Mülheim, quartier général du corps de Condé, et la mission consistait à circonvenir Pichegru.

Ce Montgaillard, pas plus comte que Cormatin n'était baron, s'appelait Maurice Rocques, né au hameau de Montgaillard, dans la sénéchaussée de Castelnaudary, en Languedoc : hameau sur lequel son père, officier à la réforme, exerçait des droits seigneuriaux rachetés. Maurice Rocques de Montgaillard, éduqué à la célèbre école de Sorèze, avait ensuite, comme cadet gentilhomme, puis lieutenant, fait la guerre d'Amérique avec le régiment d'Auxerrois où Jourdan était simple soldat. Le marquis de Bouillé commandait cette troupe. Par la suite, devenu agent diplomatique secret, Montgaillard avait organisé avec Bouillé la fuite de la famille royale et milité pour elle jusqu'au 10-Août. A ce moment, il possédait de très vastes relations, non seulement dans le parti royaliste et la haute émigration, mais aussi parmi les révolutionnaires. Il fréquentait notamment Sieyès,

Barère qui, au temps du premier Comité de Salut public, l'envoya en Angleterre. Il y servit la diplomatie secrète de Danton, puis celle de Robespierre, tout en se déclarant contre lui. Connaissant bien l'état des choses et des esprits aux Tuileries, il put dénoncer les divisions des Comités et annoncer la chute prochaine de l'Incorruptible, dans une brochure : *État de la France au mois de mai 1794*, qui lui valut une réputation considérable lorsque ses prévisions se réalisèrent exactement, deux mois plus tard. Depuis, en rapports avec Vérone, avec Antraigues et l'agence de Venise, il se promenait un peu partout en Europe, intrigant-né, ambitieux, cherchant un rôle à la mesure de ses facultés, qui étaient grandes mais anarchiques. A la mi-janvier 1795, il se rendait en Suisse pour voir son imprimeur, quand, sur le Rhin, il rencontra un ancien condisciple de Sorèze, le vicomte de Maccarthy-Levignac, aide de camp de Condé, auquel il le présenta. Engagé par le prince à observer « l'esprit des frontières ainsi que celui de l'armée du Rhin », Montgaillard s'établit à Bâle où il écrivit une nouvelle brochure. Il en avait entre-temps publié deux autres, dont une : *Conjonctures sur les suites de la Révolution française*, contenait les vues les plus remarquables sur l'incapacité des Assemblées nationales successives à sortir de l'anarchie.

A cette époque, les armées de Pichegru et de Jourdan se trouvaient immobiles, face aux armées autrichiennes séparées d'elles par le Rhin. Jourdan tenait le front de Düsseldorf à Mayence; Pichegru, de Mayence à Bâle. Il avait son quartier à Altkirch, petite ville un peu en arrière de la place forte d'Huningue. Le plan soufflé à Condé par les correspondants de l'agence Brottier, en particulier la baronne Reich, nièce du général Kinglin, un Français servant sous les couleurs autrichiennes, consistait à obtenir que Pichegru livrât Huningue. Le prince entrerait par là en France, unirait son corps d'émigrés à l'armée du vainqueur de la Hollande et ils marcheraient ensemble sur Paris.

Au reçu du billet de Condé, Montgaillard s'était rendu à Mülheim. Il retrouva sans plaisir la petite cour de personnages médiocres, inconscients et vains, pour lesquels il éprouvait le plus parfait mépris. Louis-Joseph de Bourbon lui-même, encore très vert à cinquante-neuf ans, d'un courage allant jusqu'à la témérité, lui apparaissait d'autre part comme un bien petit esprit et une âme veule. Son entourage le dominait. Il s'en rendait compte mais ne faisait rien pour secouer ce joug. Personne, à Mülheim, ne doutait que Pichegru n'entrât dans les vues des agences. Il fallait seulement y mettre le prix. Le général aimait les femmes, la débauche. Sa solde, en assignats, ne suffisait pas à satisfaire ses appétits, il ne le cachait point. Pas plus qu'il ne dissimulait son dégoût de la république. Son action, en Germinal, contre les patriotes parisiens montrait de reste ses sentiments. L'abbé Brottier, Lemaître le donnaient pour acquis d'avance. Montgaillard fut chargé de lui transmettre, au nom de Sa Majesté Louis XVIII, les plus opulentes, les plus flatteuses propositions.

Le prétendu comte savait, par l'ambassadeur anglais en Suisse, Wickham, qui le tenait de lord Grenville, qui le tenait du diplomate Hardenberg, qui le tenait d'un ministre allemand, que Pichegru et Merlin de Thionville — *Merlin-Mayence* — passaient à la cour de Prusse pour avoir, en floréal précédent, formé tout un plan afin de porter au trône le petit Louis XVII. Et lui, Montgaillard, n'avait-il pas, dès avril 94, à Ypres, révélé au duc d'York et à l'empereur François II que l'on pouvait considérer le général Pichegru comme gagné au royalisme? Néanmoins, il ne croyait pas l'affaire dans la poche. Ce n'était pas si simple. Il s'en réjouissait, d'ailleurs; les difficultés, les complications convenaient à son caractère et à ses intérêts. Il commença par se faire allouer cinq cents écus de bon argent, puis il prit la poste avec son secrétaire, l'abbé Dumontet, ancien curé de Montgaillard.

Le lendemain, quittant la grand-route à Soleure, et Bienne dépassée, ils voyaient les maisons jaunâtres de Neuchâtel, étagées sur les pentes, se refléter dans le lac à l'embouchure du Seyon qui traversait la ville. Ils débarquèrent aux messageries. Le comte, un homme de trente-quatre ans alors, grand, brun, s'en alla tout droit chez son imprimeur, le sieur Fauche-Borel, Neuchâtelois plus jeune que lui d'un an. Il descendait d'une vieille famille française réfugiée en Suisse après la révocation de l'édit de Nantes. Libraire, il s'était fait le propagateur de la littérature royaliste, publiant, diffusant par toute l'Europe au moyen d'un vaste réseau de correspondants. Le fameux manifeste du duc de Brunswick était sorti de ses presses. Montgaillard le jugeait très propre à prendre contact avec Pichegru : besogne d'agent subalterne, dont il n'entendait pas se charger en personne. Il se réservait le rôle de négociateur.

Fauche-Borel accepta la commission. Rien ne coûtait à son zèle. Il s'adjoignit un compatriote d'âge et d'expérience, Courant, qui avait été pendant quatorze ans l'homme d'exécution du grand Frédéric. Munis de passeports et des papiers nécessaires pour voyager en France comme négociants suisses acheteurs de biens nationaux, ils partirent le 13 août, 26 thermidor, lendemain du jour où Claude avait rencontré Fouché sur le Carrousel. Ils franchirent sans difficulté la frontière et atteignirent Altkirch dans la journée. Montgaillard avait gagné Bâle pour y attendre les événements.

La toute petite ville d'Altkirch — plutôt un village bâti en amphithéâtre sur une colline dominant les eaux claires de l'Ill — regorgeait d'uniformes. L'état-major, les divisionnaires, les aides de camp, les officiers et les secrétaires venus avec Merlin de Thionville et les trois autres représentants en mission à l'armée du Rhin, encombraient maisons et auberges. Partout on ne voyait que panaches bleu, blanc, rouge, ceintures tricolores, revers dorés. On n'entendait que voix martiales, batteries de tambours, sonneries de trompettes, hennissements, roulements de fers sur le sol caillouteux. C'était un perpétuel mouvement d'estafettes, d'escortes accompagnant des généraux, de généraux accompagnant les représentants, de représentants et de généraux accompagnant le général en chef. Tout ce monde allait, venait, partait, rentrait. Les deux faux négociants eurent bien du mal à se loger. Deux jours plus tard, Fauche-Borel perdait espoir de parler à Pichegru, toujours entouré. « Mais si, dit Courant. Il n'est que de nous placer sans cesse sur son passage; nous arriverons bien ainsi à fixer son attention. »

Il y fallut la semaine entière. Pichegru avait peu à peu remarqué la longue figure chevaline de Fauche, qui se présentait constamment à ses yeux. Une telle persistance ne provenait sûrement pas du hasard. Il ne tarda pas à comprendre qu'il s'agissait d'un émissaire royaliste, mais il ne pouvait le recevoir ici. Un matin, sortant de son quartier et voyant ce personnage près de lui, il dit tout haut : « Eh bien, en selle, citoyens. Nous allons à Huningue. » Quoique le temps menaçât, Fauche-Borel partit à pied, bientôt dépassé par la brillante cavalcade. En trois quarts d'heure il atteignit la porte de France, franchit le pont-levis au milieu des allants et venants. Au poste, sous la voûte, il s'enquit de l'endroit où l'on voyait le général Pichegru.

« Il passe une revue sur la place d'armes », répondit un sergent. Fauche s'y rendit et, se frayant un chemin parmi les curieux qui regardaient manœuvrer la troupe, s'approcha le plus possible de l'état-major groupé dans le saillant. Pichegru reconnut la longue figure pâle. Le défilé terminé, il annonça aux représentants, à voix très haute : « Je vais dîner chez Mme de Salomon. Venez donc avec moi, citoyens. » Ce renseignement laissa le libraire perplexe.

« Ah bah! s'exclama-t-il, quelle est donc cette dame pour que le général convie tous ces hôtes chez elle?

— Vous n'êtes pas d'ici, il paraît, l'ami, répondit son voisin en ouvrant un grand parapluie blanc. Mme de Salomon, c'est la bonne amie du général, tout un chacun sait cela. Lui et ses officiers ou ses estafettes ne cessent de parcourir la route conduisant au château. »

De larges gouttes étoilaient la poussière, dispersant les badauds. Fauche-Borel trouva un voiturier et lui commanda de le mener chez la dame. Elle habitait une grosse maison bourgeoise, sur une éminence au pied de laquelle se tapissait un hameau. Fauche s'y fit arrêter à l'auberge, mangea pour donner à Pichegru le loisir d'achever son dîner, puis gravit la colline. Il pleuvait à verse. Au château, le visiteur fut introduit dans un vestibule lambrissé, dallé de noir et blanc où il attendit, écoutant un bruit de voix sur lequel tranchait parfois le timbre claironnant de Merlin. Le laquais ressortit, suivi par Pichegru tenant sa tasse de café. « Que désirez-vous, citoyen? » s'enquit-il à sa manière un peu brusque.

Selon une tactique mise au point avec Courant, Fauche-Borel se présenta comme imprimeur allant publier un manuscrit de Jean-Jacques Rousseau. Il serait très honoré si l'illustre général consentait à en accepter la dédicace. C'était une ouverture pour permettre à Pichegru de déclarer ses sentiments. Il buvait son café en dévisageant le libraire de ses petits yeux perçants. « Fort bien, dit-il, mais il me faudrait le lire d'abord, car ce Rousseau a des principes de liberté qui ne sont pas les miens. Je serais très fâché d'y attacher mon nom.

— Dans ces conditions, j'ai autre chose à vous communiquer, général.

— Quoi donc? Et de la part de qui?

— Du prince de Condé », répondit Fauche-Borel entre

haut et bas. Pichegru lui fit signe de se taire, et, posant sa tasse sur une console, il emmena l'agent dans une bibliothèque solitaire, dont la pluie battait les vitres.

— Je vous écoute. Que me veut monseigneur?

— S'unir à vous, marcher avec vous pour rétablir la royauté. Il compte sur vous.

— Et il a raison. Mais ce sont là des choses vagues. N'avez-vous rien de plus précis à me dire?

— Non, général. On m'a envoyé vers vous simplement pour prendre contact, pour connaître vos dispositions.

— Eh bien, monsieur, vous les connaissez à présent. Retournez chercher des instructions détaillées. Je vous attends dans trois jours, à mon quartier d'Altkirch. Vous me trouverez seul, à six heures de relevée. »

Le soir même, à Bâle, Montgaillard vit arriver un Fauche-Borel rayonnant qui lui donna l'affaire pour faite. Du moins était-elle bien amorcée. Le comte et l'abbé Dumontet employèrent les deux jours suivants à écrire une belle lettre glorifiant par avance la conduite du général et lui garantissant la gratitude de Sa Majesté. Suivaient les propositions que Montgaillard devait transmettre au nom du roi.

Le général Pichegru serait fait maréchal de France. Il recevrait le cordon rouge, le gouvernement de l'Alsace, le château et le parc de Chambord pour domaine, avec douze des canons qu'il avait enlevés aux Autrichiens, un hôtel de son choix à Paris, un million en argent, plus une pension de deux cent mille livres réversible pour moitié à sa femme, pour un quart à ses enfants et descendants jusqu'à extinction de sa race. Arbois, sa ville natale, serait rebaptisée Pichegru et exemptée d'impôt pendant quinze ans. Pour son armée, on lui offrait la confirmation des officiers dans leurs grades, un avancement à ceux qu'il recommanderait. Il pourrait promettre une pension pour tout commandant de place qui la livrerait, exemption d'impôt pour toute ville qui ouvrirait ses portes, pour le peuple de tout état amnistie entière et sans réserve.

Les conditions étaient très simples : le général au milieu de son armée proclamerait le roi, recevrait dans Huningue le prince de Condé et son corps, puis marcherait avec eux sur Paris. Fauche-Borel fut chargé de les exposer verbalement.

Il n'eut point d'abord à le faire. Reçu par Pichegru, celui-ci, après avoir lu la lettre, observa : « Fort bien, mais qui est ce comte de Montgaillard? Je ne le connais pas. Il dit tenir ses pouvoirs de monseigneur le prince de Condé. Je ne mets point en doute sa parole; il ne trouvera pas mauvais néanmoins qu'avant de m'engager dans une telle entreprise je veuille un mot de monseigneur lui-même m'assurant qu'il approuve ces propositions. »

Fauche reprit la route de Bâle séance tenante, y parvint à neuf heures du soir, mit Montgaillard au courant. Le comte à son tour monta en voiture. A minuit et demie, il était à Mülheim. Le prince dormait. On l'éveilla. Il reçut Montgaillard dans sa chambre, au lit, coiffé d'un madras dont les pointes retombaient comme deux oreilles de lapin et remuaient comme elles, car Son Altesse secouait la tête. Non, non, il n'entendait pas écrire au général Pichegru. A tout prendre, il y avait de la trahison là-dedans, pour la bonne cause assurément, mais de la trahison quand même; un Condé n'y pouvait être mêlé. Montgaillard se garda de remarquer que, depuis Louis Ier de Bourbon jusqu'au Grand Condé, on ne redoutait guère de pratiquer soi-même la trahison, dans la famille. Il raisonna monseigneur. Au bout d'une heure, il obtint qu'une lettre serait envoyée; au bout d'une autre, que le prince la rédigerait de sa main. Mais il ne voulait pas qualifier Pichegru de général. Ne serait-ce pas reconnaître la République! Il ne voulait pas mettre l'adresse, il ne voulait pas apposer son cachet. A sept heures du matin, enfin, il avait consenti à tout et écrit huit lignes confirmant à Pichegru que le comte de Montgaillard agissait au nom de Sa Majesté par délégation de ses pouvoirs, à lui, Condé, et avec son entière approbation.

Le comte repartit pour Bâle, et Fauche-Borel de là pour Altkirch. Pichegru avait servi, douze ans plus tôt, sous les ordres de Condé. Il se flattait de reconnaître son écriture. Il la reconnut, en effet. « Cela suffit, dit-il. Rendez la lettre à Son Altesse. Et maintenant, que veut-Elle? » Fauche exposa les conditions. Le général écoutait, sa figure vulgaire, au gros nez rougeaud, appuyée sur son poing. « Non, dit-il. Cela ne rime à rien. Je ne veux pas être le troisième tome de La Fayette et de Dumouriez. Le plan du prince mènerait droit à l'échec. En quatre jours, Huningue serait repris, et moi perdu en deux semaines. Ce n'est pas du tout ainsi qu'il convient d'agir. »

Il développa son propre dessein. D'abord procéder à un tri dans son armée. Elle comprenait des monarchistes et des républicains convaincus, — il disait des *braves gens* et des *coquins*. Il éloignerait les seconds en leur assignant des postes « où ils ne peuvent nuire, et où leur position sera telle qu'ils ne pourront pas se rejoindre. Je placerai dans les forteresses des officiers sûrs, pensant comme moi. » Alors il franchirait le Rhin avec les braves gens, proclamerait le roi, arborerait le drapeau blanc, se réunirait au corps de Condé. Ils passeraient ensemble le fleuve pour rentrer en France, accompagnés par un puissant contingent de troupes autrichiennes qui occuperaient solidement, au nom du roi, Huningue et les places fortes livrées par les officiers. Ainsi, les derrières bien assurés, Jourdan fixé par les Impériaux, on marcherait sans crainte sur Paris. Il pensait y parvenir en quatorze jours, constamment grossi de tout ce qu'il y avait de royaliste dans les départements et les autres armées. « Mais il faut que vous le sachiez, précisa-t-il, pour le soldat français la royauté est au fond du gosier. Il faut, en criant : « Vive le Roi ! » lui verser du vin et lui mettre dans la main un écu. Il faut que rien ne lui manque dans le premier moment. Il faut solder mon armée jusqu'à sa quatrième ou cinquième marche sur le territoire français. Allez rapporter tout cela au prince, et donnez-moi ses réponses. »

Ce plan infiniment plus sérieux, très redoutable pour la république, offrait en outre à Pichegru l'avantage de ne consommer sa trahison qu'une fois en sécurité de l'autre côté du Rhin, au milieu des armées impériales. Ici, il devait compter sur une forte résistance des républicains, nombreux autour de lui, et des représentants. Sans doute, le moustachu Merlin de Thionville avait-il désiré une restauration monarchique, avec Louis XVII et un conseil de régence dont il eût fait partie. Une restauration royaliste avec Louis XVIII, c'était une tout autre paire de manches. Or Merlin et ses collègues exerçaient l'autorité suprême sur les troupes. Ils les lanceraient sans hésitation contre le général en chef. Et Jourdan, toujours sans-culotte, se trouvait à portée de les renforcer rapidement. A tous égards, il ne pouvait être question pour Pichegru d'adopter le plan de Condé.

Il ne pouvait pas non plus être question pour Condé d'adopter le plan de Pichegru. Car la même interdiction formelle, diffusée par l'agence de Paris et émanant de Louis XVIII en personne, qui avait paralysé Puisaye à Quiberon, imposait au prince de repousser toute action directe avec les Impériaux. Le prétendant se défiait autant de Thugut et de François II que de Pitt. Ni un soldat anglais ni un soldat autrichien ne serait introduit dans le royaume de France par les émigrés fidèles à la monarchie légitime. Montgaillard dut répondre au général qu'il ne fallait pas franchir le Rhin, mais proclamer sur place Louis XVIII, ouvrir Huningue aux troupes royales et ne s'associer aucune force impériale, fût-ce la plus minime. Pour l'argent, on mettrait deux millions en numéraire à sa disposition.

Pichegru répliqua que se serait un suicide. Pour sa part, il n'entrait nullement dans ses intentions de se suicider. Montgaillard insista auprès du prince. Il n'en obtint rien. Le comte voyait se confirmer ses prévisions quant aux difficultés de l'entreprise. Ne concevant pas les motifs de Condé, il attribuait à la petitesse d'esprit ce qu'il considérait comme un absurde entêtement à faire seul la restauration. Ce n'était pas que Condé voulût la faire seul, puisqu'il en partagerait la gloire avec Pichegru; c'était que Louis XVIII ne voulait point la laisser faire, à leur façon, par des étrangers.

Déçu, las d'aller et venir, Fauche-Borel abandonna. Courant fut chargé d'entretenir la liaison avec Pichegru; mais il n'existait plus, pour le moment, aucun espoir de s'accorder. Et, pendant ce temps, à Paris les événements se précipitaient, accentuant chaque jour la division entre thermidoriens et royalistes.

L'exécution massive des émigrés, à Vannes, à Auray, où les commissions militaires, acquittant deux mille neuf cent dix-huit soldats et mille deux cents chouans, envoyaient méthodiquement à la mort les sept cent cinquante et un autres prisonniers, indignait ceux qu'avait consternés le désastre de Quiberon. La fleur de la noblesse tombait jour après jour sous les balles des pelotons. Les royalistes, les émigrés rentrés hurlaient de voir les leurs décimés de la sorte. Ils s'en prenaient à Tallien. Ils affectaient de croire à une capitulation conclue par Hoche et que Tallien aurait ensuite déniée pour requérir l'application de la loi. Lacretelle jeune — ainsi nommé pour le distinguer de son frère, également écrivain et journaliste — ayant exprimé à la belle Thérésa la douleur des royalistes modérés, n'en put obtenir que des larmes. Mais il raconta qu'elle regrettait de n'avoir pas été présente à Quiberon. Propos absurde. Sa présence n'eût rien changé, la décision n'appartenant pas à son mari. On n'en partit pas moins de là pour répandre le bruit qu'indignée elle aussi par l'hypocrisie et la férocité de Tallien elle allait divorcer. Tallien répliqua, de la tribune même, en dénonçant les séides de la droite extrême. « Ils ont, déclara-t-il, des espions jusque chez les représentants du peuple; ils ne respectent même pas les liens les plus sacrés. » La guerre était ouverte entre les alliés d'un moment.

« Cela devait arriver nécessairement, disait Claude à Tallien, à Barras et à Louvet. Pas plus que tu n'as pu, mon cher Jean-Baptiste, t'entendre avec Puisaye à Caen, vous ne pouviez vous entendre longtemps avec des gens qui sont nos ennemis de toujours, les dignes frères des *noirs* de la Constituante, les Cazalès, les Dambly, les Mirabeau-Tonneau. On revient enfin à la logique après une année de confusion. »

Pour se renforcer, la majorité thermidorienne retournait de plus en plus vers la gauche modérée. Tout en faisant le procès de Joseph Lebon, le farouche proconsul d'Arras, on libérait les « terroristes » qui n'avaient pas de sang sur les mains. On les appelait « patriotes de 89 ». Et l'on s'empressait d'établir une constitution qui mettrait le pays à l'abri des fureurs royalistes comme des retours de l'hébertisme. Quoique toujours décrété en principe, Claude jouissait d'une complète liberté, comme Lindet, Fouché, Panis retiré à Charenton, Sergent, beau-frère à présent du général Marceau et revenu de Suisse où il s'était réfugié après Prairial, Cambon lui-même que la Sûreté générale laissait parfaitement tranquille rue Saint-Honoré.

Ainsi que Rœderer, l'ancien procureur-syndic du département de Paris, maintenant libelliste et très lié avec Tallien, Claude allait officieusement à la Commission des onze, siégeant dans l'aile gauche du palais national. Cambacérès, Merlin de Douai y venaient parfois. Sieyès avait refusé d'en faire partie. Il possédait son propre projet, bien au point, et comptait le présenter directement à la Convention. Souveraine, la commission pouvait entendre qui bon lui semblait. Or Boissy d'Anglas, Lanjuinais, Durand-Maillane, Lesage, formant au milieu de leurs collègues un parti monarchique, voulaient comme Claude confier le pouvoir exécutif à un président. L'expérience de Mounier, son républicanisme bien connu influeraient, pensaient-ils, sur les autres commissaires, tous opposés au système présidentiel. Lanjuinais, Boissy ne désiraient un président qu'afin de le métamorphoser par la suite en monarque, et la république en monarchie à l'anglaise. Louvet ne prenait pas le change. C'est pourquoi, très favorable d'abord aux *Principes d'une Constitution* définis par Claude, qu'il avait lui-même publiés, et soutenus dans son journal *La Sentinelle*, il s'en écartait maintenant sur ce point. Il éventa d'un mot, sans avoir l'air d'y toucher, le dessein monarchique.

« Supposez qu'on vous élise, un jour, un Bourbon! »

Tout était dit. Cependant Claude s'accrochait à son projet.

« Ce que tu crains, protesta-t-il, ne serait pas possible, les deux assemblées élisant le président sur une liste de candidats choisis dans leur sein. Comment un Bourbon s'y introduirait-il?

— Eh! s'exclama Thibaudeau, nous avons bien eu parmi nous un Orléans! »

Ce coup-là visait Daunou, assez favorable à une monarchie constitutionnelle avec la branche cadette. Louvet, Creuzé-Latouche — un autre ancien ami des Roland, père adoptif de leur fille Eudora, fidèle lui aussi à leur idéal républicain —, le démocrate Berlier, La Révellière-Lépeaux, Baudin des Ardennes tenaient pour un exécutif à plusieurs têtes. Les uns voyaient deux ou trois consuls, les autres de simples directeurs : trois ou cinq. On débattit durant plusieurs séances. A la fin, Daunou ayant sagement abandonné sa chimère, le principe d'une direction collégiale l'emporta sur la présidence par sept opinions contre quatre. Claude et Rœderer non compris, puisqu'ils n'étaient là qu'à titre consultatif. La minorité s'inclina et collabora de son mieux à organiser l'exécutif au moyen de directeurs.

Cela n'importait guère à Claude. Il voulait essayer — au moins essayer — de remettre en question le fondement de l'édifice bourgeois déjà élevé par la commission. Mais lorsqu'il parla de l'égalité détruite par la distinction entre citoyens actifs et citoyens passifs, tout le monde se récria. La Révellière lui dit : « Laisse là tes idées sans-culottes, nul n'en veut plus. » Et Boissy d'Anglas : « L'égalité, c'est l'anarchie, nous l'avons trop vu. Nous devons être gouvernés par les meilleurs. Les meilleurs sont les plus instruits et les plus intéressés au maintien des lois. A bien peu d'exceptions près, de pareils hommes se trouvent uniquement parmi les propriétaires. Ils sont attachés au pays qui contient leur propriété, aux lois qui la protègent, à la tranquillité qui la conserve; et ils doivent à cette propriété, et à l'aisance qu'elle donne, l'éducation qui les a rendus propres à discuter avec sagacité et justesse les avantages et les inconvénients des lois. Un pays gouverné par les propriétaires est dans l'ordre social, celui où les non-propriétaires gouvernent est dans l'état de nature.

— Mais, objecta Claude, je ne suis pas propriétaire. Louvet, es-tu propriétaire?

— Ma foi, non.

— Ne jouons pas sur les mots, dit impatiemment Lanjuinais. Vous êtes tous deux des citoyens actifs, comme les propriétaires, et parce que vos parents l'étaient vous avez reçu l'instruction qui vous rend propres à gouverner. Ne perdons pas notre temps à revenir sur des choses acquises.

— Au moins, demanda Claude, rendez la propriété accessible au plus grand nombre, et l'instruction aussi.

— Nous n'y manquerons pas, sois tranquille, assura Berlier. Je n'y tiens pas moins que toi. »

En quittant la commission, Claude monta voir Bernard à l'étage au-dessus. Le royaliste Aubry ne dirigeait plus le Comité militaire. Il avait dû en sortir au renouvellement trimestriel. Pontécoulant, officier d'Ancien Régime lui aussi, mais loyal, lui succédait. Bernard, placé à la tête du bureau topographique, y préparait activement une offensive sur le Rhin où Aubry tenait immobiles Pichegru et Jourdan d'une manière qui frisait la trahison. Le plan proposé par Bernard — familier de ce théâtre d'opérations où il avait mis Wurmser en échec et battu complètement le prussien Mœllendorf — consistait à faire franchir le fleuve par les deux armées à la fois, l'une au nord-ouest de Mayence, l'autre au sud-est, pour diviser la résistance. Jourdan passerait le Rhin à Eichelcamp, Düsseldorf et Neuwied. Par une marche hardie entre la ligne de neutralité prussienne et le fleuve, il gagnerait la vallée du

Main. Pendant ce temps, Pichegru, au sud-est, enlèverait Manheim, rejoindrait Jourdan entre le Main et le Neckar. Ils pousseraient en avant toutes leurs forces réunies, de façon à séparer les deux armées impériales commandées par Clerfayt et par le vieux Wurmser. Puis, par une conversion de front, chacun ferait face à son adversaire et l'enfoncerait, Jourdan et Pichegru se renforçant l'un l'autre, ce qui serait interdit aux deux généraux autrichiens. Le plan était audacieux, mais, soutenu par Pontécoulant, il avait plu au Comité de Salut public.

Au bureau topographique, on s'occupait de fournir à Jourdan le nécessaire pour passer le fleuve en force, on dirigeait de Rotterdam vers Düsseldorf une flottille de barques hollandaises, des équipages de pont, de nombreux approvisionnements, car l'armée de Sambre-et-Meuse, durant le temps qu'elle se trouverait entre le Rhin et la ligne de neutralité, ne pourrait vivre sur le pays.

Dans la pièce qui avait servi de serrurerie à Louis XVI, maintenant tapissée de cartons, Claude trouva Bernard travaillant avec un jeune général d'artillerie vêtu d'un mauvais uniforme bleu-noir dont les broderies d'or montraient le cuivre. Comme Claude lui adressait une inclination de tête sans lui prêter plus d'attention, Bernard dit, l'air amusé : « Mon ami, tu as devant toi quelqu'un que tu connais beaucoup sans l'avoir jamais vu. Je suis bien aise de te présenter le général Buonaparté.

— Par exemple! Ma foi, c'est un grand plaisir, général, de saluer enfin le vainqueur de Toulon, l'homme qui a sauvé la république dans le Midi et rendu en même temps le plus précieux service au Comité de l'an II. »

Debout à côté de l'athlétique Bernard, le jeune officier paraissait tout petit, très mince. Ses cheveux lui pendaient de chaque côté du visage, lui mangeaient la figure.

« Citoyen, répondit-il, le vainqueur de Toulon est le représentant Barras, chacun sait cela.

— Allons donc! protesta Bernard. Mon ami Mounier-Dupré siégeait au Comité de Salut public en ce temps-là. Il sait à quoi s'en tenir.

— Parbleu! J'ai lu, citoyen Buonaparté, les lettres que tu écrivais au ministre de la Guerre, Bouchotte, pour réclamer la prise de l'Éguillette, le bombardement de la rade et l'attaque simultanée. Il nous les communiquait; il n'aurait pas pris sur lui de passer par-dessus les représentants en mission. Barras n'a rien fait à Toulon, ni ailleurs, du reste, hormis parler. Au demeurant, ni lui, ni Fréron, ni Saliceti, ni Ricord, ni Robespierre jeune, ni même le brave Dugommier n'auraient pu concevoir que la clef de Toulon se trouvait dans sa rade, et qu'une fois celle-ci sous le feu des canons républicains les Anglais seraient contraints d'évacuer la place. C'était une idée d'artilleur, ça, n'est-il pas vrai?

— Je ne te contredirai pas, citoyen.

— Elle ne plaisait pas trop à Carnot, ni aux officiers de son bureau topographique, tous ci-devant, élevés dans le respect des règles. Ils voulaient un siège classique. Nous autres, sans doute parce que ne connaissant rien à l'art militaire, nous avons été frappés par le bons sens lumineux de ton plan et l'avons adopté aussitôt. Ce dont nous eûmes tout lieu de nous féliciter. Car, en frimaire de cette année-là, si nous n'avions pas eu, juste à point, la prise de Toulon à proclamer bien haut, le Comité Robespierre eût été démantelé sept mois avant le 9-Thermidor. Nos successeurs hébertistes et dantonistes auraient-ils su préparer la victoire de Fleurus? J'en doute. Ceux-là ne pensaient qu'à guillotiner la moitié de la France, ceux-ci qu'à négocier avec les ennemis. Bien probablement, cette victoire d'où découlèrent tous les succès en Belgique et en Hollande, puis la rupture de la coalition, n'aurait pas existé. Tu es donc, général, non seulement le vainqueur de Toulon, mais encore la cause initiale du triomphe de la République française sur les rois conjurés.

— Et moi, dit Bernard, si je ne m'étais inspiré de la façon dont tu as employé à Toulon l'artillerie par masses, je n'aurais pas aidé Jourdan à remporter cette victoire, en contraignant à la retraite les colonnes austro-anglaises et bataves qui allaient rejeter Kléber de Marchienne-au-Pont.

— On n'entend pas sans plaisir pareils éloges, citoyens, dit le petit Buonaparté avec son terrible accent corse. Mais cela me fait davantage sentir la tristesse de ma situation. S'il est vrai que j'aie rendu quelques services, on m'en a singulièrement récompensé.

— Comment ça! Ne t'avons-nous pas nommé chef de bataillon, général de brigade, commandant en chef de l'artillerie à l'armée d'Italie, sur la proposition de Robespierre jeune qui te considérait comme un officier d'un mérite transcendant?

— Sans doute. Après quoi on m'a jeté en prison au fort d'Antibes, justement pour avoir été bien vu d'Augustin Robespierre. On m'a mis ici en demi-solde. Aubry m'a refusé un emploi dans mon arme. Grâce au citoyen Doulcet de Pontécoulant, j'ai pu, depuis peu, entrer dans ce bureau. Mais les réacteurs me persécutent encore : je me trouve devant l'alternative d'aller commander une brigade d'infanterie en Vendée ou de quitter l'uniforme. Eh bien, je n'irai pas en Vendée. Artilleur, je ne commanderai pas des fantassins; Français, je ne me battrai pas contre d'autres Français. Je ne veux pas être obligé de faire ce que Hoche a fait dans la presqu'île de Quiberon. »

Claude considérait le petit officier, son visage maigre, pâle entre les longs cheveux châtains, ses lèvres minces, ses yeux qui brillaient d'irritation. Sous la forme apparemment frêle, on devinait une âme ardente et volontaire. « Je m'expatrierai, poursuivit-il. Le sultan de Constantinople recrute en France des officiers pour réorganiser son armée, particulièrement pour lui constituer une artillerie. Je vais y aller. J'en ai demandé l'autorisation au citoyen Pontécoulant, j'attends sa réponse.

— Je pensais à toi, Claude à ce sujet, dit Bernard. Ne pourrais-tu agir en faveur de Buonaparté, soit pour faire changer son affectation, soit pour appuyer sa demande?

— Hélas, la république ne s'est pas montrée plus juste à mon égard qu'au tien, citoyen général. Si elle ne m'a pas mis en prison, elle m'a décrété. Nous payons tous les deux notre jacobinisme. Je ne suis plus rien et n'ai aucun pouvoir. Cependant, je puis au moins parler de toi à Tallien, à Barras.

— Oh! Barras n'ignore pas ma position. Il me berce de vagues promesses. Il n'entend pas se compromettre pour un officier mal considéré, dont il n'attend rien.

— Laissons Barras. Il y a d'autres puissants du jour. Je tâcherai de les intéresser à ta personne, et si j'ai la chance de t'être utile, je ne me croirai pas encore quitte envers toi. »

Le jeune homme — il avait vingt-six ans — remercia en termes sentis. Bernard tendit alors à Claude un pli prêt pour le cachet. « Veux-tu lire ce que j'écris à l'ami Jourdan? »

C'était simplement une lettre affectueuse dans laquelle il lui annonçait les changements survenus au Comité militaire et la décision de reprendre l'offensive, ajoutant : « Tu trouveras ci-joint les plans et ordres. » La conclusion arrêta davantage l'attention de Claude. « Tiens-toi bien sur tes gardes envers Pichegru, conseillait Bernard. Le plan ne réussirait point, il deviendrait même périlleux pour l'armée de Sambre-et-Meuse si celle du Rhin n'exécutait pas avec zèle et exactitude les mouvements qui lui sont prescrits. Or je me défie de Pichegru. Sans doute l'ai-je moi-même proposé pour le grade de divisionnaire quand je commandais l'armée du Rhin. Je le croyais bon patriote. Mais du jour où il a pris ta succession à l'armée du Nord, ce que tout officier digne de ce nom eût, comme moi, refusé, j'ai compris que c'est un ambitieux sans foi ni scrupules. Maintenant, il ne cache pas ses sentiments royalistes; ils ont paru dans sa conduite ici, en germinal. Un jour ou l'autre, il trahira. Méfie-toi. Entretiens de bonnes liaisons avec son armée, ne t'engage jamais à fond sans être sûr qu'il occupe de son côté les positions prévues. Surtout ne t'avance pas seul entre le Main et le Neckar. Sitôt la Lahn atteinte, ménage-toi toujours la possibilité de faire retraite sur le Bas-Rhin. J'espère que tu vas, une fois encore, te couvrir de gloire, mon ami, et je t'embrasse. »

« Je comprends mal, dit Claude. Tu crains une trahison de Pichegru, par laquelle l'armée de Sambre-et-Meuse serait mise dans une position périlleuse, et néanmoins tu lances Jourdan!

— Il le faut. Si nous ne prenons pas l'offensive, les Impériaux la prendront à partir de Mayence, quand ils y seront préparés. Alors l'occasion de trahir serait bien meilleure pour Pichegru et bien plus redoutable pour nous. Tout ce qu'il peut faire, cette fois, c'est d'exécuter mollement les ordres, de traîner, de paralyser ainsi Jourdan et l'empêcher de remporter une victoire. Dans ce cas, notre ami, suivant mes conseils, ne risque rien. Il en sera quitte pour retraiter, sans danger ni désordre. Mais Pichegru, lui, sera perdu, car il se sera dévoilé aux yeux mêmes de ceux qui ont toute confiance en lui aujourd'hui, et qui ne voudraient rien entendre à mes soupçons sans preuve. Les preuves, il les aura données lui-même. Vois-tu, Claude, mon plan n'est pas seulement un système d'offensive propre à fournir de bons résultats si Pichegru se révèle loyal. C'est aussi un piège qu'on lui tend.

— Je vois. Tu es devenu un vrai Machiavel, mon Bernard. »

VI

La Convention discutait un à un les articles de la Constitution en projet. Réduit à suivre ces débats dans les papiers publics, Claude prenait mal son parti de se taire quand il aurait eu tant à dire là-dessus. La commission l'avait entendu, certes; mais l'Assemblée offrait un bien plus sensible auditoire. Un peu fort, tout de même, d'être exclu de la discussion, quand il s'agit de l'avenir de la France que l'on a, pour sa part, au prix de quels sacrifices, contribué à sauver!

Il tâchait de noyer cette amertume dans les joies intimes dont il jouissait maintenant à loisir. Il avait tout le temps de jouer avec son fils, d'écouter ses gazouillements, de contempler ce bébé si beau, si pur, que sa perfection semblait toujours nouvelle et à peine croyable : cette fraîche miniature à la fois de Lise et de lui. « Je sais à présent, disait-il à sa femme, comment étaient, dans ton enfance, ta jolie bouche et ton ravissant petit nez. Antoine me révèle ma Lison que je n'ai pas connue.

— Oh! mon cher ami, pour sa bouche tu te trompes. Il aura la tienne, comme il a tes yeux. Ils resteront bleu foncé comme les tiens. »

Lorsque Thérèse entendait de tels propos, elle éclatait d'une feinte indignation : « Mais écoutez-moi ça! Croirait-on ces gens mariés depuis six ans! Mais vous donnez dans le dernier ridicule! De mon temps, après six ans de mariage chacun avait déjà changé au moins deux fois d'amant ou de maîtresse.

— Veux-tu dire que vous avez obéi à cet usage, Louis et toi?

— Eh! non! Sans doute étions-nous, quoi que vous en ayez pensé, Claude, révolutionnaires nous aussi.

— Révolutionnaires! Cela, ma sœur, vous ne me le ferez point avaler. Je pense seulement que vous êtes une femme parfaitement bonne, et Louis fidèle à ses affections, comme vous. »

Les épanchements familiaux ne détournaient pourtant pas longtemps Claude d'une préoccupation jamais très éloignée.

On ne rompt pas soudain avec des soucis, avec une activité qui vous ont absorbé jour et nuit, des années durant. Une part de lui-même restait encore au pavillon de l'Égalité, sous le plafond peint, entre les murs blanc et or, autour de la table à tapis vert, où il avait vécu tant d'heures d'une intensité prodigieuse, et aussi dans la salle verte et jaune où se décidait maintenant le destin de la patrie. Lise sentait cette coupure, cette absence et l'irritation permanente qu'il peinait à surmonter, lui si patient. Elle l'aimait toujours davantage, en ce moment avec une nuance maternelle parce qu'il était malheureux au milieu de leur bonheur. Elle se faisait encore plus tendre. Elle l'entraînait dans d'amoureuses promenades à travers les bois criblés de soleil et pleins du bourdonnement chaleureux de l'été.

Auprès de Mme Tallien, de Mme Beauharnais, les manières des Merveilleuses, de la provocante Mme Hamelin, avaient vite appris à Lise tout ce qu'une femme experte sait ajouter de voluptueux à la grâce. Elle ne craignait pas d'en user pour son mari, afin de remplacer, par ce qu'elle pouvait lui donner, ce dont il était privé. Mais, sorti de ses bras, il retournait bientôt à une obsession austère, fort étrangère au plaisir, au bonheur : cette obsession avec laquelle elle le partageait dès les premiers temps, à Limoges déjà. Elle comprenait son inquiétude. La maternité n'avait pas éteint en elle le sentiment patriotique. Elle concevait fort bien que Claude s'échappât pour éplucher les gazettes, jeter sur le papier des notes à l'intention de Gay-Vernon, de Bordas, Louvet ou Tallien, pour aller à Paris voir ses anciens collègues, et elle souhaitait qu'il réussît, par leur canal, à incliner dans un sens plus conforme aux idées généreuses du jacobinisme la constitution en gestation.

Seulement, il se produisait un phénomène déconcertant : la suppression du principe égalitaire établi après le 10 août 93, et le remplacement du suffrage universel par le suffrage censitaire qui ôtait le droit de vote aux citoyens passifs, n'avaient provoqué aucune résistance, pas plus à Paris que dans les départements. Ni les gazettes démocrates, ni les ouvriers des faubourgs, ni les restes des sociétés populaires n'élevaient la moindre protestation. La républicaine *Gazette française* imprimait ceci : « Dans toutes les associations policées, les propriétaires seuls composent la société. Les autres ne sont que des prolétaires qui, rangés dans la classe des citoyens surnuméraires, attendent de pouvoir acquérir une propriété. Ces principes, qui sont à la base de tous les corps politiques existant actuellement sur la terre, ont été entièrement méconnus parmi nous depuis cinq ans. On n'a cessé depuis cette époque de persécuter les propriétaires, et il n'est pas d'efforts qu'on n'ait faits pour mettre les sans-culottes à leur place. » Ces efforts, il fallait bien l'avouer, avaient eu pour tout résultat une anarchie croissante. « Sans doute, disait Claude à Jean Dubon préoccupé lui aussi par la brusque disparition du sens démocratique, sans doute le peuple n'était pas mûr pour participer aux affaires. Nous avons tenté notre expérience, ou plutôt nous y avons été entraînés, avec cent ans d'avance. Grâce à la Révolution, en 1893 le suffrage universel et l'égalité seront choses naturelles. C'est alors que nous aurons gagné la partie. »

L'esprit démocratique subsistait néanmoins dans la Convention. De nombreux représentants proposèrent et obtinrent, comme le souhaitait Claude et comme le demandait Louvet dans *La Sentinelle*, l'abaissement du cens. Trois d'entre eux, même, protestèrent contre la suppression du système égalitaire. Thomas Paine fit lire à la tribune la traduction d'un discours dénonçant la contradiction entre les principes de 89 et le régime censitaire. Lanthenas — encore un ami du ménage Roland — réclama le maintien du suffrage universel, « pour la raison qu'il est impossible de diviser la cité en classes que l'on oppose ainsi l'une à l'autre ». Le député des Vosges, Julien Souhait, un des Montagnards subsistant sur les banquettes vertes, défendit énergiquement la cause du peuple.

« Cette classe d'hommes, dit-il, que l'on appelle prolétaires s'est armée avec enthousiasme pour la liberté commune. Qui, sinon cette classe d'hommes, a vaincu au-dehors? Qui a versé son sang aux monts d'Argonne, à Jemmapes, aux Pyrénées, à Fleurus, aux Alpes, dans le Rhin? Qui a couvert la France des lauriers de la victoire et gravé son nom sur les tables de l'immortalité? Cette classe d'hommes. Sans doute d'autres citoyens ont eu leur part dans cette étonnante moisson de gloire; mais qu'auraient-ils fait sans la masse immense des prolétaires?... Et au-dedans, qui douterait que la Révolution a été opérée par le peuple? Certes, l'initiative en appartient aux conseils de la philosophie; mais sans la force du peuple ils n'eussent produit qu'une belle illusion. Le 14-Juillet, le 10-Août sont dus principalement à la classe indigente des citoyens ... Tout inclinait le pauvre au renversement du despotisme, et ses efforts ont été d'autant plus terribles que, n'ayant rien à perdre et tout à espérer, nulle considération ne pouvait arrêter son impétuosité. N'aurait-il aujourd'hui répandu tant de sang, livré tant de combats, souffert tant d'épreuves et de privations, que pour retomber dans l'esclavage et se voir enlever ses droits par ceux-mêmes dont il a assuré la puissance et la liberté?... »

« C'est bien vrai, et c'est à quoi l'on travaille », dit Claude à sa femme en lui lisant ce discours, dont l'Assemblée avait voté l'impression. Souhait rappelait la doctrine de Condorcet. « En préconisant le suffrage universel, il a pensé qu'un gouvernement n'était fort et tranquille qu'en proportion de la masse des individus intéressés à le défendre. » Et il terminait par cet avertissement : « La privation des droits de citoyen pour une classe considérable d'individus, loin de tourner au profit de la liberté des autres, l'exposerait éminemment en livrant cette classe au premier ambitieux venu qui voudrait se servir de son mécontentement pour asseoir sa domination et subjuguer la liberté publique. »

Afin de neutraliser l'hostilité de Boissy d'Anglas à une constitution républicaine, la Commission des onze l'avait nommé rapporteur. Il lui appartenait de présenter le projet et de le défendre. Aux interpellateurs, il répondit que l'on ne supprimait nullement le principe égalitaire. « L'égalité, dit-il, consiste en ce que la loi est la même pour tous, soit qu'elle protège, soit qu'elle punisse. »

En définitive, la Constitution, telle qu'elle fut votée dans son ensemble le 5 fructidor, 22 août, apparut un peu moins réactionnaire que ne le craignaient Claude et Jean Dubon. Sans doute était-elle essentiellement bourgeoise. La Convention avait même substitué au suffrage direct, proposé par les Onze, les élections à deux degrés. En revanche, elle ne mettait à l'éligibilité qu'une condition d'âge. Tout Français âgé de trente ans — ni domestique ni prêtre — pouvait être élu député. Quant au droit de vote, tout en le faisant dépendre du cens, elle l'étendait à d'autres que les propriétaires. N'importe quel citoyen âgé de vingt-cinq ans, non-propriétaire, devenait citoyen actif et votait dans les assemblées primaires pour désigner les électeurs du second degré, s'il payait volontairement une contribution personnelle égale à la valeur de trois journées de travail. Cela représentait une faible somme prise sur les gains d'une année. Ainsi certains ouvriers, employés, laboureurs accédaient au rôle d'électeurs primaires. Ceux du second degré, élisant dans les assemblées départementales les députés au Corps législatif, devaient posséder un bien égal, dans les communes au-dessus de 6 000 habitants, à la valeur de deux cents journées de travail. Mais la Constitution assimilait à ces propriétaires les locataires de semblables biens ou d'une habitation représentant la valeur de cent cinquante journées de travail. Le cens baissait avec le chiffre de la population communale. Étaient exemptés du cens les citoyens ayant servi au moins un an, ou bien ayant reçu une blessure, aux armées, depuis 1790. A partir de l'an XII, pour se faire inscrire sur les registres civiques, les jeunes gens devraient prouver qu'ils savaient lire et écrire, et qu'ils exerçaient une profession. Les prêtres, les domestiques se trouvaient exclus des assemblées primaires et départementales comme de l'éligibilité. Rouzet, député de la Haute-Garonne, ayant demandé le droit de suffrage pour les femmes, s'était entendu répondre par Lanjuinais : « Quelle femme honnête oserait soutenir qu'il n'y a pas unité entre le vœu de son mari et le sien. L'époux, en stipulant pour lui, stipule nécessairement pour celle qui ne fait qu'un avec lui. » Et les veuves, les citoyennes non mariées !... On passa outre. Les intempérances des sociétés populaires féminines, en particulier celle de Claire Lacombe et la « Fraternelle des deux sexes », la turbulence des « tricoteuses » de la Commune disposaient mal les conventionnels échaudés à concéder aux femmes un rôle politique.

Le Corps législatif se composait de deux assemblées : l'une comptant cinq cents membres âgés de trente ans au moins, nommée Conseil des Cinq-Cents ; l'autre, le Conseil des Anciens, formée de deux cent cinquante membres âgés de quarante ans au moins, obligatoirement mariés ou veufs. Ces deux corps se renouvelaient par tiers tous les ans. On n'y pouvait siéger plus de six années consécutives. Le Conseil des Cinq-Cents votait des « résolutions » qu'il proposait au Conseil des Anciens.

Si celui-ci approuvait une résolution, elle devenait loi. S'il la rejetait, il fallait attendre un an pour la lui soumettre de nouveau. Mais il l'examinait à nouveau si les Cinq-Cents la lui présentaient remaniée. C'est ainsi que les Anciens provoquaient des amendements, sans avoir la faculté de les demander. Chaque député à l'un ou l'autre Conseil recevait une indemnité annuelle équivalant à la valeur de trois mille myriagrammes de froment.

Un Directoire de cinq membres, âgés d'au moins quarante ans, exerçait le pouvoir exécutif. Ces directeurs étaient désignés, au nom de la nation, par le Corps législatif faisant fonction d'assemblée électorale. Les Cinq-Cents établissaient, au scrutin secret, une liste de candidats parmi lesquels les Anciens choisissaient, au scrutin secret également. Chaque année, un des cinq membres, désigné par tirage au sort, quittait le Directoire. Il n'y pouvait rentrer qu'après un délai de cinq ans. Les directeurs, logés aux frais de la république, recevaient un traitement annuel égal au prix de cinquante mille myriagrammes de froment. Ils possédaient une garde de cent vingt hommes à pied et autant à cheval, et devaient porter un costume spécial, qu'ils ne quittaient « ni au-dehors, ni dans l'intérieur de leur maison ».

Enfin, la Constitution déclarait libres tous les cultes, sans en reconnaître aucun.

A cet édifice qu'il qualifia d'empirique, sans fondements solides, Sieyès, montant à la tribune, avait opposé son propre projet. Il reposait, lui aussi, sur le système représentatif et la séparation des pouvoirs. Mais une séparation au fond moins réelle malgré les apparences. Il n'admettait qu'une seule assemblée délibérante : le Corps législatif. Au Conseil des Cinq-cents, il substituait un Tribunat « où le peuple ferait entendre ses doléances, exposerait ses besoins, expliquerait ses aspirations ». Quant au pouvoir exécutif, il l'attribuait au Gouvernement : collège de sept personnes, chargé de proposer au Corps législatif les lois demandées par le Tribunat, et de les faire exécuter une fois votées par les représentants. Sieyès ajoutait à cet ensemble une « jurie constitutionnaire », élue, dont la mission serait « d'empêcher les abus du pouvoir et d'assurer le respect de la Constitution ». Jugé irréalisable par Berlier, Louvet, Lesage, critiqué par Thibaudeau avec une sévérité courtoise, et âprement, sarcastiquement, par La Révellière-Lépeaux, ce projet fut rejeté à peu près unanimement. Son auteur en ressentit une profonde amertume. « La Révellière, confia-t-il à Claude qui le vit ce soir-là au café Payen avec Echassériaux, a voulu se venger de ses infirmités physiques et préparer sa nomination au Directoire. Il a cru trouver en moi un rival. Quelle erreur! Il peut briguer la place, je ne la lui disputerai pas. »

Claude estimait utopique le projet de Sieyès. Il n'en méconnaissait pas la générosité, ce désir de donner la parole au peuple dans le Tribunat, et la noble conception de cette « jurie constitutionnaire » garante des droits du citoyen, dépositaire en outre du droit de grâce. Il ne croyait pourtant pas désintéressée l'idée des sept gouverneurs dont Sieyès comptait bien être, et parmi lesquels il eût été l'arbitre des six autres. Là devaient aboutir les longues galeries de « la taupe », à cette place où, doté du pouvoir de présenter les lois au Corps législatif et de les faire exécuter, l'ancien aumônier de Mesdames devenait le maître — très sage et nullement despotique — mais le maître, tout de même, de la France. Malheureusement pour lui, ses galeries aboutissaient sur le vide. Il ne parut plus dès lors à la Convention, sinon comme rapporteur du Comité de Salut public.

Au fond, la Constitution votée ne correspondait pas trop mal, excepté le suffrage censitaire, aux idées de Claude; il y retrouvait même plusieurs de ses suggestions. Il ne fut pas, non plus, surpris en apprenant que Baudin avait demandé, au nom des Onze, et obtenu le maintien des deux tiers de la Convention dans les nouvelles assemblées. De même, en 92, la Législative s'était perpétuée dans la Convention. Il comptait tout naturellement faire partie de ces deux tiers et siéger au Conseil des Cinq-Cents, ses trente-quatre ans ne lui donnant pas accès aux Anciens. Il n'espérait point être élu par la Haute-Vienne. Dans leurs lettres, son père, Pierre Dumas, Gay-Vernon jeune ne lui laissaient aucune illusion. Ses compatriotes limougeauds le considéraient comme un séide de Marat, du tyran Robespierre, un buveur de sang. On lui imputait la mort de Vergniaud, de Gorsas, de Lesterpt-Beauvais.

C'est pourquoi, au premier moment de sa proscription, il n'avait pas envisagé de se retirer à Limoges, chez ses parents, ou chez ceux de Lise, à Thias. Sans qu'aucune réaction violente y sévît, le jacobinisme se trouvait là-bas en pleine déroute. Les anciens *Amis de la Paix*, les Delmay en tête — le père et le frère aîné de Bernard —, y faisaient de nouveau la loi. Les autorités thermidoriennes se recrutaient parmi eux, ex-« ministériels » et ex-girondinisants. Sortis des prisons, ils tenaient à leur tour sous les verrous les terroristes qui les y avaient enfermés : Janni, le ci-devant corroyeur, le peintre sur porcelaine Préat, Frègebois, Foucaud, et même Compère lunettes auquel ne servait à rien, pour le moment, d'avoir en mai 93 favorisé l'évasion de Louis Naurissane et de treize autres suspects. Mais la détention dans les chambres de la Visitation, avec promenade et réunion dans la cour, sous les tilleuls, n'était pas plus pénible qu'elle ne l'avait été pour les aristocrates. Et les prisonniers ne redoutaient point à présent de se voir, comme la malheureuse Léonarde, menés à Paris devant le Tribunal révolutionnaire.

Quoique les anciens terrorisés bornassent là leur vengeance, et à remplacer dans les administrations les ex-membres du club local des Jacobins, Claude ne voulait pas leur fournir l'occasion d'exécuter peut-être le décret rendu contre lui, suspendu mais non rapporté, et n'entendait nullement aller attendre en compagnie de l'homme aux lunettes une amnistie prévisible. M. Mounier, privé de la mairie (on lui laissait toutefois la direction de la Monnaie), écrivait à son fils : « Il ne saurait encore être question de proposer ici ton nom aux électeurs; mais, sans doute, sera-t-il favorablement accueilli dans la capitale, où l'on connaît plus exactement ta conduite... »

En fait, il n'y aurait probablement besoin de le proposer nulle part, pensait Claude. Louvet lui avait dit qu'une partie des deux tiers serait nécessairement nommée par les conventionnels réélus, parce que les assemblées départementales, prévoyait-on, n'enverraient pas au Corps législatif assez d'anciens représentants pour former ces deux tiers. « Tu ne manqueras pas d'être désigné ainsi. Tous les modérés voteront pour toi et Robert Lindet, sois-en sûr. » Les Onze préparaient un décret instituant ce mode d'élection complémentaire.

Louvet, faut-il croire, n'avait pas assisté, le 5 fructidor, au vote de la loi sur l'organisation du Corps législatif. Lorsqu'elle parut au *Moniteur*, on put y lire ceci, à l'article 2 : « Tous les membres actuellement en activité dans la Convention sont rééligibles... », et à l'article 3 : « Ne sont point compris parmi les députés en activité ceux qui sont décrétés d'accusation ou d'arrestation. »

Ces deux phrases frappèrent Claude comme les décharges d'un fusil double. Il eut un mouvement convulsif et poussa une exclamation. Lise, en train de bâtir une robe pour le petit Antoine, leva les yeux. « Qu'y a-t-il? » s'écria-t-elle, voyant son mari tout pâle. On venait de déjeuner sous la tonnelle, et ils restaient là tous les deux. Il lui tendit le journal sans répondre. Non, ce n'était pas possible : les hommes de la vieille gauche, les Legendre, les Baudin, les Goupilleau, les Bonnet, les Souhait, les Lanthenas, les Brival, les Bordas, les Gay-Vernon, Tallien retourné sur la Montagne, les modérés comme Louvet, Sieyès, Cambacérès, indignés par le décret d'accusation porté contre lui-même, contre Lindet et Jean Bon Saint-André, ne pouvaient pas vouloir aggraver cette injustice en les déclarant inéligibles au Corps Législatif!

« C'est une indignité! Oh! mon pauvre Claude! fit Lise, nouant ses bras nus au cou de son mari.

— Cela ne paraît pas possible, dit-il au bout d'un moment. Et pourtant j'aurais dû le prévoir. Lesage le laissait clairement présager. Les *brigands*, tu t'en souviens? On ne veut plus des *brigands* qui ont sauvé la France.

— Non, ne crois pas une chose pareille. Vous êtes victimes d'une manœuvre; votre revanche viendra.

— Mon cher trésor! dit-il en lui baisant les lèvres. Eh bien, ta sœur avait raison : désormais je m'occuperai de mes affaires. Mais auparavant j'ai quelque chose à leur dire, aux auteurs de cette loi. »

Dans la grande allée, Naurissane s'avançait avec Thérèse qui l'accompagnait à son cabriolet. « Louis, lui cria Claude, voulez-vous m'attendre une minute. Je vais avec vous.

— Que veux-tu faire? questionna Lise. Ne t'emporte pas, surtout!

— Sois tranquille, mon poulet. Je suis un homme de sang-froid, tu le sais bien. »

En voiture, Naurissane, mis au courant, lui dit que la banque dont il envisageait la création ouvrirait bientôt. « Vous y aurez votre place si cela vous convient. J'y songe depuis longtemps, ajouta-t-il, car, sans vouloir vous enlever vos illusions, Claude, je n'ai jamais cru que la droite vous laisserait entrer au Corps législatif.

— Merci, mon frère. Nous verrons; mais, à moins que ce ne

soit pour vous rendre service, il me paraîtrait plus séant de reprendre la profession d'avocat! »

Quittant Louis rue Saint-Honoré, il alla carrément au Palais national s'asseoir dans la salle de la Liberté et des Drapeaux. Il y faisait frais par contraste avec la lourde chaleur du dehors. Les fenêtres, près du plafond, donnaient sur le côté ombreux de la cour. Les invalides en uniforme — des citoyens actifs, bien qu'ils ne payassent pas de cens — allaient et venaient entre les groupes. Face à l'énorme statue en faux bronze, Claude attendit l'arrivée des représentants pour la séance de relevée. Gay-Vernon se montra parmi les premiers. En voyant Mounier venir vers lui, l'évêque se douta de ce qui l'amenait. « Mon pauvre ami, dit-il, les rescapés de la Montagne et plusieurs modérés ont fait ce qu'ils ont pu, mais les Soixante-Treize nous ont écrasés.

— C'est un comble! Ils nous doivent, à Lindet et à moi, de vivre encore, et ils nous en remercient de la sorte! J'ai risqué ma tête pour sauver les leurs. Je le regrette.

— Ne dis pas cela, tu ne le penses point.

— Si, ma foi, et je le proclamerai bien haut. »

Apercevant Lanjuinais qui arrivait, il l'arrêta. « Lanjuinais, lui lâcha-t-il froidement, je t'aimais bien, mais tu es un ingrat, un hypocrite et un traître. J'étais en train d'assurer à Gay-Vernon que si c'était à recommencer je me garderais de risquer ma vie pour vous protéger des Hébertistes. Pourquoi m'invitais-tu à la Commission des Onze, si tu te disposais à me chasser des affaires?

— Allons, allons, Mounier! Tu m'aimais bien, mais tu n'as pas hésité à me proscrire, le 2-Juin, t'en souvient-il? T'en ai-je considéré comme un traître? Je t'invitais à suivre les travaux des Onze parce que je t'estimais. Je t'estime et je t'aime toujours. Ce n'est pas toi que l'on ne veut pas revoir ici; c'est Fouché, c'est Barère, Vadier, Amar, Voulland, le *Léopard*, Crassous, Lequino, etc. Comme nous voterons nécessairement une amnistie générale, ils seraient revenus si nous n'avions pas déclaré inéligibles tous les conventionnels décrétés d'accusation ou d'arrestation. Tu reprendras place parmi nous aux élections prochaines. Cela te fera un an de repos. »

Ce n'était pas de repos qu'il avait besoin, mais de travail. Depuis trois mois, il ne touchait plus son indemnité de représentant. Le ménage vivait aux crochets des Naurissane. Thérèse et Louis trouvaient cela naturel, mais cette situation, humiliante en dépit de leur délicatesse, ne pouvait durer. Il reprendrait son ancienne profession. Encore fallait-il attendre l'amnistie. Toujours du temps à ne rien faire, à ne rien gagner!

Descendant l'escalier du Dix-Août, il rencontra Louvet, qui lui dit : « Tu as l'air bien frappé, mon ami. Je regrette de t'avoir donné une fausse espérance. Mais enfin, il ne faut pas prendre cela au tragique.

— Dans mon cas, ne serais-tu pas furieux et désolé? Au lieu de réparer ce que tu appelais une injustice à l'égard de Robert Lindet, de Saint-André et de moi-même, la Convention la redouble. En outre, me voilà sans emploi, sans ressources. Je n'ai pas spéculé, moi, je ne me suis pas enrichi comme certains proconsuls. J'ai vécu au jour le jour, de mon indemnité, ne pensant qu'à la patrie, à la république. N'y a-t-il pas de quoi être furieux et amer? Je retournerai au métier d'avocat quand j'aurai recouvré mes droits de citoyen. En attendant?...

— Je te comprends, dit Louvet. Voyons, n'as-tu pas été magistrat pendant la Législative? Tu pourrais... Non, c'est vrai, pas avant l'amnistie. Eh bien, pourquoi ne te tournerais-tu point vers le journalisme? Tu as collaboré à la feuille d'Audouin, n'est-ce pas?

— Oui. Seulement elle n'existe plus, et je n'ai nul argent pour en fonder une.

— Oh! pour cela il n'y aurait pas tellement de difficultés. Mais je pense à une solution plus simple, qui arrangerait peut-être tout le monde. Il me faut y réfléchir, consulter... Écoute, viens demain matin, après dîner, à la boutique. De toute façon j'aurai trouvé quelque chose à te proposer, si tu consens à vivre de ta plume. »

Claude n'y avait jamais songé. Si c'était possible, cela lui semblait séduisant. La profession de gazetier ou de libelliste ne l'éloignerait point des affaires publiques, au contraire. Souvent un article a plus d'effet qu'un discours à la tribune, Marat, Desmoulins l'avaient mainte fois prouvé.

L'on retourne toujours
À ses premières amours,

chantonna Lise lorsque, rentré à Neuilly, il lui raconta sa

conversation avec Louvet. « N'est-ce point ainsi que tu as débuté dans la politique, à Limoges! ajouta la jeune femme.

— Eh oui! au temps de la *Feuille hebdomadaire* où écrivaient Xavier Audouin, alors abbé, et le curé Gay-Vernon. Au temps où tu ne m'aimais pas, où tu me tenais pour un ambitieux, tortueux et avide.

— Je t'ai toujours aimé, tout en croyant aimer notre cher et admirable Bernard, sans quoi tu ne l'eusses point supplanté.

— Tu es une petite coquine, ma tourterelle, fit Claude en l'asseyant sur ses genoux et la caressant avec tendresse. Comme tout cela paraît loin! soupira-t-il. Pourtant, il y a sept années à peine.

— Il s'est produit tant de choses grandes et terribles, depuis! Nous avons vieilli vite.

— Tu dis vrai. Te voilà ridée comme une pomme, ma vieille dame de vingt-six ans.

— Claude! se récria-t-elle en lui tapant sur les doigts. D'abord, on n'évoque jamais l'âge d'une femme. Et puis cela te va bien de parler de mes rides, avec ta longue barbe blanche et tes fausses dents!

— Fausses, peut-être, mais assez bonnes pour te croquer, mon enfant. »

Ils éclatèrent de rire en mêlant leurs baisers. Puis Claude, soudain grave, remarqua : « Jamais, ces dernières années, nous n'aurions dit des choses pareilles. Cette gaieté!... La vie reprend un cours humain — pour les survivants. Tant de gens qui s'aimaient comme nous!... »

Ce fut à Lise de soupirer. De tristes souvenirs l'étreignaient souvent. Camille, Lucile, leur petit Horace orphelin, Danton, sa jolie Louise, Élisabeth Le Bas, la femme de Pétion, celle de Brissot, le malheureux Montégut... Elle se leva vivement, prit son mari par la main. « Viens voir ton fils. »

Dans le jardin, sur les genoux de sa tante Thérèse, il avalait avec entrain les cuillerées de bouillie qu'elle lui présentait. La grosse Margot, en extase devant ce magnifique poupon aux yeux bleu d'émail, aux cheveux blonds frisottants, tenait l'écuelle. Une fraîcheur montant de la Seine adoucissait le soir. Le cœur plein, Claude se demandait s'il ne jouissait pas d'un bonheur volé.

VII

Le lendemain, peu après onze heures, il entrait au Palais-Égalité par le passage du théâtre de la République. Quelques gardes nationaux bavardaient paresseusement sous la voûte, les uns assis sur le banc du poste, d'autres à califourchon sur des chaises, le chapeau repoussé, la veste entrouverte, profitant de l'ombre et du courant d'air.

Suivant la Galerie-Neuve, Claude gagna le n° 24 où s'ouvrait la boutique de Brigitte Mathey — « veuve de Gorsas » sans avoir été son épouse —, avec laquelle Jean-Baptiste s'était associé. Cette citoyenne, affable mais dénuée de beauté (au reste, son amant n'eût pu passer pour un Adonis; Hébert l'appelait assez justement « le sapajou Gorsas »), introduisit Claude dans l'arrière-boutique où Louvet l'attendait. C'est dans ce local, alors cabinet de lecture, dont les fenêtres donnaient sur la rue, qu'en octobre 93 Gorsas, échappé du Calvados après l'échec de l'insurrection brissotine et revenu très imprudemment à Paris pour revoir sa Brigitte, avait été aperçu par des volontaires nationaux, cerné et saisi.

Une pénombre relativement fraîche emplissait la pièce aux volets mi-fermés, aux murs tapissés de livres. Dans l'angle droit s'élevait en vis un escalier conduisant à l'entresol que le ménage Louvet partageait avec la veuve. Le petit Jean-Baptiste, en bras de chemise, achevait des comptes, un registre ouvert devant lui, et à côté — imprimée sur papier rose comme autrefois —, une collection de *La Sentinelle* dont il avait recommencé depuis quelque temps la publication interrompue à la fin du ministère Roland.

« Quelle chaleur! dit-il. Ote donc ton habit et prends un siège. J'ai bien approfondi mon idée d'hier soir. Je pourrais te proposer plusieurs choses, mais celle-ci m'arrangerait en même temps que toi, si elle te convient. Voici : le loisir me manque pour m'occuper comme il le faudrait de *La Sentinelle* et la publier d'une façon régulière. Veux-tu le faire à ma place? Tu en assurerais la rédaction, moi l'impression, la distribution, et je te laisserais les trois quarts des bénéfices. J'ai tout calculé soigneusement. Une fois l'imprimeur payé, avec le quart du revenant bon mes frais seront couverts. Quant à toi, pour ta part tu auras bien plus que l'indemnité d'un député.

— Ma foi, mon cher Jean-Baptiste, ta proposition me paraît fort avantageuse. Je t'en suis infiniment obligé. Mais, dis-tu, tes frais seront couverts. Cela ne saurait suffire.

— Si, mon ami. En relançant ce journal, je ne visais point un but lucratif. C'est simplement un moyen de défendre la république. Je n'ai pas assez de temps pour la bien servir avec cette feuille, ni de faire rapporter de l'argent à celle-ci. Toi, tu pourras l'un et l'autre. Au demeurant, voici des notes et des chiffres que j'ai jetés rapidement sur le papier. Emporte le tout, étudie-le; tu verras les améliorations auxquelles je pense, et le rapport escompté d'après mon expérience. Reviens me trouver; si nous sommes d'accord, je rédigerai un contrat d'association. »

Claude s'en fut chez lui, rue Nicaise, pour compulser tranquillement ces papiers. Dans l'ensemble, les notes de Louvet se résumaient ainsi : 1° assumer une parution à jour fixe, en principe le quatridi, de sorte que si, dans quelque temps, il devenait possible de proposer au public deux numéros par décade, *La Sentinelle* fût mise en vente le quatridi et le nonidi; 2° elle paraissait actuellement sur une feuille simple, mais un rédacteur occupé de ce seul soin n'aurait nulle peine à fournir trois pages et à remplir la quatrième avec des extraits choisis dans la correspondance des lecteurs « très abondante, très intéressante »; on obtiendrait ainsi deux feuilles et l'on doublerait par conséquent le prix, qui serait alors celui des gazettes quotidiennes à quatre pages. Les chiffres indiquaient au total : vente au numéro et abonnements = 12 000 exemplaires. La nouvelle formule les porterait rapidement à 24 000, estimait Louvet en citant les tirages des journaux similaires. Suivait une liste de confrères : la *Gazette française*, le *Journal des patriotes de 89*, etc., qui certainement annonceraient par avance, de la façon la plus favorable, ces transformations. Les en aviser à temps...

Le tout semblait fort sensé. Claude se sentait très disposé à tenter l'aventure, et même assez impatient de s'y engager. Puisque le rôle de législateur lui était interdit, aucune autre activité ne lui convenait mieux que celle de gazetier. Au début de sa carrière et par moments, plus tard, écrire dans les journaux avait été un corollaire de son action politique. Mais cela pouvait devenir pour lui une action essentielle, plus efficace, dans la lutte contre l'Ancien Régime et pour l'éducation des républicains, que le faible pouvoir concédé à un membre des Cinq-Cents.

Aussi, après être allé au Pont-Neuf embrasser Gabrielle et Claudine, prendre des nouvelles de Dubon, de Bernard, il repassa au 24 de la Galerie-Neuve. Louvet n'était pas rentré des Tuileries, mais sa femme siégeait à la caisse tandis que Brigitte, aidée par un petit commis, s'occupait de la clientèle. Germaine connaissait la proposition faite à Claude et se chargea, « avec la plus grande satisfaction », d'inviter Jean-Baptiste à rédiger le contrat.

En se dirigeant vers la Bourse pour y retrouver son beau-frère Naurissane et retourner avec lui à Neuilly, en haut de l'étroite rue des Bons-Enfants Claude avisa une femme en noir qui s'avançait parmi les passants. Charlotte Robespierre! Elle l'évita en paraissant ne le point apercevoir. Fuyait-elle un ancien ami de Maximilien, dressé soudain contre lui? Mais elle-même avait renié ses frères après le 9-Thermidor et obtenu, en germinal dernier, une attestation très favorable du Comité de Sûreté générale, selon Marie-Joseph Chénier. Craignait-elle un homme au courant, comme Billaud-Varenne, de certaines amitiés singulières qu'elle entretenait, au printemps de l'an II, avec Courtois, Guffroy, ennemis acharnés de Maximilien, résolus l'un à venger Danton, l'autre Hébert? Un homme capable de comprendre pourquoi des Rovère, des Auguis, des Delecloy avaient signé avec empressement cette attestation de civisme. Bah! qu'importe! Claude haussa les épaules. Néanmoins il restait remué par cette rencontre.

Inutile d'en parler à Lise, cela ne ferait que l'attrister au sujet d'une personne vraiment peu intéressante. Il se contenta de rapporter à sa femme l'offre et les projets de Louvet. « Eh bien, il faut essayer, dit-elle avec sagesse. Cela te convient, et, de toute façon, tu n'as rien à y perdre. »

Dans la matinée suivante, le contrat fut signé. Il y était précisé que Louvet donnerait sous son nom, pour placer en tête de chaque numéro, un bref billet d'éditeur, et qu'il se réservait le droit de refuser les articles jugés par lui non conformes à ses vues. Jusqu'à l'amnistie, Claude signerait simplement C. M. Leurs dispositions prises, les nouveaux associés quittèrent ensemble le Palais-Royal. Comme ils se séparaient sur le Carrousel, Jean-Baptiste dit : « Tu ferais bien de penser dès maintenant à ta copie. Le temps passe vite, tu sais. Bon travail, mon ami. » Il franchit la grille aux pointes dorées. Claude monta chez lui pour réfléchir dans la solitude de son appartement. Il entrouvrit les volets, ne laissant entrer qu'un rayon du soleil frappant la façade, ôta son habit, retroussa ses manchettes et s'attabla devant le grand bureau à cylindre.

Comme Louvet, il voyait dans les divisions entre révolutionnaires l'unique danger qui menaçât encore la république. Elles seules entretenaient chez les royalistes l'espoir de triompher malgré tous leurs insuccès, malgré l'échec de leur tentative en Vendée après la défaite de Quiberon. Lord Moira avait débarqué le comte d'Artois à l'île d'Yeu, et le commodore Warren essayé de descendre sur les rivages vendéens. Mais Hoche gardait étroitement toute la côte. Peu soucieux de s'y frotter, Monsieur, qui préférait à la guerre la tendre compagnie de Mme de Polastron, s'en retournait maintenant vers elle, laissant Charette furieux. Dans une lettre dont les légitimistes colportaient partout les termes pour faire pièce aux partisans d'Artois, Charette mandait au prétendant : « Sire, tout a manqué par la lâcheté de votre frère. »

Claude prit la plume et nota : « *En cet automne de l'an III, il ne reste aux royalistes qu'une ressource, celle d'un mouvement dans Paris, combiné avec la trahison de certain chef d'armée sur lequel ils ont jeté les yeux depuis germinal.* » Cela servirait d'entrée en matière pour le principal article du numéro. S'en tenir à cette allusion ; on ne pouvait rien dire de plus sur Pichegru avant de connaître ses réactions au plan conçu par Bernard. Continuer en dénonçant la tactique fondamentale des contre-révolutionnaires. Exemple, Batz. « *Les ennemis de la république n'ont nullement changé leurs batteries depuis le 10-Août. La brochure publiée au printemps dernier par le baron de Batz, pour se défendre d'avoir jamais été un émigré ni un agent de l'étranger, est fort instructive à cet égard. Certes, nous avons les meilleures raisons de croire qu'au contraire de ses affirmations le baron n'a exercé aucune action sur le 9-Thermidor ; en revanche, ce qu'il dit de son influence dans les journées des 31 Mai-2 Juin semble à peine exagéré. Marat, Robespierre, Danton, la Montagne entière voulaient voir sortir de l'Assemblée les Brissotins, mais ne désiraient pas leur arrestation. Ce sont les contre-révolutionnaires qui, au moyen du Comité de l'Évêché formé principalement de Gusman, Desfieux, Proly, Peyrera, Dufourny, faux sans-culottes complices de Batz (et, par la suite, incarcérés ou guillotinés comme tels), ont perpétué cet attentat contre la représentation nationale. Telle a toujours été, telle demeure leur tactique : mettre à profit toute division entre les révolutionnaires, envenimer leurs querelles, les pousser à se détruire les uns les autres. Cela n'a que trop souvent réussi, mais ne réussira plus maintenant que M. le baron de Batz a eu la bonté de nous ouvrir les yeux sur le procédé.* »

Bien. Arranger ça et poursuivre en battant le rappel. « *Pour déjouer le dessein des royalistes, les révolutionnaires doivent oublier des divergences de vues à tout prendre secondaires, et soutenir la nouvelle république, même si elle ne répond exactement ni au vœu des Montagnards ni à celui des monarchistes constitutionnels. Ceux-ci ne l'en ont pas moins consciencieusement et loyalement élaborée. Les Montagnards subsistant dans la Convention l'ont adoptée. Les uns et les autres ont montré qu'ils sont capables de s'entendre. Cette entente doit survivre pour assurer le salut de leur œuvre commune. Désormais il n'y a plus, affirmons-le avec force, il n'y a plus en France que deux sortes d'hommes : les royalistes, les républicains. Parmi ceux-ci, les étiquettes perdent tout sens. Jacobins, Feuillants, Fayettistes, Girondins, Terroristes, Thermidoriens, ce sont les révolutionnaires dont la pensée et les actes, depuis le 5 mai 1789, ont finalement abouti à la Constitution présente, après l'échec de la monarchie constitutionnelle puis de la république démocratique. La Constitution de l'an III est le palladium de la liberté, la garantie de notre sécurité à nous tous qui avons soit trempé dans la Révolution, soit acquis d'elle des biens. Ne pas nous unir sous son égide serait folie.* »

Il fallait défendre le décret des deux-tiers, qui soulevait des protestations multiples, passionnées. « *Maintes gens assoiffés du pouvoir s'associent aux royalistes pour accuser les conventionnels de vouloir se perpétuer dans le Corps législatif. Est-ce donc se perpétuer que de conserver quelque temps encore des fonctions dont nombre d'entre eux seront exclus dès l'an prochain, et les autres les années suivantes? Ces gens si enragés contre les décrets des 5 et 13 fructidor invoquent la Constitution. En vérité, ils se moquent bien d'elle. N'importe laquelle leur conviendrait pourvu qu'elle entraîne un renouvellement général du gouvernement. Voilà tout ce qui compte dans l'esprit de ces criards. Les royalistes le désirent pour réunir dans le Corps législatif le plus possible d'hommes à eux, pour écarter les conventionnels habitués et intéressés à combattre la contre-révolution, pour les remplacer par des nouveaux venus plus aisés à manœuvrer, à séduire. Ils espèrent faire servir la république au rétablissement de la royauté. Quant aux ambitieux, ils veulent ce renouvellement complet parce qu'un tiers du Corps législatif n'offre pas assez de places à leur avide multitude.*

« *Si la Constituante, écoutant Rewbel au lieu d'écouter Robespierre, s'était perpétuée des deux tiers dans la Législative, de redoutables entraînements et de tragiques erreurs, dus à l'inexpérience, à l'impatience, à la témérité, eussent été évités par la sagesse des anciens. Dès l'abord, les législateurs ont méprisé l'œuvre des constituants et commencé de la démanteler, parce qu'elle n'était pas la leur. La Constitution de l'an III sera mise en application et consolidée dans ses débuts par ses auteurs mêmes. Ce sont ceux du 14-Juillet, du 4-Août, ce sont les révolutionnaires qui ont renversé le trône au 10-Août, immolé au 21-Janvier le chef dynastique des Bourbons, ce sont les républicains qui ont accompli pendant trois années des efforts de titans pour achever leur ouvrage. Eux seuls possèdent notre confiance, eux seuls sauront bien défendre la Révolution consacrée dans la Constitution nouvelle.*

« *Quels sont, au contraire, les opposants aux décrets des 5 et 13 fructidor? Les hommes qui se cachaient durant le péril, ceux qui se réjouissaient et applaudissaient dans toutes les occasions où les ennemis intérieurs ou extérieurs ont mis en danger la liberté et l'indépendance de la France : un Lacretelle jeune qui pleurait hier les malheureux émigrés pris à Quiberon, mais n'a pas versé la moindre larme sur les patriotes égorgés dans le Midi par les émigrés rentrés, les prêtres réfractaires et leurs séides ; un Vaublanc connu depuis la Législative comme ardent royaliste ; un Suard, journaliste contre-révolutionnaire dès les premiers jours de la Révolution ; un Pastoret, meneur du parti de la cour jusqu'au 10-Août ; un général Miranda, que Dumouriez lui-même, indigné par sa conduite à Neerwinden, avait envoyé au Tribunal révolutionnaire ; un certain Lemaître, soupçonné d'être agent de Vérone et qui sera, un jour, arrêté pour cela ; et cent autres du même acabit. Ils se répandent dans les sections, ils les excitent. La Convention, disent-ils, proclame les droits du peuple, mais elle en ajourne indéfiniment l'exercice. Elle lui impose des représentants, elle ne lui permet pas de choisir, elle le force à conserver au pouvoir les hommes qui ont couvert la France d'échafauds. Ainsi, ajoutent-ils, la nouvelle législature ne sera pas purgée des terroristes ; ainsi la nation ne sera pas rassurée sur son avenir, elle n'aura pas la certitude de ne jamais voir renaître un régime affreux.*

« D'honnêtes citoyens se laissent prendre à ce langage, sans se rappeler ou savoir que les royalistes réclament à leur maître, le prétendu Louis XVIII, pour le jour où il monterait sur le trône, quarante-cinq mille exécutions capitales, et ils comptent bien fusiller tous les acquéreurs de biens nationaux. Au reste, ils ont donné, dans la vallée du Rhône, en massacrant jusqu'à de vieilles femmes et des jeunes filles, l'exemple de ce qu'ils feraient dans toute la France s'ils accédaient au pouvoir. Les citoyens désireux de connaître le bénin et charmant régime que ces messieurs se proposent d'instaurer, en trouveront la peinture dans les rapports de Doulcet-Pontécoulant (lequel n'eut jamais rien d'un sans-culotte) et de Marie-Joseph Chénier, lus à la Convention les 8 et 17 prairial, les 6 et 25 messidor, sur les massacres du Midi. Nous en publions des extraits ci-contre... »

Claude laissa la suite en suspens. Il lui restait cinq jours et demi avant de remettre la copie à Louvet pour l'impression. Il voulait voir un peu ce qui se passait dans les assemblées sectionnaires, et il lui fallait se procurer les extraits en question.

Il commença par là, en allant chez Tallien. Un laquais — on disait « un officieux » —, venu tout droit de l'Ancien Régime, l'introduisit dans le petit salon bleu-vert et or, dont la porte-fenêtre était ouverte sur le jardin. Près d'elle, le maître de maison s'entretenait avec Rœderer, tandis que sous les ombrages le capitaine Rouget de Lisle, guéri d'une blessure légère reçue à Quiberon, fleuretait avec les citoyennes Tallien et Beauharnais, toutes deux fort décolletées dans leurs mousselines blanches. Tallien et Rœderer : les deux plus grands nez de Paris, celui-là charnu, tombant, celui-ci osseux, en bec de corbin. Comment la ravissante Thérésa, dans la fraîcheur de ses dix-neuf ans, pouvait-elle aimer ce vilain lourdaud? Sans doute, en Gironde, s'était-elle donnée à lui pour se préserver de la guillotine, et il l'avait sauvée le 9-Thermidor. En tout cas, dans le milieu galant et jouisseur qui les entourait, elle lui restait fidèle. (Claude se faisait d'étranges illusions sur la dame. Il ignorait que ladite Thérésa, pendant la mission de son mari à Quiberon, était devenue, comme son amie Rose-Joséphine, la maîtresse de Barras. Mais elle dissimulait très soigneusement, car Tallien se montrait soupçonneux, jaloux et violent.)

Après quelques propos, Rœderer descendit au jardin. « Avec toi, dit Claude à son ex-collègue, je n'ai point à me masquer. Quoique cela doive rester secret jusqu'au jour de l'amnistie, je te confie que je suis désormais journaliste.

— Tu as d'autant moins à te masquer, répliqua Tallien en riant, que c'est moi-même, Legendre et Cambacérès qui avons engagé Louvet à te prendre avec lui.

— Pas possible ! Il m'a donné l'idée comme venant de lui-même.

— Elle vient de lui, en effet, mais il nous a demandé conseil avant de t'en parler.

— Ah bon ! Parce que je suis proscrit ? »

Tallien secoua sa tête sensuelle, aux lourdes paupières, aux joues curieusement creuses. « Parce que c'est nous qui avons prié Louvet de ressortir sa vieille *Sentinelle* et fourni les moyens de la publier.

— Je vois. Les fonds secrets, hein?

— Parbleu ! Cette feuille n'a jamais vécu autrement. Au temps de Roland, le ministère de l'Intérieur la finançait. Aujourd'hui, c'est le Comité de Salut public. »

Claude se cabra. « Cela change tout. Dans ces conditions, j'abandonne. Pourquoi Louvet ne m'a-t-il rien dit?

— Il n'en avait pas le droit. Et ne monte pas sur tes grands chevaux, laisse-moi t'expliquer les choses. Te connaissant, nous pensions bien...

— Assurément. Je ne suis pas de ce genre. Si l'on m'accuse de toucher des fonds secrets, je veux pouvoir répondre que c'est inexact.

— Tu le pourras. Laisse-moi donc parler. Il n'y a pas de tripotage. Le Comité achetait vingt mille des trente-deux mille exemplaires de *La Sentinelle,* pour les distribuer dans les administrations, les assemblées sectionnaires, etc.

— C'était le système du *Père Duchesne.* Desmoulins le lui a très justement reproché.

— Parce qu'Hébert vendait à Bouchotte soixante mille exemplaires et s'en faisait payer cent vingt mille. Ah toi !... Crois-tu donc Louvet malhonnête?

— Non, certes non ! Mais même sous cette forme votre combinaison ne me convient pas.

— Écoute, dit Tallien impatienté, si tu n'entends décidément pas me laisser parler, je te quitte la place.

— C'est bon, excuse-moi, je ne t'interromprai plus.

— J'en suis fort aise. Donc Legendre, Cambacérès, Louvet et moi, bien convaincus que tu ne voudrais pas t'occuper de cette feuille si elle restait inféodée d'une façon ou d'une autre au Comité, nous avons résolu de ne plus en acheter aucun exemplaire. Comme cela, plus de fonds secrets. A partir du prochain numéro, elle vivra de ce que tu lui feras rapporter. De toute manière, Louvet n'y pouvait consacrer assez de temps, il l'aurait abandonnée. Or, tu le sais certainement, elle compte une clientèle normale de douze mille lecteurs. Ce serait dommage de les perdre. Et je ne doute pas que tu ne les doubles ou quadruples, toi dont *La Sentinelle* sera l'unique occupation, toi qui as montré, au Comité de Salut public, ta puissance de travail. Tes idées et les nôtres correspondent. Tu les répandras dans le public beaucoup mieux que nous n'y parvenions. Par conséquent, nous gagnons tous dans l'affaire. Cela te va-t-il, cette fois?

— Oui. C'est égal, Louvet aurait bien pu tout me découvrir!

— Il n'en avait pas le droit, je te le répète.

— Soit. Eh bien, je te remercie. Je vous remercie, Cambacérès, Legendre et toi. Une gazette dont on vend déjà douze mille exemplaires est un joli cadeau. J'espère en tirer parti. Voilà mes projets pour le premier numéro. »

Il les exposa.

« Excellente idée, dit Tallien. Passe demain soir aux bureaux du Comité, je t'aurai fait lever copie de ces rapports. Ou plutôt viens la prendre ici. Pour le moment, mieux vaut que tu ne paraisses pas dans les bureaux.

— Autre chose, ajouta Claude. J'ai rencontré ce Corse, le général Buonaparté, auquel Saliceti et Gasparin avaient confié le commandement de l'artillerie devant Toulon, et qui a rendu là les plus grands services. Il se trouve sans emploi. C'est encore une victime d'Aubry. Ne pourrais-tu rien pour ce garçon?

— Bon, je verrai le jeune Fain. Redis-moi le nom de ton protégé. »

Claude l'épela, ajoutant : « Pourquoi ne pas voir Pontécoulant lui-même?

— Mon bon ami, répondit Tallien en haussant les épaules, ce n'est pas Doulcet-Pontécoulant qui dirige la Commission militaire, mais le secrétaire général Fain, un fort honnête jeune homme. Au reste, Pontécoulant est sortant du Comité de Salut public. Letourneur lui succède. Que veut au juste ton Buonaparté? Drôle de nom!

— Aller à Contantinople, au service du sultan.

— Drôle d'idée! mais il ira, sois tranquille. Au fait, reprit Tallien, tu es apparenté, il me semble, à l'ancien municipal Dubon, qui s'occupe des subsistances.

— En effet. C'est le mari de ma sœur.

— Alors tu peux te vanter d'avoir pour neveu un officier de marine comme il nous en faudrait beaucoup. Sur un rapport de Topsent, nous venons de décerner au fils Dubon une épée d'honneur, de le nommer capitaine de vaisseau et chef de la division légère dans la flotte de Brest. »

Claude s'empressa de porter au Pont-Neuf cette nouvelle. En l'apprenant, Claudine sauta de joie et sa mère essuya des larmes. « Je suis fière de ce petit, assurément, dit-elle, mais je ne puis m'empêcher de craindre toujours... Ah! quand finira cette guerre?

— Vous êtes toutes les mêmes, répliqua Claude. Et vous avez toutes raison. Moi aussi je déteste la guerre. J'ai lutté de mon mieux contre elle, avec Robespierre, aux Jacobins. Quand la Législative l'a déclarée au roi de Bohême et de Hongrie, j'ai annoncé qu'elle durerait vingt ans. J'en suis plus persuadé que jamais. Danton a voulu les limites naturelles, on ne saurait le lui reprocher. Comment ne pas souhaiter la grandeur de la patrie, ne pas aimer sa grandeur et sa gloire! Mais à présent nous entrons dans la guerre de conquêtes. Où nous mènera-t-elle?... Cependant rassure-toi pour Fernand. Ma chère Gabrielle, j'ai le sentiment que ton fils mesure ses risques et connaît son dangereux métier sur le bout du doigt. Je te le donne pour un de ces durs à cuire qui passent leur vie à se battre et meurent dans leur lit à quatre-vingt-quinze ans.

— Les mères, dit Claudine, ne sont pas seules à redouter la guerre. Crois-tu, mon oncle, que je voie sans effroi s'approcher le temps où Bernard reprendra un commandement? Cela m'empêche de dormir. Ah! s'il n'en devait souffrir, je voudrais qu'il demeurât boiteux! »

Les deux femmes attendaient leurs maris pour se mettre à table. Claude ne pouvait s'attarder. « Naurissane, dit-il, serait capable de partir sans moi s'il ne m'apercevait point, et je n'ai pas, en ce moment, les moyens de me payer des fiacres. »

La décade suivante, seul dans l'appartement de la rue Nicaise, il travaillait à son second numéro. Le premier s'était très bien vendu. Louvet, convaincu que le public allait se jeter sur les extraits des rapports, avait fixé le tirage à vingt mille, en demandant à l'imprimeur de conserver les formes. De la sorte, les vingt mille exemplaires enlevés en deux jours, six mille autres étaient partis chez les marchands de journaux. Jusqu'à présent, ce numéro valait à son auteur l'appréciable somme de 7 500 francs, laquelle monterait probablement à 9 750. Il triait des lettres de lecteurs pour en composer la rubrique *On nous écrit*, lorsque la sonnette tinta. Il eut la surprise d'ouvrir à Buonaparté. Le petit général venait le remercier de son entremise.

— Mais comment sais-tu, citoyen, que je me suis entremis pour toi?

— Par le général Delmay. Et il m'a indiqué ton adresse. »

Claude avait, en effet, rapporté à Bernard la promesse de Tallien.

« Ainsi, tu as obtenu satisfaction?

— Oui, d'une façon singulière. On ne paraît pas bien savoir sur quel pied l'on danse, aux Tuileries. Avant-hier, m'est arrivée la copie d'un arrêté disant : Vu le rapport de la Commission militaire, le Comité de Salut public arrête : Le général de brigade Buonaparté, ci-devant mis en réquisition près du Comité, est rayé de la liste des officiers généraux, attendu le refus de se rendre au poste qui lui a été fixé. Signé Cambacérès, Blad, Gamon, Berlier. Et hier, j'ai reçu un autre message : Vu le rapport du Comité militaire organisant une mission en Turquie, le Comité de Salut public arrête : Le général de brigade Buonaparté est placé à la tête de cette mission. Signé Berlier, La Révellière-Lépeaux, Rewbel, Letourneur. Quel désordre! Ces gens-là ignorent si leur Comité militaire est un comité ou une commission. A vingt-quatre heures d'intervalle, ils prennent des décisions absolument contraires. On n'a guère confiance dans le gouvernement que vont former de tels brouillons.

— Bah! répondit Claude distraitement, ces arrêtés-là on les signe sans les lire. Quant au Comité militaire, on emploie cette contraction par commodité; c'est au juste la Commission militaire du Comité de Salut public. Mais, dis-moi, citoyen général, depuis combien de temps te trouves-tu en France? »

C'était surprenant, cette survivance de l'accentuation italienne qui s'ajoutait à une élocution rapide, bousculée parfois jusqu'au bredouillement, pour rendre le jeune homme peu compréhensible. Il écrivait son nom Buonaparte et le prononçait *Bouonaparté*. Quand il n'y prêtait pas attention, il disait *oune*, quelquefois *ouné*, pour une, Comité de *Salout poublic*, *Cambatchérès*, *Gamoné*.

« Il y aura, répondit-il, dix-sept ans au mois de décembre vieux style.

— Tu as donc fait ici toutes tes études.

— Oui, les grandes. Au collège d'Autun, puis à Brienne, puis à l'École des cadets au Champ de Mars.

— Es-tu retourné en Corse?

— Souvent. Je m'y suis battu jusqu'en mai de 93 contre les Paolistes. »

Ce devait être ça. Malgré son éducation française, ce garçon conservait la marque d'un terroir avec lequel il n'avait pas rompu.

« Et depuis mai 93? demanda Claude.

— Ma famille et moi sommes bannis à perpétuité.

— Tu as sans doute une nombreuse famille, comme la plupart des Corses.

— Oui, citoyen. J'ai ma mère, veuve, mon oncle Fesch, mon frère aîné Joseph, trois autres frères et trois sœurs.

— Voilà, en effet une belle famille. Elle habite maintenant Paris?

— Non, ils sont tous dans le Midi, sauf mon jeune frère Louis qui est lieutenant dans l'artillerie, présentement au camp de Châlons.

— Je gage que tu as beaucoup d'affection pour eux.

— Cela est vrai, citoyen, dit Buonaparté avec un clair et charmant sourire.

— Il ne t'en coûte pas d'aller si loin d'eux, en Turquie?

— Il n'y a pas loin d'ici à Constantinople, et l'Orient c'est l'avenir, un beau champ pour la gloire. Si je la conquiers, je te la devrai, citoyen.

— Je n'ai rien fait. Tu dois remercier Tallien, non pas moi. »

Ils parlèrent encore un moment, de la situation en France, à Paris où l'agitation contre-révolutionnaire croissait dans le centre. Buonaparté — ou Buonaparte — n'était guère fixé dans ses opinions là-dessus. Il n'aimait pas les royalistes et s'indignait de les voir tenir à présent le haut du pavé comme s'ils se sentaient déjà les maîtres; mais il n'aimait pas plus les conventionnels qu'il semblait, comme beaucoup de gens à l'heure présente, mépriser, tout en affirmant avec force son admiration pour « les immortels principes de 89 ». Il avait été « patriote prononcé»; il évoqua une brochure sortie de sa plume en août 93 : le *Souper de Beaucaire*, où il prenait le parti de la Montagne contre les fédéralistes toulonnais. Claude gardait quelque souvenance de ce factum imprimé dans le Midi sur ordre de Saliceti, de Robespierre jeune, et dont ils avaient envoyé des exemplaires au Comité de Salut public. La Convention offrait-elle encore à Buonaparte un centre d'unité auquel tous les républicains devaient se rallier? Il paraissait plutôt la tenir pour un ramassis d'incapables.

Curieux caractère! songeait Claude après avoir raccompagné le petit officier. Si réaliste dans ses conceptions militaires, et si fumeux d'autre part! *L'Orient... un beau champ pour la gloire!* Qui a besoin de gloire? Un ambitieux romanesque. La France maintenant aurait besoin de paix, de stabilité.

Un lecteur écrivait : « Citoyen rédacteur, comme il y a des gens qui affectent de dire que la Convention ne sera pas purgée si l'on ne remplace qu'un tiers, vous trouverez peut-être convenable de faire remarquer que le nombre des Montagnards mis depuis un an hors de la Convention se monte à quatre-vingt-dix-huit... » Un Montagnard lui-même, sans doute, ledit lecteur. Sa lettre n'en valait pas moins la publication.

On sonna de nouveau, et l'on entra. Un pas boiteux. C'était Bernard. « Je dispose d'un moment, dit-il. J'en profite pour t'aviser. » Il savait que Claude voulait consacrer une partie de son numéro à l'offensive sur le Rhin; le matin, il lui avait donné des nouvelles de Jourdan. Excellentes. Le fleuve franchi, l'ami Jourdan s'était mis en marche hardiment sur la route de Düsseldorf à Francfort. Sa dernière dépêche, datée de la veille, troisième jour complémentaire, le situait vers la Lahn. On venait de recevoir tout à l'heure celles de Pichegru, transmises par le télégraphe de Landau et portant la même date.

« Je me suis peut-être trompé sur son compte, dit Bernard. Je ne le crois pas, mais, pour l'instant Pichegru exécute bien les instructions : il a fait capituler Manheim en menaçant la ville d'un bombardement, et il a lancé son corps de tête sur la rive droite. Le suivra-t-il avec toute son armée? Agira-t-il énergiquement ou mollement? La question est là. A mon avis, tu devrais attendre pour aborder ce sujet. »

Le lendemain, cinquième jour complémentaire, Claude se rendit de bonne heure à Paris, conduit par le cocher de son beau-frère (Naurissane, afin de mettre au point ses projets avec Cabarrus, était parti pour Madrid, emmenant Thérèse). Claude voulait consacrer toute cette journée à visiter les assemblées de section. Dans l'avenue des Tuileries, dont l'automne commençait de jaunir les frondaisons, parmi les cavaliers isolés ou en groupes chevauchant vers l'Étoile et le bois de Boulogne, il aperçut un hercule monté sur une magnifique bête pommelée. « Mais c'est Santerre! s'exclama-t-il. Arrête, cocher. » Il adressa des signes au bon gros géant qui, imposant à son cheval un changement de pied, se dirigea vers la calèche. Il avait de nouveau l'air florissant.

« Tu es superbe, lui dit Claude. Je me réjouis de te retrouver en si bel état.

— Merci, mon ami. Oui, je me suis pas mal remplumé.

— Tu as rouvert ta brasserie?

— Non pas. Elle est bien morte. Tu ne sais point que je suis très connaisseur en matière chevaline; avant la Révolution, d'Orléans me tenait pour son maître là-dessus. Aussi Legendre, Fréron et Tallien m'ont-ils obtenu la fourniture des chevaux pour les armées. »

La vieille solidarité jouait toujours entre les Dantonistes.

« Comment, toi, fournisseur! se récria Claude. Mais tu étais honnête!

— Je n'ai pas changé, répondit Santerre avec un grand rire, et tout en pratiquant honnêtement ce métier, je fais plus qu'y gagner ma vie, je t'assure. Le revenant bon sur chaque bête n'est pas très gros, seulement pense au nombre. Par exemple, il faut se remuer! Je suis rentré hier de Hollande, je repars demain pour l'Espagne. »

L'ancien brasseur ne se bornait pas au commerce des chevaux.

L'argent touché, il l'employait, çà et là dans ses voyages, en acquisitions de biens nationaux qu'il divisait et revendait avec bénéfice.

« Presque tous les Dantonistes, remarqua Claude, avaient le sens du profit. Leur erreur, à commencer par Danton, a été de voir dans la Révolution une énorme affaire. Toi, qui n'y as pas cherché avantage, elle t'a ruiné, mais il ne t'a pas fallu longtemps pour te remettre en selle, c'est bien le cas de le dire. Tu vas au bois de Boulogne?

— Oui, essayer ce mecklembourgeois que je destine à un général de ma corpulence.

— Passe donc par Neuilly, tu embrasseras ma femme. Elle sera heureuse de te revoir. Tu représentes pour nous tant de souvenirs! »

Il lui indiqua le chemin.

« Merci de la commission, je n'y manquerai pas, tu penses! Mais n'es-tu point imprudent, mon bon ami? dit Santerre en badinant. La ravissante Lise...

— N'est pas une citoyenne Beauharnais, répliqua Claude de même. Je suis bien tranquille.

— Oh! la citoyenne Beauharnais, c'était en tout bien tout honneur, sais-tu?

— Parbleu! Adieu, mon bon Santerre. Tous mes vœux t'accompagnent dans tes pérégrinations. »

Claude se fit conduire rue Vivienne et renvoya la calèche. A pied, il gagna le siège de la section Le Pelletier, ci-devant des Filles-Saint-Thomas. L'ancienne chapelle — où, quatre ans plus tôt, les grenadiers royalistes déguisés avaient contraint Marie-Joseph Chénier, alors Montagnard, à élargir Weber, le frère de lait de la reine — était comble. Réunis en assemblée primaire, les électeurs allaient se prononcer sur la Constitution et les décrets annexes, soumis comme elle à la ratification du peuple. Tout le peuple votait, citoyens actifs et citoyens passifs. Les assemblées primaires demeuraient cellles de la république démocratique. Le principe ne changerait que pour les élections, une fois la constitution nouvelle mise en vigueur. Mais ici, dans cette section par excellence des « ventres dorés », royalistes même en pleine Terreur, les citoyens actifs ou assimilés formaient une majorité absolue. Parmi les banquiers, les gens de Bourse, les commerçants en gros, ceux qui arboraient depuis le 10-Août les sabots, le pantalon, le bonnet ou la toque, la carmagnole ou la houppelande du vrai sans-culotte, s'étaient empressés, après le 9-Thermidor, de jeter aux orties cette défroque, pour reprendre le costume et les manières des « honnêtes gens ». On voyait même les coiffures en poudre des émigrés, mêlées aux oreilles de chien thermidoriennes et aux cadenettes des muscadins. A la tribune, à la place du strict et sombre Billaud-Varenne, l'Espagnol Marchena, soustrait en 93 à la proscription de ses amis les Girondins, exhortait l'assemblée à voter la Constitution et à repousser les décrets.

Cela semblait un mot d'ordre. Déjà, l'avant-veille et la veille, dans les sections où Claude était passé rapidement, on entendait ce pressant conseil assorti d'imprécations, sinon de menaces, contre les *perpétuels*. Dans celles qu'il visita ce jour-là, il en fut de même. A la Butte-des-Moulins, le littérateur Laharpe, Montagnard repenti; aux Tuileries, le vieux Dussaulx, ex-compagnon de Jean Dubon à la Commune du 14-Juillet, ex-jacobin, ex-Girondin sauvé au 2-Juin par Marat; aux Champs-Élysées, Lacretelle jeune, dénonçaient avec plus ou moins de mesure le décret des deux-tiers, déclaraient « attentatoire aux droits de l'homme » le décret ôtant la capacité politique aux parents d'émigrés non radiés, protestaient contre la limitation arbitraire apportée au choix des électeurs.

A la Fontaine-de-Grenelle, on alla plus loin. La veille, la section Le Pelletier avait audacieusement (sous l'impulsion du baron de Batz en personne, Claude ne s'en doutait pas) voté une espèce d'acte de garantie plaçant « tous les citoyens sous la sauvegarde de leurs assemblées primaires respectives et des quarante-sept autres de cette cité ». Bien que cet acte — fort hypocrite, car il visait uniquement, en fait de citoyens, les ennemis des *perpétuels* et tendait à coaliser les assemblées sectionnaires — ait été cassé le soir même par la Convention, la Fontaine-de-Grenelle l'adopta. En outre, elle nomma des commissaires chargés d'inciter les autres sections à l'adopter également. C'était entrer de pied ferme dans l'illégalité. Si les assemblées disposaient d'un droit souverain en ce qui concernait leur police intérieure, leur ordre du jour, les dates et la durée de leurs réunions, si rien ne s'opposait à ce qu'elles émissent des vœux et les présentassent sous forme de pétitions à la Convention, elles ne pouvaient ni prendre des arrêtés étrangers à leurs travaux, ni se coaliser entre elles, ni encore moins se mettre au-dessus des lois. Claude observait la situation avec le plus vif intérêt. Ces gens se croyaient bien forts de l'impopularité des conventionnels, pour les braver si impudemment! Le président invita la section à se déclarer en permanence jusqu'à ce que le nouveau gouvernement fût installé. Voté aussitôt, ainsi qu'un arrêté excluant du suffrage les citoyens « désarmés comme terroristes ». Enfin, on approuva une motion, encore de la section Le Pelletier, laquelle ne prétendait à rien de moins qu'à créer un Comité central des assemblées primaires en réunissant les commissaires délégués par chacune d'elles. Les trois décisions constituaient autant d'outrages à la loi. Décidément, la guerre était ouverte.

On voyait sans peine comment ces téméraires comptaient la mener. Leur Comité central ressemblait diantrement au Bureau de correspondance des sections formé par Danton à l'Hôtel de ville peu avant le 10-Août et devenu, dans la nuit du 10, la Commune insurrectionnelle. De même espéraient-ils, sans aucun doute, transformer leur Comité en une pseudo-assemblée du peuple, qui dissoudrait la Convention par la force, au moyen de la toute bourgeoise garde nationale, ferait les élections à la guise monarchiste, installerait un Corps législatif et un Directoire composés de royalistes ou d'hommes à eux. Ensuite ce gouvernement rappellerait au trône les Bourbons.

Comptez là-dessus et buvez l'eau de Grenelle, mes bons amis! D'abord, je vais, dans *La Sentinelle*, dévoiler votre plan de campagne aux yeux des citoyens abusés par vos déclamations. Vous êtes des aristocrates, des gros bourgeois et vous usurpez le nom de peuple. Deuxièmement, dans votre espoir de battre les républicains avec leurs propres armes, vous oubliez une chose : personne, après septembre 92, n'a jamais pu remonter la machine à diriger les soulèvements, démantelée par la Convention. Ni les agents de Batz et les hébertistes alliés, au 31-Mai où ils durent se contenter d'un Comité insurrectionnel réduit à l'assemblée de l'Évêché, ni les nouveaux Cordeliers impuissants à soulever les sections en ventôse an II, ni les robespierristes au 9-Thermidor, ni les patriotes des faubourgs en germinal et prairial derniers, n'y parvinrent. Là où échouèrent des hommes de cette sorte, ce n'est pas vous, pauvres cafards, qui réussirez. Vous êtes foutus d'avance, mais il faut vous laisser poursuivre vos folles entreprises pour que vous perdiez à jamais votre parti et la royauté.

Claude sortit. Un locatis le mena tout à l'autre extrémité de la ville. Il voulait voir maintenant les sections populaires. A la Halle-au-Blé, il ne fut pas surpris d'entendre des propos très semblables à ceux de Laharpe, de Marchena, de Lacretelle. Le royalisme était resté vivace dans les Halles, dont les dames, au temps le plus sanglant de l'hébertisme, n'avaient pas craint de fesser en public Claire Lacombe et ses Femmes révolutionnaires. Avec leur costume blanc et leur vaste chapeau de paille, les « forts » écoutaient complaisamment des orateurs bourgeois vitupérer les tyrans sanguinaires qui régnaient depuis six ans sur la France et prétendaient contraindre le peuple à les réélire.

En revanche, à la section des Droits-de-l'Homme, il tomba de son haut. Elle siégeait dans l'église dite Petit Saint-Antoine, rue du Roi-de-Sicile. A deux pas, se dressait La Force et s'ouvrait la rue des Ballets où s'étaient entassées en Septembre les victimes des massacres auxquels l'assemblée sectionnaire donnait l'impulsion. A présent, elle demeurait sans-culotte, quoiqu'on n'y portât plus le bonnet rouge. On n'y aimait nullement les royalistes, mais on n'y détestait guère moins les Thermidoriens, les « emprisonneurs de patriotes », les Soixante-Treize et les Vingt-Deux, qui avaient décapité la Révolution, refusé de mettre en vigueur la Constitution de l'an II, et qui s'accrochaient au pouvoir pour établir leur république bourgeoise, « leur république des profiteurs, où les prolétaires seraient esclaves ». Aussi s'apprêtait-on à repousser en bloc les décrets et l'acte constitutionnel.

A l'Arsenal, même antienne, plus violente encore. On se souvenait ici de Chabrier, Duval, Delorme qui avaient payé de leurs têtes leur humanité envers les conventionnels contre-révolutionnaires et les gardes nationaux bourgeois, de Pierre Dorisse déporté, de Pierre Lime en prison. « Et l'on voudrait nous obliger à maintenir au pouvoir deux tiers de ceux qui ont ainsi traité nos frères, enfermé Babeuf, chassé de la Convention nos amis montagnards, retiré à la plupart d'entre nous les droits politiques, de ceux qui, au nom du prétendu peuple possédant et riche, ont replongé le vrai peuple dans l'esclavage d'où nous étions sortis au 10-Août en effondrant la monarchie! Allons donc! ces hommes-là, engraissés de notre sang et de notre misère, sont au premier chef nos ennemis. Nous nous associerions plutôt à leurs adversaires pour les abattre, quitte à régler ensuite nos comptes avec les royalistes. » La motion des sections Le Pelletier et Fontaine-de-Grenelle, pour la formation d'un Comité central, arrivant là-dessus, fut adoptée sur-le-champ. Claude avait reconnu l'orateur enflammé : son secrétaire en 92, lorsqu'il remplissait, durant la Législative, les fonctions d'accusateur public près le tribunal criminel du 1er arrondissement de Paris. A cette époque, le garçon n'était rien moins que jacobin. Aurait-il tant changé depuis?... Ou bien?... Les réacteurs possédaient assurément dans les sections populaires des gens à eux. Rien ne pouvait être plus fou que de s'associer aux contre-révolutionnaires en escomptant s'en débarrasser une fois les *perpétuels* chassés. Les royalistes avaient tout à gagner dans une telle coalition; le peuple, tout à perdre, car le retour à l'Ancien Régime lui ôterait le peu de liberté matérielle et la grande liberté morale — source du progrès à venir — que lui laissait la république bourgeoise.

Comment exposer cela du haut d'une tribune populaire? Claude ne doutait pas, s'il y montait, de se faire acclamer comme montagnard, comme proscrit; mais il savait aussi qu'après cela on le huerait s'il voulait parler raison à ces citoyens passionnés d'une juste colère. Mieux valait s'en remettre à sa plume pour les éclairer. Il partit, beaucoup moins confiant qu'au sortir de Grenelle.

Il passa par le Théâtre-Français, section autrefois sœur des remuants Cordeliers, à présent bien revenue de son enthousiasme démocratique, et du reste, depuis longtemps écumée de ses « terroristes ». Rien, dans ce quartier, ne rappelait plus Marat, Danton ni Desmoulins. Qui habitait maintenant, au-dessus du petit café, le logis où l'inconséquent, irascible, mais si séduisant Camille et la tendre Lucile avaient, la veille du 10-Août, reçu les Marseillais? Derrière les fenêtres à petits carreaux, on entrevoyait des rideaux de guipure. Peut-être ce nid abritait-il un autre ménage amoureux. Le « bon Rouleau », « Monsieur Hon », pauvres victimes! Comment avait-on pu en arriver à de pareilles rigueurs? Même pas deux ans, et cette violence fratricide paraissait inconcevable. Terrible engrenage des causes et des effets. Mais si Vergniaud se trompait quand il comparait la Révolution à Saturne! Si elle ne devait pas nécessairement dévorer ses enfants! Si Batz disait vrai au fond de ses exagérations! Si c'étaient des royalistes qui avaient machiavéliquement conduit les grands révolutionnaires à s'entre-détruire! Si tout le sang versé ne l'avait été que par une longue et tenace conspiration tendant à noyer la Révolution dans ce flot! Si une franc-maçonnerie blanche, dont Batz n'était qu'une tête vantarde, avait fait les Massacres de septembre tout comme le 31-Mai! Si elle avait voulu la mort de Louis XVI parce qu'on ne pouvait rétablir l'absolutisme avec un prince tellement faible! Si... Allons donc! Claude haussa les épaules. Cherchait-il à se débarrasser du remords d'avoir laissé condamner ses amis? Il pressa le pas pour en finir avec ces pensées.

Parmi les curieux assistant aux délibérations sectionnaires, il aperçut le malingre Buonaparte avec deux officiers de son âge. Il ne semblait pas fort pressé de partir pour Constantinople. L'assemblée écoutait le journaliste Fiévée, auquel succéda son confrère Richer-Serizy, l'ultra-royaliste rédacteur de *L'Accusateur public*. L'un et l'autre, sans rire, évoquèrent la souveraineté du peuple, la déclarèrent odieusement violée par les décrets. C'était bien la tactique. Les contre-révolutionnaires invoquaient les principes de la Révolution pour l'anéantir. Un citoyen de bonne foi observa que ces décrets n'attentaient point aux droits du peuple puisqu'on les soumettait à sa ratification, et qu'à tout prendre le renouvellement annuel du Corps législatif permettrait aux électeurs d'écarter en trois ans tous les conventionnels. En somme, il s'agissait d'un système transitoire entre le gouvernement révolutionnaire dont on sortait et le régime constitutionnel. Cette transition paraissait fort nécessaire, fort sage. Les nouveaux députés auraient ainsi le temps de s'initier...

Le président, au nom, sans doute, de la liberté d'opinion, coupa la parole à ce bélître. Toutefois Fiévée lui répondit, avec politesse, habileté, et non sans justesse : « Citoyen, vous auriez raison si les conventionnels étaient tous honnêtes gens. Mais, nous le savons trop, une grande part d'entre eux sont des profiteurs. Ils s'incrustent dans leur place parce qu'elle les enrichit. Ils sauraient fort bien, lors des prochains renouvellements, imaginer d'autres décrets pour se maintenir longtemps encore. C'est aux électeurs, non pas à eux, à choisir dans la Convention les gens honnêtes qu'il faut conserver pour faire, comme vous le dites très raisonnablement, l'éducation des nouveaux venus. » Ce Fiévée, ancien typographe passé du composteur à la plume, ancien collaborateur de Condorcet à la *Chronique de Paris*, emprisonné quelque temps sous la Terreur, était un monarchiste modéré, d'esprit très souple : au total, un personnage assez sympathique.

Après ces diverses soirées et cette journée de sondages dans les assemblées primaires, Claude, avant de rentrer à Neuilly, repassa rue Nicaise persuadé que la Constitution serait largement acceptée, mais fort incertain de ce qui attendait les décrets. Or une puissante majorité républicaine dans le Corps législatif s'affirmait de plus en plus indispensable, sans quoi le royalisme — et non pas seulement le monarchisme à la Lanjuinais et autres anciens Feuillants — triompherait à brève échéance. Au reste, si par hasard les décrets étaient approuvés, les conventionnels ne seraient pas vainqueurs pour tant. Ils devraient faire face à l'insurrection nettement annoncée par la motion des sections Le Pelletier et de Grenelle. Toutes les assemblées populaires n'y adhéreraient pas, mais aucune assurément, ni le Panthéon, ni la Cité, ni les Gravilliers, ni celles du faubourg Antoine et du faubourg Marcel, ne prendrait parti pour les *perpétuels*. Les républicains de la Convention avaient commis une lourde faute en laissant persécuter ou persécutant eux-mêmes les patriotes, par crainte des survivances hébertistes. Je l'ai dit et redit, cela n'a servi à rien. Ils se trouvent à présent privés de défenseurs. On pourrait néanmoins remédier encore à cela; une ressource demeure.

En pénétrant chez lui, il découvrit sous la porte deux messages sans suscription ni signature. Point n'en était besoin. Ils provenaient d'Héron qui, réintégré dans la police secrète, témoignait à Claude sa gratitude en le renseignant comme autrefois, au temps des grands Comités. Pour ne se point compromettre l'un l'autre, ils ne se rencontraient pas et communiquaient au moyen de billets déposés par un intermédiaire. Le premier des deux messages rapportait textuellement quelques phrases surprises entre Richer-Serizy et Lacretelle jeune, dans un café des Champs-Élysées :

« Rich. — Le résultat de la victoire sera le rétablissement des Bourbons.

Lac. — Si la nation le veut. Mais elle ne les rappellera que conditionnellement.

Rich. — Je vous entends, vous êtes un Feuillant encroûté. Nous ne sommes donc unis que pour quatre ou cinq jours?

Lac. — Du moins ne serons-nous pas politiquement unis plus longtemps, suivant toute apparence. »

Tiens, tiens! Intéressant! D'abord, Lacretelle, résolument monarchiste, ne voulait rien céder à l'absolutisme. Pas mauvais à savoir. Secundo : les « quatre ou cinq jours » en disaient long sur le complot des royalistes et des monarchistes alliés. Cela représentait le temps de déclencher et de mener à bien un soulèvement dont ces mots confirmaient le projet. Tertio : là se révélait la faiblesse des conjurés, temporairement associés mais destinés à se combattre sitôt le but atteint, sinon même avant.

Le second message était l'extrait d'un rapport dû à une « mouche » de salon : mondaine en mal d'argent, qui vendait à Héron des confidences, ou l'un de ces émigrés non radiés, tolérés à condition qu'ils servissent d'oreilles là où des agents ordinaires n'eussent pu promener les leurs. Il s'agissait de propos entendus à un grand dîner chez la baronne de Staël, fille de Necker, femme de l'ambassadeur de Suède à Paris. Elle accueillait dans son salon tous les anticonventionnels notoires. Le clan Tallien aurait bien voulu l'exiler, mais on ne pouvait rien contre l'épouse d'un ambassadeur apprécié et soutenu par le Comité des Affaires étrangères. Il fallait donc subir cette grande femme hommasse, pas belle, tumultueuse, intrigante, quelque peu bas-bleu, et d'une très vive intelligence. Elle en donnait la preuve en conseillant à ses convives de laisser la Convention mourir d'elle-même. Selon le rapport, elle avait dit : « Vous ouvrez un débat qui ne saurait se terminer que par les armes. Vous voulez finir la Révolution et vous allez combattre dans les rues de Paris. Vous lui donnerez ainsi un nouvel essor. La Convention a dû sa naissance au 10-Août; elle s'affermira par un 10-Août nouveau. » Laharpe assurant que l'opinion était toute contre la Convention, elle avait répliqué : « Je demande à M. Laharpe de quel calibre sont les canons de l'opinion publique. »

Le bon sens parlait par cette bouche. Et, dans ce salon, Mme de Staël ne prêchait pas seule la sagesse, certainement.

Ses amis, l'ex-général Montesquiou, conquérant de la Savoie, Mathieu de Montmorency — le « petit Montmorency », comme l'appelait Rivarol —, ancien constituant et actuel amant de la baronne, tous émigrés radiés en messidor, thermidor, n'étaient point hommes à souhaiter ni approuver un « combat dans les rues de Paris ». De leur part, on devait attendre des manœuvres infiniment plus nuancées et plus habiles, soit pour rétablir la monarchie constitutionnelle dont ils avaient été les tenants avec La Fayette, les Lameth, Barnave, Duport, soit pour s'installer en personne au Directoire, comme le bruit en courait. On racontait même que le ci-devant évêque Talleyrand — également radié, à l'instigation de Marie-Joseph Chénier sur les instances de Mme de Staël — allait revenir d'Amérique dans cette intention. Faute d'une monarchie tempérée, ces gens-là s'accommoderaient fort bien d'une république bourgeoise, pourvu qu'ils présidassent à ses destinées, et Mme de Staël pourvu qu'elle en fût l'égérie.

Curieux, ce goût de certaines femmes pour la politique, le pouvoir exercé en coulisses! Après les favorites royales, Marie-Antoinette, Mme Roland, Théroigne de Méricourt avec le clan Pétion. Une coupure : le gouvernement révolutionnaire, farouche misogyne. Et maintenant cette Staël. Langlois avait écrit, l'autre jour, dans son *Messager du soir :* « Est-il vrai que ce soient trois femmes qui nous gouvernent aujourd'hui et que Lodoïska ait embrassé Mme Cabarrus pour perdre ensemble Mme de Staël? » Langlois se moquait du monde : ni Germaine Louvet ni Mme Tallien ne se souciaient de gouvernement. Mais l'autre Germaine, oui, pour sûr. En vérité, le fond de cette lutte, à tout prendre sordide, bien digne des « hommes perdus » et des ci-devant « frelons de Versailles », ce n'est pas un affrontement d'idéals, comme en 89, en 91, en 93-94; c'est une querelle de chiffonniers pour le pouvoir que les uns ne veulent pas lâcher et auquel les autres veulent parvenir. Voilà où est tombée la Révolution! Voilà pour quoi nous avons envoyé à la guillotine tant de gens que l'on radierait aujourd'hui de la liste des émigrés! Saint-Just disait vrai : on ne reconstruit pas sans avoir d'abord tout anéanti. Mais tout anéantir dépasse les possibilités matérielles et la force morale de l'homme.

Quittant ces songeries, Claude revint à ce qu'il pensait en écoutant les débats de Grenelle : laisser les ultra-royalistes poursuivre leurs menées, pour les conduire à leur perte définitive.

Définitive? Hum! Il commençait à devenir moins crédule, depuis le temps — juillet 89 — où il s'imaginait qu'un combat suffit à détruire une espèce. Néanmoins il rédigea rapidement une note pour Louvet.

« *À communiquer aux Comités de S.P. et de S.G.* — Le dessein d'insurrection ne fait aucun doute. Les nouvelles mesures prises contre les émigrés et les muscadins restent inopérantes par la volonté des sections thermidoriennes. Si les décrets annexes sont approuvés, le soulèvement aura lieu. Le Comité central existera demain, probablement à la section Le Pelletier. Celles des faubourgs ne bougeront pas; elles regarderont sans se troubler. La Convention a perdu tout crédit auprès d'elles. Mais ce que l'on ne saurait plus tenter d'une façon collective réussira si l'on s'adresse aux individus. Il faut libérer plus largement, sans passer par les sections, les prétendus terroristes, non coupables de délits de droit commun, les réarmer, de façon à grossir les « patriotes de 89 » et à en composer une force capable de tenir tête à la garde nationale bourgeoise et aux muscadins. On les encadrera aux moyen des officiers destitués par Aubry. Cela doit être entrepris sans délai. On peut accorder toute confiance à l'agent Héron et à ses sous-ordres, pour les moyens d'exécution. »

VIII

Non, à présent le petit Buonaparte n'était pas pressé de partir. Quand il sollicitait son envoi à Constantinople, il souhaitait réellement d'y aller; un instinct le poussait vers cet Orient d'où sort toute gloire comme en sort le soleil, disait-il à son ami Songis. Les *Mémoires* du baron de Tott, les ouvrages des abbés de Marigny et Reynal, sur lesquels, studieux adolescent, il avait médité la plume à la main, lui montraient dans l'Orient la route des Indes et le chemin prestigieux de l'empire du monde. Mais c'était là un rêve. Il y trompait le dépit de se voir refuser un emploi promettant une gloire plus rapide :

celle de faire reculer devant ses canons les illustres généraux de l'Autriche. Maintenant la situation devenait différente; la tension qui croissait sans cesse entre les contre-révolutionnaires et les *perpétuels* annonçait pour prochain un recours aux armes. Qui sait quelle chance pourrait s'offrir alors à un soldat résolu?

Tout ensemble superstitieux et fataliste, le jeune général de vingt-six ans croyait à la Fortune. Elle lui avait souri une fois en le faisant arriver à Marseille, afin de rejoindre son poste à l'armée d'Italie, au moment où les représentants en mission cherchaient un officier instruit pour commander l'artillerie devant Toulon. Il se rappelait cette chaude relevée de septembre 93 où son frère aîné, Joseph, était venu en hâte le prendre au club des Jacobins pour le mener à Cervoni envoyé d'Ollioules par leur compatriote Saliceti, et qui attendait dans un café. Il manquait d'enthousiasme, le petit capitaine. Ce qu'il désirait, ç'eût été de servir sur le Rhin. Là s'acquéraient rapidement les réputations et les grades. Néanmoins il s'était rendu aux instances de Joseph. Le soir même, chevauchant un mauvais bidet de poste, il partait pour Toulon, et le lendemain, au Beausset, il se présentait à Carteaux, ancien dragon, ancien peintre en émail, général fort capable d'appliquer contre l'ennemi la tactique de masses imposée par Carnot, mais totalement inapte à diriger un siège.

Cette inaptitude entrait dans les enchaînements heureux. Elle offrait enfin au tout nouveau favori de la chance, après ses vains efforts et ses déboires en Corse, l'occasion de s'imposer, de montrer sa valeur. Promu en quelques décades chef de bataillon, général de brigade, il avait contraint les Anglais à évacuer Toulon, reçu le commandement de l'artillerie à l'armée d'Italie, enlevé aux Autrichiens Saorgio, Oneille, le Tanaro. Augustin Robespierre soutenait ses plans et le protégeait contre les jalousies.

Hélas, la Fortune s'en était allée en même temps qu'Augustin, rappelé à Paris par son frère peu avant le 9-Thermidor. Depuis, tenu pour un séide des « tyrans », à tout le moins pour un général sans-culotte, persécuté par Aubry et par les ex-Feuillants des bureaux, il s'enfonçait dans un marasme qui lui avait fait écrire à Joseph en cet été de l'an III : « Si cela continue, je finirai par ne pas me détourner quand passe une voiture. »

Pourtant son genre d'existence eût contenté d'autres que

lui. Sans doute vivait-il chichement sur les vingt francs et dix sous par jour de sa demi-solde; mais cette somme lui eût assuré une relative aisance en un temps où l'on mourait de faim dans les faubourgs, s'il n'en eût économisé le plus possible pour l'envoyer à sa mère. En fuyant Ajaccio avec tous les siens devant les Paolistes menaçants, elle avait eu juste le temps de saisir l'argent qui se trouvait sous sa main, et de modestes bijoux. Ces ressources avaient fondu pendant les errances de la famille dans le Midi, de Toulon et La Valette au Beausset puis, une semaine plus tard, au petit village de Mionnac, ensuite à Marseille, plus tard au Château-Sallé d'Antibes dans le temps où Napolioné, après son succès à Toulon, organisait la défense des côtes, enfin de nouveau à Marseille depuis l'automne de 94. Jusqu'à ce moment, celui de sa disgrâce — outre qu'il avait reçu normalement deux mille livres à titre de prime d'entrée en campagne, plus un arriéré de trois mille autres —, le jeune brigadier touchait quinze mille francs par an, et Joseph autant pour ses fonctions de commissaire aux armées puis à la marine. Ils en réservaient la plus grande part à leur mère; elle ne se trouvait donc pas en peine de subvenir aux besoins de ses trois filles, Élisa, Pauline, Caroline, et de son dernier-né, Jérôme, onze ans, au collège à Marseille. Les deux autres garçons : Louis, seize ans, suivait son frère comme adjudant d'artillerie; Lucien, dix-neuf ans, occupait un emploi de garde magasin au village de Saint-Maximin, rebaptisé par lui Marathon, où il se signalait, sous le prénom républicain de Brutus, par des extravagances sans-culottesques et par une précocité matrimoniale : il venait d'épouser la fille de son aubergiste, l'aimable Catherine Boyer.

La réaction thermidorienne avait changé tout cela, jetant Napolioné (ou Napoléon) et Lucien en prison — pour peu de jours, à vrai dire —, mais leur ôtant leurs emplois, ainsi qu'à Joseph. Heureusement, marié en août 94 à la maigriotte, noiraude, laide et riche Julie Clary, fille de gros négociants marseillais, il ne laissait pas les siens manquer du nécessaire. De plus, Mme Buonaparte s'était inscrite au secours accordé par la république aux réfugiés corses. Ils recevaient, par personne et par mois, une allocation de soixante-cinq francs. Cela payait à peu près la nourriture. La municipalité les hébergeait gratuitement dans l'hôtel du ci-devant marquis de Cipières, émigré. Elle leur distribuait du bois pour la cuisine et le chauffage. Restaient néanmoins bien des frais. Pour aider sa mère à y subvenir, Napoléon ménageait ses propres dépenses. Il habitait un médiocre hôtel garni, le *Cadran-Bleu*, rue de la Huchette, au coin de la rue du Petit-Pont, où la chambre coûtait trois francs par semaine. Il déjeunait généralement d'une tasse de café à cinq sous au café Cuisinier, près du Pont-Michel tout proche, et dînait pour vingt-cinq sous. A moins qu'il ne s'invitât sans façon au Palais-Égalité, chez Barras, avec lequel il avait renoué les relations datant du siège de Toulon.

Le ci-devant vicomte tenait « table ouverte sinon toujours couverte », prétendait-il pour citer par gloriole son cousin le comte de Lauraguais, auteur de cet à-peu-près. Au vrai, rien ne manquait à la table de Barras, et il s'en faisait un moyen de renforcer sa position en nourrissant une *clientèle* de faméliques. Il jouait au bon garçon tout simple et peu argenté, mais le produit de ses prévarications dans le Var, qui lui avaient valu l'animadversion de Robespierre, remplaçait avantageusement son patrimoine dispersé avant la Révolution. Il disposait, pour son ménage de célibataire (il l'était de fait, car, s'il existait bien dans le Midi une vicomtesse de Barras, il ne l'avait pas revue depuis vingt ans), d'un spacieux appartement où Mlle Montansier le logeait gratis, comme « paratonnerre », assurait-elle en riant. On la lui donnait pour maîtresse, entre maintes autres. Cela se pouvait, car elle était peine de gratitude à son égard pour l'avoir tirée « des geôles de l'horrible Robespierre », et, quoiqu'elle allât sur ses soixante-cinq ans, vive, bien faite, bien conservée, avec toute l'élégance et le charme des femmes d'Ancien Régime, elle ne portait pas son âge, loin de là.

Soit pour se débarrasser d'elle, soit par un effet de son amoralisme sarcastique, le vicomte poussait Buonaparte à l'épouser. Un jour que le malchanceux petit général se plaignait de son sort, Barras lui avait répondu : « Tu as du talent, du courage, du patriotisme; tout cela trouvera sa place une fois ou l'autre. Mais si tu veux marcher plus vite, je vais t'indiquer un moyen. C'est le mariage. Nous procédions ainsi dans l'Ancien Régime. Tous nos nobles ruinés ou sans fortune guettaient les filles de négociants, de banquiers, de financiers; ils n'en manquaient pas une. Mlle Montansier est riche, et on lui redoit plus d'un million... »

Propriétaire, au Palais-Royal, du théâtre qui portait son nom et de plusieurs arcades attenantes, possédant de plus douze cent mille francs en capital disponible, l'actrice-directrice n'était point parti à dédaigner. Barras menait Buonaparte chez elle, les invitait ensemble, incitait son protégé à faire sa cour. Napoléon montrait une galanterie un peu brusque et goûtait des grâces gardant le cachet de Versailles où Mlle Montansier avait dirigé le théâtre de Marie-Antoinette, mais il ne pouvait songer à prendre pour femme une personne dont, le hasard aidant, il eût été le petit-fils, car elle comptait vingt ans de plus que sa mère à lui. Et ce qui le mouvait n'était pas un vulgaire désir d'argent; c'était le besoin d'agir comme à Toulon, à l'armée d'Italie, de se distinguer, d'égaler par ses exploits les Jourdan, les Pichegru, les Hoche : une faim de glorieuse fortune.

Au reste, il se tenait pour quasiment fiancé à une jeune fille de dix-sept ans, Eugénie-Désirée Clary, la jolie belle-sœur de Joseph : une enfant charmante, piquante, aux yeux noirs, au teint frais, les sourcils épais, bien dessinés, la bouche tendre et rieuse tout ensemble, l'air ingénu contrastant avec l'impulsivité de ses façons, en particulier celle de jouer à la « petite femme » du jeune général, de s'asseoir sur ses genoux, de se cacher en chemise sous son lit. Il l'avait connue ainsi, de fort près, en janvier et février précédents, puis revue le 2 floréal dernier — 21 avril vieux style — en passant par Marseille avec sa petite troupe d'aides de camp, pour se rendre à Paris. Joseph et Julie, sa femme, favorisaient cette union, bien vue du reste par toute la famille. Aussi, ce 2 floréal printanier, chez les Clary, rue des Phocéens, les deux jeunes gens avaient-ils échangé des promesses que Désirée rappelait à Napolioné dans une lettre très tendre : « Oh! mon ami, prends soin de tes jours pour conserver ceux de ton Eugénie, qui ne saurait vivre sans toi. Tiens-moi bien aussi le serment que tu m'as fait, comme je tiendrai celui que je t'ai fait. » Et lui, dans chacune de ses lettres à Joseph, ne manquait pas d'inclure des messages pour Désirée. Il la trouvait bien lointaine. Pourquoi n'écrivait-elle pas davantage? Il l'appelait *la silencieuse* et s'impatientait. Son incertitude au sujet d'un mariage qui, de sûr, semblait devenir problématique, entrait pour une part dans le dégoût de vivre manifesté en août par Napoléon à son frère. Rien, décidément, ne lui réussissait.

Mais les amitiés autrement sincères que celle de Barras, les plus affectueux attachements ne manquaient pas au petit officier malheureux, pour lui apporter chaleur et réconfort. Outre ses aides de camp, fidèles à leur chef dans la mauvaise fortune, il y avait son camarade d'école, Louis-Antoine Fauvelet de Bourrienne. Leur liaison datait de leurs neuf ans, à Brienne. Il s'était formé entre les deux enfants une de ces sympathies de cœur qui s'établissent si vite à cet âge. Elle durait encore en 1784, au moment où Napolioné de Buonaparte quittait Brienne pour devenir élève du roi à l'École des cadets, à Paris. Bourrienne, ne pouvant faire preuve des quatre quartiers de noblesse exigés, abandonna la carrière militaire et, avec la protection du ministre Montmorin, futur massacré de l'Abbaye, il s'essaya dans la diplomatie. Envoyé à Vienne, il séjourna ensuite en Prusse puis à la cour de Pologne. En avril 1792, il était rentré à Paris. Le 20 juin, Buonaparte et lui assistaient ensemble à l'invasion des Tuileries par les sections que conduisaient Santerre et Legendre. Peu après, le futur guillotiné, Lebrun-Tondu, expédiait Bourrienne à Stuttgart comme secrétaire de la légation. Rappelé l'année suivante, avec tous les agents diplomatiques, mais peu enclin à partager peut-être le sort de ses protecteurs Montmorin et Lebrun, il resta en Allemagne, où ses convictions royalistes ne l'empêchèrent pas de renseigner secrètement le Comité de Salut public. Ce qui lui valu d'être expulsé par les autorités saxonnes « pour intelligence avec l'ennemi ».

Aussi, fort de ces services, quoique porté sur la liste des émigrés il habitait ouvertement rue Grenier-Lazare, avec sa jeune femme épousée à Leipzig. Il venait presque tous les matins voir Buonaparte à son hôtel. Souvent Napoléon soupait, passait la soirée chez les Bourrienne. On admirait l'étendue de son esprit, on appréciait « ses manières simples, le charme de sa conversation ». Parfois il allait avec le jeune ménage au théâtre ou bien aux concerts du chanteur Garat. Mme Bourrienne le jugeait cependant original sinon bizarre. Il lui arrivait, en effet, de les quitter sans rien dire, et, alors qu'on le croyait parti, on l'apercevait soudain aux secondes loges, aux troisiémes, seul, ayant l'air de bouder, s'imaginait-elle, car elle ne concevait pas ces brusques besoins de solitude. Il était tout en contrastes, voire en contradictions. Comme les Bourrienne cherchaient un appartement plus grand, plus gai que celui de la rue Grenier-Lazare (ou Grenier Saint-Lazare), Buonaparte les accompagnait, et lorsqu'ils en arrêtèrent un rue des Marais, il leur dit, en visitant une demeure voisine où il songeait à s'installer avec son oncle Fesch et son ancien professeur, le père Patrault : « Cette maison vis-à-vis de vous, avec mes amis et un cabriolet, et je serai le plus heureux des hommes. » Par la suite, Mme Bourrienne douta de sa sincérité. Elle avait tort; Napoléon était aussi naturellement ouvert aux tentations de la vie la plus simple qu'à celles de la gloire; elles se partageaient successivement son âme, et celles-là le séduisaient d'autant plus que les circonstances donnaient d'autant moins l'espoir de satisfaire celles-ci.

On l'aimait plus généreusement, sans le comprendre beaucoup mieux, chez les Permon. Mme Permon, descendant de l'illustre famille des Comnènes, était une amie d'enfance de la signora Letizia Ramolino, mère de Napolioné. Elle avait tenu sur ses genoux le bébé au maillot et reçu, à Montpellier, le dernier soupir de son père, Charles de Buonaparte, mort loin des siens. Elle et son mari servaient déjà de correspondants à Napoléon au temps où il achevait ses classes à l'École militaire du Champ de Mars; ils le faisaient sortir, le recevaient, l'hébergeaient dans leur maison du quai Conti, où il occupait une chambre au troisième étage, à côté de leur fils, Albert. Cachés à Bordeaux pendant la Terreur, puis revenus à Paris après le 9-Thermidor, les Permon logeaient maintenant rue de la Loi — ci-devant Richelieu —, à l'hôtel de la Tranquillité. Saliceti, décrété d'arrestation en prairial, s'était dissimulé chez eux, à la grande colère de Buonaparte qui ne lui pardonnait pas de l'avoir mis en prison au fort Carré. Toute une tragi-comédie s'était jouée à ce propos, Napoléon menaçant de dénoncer Saliceti — sans véritable intention de le faire, car, en dépit de leurs démêlés ultérieurs, il lui devait son commandement à Toulon et par suite ses grades. Enfin, Mme Permon avait emmené à Bordeaux le représentant proscrit, déguisé en domestique.

Dans cette famille, le jeune Buonaparte se sentait comme chez lui. Il en était l'enfant terrible. Il décourageait par ses brusqueries la bonne volonté d'Albert, qui l'aimait bien pourtant. Il déconcertait les parents, mais il savait, avec un charme nonpareil, se faire pardonner ses incartades. Il étonnait leur fillette, Laure — *Loulou* —, dont le bon petit cœur s'émouvait, car elle entendait sa mère dire que Napoléon était « vraiment malheureux ». Elle le voyait, arrivant à l'hôtel, traverser la cour « d'un pas assez gauche et incertain ». Un mauvais chapeau rond enfoncé sur les yeux laissait échapper « deux oreilles de chien toutes pareilles à celles des muscadins qu'il détestait, tombant sur le collet d'une mince redingote gris de fer ». La jeune Loulou le trouvait laid avec ses traits « presque tous anguleux et pointus », sa petite silhouette osseuse, son teint jaune, « maladif même », mais aussi avec un regard, un sourire « admirables ». Dans le salon, il tendait au feu ses bottes crottées dont l'odeur offusquait Mme Permon. Elle promenait sous ses narines un mouchoir parfumé. Quand il s'en aperçut, il acheta les services de la femme de chambre pour qu'elle lui nettoyât ses bottes avant son entrée dans l'appartement.

Parfois il amenait ses amis, surtout le plus intime : Andoche Junot, vingt-trois ans, ex-sergent canonnier devenu sous Toulon son secrétaire puis son aide de camp à Nice. Junot, qui avait voulu le faire évader du fort Carré, nourrissait pour lui l'admiration et le dévouement d'un vrai Pylade. Il demeurait avec son général, rue de la Huchette, l'aidait de sa bourse à l'occasion, car ses parents, Bourguignons fort à l'aise, lui servaient une honnête pension. Malgré ces subsides, il fallait aux jeunes gens se priver de bien des superfluités dont on est friand à cet âge. Souvent, le soir, assis sous les arbres des Capucines, ils regardaient non sans amertume les nouveaux mirliflores de la jeunesse dorée s'exhiber sur leurs chevaux de luxe ou lorgner les merveilleuses de boulevard en jurant leur « paole parfumée », leur « paole panachée ». Il arrivait que Napoléon perdît patience. Il déclamait contre l'injustice du sort. Il injuriait à mi-voix ces *incoyables* aux ridicules affectations, aux cravates, aux revers démesurés, aux bas en tire-bouchons. « Et ce sont ces êtres-là qui jouissent de la fortune ! » s'exclamait-il en repoussant sa chaise avec humeur.

Afin d'augmenter leurs ressources, quand Junot recevait sa pension il en risquait certaines fois une partie au jeu. Prudemment, il confiait à Buonaparte les trois quarts de la somme ;

le reste allait courir les chances du trente-et-un dans les tripots du Palais-Royal. Le jeune capitaine jouait froidement et méthodiquement, pour gagner. Il rapportait assez fréquemment des rouleaux d'or. Alors le petit intérieur devenait joyeux; on réglait les dettes, on se passait quelques fantaisies.

L'arrêté plaçant le général Buonaparte à la tête de la mission en Turquie avait considérablement amélioré ce médiocre état de choses et le moral de Napoléon. Non seulement il touchait désormais solde entière, mais surtout il ne se sentait plus écarté, impuissant, condamné à végéter tandis que d'autres moissonnaient des lauriers. Il avait repris son uniforme bleu noir avec des broderies d'or renouvelées. Il pouvait de nouveau se promettre cette gloire dont les prestiges obsédaient son imagination poétique et ardente. Il écrivait à Désirée Clary des lettres enthousiastes. « Je ne vois dans l'avenir, lui confiait-il, que des sujets agréables. »

A vrai dire, Eugénie-Désirée n'occupait plus une place très certaine dans cet avenir. Napoléon avait voulu l'épouser parce qu'elle lui plaisait, assurément, mais aussi parce que cette union avec une fille de riches négociants convenait au mieux à un officier sans fortune. Il enviait affectueusement son frère d'avoir réussi avec Julie Clary un établissement très avantageux. « Ce coquin de Joseph a bien de la chance! » disait-il en août à Bourrienne.

A présent, il n'en était plus si sûr. La petite Marseillaise de dix-sept ans paraissait tout à coup bien terne, comparée à ces femmes éblouissantes : la citoyenne Tallien, qui ne comptait pas plus de dix-neuf ans mais joignait à la plus voluptueuse beauté toute l'expérience de la séduction; la citoyenne Hamelin, audacieuse créole aux yeux de diamant noir; la citoyenne Krüdner, blanche et blonde Livonienne courtisée par Fréron et toute une nuée d'adorateurs; la citoyenne Récamier, une madone de Raphaël; la citoyenne Beauharnais, créole aussi, un peu fanée à trente-deux ans, néanmoins d'une grâce, d'une élégance exquises, toutes les reines du jour que Barras ne se souciait pas de lui faire connaître et qu'il venait d'approcher pour la première fois en allant à la chaumière du Cours-la-Reine exprimer ses remerciements à Tallien.

Il y retournait maintenant, invité en permanence aux soirées où, dans le grand salon décoré en manière de temple grec, au milieu du scintillement des lustres et des appliques, il coudoyait le cérémonieux Cambacérès — qui l'avait, sans le savoir, rayé des cadres —, Carnot, bourru, avec sa chevelure de Méduse, le colosse Hoche, à Paris pour un jour, et pas encore guéri de sa passion pour Mme Beauharnais, Sieyès revenu de sa mission diplomatique en Hollande, l'inquiétant Ouvrard déjà vu chez Barras dont il partageait les trafics et les maîtresses, le peintre David sorti du Luxembourg, le poète Arnault, ex-amant de Mlle Contat, son amant actuel, Legendre, le musicien Méhul, le magnifique Talma, rénovateur de la tragédie. Il découvrait un monde où les femmes étaient les vraies puissances. Combien différentes de la pauvre fille ramassée sous les galeries de bois du Palais-Royal, qui l'avait déniaisé à dix-huit ans, et même de l'aimable Félicité Turreau, la blonde et légère épouse du représentant à l'armée d'Italie! Elles régnaient par la beauté, l'intrigue, le caprice, le désir.

« Les femmes, écrivait-il à son aîné, deviennent la grande affaire... Elles sont ici les plus belles du monde. » A plus d'un égard, elles l'attiraient; il aurait bien voulu les intéresser à lui et à sa fortune. Il faisait la cour à Mme Tallien. Cependant il tenait encore à Désirée, par des liens sensuels, des souvenirs assez vifs, et par fidélité à soi-même, plus que par un véritable amour. Il restait résolu à l'épouser, pourvu que ce fût tout de suite. Comme les Clary — la mère et le frère de la jeune fille; son père était mort depuis janvier 94 — se refroidissaient, car ils ne prenaient pas au sérieux ce service auprès du sultan de Turquie, il manda impérativement à Joseph : « Il faut que l'affaire d'Eugénie finisse ou se rompe. J'attends ta réponse avec impatience. »

Ces agitations de son âme ne le rendaient pas moins attentif à la sourde fébrilité de Paris. Tout en organisant la mission à Constantinople, en y faisant affecter son ancien camarade de régiment, Songis, Junot, bien entendu, et un ex-condisciple de celui-ci au collège de Châtillon : le jeune capitaine d'artillerie Marmont — vingt et un ans — que Napoléon avait apprécié au siège de Toulon, il observait attentivement les réactions des assemblées primaires. C'est ainsi que Claude l'aperçut, le cinquième jour complémentaire, à la section du Théâtre-Français.

Le surlendemain, Ier vendémiaire — 23 septembre —, premier jour de l'an IV, les résultats des votes furent proclamés. Dans toute la France, les assemblées du peuple acceptaient la Constitution à une énorme majorité, comme Claude le prévoyait et l'avait annoncé dans son second numéro de *La Sentinelle*. Quant aux décrets annexes, ils passaient tout juste. Dix-neuf départements et trente-trois des quarante-huit sections de Paris les repoussaient à l'unanimité. Treize d'entre elles, monarchistes ou patriotes : Le Pelletier, Fontaine-de-Grenelle, Arsenal, Droits-de-l'Homme, Mail, Cité, Pont-Neuf, Théâtre-Français, Luxembourg, Réunion, Mont-Blanc, Arcis, Amis-de-la-Patrie, refusèrent de reconnaître le plébiscite et s'opposèrent à sa publication.

Dans la plupart des assemblées primaires parisiennes, on était très surexcités contre les *perpétuels*. On les accusait d'avoir truqué le recensement des votes. L'air automnal fleurait l'émeute.

IX

Le 2 vendémiaire au soir, des jeunes gens à cadenettes ou perruque blonde, qui parcouraient les rues en criant : « A bas les deux-tiers ! » et en brandissant leur *pouvoir exécutif*, comme ils appelaient la grosse canne généralement torse dont ils s'armaient, assaillirent dans le jardin du Palais-Royal les grenadiers de la garde recrutée pour le futur Corps législatif. Ces muscadins ne portaient pas seulement des cannes; la poudre parla, un grenadier fut blessé.

La rébellion avait déjà éclaté, çà et là, en province, sous l'impulsion des prêtres réfractaires, des émigrés rentrés, d'agents royalistes travestis en démocrates. Ceux-ci enchérissaient sur le mécontentement des patriotes et les excitaient à la révolte. Tous les moyens semblaient bons aux royalistes pour dresser le pays contre les conventionnels. Parmi les nombreuses lettres de lecteurs adressées à *La Sentinelle*, plusieurs signalaient les agissements d'agents provocateurs. Selon l'une d'elles, dans le Doubs presque toutes les assemblées communales étaient guidées par les anciens curés revenus ou sortis de leurs retraites. Aussi le district de Saint-Hippolyte s'insurgeait-il pour délivrer les prêtres encore détenus. Dans le Midi, on réclamait avec des menaces la restauration du catholicisme comme religion dominante, et plusieurs assemblées un roi; pendant qu'à Chartres les sections en révolte forçaient Letellier, en mission dans l'Eure-et-Loir, à taxer les subsistances en rétablissant l'ultra-révolutionnaire *maximum*. Ne pouvant supporter cette contrainte, le malheureux Letellier se suicida.

La Sûreté générale connaissait désormais l'existence d'une agence royaliste à Paris, et l'un de ses chefs : Lemaître. On le laissait en liberté, très surveillée, pour en apprendre davantage. On n'ignorait pas — et Claude le savait par Bordas, entré depuis peu au Comité de Sûreté — que cette agence avait envoyé, aux environs de Paris, en Normandie, en Bretagne, dans le Languedoc, dans le Midi, une circulaire à ses affidés, pour faire repousser les décrets, aiguillonner le peuple et provoquer des soulèvements. Héron réussit à saisir un de ces messages. Au nom du Comité, Ysabeau en donna lecture à la tribune. Après lui, Lecomte dénonça le Comité central insurrectionnel formé au couvent des Filles-Saint-Thomas, dans le local de la section Le Pelletier. Claude assistait à cette séance au milieu des nombreux « patriotes de 89 » peuplant les gradins publics. Curieuse sensation que d'être assis là et de se taire, après avoir été si longtemps de ceux qui siégeaient sur les banquettes vertes, qui montaient à la tribune. Mieux encore : il se rappelait le temps où, installé dans le somptueux fauteuil à l'antique, sous le trophée des drapeaux ennemis, il présidait cette Assemblée.

Quoique bien dégénérée depuis, elle restait comme autrefois insensible aux menaces. Sans s'émouvoir des criailleries contre-révolutionnaires, elle avait proclamé lois nationales la Constitution de l'an III et les décrets des 5 et 13 fructidor. Elle décida que les assemblées électorales de département se réuniraient le 20 vendémiaire et devraient terminer leurs travaux l'avant-dernier jour de ce mois, au plus tard. Le Corps législatif entrerait en fonctions le 15 brumaire, 6 novembre vieux style, pour nommer le Directoire exécutif. Les patriotes éclatèrent en applaudissements, tandis que les muscadins et des pétitionnaires venus à la barre pour protester encore contre les décrets murmuraient. Plusieurs sortirent furieux. Au-dessous de Claude, deux grotesques avec des collets vert-pomme démesurés, des perruques blondes qui leur mangeaient la figure, braquaient leur lorgnon en déclarant d'un air agressif : « Paole d'honneu, c'est incoyable ! » A l'extrême droite, Laharpe, le vieux Dussaulx, les royalistes Henry-Larivière, Aubry, Rovère s'agitaient sur leurs bancs.

Si les monarchistes modérés conservaient jusque-là un espoir de gagner la partie sans recourir aux armes, cette proclamation et ce décret l'anéantissaient. Il leur fallait lâcher la bride aux ultras, et sans doute marcher avec eux pendant quelques jours, comme le précisait Lacretelle jeune à Richer-Serisy. On devait donc s'attendre à une réaction violente des sections. Les Comités s'y préparaient en concentrant des troupes sous Paris. Déjà plusieurs bataillons et deux escadrons étaient arrivés à Marly où ils campaient discrètement au Trou d'Enfer. Tallien, Fréron et Barras, auxquels Claude parla après la séance, ne s'inquiétaient guère. Lui non plus. Il jugeait peu redoutable pour la république une tentative insurrectionnelle menée par des gens disparates, brouillons, divisés entre eux. Les royalistes se conduiraient là comme ils s'étaient conduits en Vendée, en Bretagne, à Quiberon. Non, leur entreprise ne présentait aucun véritable danger, — à condition tout au moins qu'elle ne s'assortît pas d'une trahison aux frontières. Il monta voir si Bernard savait du nouveau sur Pichegru.

Dans l'ex-atelier du roi, on se consacrait, pour le moment, à la situation intérieure. Tallien et ses amis, dénués de confiance dans les bureaux militaires, à commencer par le jeune Fain, très honnête mais penchant vers le monarchisme, avaient chargé le général Delmay d'encadrer les ci-devant terroristes libérés par le Comité de Sûreté générale et secrètement réarmés par les soins d'Héron : tous anciens soldats. On voulait de vrais combattants. Leur nombre, prévoyait-on, se monterait sous peu à trois mille. Il fallait leur choisir des chefs parmi les victimes d'Aubry, et proposer des généraux pour commander les troupes de ligne si on les appelait dans Paris.

« Tu peux mettre Carteaux sur ta liste, proposa Claude. Ce genre de guerre s'accorde avec ses facultés. En 93, il nous a rendu grand service à Villeneuve et en Avignon, contre les fédéralistes. Et pourquoi pas Buonaparte? C'est un général extraordinaire.

— Il ne veut pas se battre contre d'autres Français, tu l'as entendu dire cela ici même.

— Bah! dans un cas pressant!

— Et puis, ajouta Bernard, je l'admire mais je n'aurais pas tellement confiance en lui. Si les monarchistes marquaient quelque avantage, il serait bien capable de se mettre à leur tête.

— Allons donc! Il déteste les royalistes, il a été jacobin.

— Peut-être. En tout cas, il méprise les *perpétuels*. Il est révolutionnaire à la façon de Robespierre qui n'a jamais apprécié le sans-culottisme et n'aurait pour rien au monde coiffé le bonnet rouge. Si tu veux connaître toute ma pensée, je l'estime plus aventurier, plus affamé de gloire où qu'elle se cueille, que républicain, malgré son enthousiasme pour les principes de 89.

— Tu ne te trompes sans doute pas, reconnut Claude. Bon, peu importe. As-tu des nouvelles du Rhin?

— Oui. Assez confuses, à la vérité. Notre Jourdan a gagné ses bases et attend que Pichegru soit sur les siennes. L'animal manœuvre d'une façon si maladroite, ou plutôt si ambiguë, que l'on ne saurait reconnaître encore ses intentions. A mon avis, il trahit; mais sa trahison se bornera, je pense, à ne pas soutenir efficacement Jourdan, à paralyser l'offensive. J'ai déjà pris mes précautions pour ramener notre ami en sûreté.

— Ne crois-tu pas Pichegru prêt à marcher sur Paris avec son armée, ou une partie de son armée?

— Oh! non, assurément! répondit Bernard en partant à rire. Sois tranquille là-dessus. Pichegru, tu penses si je le connais! C'est un indécis qui, de son mouvement, ne se risquera jamais à rien. Sa campagne en Hollande peut faire illusion, mais tous ici nous savons qu'il n'aurait pas osé appliquer les plans du bureau si les représentants n'avaient été près de lui pour le fouailler et le menacer sans cesse. Ah! tiens, si Buonaparte prenait la tête d'une conspiration royaliste, tu le verrais suivre ventre à terre. Quant à se mettre lui-même en avant, voilà une paire de manches qu'il n'enfilera jamais, je te le garantis. »

Le 3 vendémiaire fut calme, en apparence. La seule manifestation des anticonventionnels consista, dans la journée, à envoyer députation sur députation aux troupes dont ils avaient découvert la présence à Marly, pour les endoctriner, les séduire.

Puis, brusquement, vers la fin de la relevée, un bruit courut : la section Le Pelletier venait, racontait-on, de lancer un défi aux *perpétuels*. Claude l'apprit au Palais-Royal, dans la librairie de Louvet. Il triait le courrier de *La Sentinelle*. Les propos échangés par deux commerçants voisins, qui causaient devant la boutique, l'attirèrent vers la porte. Il s'avança comme s'il cherchait un peu plus de jour sous les arcades pour continuer sa besogne. « Non, non, disait l'un. Si vous m'en croyez, nous ne nous en mêlerons pas. Les journées, c'est affaire à la canaille. Avons-nous assez maudit les sans-culottes pour tout le trouble qu'il nous ont apporté ! Et maintenant c'est nous qui deviendrions les fauteurs d'anarchie ! Je l'abhorre, l'anarchie, vous le savez.

— Moi de même, voisin.

— Parbleu ! Elle a manqué de nous ruiner à plat. Et nous donnerions là-dedans à notre tour ! Je les trouve bons, moi, ces gens de Le Pelletier, avec leur défi à la Convention. Les deux-tiers ne me plaisent pas et je voudrais de nouveaux députés qui nous ramènent un monarque pour remettre toute chose en place, nous rendre une monnaie, chasser tous les miasmes de la Terreur. Mais quoi, la Convention, c'est la loi. Comment des ennemis de l'anarchie peuvent-ils attaquer le pouvoir établi et reconnu?

— Bah ! la logique ne tracasse guère les partis. Ils voient le but et toutes les armes leur sont bonnes pour l'atteindre.

— Je vous l'accorde, mais moi je m'en tiens à la logique, et je dis : Quand le gouvernement a fixé une date pour la réunion des assemblées électorales, il ne convient pas à une section d'en imposer une autre. Ce n'est pas un défi au gouvernement, c'est un défi à la loi. Voilà mon sentiment, voisin.

— Vous avez fort raison. Et où nous mèneront-ils à la fin, avec leurs provocations aux *perpétuels*?

— A une journée.

— Que nous ferons, nous autres, car leurs muscadins n'y suffiraient pas. Eh bien, je vous le déclare tout net, mon ami, moi je n'en serai point. Prendre l'uniforme et le fusil quand il s'agissait de réprimer la racaille, de défendre contre elle nos propriétés, bon, je m'y suis astreint. Je veux bien m'y soumettre aussi pour monter la garde et assurer l'ordre public. Mais je ne les prendrai pas pour aller affronter des troupes de ligne, même si la restauration du trône était à ce prix. Vous comprenez, voisin, ce n'est point que j'aie peur.

— Moi non plus, quoique nous en aurions bien le droit; nous ne sommes pas soldats de métier, nous.

— Eh oui! Et puis les troupes de ligne, ce n'est pas des sans-culottes, ça. Ce n'est pas des énergumènes qui veulent nous voler nos biens. Ce sont les défenseurs du pays, ce sont eux qui ont fait la France victorieuse et grande.

— Et qui ouvrent tous les jours au commerce des débouchés nouveaux.

— Pourquoi, je vous le demande, irions-nous tirer sur ces braves?

— Et nous offrir à leurs coups? Ils ont des canons, au Trou d'Enfer, à ce qu'il paraît, tandis que les nôtres nous les avons donnés à la Convention, dans les effusions de prairial... »

Claude souriait à part lui. Les royalistes seraient sages de ne pas trop tabler sur la garde nationale. Elle devait compter nombre de bons bourgeois comme ceux-ci, monarchistes certes, mais opposés par nature à toute politique extrémiste, essentiellement amis de l'ordre si nécessaire à leur négoce, et peu enclins à jouer les héros.

Là-dessus, Louvet arriva, marchant d'un pas rapide sous la galerie pleine de flâneurs, où déjà les lumières s'allumaient. « Tu sais ce qui se passe? demanda-t-il.

— Confusément. J'ai entendu quelques mots. Les ventres dorés lèvent l'étendard de la révolte, hein?

— Ils ont rendu un arrêté rapprochant au 10 le début des opérations électorales.

— Une illégalité de plus.

— Oui et non. Ils se fondent sur le paragraphe de la Constitution qui fixe à vingt jours l'intervalle entre les travaux des assemblées primaires et ceux des assemblées électorales. Les premières s'étant réunies le 20 fructidor, les secondes auraient dû être convoquées pour le 10 vendémiaire et non pas dix jours plus tard. C'est la Convention, disent-ils, qui viole la loi, pour retarder la mise en activité de la Constitution et l'installation du nouveau tiers. Absurde, mais on les croira.

— Qu'allez-vous faire?

— Casser l'arrêté, bien entendu. Ma bonne amie, reprit Louvet à l'adresse de Lodoïska en entrant dans la boutique, pourrais-je souper tout de suite? Nous allons tenir une séance de nuit. »

Au cours de celle-ci, la Convention, après avoir entendu un long rapport de Lesage, décida que si l'on attentait à sa liberté le Corps législatif et le Directoire iraient siéger à Châlons-sur-Marne; puis elle déclara nul et non avenu le pseudo-arrêté pris abusivement par la section Le Pelletier. Sur une motion de Merlin de Douai, elle décréta qu'à l'avenir « tout président ou secrétaire d'assemblées primaires qui mettrait aux voix ou signerait des arrêtés étrangers à l'objet de leur convocation » serait réputé coupable d'attentat contre la sûreté de l'État et traité comme tel.

La menace parut faire impression. Mais, le 5, Claude trouva sous sa porte un nouveau message d'Héron, — confirmé un peu plus tard par Bordas, avec lequel Claude dîna au restaurant Berger en compagnie de Gay-Vernon et de Brival. D'après l'agent secret, Lemaître et ses associés (on identifiait à présent l'un d'eux, un certain Brottier, mis désormais en surveillance) avaient attiré à Paris de nombreux chouans. Avec la complicité des autorités sectionnaires, on les incorporait dans la garde nationale. Tiens donc! les royalistes se rendaient compte qu'il leur fallait renforcer sérieusement les boutiquiers en uniforme! Pendant ce temps, les pétitionnaires des sections aristocratiques protestaient à la barre contre la « menace » des régiments concentrés sous Paris. Un orateur délégué par le Mail demanda insidieusement : « La garde nationale a-t-elle démérité, pour qu'on l'enveloppe de troupes? » Lacretelle, au nom des Champs-Élysées, osa dire : « Il ne faut pas que l'on voie paraître les enseignes de la Terreur au milieu de ces délibérations dans lesquelles le peuple va exercer sa liberté. »

En réponse, Claude, d'accord avec Louvet, inséra le message d'Héron, sous ce titre : « Rapport présenté au Comité de Salut public par le Comité de Sûreté générale, le 5 vendémiaire an IV. » Et il ajouta ce commentaire : « La Convention n'a nul besoin de troupes contre la garde nationale parisienne; elle en a besoin contre les vaincus de Quiberon, car ils espèrent prendre leur revanche à Paris. M. de Lacretelle jeune a évoqué les *enseignes de la Terreur*. Qui, sinon ces chouans, agite ici les enseignes d'une terreur nouvelle? Et comment ose-t-on appeler *peuple* quelque 50 000 propriétaires ou assimilés exerçant leur liberté dans les assemblées dont plus de 100 000 autres Parisiens sont exclus? »

L'esprit polémique n'empêchait point Claude de surveiller sa plume; ce que la plupart de ses confrères gazetiers, et les pamphlétaires plus nombreux chaque jour, ne faisaient point. Les injures, les menaces s'entrecroisaient. Les adversaires des *perpétuels* les traitaient couramment de profiteurs, d'agioteurs, de concussionnaires, de brigands qui se cramponnaient au pouvoir pour continuer leurs vols. À certains, ils décochaient des flèches plus barbelées. Ils lançaient à la tête de Tallien les guillotinages de Bordeaux, l'or dont il s'était, assuraient-ils, empli les poches en vendant des grâces et en faisant main basse sur l'argent et les bijoux des condamnés. Ils allaient jusqu'à lui imputer les massacres de Septembre. Ils dénombraient les vcitimes de Barras et de Fréron, fusillées à Toulon, à Marseille. Ils accusaient odieusement Marie-Joseph Chénier d'avoir envoyé son frère André à l'échafaud. Ils traitaient Legendre de boucher prétentieux et imbécile, Louvet de folliculaire stipendié (on n'avait pas encore découvert que Claude le remplaçait). Les anciens Montagnards ripostaient en qualifiant leurs insulteurs de royalistes noirs, d'Incroyables, de chouans, de pilleurs de diligences, d'agents de Pitt, de compagnons de Jésus, de fils du Soleil, d'égorgeurs et de vulgaires assassins. Legendre dénonçait Mme de Staël comme conspirant dans son salon avec les pamphlétaires royalistes et correspondant avec les émigrés. A quoi Langlois répliquait en signalant la Thérésa de Tallien et la Lodoïska de Louvet comme les Érinnyes de la Montagne. Ces violences devaient inévitablement passer dans les actes.

Le sextidi, quelques heures après la parution de *La Sentinelle,* Claude se rendait à la boutique pour vérifier la liste des abonnements. Entrant dans la Galerie-Neuve, il lui sembla distinguer au milieu de l'ordinaire animation un mouvement anormal vers le numéro 24. Des gens venant du jardin, se pressaient sous les arcades, comme pour voir ce qui se produisait. Il se mit à courir parmi les passants et aperçut, en effet, un rassemblement tumultueux devant la librairie. De jeunes royalistes auxquels se mêlaient quelques gardes nationaux sans armes, des chouans probablement, conspuaient Louvet, clamaient : « À bas *La Sentinelle!* » Un fracas de verre brisé dégringolant sur les dalles retentit, haut et clair. Un « pouvoir exécutif » avait défoncé la devanture. Puis la vitre de la porte vola en morceaux, juste au moment où Claude, bousculant les curieux, entrait de plein fouet dans la troupe tapageuse. Il projeta contre leurs congénères deux goujats à perruque blonde et pénétra dans la boutique. Lodoïska s'y trouvait seule avec le petit commis terrorisé. Claude vit qu'ils n'avaient aucun mal.

« N'êtes-vous pas honteux! s'écria-t-il en se retournant. Menacer une femme et un enfant! Déguerpissez! » Il s'était saisi de la lourde barre avec laquelle on assujettissait les volets. Cette arme, la carrure de celui qui la maniait en imposèrent aux royalistes les plus proches. Les autres braillaient : « A bas! à bas! » tandis que les boutiquiers d'alentour protestaient. « Sont-ce là des façons? Effrayer les pratiques, casser les vitres! Allons, messieurs, retirez-vous! » Quelqu'un cria : « Voilà les bonnets à poils! »

Les gardes nationaux du théâtre de la République, tout voisin, n'avaient pas bougé, bien entendu; mais les grenadiers du Corps législatif accouraient par l'autre bout de la galerie, croisant la baïonnette, fort disposés à prendre leur revanche sur leurs adversaires du duodi précédent. Ceux-ci n'attendirent point. Ils disparurent en se confondant avec les curieux qui s'égaillaient dans le jardin par crainte des coups.

L'intrépide Germaine ne s'était pas départie de sa fermeté habituelle. Remerciant Claude, elle ajouta : « J'avais peur seulement de voir survenir Louvet. Avec son courage, il se serait jeté sur ces misérables et ils lui auraient fait un mauvais parti, car il n'a ni votre taille ni votre force. » Prévenu que l'on cassait tout chez lui, il arrivait en hâte, accompagné par Barras. « Ma pauvre amie, souffla-t-il, hors d'haleine, tu courras donc toujours des dangers à cause de moi! Ces brigands! Ils sont pires qu'autrefois les maratistes! » Très animé, il parlait de réarmer indistinctement les faubourgs, de rouvrir les Jacobins. Barras le calma. « Nous n'avons rien à redouter, nous saurons bien mettre au pas les trublions. » Rassurés par la présence des grenadiers qui promirent de laisser là quatre d'entre eux jusqu'au soir, les deux hommes retournèrent à la Convention.

Tout en votant la réunion de la Belgique et du pays de Liège à la France, elle complétait ses mesures défensives. Elle interdit aux sections et aux assemblées primaires de donner aucun ordre à la garde nationale, ôta aux autorités sectionnaires le droit d'opérer des arrestations, défendit aux concierges des prisons de recevoir aucune personne qui ne lui serait pas amenée par les agents de la Sûreté ou de la Commission de police. Enfin, les Comités se firent envoyer par le général Landremont, commandant le camp de Saint-Omer, trois mille hommes en renfort.

Malgré leurs rodomontades, les meneurs hésitaient, on le voyait bien. La tranquille énergie des conventionnels, la répugnance de nombreux bourgeois à violer la légalité, à se lancer dans une aventure redoutable, la détermination des troupes qui, loin de se laisser gagner, témoignaient leur complet dévouement à la république, justifiaient cette hésitation. Le 7 vendémiaire, lors d'une soirée chez Tallien (où le malingre Buonaparte, toujours parisien, se montrait tout ensemble timide et hardi avec les dames, et les amusait par sa brusquerie ombrageuse), Cambacérès déclara : « Il ne se passera rien, finalement. Tout va se noyer dans les rumeurs.

— Je ne le crois pas, répondit Claude. S'il n'y avait comme moteurs que les banquiers monarchiens et les gazetiers, même du genre Richer-Sérizy, cela se pourrait; mais il y a là-dessous des agents royalistes, les auteurs de Toulon, de Quiberon. Ils ne lâcheront pas prise, eux. Si l'affaire s'endort, ils trouveront moyen de la réveiller, n'en doutez point. Vous seriez bien avisés, je le répète, de rapporter la loi sur les prétendus terroristes et d'en réarmer le plus possible. »

Tallien, Fréron, Barras approuvèrent. Cambacérès fit la grimace; cette mesure ne plaisait guère aux modérés, dont plusieurs, comme Cambacérès lui-même, semblaient tourner de jour en jour au monarchisme tandis que les principaux monarchistes tournaient au bourbonisme. « C'est singulier, confia Claude à Sieyès qui, accoté dans une embrasure, considérait toute cette société avec un air d'ennui, on sent une espèce de courant souterrain vers la droite, et il emporte même les régicides. Mais d'où diantre vient-il? Je ne le discerne pas.

— Ce serait difficile à savoir, répondit Sieyès d'une façon bizarrement évasive. Ta femme, ajouta-t-il aussitôt, ne cesse d'embellir. Jamais elle n'a été plus charmante. Tu ne t'en rends pas compte, sans doute, tu la connais trop.

— Oh! que si! mon ami, je m'en rends fort bien compte, et j'apprécie ma chance. »

Il avait amené Lise, ce soir, quoiqu'il n'aimât guère l'entraîner dans ce milieu. Cependant les convenances exigeaient qu'elle y parût parfois. Arnault, Talma, David qui l'avait peinte, l'entouraient en ce moment. Avec ses cheveux blond chaud, bouclés à la Titus, ses bras et ses épaules nus, souplement moulée par sa robe de voile blanc qui dessinait ses lignes comme le voulait la mode, mais ne laissait rien transparaître, elle ajoutait aux grâces voluptueuses d'une Mme Tallien, d'une Mme de Beauharnais, une retenue qui la rendait d'autant plus attirante. « Tu es adorable, mon cher trésor! » pensait Claude avec un élan du cœur en la regardant de loin.

Lorsqu'ils regagnèrent Neuilly, dans la nuit piquante d'octobre où l'on croisait d'autres voitures aux lanternes brouillées par la brume, Lise s'affirma résolue à revenir rue Saint-Nicaise. « Je veux me trouver auprès de toi si tu dois courir des périls, et tu en courrais, j'en suis sûre, dans le cas d'un soulèvement. » Il acquiesça pour la tranquilliser. « Je serais ravi d'être de nouveau chez nous avec toi, mon petit poulet, dit-il en lui baisant les mains; mais les périls, dont je saurais me défendre n'en doute pas, sont encore loin. Attends que Thérèse et Louis rentrent. Pour le moment, rien ne menace. »

Il présumait tout le contraire. Nécessairement, l'insurrection se produirait avant les élections puisqu'on voulait interdire l'entrée du Corps législatif aux *perpétuels* non monarchistes. Il ne se trompait pas. Déjà les directives répandues en province par les soins de l'abbé Brottier, de Lemaître, La Villeurnoy, Duverne de Presle, Hyde de Neuville — appliquant, selon les indications de Vérone, un plan conçu à Venise par le comte d'Antraigues pour remédier à la défaillance de Pichegru — provoquaient une agitation générale. On l'ignorait encore à Paris, mais dans plusieurs départements, les représentants en mission devaient faire face à la rébellion carrément ouverte. En Savoie, Cassanyès se trouvait contraint d'engager une expédition contre les prêtres et contre les jeunes soldats déserteurs organisés en compagnies par des officiers émigrés. Il lui fallut requérir deux bataillons de ligne et braquer des canons sur Nancy où l'on criait : « Mort aux conventionnels! Rétablissement de la monarchie! »

Le 9, une violente sédition se déclencha simultanément à Nonancourt et à Dreux : villes sans doute choisies pour leur proximité de la capitale. Arborant un drapeau blanc et bleu, à fleurs de lys, les insurgés attaquèrent les troupes appelées par Fleury, en mission dans l'Eure. Son rapport, arrivé au Comité de Sûreté générale le 10 à l'aube, signalait l'acharnement des rebelles en ce combat qui leur coûtait dix morts, trente blessés, aux soldats quelques blessés et un tué.

Phénomène peu surprenant, où se révélait la collusion entre les contre-révolutionnaires locaux et ceux de Paris, les gazettes royalistes publièrent la nouvelle au moment même où Ysabeau lisait ce rapport à la tribune. Naturellement, elles ne soufflaient mot du drapeau à fleurs de lys. Elles rejetaient toute l'affaire sur le « sanguinaire » Fleury, centriste très modéré. « Encore un de ces bourreaux du peuple, que la Convention entend maintenir dans le Corps législatif », n'hésitait pas à déclarer *L'Accusateur public.* Aussitôt la section Le Pelletier d'envoyer des commissaires à toutes les autres pour les convaincre de protester avec la dernière énergie contre ce « massacre » par lequel on préludait, assurait-elle, au retour de la Terreur. Puis, passant outre à l'interdit lancé par la Convention, elle convoqua les électeurs parisiens pour le lendemain, 11 vendémiaire. On se réunirait dans la salle du Théâtre-Français. Pour comble, elle plaça cette réunion sous la protection de la garde nationale, que la Convention avait défendu aux assemblées de faire marcher.

Était-ce cette fois la guerre si souvent déclarée depuis un mois et toujours éludée? Claude le croyait. Louvet aussi. Gay-Vernon également. Mais Bordas, venant un peu plus tard au café Payen, dit qu'au pavillon de la Liberté on demeurait fort tranquille. Les agents de la police comme ceux de la Sûreté étaient positifs : la section Le Pelletier n'entraînerait pas même le tiers des autres. Les bourgeois monarchiens se refroidissaient sans cesse. Quant aux faubourgs exaspérés par les arrestations de patriotes, poursuivies et même accrues malgré la défense de la Convention (les autorités sectionnaires ne réincarcéraient-elles pas les « terroristes » mis en liberté par le Comité de Sûreté générale!), ils réclamaient des armes pour les tourner contre leurs ennemis naturels.

Les girondistes Faye, Rivaud du Vignaud, Lacroix, Soulignac arrivèrent à leur tour. Toute la délégation de la Haute-Vienne avait assignation dans ce café familier aux centristes. Il s'agissait de s'entendre sur les hommes à faire élire, si possible, par l'assemblée départementale qui allait opérer à Limoges. Au moyen de sa correspondance limousine, Claude savait que les royalistes, fortement soutenus par les ci-devant Amis de la Paix, briguaient les nouveaux sièges à pourvoir, outre le sien et ceux de Lacroix et de Faye désireux de se retirer. Or tous les conventionnels limousins, anciens Brissotins ou anciens Montagnards, s'entendaient pour mettre le royalisme en échec. A sa propre place, Claude proposait Louvet. Avisés déjà, Bordas et Gay-Vernon avaient donné leur entier consentement. Par ses aventures durant la Terreur, Louvet était devenu quelque peu limougeaud. Leur récit dans ses *Mémoires*, la façon dont le brave voiturier Cibot puis le bon Champalimaud l'avaient « passé », à la barbe des Hébertistes, et sa reconnaissance exprimée avec émotion dans son livre, lui valaient une grande estime, ainsi que sa conduite une fois rentré dans la Convention. Aux dires de M. Mounier et de Pierre Dumas, pas un royaliste ne tiendrait devant lui.

Bien entendu, Rivaud du Vignaud et les autres rescapés de la Gironde comme Louvet s'empressèrent d'applaudir à sa canditature. Soulignac le remercia de faire cet honneur au Limousin. Le second siège, Rivaud, Lacroix et Faye dirent que leurs amis dans le département — anciens partisans de la Gironde « ministérielle » — y porteraient Jacques Lesterpt, le frère du malheureux Lesterpt-Bauvais guillotiné avec Brissot et Vergniaud. Cela aussi, Claude le savait par les lettres de son père, de Pierre Dumas, du vénérable F.·. Nicaut. Lesterpt serait aux Cinq-Cents un tiède républicain mais un centriste très honnête, opposé à l'absolutisme. Gay-Vernon, Bordas l'acceptèrent volontiers; on décida d'écrire à Limoges en sa faveur.

« Pour les autres sièges, demanda Claude, avez-vous des candidats? »

Ils en avaient, il ne l'ignorait point. Gay-Vernon pas davantage, que son frère cadet tenait au courant.

« On pense avec beaucoup de sympathie, dit Rivaud du Vignaud, à Brival. Au cours de ses missions dans la Haute-Vienne, il a montré en même temps que son républicanisme un esprit de justice et de modération fort apprécié.

— Brival est assurément un homme de cœur. Je le verrai

avec plaisir siéger parmi vous. Surtout si vous lui adjoignez Audouin, lui aussi républicain sincère et honnête. Vous répareriez de la sorte les injustices qu'il a subies depuis Thermidor. »

On s'accorda là-dessus. Claude ajouta : « Et pour le Conseil des Anciens?

— Ton ancien confrère, l'accusateur public Guineau, et Jeverdat-Fombelle.

— Tout cela me semble parfait.

— Permettez-moi de vous féliciter les uns et les autres, citoyens, déclara Louvet. Vous donnez un exemple réconfortant. Je serai fier d'appartenir à une députation où l'on montre une si touchante concorde. »

Gay-Vernon dit quelques mots au sujet de Guillaume Dulimbert. Compère lunettes, sorti de la Visitation avec Préat, Foucaud et autres terroristes libérés, pourrait rendre service en l'occurrence.

« Oui, oui, acquiesça Claude en se levant. Il prendra langue avec mon père et ton frère. Je lui écrirai, du reste. Pardonnez-moi de vous quitter si vite. Je retourne sur-le-champ à Neuilly parce que je compte revenir demain matin de fort bonne heure. Je tiens à être des premiers au Théâtre-Français. »

X

Il n'y fut cependant pas des premiers. Car, ce 11 vendémiaire, parvenant vers six heures et demie à l'Étoile, il y fit une rencontre fort inattendue.

Devant le cabaret accolé à l'un des pavillons d'octroi en forme de temples grecs, qui flanquaient la barrière, un homme du plus ordinaire aspect, banalement vêtu d'une lévite grise, coiffé d'un chapeau rond, conversait avec un autre personnage en train de déjeuner. L'homme en lévite, c'était Héron. Tout en parlant, les mains derrière le dos, il regardait les véhicules qui entraient dans Paris : charrettes de maraîchers, pour la plupart, escortées par des piquets de gardes nationaux. Il ne parut accorder aucune attention à la calèche; mais Claude le vit à travers la grille quitter sur un bref salut son compagnon

— simple « paravent », sans doute — et grimper dans un cabriolet qu'il conduisait lui-même. Il traversa lentement l'esplanade herbeuse, aux frontières de laquelle s'élevaient çà et là quelques petites maisons agrestes et des guinguettes dans leurs enclos palissadés. Puis, lorsque la voiture de Claude, une fois franchie la barrière, s'avança vers l'avenue, il la précéda au trot dans la descente dont les perspectives et les frondaisons rousses s'embuaient de crachin.

« Pour donner ainsi de sa personne, il faut qu'il ait quelque chose de rudement important à me communiquer », songeait Claude.

On traversa en diagonale la place de la Révolution. La guillotine s'en était définitivement allée. La Liberté en stuc rose, qui avait vu tomber tant d'illustres têtes, tombait elle-même en platras sur le ci-devant socle de la statue de Louis XV. On prit à droite du jardin des Tuileries, sous la terrasse au Bord-de-l'Eau. Habituellement, Claude empruntait ce chemin pour gagner, par les guichets du Louvre, la rue Nicaise. Ce matin, il voulait monter jusqu'au Pont-Neuf et se faire déposer aux abords du Théâtre-Français; mais il ne dit rien, car Héron enfilait les guichets. Nulle troupe ne les gardait; la Convention ne s'inquiétait donc guère. Arrivé au Carrousel, le cabriolet s'arrêta. Comme d'ordinaire, Claude renvoya la calèche. Héron descendit, passa les rênes à un homme évidemment posté là pour l'attendre, lequel emmena la voiture.

Claude allait se diriger vers sa demeure, présumant que l'agent secret le suivrait. Pas du tout. Héron lui adressa un signe de tête à peine perceptible et partit vers la rue Honoré. Il longea la place du Palais-Égalité. « Bon, pensa Claude, il va me mener chez notre intermédiaire, rue Antoine. » Non plus. Héron tourna tout de suite à droite dans la rue des Poulies puis à gauche, dans la rue Bailleul. Là, il marqua un temps pour s'assurer que son suiveur le voyait, et disparut soudain par un guichet entrebâillé dans une géante porte cochère. Un instant plus tard, Claude à son tour s'y escamota de confiance.

Il se trouva dans une très vaste remise, à demi-obscure, encombrée de carrosses dont les caisses seules subsistaient. La plupart reposaient sur des chevalets, des traverses ou des lits de paille. Les roues, les fers, les ressorts avaient dû servir, en 93, à monter des canons, à fabriquer des fusils, des baïonnettes. A travers la poussière et les toiles d'araignée, on discernait des ors ternis, des montants sculptés à la mode ancienne, une couronne sur un toit au cuir écaillé. Héron attendait au milieu de ces vestiges.

« Par ma foi! lui dit Claude, où m'as-tu conduit? On croirait le palais de la Belle au bois dormant.

— Excuse-moi, je te prie, citoyen. Ces vieilleries, ce sont les carrosses de la monarchie, ruinés comme elle. Tiens, ajouta-t-il, montrant une lourde caisse dont les panneaux en vernis Martin luisaient encore de leur rougeur dorée, voilà celui qui a ramené de Versailles *le boulanger, la boulangère et le petit mitron.* Cette berline verte est celle de Varennes. Nul ne vient jamais ici et personne ne peut savoir que nous y sommes ensemble. J'ai à t'entretenir très sérieusement.

— Je m'en doute.

— Nos billets habituels sont hors de mise en la circonstance. Il fallait que je te parle. Veux-tu, citoyen, t'avancer par là? »

Il le guida vers une verrière poudreuse d'où tombait un peu de clarté, et reprit : « Même au temps peu facile où Robespierre et le Comité de Sûreté générale se faisaient sournoisement la guerre, je n'ai point connu si périlleux embarras. Jette donc un coup d'œil là-dessus. Cette lettre a été saisie par notre marine, en ventôse dernier, sur le paquebot anglais la *Princesse royale* qui allait de Hambourg à Londres. »

C'était une missive du comte d'Artois — depuis, Monsieur — au duc d'Harcourt, un bavardage sur la situation dans le royaume après la fausse pacification de la Vendée, et sur les chances d'une restauration. Monsieur passait en revue quelques partisans notoires du retour à l'Ancien Régime. On avait souligné au crayon cette phrase : *Je ne puis douter que Tallien ne penche vers la royauté, mais j'ai peine à croire que ce soit la royauté véritable.*

« Eh bien, je ne vois là rien d'important. En effet, l'hiver dernier, Tallien, Fréron et maint autre thermidorien de leur espèce penchaient vers une monarchie constitutionnelle. Les choses ont bien changé depuis.

— Sans doute. Cependant je te prie de lire encore ceci. »

Une autre lettre, dont l'écriture petite et grasse était bien connue au pavillon de l'Égalité, et aussi ce papier pelure, propre à voyager roulé dans les plus étroites cachettes. Elle ne portait point de suscription. Pour toute signature, ces mots : *Votre ami.* En revanche, elle était datée : *10 septembre 1795*, donc de moins d'un mois. Elle indiquait à un agent la manière d'agir avec les conventionnels que l'on voulait gagner. Même les plus coupables devaient être assurés de l'indulgence royale. Sa Majesté ne tenait pas le régicide pour irrémissible. *De grands services rendus aux héritiers de Louis XVI pourraient racheter la participation à sa mort.* « Diantre! s'exclama Claude, en voilà bien d'une autre! Je commence de comprendre certaine chose qui m'échappait!

— Ce poulet, dit Héron, provient d'Antraigues en personne.

— Je le vois bien.

— Et il se trouvait parmi des papiers enlevés hier chez Lemaître par mes hommes.

— Lemaître est arrêté!

— Non. Le Comité m'avait enfin donné l'ordre de le saisir, mais quelqu'un, du Comité même, l'a prévenu.

— Rovère, Saladin, Aubry ou Larivière, probablement.

— Ou Lanjuinais.

— Non.

— Si, cela se pourrait fort bien. Lanjuinais passe en ce moment du monarchisme au bourbonisme parce que Lemaître lui a montré ce papier, je présume; et à bien d'autres. A présent, je me défie de tout un chacun sauf de toi, citoyen. Qui me dit que Tallien lui aussi n'a pas eu connaissance de cette lettre et n'est pas en train de pencher maintenant vers "la royauté véritable"? Je n'ose pas remettre ce document aux membres des Comités. S'ils ne le savent, leur révéler qu'ils obtiendront leur grâce en servant la royauté, ne serait-ce point faire exactement le jeu d'Antraigues et de son maître? Mais si je ne le remets pas, Lemaître aura sûrement l'occasion d'en parler. Il dira que la lettre a été saisie. Les soupçons tomberont sur moi et ne tarderont guère à se changer en certitude. Tout le monde a ses mouches, présentement; les républicains comme les royalistes, les monarchiens aussi. Batz est revenu. Fouché espionne pour Barras...

— Attends un peu, veux-tu bien? se récria Claude étourdi par cette avalanche. Prenons les choses une à une. D'abord Fouché. Il a disparu, comment donc espionnerait-il?

— Il n'a point disparu; il s'est tout bonnement transporté

dans la vallée de Montmorency avec sa rouquine et leur petit rouquin. On revient de Montmorency comme on veut, quand on veut, aussi souvent qu'on veut. Fouché n'a nullement perdu contact avec les anciens membres des sociétés populaires, qu'il manœuvrait jusqu'en prairial. Il travaille pour Barras, lequel se prépare à devenir le premier personnage du Directoire exécutif.

— Bon. Passons au baron de Batz. Tu le crois à Paris?

— Je ne me borne pas à le croire. Depuis plus d'un mois, il vit ouvertement dans la section Le Pelletier. Si tu le connaissais, tu l'y aurais vu. L'idée du Comité central vient de lui, et s'il y a une insurrection il en aura été le principal artisan.

— Pourquoi ne lui mets-tu pas la main au collet?

— Allons, citoyen, parle sérieusement. Batz a été déclaré non émigré, par le Comité de législation même. Pour lui mettre la main au collet comme conspirateur, il m'en faudrait l'ordre. Qui me le donnerait? Les Rovère, les Aubry?

— Les Rovère, les Aubry, les Larivière, les Saladin ne sont pas seuls aux Comités.

— Certes, mais on sait bien que pour arrêter un royaliste dans la section Le Pelletier on devrait y envoyer au moins un bataillon de ligne, et que ce serait déclencher la guerre civile.

— Bon encore. Maintenant, dis-moi, la première lettre, celle de Monsieur, date de sept mois. Comment l'as-tu, et depuis quand?

— Depuis peu », répondit Héron.

Il ajouta d'un air embarrassé : « Quant à la façon dont elle est venue entre mes mains, mieux vaut pour ta sécurité que tu l'ignores, citoyen. Comme cela, si l'on t'en parlait, tu pourrais soutenir sincèrement que tu ne le sais pas.

— Tu as raison, mon brave. Au moins faut-il me dire par où elle est passée durant tout ce temps, et qui en connaît la teneur.

— Elle a dû arriver, avec la correspondance enlevée sur le paquebot, tout droit au Comité de Salut public, où quelqu'un l'a subtilisée. Ou bien c'est au Comité de Sûreté générale. Cela ne change rien.

— Je vois. Quelqu'un qu'elle intéresse directement, hein?

— Ou quelqu'un d'attaché par un intérêt ou un autre à la personne en question. On peut lui avoir vendu ce bout de papier, pour de l'argent, pour certains avantages.

— Et toi, comment as-tu découvert...?

— Ne me le demande pas, citoyen. Songe simplement que

les conventionnels enrichis mènent grand train, ils ont de nombreux domestiques.

— Et la police secrète a toujours nourri une grande affection pour les domestiques. Compris. Donc, pas d'agent royaliste dans tout cela.

— Non, assurément non, je te le garantis. »

Claude réfléchit. Peut-être Sieyès avait-il subtilisé lui-même et remis à Tallien la première de ces missives, et probablement lui avait-on montré la seconde, comme à Lanjuinais, afin de le gagner. Singulière illusion. Personne ne convaincrait Sieyès de travailler pour un autre que lui. En tout cas, il connaissait le billet d'Antraigues mais n'en voulait rien dire. De là sa réponse embarrassée, l'autre soir.

« Fort bien. Dans ces conditions, nous allons publier les deux lettres. »

Héron eut un haut-le-corps. Il regarda son interlocuteur comme s'il perdait l'esprit. « Pas du tout, mon brave, dit Claude avec un sourire. C'est de la haute politique. Écoute : en publiant la première, dont l'ex-possesseur attribuera la disparition aux royalistes, nous mettons Tallien, nommé par Monsieur, dans l'impossibilité de pencher effectivement vers la " royauté véritable ", si cela lui convenait, et je ne le crois point. Deuxièmement, le message d'Antraigues agit déjà secrètement. Dévoilons le secret. Après quoi aucun conventionnel ne pourra plus montrer la moindre inclination monarchienne sans qu'on lui jette au visage : tu veux *rendre de grands services aux héritiers de Louis XVI*. Comprends-tu? C'est le seul moyen d'ôter toute efficacité à cette arme.

— Oui, ma foi, tu as raison, tu as parfaitement raison, citoyen, et je me félicite de t'avoir avisé. Tu restes l'homme sûr et habile à qui l'on doit toujours s'en rapporter.

— Ne t'y fie pas. Je me suis souvent trompé, hélas! Voilà comment nous allons agir : la lettre de Monsieur, je la ferai tenir à une gazette ultra-royaliste, *L'Accusateur public* ou le *Messager du soir*. Toi, tu vas te conformer à la règle, en transmettant au Comité de Sûreté générale le message du comte d'Antraigues avec les autres papiers pris chez Lemaître. Tu les remettras au citoyen Bordas personnellement. Je lui parlerai tout à l'heure. Pour le moment, je veux voir au Théâtre-Français ce qui advient de l'agitation sectionnaire.

— Pas grand-chose. La plupart des sections ne bougent point. »

En effet, lorsque Claude déboucha, après la demie de neuf heures, sur la petite place semi-circulaire dont le crachin vernissait les pavés, il n'y avait guère de monde. Des chouans costumés en gardes nationaux criaillaient sans trouver écho parmi les badauds clairsemés. Collets noirs et collets verts s'agitaient pour rien sur les degrés du théâtre et sous le péristyle. La salle baignait dans une pénombre d'un rouge vineux où les lumignons éveillaient à peine, çà et là, l'éclat des dorures. Une fois les yeux faits à l'obscurité, on distinguait quarante à cinquante individus, électeurs, simples curieux, journalistes, assis au parterre ou debout dans les allées. Sur la scène éclairée par quelques quinquets, Lebois, juge au tribunal criminel et président de la section, déblatérait crescendo. En son genre, il ne semblait pas moins enragé que naguère les Varlet, les Leclerc d'Oze dans le genre sans-culotte, — ce qui pouvait faire croire, à tout prendre, comme le prétendait Marat, que les Enragés étaient tout simplement des agents royalistes cherchant à ruiner la Révolution en la poussant aux excès. Lebois finit par conclure qu'il fallait mettre la Convention hors la loi. Proposition absurde. Comment une assemblée pas même représentative de la moitié des sections parisiennes mettrait-elle hors la loi la représentation nationale? Richer-Serizy, Lezay-Marnésia succédèrent à cet énergumène. Ils présentèrent des motions à peine moins insensées.

Au bout d'une heure, Claude partit et se dirigea vers les Tuileries. En ce moment, Bordas devait, selon son usage, dîner *A l'Unité*, le premier des restaurants ouverts dans le vestibule du Dix-Août, au pavillon de l'Horloge.

Il était effectivement attablé dans l'étroite petite salle, vitrée sur le vestibule. Mis au courant de la saisie opérée par Héron, il estima judicieux, lui aussi, de publier la lettre. « J'y parviendrai d'une façon ou d'une autre, affirma-t-il. Si les royalistes et les monarchiens du Comité s'y opposent, ils ne pourront pas m'empêcher d'en faire rapport en mon propre nom. Je descendrai à la barre, si besoin est. De la sorte, le message d'Antraigues sera inséré par le *Moniteur* dans son compte rendu. »

Bordas dit que la Convention avait rendu un décret déclarant illégale la réunion des électeurs du département au Théâtre-Français et leur enjoignant de se séparer. Au reste, l'Assemblée demeurait très calme. On s'occupait d'organiser l'instruction publique, de créer un institut des sciences et des arts. A la reprise, on allait célébrer, dans la salle même, une fête à la mémoire des Girondins. Claude haussa les épaules. « Toujours l'hypocrisie! Si je siégeais encore, je n'assisterais pas à cette séance. En reniant ce qu'elle a fait d'atroce, la Convention renie ce qu'elle a fait de grand. J'ai tout tenté, tu le sais, pour sauver les Brissotins, cependant ils ont mérité leur sort, pour avoir failli perdre la France. Sans notre impitoyable rigueur, que serait devenue la patrie? A présent, on glorifie ces égarés qui ont désiré la guerre étrangère et n'ont pas su la soutenir, qui ont précipité la nation dans la guerre civile. Et l'on proscrit, on frappe d'interdiction ceux qui réparèrent ces fautes. Mais pourquoi s'indigner? J'ai trop cru, autrefois, à la justice; je sais désormais qu'elle n'existe pas.

— Nous luttons pour qu'elle existe.

— Oui, mon ami. Dans la mesure du possible, dirons-nous, et cette mesure ne sera jamais grande. Je n'ai plus d'illusions. »

Leur repas terminé, Claude gagna le Palais-Royal par la rue de l'Échelle où des jeunes gens à « pouvoir exécutif » conspuaient la Convention. Avec ce temps humide et frisquet, le jardin n'était guère peuplé. Au long des galeries, régnait l'animation ordinaire, sans plus. Louvet allait retourner aux Tuileries. Voyant Claude, il l'entraîna vivement dans l'arrière-boutique. « Je suis fort embarrassé, dit-il, l'imprimeur nous lâche et aucun autre ne veut se charger de *La Sentinelle.* Ils ont peur pour leurs presses depuis que les royalistes sont venus tout casser ici. Sans doute trouverait-on dans les faubourgs un homme plus courageux, mais il faudrait du temps, et le temps nous manque. De plus, on n'est pas chaud dans les faubourgs pour la cause que soutient notre feuille. Bref, il nous faut ou bien souffrir une interruption des plus malencontreuses en ce moment, ou bien recourir à un moyen qui ne te plaira pas.

— Oui, oui, je t'entends. Tu penses à l'imprimerie de la Convention, hein?

— En connais-tu une autre?

— Non, et tu dis vrai, nous n'avons pas le loisir d'en chercher. Ce moyen ne me plaît pas, assurément. Néanmoins j'en passerai par là. Les royalistes nous mettent dans ce cas. Tout plutôt que de renoncer à les combattre. L'imprimerie du pavillon de Flore a été installée pour cela, et je demeure un conventionnel, tout décrété que je suis. C'est bon, fais le nécessaire, j'y consens. »

Le soir même, l'agence exécutive des lois mettait à la disposition de Louvet « quatre presses plus le matériel et le personnel adéquat à la composition du journal *La Sentinelle* », selon l'ordre donné par le Comité de Salut public. L'arrêté, pris très légalement, contresigné par trois commissaires, était passé inaperçu entre bien d'autres décisions plus marquantes. La Convention se résolvait enfin à réprimer les sections rebelles. Promettant exemption de toutes poursuites aux citoyens qui rentreraient sur-le-champ dans le devoir, elle venait d'envoyer des officiers de la légion de police, créée depuis peu, et des dragons, pour dissoudre l'assemblée du Théâtre-Français. Maintenant, la Convention se déclarait en permanence et nommait une commission de cinq membres chargés de veiller au salut de la république. Les Comités appelaient à eux les « patriotes de 89 », formés en bataillons par les soins de Bernard.

Claude était retourné au théâtre. Le temps ne s'améliorait pas, loin de là. Néanmoins une foule d'autant plus importante, apparemment, qu'elle se serrait en peu d'espace, occupait cette fois la petite place et le débouché des rues. Encore des badauds, venus pour voir, non point pour participer à un mouvement, qui, du reste, ne se prononçait toujours pas. La section avait mis sur pied son bataillon de garde nationale, mais ces bourgeois, en position défensive dans les galeries du péristyle et immobiles derrière leurs faisceaux, se séparaient avec netteté des chouans dont ils ne paraissaient guère apprécier la turbulence. La salle, dans sa persistante pénombre, recelait un public notablement grossi depuis le matin. Des visages mal distincts garnissaient le parterre, les loges ; on en devinait même parmi les ombres du balcon. Cela ne faisait point, toutefois, une affluence. Claude estima l'assistance à cinq cents personnes, au plus. Pas mal de fauteuils restaient vides.

Il s'assit dans l'un d'eux, auprès de Réal qu'il avait connu substitut du procureur au temps où ils siégeaient à la Commune, et qui rédigeait à présent avec Méhée le *Journal des patriotes de 89*. Selon lui, l'assemblée se composait surtout d'électeurs primaires et de curieux. « Quinze sections seulement, ajouta l'ancien jacobin, ont envoyé leurs délégués. » Quinze sur quarante-huit ! Ça ne pouvait marcher. On s'en rendait compte sur la scène où les meneurs s'agitaient beaucoup, allant de l'un à l'autre, parlant entre eux, conférant à mi-voix avec le président, un vieillard : le duc de Nivernais — sous la Terreur, le citoyen Mancini-Mazarini —, plus occupé de poésie que de politique. Il n'était venu ici qu'à son corps défendant, entraîné par ses amis et protestant : « Vous me conduisez à la mort! » En vérité, il ne courait pas grand risque; on se bornait toujours à déclamer. Lacretelle jeune, Fiévée, puis Lezay-Marnésia, Lebois de nouveau, s'élevèrent contre la tyrannie conventionnelle.

Lebois déclarait le « peuple insolemment bafoué », lorsqu'un brouhaha lui coupa la parole. Les officiers de police envoyés par la Convention venaient d'arriver sur la place. On sortit en tumulte, électeurs et curieux pêle-mêle. Claude suivit le courant. Dans la nuit hachurée de pluie fine, des torches que brandissaient les dragons ajoutaient leurs lueurs à la lumière diffuse des réverbères. Autour de la petite troupe à cheval, la foule formait un moutonnement criblé de figures, de revers blancs, et surmonté par le scintillement des baïonnettes. Les gardes nationaux avaient repris leurs armes, sans quitter leur position; mais les chouans en uniforme, les jeunes gens à collet pressaient les dragons, les conspuaient, ou bien, au contraire, les appelaient. « Avec nous, les soldats! Lâchez les perpétuels! A nous, les défenseurs de la patrie! »

Au milieu de cette confusion, un officier, debout sur ses étriers, voulut lire les décrets dont il était porteur. Des hurlements couvrirent sa voix. Les royalistes clamaient : « A bas la Convention! A bas les députés! A bas les deux-tiers! » et la foule à son tour reprenait ce cri. On le lançait même des fenêtres qui s'étaient ouvertes autour de la place, révélant des intérieurs éclairés. Un autre officier de police somma la garde nationale de faire respecter la loi. Le bataillon ne bougea point et, en réponse, il se mit à crier lui aussi : « A bas les deux-tiers! »

La Convention n'avait pas donné à ses émissaires l'ordre d'employer la force —, ni les moyens, d'ailleurs. Que pouvait-on tenter avec un piquet de dix dragons, noyé dans ce concours houleux? Nul ne menaçait les soldats, certes; on les enveloppait seulement, on se glissait entre eux, on les séparait. On éteignait les torches, on poussait les chevaux. Quand on voudrait, maintenant, on désarçonnerait les cavaliers. Le chef du détachement ordonna la retraite.

Jugeant l'affaire terminée pour cette nuit, Claude s'en alla derrière les dragons. Il risquait fort, s'il s'attardait davantage, de ne trouver, après la sortie des spectacles, aucun locatis pour le ramener auprès de sa femme. Sans doute pouvait-il coucher rue Nicaise; mais Lise, non prévenue, s'inquiéterait. Il faillit néanmoins, passé la barrière, demander à son automédon de tourner bride, car ils croisèrent une colonne de fantassins montant des Sablons en longues lignes fantomatiques, avec deux pièces d'artillerie dont le bronze luisait vaguement dans l'ombre mouillée. La Convention se décidait donc à employer les grands moyens! Bah! on verrait cela demain.

L'Assemblée, en effet, instruite par les officiers de police, s'était mise en mesure d'en finir avec les résistances et les insolences. Les Comités avaient invité Menou, toujours général de l'armée de l'intérieur depuis Prairial, à faire marcher la ligne.

La colonne amenée des Sablons par un aide de camp, parvenant au Théâtre-Français vers onze heures, trouva la place déserte et la salle vide. Satisfaits d'avoir nasardé la Convention, les bourgeois rebelles s'en étaient allé coiffer leur bonnet de nuit et se couler entre les draps. Pendant ce temps, à la Commission des cinq, Barras et Merlin de Douai persuadaient leurs collègues Daunou, Collombel et Letourneur, ex-officier du génie comme Carnot, de recourir aux « patriotes de 89 » pour renforcer éventuellement la ligne. Les obstacles opposés à leur recrutement par les sections qui réemprisonnaient les citoyens libérés limitaient encore à quinze cents le nombre de ces patriotes répartis en trois bataillons un peu maigres mais pleins de détermination et bien encadrés. Le bureau militaire, c'est-à-dire Bernard, proposait de leur donner pour chef un républicain sûr, soldat de métier, énergique autant que pondéré : le général Berruyer, cinquante-sept ans, qui avait commandé l'armée de l'intérieur en 93, avant d'aller combattre en Vendée puis de tomber lui aussi victime d'Aubry. La Commission adopta cette suggestion. Dans la nuit, les trois bataillons furent discrètement rassemblés. Ils prirent en silence position autour du Palais national.

Avec eux, la légion de police, juste ébauchée, et l'embryon de la garde destinée au Corps législatif, la Convention, au matin de ce duodi 12 vendémiaire, disposait d'environ quatre mille hommes pour imposer sa loi. Bien faible force en regard des sections rebelles qui pouvaient, si elles marchaient toutes, mobiliser quarante mille gardes nationaux. Afin d'accroître ses troupes, l'Assemblée, malgré une opposition enragée des monarchiens, finit, comme le conseillait Claude depuis longtemps, et comme Louvet, Fréron, Tallien, en avaient fait plusieurs fois la motion, par abroger la loi du 12 germinal. C'était le texte voté par la majorité thermidorienne après le premier soulèvement des faubourgs, pour désarmer les prétendus terroristes.

Rovère, Aubry, Henry-Larivière, Saladin et leurs amis s'empressèrent d'aller répandre cette « abominable » nouvelle. Les Lebois, les Richer-Sérizy, les Lezay-Marnésia, les dirigeants de l'agence royaliste sautèrent là-dessus. Quel merveilleux moyen d'épouvanter les citoyens trop pacifiques! On prétendit que la Convention s'apprêtait à recommencer la Terreur. On n'en pouvait plus douter maintenant. Elle réarmait les sans-culottes, elle voulait les lancer sur les honnêtes gens. Les propriétés, les personnes n'étaient plus en sûreté. Il fallait se défendre.

Lorsque Claude arriva, la générale battait dans les quartiers de l'ouest et du centre. La section Le Pelletier, où se démenaient le baron de Batz, l'abbé Brottier, Lemaître, venait de se déclarer en insurrection. Elle incitait toutes les autres à s'armer contre les buveurs de sang.

Dans les heures suivantes, les sections de la Butte-des-Moulins, du Contrat-Social, du Théâtre-Français, du Luxembourg, de la rue Poissonnière, de Brutus, du Temple l'imitèrent, enjoignant à leurs gardes nationaux de former leurs bataillons pour veiller à la sécurité menacée par les terroristes. Tout autour des Tuileries, sur le Carrousel, sur la place du Palais-Royal, dans la rue Honoré, la rue de la Loi, les boutiques se fermaient; on voyait les braves bourgeois, hâtivement revêtus de l'habit bleu à revers blancs, enfiler leurs buffleteries en se hâtant vers le poste de la rue Vivienne ou celui du bataillon des Tuileries, rue Thomas-du-Louvre.

En revanche, des hommes sans uniforme se rassemblaient aux Quinze-Vingts. Anciens soldats pour la plupart, ils venaient des faubourgs défendre ce que représentait malgré tout la Convention. Claude fut se rendre compte. Il constata que, seule parmi les sections autrefois patriotes, celle des Quinze-Vingts restait fidèle à son passé. Elle distribuait aux volontaires ses fusils de réserve et des cartouches, malheureusement en petit nombre. A onze heures du matin, elle avait armé deux cent cinquante nouveaux combattants. Ils rejoignirent sur le Petit-Carrousel et dans le cul-de-sac Dauphin les bataillons de Berruyer. A la Cité, aux Gravilliers, aux Droits-de-l'Homme, on ne bougeait point. « Nous ne nous battrons pas, disait-on, pour des coquins qui ont versé notre sang, qui nous ont ôté nos droits et qui s'engraissent à nous affamer. » D'aucuns ajoutaient même : « Qu'on rétablisse la monarchie si l'on veut; nous n'étions pas si malheureux au temps des rois. »

Cependant, la Convention ne s'émouvait pas beaucoup. Elle se contentait de rédiger une proclamation aux Parisiens pour affirmer sa volonté de faire respecter la loi, purement et simplement, et pour garantir le civisme des citoyens auxquels on rendait leurs armes. Claude, dînant de nouveau *A l'Unité* avec Bordas et, cette fois, Gay-Vernon, trouva celui-ci pessimiste. La disproportion des forces l'inquiétait.

« En rapportant la loi du 12 germinal, dit-il, on a donné aux royalistes le concours que les masses bourgeoises leur refusaient hier encore. Nous avons à présent la moitié de Paris contre nous.

— Il fallait bien percer l'abcès, répondit Claude.

— Oui, mais j'eusse préféré attendre que les renforts demandés au camp de Saint-Omer fussent là.

— Ils auront le loisir d'arriver. Le temps n'est pas à la bataille. »

Le ciel avait ouvert sur Paris ses écluses. La pluie tombait en violentes averses, fouettantes et froides. Il faisait certes un temps à ne pas mettre un garde national dehors; mais cela n'empêchait pas de motionner. Vers deux heures après midi, Héron avisa la Commission des cinq, siégeant en permanence avec les deux Comités au pavillon de Flore, que les agents royalistes dominaient entièrement la section Le Pelletier. On y établissait un plan général d'insurrection et l'on se concertait avec les délégués d'autres assemblées sectionnaires pour déclarer la Convention hors la loi. Peu après, le citoyen Valentin, adjudant général de l'armée de l'Ouest, suspendu de ses fonctions par l'éternel Aubry, avertissait Barras que la Convention serait sûrement attaquée demain.

Sans plus attendre, les Comités résolurent de frapper la rébellion dans son centre moteur. Barras et Letourneur firent porter au général Menou, qui se tenait tranquillement rue

Neuve-des-Capucines à l'hôtel de la division militaire, l'ordre d'appeler le reste des troupes encore campées à Marly et aux Sablons, de cerner avec toutes ses forces la section Le Pelletier, de fermer son local et de la désarmer.

Au lieu d'obéir sur-le-champ, Menou vint au pavillon déblatérer contre les patriotes. « Je suis informé, dit-il, qu'on arme tous les brigands de Paris. Je n'en veux pas dans mon armée, je vous le déclare formellement. Je ne marcherai pas avec un tas de scélérats et d'assassins organisés en bataillons de 89. »

Le Comité de l'an II eût destitué aussitôt et envoyé à la Conciergerie ce militaire raisonneur. Cambacérès et ses collègues se bornèrent à lui répondre qu'il ne devait pas se soucier de ces bataillons. Ils étaient, avec le général Berruyer, sous les ordres exclusifs de la Commission des cinq, et seraient employés uniquement à la défense du Palais national. Barras, non dépourvu de notions tactiques, car il avait servi sous l'Ancien Régime, recommanda tout naturellement à Menou de diviser ses troupes en trois colonnes pour s'avancer à la fois par la rue des Victoires, la rue Vivienne et la rue de la Loi. Ainsi l'attaque centrale, la plus forte, déboucherait par la rue Vivienne juste en face du couvent, siège de la section, et le menacerait des deux pièces d'artillerie de campagne amenées la veille, tandis que les deux autres colonnes bloqueraient les extrémités de la rue des Filles-Saint-Thomas, coupant toute retraite aux sectionnaires.

Le plus simple bon sens dictait ce plan.

XI

Barras se faisait une idée un peu inexacte du baron de Menou. Celui-ci, croyait-il, « aurait été patriote s'il avait été quelque chose », mais ce n'était qu'un « homme de plaisir, dénué de tout caractère ».

En cela, du moins, Barras ne se trompait pas. Toutefois cette inconsistance n'avait pas empêché le bon gros Menou, en Prairial, d'investir très exactement le faubourg Saint-Antoine, ni de contraindre le malheureux Delorme et son armée populaire à capituler. En réalité, si Menou avait été quelque chose, il aurait été monarchien. Tirer sur le peuple ne l'eût gêné nullement; il ne ressentait au contraire aucune envie de combattre ses pareils, nobles ou gros bourgeois. Ses lieutenants, pas davantage. Plutôt que de marcher contre les « honnêtes gens », les généraux de brigade Desperrières et Debar se couchèrent en se déclarant malades. Cela n'avança point les choses. En outre, Menou lui-même, insuffisamment activé par les trois représentants en mission à l'armée de l'intérieur, dont le très modéré Laporte, mit une extrême lenteur à concentrer ses troupes. Ce fut seulement à la nuit close, vers huit heures du soir, que les bataillons et les escadrons se trouvèrent réunis aux abords de la section Le Pelletier. Et alors Menou, loin d'en former trois colonnes, les conduisit en masse par la rue Vivienne.

A peine le gros parvenait-il à la hauteur de la Bourse, c'était déjà, devant ses arcades, parmi les lueurs vacillantes des réverbères et des torches, et sous les cinglons de la pluie, une irrémédiable cohue de fantassins, de cavaliers empêtrés, de canons de 4 bloqués dans cet entassement. La tête de colonne atteignit la rue des Filles-Notre-Dame; mais, poussée par les bataillons suivants, elle ne put prendre position face au couvent. Au lieu de s'établir là, de braquer ses deux pièces de 8 et d'envoyer un parlementaire faire sommation à l'assemblée rebelle, le général entra dans la cour avec les représentants, l'escorte, l'artillerie de campagne, et, pressé dans cet étroit espace, dut avancer jusqu'aux marches donnant accès dans la salle des délibérations.

L'assemblée s'y tenait debout, en rangs et en armes, précédée de son président, un affidé du baron de Batz, le jeune Delalot, sabre au côté. Menou et Laporte le sommèrent eux-mêmes, directement. Il répondit que la section ne se disperserait ni ne désarmerait. Elle ne reconnaissait plus l'autorité de la Convention. Et il invita Menou à retirer ses troupes, faute de quoi, on les anéantirait.

Il était effectivement beaucoup plus à même que Menou d'employer la force. Le général ne pouvait ni utiliser ses canons ni faire donner son infanterie et sa cavalerie entassées dans la rue Vivienne où les sectionnaires les menaçaient de toutes les fenêtres. Les soldats seraient criblés de balles. Il ne leur restait même pas la possibilité de s'échapper sans la permission de leurs adversaires, car ceux-ci, bien entendu, bloquaient les deux extrémités de la rue des Filles-Saint-Thomas. De plus, ils s'étaient refermés sur l'entrée de la rue Vivienne une fois les troupes complètement engagées dans ce boyau.

Pris au piège où une sottise trop monumentale pour n'être pas méditée l'avait conduit, il ne restait à Menou qu'à parlementer. Delalot voulut bien dire que l'assemblée lèverait sa séance. Assez ironiquement, il ajouta que l'on n'entreprendrait rien contre l'armée si elle évacuait le territoire de la section. Il fallut aux représentants se contenter de ce mince résultat.

Avec Rœderer, Méhée, Réal, rencontrés dans la foule curieuse qui envahissait le quartier, Claude, en se glissant de la rue de la Loi à la brève rue Colbert par le second porche de la Bibliothèque nationale, avait réussi à s'approcher du couvent. Ils surent très vite ce qui s'y passait, et, comme bien d'autres témoins, se hâtèrent d'en porter les nouvelles aux Tuileries. Pour sa part, Claude se rendit au pavillon de l'Égalité. L'antisalle était pleine. Par le couloir qu'il connaissait bien, il entra d'autorité dans le salon blanc et or où discutaient les quarante membres des deux Comités réunis. Il apostropha Cambacérès. « Président, je viens vous informer tous que la Convention est, cette fois, réellement en péril. » Il les mit au courant et conclut : « Il n'est plus temps de délibérer; il faut agir, et agir avec l'énergie que nous avons déployée, nous, en pareil cas. »

Dans le même temps, la Convention, également avisée, poussait des clameurs. « Nous sommes trahis! A la barre, le général Menou! » Laporte et ses deux collègues fulminaient contre lui pour se justifier eux-mêmes. On réclamait les Comités, on exigeait qu'ils vinssent fournir des explications.

Ils avaient déjà destitué Menou et ordonné son arrestation. Il s'agissait de le remplacer. Par qui? Barras, répondirent de nombreuses voix. N'était-ce pas le général de Thermidor, le vainqueur de la Commune robespierriste! On ne voulait plus d'un étranger à la Convention pour commander l'armée de l'intérieur, mais Barras ne convenait pas trop à la droite. On disputa. Le temps passait.

Aux Filles-Saint-Thomas, on haranguait aussi, non sans efficacité néanmoins. Au lieu de lever la séance, l'assemblée s'était déclarée « représentant le peuple souverain dans l'exercice de ses fonctions ». Avec les délégués des autres sections accourus au bruit de la victoire, on constituait un « Comité central et militaire » sous la présidence de Richer-Serizy. Là aussi, on cherchait un général, pour le placer à la tête de l'armée sectionnaire.

Le petit Buonaparte se demandait s'il ne s'offrirait pas. A huit heures, il était, avec un billet de faveur dû à Talma, dans une loge au théâtre Feydeau où l'on jouait un mélo du sieur Hennequin, *Le bon fils*, lorsque Junot et Marmont l'avaient prévenu de ce qui advenait à quelques pas de là. Il s'y rendit, assista en spectateur ironique à la déconfiture de Menou, puis, en curieux assez intéressé, à la formation du Comité central. Pourquoi ne pas mettre au service de ces gens-là ses talents si mal récompensés par la république?

Il hésita, un long moment. Bah! les bourgeois ne résisteraient point à de vrais soldats bien commandés. Malgré le nombre, la chance ne semblait pas pour les rebelles. Et puis il détestait trop ces nouveaux mirliflores : les muscadins devenus *incroyables*. Il alla voir, dans les tribunes de la Convention, comment elle réagissait.

Dans la longue salle éclairée par les quinquets, les lustres, les lampadaires sur le bureau et la tribune, on parlait d'un certain Buona-Parte qui s'était rendu fort utile, à Toulon, et que l'on ferait bien d'adjoindre en sous-ordre à Barras nommé enfin au commandement des forces conventionnelles. Fréron, Turreau — le mari de l'aimable blonde peu farouche —, les députés corses, Barras lui-même, pas si sûr de soi malgré toute sa suffisance, recommandaient ce général. On l'accepta sans y prêter plus d'attention.

Perdu dans la foule, il écoutait et ne bougeait pas. Tandis que Barras l'envoyait chercher partout, il demeura là près d'une demi-heure, délibérant avec lui-même ce qu'il avait à faire. Les royalistes ne lui plaisaient, mais il ne lui plaisait guère non plus de se compromettre à défendre les *perpétuels* si décriés. Pourtant!...

Avec une grande et rapide clarté d'esprit, il se représentait la situation : Paris était entièrement dégoûté du gouvernement; en revanche, la totalité des armées, estimait-il, et, dans la majorité des départements, la petite bourgeoisie, les paysans, tous les acquéreurs de biens nationaux, lui demeuraient fidèles comme le montraient les votes des assemblées primaires. En défendant la Convention, on prenait le parti de cette masse, attachée aux nouveaux principes et dont on pouvait beaucoup attendre, alors qu'il n'y avait rien à espérer des royalistes, brouillons, frivoles, divisés, en minorité, au fond.

Sa résolution bien pesée, obéissant tout ensemble à la réflexion et à l'instinct, Napoléon sortit vivement, courut *A l'Enseigne de la Liberté*, son nouvel hôtel, rue des Fossés-Montmartre, revêtir l'uniforme, car il était en civil pour aller au théâtre. Avec Junot, il revint aux Tuileries.

Les généraux mis à pied par Aubry affluaient dans l'antisalle du Comité de Salut public — cette pièce blanc sale, au plafond peint, où, un an et quelques décades plus tôt, par une semblable nuit de trouble, Robespierre saignait en silence. Barras leur distribuait les commandements. Il avait nommé Brune chef d'état-major. Il accueillit Buonaparte par des reproches. « Où étais-tu? Qu'attendais-tu donc? » Mais le temps pressait, on n'en avait point à perdre en querelles. Il importait d'abord de connaître les ressources dont on disposait.

Le commandant en chef et son second allèrent questionner Menou, prisonnier dans un des cabinets donnant sur la cour. Il était alors plus de minuit. La pluie frappait les vitres. On entendait les voix de députés qui soupaient tardivement dans le cabinet voisin. Menou faisait avec indifférence le tableau de ses incuries. Il n'avait absolument rien entrepris pour organiser la défense, se bornant à concentrer les troupes en ville. Elles comptaient environ cinq mille hommes de toutes armes. Cent cinquante restaient aux Sablons. Ils veillaient sur les pièces de 8 et de 12 remises, en prairial, par les sections à la Convention nationale. Deux cents hommes cantonnaient à Marly avec l'artillerie divisionnaire. Les munitions étaient au dépôt de Meudon, sans protection particulière. On disposait, à Paris même, de quatre-vingt mille cartouches, au plus, des deux pièces de 8 amenées des Sablons le 11, de quelques pièces de 4 sans approvisionnements ni canonniers; le tout aux Feuillants et dans l'ancienne carrière du Manège, avec l'infanterie et la cavalerie revenues de la rue Vivienne. Aucune réserve de vivres.

Il résultait de tout cela que les insurgés pouvaient sans peine bloquer dans les Tuileries la Convention et les forces républicaines, les affamer, les contraindre à une capitulation, si l'on n'agissait pas rapidement.

« Il faut avant tout, décida Barras avec bon sens, mettre la main sur l'artillerie. Occupe-toi de ça; moi, je vais soutenir le courage de l'Assemblée. »

A travers le jardin sombre dont les arbres dégouttaient, Buonaparte et Junot gagnèrent en hâte le quartier général établi par Brune dans les bâtiments des Feuillants, où se trouvaient autrefois les bureaux de la Convention quand elle siégeait encore au Manège. Brune, qui avait maintenant trente-deux ans, fut un peu surpris de voir ce jeune général inconnu, brigadier comme lui, intervenir au nom de Barras; cependant ce maigrichon aux lèvres minces, au masque dur, accentué par la lueur des chandelles, ne semblait guère de ceux avec lesquels on discute. Étudiant du regard les officiers en groupe qui entouraient Brune, dans l'ancienne salle de correspondance de l'ex-club des Feuillants, il fit signe à un chef d'escadron, un magnifique soldat admirablement proportionné, la poitrine bombant l'habit vert à brandebourgs jaunes, le casque à chenille coiffant une chevelure noire et drue. C'était ce Joachim Murat qui, avant le 10-Août, cavalier de la garde constitutionnelle, dénonçait à Bazire les menées de la Cour. Devenu lieutenant dans l'armée du Nord, puis chef d'escadron au 21e chasseurs, enfin privé d'emploi et emprisonné quelque temps à la suite de démêlés avec son colonel, il avait à vingt-huit ans reconquis son grade en réunissant, le 1er prairial, pour défendre la Convention, un groupe de volontaires.

« Combien as-tu d'hommes, citoyen? demanda Napoléon.

— Trois cents, général.

— Bien montés?

— Ma foi, oui », répondit Murat avec l'accent de son Lot natal.

Buonaparte dicta un ordre à Junot et, le remettant à l'athlétique chef d'escadron, lui dit de partir dans l'instant. Il ramènerait avec les canons la petite troupe qui les gardait.

« Si des sectionnaires veulent s'y opposer, passe-leur sur le ventre.

— Bien, général. »

A deux heures, sous la pluie intermittente, Murat et ses trois cents chasseurs arrivaient aux Sablons où ils rencontrèrent une colonne rebelle venant elle aussi pour s'emparer des pièces. Sans aucun moyen de se retrancher, inhabiles à se former en carré contre la cavalerie, les gardes nationaux eussent été massacrés, d'autant plus qu'il fallait combattre à l'arme blanche, l'humidité détrempant la poudre dans les bassinets. Aussi, la colonne se retira sans résistance.

Vers six heures du matin, ce 13 vendémiaire, les trente-huit canons et les cent cinquante fusiliers s'alignaient au portail monumental des Feuillants, dans la rue Honoré, face à la place des Piques (ou Vendôme). Napoléon distribua cette artillerie aux différents postes. Barras et lui avaient dans la nuit pris leurs dispositions pour appeler en ville les deux cents hommes et la batterie divisionnaire restés à Marly, pour mettre à Meudon une garnison prélevée sur la légion de police versaillaise et faire apporter du dépôt les munitions nécessaires, pour réunir aux Feuillants une importante réserve de vivres, pour trouver parmi les « patriotes de 89 » des canonniers qui serviraient les pièces de 4, enfin pour occuper les barrières de façon à garantir les communications avec la banlieue et à couper celles des insurgés, à leur interdire de recevoir aucun secours extérieur.

La rébellion aussi s'organisait. Les chefs militaires ne manquaient plus au comité insurrectionnel installé dans le couvent des Filles-Saint-Thomas. Il en devait deux à l'agence Brottier : un Vendéen, le comte Colbert de Maulevrier, un émigré, le jeune Lafond-Soulé; et à Aubry un général en chef : Danican, ce gendarme qui, dans la nuit du 13 au 14 juillet 89, forçait avec Camille Desmoulins les boutiques d'arquebusiers pour armer les patriotes. Depuis, officier à l'armée de l'Ouest, secrètement vendu aux royalistes il avait su, même aux yeux de Hoche, couvrir d'un voile ses trahisons. Il rejetait à présent ce voile en se plaçant à la tête de l'armée rebelle.

C'était un écervelé, sans caractère ni talent. Nommé dès minuit, au lieu de barricader aussitôt les débouchés des Tuileries — palais, jardin, dépendances — pour enfermer dans ce rectangle les conventionnels et leurs défenseurs sans munitions suffisantes, sans subsistances, de les investir avec ses troupes au moins cinq fois supérieures, et les obliger ainsi, inévitablement, à capituler, il les laissait libres de leurs mouvements, de s'approvisionner, d'installer des avant-postes. Pendant ce temps, il combinait avec ses adjoints un plan d'opérations pour enlever la Convention de vive force.

A vrai dire, étant donné l'énorme avantage numérique, un assaut convergeant semblait offrir toutes les promesses de succès. Le plan se résumait à ceci : Danican conduirait en masses les sections de la rive droite par toutes les ruelles transversales aboutissant de la rue Honoré aux Tuileries, tandis que les bataillons de la rive gauche, sous les ordres de Lafond-Soulé et de Maulevrier, attaqueraient en passant les ponts. La petite armée conventionnelle, ainsi prise entre deux feux, serait écrasée sous le nombre.

C'est bien ce que Napoléon redoutait. Néanmoins il approuvait Barras de vouloir rester, comme il disait, « à cheval sur la Seine », dans une position où l'on pourrait, avec de la chance et en utilisant au mieux l'artillerie, accabler les monarchiens séparément sans leur laisser la faculté de se réunir. De six heures à neuf heures, par cette matinée aigre et maussade, les deux commandants, accompagnés de leurs aides de camp — Victor Grand, Porcelet pour l'un, Junot, Marmont pour le second —, achevèrent de placer leurs troupes.

A ce moment la défense, avec les patriotes, la légion de police, la gendarmerie des tribunaux désarmée en prairial et réarmée pour la circonstance, quelques invalides en état de faire le coup de feu, les troupes régulières, les gardes nationaux des sections Montreuil et Popincourt qui, exhortées par Fréron, avaient fini par se décider à soutenir le gouvernement, disposait au total d'environ neuf mille combattants.

Trois mille, à peu près, munis de canons, veillaient aux barrières. Six mille garnissaient le réduit central. Berruyer et ses « patriotes de 89 », dotés de quatre pièces, tenaient les Feuillants, le débouché de la place Vendôme dans la rue Saint-Honoré, les passages du Manège : en somme tous les points par lesquels les rebelles de la rive droite tenteraient peut-être une attaque en flanc.

A l'ouest, le général Monchoisy couvrait les arrières en occupant le fond du Jardin national, devant le Grand bassin sali de feuilles mortes, le Pont-Tournant, les terrasses. Il poussait des postes sur la place et le pont de la Révolution, ainsi qu'au sortir de la ci-devant rue Royale. Comme au 9-Thermidor, Barras se souciait de ménager à la Convention une retraite vers Saint-Cloud en cas de défaite. Cette mission incombait au 21e chasseurs rangé, carabine au poing, sur la place de la Révolution, à l'endroit même où la guillotine avait tranché les têtes de Marie-Antoinette, de Danton et de Robespierre.

Au long de la Seine, sur la terrasse du Bord-de-l'Eau, inaccessible, on ne voyait qu'une dizaine d'invalides en sentinelles. Plus haut, le général Verdière, établi sur le Pont-National (autrefois Royal) avec un bataillon de ligne et quatre canons, fermait l'accès vers les Tuileries aux sections de la rive gauche, spécialement à celles du faubourg Saint-Germain peuplé d'émigrés. Plus haut encore, Carteaux, fort des mêmes effectifs, avait mis en batterie ses quatre canons au milieu du Pont-Neuf, sous les fenêtres de Jean Dubon. Gabrielle et Claudine, inquiètes, se demandaient si les scènes du 14-Juillet et du 10-Août allaient se reproduire.

Carteaux devait interdire toute jonction entre insurgés arrivant les uns du Théâtre-Français par la rue de Thionville — ci-devant Dauphine —, les autres de la section Poissonnière et de la Chaussée d'Antin par la rue de la Monnaie.

Enfin, une attaque de front se heurterait à Brune installé sur le Carrousel, avec l'état-major, devant les grilles de la Convention. Sa troupe fermait les rues du Carrousel, de l'Échelle, Saint-Nicaise; et les obusiers de la batterie divisionnaire amenée de Marly menaçaient tout autour de la place les maisons où l'ennemi se risquerait à s'embusquer pour tirer dans les cours des Tuileries. Brune commandait également la réserve générale : deux bataillons et dix pièces, qui attendaient de l'autre côté du Palais national, dans le jardin.

Le système défensif ne présentait aucune faille. Le danger c'était que, malgré l'artillerie, la position fût submergée par le flot des ving-cinq à vingt-sept mille hommes sur lesquels, selon les renseignements du bureau de police à la Commission des cinq, le comité insurrectionnel pouvait compter. Vingt-trois à vingt-cinq mille gardes nationaux seulement, des sections *cossues*, répondaient à son appel, sur les quarante mille de Paris. Le reste se composait de chouans, d'émigrés, de muscadins.

« Bah! remarqua Claude, causant devant chez lui avec Brune, au premier coup de canon les boutiquiers s'égailleront comme volées de moineaux.

— Peut-être, mais les chouans ont mainte fois affronté la mitraille, et les muscadins ne sont pas tous des incroyables. Si ton ami Delmay était ici, il te dirait que des fantassins déterminés et en nombre réussissent fort bien à enlever des canons, à les tourner contre l'ennemi. Alors les bourgeois et les *paole d'honneu* reprendront courage. »

Étonné de ne rencontrer nulle part Bernard parmi les généraux dévoués à la Convention — car son reste d'infirmité ne l'empêchait plus d'intervenir dans une telle circonstance —, Claude était monté le voir au bureau topographique. « Peu m'importe qu'on bataille dans Paris! avait répondu Bernard. J'ai d'autres chats à fouetter. Pour nous, ici, la chose capitale, c'est de ramener Jourdan en sûreté. Au lieu de s'emparer d'Heidelberg, Pichegru l'a traîtreusement laissé à Kasdanovich après un simulacre d'attaque. L'armée de Sambre-et-Meuse, si l'on n'y remédie pas très rapidement, va se trouver prise entre le vieux Wurmser et Clerfayt, lequel, aux dernières dépêches, viole la ligne de neutralité prussienne. Tu juges si j'ai du temps à perdre! Buonaparte, dit-on, s'occupe des royalistes; leur affaire est donc réglée d'avance. »

Il ne pleuvait plus. C'en était fini des transperçantes ondées, mais le ciel restait bas, et parfois, quand un nuage s'écorchait aux toitures, on sentait sur le visage le chatouillement d'une bruine. Dans Paris sombre et luisant, les troupes attendaient en abritant leurs armes, en changeant à intervalles le pulvérin des amorces.

Buonaparte s'impatientait. Pour éviter l'investissement qui les menaçait, les forces républicaines auraient dû attaquer, jeter le désordre parmi les sectionnaires, les pousser loin du réduit. Barras cependant avait donné à tous les généraux l'ordre formel de ne prendre l'initiative en aucun cas, et Napoléon concevait parfaitement cette nécessité. Il fallait laisser aux monarchiens, déjà coupables de révolte, la responsabilité du fratricide. A eux de faire couler les premiers le sang français. La section Poissonnière arrêta des chevaux destinés à l'attelage d'une pièce de 12. La section du Mont-Blanc occupa la Trésorerie nationale, rue Vivienne. On ne bougea point. On ne bougea même pas lorsqu'une estaffette, un hussard, fut abattu d'un coup de pistolet dans la rue de la Convention.

Vers midi, Gabrielle Dubon et Claudine, à l'affût derrière

leurs fenêtres, virent des compagnies arrivant par la rue de Thionville et d'autres par celle de la Monnaie s'engager sur le Pont-Neuf, et crurent avec effroi que le combat allait commencer. Devant la maison, les canonniers soufflaient sur leurs mèches. Mais Carteaux, observant l'ordre de Barras, ne commanda pas le feu. Les rebelles ne menaçaient point. Agitant leurs chapeaux au bout des baïonnettes, ils criaient : « Vive la ligne! Avec nous les glorieux défenseurs de la patrie! » Ils voulaient fraterniser, ils le proclamaient très haut.

C'était une tactique inspirée au comité insurrectionnel par Richer-Sérizy. On ne devait pas trop compter sur les boutiquiers pour se battre, il le savait bien; aussi espérait-il refaire le coup qui avait si bien réussi, en prairial, aux sections *cossues* : neutraliser l'adversaire par des embrassades, le diviser en petits groupes, le noyer, rendre inutiles ses canons.

Carteaux comprit le danger. Se voyant au point d'être submergé par ces ennemis trop cordiaux, il prit le parti de se replier sur le réduit. Il se retira vers le Louvre. Les républicains venaient de perdre ainsi une position importante. Les insurgés ne se contentèrent pas de cet avantage. Ils suivirent Carteaux et s'installèrent dans le jardin de l'Infante.

De l'autre côté, même manœuvre. Avec les protestations les plus amicales, des gardes nationaux, rassemblés en force au théâtre de la République, se répandaient dans la rue Honoré, envahissaient l'église Saint-Roch, l'hôtel de Noailles où Lacretelle jeune les avait conduits et d'où ils dominaient la carrière du Manège, les jardins des Feuillants. Ils envoyaient des femmes aux sentinelles républicaines, s'avançaient sans armes, le chapeau en l'air, pour fraterniser. Ils entraînaient les soldats chez *Vénua* et autres moindres traiteurs, offraient à boire, à manger. On se serait cru au soir du 2 prairial.

Barras sentait tout le péril de la situation, sans avoir nul moyen d'y remédier. Les deux Comités, la Convention étaient très divisés. D'aucuns voulaient que l'on reçût dans l'Assemblée les sectionnaires en révolte, comme on avait admis — et endormi par de belles paroles — ceux des faubourgs, le 2 prairial. D'autres proposaient de se retirer à Saint-Cloud, de s'y retrancher au camp de César pour attendre les renforts du général Landremont; on reviendrait alors avec des forces si supérieures qu'elles imposeraient aux rebelles respect et obéissance. D'autres encore préféraient envoyer tout bonnement aux différentes sections des orateurs qui les feraient « rentrer dans le devoir par la voix de la raison ».

Jamais Claude, assis maintenant en simple auditeur au premier rang des banquettes bleues, n'avait eu autant conscience de l'incapacité des assemblées délibérantes dans un cas pressant. Les délires du 31-Mai, du 2-Juin recommençaient. Ah! si le Comité de l'an II eût procédé de la sorte, comment eussent-elles été prises, les décisions instantanées qui avaient sauvé la France? On reprochait à ce petit groupe sa tyrannie, son arbitraire. Présentement, on aurait eu bien besoin d'un arbitraire semblable!

Aux Filles-Saint-Thomas, Danican, lui, ne tergiversait pas. Il considérait comme terminée la phase des stratagèmes, des habiletés, de la prétendue fraternisation, contrairement à Richer-Sérizy qui conseillait de poursuivre une tactique si fructueuse. Sur la place de la République (ou Dauphine), rendue libre par la retraite de Carteaux, Lafond-Soulé, menant les bataillons du Théâtre-Français et du Luxembourg, venait de se réunir avec une colonne de Le Pelletier. Pour Danican, c'était désormais le temps de la force. Un parlementaire fut envoyé pour sommer la Convention. Buonaparte et Brune, sur le Carrousel, le reçurent, lui firent bander les yeux, selon les usages de la guerre, et conduire à la Commission des cinq, siégeant avec les deux Comités dans l'ex-chambre de Marie-Antoinette. Les quarante écoutèrent l'officier ennemi leur signifier que le comité insurrectionnel les avait mis hors la loi, qu'il leur enjoignait de dissoudre immédiatement les bataillons de terroristes, de rapporter les décrets des 5 et 13 fructidor; faute de quoi le Palais national allait être pris d'assaut. Les « représentants infidèles » seraient arrêtés et traduits devant un tribunal déjà formé par les sections pour juger tous ceux qui auraient porté atteinte à la « souveraineté du peuple ».

Sieyès, Fréron, Louvet réagirent violemment à ces insolences. Fréron entendait, pour toute réponse, expédier le parlementaire à la guillotine, ou mieux le fusiller « dans la rue Nicaise, à la vue de ses envoyeurs ». Pour leur part, les modérés proches des monarchiens espéraient encore arranger les choses. On argumenta. Boissy d'Anglas et ses amis auraient avec le plus vif plaisir dissous les bataillons de 89. Sieyès déclara que la Convention n'avait pas, non seulement à discuter l'ultimatum impudent des rebelles, mais même à l'entendre. Néanmoins, plusieurs commissaires, obsédés par le souvenir du 2 prairial, proposaient de choisir vingt-quatre députés « pour aller parler aux citoyens égarés.

— La Convention est tombée au plus bas! » s'écria le petit Louvet.

Il sortit, outré, gagna la salle des séances. On y portait en ce moment sept cents fusils et autant de gibernes afin d'armer les représentants. Le soir du 9-Thermidor, la distribution de pistolets par Lecointre avait produit sur l'Assemblée un effet qui rata totalement cette fois-ci. On se souciait bien d'armes! Les orateurs se disputaient la tribune. Gamon l'obtint. Il osa présenter la motion de « désarmer à l'instant tous les patriotes de 89 réunis sous les murs du Palais national, et dont la conduite, dans le cours de la Révolution, aurait été répréhensible.

— Traître imbécile! rugissait Bailleul, tu veux priver la Convention de ses défenseurs! »

Legendre proclamait avec emphase : « Recevons la mort comme il convient aux fondateurs de la république! »

Haussant les épaules, le puissant mousquetaire Dubois-Crancé prit un fusil, une giberne et, se dirigeant vers Claude, lui dit par-dessus la barrière de bois : « Tu connais, je pense, ce général Buona-Parté qui vous a servis, au Comité de l'an II. Veux-tu me conduire à lui? Il faut en finir avec ces sottises.

— Passe par le couloir des pétitionnaires, tu me retrouveras sous les arcades, répondit Claude, et, quand ils se furent rejoints, il questionna : Que veux-tu faire?

— Forcer la main à tous ces capons. Si l'on n'agit pas, dans quelques heures la Convention sera resserrée entre ses murs et notre armée désagrégée entièrement. C'est ce que souhaitent, avec le clan Aubry, Boissy, Lanjuinais, Lesage, peut-être aussi Daunou et Cambacérès. Quant à Barras, il manque d'énergie. On va le mettre dans le cas d'en montrer. »

Dubois-Crancé, ancien militaire, adjudant général en 92, avait été adversaire déterminé de Robespierre, de Couthon surtout, et l'un des principaux Thermidoriens; mais, avec Tallien, Fréron, Legendre, il repoussait le monarchisme.

Claude le mena, en traversant la ci-devant cour des Suisses, à Buonaparte qui faisait les cent pas devant les grilles dorées, mains derrière le dos, maigre et nerveux comme un chat de gouttière. « Général, lui demanda Dubois-Crancé lorsque Claude les eut nommés l'un à l'autre, es-tu sûr de tes troupes? Marcheront-elles? » Napoléon le dévisagea d'un bref regard. « Nous allons le savoir, citoyen représentant. » Il jeta un ordre à Brune. Un instant plus tard, des tambours se mirent à battre le rappel. Presque aussitôt, on vit sortir en avalanche de chez Hottot, du café Payen, du café Saule, du restaurant Berger, de chez Gervais, de chez Legacque fusiliers au casque de cuir noir, voltigeurs au plumet de coq, grenadiers, canonniers. Repus, faussant compagnie aux *frères Saint-Thomas* qui les régalaient, ils couraient en riant de la bonne farce retrouver leurs faisceaux ou leur pièce.

« Dans ce cas, général, dit Dubois-Crancé, donne-moi quatre hommes et apprête-toi. D'ici un quart d'heure, le combat sera commencé. »

A travers les anciennes écuries royales, il entraîna son minuscule détachement vers la Carrière. On passa sans difficulté dans les jardins de l'hôtel de Noailles, transformés en tonnelles par Vénua. Curieux d'information, Claude accompagnait son ex-collègue portant la giberne sur la fesse et le fusil à la grenadière.

Vénua occupait une partie de l'hôtel où les compagnons de Lacretelle jeune tenaient garnison depuis ce matin. On les y laissa tranquilles et l'on aborda, par une espèce de galerie aux piliers trapus une dépendance renfermant toutes sortes d'épaves. Un très vieil escalier à vis débouchait dans une salle non moins antique, percée d'ouvertures dont les carreaux, des vitraux peut-être, manquaient. Les unes dominaient les Feuillants, les autres la rue Honoré avec les avant-postes du général Berruyer. Ceux des *frères Saint-Thomas* se trouvaient un peu plus haut, vers les rues de la Sourdière et Neuve-Saint-Roch. Il était quatre heures. Le soir tombait déjà du ciel plombé.

« Eh bien, mes amis, dit Dubois-Crancé en chargeant son fusil, vous n'avez plus qu'à faire pleuvoir des balles un peu partout.

— Quoi, citoyen! se récria le sous-officier commandant la petite troupe. Tirer sur nos camarades!

— Non, assurément. A côté, au-dessus, n'importe où, mais de telle sorte qu'ils ripostent. »

Il donna l'exemple en épaulant et lâchant le coup au hasard. Les soldats l'imitèrent. Une fumée noire, à odeur de soufre, remplit la salle tandis que, dans les cours, dans la rue, des détonations commençaient de répondre. Les ventres dorés, se croyant visés par les défenseurs de la Convention, tiraillaient à leur tour. La mousqueterie devint vive.

« Cela suffit, déclara Dubois-Crancé, voilà maintenant l'affaire engagée. Rejoignons les nôtres. »

Aux premiers échos de la fusillade, Barras, accouru, s'était porté avec Buonaparte du côté de Berruyer, en laissant Brune sur le Carrousel. Sortant par le cul-de-sac Dauphin, ils se heurtèrent aux rebelles massés autour de Saint-Roch. Barras, empanaché, doré, ceint de tricolore, et ne doutant pas d'en imposer par sa seule prestance, voulut les sommer de se disperser. Un garde national lui répondit en lui décochant une taillade qui lui eût entamé la tête sans la prestesse de Victor Grand à parer le coup. La mousqueterie crépitait dans la rue où la fumée s'étirait en longs strates.

« Que faisons-nous, général? s'enquit Napoléon.

— Tire le canon, décida Barras.

— C'est bon, tout est sauvé! »

Sous les balles bourdonnantes, deux pièces de Berruyer furent mises en batterie. A bout portant, les boulets creusèrent deux trouées parmi les miliciens bourgeois, sans les disperser comme s'y attendait naïvement Barras. Danican avait formé ses avant-gardes avec des Vendéens, des chouans, des jeunes gens à cadenettes authentiques, tous soldats endurcis. Loin de reculer, ils se précipitèrent sur les canons pour les capturer avant une nouvelle décharge. Berruyer lança les « terroristes ». Une compagnie, tiraillant et fonçant à la baïonnette, repoussa les insurgés. Cependant la plupart d'entre eux, repliés devant Saint-Roch, sur les degrés où ils s'étageaient en position dominante, entretenaient de là-haut une fusillade très meurtrière.

Un roulement de tambour rappela les patriotes, et les pièces tonnèrent de nouveau, crachant cette fois la mitraille dans leurs vomissements sulfureux qui remplirent l'étroit carrefour. Des cris, des plaintes succédèrent au fracas. Les sombres volutes s'élevèrent, découvrirent les blessés et les morts jonchant les rues de la Sourdière, Saint-Roch, les marches de l'église. Les boutiquiers fuyaient à la débandade, mais des combattants courageux s'abritaient derrière les cadavres pour tirer encore. Atteint par une balle, le cheval de Buonaparte s'effondra.

Les « patriotes de 89 », avec lesquels marchaient bravement Fréron et Louvet, repartirent à l'attaque. Ils eurent bientôt dégagé le carrefour. Napoléon fit alors avancer les canons et les disposa de façon à enfiler dans les deux sens la rue Saint-Honoré. Une double volée à mitraille la balaya, achevant de décimer les *frères Saint-Thomas*, — et tuant quelques infortunés, fort étrangers à la révolte, entre autres le libraire Cazin, grand érudit, ami de la Révolution, qui passait là par hasard. Innocents, rebelles, patriotes, une centaine de corps parsemaient le sol boueux, déjà ensanglanté par les boucheries du 10-Août.

Laissant à Berruyer le soin d'en finir ici, Barras et Buonaparte retournèrent au galop vers le Carrousel. Brune, après avoir tiré deux ou trois obus, nettoyait sans peine la rue Saint-Nicaise. De son balcon, Claude assistait avec Réal à la retraite précipitée des anticonventionnels, beaucoup moins mordants et tenaces qu'à Saint-Roch.

Restaient les bords de la Seine. Danican venait d'envoyer, par la rue de la Monnaie, un deuxième contingent, pris au quartier Poissonnière, pour renforcer encore Lafond-Soulé. Le général royaliste Duhoux dirigeait cette troupe. Il opéra sans difficulté sa jonction avec Lafond massé place Dauphine. Tous deux, s'avançant sur le terre-plein du Pont-Neuf par-dessus la rivière précocement assombrie sous le ciel où couraient des nuées, arrêtèrent leur manœuvre.

A droite, deux compagnies tenaient, au coin du Louvre, le jardin de l'Infante, dont les arbres roux mettaient seuls un feuillage dans ce paysage de pierre et d'eau. Elles continueraient à immobiliser le général Carteaux. Eux-mêmes, emmenant le reste de leur effectif, rejoindraient, de l'autre côté de la Seine, Maulevrier que l'on voyait déboucher quai Malaquais. Ses nombreux et superbes bataillons, venant du faubourg Saint-Germain, arrivaient à la fois par la rue des Saints-Pères, la rue de Beaune, la rue du Bac. Les ruisseaux de bonnets à poils surmontés par le hérissement clair des baïonnettes se répandaient sur le quai, le recouvriraient peu à peu comme une inondation. Une fois toutes les troupes réunies, on enlèverait haut la main le Pont-Royal, défendu par quatre cents hommes seulement, et tandis que Duhoux et Maulevrier forceraient l'entrée du Jardin national sous le pavillon de Flore, Lafond remonterait le quai du Louvre pour prendre à revers le général Carteaux, emporter les guichets, faire irruption sur le Carrousel. Mais il fallait agir vite, la nuit serait bientôt là. Lafond et le juge Lebois qui commandait le bataillon du Théâtre-Français commencèrent leur mouvement.

Jean Dubon, rentrant souper chez lui, trouva sa femme et sa fille encore une fois aux fenêtres. Elles regardaient les rebelles qui franchissaient le Petit-Bras, grenadiers en tête. Derrière, les compagnies coiffées du bicorne noir, buffleteries blanches croisées dans le dos, sortaient rang par rang les unes du goulet de la place, les autres du quai des Orfèvres. Chacune à son tour marquant le pas, elles s'emboîtaient en une continuité parfaite. Le flot d'habits bleu roi, de culottes et de guêtres blanches, s'infléchissait à l'angle du pont, passait devant la Monnaie, coulait vers l'ancien collège des Quatre-Nations pour confluer avec le flot déversé par les rues. Il devait bien y avoir là, estima Dubon, de six à huit mille hommes.

« On croirait, dit Claudine, revoir le jour où le général La Fayette a emmené toute la garde nationale.

— Elle partait alors pour les frontières. Aujourd'hui, ces badauds se laissent entraîner dans une lamentable aventure. Ils n'iront pas loin, du reste », ajouta Dubon.

Il raconta brièvement aux deux femmes ce qui était advenu autour de Saint-Roch, et il tranquillisa Claudine en l'assurant que son mari ne bougeait pas du bureau topographique. « Il en reviendra fort tard, certainement. Mettons-nous à table; il me faut retourner vite au travail, les subsistances menacent de se raréfier encore. »

Ils mangeaient une maigre soupe aux herbes, lorsque la fusillade éclata vers le Pont-Royal, puis on entendit le canon. Maulevrier s'était engagé sans avoir encore assez de monde sous la main pour lancer une attaque massive. Aux premiers coups de feu lâchés à l'aventure, trente soldats, dissimulés depuis le matin par Barras dans une maison en construction attenante à la rue du Bac, avaient riposté en jetant bas chacun son homme.

Buonaparte, qui arrivait du Carrousel, saisit aussitôt la situation. Mettant à profit le flottement causé chez l'ennemi par cette réplique inattendue et sévère, le petit général fit avancer Verdière jusqu'au bout du pont, avec quatre pièces. Deux prirent immédiatament à partie les gardes nationaux débouchant par la rue du Bac et les foudroyèrent sur place. Les deux autres criblèrent de fonte et de plomb ceux qui se présentaient par le quai Voltaire. Dans le même temps, Marmont portait à Carteaux l'ordre de se dégager — une volée à mitraille y suffit — et de ranger ses canons sur le port Saint-Nicolas pour arroser par-dessus la Seine la colonne ennemie.

A peine eut-il ouvert le feu, le gros et l'arrière-garde disparurent du quai Malaquais. En un clin d'œil, les bons bourgeois dont se composaient les troupes de Lafond-Soulé et de Duhoux, voyant tomber autour d'eux les boulets, enfilèrent prestissimo les rues des Saints-Pères, de Beaune, de Seine, en jetant leurs fusils pour courir plus vite. Au contraire, l'avant-garde, formée de chouans, de Vendéens, d'émigrés, tenait ferme. Avec un courage intrépide, Lafond-Soulé et Lebois ramenèrent trois fois ces hommes à l'assaut des canons. Mais, mitraillés de front par Verdière, pris en écharpe par les boulets de Carteaux, ils se faisaient hacher pour rien. Il leur fallut enfin s'égailler à leur tour. Ils laissaient une jonchée des leurs sur le quai où le sang délayait la boue.

L'insurrection était écrasée. Buonaparte, avec Junot et Marmont, retourna au centre, et Barras à la Convention. Claude, revenu dans les tribunes publiques, l'entendit annoncer : « J'ai opposé la force à la force; il a bien fallu combattre ceux qui s'avançaient obstinément pour s'établir sur vos banquettes. » Cette remarque, à l'adresse de Daunou, Thibaudeau, Cambacérès et autres modérés. « Maintenant, continua-t-il, il ne s'agit plus que de dissoudre le reste de la rébellion. Les assaillants de Saint-Roch se sont retranchés les uns dans l'église, les autres sur la place Vendôme. Ceux de la rue de l'Échelle et de la rue Saint-Nicaise se sont repliés sous les galeries du théâtre de la République et du Palais-Royal. Voici les dispositions qui vont terminer la journée : les généraux Duvigneau et Montchoisy, qui ne sont plus nécessaires sur la place de la Révolution, se sont mis en marche avec deux pièces de canon par la grande rue Royale; ils tournent la place Vendôme par le boulevard de la Madeleine. En même temps, Berruyer débouche des passages des Feuillants sur la place

Vendôme. Brune, sorti du défilé de la rue Saint-Nicaise, pousse devant lui des obusiers qui achèvent de balayer la rue de la Loi. Carteaux, qui n'a plus rien à faire du côté du Louvre, passe sur la place du Palais-Royal pour dégager la rue Saint-Honoré jusqu'à l'Oratoire. Le succès n'étant plus contesté, on ne tire plus qu'à poudre. »

Une demi-heure plus tard, au moment où la nuit se fermait, les troupes conventionnelles avaient fini de nettoyer la place Vendôme, Saint-Roch, la rue Saint-Honoré, le théâtre de la République. Buonaparte faisait bloquer étroitement les rebelles réfugiés dans le Palais-Royal. Il ne restait d'ailleurs qu'un petit nombre d'insurgés en armes. Les marchands profitaient de l'ombre bruineuse pour retourner furtivement à leurs boutiques ; les *paole d'honneu* pour aller dans les salons monarchiens ou les loges des théâtres montrer leur joue droite noircie et narrer leurs exploits. Quelques opiniâtres, retirés dans la rue de la Loi, vers les Filles-Saint-Thomas, cherchaient à dresser des barricades. Brune leur lâchait de temps à autre une décharge d'obusier.

Dans cette rue étroite, où les maisons et le long bâtiment de la Bibliothèque ci-devant royale se renvoyaient les échos, les pièces de 8 produisaient un bruit fracassant. Les détonations faisaient vibrer les vitres, secouaient planchers et murs. A l'*Hôtel de la Tranquillité* — le bien mal nommé cette nuit-là —, elles affectaient dramatiquement les Permon, ces amis de Buonaparte. Alité depuis le 11, M. Permon était en proie à une fièvre que les événements n'avaient cessé d'aggraver. Caractère faible, miné par les épreuves de la Terreur, il la croyait en train de renaître et ne résistait plus à ce nouveau choc. Tandis que maints Parisiens, peu émus par cette petite guerre, allaient à leurs distractions, aux spectacles, au concert, ou soupaient chez les traiteurs, le tumulte régnant dans le quartier, les déflagrations intermittentes jetaient le malade dans un délire d'effroi. Il criait, pleurait, appelait sa femme, ses enfants, et ne les voyait pas autour de lui. Il ne sentait pas les embrassements de Mme Permon affolée, désespérée de son impuissance.

Claude s'occupait d'installer chez lui le ménage Louvet, Brigitte Mathey et le petit commis, qui avaient dû abandonner le Palais-Royal. Louvet était recru de fatigue, sale de poudre, sans voix à force d'avoir chanté la *Marseillaise* en chargeant les royalistes devant Saint-Roch, sur la place Vendôme, sous les galeries du théâtre de la République. Il voulait néanmoins retourner à l'Assemblée. Lodoïska y mit bon ordre. « Ta femme a raison, dit Claude. Pour le moment, la Convention est nulle. Jusqu'à demain, il faut s'abandonner aux militaires. » Laissant à ses amis la libre disposition de l'appartement, il s'en fut chercher un fiacre pour regagner Neuilly et rassurer Lise, car on avait dû entendre là-bas les échos de la canonnade.

Dans les rues éclairées par les réverbères, les voitures — riches équipages, cabriolets, locatis — circulaient comme à l'accoutumée. On voyait çà et là luire les baïonnettes, le bronze jaune d'un canon, mais postes et patrouilles n'interpellaient point les passants. On les écartait simplement des corvées qui, à la lueur supplémentaire de leurs falots, enlevaient les morts et balayaient les flaques sanglantes. Les cinq ne voulaient pas laisser des cadavres traîner dans les rues ni sur les quais. On procédait nuitamment au nettoyage de Paris, alors que les obusiers grondaient encore par intervalles vers les Filles-Saint-Thomas, mais le résultat final ne faisait aucun doute. « La victoire est à nous », venait d'annoncer Barras à la Convention. Or cette victoire obtenue en mitraillant les bourgeois, leurs semblables, donnait mauvaise conscience aux anciens Feuillants, aux Soixante-Treize, à tous les hommes de l'ex-*Ventre*. Barras le sentait bien. Il avait ordonné de ne point poursuivre les rebelles une fois dispersés.

Cela permit aux véritables combattants de se regrouper. Peu troublés par les coups à blanc, ils se retranchèrent dans la section Le Pelletier dont ils barricadèrent les accès.

Le 14, au petit jour, ils se croyaient capables de repousser une attaque. Mais Buonaparte établissait avec Brune un ordre de marche pour toutes les forces conventionnelles. Les rues restaient obscures; l'aube parvenait mal à se dégager de la nuit. A neuf heures seulement, les colonnes s'ébranlèrent. Berruyer, dont les bataillons avaient bivouaqué sur la place Vendôme, s'engagea dans la rue des Vieux-Augustins et braqua deux pièces de 8 sur les Filles-Saint-Thomas. Les tirailleurs commandés par le général Vachot nettoyèrent en quelques coups de fusil le Palais-Royal, puis appuyèrent Berruyer sur la droite, tandis que Brune, se portant à la Bourse, poussait deux obusiers en haut de la rue Vivienne, et que Duvigneau s'avançait par les rues Saint-Roch et Montmartre avec deux pièces de 12.

Réduits à quelque six ou sept cents hommes, les insurgés ne pouvaient résister à de telles forces. Les boulets de 8 et de 12 livres eussent en un instant pulvérisé leurs barricades. Menacés de face et sur les flancs, ils se retirèrent par les issues laissées libres exprès, gagnèrent le Pont-aux-Choux, le faubourg Montmartre et se dispersèrent par la campagne. Dans la nuit, le comité insurrectionnel s'était volatilisé. Vachot envahit la turbulente section et l'occupa militairement sans coup férir. Il en fut de même pour la section Brutus et pour celle du Théâtre-Français. A midi, l'ordre régnait partout.

« Si j'avais été à la tête des sections, comme j'aurais fait sauter les perpétuels! » disait Buonaparte à Junot. Un peu plus tard, il écrivait à Joseph : « Tout est terminé, et, comme d'habitude, je ne suis nullement blessé. »

XII

La sédition avait fait quatre cents victimes environ : un peu plus de deux cents morts ou blessés chez les rebelles, presque tous des royalistes portant sur l'uniforme bleu le collet noir ou vert; cent cinquante, à peu près, parmi les défenseurs de la Convention, des patriotes en majorité, tombés pour la plupart devant Saint-Roch.

L'Assemblée parut vouloir prendre des mesures énergiques. Elle commença par destituer Raffet et l'état-major de la garde nationale, mit celle-ci sous les ordres du général commandant l'armée de l'intérieur, c'est-à-dire, pour le moment, Barras. On décréta en outre que les compagnies de grenadiers et celles de chasseurs, où foisonnaient les jeunes gens à cadenettes, seraient dissoutes; les sections Le Pelletier et du Théâtre-Français, désarmées. Enfin on forma trois commissions militaires pour juger les coupables.

Les quatre premières décisions s'exécutèrent sans difficulté. Quant à la cinquième, pure pantalonnade. Pour juger les responsables de la révolte, il aurait fallu d'abord les arrêter. On s'en gardait. Danican, Delalot avaient disparu. Batz aussi, une fois de plus. Richer-Sérizy se cachait à peine. Lezay-Marnésia était chez Mme de Staël, à Saint-Gratien. Lacretelle jeune, chez Boissy d'Anglas. Lebois et Lafond-Soulé, capturés les armes à la main, n'embarrassaient que trop. On aurait bien voulu les acquitter. Pas moyen. Intrépides devant les juges comme ils l'avaient été devant les canons, ils se glorifiaient de leurs actes. Il fallut se résoudre à les sacrifier. Leurs têtes tombèrent sur la place de Grève. Toutes les autres condamnations furent prononcées par contumace. On relâcha purement et simplement Menou pour ne point accuser avec lui Laporte et les deux autres représentants dont la faiblesse à l'égard du général n'était pas moins coupable que son incurie.

Les agents royalistes avaient cru d'abord tout perdu. Le 14 vendémiaire, Brottier, La Villeurnoy, de leurs refuges, écrivaient à Vérone pour rejeter sur leurs complices, sur les intermédiaires, sur les muscadins, la responsabilité du désastre : « Les députés monarchiens dont nous avions les promesses nous ont trompés, ils ont joué un jeu infâme; c'est une race jacobinaire à laquelle il ne faut pas se fier... On n'a pas assez compromis ceux qui voulaient servir la cause... Les royalistes de Paris, à collet noir, à collet vert, à cadenettes, qui étalaient leurs fanfaronnades aux foyers des spectacles, sont allés, aux premiers coups de fusil, se cacher sous le lit des femmes qui souffrent de pareils poltrons. » L'arrestation de Lemaître, enfin exécutée, la saisie du reste de ses papiers fort embarrassants pour les conventionnels monarchiens, portaient le désarroi dans leur camp. Bordas obtint, comme il s'y était engagé, la publication de la fameuse lettre par laquelle Antraigues annonçait que *de grands services rendus aux héritiers de Louis XVI pourraient racheter la participation à sa mort*, et ce fut encore un rude camouflet pour la conjuration. L'immobilité de Pichegru, dont Montgaillard n'obtenait toujours rien, ne laissait aucun espoir du côté de la frontière. Tout le complot semblait à bas. Mais voilà que la Convention, au lieu de parachever la défaite, hésitait, reculait. Elle ne sévissait pas, ne poursuivait même pas les rebelles. Elle n'osait pas écraser ses ennemis vaincus. C'est donc qu'elle ne se sentait pas sûre d'elle-même, qu'elle craignait l'opinion. Aussitôt les meneurs retrouvèrent toute leur assurance. Batz, saisi par hasard le 16, ne balança point à porter plainte devant un juge de paix, pour arrestation illégale, et à sommer, par ministère d'huissier, la Convention de le faire *élargir sur-le-champ.*

« On ne voit aucune justice », notait Claude, le 18 vendémiaire, dans un article pour *La Sentinelle.* « Il y a eu crime contre la nation, et non seulement les criminels ne sont point châtiés, mais encore ils se montrent dans les salons, par la ville, plus arrogants que jamais. Est-il vrai que l'un des membres du comité insurrectionnel, le ci-devant comte de Castellane, ait osé répondre au *Qui vive!* d'une patrouille : *Castellane, contumace,* et que les gardes nationaux se soient contentés de rire à cette saillie? Est-il vrai que le complice de Dumouriez, Miranda, devenu l'un des plus fougueux orateurs des assemblées royalistes, condamné lui aussi pour la forme, soit l'hôte choyé du conventionnel Durand-Maillane? Est-il vrai que le représentant Boissy d'Anglas ait fait ouvrir les barrières, le 14, pour permettre aux chouans et aux Vendéens de s'enfuir sans encombre?...

« La Convention, si prompte en prairial à frapper Romme, Soubrany, Duroy, Bourbotte, Duquesnoy, ces héros du devoir et de la fraternité, la Convention impitoyable envers les citoyens Duval, Delorme, Chabrier, qui préférèrent ne pas vaincre plutôt que de verser le sang des riches, la Convention réserve toute sa mansuétude à des hommes dont les seuls ressorts sont l'ambition personnelle, l'avidité du pouvoir, le désir de rétablir l'Ancien Régime, ou du moins d'établir une oligarchie de la fortune. Cette Assemblée qui fut grande et qui est maintenant, selon le cri trop vrai de Louvet, " tombée au plus bas ", à peine a-t-elle triomphé grâce aux patriotes de 89 déjà elle se hâte de dissoudre leurs bataillons. Déjà elle craint d'avoir, en leur permettant de donner leur vie pour elle, ressuscité le « terrorisme ». La Convention, ou plus exactement son fantôme, semble redouter davantage le peuple que le royalisme, et l'on paraît prendre à tâche aujourd'hui de rendre au royalisme à peine vaincu tous ses espoirs et toutes ses forces. *Urget me atrata præsensio...* »

De son côté, Réal écrivait : « Il faut le dire, la Convention n'a pas su profiter de la victoire. Des politiques qui font pitié ont reculé devant les salutaires et tranchantes mesures qui brisaient l'ouvrage de la conspiration... La trame subsiste; les conspirateurs ont été vaincus et la conspiration existe tout entière. O Convention, un instant tu as pu faire disparaître entièrement le levain funeste de la guerre civile; des hommes, ou cruellement dupes de leur bonhomie, ou bouffis d'orgueil, ou scélérats de bêtise, ont paralysé tes moyens, ont arrêté ton bras... »

L'article de Claude ne parut point. L'ayant lu en épreuve, Louvet — reculant aussi vite qu'il s'était avancé quand il parlait de rouvrir les Jacobins — l'estima inopportun.

« Tu vas trop loin, dit-il. Il ne convient pas d'attiser la flambée sans-culotte provoquée par la répression du monarchisme. Tu le sais bien, la république se trouve, depuis sa fondation même, entre deux espèces d'ennemis : les royalistes, les ultra-révolutionnaires. Chaque fois que l'on refrène les uns, les autres se relèvent d'autant.

— Quoi! tu ne veux pas comparer l'excitation présente de quelques démocrates et la conspiration royaliste!

— Quelques démocrates! Dis plutôt des maratistes : cette lie trop connue. On la voit remonter une fois de plus. Comment juges-tu ce qui s'est passé le 15? »

Un tumulte avait éclaté sous les galeries du Palais-Royal à la suite d'une altercation entre le général Chinet et un changeur auquel il reprochait sa malhonnêteté. Les incroyables, nullement calmés par la correction reçue le 13, avaient conspué le général, l'appelant : « Mouchard de la Convention », tandis que le populaire prenait parti pour lui. D'où bousculade, échange de horions, intervention de la police, rafle de muscadins à l'aide des patriotes. Parmi les jeunes gens incarcérés à la prison des Quatre-Nations, figuraient deux intimes de Mme de Staël : François de Pange, émigré radié, et un certain Benjamin Constant, Genevois, acheteur de biens nationaux. Marie-Joseph Chénier, familier du salon Staël, s'était empressé, avec l'aide de Louvet, de faire relâcher, le soir même, ces deux « citoyens pleins de probité, de lumières et de civisme ». Benjamin Constant avait écrit — assez mal, du reste — pour remercier Jean-Baptiste et le mettre en garde contre « les passions avides de se déchaîner dans le désordre qui règne toujours après la victoire. Que ceux qui ont, et qui sont dignes d'avoir, la puissance en main se hâtent de comprimer les monstres qui se croient déjà libres de faire éclater leur rage », poursuivait-il, désignant par là les patriotes. « Aujourd'hui que l'ennemi commun de la République est sans force, il faut comprimer l'ennemi commun de l'humanité. Qu'on saisisse cette occasion d'imprimer une crainte salutaire à ces hommes avides de sang. »

« Bon, répondit Claude à Louvet, il se produit une certaine effervescence dans le peuple. Il a faim, et il garde un espoir tenace de voir instaurer une république dans laquelle il ne serait pas frustré de tout ce dont jouissent les gens aisés. La répression du royalisme a réveillé cet espoir. Peut-être les héritiers d'Hébert, les disciples de Babeuf s'agitent-ils, mais quelle puissance présente ce petit nombre d'individus épars, sans organisation, sans moyens? Alors que le royalisme compte des milliers d'adeptes, possède ses agences, ses réseaux, ses chefs, ses soldats, des alliances à l'étranger, des ressources infinies. L'ultra-révolution est morte, et la contre-révolution agite à vos yeux ce spectre pour vous désarmer. »

C'était vrai, seulement Claude parlait en homme préservé de la Terreur. Louvet, lui, comme tant d'autres Français — comme l'humble Cibot, naguère, à Limoges — avait les meilleures raisons de détester un odieux despotisme non moins contraire aux principes républicains que la royauté. Aussi inclinait-il, à présent, vers les amis de Mme de Staël, opposés tout ensemble au retour des Bourbons et à la résurrection du sans-culottisme. La baronne et ses intimes, Montesquiou, l'un des premiers députés de la noblesse à rejoindre le tiers, en 89, Montmorency, aide de camp à l'armée du Rhin en 91-92, Pange, Benjamin Constant, se séparant en cela du clan Boissy d'Anglas qui souhaitait le « gouvernement des meilleurs » sous l'autorité d'un monarque, le voulaient désormais sous la forme de la république établie par la nouvelle constitution, mais débarrassée, proclamaient-ils, des hommes violents ou tarés, entendant par là aussi bien les Saladin, les Rovère, que les Tallien, les Fréron.

Le « petit Montmorency », Montesquiou-Fézensac, n'étaient pas des inconnus pour Claude, habitué comme eux du café Amaury, à Versailles, et allié avec eux aux Lameth lorsque ceux-ci soutenaient Barnave dans la Constituante. La session close, magistrat du 1er arrondissement de Paris, il avait — notamment quand il s'agissait de construire la Louisette —

entretenu d'autres relations avec Montesquiou, administrateur du département avant d'aller, comme général, gagner à la France le beau fleuron de la Savoie. Rien n'empêchait de revoir d'anciens collègues demeurés à l'étranger par force durant deux ans, mais non pas véritablement émigrés, du reste fidèles aux principes fondamentaux de la Révolution. C'est pourquoi, le 17, Claude s'était laissé conduire par Marie-Joseph Chénier chez Mathieu de Montmorency, au château d'Ormesson où Mme de Staël tenait à ce moment son cercle. Accueilli d'une façon courtoise cachant beaucoup de curiosité envers le ci-devant membre du Comité de l'an II, il avait trouvé là un esprit assez semblable, au fond, à celui qui régnait autrefois dans le salon de Mme Roland, avec une intelligence infiniment plus agile chez la fille de Necker, et relevé partout le brillant de l'Ancien Régime. N'y manquaient pas non plus sa légèreté, son goût des jouissances, son mépris et son besoin à la fois de l'argent, son amoralisme. Par une disposition naturelle dont ils ne se rendaient pas compte, ces gens perpétuaient la manière de vivre que Robespierre avait voulu supprimer en tentant de substituer *les principes aux usages, les devoirs aux bienséances, la grandeur d'âme à la vanité, les bonnes gens à la bonne compagnie, le mérite à l'intrigue, la vérité à l'éclat...*

Certes Mme de Staël déplorait que le peuple supportât des « maux inouïs », que la disette d'une part, la dépréciation du papier-monnaie de l'autre, réduisissent « la dernière classe de la société à l'état le plus misérable ». Elle désirait très sincèrement voir cela changer. Néanmoins, tout comme Manon Roland et les Brissotins, et comme les survivants de la Gironde, elle avait horreur de « la populace ».

Elle s'apercevait bien aussi que les anticonstitutionnels cherchaient surtout à « s'approprier les places de la République », et elle le disait hautement, mais cette perspicacité allait-elle jusqu'à lui montrer parmi les plus avides son cher Benjamin Constant? Jeune homme singulier, non sans mérite, probablement, mais fort soucieux de parvenir.

Hormis cette femme d'une personnalité évidemment exceptionnelle — au reste, un peu trop passionnée, sans doute brouillonne —, cette société, malgré beaucoup d'esprit, d'éclat, de talent même, ne comprenait à tout prendre que des médiocres, estimait Claude. Leur « république des honnêtes gens » serait celle des intrigues politico-mondaines, de la vanité, du profit. Et par leur complaisance d'instinct envers les émigrés, leurs semblables, ils se faisaient les aveugles auxiliaires de ce qu'ils entendaient combattre, jugeait-il.

Il déchira son article en disant simplement : « Demandes-en un à Chénier. Pour moi, je ne saurais écrire autre chose. »

Triste, il pensait que son association avec Louvet ne durerait plus longtemps. Était-il donc destiné à laisser successivement tous ses amis sur la route? Après Barnave, Desmoulins, Danton. Après Danton, Robespierre. Après Robespierre, Louvet... Du moins cette amitié-là ne se terminerait-elle pas sous le couperet!

En retournant à Neuilly, dans sa tristesse il se défendait mal contre les regrets et les remords qui le poignaient au souvenir de ses compagnons sacrifiés. Emporté par la violence de la lutte, il avait condamné Desmoulins, Danton; il avait déchaîné contre Robespierre la meute des hommes perdus. Ce faisant, il s'était lui-même mutilé. Longtemps saigneraient ses blessures. Dans l'effroyable mêlée de l'an II, les êtres disparaissaient, on se battait contre des entités, on se ruait sur ses amis qui ne représentaient plus que des adversaires. A présent, pourrait-il oublier la douceur si affectueuse de Maximilien, la chaleur de Danton, le charme primesautier de Camille!

Le temps, la mort effaçaient les défauts, les vices. Seuls subsistaient les bons souvenirs : autant de couteaux. Non, décidément, il ne romprait pas avec Louvet. Finis, les emportements de la colère.

Mais, le 19, dans la tribune des journalistes, à la Convention, il se rendit compte que la colère bouillonnait sourdement sur les banquettes bleues envahies par les patriotes. Le recul de l'Assemblée les indignait. Sans réclamer vengeance pour ce qu'ils avaient souffert depuis Thermidor, ils attendaient des réparations. Leurs pétitionnaires, à la barre, les revendiquaient maintenant avec force : élargissement des « terroristes » encore détenus, destitution des officiers nommés par Aubry, rétablissement de ceux qu'il avait renvoyés, réintégration des représentants décrétés en germinal et en prairial et leur inscription sur la liste des éligibles au Corps législatif. Les Montagnards subsistant sur les banquettes vertes s'empressaient de transformer ces demandes en motions et les présentaient à la tribune, soutenus par les applaudissements du public.

Tallien, Fréron, revenus au premier rang de la Montagne, peinaient à contenir leurs propres troupes. Ils réussirent à faire rejeter le rappel des députés proscrits. Et, malgré ses dispositions pacifiques, Claude s'en irrita.

« Vous vous comportez d'une manière absurde, déclara-t-il à Fréron et à Tallien dans la salle de la Liberté. Que vous ne vouliez plus entendre les *carmagnoles* de Barère ni revoir ici Billaud-Varenne, Collot d'Herbois, je le comprends. Mais Lindet, Saint-André, Levasseur, Cambon, Chasles, Moïse Bayle, Prieur de la Marne! Je ne parle pas pour moi, je ne désire pas de siège.

— On ne pouvait toucher aux décrets des 5 et 13 fructidor...

— Nul besoin d'y toucher! Il vous demeurait parfaitement loisible de rappeler dans la Convention les députés proscrits sans avoir été condamnés, comme on l'a fait pour les Soixante-Treize. Vous jouez un jeu de dupes, je vous le dis tout net. En ménageant la chèvre et le chou, vous passez aux yeux des Montagnards pour alliés secrets des monarchiens, et aux yeux des monarchiens pour d'indécrottables sans-culottes.

— Nous obéissons à notre conscience, nous ne ménageons rien.

— Je le crois en ce qui concerne votre avenir. Savez-vous ce qui vous pend au nez? De n'être pas, vous-mêmes, élus au Corps législatif. »

Comment ne pas s'encolérer aussi devant l'insolence des royalistes! Ils avaient impudemment repris leurs menées. Ils provoquaient des rixes que les députés de la droite imputaient rageusement aux patriotes. Dès l'ouverture des assemblées électorales, le 20 vendémiaire, les partisans du trône firent nommer Saladin et bientôt après le furieux Rovère. La conspiration se révélait dans toute son étendue. La retraite de Jourdan, ramené vers le Bas-Rhin, ne laissait aucun doute sur la trahison passive de Pichegru. Il avait évacué Mannheim, permettant à Clerfayt de débloquer Mayence. La ligne du Rhin percée ainsi, les deux armées françaises séparées, les Autrichiens pouvaient espérer envahir de nouveau l'Alsace. Les papiers saisis chez Lemaître décelaient aux patriotes, outre cette trame et les liaisons des royalistes parisiens avec l'Ouest, leur collusion avec les députés monarchiens. En plus de Rovère, de Saladin, Lehardy, Henry-Larivière, Aubry, Lesage, Gamon, les journaux républicains dénonçaient comme complices de Batz ou de l'agence parisienne Boissy d'Anglas, Lanjuinais, Cambacérès, et donnaient pour acquis au bourbonisme la plupart des Soixante-Treize et des Vingt-Deux.

Non, le temps de la colère n'était point passé. Une violente indignation s'élevait dans Paris contre toute la droite de l'Assemblée, elle-même furibonde. On devait craindre que les derniers jours de la Convention ne fussent bouleversés par une nouvelle tempête.

XIII

« Quel être singulier, ce Buonaparte! dit Bernard à Claude. Jette un coup d'œil là-dessus. »

Il lui tendait un rapport sur les événements du 13 et du 14, adressé à la Commission militaire et transmis depuis par le jeune Fain pour classement. En son temps, Carnot voulait créer un Dépôt où l'on conserverait les archives de la Guerre. Carnot éliminé, le bureau topographique continuait d'assumer ce soin.

Selon le bref compte rendu rédigé par Napoléon lui-même, le « général Barras » avait pris toutes les mesures, appelé des Sablons l'artillerie, placé les pièces, fait marcher les troupes, donné tous les ordres. C'est Brune qui, au cul-de-sac Dauphin, avait tiré le canon et eu son cheval tué sous lui. Le rapport mentionnait la plupart des autres participants : Berruyer, Carteaux, Duvigneau — estropié en Duvigier —, Vachot, Montchoisy. Du commandant en second, pas un mot.

« Poussée à un tel point, observa Bernard, la modestie devient suspecte.

— Bah! c'est de la politique. Ton Buonaparte eût laissé volontiers à Barras le mitraillage des *frères Saint-Thomas* et des émigrés.

— Je m'en doute. Lui qui se déclarait prêt à démissionner plutôt que de combattre des Français! Tu t'en souviens?

— Oui. Singulier petit bonhomme, en effet. Bien naïf s'il s'imaginait Barras disposé à endosser seul les rancunes des royalistes et des monarchiens! Il a joliment relevé la balle.

Mais, au bout du compte, Buonaparte ne peut s'en plaindre. Que dit-il?

— Je ne sais, je ne l'ai pas revu. »

Le 18, Barras, présentant à la Convention ses principaux auxiliaires, s'était malignement plu à mettre en lumière les services sur lesquels Napoléon demeurait si discret. « Voici le général Bonaparte, dont les dispositions savantes et promptes ont sauvé cette enceinte. » Là-dessus, Fréron de préciser, visant Aubry : « N'oubliez pas, citoyens, que le général d'artillerie Bonaparte, nommé dans la nuit du 12, et qui n'a eu que la matinée du 13 pour prendre les dispositions dont vous avez vu les heureux effets, avait été retiré de son arme pour entrer dans l'infanterie. »

Confirmé dans son commandement en second, promu divisionnaire, installé désormais rue Neuve-des-Capucines à l'hôtel de la 17e division militaire, ancienne demeure du financier Bertin, le petit Buonaparte devenu Bonaparte était tout à coup un personnage. On se demandait d'où il sortait. Les royalistes l'appelaient dédaigneusement « champignon de la République », « général des rues ». Il n'en imposait pas moins son autorité, et, avec autant de souplesse que d'énergie, il accomplissait une tâche peu facile, à la place du « général en chef » occupé de tout autre chose.

Si ses maîtresses ne ménageaient pas à Barras les plaisirs dans sa petite maison récemment acquise rue Basse-Saint-Pierre, à Chaillot, et dont la citoyenne Beauharnais faisait les honneurs, les soucis ne lui manquaient pas non plus. Le torchon brûlait, flambait même, entre l'aile gauche thermidorienne et l'aile droite des Soixante-Treize.

Le 19, chez le très suspect Formalguez, pourvu d'une charge d'agent de change grâce au Comité de Salut public, et qui continuait de réunir à sa table, deux fois par décade, les chefs des Thermidoriens, des Soixante-Treize et des Vingt-Deux, une dispute avait éclaté. Le bouillant Legendre s'était emporté contre Boissy d'Anglas, Lanjuinais, Larivière, Lesage, auxquels il faisait grief de leur attitude pendant la rébellion et des éloges dont les couvraient journellement les gazettes royalistes. Lanjuinais ayant, dans la discussion lâché ce mot : « le massacre du 13 », Tallien, outré avait traité les Soixante-Treize de conspirateurs alliés aux sections, et Formalguez d'espion royaliste.

« Ce qui est absolument exact », dit Claude lorsque Legendre lui rapporta la scène, ajoutant : « Thibaudeau a voulu arranger les choses, Barras s'y serait prêté, mais Tallien et moi n'entendons plus nous acoquiner avec des traîtres. Nous sommes partis en claquant les portes. »

L'ex-boucher, trapu, sanguin, fumait encore de colère à ce souvenir, bien que deux jours se fussent écoulés depuis la querelle. « Nous leur mettrons l'épée dans les reins, poursuivit-il. Arranger les choses! Ce jean-foutre de Thibaudeau!... Quant à Barras, je m'en défie. Il est franc comme un mulet, le vicomte. Dis-moi, toi qui fouines un peu partout...

— Ah ça! coupa Claude choqué, je ne fouine nullement. Je cherche la vérité pour l'écrire.

— Bon, bon, tu te renseignes. Eh bien, ne pourrais-tu te renseigner sur ce que Barras mijote avec Fouché? Je voudrais bien savoir également si ton ami Louvet nous soutiendrait, Tallien et moi, au cas où nous attaquerions la clique monarchienne, ou plutôt s'il nous soutiendra quand nous l'attaquerons, car nous sommes résolus à le faire dans la Convention, et sans tarder. »

Claude ne doutait point que Fouché, protégé par Barras, n'ait eu sa part, clandestine mais efficace, dans les événements des 13 et 14. On lui attribuait la paternité du discours lu par Barras à la tribune, le 15, pour rendre compte de ces événements et justifier la riposte de la Convention aux provocations sectionnaires. Assurément, Fouché ne s'était pas borné à la rédaction de ce texte. Fréron, encore tout marqué par ses outrances antijacobines, n'eût point obtenu le concours des sections Popincourt et Montreuil si une secrète influence ne se fût exercée sur elles. Très probablement, Fouché employait son crédit parmi les anciens membres des sociétés populaires pour contrecarrer les menées royalistes. Barras l'utilisait à cette guerre de l'ombre. La défiance de Legendre à leur égard semblait sans fondement. En tout cas, on pouvait vérifier. Claude écrivit un billet pour Héron et alla le déposer chez leur intermédiaire, un petit débitant de la rue Saint-Antoine. Puis il s'en fut rejoindre Louvet au Palais-Royal, dans l'arrière-boutique servant de bureau à *La Sentinelle*. Tout en s'installant pour dépouiller la correspondance, il rapporta son entretien avec Legendre.

« Oui, je sais, dit Louvet. Tallien m'a parlé. Je ne partage pas son opinion en ce qui concerne Lanjuinais, Boissy, Lesage. Ils ne sont guère républicains, certainement, mais ce ne sont pas non plus des conspirateurs, et je trouve très maladroit, très dangereux d'accentuer encore nos divisions aux yeux des assemblées électorales. Je ne soutiendrai pas Tallien ni Legendre, qui sont passés du sans-culottisme à l'extrême droite pour revenir à la Montagne, contre d'honnêtes gens dont la route n'a jamais varié.

— Legendre a toujours été sincère. Son chemin a pu varier en raison des circonstances, non pas son but.

— Je veux bien te croire. Mais m'en diras-tu autant de Tallien? »

Il n'y avait rien à répondre. Louvet poursuivit : « En revanche, je te donne ma parole que je me déménerai comme un diable pour faire exclure du Corps législatif Rovère et Saladin, parce que ceux-là sont des royalistes fieffés et de répugnants individus. »

En arrivant, le lendemain matin, Claude avisa sous sa porte un papier : la réponse d'Héron, toujours diligent. Pas du tout; c'était un mot de Bordas. Très bref. « Viens me voir le plus tôt possible. » Il redescendit donc, entra, à côté, dans l'hôtel de Brionne, et, escorté d'un huissier, gagna les cabinets des commissaires à la Sûreté générale, dans le pavillon de Marsan.

« Bonne nouvelle, mon ami, s'écria Bordas. Tous les députés que nous soutenons à Limoges sont élus, Louvet en tête.

— Bonne nouvelle, en effet. La sait-il?

— Je ne le pense pas. Tu la lui annonceras. Mais je ne t'ai pas fait venir pour cela. Tiens, voilà qui t'appartient. »

Il lui tendait un feuillet dans lequel Claude, avec stupeur, reconnut son billet à Héron, décacheté.

« Pardonne-moi, reprit Bordas. Comme ce message ne portait aucune suscription, il fallait bien le lire pour savoir ce que c'était. J'ai reconnu ton écriture. Il a été remis au Comité par Ignace Eck. Héron est mort depuis quatre jours.

— Par exemple! Mort! Et comment?

— De maladie.

— Ah! Eh bien, voilà une maladie fort soudaine et fort expéditive, en vérité! Je la trouve singulière. Héron s'était attiré de multiples haines. Il gênait aussi, considérablement, l'agence royaliste. Vous n'avez nul soupçon? »

Bordas leva les mains. « Selon Eck, parlant d'après la citoyenne Héron et le médecin, il aurait succombé à des coliques de miserere. Cela n'aurait rien d'extraordinaire. Quant à faire la différence avec un poison! Il fallait ouvrir le corps. Personne n'y a songé.

— C'était un policier de premier ordre. Il a rendu de grands services.

— Sans doute, mais nous ne sommes pas des policiers, nous. Et dans huit jours ou dix la Sûreté générale n'existera plus. Alors?... »

Oui, évidemment. On liquidait, on avait hâte de passer le soin à d'autres. Partout s'entendait la même antienne. « Quatre années sous le feu des assassinats ont épuisé nos facultés physiques et morales », disait le montagnard Dubreuil, ami de Marat. Et Merlin de Thionville : « Il est grand temps que nous quittions la place. »

Tandis que se poursuivaient, non sans troubles par endroits, les opérations électorales, que les journaux républicains et contre-révolutionnaires continuaient leurs virulentes polémiques, la Convention votait dans l'indifférence le plan d'instruction publique préparé par Daunou, l'organisation de l'Institut, d'une Ecole polytechnique, d'un Musée d'art et d'archéologie cher à l'évêque Grégoire, d'un Conservatoire des Arts et Métiers, d'un Conservatoire de musique proposé par Chénier. On promulgait un code des délits et des peines. On divisait la Belgique en départements.

Soudain, le 23, Tallien secoua l'Assemblée en réclamant un comité général, c'est-à-dire une séance à huis-clos, « pour accuser des représentants compromis dans l'insurrection du 13 », précisa-t-il. Appuyée par la Montagne, la demande fut acceptée largement. La Plaine sentait bien qu'il fallait vider cet abcès.

Le président Génissieu, montagnard modéré, fit évacuer la salle. Alors Tallien, s'installant à la tribune, dénonça formellement Boissy d'Anglas, Lanjuinais, Henry-Larivière et Lesage. Il s'efforça de démontrer leur collusion avec les agents royalistes et les rebelles. Seulement ses preuves, fondées sur l'attitude des quatre députés pendant la révolte, sur leurs relations avec les orateurs sectionnaires, sur certains passages allusifs des lettres ou notes saisies chez Lemaître, restaient toutes conjecturales. Si elles ne laissaient aucun doute sur des opinions monarchistes, qu'au reste tout le monde connaissait et que toute la droite partageait, elles n'établissaient pas la moindre participation matérielle au complot.

Legendre les reprit, le lendemain, sans plus de résultat. Mais quand il étendit l'accusation à Rovère et à Saladin, Louvet la soutint de toute son autorité. Il rappela leurs sanguinaires fureurs sans-culottes suivies par leurs sanguinaires fureurs royalistes, et déclara que, sur l'extrême Montagne comme à l'extrême droite, ces hommes aux instincts féroces déshonoraient la représentation nationale. Ils furent décrétés d'arrestation et saisis aussitôt. On leur adjoignit ensuite le trop fameux Aubry, ainsi que deux comparses : Lhomond et Gau, nommément désignés dans les papiers de Lemaître.

La Montagne marquait un point, mais elle était, avec toute l'aile gauche thermidorienne, atterrée par les résultats des élections. Chaque jour, la victoire de la contre-révolution s'affirmait dans les assemblées départementales. Malgré les décrets des 5 et 13 fructidor, qui auraient dû maintenir dans le Corps législatif les deux tiers des conventionnels, trois cent soixante dix-neuf d'entre eux seulement furent réélus. On avait prévu, certes, que les réélus nommeraient eux-mêmes un certain nombre de leurs anciens collègues pour compléter les deux-tiers, mais on n'eût point pensé qu'il faudrait en repêcher ainsi plus de cent. Et les 379 ayant été choisis par les électeurs parmi les conventionnels les plus à droite comme Boissy d'Anglas, Lanjuinais, Larivière, Pélet de la Lozère, Defermon, ou les plus modérés comme Louvet, Thibaudeau, Durand-Maillane, Cambacérès, ils nommèrent à leur tour des monarchiens ou des modérés. De sorte que, sur les 104 repêchés, il y eut peu de véritables républicains. Fréron, en particulier, comme le lui avait prédit Claude, resta sur le carreau. Tallien, Barras et les députés de la gauche subsistante n'étaient passés, dans les assemblées électorales, qu'avec des majorités assez faibles.

Quant au nouveau tiers, on voyait nettement qu'il allait se composer en grande partie de royalistes plus ou moins masqués. Claude le signalait dans *La Sentinelle* du 26, notant parmi les élus de la province Mathieu Dumas, l'ancien aide de camp de La Fayette, compagnon de Pétion et de Barnave à Varennes, Dupont de Nemours, défenseur de la royauté au 10-Août, Pastoret, ex-procureur général-syndic du très monarchique

Département de Paris en 92, Tronchet, un des avocats de Louis XVI devant la Convention. Paris avait nommé Muraire, autrefois député de l'extrême droite à la Législative, le gros banquier Lafond-Ladébat, lié avec l'espion Formalguez, Dambrey, ex-avocat général au Parlement, Portalis, Gibert-Desmolières, Lecouteulx de Canteleu, monarchistes notoires.

Si l'on ne voulait pas se laisser déborder par cette vague, il fallait agir énergiquement. Le 30 vendémiaire, Bentabole, autrefois surnommé *Marat le cadet* et bien assagi depuis, retrouva sa vigueur montagnarde pour proposer que la Convention se constituât immédiatement en deux Conseils, afin d'élire le Directoire avant l'arrivée du nouveau tiers. Ainsi eût-on formé l'exécutif avec des révolutionnaires solides, capables de mettre à la raison le Corps législatif.

L'idée était assez maratiste, en effet, mais irréalisable. On ne pouvait violer si ouvertement la Constitution en commençant de l'appliquer. Tallien, Legendre, Barras, Bourdon de l'Oise, Dubois-Crancé avaient conçu un dessein plus adroit et finalement plus radical. Barras et Tallien l'exécutèrent ce même 30 vendémiaire. Ils demandèrent la remise en activité de la Commission des cinq, abandonnée après le 14, pour assurer l'ordre — au besoin par des mesures de salut public — pendant le passage d'un gouvernement à l'autre. Les troubles en province, l'agitation de Paris justifiaient une telle motion. Elle fut votée sans difficulté. On recomposa la commission avec Dubois-Crancé, Florent Guyot, Roux de la Haute-Marne, Pons de Verdun, Tallien. Or les *mesures de salut public* en question consistaient tout bonnement à déclarer les élections nulles et non avenues et à maintenir le gouvernement révolutionnaire.

Seulement les conjurés avaient été bavards. La veille déjà, Claude connaissait leur projet. Il ne l'approuvait pas, sans songer néanmoins à le dévoiler. Mais à peine la commission nommée, Montagnards et patriotes se mirent à crier victoire, à raconter un peu partout qu'on allait renvoyer chez eux les élus aristocrates et proroger la Constitution jusqu'à ce que le pays fût purgé des prêtres, des émigrés, des monarchistes de tout acabit. Les contre-révolutionnaires s'empressèrent de faire écho à ces bruits en les outrant. La Montagne, clamaient-ils une fois de plus, se disposait à recommencer la Terreur.

Les modérés, s'estimant blousés, eurent une réaction de colère. Ils se concertèrent pendant la nuit, et, à la reprise de la séance, le 1er brumaire, Thibaudeau, avec sa brutalité habituelle, fonça sur Tallien considéré comme l'auteur de la machination.

Pour Thibaudeau, Tallien, sous prétexte de sauver la république, visait tout simplement à s'établir dictateur. C'était absurde. Cependant Tallien, par ses virements de bord, prêtait le flanc à toutes les accusations. Thibaudeau eut beau jeu de s'exclamer : « Apologiste des massacres de Septembre, de quel droit vient-il nous taxer de royalisme, nous qui l'avons dénoncé comme protégeant le royalisme? » La gauche protestant, le jeune député riposta : « Vous murmurez, et pourtant vous serez obligés de convenir que si, après le 9-Thermidor, il y eut une réaction royaliste, c'est à Tallien qu'on doit l'attribuer principalement. »

Là, Thibaudeau frappait juste. Il eut le tort d'ajouter : « Il existe une lettre du prétendant Monsieur dans laquelle il assure qu'il compte beaucoup sur Tallien pour rétablir la royauté », car ladite lettre — le billet subtilisé par Héron et adressé par Claude au *Messager du Soir* — affirmait tout le contraire. La Montagne put justement à son tour crier à la calomnie. Thibaudeau retrouva son avantage en déclarant : « C'est l'ambition qui conduit Tallien, il n'écoute que son dépit de n'avoir pas été nommé des premiers au Corps législatif. »

Assurément, pensait Claude assis au rang le plus obscur dans la tribune des journalistes, l'ambition a toujours conduit Tallien depuis le temps où, famélique, il fondait au faubourg Saint-Antoine sa *Société fraternelle*, pour se donner un rôle. Il reçoit en ce moment une volée de bois vert bien méritée. Mais croirait-on qu'il n'y ait pas en lui une dose de patriotisme, une sincérité révolutionnaire? Et l'envie de parvenir n'a-t-elle pas mû plus ou moins tous les conventionnels marquants? Moi-même, jadis. Ne meut-elle pas Thibaudeau lui aussi, comme Barras, Cambacérès, Sieyès, tant d'autres?...

L'Assemblée conserva la commission et attendit son rapport sur les mesures de salut public. Après la vive opposition des modérés, la gauche thermidorienne ne pouvait plus envisager d'annuler les élections. Les cinq se bornèrent à proposer un décret en trois articles : 1° exclusion de toutes les fonctions civiles, municipales, législatives, judiciaires et militaires, des émigrés et parents d'émigrés, jusqu'à la paix générale; 2° permission de quitter la France, avec leurs biens meubles et le produit de la vente de leurs immeubles, à tous ceux qui ne voudraient pas vivre sous les lois de la république; 3° destitution de tous les officiers n'ayant pas servi depuis le 10-Août et réintégrés depuis le 15 germinal. (C'est-à-dire les créatures d'Aubry.)

Ces dispositions furent adoptées par les modérés unis à la Montagne. Sans satisfaire les espérances des patriotes, elles excitèrent la rancœur des monarchistes, pour la plupart émigrés, parents ou amis d'émigrés. Tout républicain qu'il se croyait, le clan Staël poussait des clameurs réprobatrices. Dans Paris affamé, fébrile, parcouru de courants haineux, la violence eût éclaté de nouveau; mais il se trouvait à présent au gouvernement militaire, au lieu d'un Menou, le petit Bonaparte avec son activité, sa vigilance, son adresse. Ce garçon possédait indubitablement le génie de l'organisation et du maniement des hommes. Ayant procédé sans heurts au désarmement des sections, il avait reconstitué avec des éléments sûrs cent quatre bataillons de la garde nationale sur lesquels il pouvait compter autant que sur la ligne. En même temps, il achevait de former la légion de police où furent incorporés une grande partie des « patriotes de 89 ». Avec les trois gardes en cours de création pour le futur Directoire et les deux Conseils, cela faisait un imposant ensemble de troupes parfaitement disciplinées, dont on ne risquait plus de voir une moitié tourner ses armes contre l'autre.

Établi dans ce qui avait été le salon du receveur général Bertin, grande pièce au plafond peint, aux rinceaux dorés, Napoléon abattait journellement une vaste besogne administrative. Cela ne l'empêchait pas de se montrer beaucoup aux Parisiens. Il voulait leur faire oublier la mitraillade du 13. Avec ses aides de camp, Junot, Marmont, Muiron, Songis, il parcourait les rues, haranguait les ouvriers dans les faubourgs, passait de minutieuses revues. Il veillait au transport des subsistances, souvent assistait en personne aux distributions. Un jour où, malgré ses soins, le pain manquait, le brillant état-major fut fort mal accueilli, hué, menacé. Une grosse ménagère apostropha les officiers. « Tous ces épauletiers se moquent de nous. Pourvu qu'ils mangent et qu'ils s'engraissent, le pauvre peuple peut mourir de faim! » Poussant son cheval vers elle : « Eh! la mère, lui répliqua le chétif Bonaparte, regarde-moi! Quel est le plus maigre de nous deux pour crier famine? » La foule rit et s'apaisa.

La disette n'en sévissait pas moins. Malgré les efforts du bureau des subsistances, toujours dirigé par Jean Dubon à qui Napoléon donnait toute l'aide possible, la situation ne s'améliorait pas, au contraire. Dans l'étendue de la division militaire, sillonnée par des colonnes mobiles, l'ordre régnait à peu près; mais ce territoire ne fournissait pas assez de denrées pour nourrir Paris. Au-delà, c'était l'anarchie, les révoltes, le pillage entretenus systématiquement par les contre-révolutionnaires afin de pousser le peuple à bout. L'agiotage, faisant monter désormais le louis à 2 000 francs, portait au comble la misère. Les ouvriers, n'ayant plus de travail, mouraient ou allaient grossir les troupes de gens sans aveu qui écumaient les campagnes, volant pour manger. D'autres bandes, organisées en sous-main par des agents royalistes, voire anglais, et composées de déserteurs, de chouans, de Vendéens, d'ex-compagnons de Jésus ou d'ex-fils du Soleil, attaquaient les convois, les diligences, terrorisaient les provinces, enlevaient le bétail dans les fermes, incendiaient les récoltes engrangées, brûlaient les pieds des paysans pour les contraindre à livrer leur or caché; aussi qualifiait-on ces brigands de *chauffeurs*.

Comment, dans ces conditions, assurer le ravitaillement de la capitale? Non seulement les arrivages manquaient trop souvent, mais même les distributions, lorsqu'on y procédait, demeuraient insuffisantes. Claude constatait amèrement : « Toute la Révolution a été dominée par la faim. Depuis 89, ça n'a été qu'en empirant. »

Une fois, Napoléon, allant dîner chez les Permon (ou plutôt chez Mme Permon, car son mari avait succombé à la fièvre cérébrale, le 17 vendémiaire), fut arrêté par une femme tenant sur ses bras le cadavre encore tiède d'un nourrisson. La faim avait tari le lait de la malheureuse; son petit enfant était mort. Voyant presque tous les jours descendre de voiture ce militaire aux revers brodés d'or, elle venait lui demander du pain, « pour que, dit-elle, mes autres enfants n'aient pas le sort du plus jeune ». Elle ajouta, désespérée : « Si l'on ne me donne rien, je les prendrai tous les cinq et j'irai me jeter à l'eau avec eux. »

Les suicides de ce genre, déjà nombreux en prairial, se multipliaient. Napoléon para au plus pressé en tendant une poignée d'assignats à la pauvre femme, et prit soin d'elle par la suite. Il continuait à fréquenter régulièrement l'hôtel de la Tranquillité, faisant porter par son domestique des pains de munition qui étaient les bienvenus. Sa soudaine élévation ne changeait pas ses sentiments pour cette famille, mais la disparition de M. Permon leur apportait une nuance nouvelle.

Il la révéla brusquement, selon son habitude, en déclarant à Mme Permon qu'il avait résolu de la demander en mariage aussitôt que les convenances le permettraient. Après un instant de stupéfaction, son interlocutrice fut prise d'un fou rire.

« Mon cher Napoléon, lui répliqua-t-elle quand elle recouvra la parole, vous croyez connaître mon âge? Eh bien, vous ne le connaissez pas. Je pourrais être non seulement votre mère, mais celle de Joseph. Laissons cette plaisanterie, elle m'afflige venant de vous.

— Il ne s'agit pas d'une plaisanterie, protesta-t-il. J'y ai beaucoup pensé. L'âge de la femme que j'épouserai m'est indifférent, si, comme vous, elle ne paraît pas avoir trente ans. »

Et il poursuivit, entrant en confidence : « Je désire me marier. On prétend me donner une femme charmante, bonne, agréable, qui tient au faubourg Saint-Germain. Mes amis de Paris veulent ce mariage. Mes anciens amis m'en éloignent. Moi, je suis décidé à me marier, et ce que je vous propose me convient sous beaucoup de rapports. »

Il ne songeait plus à Désirée Clary; la « femme charmante », c'était Mme de Beauharnais. Barras et le banquier Ouvrard, associés pour l'entretenir, s'en fussent volontiers débarrassés en la faisant épouser à Bonaparte, si naïf en matière de femmes et si enragé de se marier. Elle n'y inclinait guère. Leurs relations, d'abord très vagues dans le salon Tallien où Napoléon courtisait l'éblouissante Thérésa, s'étaient un peu resserrées après le 13. Voyant reparaître, sinon l'Ancien Régime, du moins la société, les hommes d'Ancien Régime, Napoléon ne sous-estimait pas l'avantage de prendre pour femme, lui, étranger au faubourg Saint-Germain, « petit noble » tout bourru, une vicomtesse liée aux meilleures familles aristocratiques. D'ailleurs très séduisante. Mais pour un esprit profondément incliné vers l'Orient et ses champs de gloire, une descendante de ces Comnènes dont le souvenir demeurait si prestigieux dans ce qui avait été leur empire, offrait des perspectives beaucoup plus avantageuses encore.

Aussi Bonaparte insista. Et comme Mme Permon lui répétait : « Bien que j'aie des prétentions, elles ne vont pas jusqu'à conquérir un cœur de vingt-six ans.

— Réfléchissez, au moins », lui dit-il. Pour elle, c'était tout réfléchi.

Napoléon ne se leurrait pas sur sa position : Barras lui céderait son propre commandement en chef, dont il comptait se démettre sitôt le Corps législatif constitué; mais l'armée de l'intérieur, employée à la police et non à la guerre, ne promettait aucune illustration. Les rêves de Napoléon allaient infiniment plus loin que les limites de la 17e division militaire. Enfin, il fallait attendre. Pour le moment, il se contentait de se rendre populaire parmi ses troupes et dans Paris.

Cependant, les ultimes jours de la Convention étaient venus. Le 3 brumaire, Tallien, au nom de la Commission des cinq, présenta le projet annoncé depuis longtemps à Claude par Lanjuinais et Louvet. Tallien proposait une amnistie générale pour tous les faits relatifs à la Révolution, excepté l'insurrection du 13 vendémiaire. L'amnistie ne s'appliquait pas non plus aux représentants condamnés en pairial à la déportation : Billaud-Varenne, Collot d'Herbois, Barère, ni aux prêtres proscrits et aux émigrés. Hormis ces hommes auxquels on ne pardonnait pas, tous les députés décrétés d'accusation ou d'arrestation, tous les citoyens inquiétés ou incarcérés, recouvreraient leur liberté entière et seraient mis hors de toutes poursuites dès la promulgation de la loi.

Elle passa sans opposition. On décida ensuite que la peine de mort serait abolie dans la République à dater de la pacification générale. Enfin on résolut, en signe des temps nouveaux, de débaptiser la place de la Révolution pour l'appeler place de la Concorde.

Le lendemain, 4 brumaire an IV, 26 octobre 1795 vieux style, l'Assemblée tint sa dernière séance, en présence de tous les ambassadeurs. A deux heures et demie, l'ordre du jour étant épuisé, Génissieu — le plus obscur des présidents qui s'étaient succédé là-haut — se dressa solennellement derrière la table aux chimères, et dit : « Je déclare que la séance est levée. Union, amitié, concorde entre les Français, c'est le moyen de sauver la république.

— Déclare donc, lui lança Thibaudeau, que la Convention a rempli sa mission. »

Sur quoi, Génissieu, confus, d'ajouter : « La Convention nationale déclare que sa mission est remplie et que sa session est terminée. »

La plupart des représentants, debout, criaient : « Vive la République! »

« Quelle heure est-il? » demanda le girondiste Delville. De la Montagne, une voix répondit : « L'heure de la justice. »

Présent, Claude eût haussé les épaules. La justice!... Mais il n'avait pas voulu assister à l'enterrement de cette Assemblée, un moment si terrible et si grande, qui finissait dans la médiocrité après avoir failli à sa mission. Certes, réalisant l'irréalisable rêve de la monarchie, elle venait de donner à la France ses frontières naturelles; en revanche, elle n'avait atteint aucun des nobles buts de la Révolution : la liberté pour tous, l'égalité, la fraternité, la justice. Elle laissait le menu tiers aussi dépendant et cent fois plus malheureux qu'en 1789, les finances mille fois pires, le pays au comble de l'anarchie, la république boiteuse. Depuis le 9-Thermidor, tout en récoltant à l'extérieur les fruits du labeur gigantesque accompli par le Comité de l'an II, elle n'avait cessé de détruire jour par jour l'œuvre démocratique.

Au lieu d'aller aux Tuileries, Claude s'était dirigé vers la Petite-Pologne. Là, tout au bout du faubourg, sous les murs de la Folie de Chartres, il atteignit l'enclos où reposaient les restes des géants de la Convention. Autour des arbres qu'octobre dénudait, les corneilles tournoyaient en criaillant dans le ciel gris et bas. Un tapis de feuilles rousses couvrait l'herbe sous laquelle la chaux avait dû détruire même les ossements. Danton, Camille Desmoulins, Robespierre, Saint-Just : leurs noms seuls subsistaient, et les traces de leurs actions qui avaient bouleversé le monde.

Longtemps, Claude demeura plongé dans une rêverie confuse et triste. Des souvenirs se succédaient sans ordre, se chevauchaient. Robespierre à l'hôtel du Renard dans les premiers temps des États généraux. La reine si digne, si merveilleusement femme à Versailles... et au 20-Juin, derrière la table où le dauphin était assis, coiffé d'un bonnet rouge. La Cour-du-Commerce, les dîners chez Danton, bon vivant plein de plaisanteries, de rires sonores, et Legendre arrivant en bombe pour annoncer la tuerie du Champ de Mars. Les confidences de Camille, après le Jeu de paume; sa violence, la veille du 14-Juillet, au Club breton, quand il brandissait ses petits pistolets en clamant : *Jam proximus ardet Ucalegon!...* L'agitation dans la chapelle des Cordeliers, la veille du 10-Août. L'arrivée des Marseillais à Charenton. Et cette terrible nuit au Comité de surveillance, à réviser la liste des suspects. Le repos sur le lit de Maximilien. La famille royale au Temple alors qu'on promenait sous les fenêtres la tête de la princesse de Lamballe. Le remariage de Danton, les ultimes efforts pour l'accorder avec Robespierre, la visite inutile à Sèvres. La nuit fébrile du 8 au 9 thermidor, le discours interrompu de Saint-Just, Robespierre livide, piété devant la tribune et réclamant en vain la parole, la Révolution qui s'en allait avec les vaincus, par le couloir des pétitionnaires. L'assassinat de Marat, la lutte contre la démagogie des Enragés. La fermeture des Jacobins... Et maintenant?...

« L'homme que j'étais avec vous est aussi mort que vous-mêmes, murmura-t-il. Adieu, *frères et amis!* »

Rentré dans Paris, il s'en fut voir Louvet. Deux jours plus tôt, Jean-Baptiste lui avait offert de lui céder complètement *La Sentinelle.* « J'ai bien pesé ta proposition, dit Claude au nouveau député de la Haute-Vienne. Je ne saurais l'accepter. C'en est fini pour moi de la politique. Je n'entends plus m'en occuper, ni comme représentant ni comme gazetier. Je vais reprendre ma robe d'avocat. Au barreau, du moins, je pourrai défendre et faire triompher la justice.

— Allons donc! se récria Louvet. Tu cèdes au découragement. Défendre la justice dans le prétoire, c'est bien; mais la république aussi a besoin de défenseurs. Tu l'as écrit : la Constitution présente est l'aboutissement de la Révolution après l'échec de la monarchie constitutionnelle puis de la république démocratique. Les révolutionnaires n'ont pas le droit d'abandonner leur œuvre si fragile encore, et la plume d'un journaliste est plus puissante que la voix d'un député aux Cinq-Cents. Les motifs de lassitude et d'amertume ne te manquent pas, je le sais. Surmonte-les, mon ami. Continuons à travailler ensemble, je te referai mon offre dans quelque temps. »

XIV

Selon la loi du 30 vendémiaire, le Corps législatif devait se réunir le 5 brumaire, à midi; mais l'inscription des nouveaux députés aux dix bureaux installés dans la salle de la Liberté et des Drapeaux exigea toute la journée. Au soir seulement, les représentants s'assemblèrent dans la salle de la Convention pour tirer au sort parmi les inscrits âgés de quarante ans révolus, mariés ou veufs, les deux cent quarante membres du Conseil des Anciens.

Ce fut une séance de nuit, longue et très confuse. On nomma deux cent quarant-huit Anciens, dont plusieurs — entre autres un député de la Corrèze, Malès — n'avaient pas l'âge requis. Une tentative de mise en ordre, le 6 brumaire, ne donna pas meilleur résultat. De sorte que certains représentants ignoraient où ils devaient siéger. L'un d'eux, Beauchamp, de l'Allier, écœuré, démissionna et reprit la poste pour retourner chez lui. Au reste, nul, même les secrétaires, ne sut jamais avec exactitude le nombre des députés composant les deux Conseils. On mit plus de six mois à s'apercevoir qu'il existait un représentant fantôme : un nommé Félix Hamon. Élu nulle part, ne s'étant par conséquent jamais présenté, il figurait néanmoins sur les registres et faisait même partie de diverses commissions.

Le 7 brumaire, avec un jour de retard sur les dates prévues par la loi, les deux assemblées prirent séance chacune dans son local respectif : la première dans la ci-devant salle de la Convention, la seconde au Manège. Claude alla successivement voir comment se passaient les choses chez les Anciens et chez les Cinq-Cents. Il s'était rendu aux raisons de Louvet, mais sans grande conviction.

En pénétrant dans le Manège par le couloir de toile à rayures si souvent parcouru en compagnie de Barnave, de Pétion, de Vergniaud, de Manuel, de Robespierre, de Danton et tant d'autres également disparus depuis lors, il éprouva une impression pénible qui s'accentua dans la salle même. Les tentures vertes étaient neuves, mais le long vaisseau, avec ses banquettes étagées au pied des tribunes et montant, à chaque extrémité, jusque sous les deux galeries à balustres, sombre, triste, restait tel qu'à l'époque de la Constituante, de la Législative, des premiers temps de la Convention. Ici était née la Terreur, ici avaient retenti l'annonce de la fuite du roi, de son arrestation, les tumultes du 10-Août, ici avait comparu le pitoyable Capet dépouillé de la majesté royale, barbu, les chairs flasques. Et comment oublier la nuit dramatique où il fallait voter la mort de cet homme, pour détruire la royauté!... Tallien coiffait alors le bonnet rouge. Aujourd'hui, assis à côté de Thibaudeau (car il n'existait plus ni droite ni gauche, ni Montagne ni Plaine; les places se tiraient au sort et devaient changer chaque mois), il arborait la toque de velours bleu-clair, la robe de laine blanche, serrée par une ceinture bleue sous le manteau écarlate : uniforme des Cinq-Cents. Très peu d'entre eux le possédaient déjà. De même, aux Tuileries trois ou quatre députés seulement portaient leur costume : robe et toque bleu-violet, ceinture écarlate, manteau blanc. Là-bas, on avait choisi pour président La Révellière-Lépeaux. Les Cinq-Cents élurent Daunou; ils complétèrent leur bureau en nommant secrétaires Rewbell, Chénier, Cambacérès, puis on se mit à vérifier les pouvoirs.

Tout cela n'importait guère. La grande affaire en perspective pour l'une et l'autre assemblée, c'était la composition du Directoire. Elle provoquait dans les antisalles des Tuileries, dans les couloirs du Manège, dans sa vieille salle des conférences — où Louis XVI avait demandé du pain à Chaumette — et le cloître des Feuillants, dans les salons renaissants et dans les cafés, toutes sortes de machinations. Pour couper court aux intrigues du clan Staël, les Cinq, aux derniers jours de vendémiaire, avaient menacé d'expulsion la remuante ambassadrice; sans attendre, elle était partie avec Benjamin Constant prendre les eaux de Forges, quoique la saison fût bien avancée. Restaient les monarchiens. Renforcés par le nouveau tiers, ils cabalaient pour faire porter les leurs sur la liste des cinquante noms que les Cinq-Cents devaient présenter au choix des Anciens. A défaut de royalistes plus prononcés, comme Gibert-Desmolières, Lafond-Ladébat, Muraire, Dambray, Dupont de Nemours, qu'il n'y aurait eu aucune chance de voir élire, les nouveaux venus s'entendaient avec l'ancienne droite afin de pousser au Directoire Boissy d'Anglas, Lanjuinais, Cambacérès, Durand-Maillane et le diplomate Barthélemy. A quoi l'ancienne gauche et nombre de modérés opposaient leur intention très ferme de ne confier l'exécutif qu'à des régicides. Comme l'écrivait Claude, le 8, pour le numéro du nonidi — mais sans trop y croire, — seuls ils offraient une garantie « aux ci-devant révolutionnaires de toute nature, fussent-ils simples acquéreurs de biens nationaux ».

Le soir de ce même jour, il sut par Gay-Vernon, rencontré sur le Carrousel, que Villetard réunissait chez lui ses collègues autrefois jacobins. « Viens avec moi, proposa l'évêque. Tu ne seras point de trop.

— Ma foi, non merci. La nuit s'avance, je vais de ce pas retrouver ma femme et mon fils. »

Villetard, député du Puy-de-Dôme, soumit à ses compagnons une idée probablement soufflée à Barras par Fouché. Pourquoi ne ferait-on pas une liste composée en majeure partie de représentants obscurs ou indignes, que les Anciens ne voudraient sûrement pas élire, et comprenant pour seuls noms connus ceux de candidats qu'ils seraient ainsi contraints de désigner? Comme on détenait la majorité aux Cinq-Cents, on y imposerait sans difficulté ces cinquante noms; il suffisait de les communiquer à tous les ex-conventionnels républicains. Le stratagème parut commode. On établit donc une liste de quarante-quatre médiocres auxquels on entremêla six régicides assez modérés pour ne point effaroucher les Anciens : Barras — bien entendu —, Sieyès, La Révellière, Rewbell, Carnot et Letourneur.

Effectivement, ladite liste passa sans difficulté aux Cinq-Cents. Les monarchiens réussirent bien à y glisser Cambacérès à la place d'un des obscurs, mais Cambacérès était maintenant non moins suspect de bourbonisme que Boissy et Lanjuinais. Les Anciens ne voulaient pas de lui. Ils élirent au Directoire La Révellière-Lépeaux, Sieyès, Letourneur, Barras, Rewbell. Sieyès, qui nourrissait de nouveaux desseins et n'entendait pas les compromettre, refusa. Il fut remplacé par Carnot.

On ne devait évidemment pas laisser l'exécutif à des royalistes ou royalisants, néanmoins cette façon de commencer une législature par un tour d'escamotage ne plut guère à Claude. Ne voulant ni louer ni critiquer cette élection âprement attaquée par les feuilles contre-révolutionnaires, il s'en tint à un froid compte rendu. En vérité, malgré les proscriptions et les changements, la corruption des « hommes perdus » demeurait dans le Corps législatif. Le Directoire ne serait pas plus honnête que la Convention thermidorienne. Mais saurait-il exister un gouvernement honnête? Le pouvoir porte en lui sa gangrène, elle pourrit jusqu'aux meilleurs. Robespierre, Saint-Just, Couthon, Lebas étaient profondément honnêtes. Billaud-Varenne aussi, et Carnot, Prieur, Lindet, moi-même. Pourtant nous avons accumulé les actes arbitraires, nous avons toléré l'injustice, prêté les mains à la tyrannie. Saint-Just ne se mentait-il pas plus ou moins en écrivant certaines phrases de son rapport contre Danton? Et qui pouvait imaginer Lucile capable de fomenter une conjuration dans les prisons? Nous l'avons cru pourtant, aveuglés par notre obsession, empoisonnés par notre omnipotence... Le Directoire non plus n'évitera ni l'arbitraire ni la tyrannie. Ce n'est pas un Barras qui se souciera de l'en préserver...

Les directeurs se réunirent, le 13 brumaire, dans l'ancienne salle du Comité de Salut public. Sur la vaste table au tapis vert frangé d'or autour de laquelle avaient retenti en l'an II tant de paroles passionnées, parfois furieuses, et d'où étaient partis tant d'ordres farouches, despotiques, sauveurs, ils rédigèrent leurs démissions du Corps législatif, les fonctions ne se cumulant pas. Selon sa promesse, Barras avait fait nommer Bonaparte commandant en chef de l'armée de l'intérieur.

Il n'y eut ni discours ni cérémonie d'aucune sorte; les cinq nouveaux maîtres de la France, parmi lesquels ne subsistait qu'un seul membre du grand Comité, Carnot, s'en allèrent sans tambours ni trompettes au Luxembourg. Claude les vit sortir par le ci-devant escalier de la reine, accompagnés de leur secrétaire, le jeune Fain, et monter dans trois vulgaires fiacres qu'escorta la garde du Directoire : cent vingt dragons et cent vingt grenadiers mal équipés. Ce triste train disait assez l'indigence d'un gouvernement qui ne possédait pas un louis d'or dans ses caisses.

Au palais de l'Exécutif, même médiocrité. Nulle assistance, le vide dans les pièces résonnantes, sans meubles, sans rideaux, où les planchers craquaient. Naguère, les ailes servaient encore de prison. Là, Danton, Desmoulins avaient été conduits par les gendarmes, à l'aube du II germinal; et l'un des derniers hôtes célèbres, le peintre David, n'était sorti que depuis peu de mois. Le concierge alluma du feu dans un cabinet, car l'humidité transissante des demeures inhabitées s'ajoutait à l'aigreur de novembre. Dehors, dans la bruine, les arbres noirs se détachaient sur un fond de feuilles jaunes recouvrant les pelouses transformées en champs de pommes de terre. On dénicha des chaises paillées, une table branlante à laquelle Fain s'établit avec un cahier de papier brouillon, et les directeurs, chauffant leurs mains aux flammes, commencèrent par se répartir les attributions, comme cela s'était fait dans le Comité de Salut public. A Barras, l'Intérieur et la Police; à Carnot, la Guerre; à Letourneur, la Marine. Rewbell prit les Finances et les Affaires étrangères; La Révellière, l'instruction publique, les manufactures, les fêtes nationales. Après quoi, on passa au choix des ministres.

Le 14 au matin, tout juste arrivé rue Saint-Nicaise, Claude eut la surprise d'ouvrir la porte à un dragon qui lui apportait une convocation du Directoire. Il s'y rendit. Déjà, ce n'était plus le désert dans l'ex-palais du comte de Provence. Les solliciteurs s'y pressaient, bousculés par des ouvriers transportant meubles, tapis, tentures empruntés au mobilier national. Les huissiers du pavillon de Flore reprenaient ici leur service; ils montaient bonne garde. Montrant sa convocation, Claude fut introduit aussitôt dans le cabinet chauffé. Carnot, La Révellière et Letourneur s'y trouvaient seuls pour le moment.

« Bien aise de te voir, mon cher Mounier, lui dit le bossu. Assieds-toi. Nous sommes en train de distribuer les ministères, et nous les voulons mettre tous entre les mains de républicains solides, si possible anciens conventionnels. Jusqu'à présent, nous avons nommé Merlin à la Justice, Delacroix aux Affaires extérieures. Il est question du brave Aubert-Dubayet pour la Guerre. Accepterais-tu l'Intérieur?

— Grand merci, mon ami. Votre offre me touche beaucoup, je vous en exprime ma reconnaissance. Mais voilà, en quatre ans, la deuxième fois que l'on m'offre ce portefeuille, et ce sera la deuxième fois que je le refuserai.

— Pourquoi ça? demanda Carnot de son ton bourru. Tu t'es longtemps occupé de l'Intérieur, au Comité; tu ne te juges donc pas au-dessous de la fonction. Te croirais-tu au-dessus?

— Assurément non. Ne me connais-tu pas!

— Alors, tes raisons? s'enquit Letourneur.

— Je vous parlerai franchement. Quand les Brissotins m'ont proposé l'Intérieur, je me suis dérobé prévoyant que les ministres, tiraillés entre la Cour et la Montagne, ne pourraient accomplir aucun travail sérieux; le bonhomme Roland en a fait l'amère expérience. La situation demeure la même aujourd'hui. Si la Commission des onze avait adopté mes principes d'une Constitution républicaine, j'accepterais volontiers ce portefeuille; mais je ne crois pas à la fixité ni à la puissance d'un gouvernement qui se fonde sur une minorité. Vous ne représentez qu'une classe, et vous en aurez deux contre vous; vos capacités, vos talents s'useront à lutter tout ensemble contre les royalistes et contre les héritiers d'Hébert forts de trop d'espérances déçues dans le peuple. Vous subirez inévitablement les fluctuations que nous avons connues de thermidor an II à vendémiaire an III, moins explosives sans doute, mais suffisantes pour vous contraindre à comprimer tantôt la droite en vous appuyant sur la gauche, tantôt la gauche en favorisant la droite. Ministre, j'aurais à défaire le lendemain ce que j'aurais fait la veille.

— Nous prends-tu pour des girouettes! s'écria Letourneur.

— Non point. Je vous prends pour des hommes enchaînés par les circonstances comme nous le sommes tous. Vous ne pouvez pas plus échapper à cette alternance fatale maintenant, que nous n'avons pu, nous, échapper à une surenchère non moins fatale, hier. Crois-tu que nous ayons voulu le *maximum*, l'armée révolutionnaire, les guillotinages? Demande à Carnot.

— Tes prédictions sont bien sombres, dit La Revellière. Nous verrons cela. Donc, tu refuses?

— Oui. Ne m'en tenez pas rigueur.

— Loin de là, mon ami. Si tu désires quelque autre poste, aujourd'hui ou par la suite, n'hésite pas à nous le demander.

— Je le ferais d'aussi bon cœur que vous m'y invitez,

répondit Claude. Pour l'instant, permettez-moi une simple suggestion : au lieu d'Aubert-Dubayet, peu entraîné à dresser des plans de campagne, pourquoi ne pas mettre à la Guerre le général Delmay, habitué...

— Non, coupa Carnot, toujours sec. Les plans de campagne, je m'en occuperai moi-même. J'ai d'autres vues sur ton alter ego. Pichegru va être destitué, Delmay lui succédera. Il connaît très bien ce théâtre d'opérations, et c'est là l'homme qu'il faut. N'en parle encore à personne, sauf à lui si tu veux. »

En apprenant cette nouvelle, Bernard haussa les épaules. « Destitué! C'est à la guillotine qu'on devrait envoyer Pichegru, avec Aubry. Je ne suis pas sanguinaire, mais vraiment!... Quand je pense aux milliers de nos hommes tombés en Alsace; et maintenant, par la faute de deux traîtres, tout se trouve à recommencer, ou presque. Bon, j'irai et je ferai de mon mieux. »

Le décadi 30 brumaire, Claude eut à Neuilly une longue conversation avec ses deux beaux-frères, Louis et Jean. Son neveu Fernand était venu de Brest passer vingt-quatre heures pour fêter en famille sa promotion. Les Naurissane, rentrés de Madrid depuis trois jours, avaient convié tout le parentage. Après le dîner, en se promenant sous le chétif soleil de novembre, dans les allées défeuillues, Claude se laissa aller sur un sujet qui tournait chez lui à l'obsession.

« De plus en plus, dit-il, je me demande si, dans tout le cours de la Révolution, nous n'avons pas été des marionnettes dont on tirait les ficelles. Saint-Just nous croyait entraînés par la force des choses. Elle exerce, certes, une puissante action sur les événements et les hommes. Mais ne la dirigeait-on pas, cette force?

— Qu'attendez-vous par *nous?* s'enquit Naurissane.

— Pas vous, Louis, assurément. Vous n'avez vraiment pris parti ni pour ni contre la Révolution. Je parle de Jean, de moi, de tous ceux qui, à l'Assemblée, à la Commune, dans les sections, dans les Comités de gouvernement, ont tenu les *leviers de commande*, selon le mot de Danton. Vous, du moins, n'en êtes pas aujourd'hui à vous interroger pour savoir si vous avez agi, ou si l'on vous a fait agir.

— Qui ça, on? dit Dubon.

— Voilà bien le problème. Il me tracassait déjà au temps

de l'affaire Réveillon. J'ai alors pensé que ce " on " pouvait être le parti d'Orléans intimement lié à la franc-maçonnerie.

— Et vous ne vous trompiez pas, mon frère. La maçonnerie, les agents d'Orléans furent les auteurs de la Révolution.

— Les promoteurs, sans doute. Mais ensuite, Louis, pourquoi les agents d'Orléans eussent-ils souhaité la Terreur et la mort de Philippe?

— Une fois lancée, la Révolution a grossi d'elle-même et emporté les orléanistes avec tout le reste, dans sa furieuse avalanche.

— Il me paraît invraisemblable, déclara Dubon, qu'un parti ait conduit en secret toute la Révolution. Elle a trop varié.

— Aussi ne pensé-je point à un parti. Tu dis vrai, mon cher Jean : elle a varié d'un extrême à l'autre; cependant son but, masqué à nos yeux par ces détours, n'a jamais changé, et maintenant le voici atteint.

— Quel but?

— Assurer la prépondérance de la bourgeoisie. " On ", ne serait-ce pas une classe tout entière? Celle qui a voulu la Révolution, qui l'a commencée, qui s'est servie de la franc-maçonnerie, de l'orléanisme, de certains nobles, des démocrates, du peuple, pour l'accomplir, et qui la termine après avoir anéanti les privilèges des nobles, la royauté, le parti d'Orléans, les démocrates, et ramené les prolétaires à leur état premier. A qui voyons-nous profiter la Révolution, dont la noblesse et la classe indigente ont fait les frais? A la bourgeoisie seule. Même Batz, pauvre imbécile, s'imaginant travailler pour la monarchie, s'est dépensé pour le triomphe des bourgeois.

— Singulier triomphe! se récria Naurissane. Je ne vous comprends pas, Claude. Ne suis-je point un bourgeois? Et la Révolution ne m'a bénéficié en rien, au contraire, vous le savez. Je me suis reconstitué rapidement une fortune, il est vrai; mais je n'ai nullement gagné au change, sans parler des persécutions, de la prison, *et cætera*. Je suis à présent au-dessous de ce que j'étais en 1788. A cette époque-là, hormis le droit de porter l'épée, rien ne me différenciait de la noblesse avec laquelle je frayais familièrement; maint gentilhomme enviait ma condition. Laissez-moi vous affirmer ceci, mon frère : les gens de mon espèce ont autant que les nobles, et bien plus que le peuple, fait les frais de la Révolution.

— La haute bourgeoisie, oui. Parce qu'elle se confondait, pour ainsi dire, avec la noblesse riche; elle a trinqué comme elle. Remarquez-le toutefois, Louis, si vous aviez eu un fils il n'eût pu être officier; il le pourrait désormais. Rien ne vous empêcherait d'accéder, s'il vous plaisait, aux premières charges de l'État; autrefois elles vous demeuraient interdites. Mais passons. En qualifiant la bourgeoisie de triomphante, j'entends la moyenne et la petite : ce véritable tiers qui n'était rien et qui est tout à présent, comme le voulait Sieyès. Voyez nos directeurs, nos ministres. A quoi donc eussent prétendu, en 1788, un Letourneur, un Rewbell, un Carnot? Et Merlin obscur avocat, maintenant ministre de la Justice, Delacroix, ministre des Affaires extérieures, Faypoult, ministre des Finances, Benezech, modeste commis devenu ministre de l'Intérieur, — ce que je serais moi-même si j'avais accepté le portefeuille. Petit bourgeois, fils de petits bourgeois, j'habiterais le palais des Lionne, des Pontchartrain, je dicterais mes ordres à toute la France.

— Vous oubliez une chose : la petite bourgeoisie a trinqué aussi, comme vous dites. De tout Limoges, la seule personne morte sur l'échafaud, les prêtres exceptés, c'est la sœur de votre ami Bernard. Elle n'appartenait ni à la noblesse, ni au milieu des grands bourgeois, ni au peuple.

— J'en conviens et j'ai assez déploré cet horrible malheur, après avoir fait mon possible pour l'éviter. Il ne modifie point cependant le résultat. Puisque vous évoquez la famille Delmay, considérez donc la situation du père. Simple marchand drapier, échevin en 1788, il n'eût jamais été seulement maire de Limoges. Or le voici président du Directoire départemental, premier personnage de toute la Haute-Vienne, élevé à la place qu'occupèrent Mgr Turgot, Mgr de Tourny, Mgr Meulan d'Ablois, dans la Généralité.

— Il n'est pas facile, observa Dubon, de déterminer précisément quels bourgeois et même quels nobles (car un Barras n'aurait point dépassé, sous l'Ancien Régime, le grade de capitaine) tirent le principal profit de la Révolution. Mais d'une façon générale la bourgeoisie tout entière et la petite noblesse y gagnent, vous avec nous, citoyen Naurissane, en dépit de ce que vous avez souffert ou perdu, parce que des possibilités dont vous étiez privé autrefois s'ouvrent à vous, comme le dit justement Claude. Par exemple, je vous verrais fort bien ambassadeur, sinon ministre des Finances. Seulement, mon ami, ajouta Dubon en se retournant vers son jeune beau-frère, on ne saurait imaginer qu'une classe — puisque tu emploies ce mot —, la classe bénéficiaire de la Révolution, ait pu la conduire. Par quel miracle aurait-il existé entre des gens si divers, si dispersés, si nombreux, un concert secret pour diriger les événements?

— Je n'ai point parlé d'un concert. Je pense à certaines volontés. Comment se fait-il que celle de Sieyès se soit réalisée exactement? Si Brissot, si Danton avaient réussi, le régime du favoritisme et des prébendes aurait triomphé sous la bannière d'Orléans, et la prépondérance échappait à la classe expressément désignée par Sieyès en 1789. Elle lui échappait également si Robespierre, si Saint-Just avaient établi la république des prolétaires. Le tiers qui l'emporte aujourd'hui, c'est, je le répète, celui de Sieyès, non point celui de Danton, ni le peuple de Robespierre.

— Oui, mais Sieyès, à lui seul, n'a pu...

— Non, pas Sieyès à lui seul, bien entendu! Sieyès et tous les bourgeois moyens dont il personnifie l'espèce : ceux qui ont comme lui voté la mort du roi, se sont lavé les mains de l'expulsion des Soixante-Treize, au 2-Juin, ont accepté la mise hors la loi des Vingt-Deux, admis l'exécution des Girondins, réclamé celle d'Hébert, souhaité celle des Dantonistes, des Robespierristes, laissé la réaction thermidorienne et les monarchistes écraser le peuple en Germinal et en Prairial, enfin soutenu les Thermidoriens repentis, pour écraser les monarchistes à leur tour. »

Pendant un moment, les trois hommes marchèrent en silence, songeurs. Puis Naurissane dit : « Si votre tableau est juste, et vous avez toutes les notions nécessaires pour le peindre, il montre simplement chez les modérés une grande clarté de vues, une remarquable fixité dans leur ligne, beaucoup de souplesse à exploiter les circonstances...

— Mais il ne prouve point, ajouta Dubon, que Sieyès et consorts nous aient fait agir comme des marionnettes.

— Si, ma foi. Voici un exemple : le 10 germinal an II, Robespierre convoqua, le soir, au pavillon de Flore, les membres du Comité de législation. Tous s'y rendirent, sauf Sieyès.

S'il était venu, engageant avec lui, par le fait, la Plaine entière, nous nous serions sentis assez forts pour tenir tête à Billaud-Varenne, à Collot d'Herbois et aux anti-dantonistes du Comité de Sûreté générale. Par son absence, Sieyès nous obligeait à décréter Danton. Je vous citerais bien d'autres cas. Cependant Sieyès et la Plaine ne furent point les seuls à nous manœuvrer. Pensais-tu, Jean, le 16 juillet 91, en votant, aux Jacobains, le dépôt de la pétition sur l'autel du Champ de Mars, que Laclos y ferait ajouter sa fameuse phrase pour le remplacement de Louis XVI? N'étions-nous pas des marionnettes, ce jour-là? Et tant d'autres individus ont tiré nos ficelles, depuis Mirabeau en juillet 89; Mirabeau endormi jusqu'au 8 et s'éveillant soudain pour proposer un ultimatum au roi, quand nous ne pouvions plus reculer! Vous en souvient-il, Louis?

— Confusément. La chose remonte si loin!

— Mais vous vous rappelez que, tout au début, à Limoges, la loge nous a mis en avant, Dumas, Montaudon et moi.

— Oh! pour cela, oui!

— Dès l'origine, nous servions aux desseins des Nicaut, des Farne, des Barbou, des Delhomme : en un mot, de la moyenne bourgeoisie. Elle nous avait choisis pour être ses instruments, et elle méprisait " la canaille " autant qu'elle détestait la noblesse. Au contraire de Montaudon demeuré fidèle à sa classe, j'ai pris la défense de cette " canaille "; voilà pourquoi on ne m'aime guère, en Limousin.

— Eh bien, dit Dubon, tu as donc agi de toi-même, on ne t'a pas imposé...

— On a parfaitement su nous imposer, à moi, à toi, à tous les démocrates, une république où la partie aisée de l'ancien tiers état s'égale à la ci-devant noblesse et se confond avec elle dans la classe possédante, dirigeante, tandis que l'autre partie du tiers se trouve constituée en classe indigente et passive. Était-ce pour en arriver là que tu as lutté comme moi pendant six ans? Aurions-nous abouti à cette injustice, si nous avions agi de nous-mêmes? J'ai travaillé à la Constitution de 91, et je l'ai votée contre mon gré. J'ai voté contre mon gré la Constitution improvisée en 93. J'eusse voté contre mon gré la Constitution présente. Voilà toute la liberté que nous avons eue : accepter du mauvais pour éviter le pire.

Croyez-vous, mes amis, que maître de mes actes j'aurais envoyé à la mort Louis XVI, Brissot, Vergniaud, Danton, Desmoulins, les deux Robespierre, Saint-Just, Le Bas, supporté l'exécution de Marie-Antoinette désarmée, de l'inoffensive Madame Élisabeth, et de tant d'inutiles victimes? Croyez-vous que j'aurais admis l'institution du tribunal, de l'armée révolutionnaires, de l'extravagant *maximum?*... On nous a mis dans le cas de vouloir, de tolérer ou de subir tout cela.

— Il est certain que nous avons constamment agi sous l'empire de la nécessité.

— Dis plutôt sous l'empire des factions. »

Dubon acquiesça d'un signe et Claude poursuivit : « Si les desseins bourgeois ont plané sur toute la Révolution, elle a été conduite de secousse en secousse par les factieux : d'abord la clique d'Orléans, mais aussi, très probablement, par une coterie de royalistes absolus, genre Cazalès; lequel voulait *défendre la monarchie contre le Roi*, vous vous en souvenez. Après la nuit du 4-Août, ces gens-là visaient à se débarrasser de Louis XVI jugé trop faible, de la reine incommode, et à porter au trône Monsieur. Nous, cependant, allions en aveugles, tout occupés du déficit, de la Déclaration des droits, de la Constitution, de nos démêlés avec la Cour ainsi qu'avec les rétrogrades de l'Assemblée. Les deux partis clandestins envenimaient de leur mieux ces démêlés, car ils favorisaient leurs machinations dont le terme seul différait. C'est pourquoi les journées d'Octobre, où l'on tendait à violer ou tuer Marie-Antoinette et à déposer Louis, organisées dans l'orléaniste Conciliabule de Montrouge, ont joui de la complicité ultra-royaliste, j'en suis sûr. Rappelez-vous la réponse du comte de Provence à mon homonyme Mounier qui lui annonçait le péril du couple royal : *Bah! Nous sommes en révolution, on ne fait pas d'omelette sans casser les œufs.*

— Il a dit ça! s'exclama Dubon. Je l'ignorais. Certes, des frères de Louis XVI rien ne saurait surprendre; n'empêche, le mot est terrible aujourd'hui pour le prétendant. Il faudrait l'imprimer dans *La Sentinelle.*

— J'y penserai. Je l'ai appris, à l'époque, par une lettre de Montaudon, car j'étais alors à Limoges; mais, avant de quitter Versailles, j'avais mis Barnave en garde contre les risques de guerre civile. Je devinais avec angoisse où l'on nous menait. Cela n'a pas manqué, hélas! Les deux factions nous ont précipités dans cette lutte fratricide, indispensable à l'une d'elles au moins.

— Là, je vous arrête, Claude, dit Naurissane. La Révolution, j'en suis certain, portait en elle, dès son origine, le germe de la guerre étrangère et civile.

— Non, mon frère. La Révolution n'impliquait pas la guerre. Je l'affirmais encore à Jean peu avant la fuite du roi. Mais les orléanistes désiraient la guerre étrangère comme le seul moyen restant pour perdre Louis XVI. Ils employèrent à la rendre inévitable les Brissotins éblouis par Narbonne, tandis que Marat dans son journal, et aux Jacobins Robespierre, Billaud-Varenne, toi, Jean, moi-même, luttions contre elle de toutes nos forces. De leur côté, les ultra-royalistes la cherchaient, dans un dessein identique à celui de la faction d'Orléans, et parce que la guerre civile, où ils comptaient abîmer la Révolution, devait fatalement découler de la guerre étrangère. Ce plan, nous l'avons vu se dévoiler maintes fois : aux frontières, l'invasion; à l'intérieur, l'insurrection. De fait, sans l'invasion et la proclamation de la patrie en danger le 10-Août eût été impossible, et il n'eût pas existé sans les menées des ultras poussant le roi, la reine surtout, à des provocations mortelles. Comme Desmoulins avait été au 14-Juillet la marionnette de Laclos et de Sillery-Genlis, Danton fut le polichinelle orléaniste du 10-Août; mais je ne serais pas étonné si l'on découvrait, un jour, que les plus fougueux royalistes — les meneurs secrets du *Cabinet autrichien*, des *Chevaliers du poignard*, du *Club français* — ont eu autant de part que le bureau de correspondance des sections et le comité insurrectionnel des fédérés à la préparation de cette journée stupéfiante. Le banquet commandé aux Champs-Élysées pour les ex-matamores de la garde constitutionnelle et les grenadiers des Filles-Saint-Thomas, le jour où les Marseillais entrèrent à Paris, qu'était-ce donc, sinon une manœuvre provocatrice? N'avons-nous pas retrouvé, le mois dernier, les mêmes *frères Saint-Thomas*, le même procédé? Les manières des ultras ne changent point.

— Sans nul doute, reconnut Dubon, les Dantonistes ont fait le 10-Août pour le compte d'Orléans. Danton et Desmoulins s'en furent demander l'aide du journaliste Prudhomme afin de mettre Philippe sur le trône, lui dirent-ils.

— Parfaitement! Et Robespierre s'est tenu à l'écart, comme Marat. Par peur, a-t-on prétendu. Allons donc! Ils ne voulaient ni de Philippe ni d'une république, voilà tout. Seulement ils ne pouvaient arrêter la manœuvre sans se rendre suspects aux yeux du peuple. Marat recommandait de ménager la famille royale, car il voyait bien d'où venait le coup dirigé contre elle, et ce n'était pas elle que Marat désirait frapper, mais les Brissotins, les Rolandistes, dont l'aveuglement, l'infatuation avantageaient les factieux... Les massacres de Septembre non plus n'eussent pas eu lieu sans la présence des Prussiens à Verdun, liée à la conspiration de La Rouërie. Non, Danton n'a point organisé ces boucheries qu'on lui a tant jetées à la figure. Il n'a point lancé les tueurs. Je l'ai vu plein d'anxiété, malheureux, dissimulant son impuissance sous les éclats de sa colère. Je n'oublierai jamais cette phrase : " Les bêtes fauves sont lâchées, il n'y a pas de dompteur assez fort pour les repousser dans leurs cages. " Or, j'en suis convaincu maintenant, ceux qui avaient lâché les bêtes fauves, c'étaient les royalistes.

— Voyons, Claude! protesta Louis. L'idée ne se soutient pas. Les royalistes auraient comploté le massacre des leurs!

— Pourquoi non? D'abord, simples royalistes et ultras ne sont point même famille. Au demeurant, ceux-ci seuls gagnaient à l'atroce entreprise. Raisonnons, s'il vous plaît. En quoi eût-elle servi les orléanistes?

— En rien, assurément.

— Et nous, membres de la Commune, Jacobins, Cordeliers, serions soupçonnables s'il s'était agi de supprimer en France *tous* les prêtres réfractaires, *tous* les aristocrates; mais quel intérêt avions-nous à faire tuer un millier de prêtres, de suspects, de fous, d'enfants malades, de filles publiques, une fois que nous eûmes soigneusement mis à l'abri autant, sinon plus, d'aristocrates notoires?

— Tout de même! Billaud-Varenne a encouragé les massacreurs, et Marat expédié une proclamation dans les provinces pour généraliser ces tueries. Ils n'étaient royalistes ni l'un ni l'autre.

— Billaud, envoyé aux prisons pour rendre compte de ce qui s'y passait, a dit, ou plutôt balbutié : " Peuple, tu fais ton devoir ", et s'est enfui. Lui, Marat, nous tous à l'Hôtel de ville, le bonhomme Roland même, au ministère, croyions alors ces exécutions inévitables, voulues et entreprises spontanément par le peuple sous la pression du danger. Une fois commencées, Marat, je ne le nie point, a pensé s'en servir pour purger la France des ennemis intérieurs. Il ne les a pas organisées, j'en mettrais ma main au feu. Si la Commune soudoyait les assassins, pourquoi eussent-ils tué l'abbé Lenfant, frère d'un membre du Comité de surveillance, et placé sous sauvegarde expresse? Pourquoi le signal des massacres eût-il été donné par des hommes costumés en fédérés, mais inconnus d'eux, totalement étrangers aussi aux agents de la Commune? Ceux-ci — Maillard, sur mon ordre — ont, en établissant des tribunaux populaires, freiné dans toute la mesure du possible les exécutions et sauvé force détenus, bien compromis pourtant, comme Sombreuil, Mme de Tourzel, Weber, le journaliste contre-révolutionnaire Journiac de Saint-Méard... Voyez-vous? il est constant qu'à partir de 1792, le grand principe royaliste fut de rendre la Révolution odieuse en la poussant aux pires excès. Septembre a pu inaugurer l'application de ce principe, dont Batz, entre autres, fit plus tard un usage systématique. Quand on considère avec quelle absence de scrupules cet individu, tout en préservant sa tête, a successivement conduit vers l'échafaud les gens dont il s'est servi, y compris ses maîtresses, on n'hésite guère à croire les royalistes capables de sacrifier quelques milliers des leurs pour faire haïr la Révolution et souhaiter le retour de l'Ancien Régime. La Terreur ne se conçoit que voulue par eux. Nous ne l'avons pas souhaitée, nous avions tout à y perdre. Les Enragés nous l'ont imposée, avec la monstrueuse Armée révolutionnaire traînant ses guillotines, avec le *maximum* destiné à ruiner tout commerce, toute possibilité de ravitaillement. Voilà une chose indéniable. Et les Enragés étaient agents royalistes.

— En a-t-on la preuve? demanda Naurissane.

— La meilleure : l'aveu de leur propre chef, Batz en personne, qui s'en flatte dans sa brochure, *La conjuration du baron de Batz*, publiée au printemps dernier.

— Oh! corrigea Dubon, comme Gascon ton Batz vaut Barras. La moitié de ses vantardises sont sans rapport avec la réalité.

— Mais l'autre moitié suffit à démontrer ce dont je suis

persuadé depuis un certain temps. On a traité de factieux les Jacobins, les Cordeliers, la Commune, les sans-culottes, les Girondins, les Dantonistes, les Hébertistes, les Robespierristes, même les Feuillants, les Fayettistes, et il n'y a jamais eu que deux factions : celles dont je vous parlais tout à l'heure. La faction d'Orléans subsistait encore en germinal an II. Danton, Desmoulins sont restés orléanistes jusqu'au bout, longtemps après la mort de Philippe-Égalité. En prêchant l'indulgence, en pratiquant la citra-révolution, ils songeaient à rétablir la monarchie constitutionnelle avec Louis-Philippe. Car Danton n'a jamais ambitionné pour lui-même la première place. Elle eût trop exigé. Il aimait trop ses aises, la bonne vie. A l'ombre d'un trône, il aurait eu les avantages et les agréments du pouvoir, sans ses inconvénients. Quant à la seconde faction, elle a pu changer plusieurs fois de têtes, elle existe toujours et a toujours été celle du royalisme. Marat, Robespierre ne prenaient pas le change. Dès le mois de mai 93, Marat suspectait Varlet, Leclerc d'Oze, et quelque temps avant son assassinat il dénonçait carrément Jacques Roux comme royaliste caché sous le masque ultra-révolutionnaire. Robespierre, dans ses notes sur le complot de l'Étranger, accusait Varlet, Lefèvre, Roux, meneurs des Enragés, d'être eux-mêmes menés par les grands conspirateurs monarchistes : les Antraigues, les Batz, les Puisaye. Mais nous soupçonnions stupidement Marat et Robespierre de donner dans la manie de la dénonciation. Jacques Roux, lui, ne s'abusa point : il se sentait si bien percé à jour qu'il se suicida dans sa prison. Et nous, naïfs, le plaignîmes, car nous le prenions pour un démocrate un peu fou. En réalité, tous les néo-Cordeliers, beaucoup d'Hébertistes, la plupart des ultra-révolutionnaires, bref tous les hommes et les femmes, y compris Claire Lacombe, qui réclamaient l'extension de la Terreur et le sans-culottisme absolu, tous les moteurs enfin de cette perpétuelle surenchère sous laquelle la Révolution démocratique a succombé, participaient à la conspiration royaliste. Batz affirme qu'Amar, Lavicomterie, Jagot, Vadier étaient ses complices au Comité de Sûreté générale. Quant aux trois premiers, je n'en crois rien. Vadier, ce ne serait pas impossible; il aurait accepté n'importe quoi pour se procurer des petites filles. Momoro fut l'intermédiaire des royalistes bretons, par sa femme, maîtresse d'un frère de Puisaye.

— Tu ne comptes pas Hébert?

— Non. On a dit qu'Hébert voulait épouser Madame Élisabeth et se constituer roi, ou régent avec Louis XVII. Fariboles! L'étrange petit individu, écrivain génial dans son ordure, si dissemblable en sa personne et en son style, était essentiellement un homme de lettres. Il ambitionnait la renommée, la faveur du public le plus nombreux, voire un portefeuille ministériel, mais n'avait au fond aucune véritable pensée politique. Je tiens ses alliés, Vincent, Ronsin, Billaud-Varenne, Collot d'Herbois, pour des révolutionnaires exaltés, dangereux par leur violence, leur manque de mesure, de souplesse, de patience, mais sincères. S'ils ont contribué à perdre la république démocratique, du moins ne l'ont-ils pas fait sciemment. Billaud-Varenne a connu trop tard ses erreurs. Au contraire, les citras ont souvent marché la main dans la main avec les royalistes. Les amis tarés de Danton, les Chabot, les Dufourny, les Philippeaux, les Bazire, offraient un terrain idéal aux bourbeuses intrigues de Batz, lui-même spéculateur sans vergogne. Les Desfieux, les Proly, les Gusman, les Pereyra formaient la liaison. De sorte qu'à la fin, comme le déclarait Saint-Just, les deux factions se confondaient. Le pauvre Danton s'est noyé dans cette fange. Et quand on pense que Robespierre a été « suicidé » par le répugnant Léonard Bourdon!... Ah! je vous le dis, la Révolution pue!

— Allons, Claude, riposta Dubon, ne crache pas sur ce que tu as aimé. Le 14-Juillet, le 20-Juin, le 10-Août, le 31-Mai, le 9-Thermidor furent peut-être combinés, au second plan, par des gens méprisables et des conspirateurs sordides; la Convention fut peut-être enchaînée par leurs séides, infectée par des hommes perdus. Il n'y a pas d'humanité sans ordure. Mais bien au-dessus de tout cela s'est élevé quelque chose d'immense, de pur, d'impérissable : l'élan d'une nation vers la liberté, la justice. Sans doute, notre but n'est-il pas atteint; cependant le principe a vaincu, et le germe se développera. Tu l'as dit : en 1893 notre rêve sera une réalité. Pour ma part, je crois plus à la force des choses qu'aux petites machinations des hommes. Or la force des choses se trouve lancée à présent dans une direction dont elle ne saurait dévier. Une volonté bourgeoise, multiple, omniprésente, a dominé la Révolution; c'est certain et c'était fatal, car nous sommes bourgeois. Toutes nos Assemblées, la Commune même, furent composées exclusivement, ou presque, de bourgeois. Robespierre, Couthon, Saint-Just l'étaient. Ils ont tenté d'échapper à notre condition, mais ils ne pouvaient, nous ne pouvions, changer notre essence. Rappelle-toi le sursaut de Saint-Just à l'idée d'envoyer les détenus aristocrates empierrer les chemins pour les convois militaires! Pas plus que Robespierre, ni toi ni moi n'aurions coiffé le bonnet rouge. Il faudra du temps au peuple pour se confondre avec la bourgeoisie, comme il a fallu des siècles à la bourgeoisie pour se confondre avec la noblesse. Quant aux factions, tu leur attribues un génie machiavélique, une précision de mouvement, une capacité de coordination entièrement imaginaires. Avec le recul, tu introduis un ordre tout intellectuel là où régna toujours un désordre dont Vendémiaire vient de nous réitérer l'exemple. Que des ultra-royalistes aient conspiré contre Marie-Antoinette et Louis XVI, c'est fort probable. Cela n'eût point amené le 10-Août si nombre d'entre nous, ni royalistes ni orléanistes — et même, comme moi, hostiles à Danton, — n'avions fermement résolu de jeter bas la royauté, sans vouloir du reste aucun mal au roi ni à la reine. Et, sans souhaiter nullement la mort des Girondins, nous étions bien décidés, en mai 93, à les expulser de la Convention. On a beau jeu aujourd'hui de proclamer, comme Thibaudeau, que le 31-Mai fut une entreprise royaliste, et de s'en vanter, comme Batz. Il croit nous avoir joués, nous les municipaux, quand nous l'avons joué nous-mêmes. Il a fait ce qu'il nous convenait de laisser faire pour forcer la main à l'Assemblée. Personne n'eût introduit au comité de l'Évêché Dufourny, Varlet, Desfieux, Proly, Gusman et Perreya, ni substitué les Neuf à la Commune, si nous ne l'avions pas voulu. C'était une comédie entendue avec Lhuillier et Dobsen. Même si les manœuvres de la faction royaliste — ou plutôt des factions royalistes, car, je ne partage pas ton avis, il y en eut plusieurs, souvent ennemies, exemple l'agence de Paris et l'agence du comte d'Artois — ont été aussi subtiles que tu te le figures, leur résultat final favorise la Révolution. Batz, tu le constates justement, a travaillé, sans le vouloir ni le savoir, pour le succès de la bourgeoisie. Ce succès, malgré tout, consolide la république en préparant celui de la démocratie future. Nos luttes, nos sacrifices, nos erreurs, nos fautes, nos actes volontaires ou involontaires, ne furent donc pas vains. Nous sommes parvenus à tout ce que peuvent atteindre des hommes : une réussite relative. Le temps fera le reste.

— Vous avez raison, mon cher Dubon, dit Naurissane. Il faut regarder l'avenir, non plus le passé. Je ne me demande pas si Thérèse et moi nous dûmes nos ennuis aux subtilités de conspirateurs royalistes ou bien à la rage envieuse des sans-culottes, ce que j'admettrais plus aisément. La Révolution, je ne l'ai pas aimée, et je n'aime guère, non plus, ses résultats. Je ne crois pas qu'un Barras, un La Révellière, un Rewbell vaillent mieux, au pouvoir, qu'un Calonne, un Loménie de Brienne, un Maurepas. Ils pourraient fort bien être les fossoyeurs de votre république, comme Terray fut celui de la monarchie. Mais il ne m'en chaut. Peu importent les régimes. Je ne me soucie ni d'ambassade ni de ministère. Nous avons retrouvé la possibilité de vivre paisiblement en faisant notre métier, je n'ambitionne pas davantage et seul cet avenir-là m'intéresse.

— Mon métier, répondit Dubon, eh! je serais trop heureux de le reprendre! Seulement, il n'existe plus. Les procureurs ont disparu avec les anciennes cours. J'espérais me débarrasser des subsistances. Pas du tout. M'y voilà décidément attaché comme fonctionnaire au ministère de l'Intérieur. J'ai dû accepter, faute de me connaître aucune autre compétence... Mais regardez-moi ça! poursuivit-il en montrant le reste de la famille qui venait les rejoindre. Comment n'aimerait-on pas la Révolution quand on la voit sous cet aspect!

— Là, mon ami, je m'accorde entièrement avec vous. »

Fernand, superbe en habit bleu à deux épaulettes d'or, culotte et gilet rouges, tenait par la taille sa mère et sa jolie sœur. Bernard, sans canne, tirant à peine la jambe, donnait le bras à Lise qu'il avait tant aimée, et à Thérèse qu'il aurait pu aimer.

« Bon, dit Claude souriant, en somme nous avons fait la Révolution pour compter dans notre famille un général en chef et un futur amiral! »

TROISIÈME PARTIE

I

Claude avait refusé de nouveau un poste dans la banque de son beau-frère — installée place Vendôme, au coin de la rue des Capucines. Il entendait toujours réintégrer le barreau. Le 19 frimaire, 10 décembre, comme il disposait de quelque loisir après avoir donné la copie à l'imprimeur, il se rendit au Palais de justice, où il n'était pas retourné depuis le procès de Fouquier-Tinville, huit mois plus tôt.

Il croyait trouver le prétoire rétabli dans son ci-devant état. Avec surprise, il s'aperçut que non seulement les « défenseurs officieux » subsistaient, mais encore que cette institution révolutionnaire avait pris un inimaginable développement. Des jurisconsultes improvisés, la plupart sans titres ni connaissances, foisonnaient et s'arrachaient les pratiques. Tout à la fois procureurs, avocats, courtiers, hommes d'affaires, il n'était rien dont ils ne se chargeassent. Procès, plaidoiries, radiations d'émigrés, liquidations, réclamations, sollicitation des emplois, des grâces, des faveurs, ils brassaient tout, brûlant le pavé en cabriolet pour courir du Palais au Luxembourg, à la Bourse, chez les ministres. Certains ne craignaient pas de racoler le client. Claude se vit proposer par divers inconnus l'assistance la plus dévouée dans l'affaire qui l'amenait ici. Des personnages pressés lui offrirent successivement un marché de fournitures, une place de commis au dépôt de la Guerre — enfin organisé par Carnot, — une participation à l'armement d'un brick corsaire, une recommandation infaillible auprès du citoyen Benezech.

Il ressortit dans la cour du Mai, effaré par cette piraterie. Décidément, le retour au barreau serait pour plus tard, il demeurerait journaliste quelque temps encore. Au reste, la profession payait bien. En trois mois, à deux numéros par décade depuis la mi-vendémiaire, il s'était fait deux cent onze mille francs papier, soit un peu plus de cent louis. Jamais il n'avait tant gagné, et cela méritait considération; il devait songer à la petite famille, laquelle s'augmenterait bientôt d'un nouvel héritier que Lise portait depuis peu. Ce serait à présent une bonne chose d'acquérir, en Limousin ou dans la banlieue de Paris, quelques parcelles nationales : le meilleur placement pour des assignats. Ils ne tarderaient point à être démonétisés; on parlait, au Corps législatif, de les retirer en leur substituant des mandats territoriaux. N'importe! assignats ou mandats, c'était le moment d'en réunir le plus possible pour changer ce papier en biens qui assureraient l'avenir des enfants. Après avoir, durant six années, consacré tous ses soins à la patrie, il fallait désormais penser premièrement à Antoine et à son futur frère, ou sa future sœur.

L'esprit ainsi occupé, il faillit, sous la tour de l'Horloge, se heurter à Fouché, apparemment absorbé lui aussi. « Eh! lui dit Claude, où cours-tu de la sorte? »

Fouché se préparait à partir pour Narbonne. « Le Directoire, expliqua-t-il, m'a confié l'agence militaire des 10e et 11e divisions. Et j'espère en outre coopérer à la délimitation de la frontière entre la France et l'Espagne. »

Les agents militaires remplaçaient les représentants en mission, disparus avec le gouvernement révolutionnaire. Livrées à elles-mêmes, les autorités municipales ou départementales ne se montraient guère soucieuses de fournir aux armées hommes, argent, munitions, approvisionnements, quand elles ne favorisaient pas la désertion et le royalisme. Le Directoire avait dû continuer le système des *missi dominici*, mais c'étaient à présent de simples employés, responsables et révocables.

« Te voilà donc bien reparti, constata Claude. J'en suis fort aise, mon ami. Dis-moi, entre nous, ce nouveau régime te plaît-il?

— Non, ma foi! Seulement, que veux-tu, j'ai assez pâti pour nos idées. Il est grand temps de donner aux miens une aisance dont ils manquent cruellement. Ma pauvre femme, mon fils et moi, vivons dans l'indigence. Je n'entends pas les y laisser.

— Nous aurons toujours mêmes pensées, faut-il croire. Mes dispositions sont toutes semblables aux tiennes.

— Nous nous sommes dévoués corps et âme à la Révolution; elle a fait de nous des faméliques. Eh bien, la Révolution est terminée.

— Hum! Ton ami Babeuf ne dit point cela.

— Peu m'importe! J'ai rompu avec lui.

— Bah! Tue-t-on si vite en soi le jacobin? Nous verrons. Adieu, mon ami. Écris-moi quelquefois, nous nous retrouverons, sans doute.

— Je le souhaite, lui assura Fouché. Tu es bon compagnon, et je ne resterai pas toujours à Narbonne. »

Évidemment, Claude demeurait imprégné de jacobinisme. Néanmoins, lorsque Robert Lindet, quelques jours plus tard, vint le voir et l'inviter à rejoindre la Société du Panthéon, il refusa tout net.

Dans l'ancien couvent des Génovéfains situé sur la Montagne Sainte-Geneviève, de ci-devant conventionnels : Lindet, Amar, Choudieu, Javogues, Ricord, Huguet, se réunissaient avec Gracchus Babeuf, libéré comme eux par l'amnistie de Brumaire. Venaient là aussi, entre autres, Le Pelletier de Saint-Fargeau, frère du représentant assassiné en 93 par le royaliste Pâris, le marquis d'Antonelle, ex-juré au Tribunal révolutionnaire, Buonarotti, familier de Robespierre chez Duplay, Drouet — celui de Sainte-Menehould —, député aux Cinq-Cents. Ils comptaient déjà deux mille adhérents et ils espéraient reconstituer sous un autre nom le club des Jacobins, rétablir le régime de l'an II, achever la Révolution en instaurant l'égalité absolue par la suppression de toute propriété. Une dangereuse chimère, estimait Claude.

Il le dit carrément dans *La Sentinelle* : « La Société du Panthéon vise un but idéal, sans aucun rapport avec la réalité des choses. L'égalité complète existera peut-être, un jour; mais je doute que ce soit jamais par la suppression de toute possession individuelle, car la propriété répond à l'un des instincts les plus forts chez l'homme. Pour le moment, le retour aux aveugles agitations qui ont produit les catastrophes de Germinal, de Prairial, et ruiné à plat la Montagne, servirait uniquement la cause royaliste et anéantirait tout espoir de démocratie. »

Babeuf ayant répliqué dans le *Tribun du peuple* en qualifiant « le ci-devant révolutionnaire Mounier-Dupré » de « jacobin repenti », Claude lui répondit avec indulgence : « Le citoyen Gracchus Babeuf sait bien qu'il me traite sans justice. S'il ne le savait pas, Robert Lindet, Amar, Huguet, Choudieu seraient là pour lui dire la vérité à mon propos. Quant à lui, il lui manque d'avoir, dans les plus effrayantes convulsions de la France, supporté le poids du gouvernement. Il y aurait appris combien peu la puissance des faits s'accommode avec les pures conceptions de l'esprit, et qu'à l'heure présente le devoir commande en premier lieu à tout patriote d'aider la nation à sortir de l'anarchie. La Révolution est faite. Toute nouvelle secousse la compromettrait. Au contraire, une sage mais inflexible volonté la conduira peu à peu au terme de la démocratie totale. »

Revoyant ces phrases en épreuve, Claude se demanda s'il les eût écrites quand il n'avait pas d'enfants. Pour être un véritable révolutionnaire, ne fallait-il pas demeurer seul? Saint-Just, père, aurait-il posé ses principes d'éducation spartiate? Danton ne proclamait-il pas la propriété sacrée à tout jamais parce qu'il entendait fermement transmettre les siennes à ses fils? Et voilà qu'aujourd'hui je défends la propriété, moi si étranger autrefois à toute forme de possession! Je ne suis plus pur, je me suis enlisé dans la vie conjugale. Bah!.. Avec indifférence, il signa le bon à tirer. Puis un rire amusé, tendre, le prit. *Enlisé*, ah, ah! je répéterai le mot à Lise.

Il le lui rapporta, en effet, et elle rit, elle aussi, tendrement. « C'est drôle, reconnut-elle, mais mon bon ami j'ai quelque chose d'encore plus drôle à t'apprendre. Sais-tu bien que ma sœur va se marier avec notre beau-frère?

— Comment ça? Ta sœur et notre... Je ne comprends pas.

— Voyons! Thérèse et Louis.

— Thérèse et Louis? Mais... Ah! oui, vraiment suis-je sot! Ils avaient divorcé. Je ne m'en souvenais plus. »

Les remariages entre époux théoriquement séparés pendant la Terreur étaient communs depuis le printemps dernier. Louis et Thérèse eurent la coquetterie de faire du leur — simple formalité à la mairie — une petite fête familiale. On la célébra le 3 février 1796, 14 pluviôse an IV. Il y manquait Bernard rudement occupé en Alsace. Par hasard, ou plutôt par suite d'un nouveau succès, Fernand se trouvait là, venu à Paris pour remettre lui-même au Directoire un prisonnier considérable : le trop fameux Sidney Smith, incendiaire de la flotte française à Toulon, en 93. Cet Anglais habile, tenace et rusé, dirigeant une flotte de cutters et de goélettes, était arrivé, en six mois, à paralyser complètement le cabotage dans le norois. Il frappait comme la foudre les navires de commerce, puis fuyait sous le nez des vaisseaux inaptes à saisir un ennemi si mobile. Cependant la division légère possédait, grâce au génial Sané, des bâtiments tout aussi rapides et d'une puissance de feu infiniment supérieure. Chargé de régler son compte à ce commodore Smith, Fernand l'avait pris en chasse au large de l'Aber Wrach, avec la *République*, la *Virginie* que commandait à présent Jacques Bergeret, et la *Méduse*, poursuivi dans la Manche durant soixante-douze heures, en lui coupant toute retraite soit vers les îles anglo-normandes, soit vers l'Angleterre, contraint enfin d'entrer dans l'estuaire de la Seine, et capturé sous Honfleur. Il fut interné au Temple.

Un mois plus tard, le 12 ventôse, 2 mars, son adversaire à Toulon, le petit Bonaparte, recevait le commandement en chef de l'armée d'Italie. Le 9, requis par Carnot, adversaire déclaré de la Société du Panthéon, il avait dispersé celle-ci et fermé son local. Le 19, deux jours avant de quitter Paris, il épousait la citoyenne Beauharnais qui, depuis la fin de 95, se partageait entre Barras et lui. Sur les instances de l'avantageux directeur, elle s'était finalement déterminée, sans amour ni enthousiasme, à prendre pour mari ce garçon trop jeune, un peu bizarre, impétueux, dénué de fortune et sans grand avenir. Son notaire lui déconseillait fort cette union, mais Barras promettait sa protection à Bonaparte; peut-être parviendrait-il ainsi à une position avantageuse. Sans se douter qu'elle le trompait avant même de l'épouser, Napoléon — comme auparavant Hoche — était fou de la belle Rose devenue pour lui Joséphine. Il ne devait point cependant pardonner à Mme Permon de l'avoir refusé.

Sitôt arrivé sur son théâtre d'opérations, il montra combien Augustin Robespierre voyait juste quand il reconnaissait en lui un mérite transcendant. Dès le 22 germinal, le « général des rues » infligeait une première défaite aux illustres stratèges autrichiens. Et cela ne cessa plus. D'avril à septembre, l'armée d'Italie remporta seize victoires signalées, dont celles de Montenotte, de Milésimo, Dégo, Mondovi, Lodi, Crémone, Pavie, Peschiera, Castiglione, Roverdo. En six mois Bonaparte, avec quarante-cinq mille hommes au plus, en prit cent mille aux Impériaux, quatre cents canons, et leur détruisit cinq armées.

Ses succès éclipsaient ceux de Bernard, de Kléber, de Moreau, de Masséna, d'Augereau, de Bernadotte qui s'étaient pendant ce temps distingués eux aussi. La république triomphait partout, à l'extérieur; mais dans l'intérieur régnaient toujours, à l'automne de 96, l'anarchie, la misère et la faim parmi les petites gens. Dans les faubourgs, on chantait cette complainte :

Ah! pauvre peuple, adieu le siècle d'or!
N'attends plus que jeûne et misère.
Il est passé le 10 thermidor,
Jour qu'on immola Robespierre!

Comme le présageait Claude un an plus tôt, le Directoire, lui-même divisé, ne réussissait point à établir un équilibre entre les partis. En plaçant, tout d'abord, des jacobins aux postes principaux, par réaction contre le royalisme, en comprimant celui-ci, en fusillant le dernier chef vendéen actif, Charette, il avait ranimé tous les espoirs ultra-révolutionnaires. Le coup porté par Carnot à la Société du Panthéon n'avait fait qu'exciter les anciens Montagnards. Babeuf et ses compagnons, les Egaux, conspiraient quasi ouvertement la Révolution complète. Ils croyaient trouver des dispositions favorables chez Tallien, Fréron, Barras — lequel désirait seulement se délivrer de ses collègues Carnot, Letourneur et La Révellière. Les Egaux ne s'en rendaient pas compte. Sans mesurer la faiblesse de leurs moyens, ils se voyaient déjà triomphants. Dans des brochures, des placards, ils analysaient la doctrine de Babeuf, promettaient la mise en commun de toutes les terres, le partage des produits du sol et de l'industrie. Leurs journaux, le *Tribun du peuple*, *L'Égalitaire* entreprirent une campagne enragée contre les gouvernants. Ils finirent par les menacer d'un massacre semblable à ceux de Septembre. Les Conseils ripostèrent en votant, sur une motion de Tallien lui-même, une loi qui punissait de mort les anarchistes et en décrétant d'arrestation Babeuf et les autres meneurs. Peu après, les derniers babouvistes — parmi lesquels Huguet, Javogues — entraînés dans la nuit au camp de Grenelle par des agents provocateurs, sous prétexte d'y soulever les troupes, furent les uns sabrés sur place, les autres expédiés devant une commission militaire. L'affaire échappa presque complètement à Claude, car Lise se trouvait alors dans les douleurs. A la fin de cette nuit-là, elle mettait au monde une fille : Claire.

Quand il répondit à cette bonne nouvelle, M. Mounier apprit à ses enfants la fin de Jean-Baptiste Montégut. Il s'était éteint dans sa maison du faubourg Manigne, succombant au chagrin qui le minait depuis la mort de l'infortunée Léonarde.

Peu après, les Naurissane réintégrèrent Paris même où il leur serait plus facile de recevoir, comme le nécessitaient les affaires de Louis. Il avait opéré une de ses fructueuses combinaisons en thésaurisant les mandats territoriaux et en les réalisant (avant qu'ils ne fussent à leur tour démonétisés) sous la forme d'un bel hôtel d'émigré, sis rue des Victoires nationales, ou Notre-Dame-des-Victoires. Cet hôtel, entre cour et jardin, comprenait un bâtiment de façade sur la rue. Claude, intéressé dans l'opération pour quatre cent mille francs papier qu'il avait économisés devint possesseur dudit bâtiment. Il ne se vit pas sans un certain étonnement mué en propriétaire; mais il n'en ressentait aucune mauvaise conscience. Il n'hésita pas non plus, pour installer là son ménage agrandi, à donner congé au locataire du premier étage : un diplomate hollandais peu embarrassé de se transporter ailleurs, car les logements inoccupés abondaient encore. Ici même, au rez-de-chaussée, deux grandes pièces communicantes, opposées sous la voûte cochère à la loge du portier, restaient vides.

Au printemps de 1797, en ventôse an V, Claude se résolut à ouvrir dans ces pièces un cabinet d'avocat. La profession n'était toujours pas restaurée; mais au Palais, qu'il fréquentait beaucoup depuis l'automne précédent, et où il avait noué certaines relations, plusieurs anciens maîtres du barreau ou magistrats, en particulier Bigot de Préameneu, ci-devant député à la Législative, Berryer, Guichard, laissant « défenseurs officieux » et « jurisconsultes » mener leurs trafics, se reconstituaient sur le pied de véritables avocats. Les juges leur témoignaient une considération marquée. C'est à eux qu'allaient tout naturellement les pratiques sérieuses, donc les causes attachantes. Claude crut devoir découvrir ses intentions à ces trois hommes, ajoutant : « De même qu'autrefois un avocat n'entrait point au prétoire sans l'assentiment de ses confrères établis, de même je me présente à votre agrément. » Ils lui répondirent que ses façons garantissaient son caractère, qu'au reste il avait fait ses preuves, et qu'il pouvait compter sur leur sympathie. D'autre part, Louis l'encourageait fort. « Le journalisme vous a été d'un bon secours, disait-il, mais vous ne devez point y demeurer. Vous possédez un renom de législateur; en outre, vos articles ont répandu votre bon jugement, votre pondération. Les clients ne vous manqueront pas, soyez-en sûr; les habitués de ma banque vous en fourniraient amplement. »

A tout prendre, sa carrière de gazetier était close. La réaction de droite, provoquée par l'affaire du camp de Grenelle qui coûtait déjà la tête à l'ex-évêque Huguet, à Javogues et à vingt-neuf autres inculpés, aussitôt condamnés par la commission militaire, allait manifestement s'accroître. En ce moment, le reste des Égaux : Babeuf, son ami Darthé, Amar, Vadier (preuve qu'il n'était pas royaliste comme le prétendait Batz), Choudieu, Ricord, Antonelle, Buonarrotti, le père Duplay et son fils, comparaissaient devant une Haute Cour spécialement réunie. (Robert Lindet, Le Pelletier, Drouet, l'ex-général Rossignol avaient réussi à fuir.) Claude ne voulait ni attaquer à ce propos un gouvernement auquel il accrochait malgré tout ses espoirs, ni prendre parti contre ces hommes mal inspirés, peu sages, mais profondément généreux, martyrs de leur idéal comme l'avaient été Ruhl, Duquesnoy, Soubrany, Goujon, Bourbotte, en prairial an III. Et puis il se lassait d'écrire pour rien. Aucun article n'arrêterait ce perpétuel mouvement de bascule — tantôt à gauche, tantôt à droite — dans lequel la France s'épuisait. Il exposa ses raisons à Louvet.

« Je te comprends trop bien, répondit le petit Jean-Baptiste. Le découragement me gagne moi aussi. La république, je le crains, finira par sombrer dans ce flux et ce reflux inapaisables. » Le hasard l'avait fait sortir des Cinq-Cents à la suite des élections de germinal qui amenaient une majorité monarchienne sinon royaliste. Il se consolait avec sa librairie et en siégeant à l'Institut.

Le 26 mai 1797, Babeuf et Darthé étaient condamnés à mort malgré les efforts accomplis par Réal pour leur éviter la peine capitale, Buonarrotti et six autres à la déportation, Antonelle, les deux Duplay, Vadier, Amar, Choudieu, acquittés : ce qui n'empêcha point Vadier de rester détenu pendant deux ans à l'île Pelée, près de Cherbourg.

Sauf à l'égard des deux principaux accusés, guillotinés le lendemain, et dont les corps furent jetés à la voirie, la Haute Cour avait montré de l'indulgence. Néanmoins le mouvement contre la gauche s'accentuait journellement sous l'influence de Carnot et de La Révellière. Monarchistes constitutionnels par essence, ils formaient dans le Directoire, avec Letourneur tout dévoué à Carnot, puis avec Barthélemy après le départ de Letourneur exclu par le sort, une espèce de triumvirat en face duquel, Barras, Rewbell demeuraient impuissants. C'était ce que Claude voulait éviter, en combattant devant la Commission des onze l'idée d'un exécutif à plusieurs têtes.

Au Corps législatif, où les royalistes avaient élu Pichegru en personne président des Cinq-Cents, le triumvirat trouvait un soutien puissant parmi les modérés conduits par l'aveugle Thibaudeau et parmi les « Clichyens », monarchistes, bourbonistes masqués, qui recevaient plus ou moins consciemment dans un club, à Clichy, les directives de l'abbé Brottier, de La Villheurnois, Duverne de Presle, et d'agents anglais (l'Angleterre n'intervenait nullement en faveur de Louis XVIII, mais parce que, Pitt l'avait déclaré au nom de son roi, elle n'admettrait jamais la réunion de la Belgique à la France). Sous ces diverses actions, on voyait renaître la persécution d'allure thermidorienne. Aménageant la loi de brumaire an IV, les Cinq-Cents et le triumvirat exclurent des fonctions publiques les « terroristes » amnistiés, ouvrant en revanche ces fonctions aux émigrés, rappelant les prêtres, laissant tramer Aubry, Rovère, Saladin et autres ultras rendus à la liberté. Les jours de vendémiaire revenaient. Des bandes d'énergumènes *inc'oyables* parcouraient de nouveau les rues avec leurs grotesques costumes, leurs collets noirs et leurs cannes, molestaient les révolutionnaires.

Ils s'en prirent une fois encore à Louvet, dans sa boutique. Ils le conspuèrent pour avoir marché contre eux avec les patriotes de 89, le 13-Vendémiaire. « Tu chantais la *Marseillaise* devant Saint-Roch. La chanterais-tu bien, maintenant, petit coq? » lui criaient-ils. Soulevé d'indignation, il s'avança sur le seuil, lançant à pleine voix : « *Que veut cette horde d'esclaves, de traîtres, de* sbires *conjurés?...* » Les goujats reculèrent. Mais ils revinrent, par la suite. Non contents d'injurier Louvet, ils couvraient d'insultes obscènes sa Lodoïska. Il dut abandonner le Palais-Royal, transférer sa librairie à l'hôtel de Sens, près de l'Arsenal, sans désarmer pourtant la haine. Pour l'y soustraire, les amis qu'il conservait aux Cinq-Cents le firent nommer, le 10 août, consul à Palerme. Germaine et lui s'apprêtèrent à partir. Hélas! les temps nouveaux ajoutaient pour Jean-Baptiste trop d'émotions et de chagrin aux angoisses de 93. Son cœur n'y tint pas. Le 25 août, Claude travaillait dans son cabinet, lorsqu'il vit paraître Marie-Joseph Chénier, très ému. « Louvet est mort, jeta-t-il. Je dînais chez lui. En quittant la table, il s'est senti mal. Tout à coup, il a piqué du nez; l'instant d'après, il ne respirait plus. La douleur de Germaine a quelque chose d'effrayant. Brigitte et la servante veillent sur elle, mais ne pourrais-tu pas venir avec ta femme? » Claude prévint Lise. Ils partirent dans la voiture de Chénier. Ils arrivèrent trop tard. Germaine avait avalé du laudanum. On la sauva cependant, et elle trouva le courage de vivre pour l'enfant qui lui était survenu tardivement.

Fouché aussi souffrit de la réaction. A vrai dire, malgré son prétendu détachement, il n'avait pu s'empêcher de faire, à Narbonne, du jacobinisme un peu bien ostensible. Privé d'emploi comme ancien « terroriste », il fut derechef exilé dans la vallée de Montmorency. Il écrivait à Claude : « Mon ami, tu as partagé ma douleur quand j'ai perdu ma petite Nièvre, aussi je tiens à ce que tu partages ma joie présente. Un second fils vient de me naître; il se nomme Joseph-Liberté. » Et il déclamait contre les réacteurs. « Ah! quelle perfidie nous entoure! On s'attache à nous comme le serpent autour du corps qu'il veut dévorer. »

Claude lui-même subit la persécution sous une forme assez singulière. On ne pouvait rien contre lui, rentré dans la vie privée, exerçant une profession qu'aucune loi ne permettait de lui interdire. Les autorités de sa nouvelle section découvrirent néanmoins une façon de le tracasser. Il se vit convoqué dans l'ancien couvent des Petits-Pères où se trouvaient les bureaux civil et militaire. Deux officiers auxquels il eût été fort empêché de donner leur grade se tenaient debout derrière un quartier-maître qui scribouillait. Claude lui remit son billet.

« Ah! c'est toi, le citoyen Mounier-Dupré, dit cet homme. Ne sais-tu point que tu es en contravention avec le règlement de la garde nationale? En établissant parmi nous ton domicile, tu devais te faire transférer sur les contrôles de notre bataillon.

— Pour me faire transférer, il aurait fallu que je comptasse au bataillon des Tuileries. Or je n'y figurais pas, quoique ayant résidé cinq ans dans la section.

— Comment ça! s'exclama l'un des officiers, le plus galonné sur les revers.

— Ma foi, citoyen, d'abord j'étais représentant, donc non soumis au service dans la garde nationale; ensuite, proscrit.

— Ah, ah! tu es un de ces amnistiés de Brumaire!

— Il paraît, et tu ne l'ignorais pas, assurément, citoyen.

— Citoyen capitaine adjudant-major, s'il te plaît. Ici, nous les dressons, les terroristes. Quartier-maître, inscris cet homme à la compagnie du capitaine Bourgeois, que voici, précisa-t-il en montrant à Claude d'un signe de tête l'autre officier. Terroriste ou pas, tu es maintenant propriétaire, payant le cens, et comme tel tu dois t'honorer de servir dans la garde nationale.

— Je ne connais rien au métier des armes.

— On te l'apprendra. Monter la garde te semblera peut-être moins agréable que de pérorer à la tribune, mais avec ta carrure tu feras un beau grenadier, n'est-il pas vrai, Bourgeois?

— Sans nul doute, dit celui-ci d'un ton plus courtois. Je serai flatté, citoyen, de te posséder dans ma troupe.

— L'habit et le reste, sauf le fusil, la baïonnette, le briquet, sont, tu le sais, à ta charge. Le quartier-maître va te donner la liste du fourniment, et il t'enverra un billet avec lequel tu te présenteras, décadi prochain, à sept heures de la matinée, en uniforme, au poste, pour aller faire l'exercice. En cas d'absence, je te le rappelle, c'est la prison. Douze heures, la première fois. Seule excuse, la maladie; mais alors le médecin du bataillon te visitera. Entendu?

— A merveille, citoyen capitaine adjudant-major », répondit Claude non sans une ironie un peu amère. O république, pensait-il, que de bienfaits tu nous ferais haïr! On prend un marchand de vins, on lui colloque un grade, et le voilà tyranneau. Avons-nous supprimé la domination de l'aristocratie pour y substituer la tyrannie de la médiocrité? Avons-nous tué un roi pour nous donner deux millions de despotes? On en viendrait à croire que nous étions plus libres sous la monarchie où, certes, personne ne m'eût contraint de servir dans la milice bourgeoise. La liberté doit-elle donc, par nature, détruire la liberté?...

Lise se divertit beaucoup quand il lui annonça ce nouvel avatar. « Robin en province, député, magistrat municipal, commissaire au Salut public, proscrit, journaliste, et maintenant avocat-grenadier, à quoi ne suis-je point bon? dit-il. Tu as épousé Protée, ma chère. » Mais lorsqu'elle le vit dans son uniforme bien ajusté, encore qu'acheté d'occasion : « Que tu es beau! s'écria-t-elle. Toi aussi, tu aurais pu être général! »

Il supporta philosophiquement la brimade, perdit ses matinées du décadi à se familiariser avec le maniement du fusil, le tir à la cible dans la plaine de Grenelle, les évolutions par section, par compagnie, par bataillon, et l'escrime au briquet. Choses excellentes pour sa santé, car il aurait eu tendance à grossir. Puis il alla, de temps à autre, monter la garde avec les notables du quartier. Il s'y fit d'agréables relations, et y trouva même des clients.

Si la plupart de ces citoyens — on recommençait à dire ces messieurs — étaient fort pacifiques, il n'en allait pas de même dans certaines sections voisines : Le Pelletier, bien entendu, Butte-des-Moulins, Mont-Blanc, et autres révoltées de vendémiaire an IV. Sur le boulevard, les royalistes en habit gris, collet noir, arboraient dix-huit énormes boutons : symbole de Louis XVIII. Une multitude de placards, de pamphlets, les épigrammes des journaux bourbonistes agitaient les esprits. On disposait les lettres de *Révolution française* pour en faire : *la France veut un roi.*

Le dessein de restauration devenait si manifeste qu'il devait, inévitablement, provoquer à son tour une réaction. Déjà, d'Italie, Bonaparte avait lancé, sous la forme d'une proclamation à ses soldats, un avertissement menaçant : « Des montagnes nous séparent de la France, mais vous les franchiriez avec la rapidité de l'aigle, s'il le fallait, pour maintenir la Constitution, défendre la liberté, protéger le gouvernement et les républicains... Les royalistes, dès qu'ils se montreront, auront vécu! » A l'armée de Sambre-et-Meuse, Hoche déclarait : « Peut-être aurons-nous à assurer la tranquillité que des fanatiques et des rebelles aux lois républicaines essaient de troubler. » Tout l'état-major de Bernard signa une adresse contre les Clichyens. Au Directoire, la majorité avait basculé avec La Révellière passant du côté de Barras et de Rewbell pour s'opposer au retour des Bourbons. Fouché, ressorti de son bref exil, organisait aux nouveaux triumvirs une police antiroyaliste. Augereau, envoyé par Bonaparte, recevait le commandement de l'armée de l'intérieur, et Chérin, lieutenant de Hoche, celui de la garde constitutionnelle des directeurs.

Le 18 fructidor de cette année 97, Claude ne s'étonna donc point d'être réveillé à l'aube; la générale battait dans la rue. Il s'équipa et courut défendre la république par les armes, après l'avoir défendue par la parole puis la plume. Dans le petit matin de septembre, il put, au passage, lire une affiche placardée à profusion durant la nuit : *La grande trahison de Pichegru. Conversation de Montgaillard avec le comte d'Antraigues.* C'était toute l'intrigue de Montgaillard, racontée par lui-même à Antraigues et notée sur-le-champ par celui-ci. Les échanges de vues entre Pichegru et Fauche-Borel au quartier d'Altkirch, à Huningue chez Mme de Salomon, les instances de Condé, les opulentes récompenses promises au général, son plan pour envahir la France avec l'appui des Autrichiens : tout s'étalait là, découvert parmi les papiers d'Antraigues par Bourrienne — secrétaire à présent de son ami Napoléon —, lorsque Bonaparte, ayant occupé les États de l'Autriche en Italie, le fameux agent royaliste avait été saisi à Venise.

Le bataillon s'alignait place des Victoires, chacun prenant ses armes au poste des Petits-Pères; mais les fourriers ne distribuèrent point de cartouches. On devait, pour le moment, se borner à tenir close la cour des Messageries et à ne laisser partir ni courrier ni voitures. Le silence de rigueur régnait dans les rangs. Les officiers de l'état-major causaient entre eux, attendant les ordres. Il n'en venait pas. Claude se rendait compte de ce qu'avaient dû être pour la majorité des Parisiens la plupart des journées révolutionnaires, si fiévreuses au Manège ou aux Tuileries. Ici, rien ne se passait sur la place ronde au centre de laquelle le drapeau substitué à la statue de Louis XIV flottait mollement; on ne savait rien, on n'entendait rien. Le soleil se dégageait des brumes. Il faisait frais et assez beau. Par les fenêtres ouvertes, on voyait des femmes en bonnet vaquer à leur ménage.

Vers neuf heures, les capitaines commandèrent de former les faisceaux et de rompre les rangs. Des rumeurs se mirent alors à circuler. Les employés de la Bourse — installée, depuis sa réouverture en 95, dans l'église Notre-Dame-des-Victoires, le vieux local de la rue Vivienne ne pouvant suffire —, qui gagnaient leurs bureaux, apportaient des nouvelles, vagues, sinon contradictoires. La seule chose sûre, c'était que les troupes de ligne tenaient en force les Tuileries, les quais, le Luxembourg. Des arrestations avaient été opérées. On ne savait au juste lesquelles. Selon certains, les royalistes réglaient son compte au Directoire; selon d'autres, le Directoire règlait leur compte aux royalistes et à Pichegru. Cela semblait plus vraisemblable, car la ligne ne marchait certainement pas avec les bourboniens. En tout cas, Paris demeurait très calme.

A dix heures, les épouses ou les servantes de messieurs les soldats bourgeois commencèrent d'arriver, apportant des nourritures. Lise vint, accompagnée par Margot qui déballa du pâté serré entre des tranches de pain. « Je sais tout, dit Lise. Louis est au fait et m'a instruite. Barras, La Révellière, Rewbell ont accompli un coup d'État contre leurs deux autres collègues du Directoire et la faction royaliste du Corps législatif. Carnot, Barthélemy sont arrêtés ainsi que Pichegru avec la plus grande partie des Clichyens. Il n'y a aucun tumulte, mais le général Augereau tient tout son monde sur pied pour le cas où les sections bourbonistes bougeraient. C'est peu probable; Louis m'a recommandé de ne point m'inquiéter à ton égard. »

En effet, la journée s'écoula d'une façon fort tranquille. A cinq heures, on reprit les armes pour les déposer au poste, et chacun rentra souper chez soi. Les gazettes du soir donnaient les nouvelles, confirmant le succès des nouveaux triumvirs. Tous leurs adversaires, sauf Carnot en fuite, avaient été arrêtés dans la nuit ou la matinée, chez eux ou bien aux Tuileries, au Manège. Les élections de germinal venaient d'être annulées par les deux Conseils réunis l'un à l'Odéon, l'autre à l'École de Médecine. Ils avaient voté la déchéance de quarante-cinq Anciens et de quatre-vingt-quinze membres des Cinq-Cents, condamné à la déportation cinquante-trois ennemis de la république, dont Pichegru, Barthélemy, Carnot — par contumace —, Boissy d'Anglas, Aubry, Rovère, Saladin, Henry-Larivière, Bourdon de l'Oise, Laffon-Ladébat, Gibert-Desmolières, Vaublanc, Tronson-Ducoudray, l'abbé Brottier, Duverne de Presle, La Villeurnoy, rétabli les lois contre les émigrés et les prêtres, supprimé les journaux royalistes et mis toute la presse sous la surveillance de la police.

« Eh bien, voilà enfin de l'énergie, dit Claude. J'ai le sentiment que le monarchisme est effondré pour longtemps. »

Il eut, peu après, l'occasion de répéter cette remarque à Fouché, bien remis en selle maintenant. « Sans doute, sans doute », répondit l'astucieux albinos qui avait été fort près, un moment, de se faire, avec Barras, le principal restaurateur des Bourbons s'ils eussent donné des garanties suffisantes de constitutionnalisme et de sécurité pour les régicides. « Mais cette énergie est possible à présent parce qu'elle s'appuie sur le sabre. Or, quand on ne gouverne plus qu'avec l'appui du sabre, Cromwell n'est pas loin. Les généraux ont pris diantrement de l'importance dans la république. Bonaparte, Augereau! » Hoche venait de mourir, à Wetzlar, de la poitrine. « Te rappelles-tu la prophétie de Marat, selon laquelle la Révolution se terminerait par une dictature militaire? »

Puis, changeant de sujet, et bavard comme il se montrait souvent, il fit à Claude toute l'histoire du coup d'État. Les Clichyens avaient noué un complot très simple : Vaublanc devait, le 19 fructidor, proposer aux Cinq-Cents un décret d'accusation contre Barras, La Révellière et Rewbell, prévenus de triumvirat. Ce décret passait sans peine, et le Conseil aurait en outre déclaré la Patrie en danger. Aussitôt, les bataillons monarchiens de la garde nationale, auxquels se seraient joints le 21e dragons, gagné au complot, et des chouans rassemblés par l'émigré La Trémoïlle, s'emparaient du Luxembourg pour saisir lesdits triumvirs et constituer un gouvernement royaliste. « Wickham finançait l'affaire par l'entremise du ci-devant d'André, venu spécialement de Londres. » Seulement, le 17 dans la relevée, le prince de Carency, fort hostile à l'entreprise, en avait avisé Merlin de Douai, successeur de Benezech à l'Intérieur. Merlin s'était empressé de courir, avec le ministre de la police, Sotin, au Luxembourg où ils trouvèrent Barras en compagnie de Benjamin Constant, de Mme de Staël, rentrée en grâce depuis que Tallien ne comptait plus, et de Talleyrand pour qui elle avait obtenu, deux mois plus tôt, le portefeuille des Relations extérieures. « On appela Rewbell, La Révellière, on descendit au jardin, et là, sous les ombrages, fut décidé le coup d'État immédiat... Sais-tu, ajouta Fouché, que Thibaudeau a bien failli également y passer? Il figurait sur les listes de déportation. Des amis l'ont rayé à temps.

— Et Carnot, qu'en advient-il?

— Bah! c'est un imbécile, non point un conspirateur. On l'a laissé fuir et on ne le recherche pas. »

Plusieurs des proscrits, particulièrement Boissy d'Anglas, Saladin, Vaublanc, Mathieu Dumas, s'échappèrent comme lui. Les autres, conduits à Rochefort dans des cages chargées sur des fourgons d'artillerie, puis enchaînés dans l'entrepont de la frégate la *Vaillante*, arrivèrent à Cayenne le 22 brumaire an VI, 12 novembre 1797. L'abbé Brottier, La Villeurnoy, Rovère, Bourdon de l'Oise, Gibert-Desmolières, Tronson-Ducoudray y moururent. Pichegru, Barthélemy, avec quelques compagnons résolus, se sauvèrent dans une pirogue. Aubry périt au cours de cette évasion.

Le 14 novembre, Claude eut la surprise de rencontrer sur la place du Palais-Royal Compère lunettes, vieilli mais très identifiable avec son énorme menton et ses verres pareils à des loupes. « Te voilà donc à Paris! De passage, ou bien?...

— Je suis installé ici depuis cinq mois, sans avoir rompu avec le Limousin, répondit Guillaume Dulimbert. Il n'y a pas assez de ressources à Limoges, et cependant la ville est attachante. Je compte y aller ces jours-ci. Mon frère, Jacques, demeure là-bas dans la maison de la rue des Combes.

— Et que penses-tu des événements? »

L'ancien moine haussa les épaules. « Je ne m'en occupe pas. A quoi bon? J'ai connu trop de vicissitudes et sais maintenant le peu de pouvoir des hommes, l'inanité des agitations. La tranquillité, je ne désire plus rien d'autre.

— Que fais-tu, alors?

— Des travaux de librairie. Je traduis présentement un mémoire du général Llyod sur la défense de l'Angleterre en cas d'invasion.

— Tu as donc encore une pensée politique.

— Non point. L'idée d'envahir l'Angleterre est à la mode. L'ouvrage se vendra bien, voilà tout. »

Claude lui donna son adresse, l'invitant à souper pour le lendemain. « Et toutes les fois qu'il te plaira. Nous aurons toujours plaisir à ta compagnie. »

Il accepta et revint de temps à autre rue des Victoires, chez

Claude ou chez les Naurissane reconnaissants envers lui de son occulte protection pendant la Terreur. Parfois disert, révélant une érudition sans bornes, parfois silencieux, les yeux mystérieux derrière ses épaisses lunettes, mais toujours étonnamment accordé avec les enfants, il restait à tous égards tel que l'avaient qualifié les Jacobins de Limoges : « l'homme indéfinissable ».

Le 31 décembre, Legendre, sorti des Anciens en l'an V — et qui menait en compagnie de Mlle Contat l'existence la plus paisible —, disparut à son tour, emporté à quarante-cinq ans par l'apoplexie. En l'accompagnant au cimetière, Claude, parmi tous les souvenirs qu'il gardait du gros boucher, se remémorait particulièrement, sans savoir pourquoi, cette claire nuit de mai où il était venu les trouver, Danton, Desmoulins, Dubon et lui, au sortir des Jacobins, pour leur dénoncer la fuite imminente de la famille royale.

Tallien, Fréron marchaient également derrière le corbillard. Eux deux, Santerre voyageant à travers l'Europe, Brune commandant une division en Italie, le gros Robert installé en Belgique avec sa pétulente petite femme, restaient avec Claude les seuls survivants de la nombreuse et joyeuse bande que Danton se plaisait autrefois à réunir Cour du Commerce. Tallien, maigri, amer, tombé de sa position un moment si brillante, torturé par la jalousie, car il n'ignorait plus l'infidélité de Thérésa dont il ne parvenait cependant point à se détacher, vivait en enfer. Fréron, envoyé en mission dans le Midi après son échec aux Cinq-Cents, avait oublié Lucile Desmoulins en s'éprenant, à Marseille, de l'éblouissante Pauline, seconde sœur de Napoléon. Très amoureuse, elle adressait à son Stanislas des lettres enflammées. Bonaparte avait mis le holà en appelant sa mère et ses sœurs auprès de lui à Monbello, et en fiançant Pauline au général Leclerc. Honni à présent par la « jeunesse dorée », délaissé de tous, Fréron, sa fortune dilapidée, quémandait vainement un emploi.

Depuis neuf jours, Bonaparte était à Paris, accueilli en triomphe sur sa route et dans la capitale après son étonnante campagne d'Italie, couronnée par le traité de Campo-Formio. Il terminait la guerre déclarée en 92 au roi de Bohême et de Hongrie, en obligeant enfin la monarchie impériale à déposer les armes et, comme l'avait fait la Prusse, à reconnaître la frontière du Rhin. Mais cette paix, qui soulevait dans la nation un prodigieux enthousiasme, Bonaparte l'imposait autant au Directoire qu'à l'Autriche. « Ce n'est pas une paix, ce traité, proclamait Sieyès aux Cinq-Cents, c'est l'appel à une nouvelle guerre! » En effet, les stipulations de Napoléon se révélaient à la fois léonines et incomplètes; de plus, elles ruinaient l'espérance d'une alliance, si désirée, avec la Prusse. Le public ne voulait pas le savoir, pas songer à l'avenir; on ne voulait voir que l'immédiat : l'Angleterre isolée, la fin des privations, des sacrifices, la paix revenue, ramenant bientôt l'abondance. Bonaparte jouissait d'une popularité comme on n'en avait avait jamais connu. Le peuple l'acclamait sur les places, la bourgeoisie dans les théâtres. Le gouvernement lui donnait donc des fêtes magnifiques, débaptisait la rue Chantereine, où le général habitait, pour la nommer rue de la Victoire; mais sous les couronnes, les fleurs, sous les compliments échangés, se dissimulaient mal l'irritation, une défiance réciproque.

Bernard, rentré d'Allemagne où rien ne le retenait plus, ne cachait pas son indignation. « Nous avons eu bien tort, disait-il, de protéger ce Corse quand Aubry le persécutait. Je le devinais intrigant; comment lui aurait-on supposé une ambition si dévorante! Il ne se soucie ni de la république ni de la France. Seules sa fortune à lui, sa gloire et sa puissance comptent à ses yeux. Il s'est empressé de conclure à Léoben pour nous arrêter, Moreau, Masséna et moi, alors que nous convergions irrésistiblement sur Vienne où la France eût imposé une paix autrement décisive. Celle de Campo-Formio est une simple trêve, profitable uniquement à l'Autriche qui trouve là le temps de reprendre souffle. Mais il fallait que Bonaparte, au regard de la nation ignorante, fût le seul vainqueur, le pacificateur. Il a du génie, certes; seulement c'est celui de César. Je vois César percer sous Napolioné.

— Ma foi, répliqua Naurissane, ce génie justifie son ambition. S'il veut être le maître de la France, il le sera. Et tant mieux! S'il nous débarrasse du Directoire pourri, incapable de rétablir l'ordre dans le pays, les finances, la prospérité, qui s'en plaindra? »

On professait ouvertement cette opinion dans le salon de Louis et de Thérèse. Chez Claude, se tenait un cercle plus restreint où ne dédaignaient pas de fréquenter Sieyès, La Révellière. Ceux-ci et Jourdan — élu aux Cinq-Cents à la place de Louvet — partageaient les sentiments de Bernard, encore que Marie-Joseph Chénier, Rœderer, Garat l'ancien ministre de l'Intérieur en 93, Daunou, Réal se déclarassent certains du républicanisme de Bonaparte.

Ces espoirs et ces craintes s'évanouirent au printemps de 1798. Déjà en ventôse on n'ignorait pas, rue des Victoires-Nationales, qu'au lieu de la descente en Angleterre, voulue par le Directoire et dont Bonaparte était chargé, Talleyrand préconisait une expédition en Égypte pour couper aux Anglais la route des Indes. Soudain, La Révellière, Rewbell, hostiles à cette idée, s'y rendirent, Bonaparte commença aussitôt d'immenses préparatifs. Comme Bernard, chez Claude, exposait à La Révellière le danger d'envoyer si loin les meilleures troupes de la république, alors que manifestement l'Autriche, avec le concours de l'Angleterre et de la Russie, se disposait à recommencer la guerre : « Mon cher général, répondit le bossu, le plus grand péril pour la république, c'est la dictature militaire. Nous l'écartons en laissant aller Bonaparte en Égypte, puisqu'il y tient tant. Et puisse-t-il y rester!

— Mais n'escompte-t-il pas, en s'éloignant ainsi, emmenant toute une armée, que la France affaiblie subira des revers, qu'il faudra le rappeler, qu'il reviendra plus prestigieux, plus indispensable encore?

— S'il croit cela, il se trompe. Nous ne le rappellerons jamais. Il nous reste assez d'excellents généraux, toi-même, Moreau, Bernadotte, Joubert, Augereau, Masséna, le brave Jourdan, pour n'avoir nul besoin de ce petit bamboche.

— Nous ne le reverrons pas, je pense », dit Claude se souvenant de la ferveur avec laquelle Napoléon, en fructidor an III, rue Saint-Nicaise, lui parlait de l'Orient, beau champ pour la gloire. Il raconta cette anecdote puis conclut : « Voilà son ambition. Il va là-bas conquérir un domaine à la mesure de ses rêves. La France ne suffirait pas à cette imagination enivrée des fastes antiques. Il lui faut l'empire d'Alexandre. »

Le 15 floréal, on apprit que Bonaparte avait quitté Paris dans la nuit, après un souper chez Barras et une apparition en sa compagnie au théâtre de la Nation. Quinze jours plus tard, le 19 mai, il s'embarquait à Toulon sur l'*Orient*.

II

La prophétie de Claude se serait peut-être réalisée si Bonaparte avait réussi en Égypte. Ayant échoué — et Sidney Smith, évadé du Temple grâce à la complicité de l'agent royaliste Phélippeaux, ne fut pas pour rien dans cet échec —, il abandonna les restes de son armée pour cingler vers la France. Le 17 vendémiaire an VIII, 9 octobre 1799, il touchait terre à Saint-Raphaël.

Pendant ses dix-sept mois d'absence, les revers que prévoyait Bernard s'étaient produits sous la forme d'une double défaite subie par Jourdan et Bernadotte. Heureusement, Brune en Hollande, Bernard lui-même de Düsseldorf à Mayence, Masséna de Mayence au Saint-Gothard, avaient accompli des prodiges, repoussé les Anglo-Russes et les Autrichiens loin des frontières. Néanmoins, l'Italie était perdue. Mais, remarquait Dubon : « Que nous importe l'Italie? C'est une source de guerres, rien d'autre. »

Sans tenir compte de ces victoires ni de son insuccès à lui, la nation recevait Bonaparte comme un sauveur. Le glorieux soleil de paix qu'il avait fait rayonner sur elle était parti avec lui. On ne cherchait pas plus loin. Il allait le ramener. Cependant, les nouveaux directeurs, Gohier, Moulin, le traitaient de déserteur et de mutin. Pour Sieyès, successeur de Rewbell, il méritait le peloton d'exécution. Roger Ducos, successeur de La Révellière, et l'inamovible Barras peu ravi par ce retour qui compromettait ses plans, attendaient en silence. Au demeurant, Sieyès ne parlait pas sérieusement. On ne fusille point un homme qu'un peuple entier acclame dans un délire d'enthousiasme. Sur son passage s'allumaient des feux de joie, les cloches carillonnaient, paysans, villageois accouraient, l'accompagnant de leurs vivats. Il approchait. A part quelques initiés, Paris ne le savait pas encore.

Le 22 vendémiaire, lorsque le Directoire prit enfin le parti d'annoncer l'arrivée imminente du général Bonaparte, en une heure la ville s'enflamma. Dès le 20, Claude connaissait par

Fouché — ministre de la Police depuis le 4 juillet, après avoir rempli comme ambassadeur deux missions à Milan et en Hollande — la marche triomphale de Napoléon. Il fut étonné pourtant, au sortir de la Tournelle où il venait de plaider devant la Cour de cassation dans la ci-devant salle du Tribunal révolutionnaire, par la masse populaire qui déferlait des faubourgs vers le Palais-Royal, les Tuileries, brandissant des feuillages, chantant la *Marseillaise*, criant : « Bonaparte ! Vive Bonaparte ! », huant le Directoire. Les casernes s'ouvraient d'elles-mêmes, les musiques régimentaires défilaient par les rues, tambours battants, fanfares sonnantes. L'enthousiasme dépassait encore celui qui avait accueilli Napoléon en 97.

« La France, dit Naurissane ce soir-là, la France a choisi son maître. Et bien choisi, car lui seul peut nous tirer du désordre effrayant où nous sommes.

— Sans doute », avoua Claude.

Il n'apercevait, malheureusement, nulle autre issue. Le Directoire agonisait au milieu d'une complète anarchie, après sa banqueroute des deux tiers (seul avait été « consolidé » un tiers des créances sur l'État) qui finissait de ruiner le commerce, sans renflouer le Trésor ; les armées ne touchaient pour ainsi dire plus de solde, ni les fonctionnaires leur traitement. La famine, à peine calmée, avait repris avec la guerre. Le brigandage, les Chauffeurs dirigés par des chouans et des agents anglais, ravageaient l'Ouest, le Midi, sévissaient jusque dans le Centre (la diligence Paris-Toulouse venait d'être attaquée entre Limoges et Pierre-Buffière). Aucune unité ne subsistait dans le pays, car les autorités locales, songeant avant tout à leurs administrés, retenaient pour leurs besoins l'impôt, les subsistances, et n'obéissaient plus à un gouvernement trop absorbé par ses intrigues intestines pour gouverner. Hormis le vieux Gohier et son ami Moulin, non moins honnête mais tout aussi borné, personne ne croyait à la survie d'un pareil régime, unanimement détesté ou méprisé. Les familiers des directeurs n'ignoraient pas que Sieyès, jugeant le moment propice à l'établissement de sa constitution repoussée par la Convention en l'an III, préparait avec la complicité, au reste peu enthousiaste, du général Moreau un coup d'État, ni que « le roi Barras » se disposait à livrer la France aux Bourbons contre une riche dotation et le titre de connétable.

Dans ces conditions, l'homme qui avait, à Toulon, montré sa fulgurante intelligence, à Paris après Vendémiaire un tel sens du maniement des êtres, et partout un véritable génie organisateur, — cet enfant de la Révolution, naguère ami de Robespierre jeune —, paraissait en effet seul capable de sauver la république, si ambitieux, si occupé de sa propre fortune, fût-il. Lui du moins, s'il accédait au pouvoir, ne le céderait pas à un roi. Il le conserverait; et puisque c'était le peuple qui voulait l'y voir, il devrait, pour s'y maintenir, respecter ce peuple, le satisfaire, s'appuyer sur lui. Confier le sort de la nation à un individu ne va pas sans grands périls, car on ouvre la porte à l'aventure; et même si cet individu s'affirme excellent chef d'État, que deviendra le régime après lui? Mais nulle aventure ne risquait, semblait-il, d'être pire que la situation présente.

Fouché aussi pensait de la sorte. Il avait secrètement abandonné Barras à ses intrigues avec le Prétendant, pour soutenir Sieyès, et il comptait l'associer à Bonaparte dans un gouvernement où la souplesse de l'ancien prêtre contrebalancerait la fougue du jeune soldat.

« Je doute fort, observa Claude, que deux pareils ambitieux puissent s'entendre. Enfin, agis pour le mieux. Quant à moi, j'en ai terminé avec la chose politique et ne m'en mêlerai plus. »

Napoléon rentré à Paris, il accepta néanmoins de le voir. Tout le monde allait chez lui, y compris Sieyès. Le 3 brumaire, les gazettes annoncèrent que le général et le directeur avaient échangé des visites. Fouché était enchanté. La conjuration marchait selon ses vues. On cherchait de l'argent : il disposait de deux cent mille francs prélevés sur les caisses de la police. Naurissane en offrit autant. Collot, Michel, Perrégaux firent le reste : deux millions au total. Sur les instances de Louis, de Réal, de Rœderer et de Marie-Joseph Chénier — « Tu seras content de lui », l'assuraient-ils —, Claude se rendit, un soir, rue Chantereine, sans vouloir emmener Lise. La légèreté de la citoyenne Beauharnais, veuve, n'empêchait pas de la rencontrer chez Tallien; en revanche, l'inconduite de la citoyenne Bonaparte dont les beaux-frères — Joseph, Lucien député aux Cinq-Cents — s'indignaient d'une façon quasi publique, et qui avait failli faire divorcer Napoléon à son retour, disaient-ils dans le salon Naurissane, ne permettait point à une femme honnête de se commettre chez elle.

Chose surprenante, Gohier se trouvait là; sans son épouse, lui aussi.

« Comment! Gohier!...

— Chut! » fit Réal en mettant un doigt sur les lèvres.

Et il conduisit Claude vers le petit cabinet de travail contigu au salon.

Dans un habit de drap clair, bottes en cuir rouge, Napoléon paraissait toujours aussi frêle, la poitrine creuse, les épaules étroites, le visage comme desséché. Mais il ne restait plus en lui rien de sa raideur, à la fois humble et farouche, remplacée par une grande amabilité. Il avait écrit élogieusement à Bernard, ainsi qu'à Brune et à Masséna, pour les féliciter de leurs victoires. Adossé à la cheminée, il parlait avec Jourdan, chargé par les députés républicains de lui offrir le pouvoir « à condition que le gouvernement représentatif soit garanti ». La conjuration était unanime. Cambacérès, ministre de la justice, y prêtait les mains; seuls s'y opposaient Robert Lindet, ministre des Finances, Dubois-Crancé, ministre de la Guerre, lequel proposait à Gohier et à Moulin d'arrêter lui-même Bonaparte. Vaine énergie : les deux directeurs, blousés par Talleyrand et Fouché, tenaient cette histoire de conspiration pour un fagot.

« Je suis bien aise de te voir, citoyen Mounier, dit fort gracieusement Napoléon, je te remercie d'être venu. Tu es un sage, un homme de bon conseil. Que penses-tu de la situation?

— Je pense comme Jourdan. Le pays te réclame, citoyen général; nul ne le saurait nier. C'est le vœu du peuple, et le peuple est souverain. Si tu demeures pénétré des principes de 89, pour lesquels tu proclamais ton admiration en 95, tu peux sauver la république, comme tu l'as déjà sauvée à Toulon et au 13-Vendémiaire, et assurer la prospérité de la France en fondant cette unité nationale que les luttes entre les partis ne nous ont pas permis de réaliser.

— A la bonne heure! s'exclama Napoléon. Tu m'as compris, citoyen. Je n'ai qu'un parti, je suis national. »

La fin de l'anarchie, l'ordre, l'union, la grandeur et la gloire de la république formaient son seul but, expliqua-t-il. Un moment, il discourut d'abondance, bredouillant parfois dans la vivacité de son débit; néanmoins ses idées étaient très claires, il possédait sur toute chose les vues les plus profondes, les plus sagaces, les plus *pratiques*. Claude en fut frappé, lui qui avait tant déploré le vague, la perpétuelle improvisation de Danton, le manque de réalisme chez Robespierre.

Par la porte du cabinet, demeurée ouverte, on apercevait Fouché qui venait d'entrer. Napoléon proposa d'aller le rejoindre. Le ministre saluait Gohier assis sur un sofa près de la citoyenne Bonaparte. Il la courtisait rondement. Elle l'y encourageait de toute sa grâce, voulant reconquérir son mari par son adresse à le servir. Le galant quinquagénaire, avec ses bajoues, son crâne à demi-chauve et, par-derrière, de longs cheveux gris tombant sur le collet de son manteau directorial, se rendait tout bonnement ridicule. « Quoi de neuf, citoyen ministre? demanda-t-il.

— De neuf, rien en vérité, rien. Toujours les mêmes bavardages, toujours la conspiration.

— La conspiration! » se récria Joséphine effrayée par l'audace de Fouché.

Parler de corde dans la maison d'un pendu! Le diable d'homme!

« Oui, affirma-t-il, la conspiration. Mais je sais à quoi m'en tenir. J'y vois clair, citoyen directeur. Je ne suis pas de ceux que l'on attrape. S'il y avait conspiration, depuis le temps qu'on en parle on en aurait vu la preuve sur la place de Grève ou dans la plaine de Grenelle. »

Comme Joséphine continuait de s'effrayer et protestait, Gohier, lui tapotant l'avant-bras, s'empressa de la rassurer : « Le ministre parle en homme qui sait son affaire; dire ces choses-là devant nous, c'est prouver qu'il n'y a pas lieu d'y recourir. Faites comme le gouvernement, citoyenne : ne vous inquiétez pas de ces bruits, dormez tranquille. »

« Tu t'es bien amusé, dit Claude à Fouché en partant avec lui dans l'équipage ministériel. Ne joues-tu pas un peu légèrement avec des choses graves?

— Bah! il n'y a aucun risque. Nous ne sommes plus à la veille du 9-Thermidor. Toutes les précautions sont prises, toutes les dispositions arrêtées. Le coup sera frappé après-demain. Les Anciens décideront le transfert des deux Comités à Saint-Cloud et nommeront Bonaparte au commandement de Paris.

— Et si les Cinq-Cents résistent, si la conjuration échouait? »

Dans la pénombre qu'éclairaient au passage, d'instant en instant, les réverbères, Fouché fixa sur son ami ses yeux incolores. « Eh bien, je coffrerais tout le monde, Bonaparte et Sieyès, Barras et Gohier, et je constituerais moi-même un gouvernement national. »

L'éventualité n'offrait rien de rassurant. Certes, l'ex-député de Nantes avait beaucoup grandi en dix-huit mois. Rien en lui ne rappelait plus l'obscur famélique de l'an V, loin de là; c'était une puissance, et il se révélait plein d'autorité, extrêmement habile dans ses menées. Mais ne s'illusionnait-il pas, quand même, sur son pouvoir? Claude attendit le 18 non sans inquiétude.

Il en fut de ce jour-là comme du 18-Fructidor, deux ans plus tôt. La garde nationale demeura sur pied, sans cartouches, dans ses centres de rassemblement. Cela semblait décidément le nouveau système : on immobilisait les bataillons pour les empêcher de courir çà ou là, et la ligne accomplissait tranquillement sa besogne. Cette fois, une froide bruine de novembre ajoutait son désagrément à l'ennui de rester consigné ici, n'apprenant pas grand-chose. Le Directoire, racontait-on, avait démissionné après une violente diatribe du général Bonaparte acclamé par les soldats. Il occupait les Tuileries. Les deux Conseils se réuniraient demain, à Saint-Cloud, pour nommer un autre gouvernement dont le général serait le chef. Tous les bons bourgeois du bataillon approuvaient fort. A la Bourse voisine, le «tiers consolidé», cotant 11 francs 37 le matin, montait à 12,88 et marquait une tendance croissante à la hausse. Depuis la veille, Naurissane en achetait à tour de bras, pour lui, pour Claude qui n'en savait rien, pour Murat, Cambacérès, Lucien et Joseph Bonaparte, Lebrun, membre influent des Anciens, et autres clients de la banque.

Pressé avant tout d'ôter son uniforme humide, Claude, sitôt libre, rentra chez lui. Lise revenait juste de chez Mme de Staël où Thérèse l'avait emmenée. L'inlassable ambassadrice, acquise avec tout son clan à Napoléon, se trouvait au carrefour des nouvelles. Claude les apprit en se changeant. Sieyès et Roger Ducos avaient dès le matin donné leur démission et rejoint Bonaparte. Après midi, Barras, malgré les exhortations de Mme Tallien, s'était résigné, moyennant cinq cent mille francs or, à signer la sienne que lui présentaient l'amiral Bruix et Talleyrand; celui-ci le menaçait, s'il ne décampait aussitôt, de rendre publiques ses tractations avec le Prétendant. Il y allait de la tête, ni plus ni moins. Aussi l'ex-directeur roulait-il à cette heure vers sa terre de Grosbois, dans la propre voiture de Talleyrand escortée par cent dragons. Le général Moreau gardait à vue, au Luxembourg, Moulin et Gohier qui refusaient de se démettre mais ne représentaient et ne pouvaient plus rien. Le peuple, rue de Tournon, avait crié contre le Directoire, puis s'était dispersé de lui-même. Un calme complet régnait en ville.

« Bonaparte, ajouta Lise, est retourné rue Chantereine. Tout paraît suspendu jusqu'à demain : ce qui semble inquiéter les familiers de Mme de Staël, en particulier son Benjamin. On craint des difficultés. Sieyès, dit-on, voulait faire arrêter les "Jacobins" des Cinq-Cents, mais Bonaparte n'a pas voulu. Talleyrand, son ami Montrond et le citoyen Constant le jugent bien peu décidé.

— Soupons, veux-tu? proposa Claude. Ensuite, j'irai voir Fouché. Personne, assurément, ne viendra ce soir, ni céans ni chez Louis. Tous les intéressés à la conjuration doivent déjà partir ou se préparer à partir pour Saint-Cloud, je gage. »

Quai Voltaire, dans le majestueux hôtel où logeait autrefois Mgr de Juigné, le ministre de la Police buvait fort paisiblement une infusion de verveine, avec sa laide mais douce et aimable Bonne-Jeanne, son secrétaire Thurot, son ami Gaillard, ci-devant professeur comme lui à l'Oratoire. Le petit Joseph-Liberté, tout aussi roux que ses parents, jouait sur le tapis.

« Thurot, dit Fouché, nous contait que Bonaparte parlait de fusiller ton cher Santerre.

— Oh! simple menace pour intimider les Jacobins, corrigea le secrétaire général. Santerre est un peu cousin de Moulin, et l'on a prétendu qu'il soulèverait le faubourg.

— Je ne savais pas Santerre à Paris, dit Claude.

— Si fait, mais il ne songe aucunement à soulever le peuple. D'ailleurs, nul ne le pourrait. Le peuple est las; il veut la tranquillité, du pain, du travail. Il les attend de Bonaparte : voilà sa force. J'espère qu'il saura s'en servir », ajouta Fouché.

Il entraîna son visiteur dans un cabinet sévèrement meublé d'acajou et de velours grenat. Là, marchant de long en large, il laissa paraître sa nervosité. « Tu voyais juste, une résistance se dessine. Cela n'a pas été mal aujourd'hui; j'ai moi-même donné à Bonaparte, par l'intermédiaire de Réal, le conseil de refuser toute arrestation. Mais les Anciens faiblissent. A cette heure, les affiliés discutent avec Lucien, Sieyès, Roger Ducos, Gaudin, Lebrun, dans la salle des inspecteurs, aux Tuileries, et ne s'accordent sur aucun plan. Des bavards, désordonnés, effrayés devant l'action. Heureusement, les Jacobins des Cinq-Cents, qui palabrent eux aussi, ne seront pas plus déterminés, je pense. N'importe, il faut s'attendre à de l'opposition demain. Ah! Talleyrand, Sieyès et les Bonaparte feront bien de réussir, sans quoi je n'hésiterai pas!... »

Il n'acheva point sa phrase. Elle en disait assez. Il était en vérité le maître de faire fusiller, au besoin, les conspirateurs maladroits. Cet homme étonnant, si humble encore dix-huit mois plus tôt, disposait aujourd'hui d'une puissance bien supérieure à celle qu'avait jamais eue son ennemi Robespierre. Le Directoire réduit à rien, les Conseils divisés, le ministre de la Police générale détenait un pouvoir sans contrôle; une fois Napoléon sorti de Paris, il aurait en outre sous la main la force armée, car les généraux ne manquaient pas — Moreau, Bernadotte quoiqu'il fût l'époux de Désirée Clary, Augereau — pour régler son compte à un rival impatiemment supporté, voire haï.

Pour avoir connu mainte situation non moins dramatique et l'angoisse des lendemains suspendus entre la vie et la mort, Claude concevait les sentiments de Fouché qui, le regard perdu au-dessus de la Seine noire, mesurait avec anxiété sa puissance, ses responsabilités et ses risques.

« Je te comprends, mon ami. J'ai passé par là. »

Fouché se retourna. « Justement, dit-il, ton expérience me serait précieuse. Iras-tu à Saint-Cloud?

— Non. Rien ne m'y appelle. De toute façon, je ne pourrais y aller : je suis garde national; mon bataillon sera sous les armes.

— Comment! toi, garde national! Toi qui as commandé à la France!

— Maintenant, j'obéis. *Unum et idem.*

— Réponse de Romain, mon cher Mounier. Mais tu me permettras de te soustraire, pour demain, à cette obéissance fort inutile. Je vais te signer un billet de réquisition, et je t'attendrai vers midi. Nous recevrons ici les nouvelles. Si cela te convient, je serai bien aise de t'avoir avec moi ainsi que Gaillard, pour me régler sur vos avis. »

« Et aussi, sans doute, pour me compromettre avec toi, rusé compagnon ! » pensa Claude. Il accepta néanmoins. Avait-il jamais reculé devant les risques?

Le 19 brumaire, tandis que Naurissane, comme tout le Paris financier et politique partait pour Saint-Cloud, il alla aux Petits-Pères donner à enregistrer son billet de réquisition. Dans la grisaille de novembre, la ville offrait son aspect le plus ordinaire. Rien ne laissait supposer qu'une révolution fût en cours. Sitôt après dîner, Claude se rendit au ministère. Gaillard était là, Thurot à Saint-Cloud d'où il expédiait d'heure en heure des messagers : les seuls à pouvoir désormais franchir l'enceinte, car Fouché avait ordonné la fermeture des barrières et faisait garder étroitement les murs. Les voyageurs pour Saint-Cloud ne se doutaient pas qu'ils ne rentreraient point dans la capitale sans le consentement du ministre de la Police. Et, excepté lui, personne à Paris ne saurait comment tournaient les choses là-bas.

Il ne s'y passait rien encore. Le château, où les tapissiers travaillaient depuis la veille, n'était pas prêt. Les députés, une foule de curieux dînaient dans les auberges voisines. Selon Thurot, on parlait très haut de coup d'État, de dictature militaire, de César, de Cromwell; une minorité des Anciens et la majorité des Cinq-Cents paraissaient très montées contre les directeurs démissionnaires et contre le général.

A deux heures après midi, Thurot signala que les Cinq-Cents étaient en séance. La situation se présentait fâcheusement : malgré les efforts de Lucien Bonaparte, président, le jacobin Delbrel venait d'obtenir que tous les députés eussent à renouveler leur serment de maintenir la Constitution. Les messagers suivants ne cessèrent d'apporter les nouvelles les plus désastreuses. De toute évidence, le général ne savait pas s'y prendre avec les assemblées délibérantes. Il avait réussi à irriter les Anciens par un discours vague et maladroit d'abord, ensuite incohérent. Puis il s'était fait huer, menacer, bousculer aux Cinq-Cents. Murat, avec quelques grenadiers, l'en avait tiré non sans peine, presque évanoui. « Ce Corse est un Jean-Foutre, dit Fouché. Tant pis pour lui ! » A cinq heures, la partie semblait définitivement perdue. Les Cinq-Cents en ébullition réclamaient la mise hors la loi du dictateur, du tyran. Par tous les moyens, Lucien s'opposait au vote, mais sa résistance ne pouvait durer. « Il est temps d'agir, décida Fouché. On se perdrait à plus attendre.

— Bah! bah! répondit Claude, rien ne te presse. Cela m'étonnerait beaucoup que les soldats laissent des civils mettre un militaire hors la loi. »

Soudain, arriva un nouveau billet de Thurot : « Tout est accompli. Lucien Bonaparte, sorti des Cinq-Cents, a entraîné la troupe contre eux. Ils sont dispersés. Les Anciens votent en ce moment la suspension des Conseils et la nomination du général Bonaparte, de Sieyès et de Roger Ducos, comme consuls provisoires. »

« Voilà, dit Claude, il ne te reste plus qu'à voler au secours de la victoire. Quant à moi, je vais souper. » Il ne tenait pas à en savoir davantage sur cette tragi-comédie, nécessaire sans doute mais attristante. Il partit. Fouché rédigea, avec Gaillard, une note qui serait lue dans les théâtres pour annoncer les événements de la façon la plus favorable aux vainqueurs.

Cette note débutait ainsi : « Le ministre de la Police générale prévient ses concitoyens que les Conseils étaient réunis à Saint-Cloud pour délibérer sur les intérêts de la République et de la liberté, lorsque le général Bonaparte, étant entré au Conseil des Cinq-Cents pour dénoncer les manœuvres révolutionnaires, a failli périr victime d'un assassinat. Le Génie de la République a sauvé ce général... »

Le lendemain, Fouché publiait dans le *Moniteur* la proclamation suivante : « Citoyens, la République était menacée d'une dissolution prochaine. Le Corps législatif vient de saisir la liberté sur le penchant du précipice pour la placer sur d'inébranlables bases. Les événements sont enfin préparés pour notre bonheur et pour celui de la postérité. Que tous les républicains soient calmes, puisque tous leurs vœux doivent être remplis; qu'ils résistent aux suggestions perfides de ceux qui ne cherchent dans les événements politiques que des moyens de troubles et dans les troubles que la perpétuité des mouvements et des vengeances. Que les faibles se rassurent, ils sont avec les forts; que chacun suive avec sécurité le cours de ses affaires et de ses habitudes domestiques. Ceux-là seuls ont à craindre et doivent s'arrêter qui donnent des inquiétudes, égarent les esprits et préparent le désordre. Toutes les mesures de répression sont prises et assurées : les instigateurs de troubles, les provocateurs à la royauté, tous ceux qui pourraient attenter à la sûreté publique et particulière seront saisis et livrés à la justice. »

L'astucieux Fouché restait ministre sous le nouveau régime. Dès la première réunion des consuls, ce 20 brumaire, Napoléon, quoique n'ignorant pas son double jeu, l'avait maintenu au quai Voltaire contre la volonté de Sieyès. Ainsi, Barras naufragé après Fréron et Tallien, de tous ceux que Robespierre appelait autrefois les *hommes perdus* seul le ci-devant député de Nantes demeurait, florissant et puissant.

Quant à Sieyès, il allait se voir effacé à son tour. Le 22 frimaire, lui et Roger Ducos étaient remplacés au consulat par Cambacérès et Lebrun. Comme dédommagement, Napoléon le fit nommer président du Sénat, et on lui attribua en récompense nationale la terre de Crosne estimée à 480 000 francs or. Ce qui valut à « la taupe » ce cruel quatrain d'un pamphlétaire :

Sieyès à Bonaparte a fait présent du trône,
Sous un pompeux débris croyant l'ensevelir.
Bonaparte à Sieyès a fait présent de Crosne
Pour le payer et l'avilir !

III

La dernière révolution de la Révolution était faite, — et aussi quelques fortunes, bâties sur la hausse du tiers consolidé qui cotait à présent 22,50. Talleyrand gagnait plusieurs millions. Pour sa part, Claude apprit avec étonnement qu'il réalisait un bénéfice de 862 000 francs, tout net.

« Mais, mon frère, dit-il, j'en suis très fâché. On ne spécule pas sur le sort de la France!

— Ah! Claude, éternel naïf! Je me doutais bien que vous protesteriez. Vous m'avez donné vos fonds à gérer, mon devoir est de les faire fructifier au mieux, spécialement dans l'intérêt d'Antoine et de Claire. Et je vais, à leur intention, transformer ce papier en immeubles ; ainsi sera-t-il à l'abri des fluctuations monétaires. »

Un mois plus tard, avec trois millions et demi de Français, Claude, Naurissane, Dubon, et même Bernard resté à son poste sur le Rhin, acceptaient la Constitution consulaire : celle de Sieyès retouchée, selon les desseins de Napoléon, par les « Commissions intermédiaires » des Anciens et des Cinq-Cents. Il y avait toujours trois consuls, élus pour dix ans et indéfiniment rééligibles ; mais seul le premier, Bonaparte, possédait le pouvoir. La proposition des lois lui appartenait, il les promulguait une fois votées, il nommait et destituait les ministres, responsables devant lui seul, les fonctionnaires, les officiers des armées et des flottes. Le second consul, Cambacérès, et le troisième, Lebrun, lui servaient simplement d'assesseurs.

La Constitution garantissait l'unité, l'indivisibilité de la République, la liberté, l'égalité des citoyens. Elle supprimait le cens, la distinction entre citoyens actifs et citoyens passifs, car les articles 5 et 6 du titre I spécifiaient que, sauf les domestiques, les faillis et les condamnés à des peines afflictives infamantes, tous les Français ayant dépassé l'âge de vingt et un ans exerçaient le droit électoral. Seulement ce droit se bornait en pratique à nommer parmi eux, dans leurs arrondissements communaux, les individus qu'ils « jugent les plus propres à gérer les affaires publiques ». L'ensemble des « listes de notabilités » dressées ainsi par les divers arrondissements formait une « liste nationale », périodiquement révisée par les électeurs, et nul ne pouvait être appelé à une fonction ou recevoir un mandat, s'il ne figurait sur cette liste.

Les trois assemblées prévues par Sieyès demeuraient : Tribunat « exprimant son vœu sur les lois faites ou à faire, sur les abus à corriger, sur les améliorations à entreprendre dans toutes les parties de l'administration » ; Corps législatif votant ou rejetant les lois ; « jurie constitutionnaire » à laquelle Daunou avait substitué le nom plus simple de Sénat conservateur, chargé de veiller à la constitutionnalité desdites lois. S'il les estimait inconstitutionnelles, il s'opposait à leur promulgation. On avait ajouté un quatrième corps, tout technique : le Conseil d'État, qui élaborait les projets de loi et les soutenait dans les débats avec les représentants du Tribunat, devant le Corps législatif.

Les membres de ces quatre corps étaient désignés, d'après la « liste nationale », ceux du Conseil d'État par le Premier consul, ceux du Corps législatif et du Tribunat par le Sénat, ceux du Sénat par lui-même. L'article 8 titre 11, précisait, en effet : « La nomination à une place de sénateur se fait par le Sénat qui choisit entre trois candidats présentés, l'un par le Corps législatif, l'autre par le Tribunat, le troisième par le Premier consul. » Les sénateurs — quatre-vingts personnages de quarante ans au moins — étaient « inamovibles et à vie ». Le Tribunat — cent membres de vingt-cinq ans au moins — et le Corps législatif — trois cents de trente ans au moins — se renouvelaient par cinquième chaque année.

Tout cet édifice donnait apparemment des assurances, néanmoins il ne fallait pas se leurrer : on jouait le destin de la nation sur le caractère d'un homme. Ni Claude ni Dubon n'oubliaient l'*Appel* de Clootz et sa phrase : « France, tu seras heureuse lorsque tu seras guérie enfin des individus »; mais une personnalité forte, voire impérieuse, était seule capable d'en imposer aux partis, d'établir l'ordre et cette unité que l'on proclamait depuis 93 sans parvenir à la réaliser, bien loin de là! Et comment se « guérir des individus » dans des régimes où c'est la popularité qui confère le pouvoir?...

Jusqu'en 1804, Claude ne regretta pas d'avoir accepté Bonaparte. Certes, en 1802, le Concordat, restaurant « la superstition », ne l'enchanta guère, cependant il concevait bien qu'il n'y aurait pas d'unité nationale tant que la question religieuse diviserait les Français. En rétablissant le catholicisme, Napoléon accomplissait le vœu d'une immense majorité, devant lequel un républicain doit s'incliner toujours. Mais aussi, politique profond, il brisait là le ressort principal du royalisme. Au reste, que ne s'était-il pas accompli sous son gouvernement, en un si bref espace! La faim disparue, les finances assainies, l'organisation administrative solidement fondée dans tout le pays, la Vendée pacifiée, l'Autriche écrasée à Montebello par Lannes, à Marengo par le Premier consul en personne après l'étonnant passage du Grand-Saint-Bernard, à Hohenlinden par Moreau, la paix signée à Lunéville avec le cabinet de Vienne, à Amiens avec l'Angleterre, le commerce, l'industrie renaissant, le bonheur promis par Fouché au lendemain du 19-Brumaire semblait décidément acquis. Bonaparte dispensait l'ordre, la gloire, la prospérité. Échappé par miracle à l'attentat de la rue Saint-Nicaise (heureusement que Claude et Lise n'y habitaient plus! l'explosion de la machine infernale avait éventré leur ancien logement), il était l'idole de la France. Et quand le Sénat conservateur proposa de le nommer consul à vie en remerciement de tant de bienfaits, comment n'eût-on pas approuvé cette mesure?

Peu après, Claude et sa femme, invités avec les Naurissane, soupèrent à la table du Premier consul. Plusieurs fois, au cours des deux années suivantes, ils retournèrent encore aux Tuileries, car Napoléon aimait attirer à lui les hommes célèbres et Claude était dès lors, à quarante-trois ans, l'un des trois grands maîtres du barreau reconstitué. Sa science judiciaire, son éloquence lui procuraient infiniment plus d'illustration que ne lui en avait valu son rôle politique. Le consul se plaisait à le faire parler là-dessus, sur les angoissantes journées de Germinal où Danton secouait des éclats de sa voix le Tribunal révolutionnaire, sur les nuits dramatiques du 9-Thermidor. « Robespierre, déclara une fois Bonaparte, a été le bouc émissaire de la Révolution. A Nice, j'ai vu de longues lettres de lui à son frère, blâmant les horreurs des commissaires conventionnels qui perdaient, disait-il, la Révolution par leur tyrannie et leurs atrocités. Il voulait arrêter cela.

— Assurément, acquiesça Claude, il voulait en finir avec Billaud-Varenne, Collot d'Herbois, Vadier, Amar et les énergumènes de la Haute-Montagne, passer du gouvernement révolutionnaire au régime constitutionnel. Il a succombé dans cette suprême lutte à cause de sa candeur, car il était candide, au fond, et à cause d'une trop grande confiance en soi. Le 8 thermidor, il a cru désarmer par un discours les conventionnels dont il menaçait la vie. Ils ont répondu, le 9, en le mettant hors la loi. N'est-il pas vrai, citoyen second consul?

— Oui, dit Cambacérès hochant sa tête majestueuse. Cela a été un procès jugé, mais non plaidé. Robespierre avait plus de suite et de conception qu'on le pense. Après avoir renversé les factions effrénées qu'il eut à combattre, son intention était le retour à l'ordre.

— Voilà pourquoi, ajouta Claude, la Plaine l'a si longtemps

soutenu. La légende d'une Convention terrorisée par Robespierre vient de Fréron, de Tallien, de Barras, de Léonard Bourdon, du « tas d'hommes perdus » qu'il terrifiait en effet. Mais ne vous y trompez pas, citoyen premier consul, Robespierre n'entendait pas, au contraire de Danton, « arrêter la Révolution »; il entendait la conduire à ses fins : la liberté, l'égalité, la justice.

— Bah! fit Napoléon, un idéologue, comme tous vos jacobins!

— En effet, un idéologue sans la moindre contrepartie de sens pratique, et avec une intolérance qui l'entraînait à établir sur les âmes le plus insupportable despotisme. Aussi ai-je dû me ranger du côté de ses ennemis, pour le sacrifier. »

Ce n'était pas sans intention que Claude parlait à Bonaparte de despotisme. Car ici, dans ce même pavillon de Flore où le Comité de l'an II avait si rudement fondé et sauvé la république, on respirait à présent de singuliers relents de monarchie, une atmosphère de monarchie ressuscitante; on voyait Napoléon glisser insensiblement du chef d'État au prince, les convenances tourner à l'étiquette, et une cour se reconstituer peu à peu.

Au milieu de germinal an XII, c'est-à-dire dans les premiers jours de mai 1804, Claude, sous un prétexte poli, refusa une nouvelle invitation. Ce ne fut point parce que le Premier consul avait fait arrêter, avec le chouan Cadoudal, Moreau et Pichegru qui s'étrangla dans sa prison, fusiller le duc d'Enghien; menacé de mort, Bonaparte frappait légitimement des conspirateurs et une famille par essence hostile à la république. Ce fut parce que, dans le même temps, il la trahissait lui aussi. Des demi-mots de Cambacérès, des confidences de Fouché, des révélations de Sieyès confirmaient à Claude la rumeur confuse et générale selon laquelle Napoléon allait relever pour lui le trône. Il se préparait, ni plus ni moins, à renouer la tradition carolingienne en se faisant proclamer empereur. L'ambitieux sans mesure qui rêvait la gloire d'Alexandre avait donc persisté dans le consul si sage! N'ayant pu ressaisir l'empire des Comnènes, il voulait ressusciter celui de Charlemagne. L'insensé! Sa popularité ne laissait aucun espoir de le combattre. Il fallait le laisser se perdre de lui-même. Mais ne perdrait-il pas la France avec lui?

« Allons donc! répliqua Naurissane à cette réflexion, Napoléon est invincible et il possède un génie universel.

— Eh bien, mon frère, je ne lui donne pas dix ans, à votre génie universel, pour succomber sous ses extravagances. Et, croyez-moi, nous n'avons encore vu que les roses, comme disait Danton. Tout ce que l'on pouvait craindre, au 18-Brumaire, en confiant le destin de la nation à un homme, est assuré désormais. Voulez-vous tenir là-dessus un pari?

— Volontiers », répondit en riant le bon Louis.

Hélas, il n'en devait point connaître le résultat, car il mourut cinq ans plus tard, en 1809, presque ruiné par des spéculations hasardeuses. Son hôtel fut mis en vente. Claude l'acquit. Thérèse y demeura près du ménage, entourée de consolantes affections, idolâtrant son neveu et sa nièce.

Entre-temps avait disparu aussi Guillaume Dulimbert. Compère lunettes était mort très discrètement à Paris, au printemps de l'an XI, refusant les secours de la religion qu'il haïssait toujours, mais laissant pour son frère un testament par lequel il révélait la cachette du crâne de saint Martial dans le mur de leur maison, rue des Combes. Extraordinaire en tout, il avait repoussé jusqu'après sa mort cette révélation qui lui aurait valu les honneurs et la reconnaissance de l'Église; et à celle-ci, qu'il détestait, il n'avait pas voulu soustraire une relique, objet, pour lui, de la plus grossière superstition. « Allez donc comprendre les hommes! » écrivait M. Mounier en annonçant à ses enfants cette saisissante nouvelle.

Pendant les neuf ans, dix mois et vingt jours que dura l'Empire, Claude ne revit jamais Napoléon, ni de près ni de loin. Célèbre dans sa profession, plus qu'à l'aise, il se partageait entre le travail, les joies du foyer et d'agréables commerces, pour la plupart dans la société dite d'opposition (opposition toute platonique; impossible de rien tenter contre l'Empereur gagnant sans cesse en gloire et en puissance). Il avait cessé de fréquenter Cambacérès depuis qu'il fallait donner de l'altesse à Monseigneur l'Archichancelier, mais il visitait et recevait le comte Berlier, le comte Sieyès, entièrement désabusé, et plus souvent encore Fouché, fort peu attaché à son titre de duc d'Otrante dans l'intimité où il continuait l'amical tutoiement. L'ex-évêque Gay-Vernon qui, après divers avatars sous le Directoire, était rentré dans la vie privée pour fonder, sous le Consulat, une maison d'éducation rue de Sèvres, restait lui aussi fidèle à leurs longues années « d'honorable complicité », disait-il.

L'été, toute la famille courait la poste pour aller en Limousin. A Limoges, la manufacture de M. Mounier, devenue impériale, connaissait une inimaginable prospérité. Deux nouveaux fours ronflaient. L'ex-terroriste Préat dirigeait onze peintres sur porcelaine et formait des apprentis. M. Mounier occupait en tout soixante-quatre personnes, au lieu des seize qui suffisaient aux besoins de la manufacture royale. A Thias, Lise et Thérèse retrouvaient leur père, M. Dupré, toujours solide en dépit de ses rhumatismes, toujours autoritaire aussi, mais non moins attendri que sa femme par leurs magnifiques petits-enfants. Comme autrefois, on allait au « château », chez M. de Reilhac, président de la Cour impériale. Antoine pêchait dans l'étang au bord duquel sa mère et « oncle Bernard », dans leur jeunesse...

Thérèse devinait juste, alors, en prédisant à l'amoureux de Lise qu'il serait maréchal, un jour. Bernard avait effectivement reçu le bâton, en même temps que Jourdan, que Brune. Mais pour s'être permis d'écrire, dans le texte d'un armistice avec le roi de Suède, ces mots impardonnables : *l'armée française*, et non : l'*armée de Sa Majesté Empereur et Roi*, il se trouvait depuis 1807 privé de commandement, au grand bonheur de Claudine qui espérait bien désormais garder son mari auprès d'elle. Ils avaient eux aussi deux enfants : une fille aînée, un garçon plus jeune. Bien entendu, M. Delmay et Marcellin, toujours monarchistes quel que fût le monarque, étaient depuis longtemps réconciliés avec Bernard. M. Delmay s'enorgueillissait sans mesure d'avoir donné à la France un maréchal. Parlant de lui, il ne manquait pas de dire, comme le voulait l'étiquette : « *Son Excellence, Monseigneur le Maréchal*, mon fils ». Celui-ci prenait on ne peut mieux sa disgrâce; il se serait très bien passé de refaire jamais la guerre, qu'il détestait comme en 92. On s'y résignait pour défendre les frontières, voire pour donner à la République ses limites naturelles. Maintenant, pour avoir voulu s'étendre bien au-delà, on devait conquérir le monde afin d'assurer cet empire!

En 1809, lorsque Napoléon, contraint de courir encore une fois vers le Danube afin d'y briser la cinquième coalition, dut abandonner à son frère aîné — souverain absurdement imposé à l'Espagne — le commandement de ses armées dans la Péninsule, Bernard apprit que l'on songeait à lui pour diriger ces armées, sous le titre de chef d'état-major du roi Joseph. Sans balancer, il écrivit au ministre de la Guerre qu'il ne fallait pas compter sur lui : en aucune manière, il ne combattrait les Espagnols luttant pour leur indépendance comme les Français avaient lutté pour la leur; il s'en expliquerait avec l'Empereur lui-même, si Sa Majesté le souhaitait. Il ne reçut aucune réponse. On ne pouvait rayer des cadres un maréchal, ni le traîner devant une Haute Cour sous le chef d'insubordination. On s'en tint à l'ignorer. Jourdan fut envoyé à sa place.

« Je crains, dit Claude en apprenant ces nouvelles, que ton refus ne soit pas heureux, mon cher Bernard. Oui, la guerre d'Espagne est en soi odieuse, et de plus une lourde faute, car elle ouvre aux Anglais un second champ de bataille sur le continent. Mais, la faute commise, c'en serait une encore plus grave à l'égard de la France que de ne pas gagner cette guerre. Je n'en crois pas Jourdan capable. Il ne saura ni concevoir de vastes mouvements ni imposer ses vues et son autorité aux autres maréchaux placés sous ses ordres. A l'inconsistant Joseph, on adjoint un soldat très brave, résolu dans l'action, mais dénué de ténacité, hésitant à se conduire, et que déjà le Comité de Salut public était contraint d'éperonner. J'augure mal de tout cela. »

Pourtant, la coalition austro-anglaise défaite à Wagram, la paix imposée une fois encore au cabinet de Vienne, tout assurait, apparemment la fortune de l'Empereur. Joséphine ne lui donnant pas d'enfant, il avait divorcé et, peu après, épousé une princesse autrichienne. Sa puissance confondait l'imagination : il régnait sur des millions de sujets, son empire comptait cent trente départements, ses forces militaires un million d'hommes. Mais les Anglais remportaient des succès en Espagne, le blocus des marchandises britanniques ruinait l'Europe, l'arrestation du pape — interné parce qu'il refusait d'appliquer ce blocus dans ses États — révoltait les catholiques; partout le sentiment national se réveillait contre la domination française. En France même, on était las des guerres toujours renaissantes, des impôts toujours croissants, du despotisme impérial. Favorisée par la coterie de Talleyrand démissionné des Relations extérieures, l'opposition, de platonique devenait sourdement active.

Fouché, dans l'intimité, ne dissimulait pas ses préoccupations. Après avoir facilité à Napoléon le divorce en y préparant l'opinion, il s'était déclaré adversaire du mariage autrichien. En quoi Claude l'approuvait. Une petite-nièce de Marie-Antoinette ne pouvait, sur le trône, que réveiller un dangereux antagonisme entre les anciens révolutionnaires et les anciens émigrés peuplant désormais le palais impérial, les administrations, les salons. Cette union ne fournissait, du reste, aucune garantie : la cour d'Autriche, si les nécessités de sa politique l'exigeaient, sacrifierait Marie-Louise comme elle avait sacrifié Marie-Antoinette. Le duc d'Otrante avait voulu donner à la France pour impératrice une sœur du tsar. Ayant échoué, il redoutait de voir Alexandre, qui s'était tenu dans une stricte neutralité depuis son entrevue avec Napoléon à Erfurt, en 1808, s'inquiéter d'une alliance éventuellement redoutable pour lui, et se rapprocher des Anglais.

Afin de prendre les devants, le remuant ministre de la Police, outrepassant avec allégresse ses attributions, n'avait pas hésité à nouer une négociation clandestine auprès du cabinet de Saint-James. Le 27 avril 1810 (le calendrier révolutionnaire n'existait plus depuis janvier 1806), il confia très secrètement à Claude que lord Wellesley répondait à ses ouvertures ; il serait disposé à régler l'affaire espagnole moyennant une participation de la France dans la guerre imminente entre l'Angleterre et l'Amérique.

Le duc d'Otrante ne se doutait pas que, ce même 27 avril, à Anvers où Napoléon se trouvait avec Marie-Louise, l'empereur éventait l'intrigue. Un simple propos du banquier Ouvrard à Louis Bonaparte, roi de Hollande, rapporté par celui-ci à son frère, lui découvrit tout le fil. Le 3 juin, Fouché était renvoyé du ministère, et peu après exilé.

Les défauts ne lui manquaient pas, néanmoins il avait exercé, au sein du gouvernement consulaire puis impérial, une action salutaire en contraignant par ses machinations l'autocratisme de Napoléon. Délivré de ce mentor sournois, l'empereur uniquement entouré de ses créatures, de flatteurs, voire d'hypocrites conseillers résolus à le pousser au pire, enivré enfin par la naissance du roi de Rome, acheva de perdre cet équilibre des facultés imaginatives et des facultés pratiques, en quoi avait tenu son jeune génie. Les craintes de Fouché se réalisèrent. Alexandre Ier, irrité par les ambitions napoléoniennes, se rapprocha de l'Angleterre, rouvrit ses États au commerce anglais, adressa un ultimatum à la France. Et, tandis qu'au-delà des Pyrénées la plaie espagnole développait sa gangrène, pourrissant les maréchaux, dévorant les troupes brigade après brigade, l'empereur, en plein délire d'orgueil, avec 450 000 hommes dont 230 000 étrangers détestant leur joug, s'enfonça au printemps de 1812 dans l'immense Russie pour aller planter ses aigles au cœur de l'empire des tsars.

« C'est le commencement de la fin », avait dit Talleyrand. Claude, Dubon, Bernard pensaient de même. Mais Claude et Lise, Thérèse aussi, craignaient que cette fin ne tardât trop, car Antoine, ses études terminées au lycée, déjà marqué par la sorte d'éducation qu'y recevaient les adolescents, et tout imprégné des fastes militaires, ébloui de défilés, de revues, d'uniformes, de drapeaux, voulait devenir officier. Malgré les enseignements de son père dont tous les soins tendaient à contrebalancer cette éducation, malgré les avis d' « oncle Bernard » lui dépeignant la misérable vie du soldat, la cruauté et l'absurdité de la guerre, Antoine s'était obstiné. Entré au Prytanée, il en sortirait en mai 1813 avec le grade de sous-lieutenant. Lise et Claude tremblaient à l'idée que cette chair de leur chair, ce magnifique garçon, grand, blond, aux yeux bleu foncé comme ceux de son père, et si affectueux, encore si enfant pour eux en dépit de ses dix-huit ans, pourrait être couché par une balle ou mutilé affreusement par un boulet. L'inquiétude maternelle ramenait Lise à la religion de ses jeunes années. Elle allait à l'église, brûlait des cierges, priait pour que Napoléon tombât, que cet affreux système de guerres perpétuelles finît avant le printemps prochain.

Mais la chute de « l'Ogre », si elle semblait fatale désormais, ne paraissait pas prochaine. Les bulletins de la Grande Armée jalonnaient sa marche rapide et une fois de plus triomphante. Le 24 juin, il avait franchi le Niémen avec ses différents corps. Le 28 juillet, il était à Witebsk. Le 14 août, il passait victorieusement le Dniéper, et le 16 il infligeait aux Russes une défaite devant Smolensk. Au début de septembre, il les battait plus rudement encore sur la Moskowa, leur mettant hors de combat 60 000 hommes. Enfin, le 14 il entrait à Moscou.

On venait à peine de connaître, par le *Moniteur*, cette nouvelle qui, du moins, présageait la paix, lorsque, le 23 octobre au matin, par un temps affreux, le bruit le plus inconcevable se répandit : l'empereur était mort, le Sénat constituait un gouvernement provisoire et avait fait arrêter le préfet Pasquier et le ministre de la Police, Savary. Le préfet de la Seine, Frochot, installait à l'Hôtel de ville le nouveau gouvernement. Claude, en robe de chambre, déjeunait quand un de ses secrétaires arriva, essoufflé, apportant cette stupéfiante information. « C'est sûrement vrai, ajouta-t-il. J'ai vu moi-même les soldats tirer d'un fiacre le duc de Rovigo et le pousser dans la Force.

— Incroyable ! s'exclama Claude. L'empereur mort, bon, cela se peut. Restent les grands dignitaires, l'impératrice, le roi de Rome. Où le Sénat prendrait-il le droit de constituer un gouvernement ? »

Il avisa Lise et se disposait à courir chez Sieyès, mais comme il achevait de s'habiller, Bernard, en redingote brune, entra, à cheval, dans la cour. Claude descendit au devant de lui. « Tu as des nouvelles ? Que se passe-t-il ?

— Pas grand-chose, répondit Bernard. Un certain général Malet a tenté à lui seul, ou presque, de jeter bas le régime en prétendant Napoléon assassiné à Moscou et en produisant un sénatus-consulte fabriqué. Bien entendu, cela ne pouvait aller loin. Présentement, ledit Malet est ficelé sur une chaise à l'état-major de la place. Il avait réussi, paraît-il, à mettre sous les verrous Rovigo et le baron Pasquier, ce qui est assez joli.

— Incroyable ! répéta Claude. Il a suffi d'annoncer la mort de l'empereur pour qu'on trouve tout naturel un changement de régime. Nul, sur le moment, n'a pensé à la régence, à l'hérédité du trône. Quel camouflet !

— Cela t'étonne ?

— Non. Napoléon n'a rien fondé, je le sais. Je ne lui donnais pas dix ans de règne. Tout de même, j'aurais cru ses serviteurs plus enracinés.

— Eh bien, tu vois ! Je vais te dire le mot de l'histoire. Je le tiens d'un homme auquel, traversant par hasard la place Vendôme et remarquant une certaine effervescence devant l'état-major, j'en demandai la raison. Il me répondit : "Ce n'est rien du tout ; l'Empereur est mort et v'la qu'on rétablit la République." Du coup, je suis entré. Le brave homme se montrait un peu trop optimiste. Il faut attendre les revers inévitables, dans lesquels s'écrouleront Napoléon et l'Empire ; alors la République se rétablira d'elle-même. »

Or, Paris et la France allaient bientôt l'apprendre, Napoléon était non seulement vaincu mais en pleine déroute. Depuis vingt et un jours, on demeurait sans nouvelles de la Grande Armée. Soudain le terrible 29e bulletin, daté du 3 décembre, vint révéler, à qui savait lire entre les lignes, qu'elle n'existait plus. Il célébrait les prodiges accomplis au passage de la Bérézina, et laissait aisément concevoir que cet héroïsme payait toute une suite de désastres.

Claude aurait dû se réjouir : la fin s'avançait. Au contraire, il fut atterré. D'abord, on ne pouvait pas ne point penser aux milliers de victimes, aux horreurs de cette retraite qui devait être en réalité une effroyable débandade dans la neige et le froid mortel. Et puis l'espoir d'une prompte paix disparaissait. Après une telle défaite, toutes les nations capables de combattre allaient nécessairement s'unir à la Russie victorieuse, à l'Angleterre progressant dans la Péninsule, pour achever le conquérant blessé. Il se défendrait jusqu'au dernier sursaut, et il risquait, comme les gens sensés le redoutaient depuis 1804, d'abîmer la France avec lui. En souhaitant des revers à l'empereur, Bernard n'envisageait pas ce danger. Napoléon n'était pas homme à céder devant des revers. Pour le détrôner, il fallait de grands désastres. Jusqu'où s'étendraient-ils?...

La fin de décembre et les premiers mois de 1813 furent sombres. Une sixième coalition se nouait, effectivement. La Prusse avait pris les armes, et le tsar juré de ne point déposer les siennes avant que l'Allemagne entière ne fût libre. La Suède, dont Bernadotte, devenu prince royal, commandait les troupes, se joignit aux alliés. N'osant rompre avec son gendre, l'empereur d'Autriche s'en tint à une neutralité sur laquelle on ne devait pas compter longtemps au cas de mauvaise fortune. En Espagne, lord Wellington avait enlevé Ciudad-Rodrigo, Badajoz, gagné à Salamanque une bataille décisive, forcé les armées du roi Joseph à évacuer l'Andalousie.

Cependant, Napoléon, revenu après avoir abandonné les débris de son armée, chassait à Marly, à Versailles, à Fontainebleau. Il passait des revues sur le Carrousel, visitait au Louvre le Salon annuel de peinture, rudoyait le Sénat, le Conseil d'État enclin à l'*idéologie :* « cette ténébreuse métaphysique à laquelle il faut attribuer tous les malheurs de la France ». Mais la lecture du *Moniteur* prouvait aussi que l'homme de guerre s'employait très activement à reconstituer ses forces offensives. Il disposait déjà des conscrits de 1813, appelés par avance en 1812 : 140 000 jeunes gens, habillés, armés et comptant plusieurs mois d'instruction militaire. Ils filèrent de leurs dépôts tout droit en Allemagne pour rejoindre les corps réchappés de la débâcle. La garde nationale active formait cent cohortes, soit 100 000 hommes de vingt-deux à vingt-sept ans, destinés au service dans l'intérieur. Un sénatus-consulte les mit purement et simplement à la disposition du ministre de la Guerre. Un second ordonna la levée anticipée des conscrits de 1814, pour succéder à ceux de 1813 dans les dépôts.

Docile jusqu'à la servilité, le Sénat soumettait la nation à toutes les volontés de l'empereur. Seulement, le peuple commençait d'y regimber avec colère. Napoléon s'étant imaginé de visiter le faubourg Saint-Antoine, fut accueilli par des plaintes, des récriminations, des injures. Un jeune artisan l'insulta, et comme la police voulait arrêter ce garçon les faubouriens la chargèrent. Partout on entendait des protestations contre les incessantes levées, les guerres qui n'en finissaient pas, la politique de conquêtes. Les ouvriers, les femmes de la Halle prenaient fait et cause pour les conscrits qui avaient maille à partir avec la police. En province, dans l'Ouest, le Midi, le Centre, les réfractaires à la conscription se rassemblaient en bandes; cachés dans les bois, protégés, nourris par les paysans, ils défiaient la gendarmerie.

Il n'existait pourtant aucune véritable résistance, car nul ne se fût risqué à l'organiser. Fouché, peut-être, en eût été capable; mais il se trouvait loin, sur l'Adriatique, gouvernant les Provinces illyriennes. Savary tenait à l'œil les anciens conventionnels hostiles au régime, Claude ne l'ignorait pas. Il savait très bien que sa correspondance passait par le Cabinet noir. En outre, la féroce répression de la conspiration Malet, qui avait valu le peloton d'exécution non seulement à l'unique coupable mais aussi aux généraux Lahorie, Guidal, et à neuf autres malheureux totalement innocents, décourageait de braver le système impérial trop puissant encore. Napoléon croyait l'assurer en instituant, officiellement cette fois, la régence avant de partir pour l'Allemagne. Comme le disait Gay-Vernon : « Régence ou pas, tout dépendra des chances de la guerre. »

Ces horribles chances serraient le cœur de Claude : dans un mois au plus, son fils les courrait. Antoine s'y préparait avec enthousiasme, avec impatience, calinait sa mère, sa tante, et se moquait de leurs craintes. « Je serai maréchal, moi aussi », affirmait-il. « Je ne te le souhaite pas, mon garçon », lui répondit une fois Bernard. Il était très soucieux. Devait-il demander un commandement? Mais n'aiderait-il pas ainsi Bonaparte à se raffermir sur le trône, à retremper son despotisme? Si les coalisés, victorieux, bornaient leur entreprise à libérer l'Allemagne selon le serment d'Alexandre Ier, l'Espagne, l'Italie, en respectant les frontières depuis longtemps reconnues à la république, et en exigeant la déposition du Corse afin d'assurer la paix, la nation se débarrasserait aussitôt de lui. Dans ces conditions, combattre sous ses aigles c'était desservir la France. Mais si, forts de leurs succès, les Alliés prétendaient la faire rentrer dans ses anciennes limites, ne serait-il pas trop tard alors pour la défendre?

Le 12 mars, les Hambourgeois se libéraient eux-mêmes des vestiges de la domination impériale. Le 31, les Russes entraient à Leipzig. Le 15 avril, Napoléon quitta Paris pour aller se mettre à la tête de ses troupes. Bernard avait résolu d'attendre encore un peu et de voir. Le 6 mai, la batterie triomphale des Invalides tonnait, annonçant une victoire à Lutzen sur les Prussiens commandés par Blücher. Vingt et un jours plus tard, ce fut une autre à Bautzen, sur les Russes. La veille, le sous-lieutenant de dragons Antoine Mounier-Dupré, âgé de dix-neuf ans et demi, était parti pour rejoindre son escadron en remonte à Coblentz. Le 29 mai, Davout ressaisissait Hambourg, et au début de juin on apprit que les coalisés avaient proposé un armistice, signé le 4 à Pleiswitz.

« Le diable d'homme! dit Jean Dubon. S'il sait se réduire au raisonnable, il est capable d'imposer la paix, de régner vingt ans encore et d'établir sa dynastie!

— J'en doute, répliqua Claude. La période raisonnable de Bonaparte ne reviendra pas. Au reste, elle était toute d'apparence. »

Un congrès s'ouvrit à Prague avec la médiation autrichienne. Le bruit courait, à Paris, que les Alliés posaient pour conditions à la paix, outre l'abandon de la Hollande et des villes hanséatiques, la restitution de tous les territoires dont l'empereur s'était emparé depuis 1805. Bernard estimait cela parfaitement acceptable. Claude aussi. « Car, remarquait-il, nous conserverions le Rhin, les départements belges, la Savoie, le comté de Nice, le Piémont, et jamais le Comité de Salut public n'a souhaité davantage. Je rendrais même le Piémont, extérieur à nos frontières naturelles.

— Bonaparte ne lâchera rien, sois-en sûr, répondit Bernard. S'il était assez avisé pour y consentir après ces deux victoires qui lui rendent son prestige, ses conseillers sauraient bien l'en détourner. Clarke notamment. Je considère le ministre de la Guerre comme un de ces royalistes secrets si habiles à pousser Napoléon au pire, dans l'espoir de ramener les Bourbons.

— Les Bourbons! Tu veux rire! Depuis des années, personne n'y pense plus.

— Non, je ne veux pas rire. Certes, les Bourbons n'ont aucune chance de rentrer chez nous; mais que l'on recommence de penser à eux, ça tu peux le tenir pour certain. Et pas seulement parmi les anciens émigrés. On en parlait, hier soir, dans le salon de la toute jacobine Miss Williams. Carnot, Grégoire étaient là. Comme moi, l'ex-évêque jugeait impossible ce retour; mais si le Prétendant acceptait une constitution, Carnot s'en accommoderait, disait-il, plutôt que de retomber dans l'anarchie des Assemblées ou dans l'impuissance d'un exécutif à plusieurs têtes. »

Cette conversation laissa Claude rêveur. L'avenir paraissait décidément très incertain. A Prague, les négociations — dont on ne savait rien — traînaient : l'armistice, prévu pour un mois, fut prolongé jusqu'au 10 août. Antoine, dans ses lettres longues à parvenir, se plaignait de mener en cantonnement la vie la plus banale. « La gloire militaire, écrivait-il, risque fort de se borner, pour mes camarades et moi, à faire danser les demoiselles allemandes; et même la lutte reprendrait-elle, nous n'aurions guère occasion de nous distinguer, car la cavalerie est presque inexistante. Cette pénurie a empêché l'Empereur, dit-on, d'écraser complètement les ennemis à Lutzen et à Bautzen. »

De telles assurances réconfortaient Lise et Thérèse, mais Claude ne s'abusait pas sur ces négociations prolongées. Les Alliés n'avaient plus aucun motif de se montrer conciliants, la bêtise du roi Joseph, malgré les avis de Jourdan, ayant permis à Wellington de marquer un énorme avantage, à Vittoria. La retraite obligée du maréchal Suchet sur l'Ebre mettait l'armée britannique, désormais maîtresse en Espagne, à quelques lieues de la frontière française. Napoléon pouvait être pris bientôt entre deux feux.

Le 10 août l'armistice expira. Le 12, l'empereur d'Autriche déclara la guerre à la France, renforçant de 200 000 hommes la coalition. Dix-sept jours plus tard, la batterie des Invalides grondait. Les journaux annoncèrent une grande victoire remportée à Dresde : 30 000 ennemis tués ou blessés, 12 000 capturés, 200 pièces de canons et 1 000 fourgons saisis. Le traître Moreau était mort, frappé par un boulet près du tsar Alexandre. Une lettre d'Antoine, écrite le lendemain de la bataille, confirma ces nouvelles. Il flambait d'enthousiasme. Son régiment, chargeant sous les ordres du roi Murat, avait obligé toute la division de Metzko, avec son général, à se rendre.

La situation ne devait pourtant pas être très brillante, car le 9 octobre, à la demande de Cambacérès, parlant pour l'impératrice, le Sénat votait l'appel anticipé des conscrits de 1815. Cela signifiait que ceux de 1814 avaient déjà quitté les dépôts. On les remplaçait par des garçons de dix-huit ans !

Il ne fallait pas chercher la moindre information dans les journaux, tous soumis aux consignes de la censure. Ils publiaient des bulletins, vagues et espacés, parlant de vastes manœuvres en Saxe et en Lusace. Même au Conseil d'État, au Sénat, on ne savait rien. Puis, brusquement, le 25, Claude apprit de Sieyès que les pires catastrophes s'étaient produites. L'empereur venait d'écrire aux sénateurs pour leur en faire part, réclamer non plus 140 000 hommes mais 280 000 et de nouvelles ressources. Comme d'habitude, il présentait les choses à sa façon, sans pouvoir cacher toutefois qu'il avait perdu, à Leipzig, une bataille de quatre jours, que tous ses lieutenants commandant des corps détachés avaient été vaincus, qu'il devait quitter l'Allemagne où 190 000 soldats des meilleures troupes, en garnison dans les places fortes, demeuraient pratiquement prisonniers, et qu'enfin les débris de l'armée : 50 à 60 000 hommes ramenés à Erfurt, allaient se retirer sur Mayence. Quant à l'Espagne, le maréchal Soult, chargé de la reconquérir, en était à se défendre difficilement entre Saint-Sébastien et Bayonne avec des forces de moitié inférieures à celles de Wellington.

« C'est la fin, ajouta Sieyès.

— Eh bien, le déposerez-vous, à présent?

— Pas tout de suite, je le crains. L'opposition dans le Sénat n'est pas assez nombreuse. Sans doute lui donnera-t-on encore des hommes; mais ce que nul ne pourra lui donner ce sont des ressources, il n'y en a plus. Il a tout épuisé; il tombera de lui-même, sans tarder. »

Sitôt renseigné, Bernard écrivit à l'empereur, se déclarant résolu à maintenir de tous ses moyens la frontière qu'il avait contribué à conquérir. Sans attendre la réponse, il partit pour Mayence. Carnot aussi se mit au service de la France menacée. Ses soixante années ne lui permettaient guère de tenir campagne; il fut envoyé à Anvers pour en diriger la défense. Bernard, en pleine force à cinquante ans, reçut le commandement du 2e corps, qu'il devait réorganiser à Strasbourg. Les troupes y parvenaient dans un état épouvantable, suivies de hordes sans armes, excédées de combattre, ravagées par le typhus. Il fallait trier tout ça, réincorporer les valides avec les conscrits arrivant de l'intérieur. Cela demandait du temps. Si les Alliés se fussent avancés rapidement, aucune résistance n'eût été possible. Mais ils paraissaient hésiter. Le 2 novembre, tous les restes de l'armée française avaient repassé le Rhin sans que l'on ait vu aucune avant-garde ennemie. Les souverains, réunis à Francfort, parlaient encore de paix, et bientôt le remplacement de Bassano par Caulaincourt aux Relations extérieures sembla indiquer chez Napoléon des intentions conciliantes. Néanmoins ni Claude, ni Sieyès, ni Garat, ni Grégoire, ni Lanjuinais — eux aussi dans l'opposition sénatoriale — ne prenaient le change. L'empereur voulait gagner du temps, dont il avait tellement besoin.

Il gagna quarante-huit jours. Le 21 décembre, les Autrichiens franchissaient le Rhin à Bâle et lançaient aussitôt un puissant corps d'armée sur Lyon; un autre poussait en trois colonnes vers Besançon, Dijon et Langres. Un message de Bernard en informa sa famille. Quant à Antoine, fait prisonnier par les Bavarois, à Hanau, dans le dernier combat de la retraite, il se disait bien traité mais gardé de la façon la plus stricte. La lettre de Bernard avait été apportée par un courrier du maréchal à l'empereur, sans quoi elle ne fût point parvenue. On étouffait soigneusement les mauvaises nouvelles et l'on en donnait de rassurantes. Les 5 et

6 janvier 1814, le *Journal des Débats* annonça que les Prussiens, tentant de traverser le Rhin à Mulheim puis entre Weiss et Rodenkircher, s'étaient trouvés partout repoussés avec des pertes. Ces troupes, ajoutait-on, se composaient surtout de *landwehr* et d'enfants. A Cologne, la garnison en avait capturé vingt « dont l'air chétif fait la risée de tous ceux qui les voient ». Mais le 8 le commandant Morin, aide de camp de Bernard, expédié par lui aux Tuileries, vint, avant de repartir, remettre à Mme la Maréchale un mot de son mari. Un simple billet rédigé rapidement : « Depuis le 1er janvier, Blücher a passé le Rhin, de Coblentz à Manheim, avec 120 000 hommes environ. Son aile droite avance vers Nancy, ville sur laquelle je me replie pour n'être point isolé en Alsace, et pour me lier avec Macdonald. Lorsque la concentration des différents corps sera opérée, nous pourrons, je l'espère, tenir tête sur la Meuse, ou s'il le faut sur la Marne. Ne t'inquiète pas pour moi, ma chère amie, je me porte très bien. Je saisirai toutes les occasions de t'écrire; cependant elles iront, sans doute, en se raréfiant, si elles manquaient ne te tracasse point... »

La nouvelle parut au *Moniteur* le 24 janvier seulement. Elle était périmée pour tout le monde. Chaque jour, le personnel des administrations départementales et de nombreux particuliers, fuyant devant l'invasion, arrivaient à Paris; on savait de la sorte les coalisés non plus sur le Rhin mais bel et bien sur la Meuse et au-dessous. Ils occupaient Langres, Dijon, dépassaient Bar-le-Duc.

Le 25, l'empereur partit après avoir confié sa femme et son fils « au courage de la garde nationale parisienne » et nommé le roi Joseph, revenu d'Espagne, lieutenant général de l'Empire. La garde sédentaire, licenciée en 1804, avait été remise sur pied. A cinquante-quatre ans, Claude reprit donc l'uniforme, mais non pas d'abord le fusil parce que le général Hulin, commandant la division militaire, estimait absolument vain d'armer la garde nationale pour soutenir un régime dont il jugeait la fin imminente. Ce pessimisme — ou cet optimisme — était répandu. La police découvrit, place Vendôme, sur la base de la colonne sommée par la statue de Napoléon, une affiche : « Passez vite, il va tomber! » Gay-Vernon affirmait que le duc de Rovigo, Savary, déménageait son hôtel de la rue Cerutti pour envoyer en province son précieux mobilier. Le conseil deRégence s'efforçait en vain de réveiller le sentiment national : dans les rues, les orgues de Barbarie jouaient la *Marseillaise* proscrite depuis l'instauration de l'Empire; les journaux, par ordre également, dépeignaient avec abondance les méfaits des coalisés dans les départements envahis. On n'y croyait pas. L'indifférence régnait. Les Parisiens de toute classe se souciaient uniquement d'accumuler, chacun selon ses moyens, farine, riz, légumes secs, salaisons, pommes de terre, pour le cas où l'avance des Alliés rendrait difficile l'approvisionnement. Nul ne songeait qu'ils pussent attaquer la capitale, ni à résister s'ils se présentaient devant elle. Sur ordre du maréchal Moncey, major-général de la garde nationale, Hulin livra finalement quelques centaines de fusils d'ordonnance et deux ou trois mille fusils de chasse réquisitionnés; mais toutes les mesures défensives se limitèrent, pour le moment, à des revues passées par le roi Joseph sur le Carrousel.

Brusquement, les choses changèrent. Les gazettes avaient donné comme une victoire la bataille de Brienne, livrée le 29 janvier par Napoléon à Blücher; cependant les blessés qui affluèrent à Paris dans les premiers jours de février, révélèrent que les Prussiens et les Russes, arrêtés un jour au prix de très lourdes pertes, avaient dès le lendemain ressaisi l'avantage, percé toute la ligne, de Brienne à la Rothière, et marchaient sur Nogent où s'était retiré l'empereur. Ainsi une vingtaine de lieues au plus les séparaient de la capitale. A l'indifférence, succéda la panique parmi la bourgeoisie riche ou aisée. D'aucuns faisaient en hâte pratiquer des cachettes dans leur maison ou leur jardin pour enfouir l'argent et les objets de valeur. D'autres les portaient au Mont-de-Piété, pensant qu'ils y seraient davantage à l'abri. D'autres assiégeaient le bureau des passeports à la Préfecture de Police, dans l'intention de gagner la Normandie, la Touraine ou le Centre. Le gouvernement pourvoyait à la défense en élevant des barricades, avec des arbres abattus au bois de Boulogne, devant chacune des cinquante-deux barrières de la ville. On y établit du canon, et la garde nationale y prit faction jour et nuit. Claude connut de pénibles heures à la barrière de Clichy : la température allait de zéro à moins huit.

Là-dessus, le 11 février à cinq heures du soir, la batterie des Invalides annonça une victoire dont le bulletin fut, peu après, lu dans tous les théâtres. C'en était bien une, cette fois. Napoléon avait, la veille, à Champaubert, coupé en deux l'armée russo-prussienne commandée par Blücher, pris quatre mille hommes de la division Olsuffiew, avec ce général lui-même, et toute son artillerie. Le 12, il récidivait à Montmirail, enlevant cinq mille prisonniers et poussant les Russes en désordre. Et le 14, à Vauchamps, il mettait Blücher en déroute, le poursuivant jusqu'à Châlons. Tous les soirs, les canons des Invalides grondaient. En quatre jours, la grande armée de Silésie avait perdu quarante mille hommes et cent pièces de campagne.

Le 16, on vit arriver par le faubourg Saint-Martin le général Olsuffiew et deux autres officiers généraux ou supérieurs, encadrés par six gendarmes le sabre au poing. Les jours suivants, ce furent des colonnes de soldats russes et prussiens qui défilèrent sur les boulevards, l'air misérable dans leurs grandes capotes brunes, avec le numéro de leur régiment marqué sur les épaules, la plupart tête nue. La foule attirée par ce spectacle les prenait en pitié, elle leur distribuait du pain, de la charcuterie, de l'argent. Évidemment, les autorités voulaient impressionner la capitale en la faisant traverser par ces troupeaux de vaincus dirigés vers les départements de l'Ouest. Mais ce qui frappait encore plus c'était le nombre des blessés français affluant toujours et toujours par les barrières, dans des voitures de toute espèce. Les moins gravement atteints allaient à cheval, serrant autour d'eux leur manteau saupoudré de neige et taché de sang.

Les hôpitaux contenaient déjà vingt mille de ces malheureux et n'en pouvaient plus recevoir. On dut évacuer la Salpêtrière pour en loger six mille, aménager les tueries récemment construites rue de Rochechouart et rue de la Pépinière; leurs vastes étables devinrent des salles d'hôpital traversées de courants d'air, inchauffables, où les pulmoniques mouraient par dizaines. Tout manquait : les lits, les poêles, les ustensiles les plus nécessaires. Le préfet de police réclamait à ses compatriotes matelas, paillasses, traversins, draps, couvertures, chemises, charpie, compresses, argent, menaçant de mettre des blessés dans les maisons des particuliers riches qui ne répondraient pas à cet appel.

La charpie, les bandes, les compresses, Lise, Thérèse, Claire, comme toutes leurs amies, et comme l'impératrice Joséphine, à Malmaison, ne cessaient d'en faire. Claude remit à la municipalité de son arrondissement une importante souscription pour les hôpitaux, et il demanda, en outre, à recevoir dans son hôtel six blessés; car la chambre d'Antoine et les deux « chambres à donner » pouvaient fort bien contenir chacune deux lits. Un médecin militaire amena un vieux capitaine amputé et cinq « Marie-Louise », ces conscrits de 1815 qui s'étaient très bravement battus à Champaubert et à Montmirail. Ceux-ci, comme le capitaine, se trouvaient hors d'affaire; il leur fallait simplement du repos, une douce température et une nourriture reconstituante. « A ce régime-là, dit le médecin, dans une douzaine de jours deux ou trois seront sur pied. Si vous le permettez, monsieur, je les remplacerai par d'autres convalescents, puisque vous voulez bien leur offrir ce que nous sommes le moins à même de leur donner. » L'un des adolescents, atteint d'un coup de lance, expliquait : « Cela ne me serait point arrivé si j'avais su me servir de mon fusil, seulement on n'a pas eu le temps de m'apprendre à le charger; je devais combattre à la baïonnette, et la lance du cosaque était plus longue. » Tous les cinq désiraient avec ardeur se rétablir pour repartir à la bataille. « Nous ne voulons rien aux autres peuples, assuraient-ils, mais nous ne les souffrirons pas chez nous. Avec l'empereur, nous les jetterons dehors. » Ils idolâtraient Napoléon, qu'ils détestaient deux mois plus tôt. Il les enivrait de victoires inespérées.

Leur héroïsme si simple remuait profondément Claude, car il retrouvait là les sentiments mêmes de Bernard, ceux des volontaires de 91 et de 93. Le Grand Empire n'avait donc point annihilé la conscience de la patrie. Comme autrefois, son danger enflammait les jeunes cœurs.

Hélas, ce patriotisme demeurait sans écho dans la majorité de la population, occupée de craintes ou d'espoirs également égoïstes. Le canon des Invalides saluait des succès à Fontainebleau, la victoire à Montereau, la reprise de Troyes; mais revers ou avantages ne provoquaient que la baisse ou la hausse des fonds publics, la peur du pillage dans Paris ou le soulagement d'apprendre que les armées s'en éloignaient, la joie ou la consternation des royalistes — en très faible nombre, mais actifs à présent. Fort astreint par le service de la garde nationale sur pied en permanence, Claude n'était guère au courant des secrets de la ville; pourtant il voyait quelques-uns de ses vieux compagnons, Sieyès, Grégoire, Garat, Réal (Santerre était mort en

1809, Marie-Joseph Chénier en 1811), et tenait d'eux qu'un petit parti d'ex-émigrés intriguait pour ramener les Bourbons. Dans les salons du faubourg Saint-Germain, circulait une proclamation attribuée à Bernadotte et invitant les Français à rappeler la famille de leurs souverains légitimes. On disait le duc de Berry auprès de lui, et le duc d'Angoulême auprès de Wellington qui, ayant franchi la Bidassoa, quoique battu par Soult à Orthez, le refoulait pied à pied dans le Béarn. Talleyrand était l'âme clandestine de cette coterie. Savary ne l'ignorait pas. Un soir où MM. de Pradt, Louis de Chateaubriand et plusieurs personnages du même acabit se trouvaient chez le ci-devant évêque devenu prince de Bénévent, le ministre de la Police avait fait irruption dans le salon de Son Altesse en s'écriant sur un ton faussement badin : « Ah! je vous prends donc tous en flagrant délit de conspiration! », ce qu'il savait exact sans pouvoir le prouver et sans être assez sûr des lendemains pour oser sévir. En face de ce noyau bourboniste, il n'existait aucune coalition, ni seulement une amorce de coalition, républicaine. Le peuple semblait se décider à combattre éventuellement les envahisseurs, car des artisans, des ouvriers, auxquels Hulin refusait ses fusils, prenaient sur leurs maigres deniers pour se procurer les piques fabriquées par ordre des autorités et délivrées dans les mairies contre le dépôt de dix francs. Mais assurément, pensait Claude, pourquoi le peuple voudrait-il revoir une république où il n'a connu pendant sept ans que la misère et la faim? Quant à la bourgeoisie, après avoir tant contribué à conduire Bonaparte au trône, elle divorçait d'avec lui parce qu'il compromettait son bien-être. Elle accepterait tout régime capable d'assurer l'ordre et la paix, disait Gay-Vernon. Quel régime? On n'y songeait guère. L'avenir était en suspens.

Le vendredi 25 février, les gazettes annoncèrent, en la flétrissant, la trahison de Murat passé aux côtés des Alliés pour conserver son royaume napolitain. Ce soir-là, le canon de la victoire tonna. Le lendemain matin, encore. Mais en même temps arrivaient des blessés et des réfugiés racontant que l'ennemi attaquait Meaux, qu'il occupait Lagny. Durant la nuit du 3 au 4 mars, Claude, en sentinelle à la barrière de Clignancourt dont une compagnie de grenadiers renforçait la défense, perçut avec netteté le roulement d'une canonnade, apporté par le vent du nord-est qui glaçait la neige. Les vitres du pavillon d'octroi vibraient. Le poste sortit. Montés sur les barricades, des hommes cherchaient dans le ciel noir les reflets des déflagrations. Ni par-dessus la butte Montmartre, ni à l'horizon de la plaine Saint-Denis blanchoyante, ne se distinguait la moindre lueur. Dans la journée, pas de courrier, pas de bulletin. Qu'advenait-il? On se le demandait avec angoisse. On vivait anxieusement, l'âme frissonnante, la chair transie. Il gelait à moins huit. L'air était chargé de flocons impalpables qui collaient aux cils. Grégoire rédigeait des projets d'acte de déchéance.

IV

Le dimanche 6, la batterie des Invalides retentit de nouveau. Le gouvernement ne se hâta point d'en publier la raison. Le mardi, on sut enfin que l'empereur avait chassé Blücher de Craonne et le suivait l'épée dans les reins; malheureusement, la victoire coûtait aux troupes françaises huit mille morts ou blessés. Ce même jour le comte Réal apprit à Claude la défection d'Élisa, la sœur aînée de Napoléon. Imitant son beau-frère Murat, la grande duchesse de Toscane s'était jointe aux coalisés. Le mercredi, la maréchale Delmay, Claudine, reçut de son mari un billet transmis par le colonel du 17e chasseurs, blessé et conduit à Paris. Bernard écrivait succinctement : « Le 7 au soir. — Je vais bien. Macdonald et Oudinot ont reculé de vingt-cinq lieues en huit jours et perdu six mille hommes; à présent ils tiennent en avant de Provins. Je marche, à l'aile gauche de l'empereur, contre Blücher en retraite sur Laon. Si nous le saisissons là, il ne comptera plus. Napoléon est redevenu Bonaparte; il accomplit chaque jour des prodiges. Je t'embrasse ainsi que les enfants, ma tendre amie. »

Le 13 mars, Claude prenait à huit heures du matin la relève aux postes avancés qui couvraient la rotonde de la Villette, lorsqu'un peloton de cavaliers se présenta aux chicanes, escortant deux voitures. Dans l'une se trouvait le maréchal Victor, duc de Bellune, étendu sur des matelas; dans l'autre, Bernard, assis, les yeux fermés, le visage crispé, un énorme pansement formant bosse sous le manteau à pèlerine. Claude se précipita, Bernard ouvrit les yeux et sourit avec effort. « Ne t'inquiète pas, dit-il, ce n'est rien : une balle sous l'omoplate. On n'a pu l'extraire, en campagne; elle me fait un mal de chien, mais il n'y a aucun danger. Ce qui est grave, hélas, c'est qu'après deux jours de combats nous avons dû rompre, à Laon, devant des forces écrasantes. Les Alliés sont libres désormais de revenir sur Paris; l'empereur pourra les ralentir, il n'a plus les moyens de les arrêter. Ah! mon ami, n'étaient Claudine et les enfants j'aurais voulu que cette balle m'atteignît en pleine tête; du moins n'aurais-je pas vu l'humiliation de notre patrie!

— Je passerai chez toi au plus tôt, dit Claude en lui pressant la main. Va vite te faire enlever ce morceau de plomb.

— Parbleu! Mais l'âme est blessée plus que le corps. »

La défaite se confirma le 14. La censure laissait les journaux avouer de grandes pertes en hommes et en matériel. « L'Empereur, ajoutaient-ils avec assurance, ne s'en porte pas moins vivement sur Reims occupé momentanément par une division russe. » Bernard, opéré, fiévreux, très abattu surtout, affirmait qu'à son sens la moitié au moins de l'artillerie et des équipages était restée entre les mains de l'ennemi. « Pour nous dégager, il nous a fallu sabrer comme de simples soldats; c'est ainsi que Victor et moi avons écopé. » Sieyès vint, un instant. « Napoléon, dit-il, a écrit au conseil de Régence; il demande soixante mille hommes, trente mille à prendre dans la garde nationale de Paris et trente mille où l'on pourra. Le conseil hésite, il finira par consentir. Cependant, on agite encore la question de la paix. Caulincourt négocie à Châtillon. Sur quelles bases? Le Sénat l'ignore. »

Le lendemain, Reims était repris. Les Invalides l'annoncèrent de leur voix grondante. Mais une division anglaise, détachée par Wellington qui chassait Soult en direction de Toulouse, était à Bordeaux avec le duc d'Angoulême; la municipalité avait proclamé Louis XVIII. On l'apprit le 17. Le bourbonisme progressait à pas de géant. Des gens jetaient sur les places, dans les boutiques, des proclamations du Prétendant. Il promettait l'oubli du passé, l'établissement d'une monarchie tempérée. On les placardait, la police les arrachait, elles reparaissaient ailleurs. Le peuple y demeurait indifférent. La jeune Claire — elle allait atteindre ses dix-huit ans — concevait mal ces nouveautés.

« Maman, qu'est cela, les Bourbons, le Prétendant ? » demanda-t-elle à Lise. Déjà Claire et Antoine, six ans plus tôt, avaient dû s'adapter à une chose fort étrange pour eux : le commencement des années non plus en vendémiaire mais en janvier, et à ces noms bizarres donnés aux mois qu'ils appelaient depuis l'enfance brumaire... nivôse... germinal... messidor, thermidor... De même, aujourd'hui les noms de Bourbons, Louis XVIII, comte de Provence, d'Artois, duc d'Angoulême, de Berry ne correspondaient à rien pour les jeunes gens nés après 1793. Au reste, Lise et Claude pour leur part eussent tout ignoré des ducs d'Angoulême et de Berry, si Thérèse, en relations avec des dames de son âge ci-devant émigrées — notamment Mme de Marigny —, ne les eût entendues parler de ces princes, fils du comte d'Artois, nés à Versailles et grandis dans l'exil. L'aîné, Angoulême, avait épousé sa cousine, « l'orpheline du Temple » remise à l'Autriche par le Directoire en 1795. Selon ces dames, Monsieur accompagnait les armées du Nord. Quant à Louis XVIII, dont quatre-vingt dix-neuf et demi pour cent des Français ne savaient plus rien depuis neuf ans, ses proclamations le situaient au château d'Hartwell, en Angleterre.

Selon Gay-Vernon, d'aucunes, au ton sourdement menaçant, étaient fausses et distribuées par la police. Un monarque désirant monter sur le trône se garderait d'effrayer ainsi ses futurs sujets. Le conseil de Régence cherchait à exciter les petites gens contre les Bourbons ; aussi n'ordonnait-il point de dissiper les attroupements. Il espérait qu'en se réunissant les ouvriers s'entraîneraient les uns les autres, se lèveraient en masse contre la royauté ramenée par les envahisseurs. Mais si le peuple se rassemblait, en effet, sur les boulevards Saint-Martin, Saint-Denis, et partout au passage de blessés ou de réfugiés, c'était seulement pour quérir des nouvelles.

Les plus contradictoires, d'ailleurs également possibles, s'entrecroisaient. Selon les unes, l'empereur d'Autriche avait rompu toute négociation pour la paix ; selon les autres, les pourparlers continuaient sur la base des frontières de 92, et Caulaincourt possédait un blanc-seing de Napoléon. On annonçait l'évacuation de Bordeaux par les Anglais ; le comte Cornudet, sénateur en mission dans la Gironde, avait mis hors la loi le duc d'Angoulême. Or Thérèse, visitant Mme de Marigny dans son couvent du Panthéon, y vit un journal bordelais relatant la réception enthousiaste faite au duc par la population. Les Anglais, précisait ce journal, « se retireront s'il se présente des forces supérieures, afin de ménager la ville ». Comment se fût-il présenté des forces supérieures?

On nageait dans une totale confusion. Nul n'eût pu dire où se trouvaient les troupes en présence, ni l'empereur, ni ce que devenaient Augereau et son corps d'armée chargés, deux mois plus tôt, d'arrêter l'offensive sur Lyon. Toutefois, le lundi 21 mars, une chose fut malheureusement sûre : une masse de blessés arriva aux barricades du faubourg Saint-Antoine; ils révélèrent aux gardes nationaux qu'on venait de perdre une bataille à Sézanne, avec plus de quatre mille morts français. L'empereur ne participait pas à cette bataille livrée par les Prussiens au duc de Raguse. D'après ces indications, Bernard, examinant les cartes étalées sur son lit, prit de la situation l'idée suivante : Napoléon, resté à Reims avec ses corps principaux, devait avoir confié au duc — le maréchal Marmont — le soin de couvrir Paris tandis que lui-même chercherait les arrières de Blücher et de Schwartzenberg engagés dans les plaines du Châlonnais. Ces généraux seraient ainsi placés entre deux lignes, arrêtés par Marmont, assaillis dans le dos par l'empereur. « Belle manœuvre, dit Bernard, bien napoléonienne. Seulement le duc n'a pu, en cinq jours, dans le désordre qui règne, concentrer ses troupes à l'est proche de la capitale; sans doute s'étalent-elles encore de la Marne à l'Aube, et Blücher a frappé rudement leur tête. D'ailleurs, Napoléon avec Macdonald, Ney, Oudinot, ne réunit pas plus de vingt-cinq mille hommes, et s'il en reste dix mille à Marmont...! Ah! tout cela!... » soupira Bernard en s'abandonnant contre les oreillers. La perte de sang causée par l'opération le laissait sensiblement affaibli.

Napoléon, marchant en effet derrière les Prussiens et les Autrichiens, rencontra ceux-ci autour d'Arcis-sur-Aube, si cher à Danton, et y fut battu, rejeté vers l'est. On le sut le 25 par les blessés arrivant toujours plus nombreux, au point que certains demeuraient dans les rues où ils mouraient faute de lits, de soins. Le temps attiédi, puis soudain très chaud pour la saison, avait provoqué à la Salpêtrière et dans les autres asiles improvisés la contagion du typhus. L'épidémie se propageait, répandant la terreur. Maints cochers de fiacres ou de cabriolets refusaient d'approcher les hôpitaux. Plusieurs fois Claude, avec son escouade, dut employer la menace pour obliger ces automédons à conduire, sous escorte, de malheureux soldats abandonnés tout sanglants dans les faubourgs. Jean Dubon, dont l'âge — il venait d'entrer dans sa soixante-dixième année — ébranlait un peu le caractère, insistait pour mener à Limoges les femmes et les enfants de la famille; mais Bernard estimait Paris moins dangereux malgré tout que les routes.

Le dimanche 27 mars, on apprit encore une mauvaise nouvelle : l'arrière-garde de Marmont et le corps de Mortier, défaits l'avant-veille à Fère-Champenoise, battaient en retraite sur Meaux. De l'empereur, on ne savait rien. Le roi Joseph passait en revue au Carrousel quelques bataillons envoyés de la Normandie par Jourdan (rappelé d'Espagne après Vittoria, il commandait les 14e et 15e divisions militaires), et un régiment de cuirassiers détaché par Soult. Ces troupes furent aussitôt dirigées sur Meaux.

Le lundi après-midi, Claude vit bon nombre des puissants cavaliers, la cuirasse bosselée, le grand manteau blanc souillé de terre, taché de sang, certains sans casque, revenir isolément sur leurs chevaux éclopés. Des voitures en transportaient d'autres, mêlés à des fantassins aussi pitoyables. Pendant toute la relevée, les convois se succédèrent, croisant les ultimes bataillons que l'on avait pu former avec le fond des dépôts parisiens, quelques volontaires et les élèves de l'École polytechnique organisés en compagnies d'artilleurs : deux à trois mille hommes au plus. Ils allaient prendre position entre Pantin et Romainville. Les Alliés avaient franchi la Marne. Poussant devant eux Marmont et Mortier, ils atteignaient Claye, à deux lieues de Paris. Déjà les habitants de la banlieue fuyaient vers la capitale. Bientôt ce fut, dans les faubourgs du nord-est, une affreuse cohue. Les rues Saint-Martin, Saint-Denis étaient obstruées par les troupes qui sortaient, les blessés qui entraient, les paysans marchant pêle-mêle avec leurs vaches et leurs moutons, leur pauvre ménage chargé sur des carrioles, des chars à bœufs, des brouettes. Des mères portaient leurs enfants et pleuraient un mari qu'elles ne savaient où rejoindre; des hommes cherchaient leur femme égarée dans la foule. Tous se lamentaient, racontaient leurs pertes et leurs terreurs.

Le désordre continua le lendemain 29, encore accru par le

reflux du parc des deux corps d'armée en retraite, de leurs équipages, de leurs caisses, et par un afflux de badauds que les gardes nationaux à piques ne réussissaient guère à refouler. Deux belles dames venues en calèche voir le spectacle furent huées. Claude, volontaire avec une centaine de grenadiers, avait passé la nuit à Romainville, sans la moindre alerte; mais dès l'aube on entendit le canon dans la direction de Bondy, puis, vers huit heures, l'ennemi apparut tout à coup sous la forme d'un parti de cosaques trottant à la lisière des bois. Une volée d'obus tirée par les polytechniciens le mit en fuite, il replongea dans la forêt. Peu après, la relève arriva. En ville, les volontaires apprirent que l'impératrice Marie-Louise, le roi de Rome et tout le conseil de Régence étaient partis la veille au soir, que les Autrichiens occupaient Lyon. Le *Moniteur* se taisait là-dessus; en revanche, il donnait des nouvelles de Napoléon : « Le 26 de ce mois, S. M. l'Empereur a battu à Saint-Dizier le général Witzingerode, lui a fait deux cents prisonniers, lui a pris des canons et beaucoup de voitures de bagages. Ce corps a été poursuivi très loin. »

Comme le remarqua un des grenadiers, notaire rue Cerutti, Saint-Dizier se trouvant à quarante et quelques lieues on ne devait plus compter sur l'empereur. « C'en est fini de lui. Bon débarras! Nous saurons nous défendre seuls. Après tout, il n'était ni à Valmy ni à Jemmapes ni à Fleurus », ajouta l'énergique tabellion, ancien volontaire de 92.

Claude s'arrêta chez Grégoire. Celui-ci, contraint de renoncer à son évêché constitutionnel lors du Concordat, avait, comme sénateur, et quoique s'étant laissé faire comte de l'Empire, marqué systématiquement son opposition aux visées de Napoléon, désapprouvé son divorce, le remariage autrichien, voté contre les conscriptions anticipées, préparé en secret son détrônement. Il le vitupérait maintenant avec violence. : « Du fond des tombeaux, s'écria-t-il, douze millions d'hommes égorgés élèvent la voix pour réclamer sa déchéance. Il a rendu la nation française odieuse à tous les autres peuples. Assez de combats, assez de morts inutiles! Il faut le déposer immédiatement, former un exécutif provisoire et proclamer la paix. J'en vais porter la proposition au Sénat.

— Oui, dit Claude, mais le bourbonisme s'est tellement développé, ces derniers jours, que déchoir l'empereur cela revient nécessairement à rétablir la royauté. Le veux-tu?

— Mon ami, je n'y répugnerai pas du tout si le futur roi accepte les bases d'une constitution libérale. Je ne souhaite en aucune façon la république; nous savons trop, par expérience, où elle mène. Une monarchie constitutionnelle, n'était-ce pas ce que nous désirions tous en 89? N'était-ce point le but de la Révolution? Or nous aurons une monarchie constitutionnelle, sois tranquille là-dessus, Talleyrand ne s'avance pas sans vert. Il ne prêterait pas les mains à une restauration de l'Ancien Régime, d'ailleurs impossible aujourd'hui. »

Avant de rentrer chez lui, Claude passa voir Bernard. Il le trouva en robe de chambre, dans un fauteuil garni d'oreillers. Deux officiers de sa maison, laissés à l'état-major de Mortier, venaient d'arriver, précédant ce corps. Selon eux, les ducs de Raguse et de Trévise réunis ne ramenaient pas plus de neuf à dix mille hommes. Ils seraient sous Paris dans la soirée. L'ennemi les suivait pas à pas, Schwartzenberg marchant droit par Bondy, Blücher manœuvrant vers Aulnay.

« A ton avis, Claude, combien la garde nationale peut-elle fournir de véritables combattants?

— Je ne sais au juste, mais sûrement pas plus de dix mille.

— Blücher et Schwartzenberg en ont cent vingt-cinq mille au moins, dit le commandant Morin.

— Avec vingt mille, on tiendrait assez longtemps si Paris possédait une ceinture d'ouvrages fortifiés. Ce n'est pas le cas. La capitulation à brève échéance paraît donc inévitable, constata Bernard. Pourtant il faut résister, au moins pour l'honneur.

— Quels sont vos ordres, monseigneur? demanda le commandant.

— Morin ! Vous m'avez quitté depuis dix-neuf jours et vous avez déjà oublié que je ne veux pas entendre ce titre ridicule! Messieurs, je n'ai pas d'ordres à vous donner puisque, hélas, je suis hors d'état de vous conduire. Mettez-vous à la disposition du chef de la 1re division militaire. C'est à lui qu'il appartient de vous employer. »

Les officiers partis pour la place Vendôme, les deux vieux amis restèrent un instant silencieux. La même angoisse les oppressait. Par la fenêtre ouverte, on entendait distinctement le canon dans l'est. Le temps était très beau. Claudine entra, s'assit auprès de son mari, lui prit la main. Claude réagit, il se mit à parler, rapportant les propos de Grégoire. « Eh bien, dit Bernard en s'animant, il pense juste. Un monarque installé par les Alliés obtiendrait les conditions de paix les plus favorables. S'ils veulent l'assurer sur le trône, ils doivent lui ménager la gratitude des Français. Pour ma part, si Louis XVIII nous obtient les frontières de 92, je le considérerai comme le sauveur de la patrie, car le Corse nous a mis dans un état à subir toutes les revanches. Que le roi nous conserve le territoire vraiment national, et Sa Majesté n'aura pas de sujet plus reconnaissant ni plus fidèle que moi. »

Claude ne se sentait pas tant de chaleur envers l'éventuel Louis XVIII. Dix ans n'effaçaient pas de la mémoire les luttes contre ses agents, ses partisans, les traîtrises des Antraigues, des Batz, des abbé Brottier, les infamies des Rovère, des Aubry, des Saladin, des Isnard, les fulminations délirantes des Ferrand, des Oultremont, enfin l'odieux de toute cette caste orgueilleuse, fainéante et vorace qui reviendrait nécessairement avec les Bourbons. Et puis, ni Bernard ni Grégoire — ni Talleyrand — n'avaient voté la mort de Louis XVI. Son frère pouvait bien promettre l'oubli du passé, les « régicides » n'en seraient pas moins mal vus de la royauté restaurée. Mais, évidemment, il fallait songer avant tout aux intérêts de la nation, de la France. A cet égard, par une singulière ironie des choses, Louis XVIII se révélait le mieux placé pour défendre les conquêtes légitimes de la Révolution. Et, ma foi, comme le remarquait Gay-Vernon, son avènement ne risquait pas d'amoindrir la liberté, inexistante sous l'Empire.

Chez lui, Claude rassura Lise, se gardant de lui dire qu'il était volontaire pour les avant-postes. Les soldats-citoyens se bornaient, lui affirma-t-il, à maintenir l'ordre aux barrières et en ville. Chose vraie pour la plupart des légions bourgeoises. Elles n'éprouvaient aucune envie de s'opposer aux envahisseurs bienvenus. Dans le faubourg Saint-Germain, on attendait avec impatience « nos bons amis les ennemis ». On se communiquait un pamphlet intitulé *Testament de Buonaparte.* Thérèse en avait pris copie, elle la lut à Claude pendant qu'il dînait :

Je lègue aux Enfers mon génie,
Mes exploits aux aventuriers,

A mes adhérents l'infamie,
Le grand-livre à mes créanciers,
Aux Français l'horreur de mes crimes,
Mon exemple à tous les tyrans,
La France à son roi légitime
Et l'hôpital à mes parents.

La restauration des Bourbons convenait fort à Thérèse, si royaliste autrefois; mais ce qu'elle et Lise voyaient surtout dans cette éventualité, c'était, avec la paix prochaine, le retour d'Antoine, dont on restait sans nouvelles depuis un mois.

Une fois nourri, Claude se coucha, car il avait besoin de repos. Il ne put cependant dormir, trop d'inquiétudes le travaillaient. Au surplus, il jugeait ridicule de vouloir combattre. Les coalisés n'étaient plus, comme en 93, des despotes menaçant l'indépendance française, mais des chefs d'État exaspérés par une tyrannie aussi odieuse à la France qu'à eux-mêmes. Ils marchaient sur Paris pour la détruire, et, hormis les bonapartistes obstinément attachés à leur maître — et à leurs charges, leurs dotations, leurs privilèges —, chacun souhaitait qu'elle fût détruite. Bernard lui-même n'avait-il pas appelé de ses vœux les désastres capables d'anéantir la puissance napoléonienne! Pourquoi résister à une invasion humiliante mais nécessaire? Il eût été plus logique de la favoriser. Seulement, contre toute raison, un instinct impérieux obligeait à se battre parce que des étrangers en armes foulaient le sol de la patrie. A cinq heures, l'estomac lourd d'une mauvaise digestion, il partit rejoindre dans la rue Cerutti les volontaires de la 2e légion. Le comte de Laborde, chef du 3e bataillon, les commandait. Ils s'étaient accrus de deux cents ouvriers, sans uniforme, portant au bras et au chapeau un large ruban tricolore, armés avec des fusils d'ordonnance. On gagna la barrière de la Villette. Le canon se taisait.

Les volontaires furent disposés entre le canal de l'Ourcq et Belleville, par sections de cinquante, en soutien d'artillerie. D'autres gardes nationaux et d'autres batteries continuaient le front du côté de Ménilmontant. Le soin de tenir, en avant, Romainville et Pantin semblait avoir été laissé aux troupes de ligne. Mais pourquoi en voyait-on par-delà le canal défiler, poudreuses et harassées, dans la plaine, en direction de Saint-

Denis? Les deux corps d'armée s'étaient, racontait-on, séparés à Bobigny, Mortier se portant au nord, Marmont marchant par Noisy-le-Sec pour couvrir l'est; le duc de Raguse en personne se trouvait présentement sur la Butte-Chaumont d'où il étudiait les possibilités de défense. Fort bien, seulement ces troupes si peu nombreuses resteraient-elles suffisamment en liaison sur leurs arrières pour ne point offrir une ouverture à l'ennemi? Cela paraissait douteux. Et, en effet, au coucher du soleil les derniers habitants demeurés à Romainville accoururent, fuyant, dirent-ils, les Cosaques suivis par des colonnes d'infanterie qui avançaient sur le village sans avoir eu à tirer un seul coup de fusil. Il allait falloir reprendre cette position bêtement abandonnée. Mais le maréchal Moncey, présent à Belleville, n'en donna point l'ordre. Sans doute ne voulait-il pas engager ses gardes nationaux tant que les lignards, encore en pleine manœuvre, ne seraient pas prêts à soutenir ces guerriers d'occasion.

La nuit close, les feux des bivouacs ennemis couvrirent de leurs scintillations tout le nord-est. Les plus proches brûlaient en deçà de Romainville, dans le bois, à quelques toises des lignes parisiennes. De son poste en grand-garde, Claude apercevait par moments, comme une étincelle blanche, la baïonnette du veilleur adverse allant et venant. Plus loin, à travers les feuillages encore jeunes on distinguait une maison aux fenêtres illuminées, occupée probablement par quelque état-major. La lune éclairait à plein. Tout était très calme. Non, voilà qu'un bruit approchait. Claude allait armer son fusil et crier « Qui vive! » quand un chien sortit du taillis, tenant un os enlevé à quelque marmite autrichienne ou russe. Il le déposa dans le chemin et se mit à le ronger.

A minuit, des patrouilles relevèrent les sentinelles. Avec les autres, Claude rejoignit la section en haut d'un pré bossu. Les rentrants se roulaient dans leur couverture et s'allongeaient à même le sol, autour des armes en faisceaux. Rude couche pour un quinquagénaire. Aucun des volontaires n'était jeune, mais Claude l'emportait de cinq ou six ans sur les plus âgés. Cela compte. Il s'écarta un peu pour chercher l'abri d'une murette contre laquelle il s'adossa en se faisant un coussin de son bonnet à poil, après s'être coiffé de son mouchoir noué aux quatre coins. Lorsque les cheveux s'éclaircissent, on craint le serein. D'abord, il somnola, mal à l'aise; puis, la fatigue l'emportant sur l'inconfort, il finit par perdre totalement conscience.

Quand il s'éveilla, l'aube naissait. Il eut bien de la peine à se lever, le cou rompu, les reins brisés, bras et jambes raides; et il ne comprit pas pourquoi des voltigeurs en capote beige, au shako de toile cirée, couraient partout, riant et se claquant les cuisses. « Voyez-moi ces péquins déguisés! s'exclamaient-ils. Sauvez-vous vite, grand-pères! La danse va commencer. Ici, c'est la place des vrais soldats. » On ne voyait, en effet, à droite, à gauche, que des lignards : « Marie-Louise » ou grognards à moustaches. Les gardes nationaux étaient partis, vraisemblablement pour d'autres postes, et l'on avait tout simplement oublié la section en flèche devant le bois de Romainville. Le lieutenant qui la commandait parlait à deux officiers de chasseurs. « C'est bon, dit l'un d'eux — un capitaine —, si vous voulez vous battre vous le pourrez ici aussi bien qu'ailleurs. Marchez avec ma compagnie, je vous approvisionnerai.
— Il me faut d'abord ramener mes sentinelles. »

Elles rejoignirent, déjà dépassées par une ligne onduleuse de tirailleurs qui, dans la grisaille du petit matin, avançaient silencieusement sur le taillis et appuyaient à gauche vers Pantin. Les premiers coups de feu éclatèrent. Machinalement, Claude regarda sa montre : il était quatre heures et demie. Mettant à profit les accidents du terrain coupé de haies, de murettes, les jeunes soldats armés à la légère se tapissaient, tiraient, bondissaient. Ils atteignirent le bois, s'y enfoncèrent. La mousqueterie devenait très vive. Des tambours roulèrent; deux bataillons se formèrent en colonnes et partirent au pas accéléré pour soutenir l'attaque. La fusillade se transforma en un crépitement continu qui vibrait dans les oreilles, hérissait la peau. Le bois, les ondulations du sol vers Pantin disparaissaient sous des nuages, des étirements de fumée. Claude ne comprenait pas. Pourquoi donc une partie des troupes demeuraient-elles inemployées? Il pensait que l'on se serait précipité en avalanche contre l'ennemi. Pas du tout, on restait là, debout, sans bouger, — et il aurait bien voulu s'asseoir.

Le combat durait depuis une demi-heure environ, lorsque le capitaine de la 3e s'exclama en tapant du pied : « Ah! ça ne va pas, nous reculons! » Vraiment, on reculait! A quoi cela se reconnaissait-il? Soudain un bruit étrange, une espèce d'énorme vrombissement, passa dans le ciel tandis qu'une secousse ébranlait la terre, puis un tonnerre pareil à celui de la batterie des Invalides quand elle annonçait une victoire gronda derrière Belleville. Claude se retourna : une épaisse fumée blanche couronnait la Butte-Chaumont dominant les toits du village. « Paixhans se décide à tirer, dit le capitaine. Ça ira mieux. » Le grondement et la vibration du sol ne s'arrêtèrent plus. Claude pensait à sa femme, à sa fille, à Thérèse; cette violente canonnade devait les effrayer. Il voyait par endroits, aux points de chute, des remous creuser la nappe jaunâtre stagnant de Pantin à Romainville, et de vagues choses sauter en l'air. Le crépitement de la fusillade semblait s'éloigner. Bientôt arriva l'ordre général de se porter en avant.

Mais les volontaires n'allèrent pas loin. Des blessés refluaient; les uns en soutenaient de plus atteints. Les gardes nationaux reçurent mission de les conduire, ainsi qu'une dizaine de prisonniers, à la barrière de Belleville où attendait une collection de fiacres réquisitionnés. En rejoignant les positions, on trouva d'autres blessés plus mal en point qui n'avaient pu se retirer d'eux-mêmes. Il fallut les évacuer à leur tour. Finalement, Claude et ses compagnons ne cessèrent de faire la navette jusqu'après huit heures du matin. A ce moment, les troupes de Marmont réoccupaient Pantin, Romainville, et leur front s'étendait devant ces villages, sur les contreforts des plateaux. L'ennemi, laissant sur le terrain un millier de morts, s'était replié vers Bobigny avec ses blessés.

La 3e compagnie du 124e avait formé ses faisceaux, à droite de Romainville, dans un verger aux cerisiers en fleur. Des sapeurs crénelaient rapidement les murs pendant que, sur des foyers improvisés, la soupe bouillait dans les marmites. Les volontaires en eurent leur part. Après quoi Claude, avisant un tas de feuilles mortes, rassemblées sans doute pour préparer du terreau, jeta là-dessus sa couverture et se coucha moelleusement. Il avait fait plus de deux lieues en allées et venues qui s'ajoutaient à tant d'autres épreuves physiques inhabituelles. Vers dix heures, la générale battit. Sortant d'un profond sommeil, il demeura d'abord égaré, puis il vit chacun courir aux armes. Il se leva, engourdi; mais, tandis qu'il roulait sa couverture et la fixait en bandoulière, la fatigue coula de ses membres. Il courut lui aussi prendre son fusil et se poster à un créneau.

En dessous, s'étageaient deux autres lignes également embusquées derrière des murs, des murettes, des talus. Et à environ quatre cents toises en avant, de sombres colonnes à l'uniforme presque noir gravissaient vivement les pentes. « C'est la garde royale prussienne, dit un vieux sergent. Je les ai connus à Iéna, ces lascars. Pour en venir à bout, il faut les tuer deux fois. » Tambours battants, cornets sonnants, baïonnettes scintillant au soleil, ils montaient au pas de charge en échelons déployés, comme s'ils ne doutaient point d'emporter par leur seul élan ces hauteurs.

La première ligne française lâcha son feu de salve, puis la seconde, puis la troisième. Chacune rechargeait pendant qu'une autre tirait. Claude mordait la cartouche, bourrait, amorçait, épaulait juste au moment où les officiers criaient « Feu! » Pendant dix minutes ce fut une explosion continue. La fumée masquait tout, mais de la première ligne s'élevaient des clameurs victorieuses. Les tambours commandèrent de suspendre le tir. Quand le soleil reparut, on vit la garde prussienne qui se repliait, abandonnant sur les pentes des javelles de morts. Elle n'était cependant pas défaite. Elle reculait en ordre, et, pour interdire une contre-attaque, détachait de multiples tirailleurs dont les balles — peu dangereuses tant que l'on restait à couvert — se mirent à bourdonner aux oreilles. Elles cassaient des branches, arrachaient des éclats à la pierre. On répondait coup par coup. Pendant ce temps, le gros se reformait, hors de portée. Brusquement un orage de boulets, d'obus, de mitraille s'abattit sur lui. Des batteries à cheval, envoyées par la route de Metz, avaient pris rapidement position sur le chemin de Noisy-le-Sec. Elles tiraient de but en blanc, fauchant des files entières. Les dragons de l'impératrice accompagnaient cette artillerie. Lorsqu'elle eut mis le désordre parmi les colonnes prussiennes, ils les chargèrent et les rejetèrent en déroute dans l'est.

A midi, tout l'espace entre le canal de l'Ourcq et Romainville paraissait dégagé; du moins tout ce que l'on pouvait en apercevoir. Les dragons, les batteries à cheval étaient repartis vers d'autres points plus menacés, sans doute. Les coalisés avaient l'air de développer leur offensive, car le canon grondait à la fois au nord, en direction de Montmartre, et au sud-est, du côté de Vincennes ou de Charenton. A une heure, les grosses pièces de la Butte-Chaumont tonnèrent de nouveau. Cela donnait à croire, comme l'observa le notaire-grenadier, que l'ennemi repoussé ici s'était infiltré à l'ouest de Pantin et marchait sur Belleville ou la barrière de la Villette, sans quoi il ne se fût point trouvé à portée du colonel Paixhans. Si celui-ci ne l'écrasait pas sous les boulets, on risquait fort d'être coupé. L'état-major oubliait-il les régiments avancés, ainsi que la garde nationale avait oublié sa section, pendant la nuit?

A deux heures, les batteries de la Butte-Chaumont se turent tout d'un coup. Victorieuses? Peu probable : on entendait de ce côté, vers Pantin, le Pré-Saint-Gervais, Belleville, une violente mousqueterie. Dans le nord, la canonnade s'était intensifiée. Volontaires et chasseurs grognaient. Allait-on demeurer immobile sur une position depuis longtemps dépassée par la gauche, ou se déciderait-on à filer! Le chef de brigade dut enfin prendre sur lui d'agir, car ordre fut donné, vers deux heures et demie, de gagner Ménilmontant.

Le repli commençant par l'arrière, les unités de dernière ligne se trouvèrent en avant-garde. Au moment où la 3e du 124e quittait le verger, des masses de cavalerie et d'infanterie autrichiennes inondèrent subitement la droite du plateau. Les uniformes blancs, gris, bleu pâle surgissaient rangs par rangs derrière la Grande-Mare — bleu clair, elle aussi, de refléter le ciel — et déployaient aussitôt leurs phalanges sur le vaste terrain nu. Elles marchaient parallèlement à Romainville dont elles ne se souciaient manifestement pas. Sans doute formaient-elles l'aile droite d'une armée survenue par la vallée de la Marne, qui se dirigeait maintenant, par l'Ermitage, Montreuil, Vincennes, sur Ménilmontant, Charonne et la barrière du Trône.

Arrêter cette aile, inutile d'y songer; mais on pouvait la gagner de vitesse et se joindre, pour la recevoir, aux défenseurs de Ménilmontant. « Allez, mes enfants! Du jarret, du jarret! » clamait le capitaine, menant grand train sa compagnie à travers le bois parsemé de cadavres et de bouteilles vides. Au débouché, on enfila le chemin grimpant à la Mare-des-Bruyères. Hélas, ce fut pour découvrir de là-haut que le vallon sous Bagnolet grouillait de capotes brunes, de cavaliers, de trains d'artillerie vert cru. Il fallut obliquer, dévaler des prairies, des champs, toujours au pas accéléré. Cela durait depuis une heure. Claude suait, haletait, son cœur lui cognait les côtes. Le notaire n'était guère en meilleur état, et bien d'autres grenadiers, ni le lieutenant lui-même. « Déboîtez! leur cria le capitaine. Vous avez fait votre possible. Suivez en queue. »

Ils sortirent des rangs, une quinzaine; Claude s'assit par terre, les jambes tremblantes. Ils reprirent leur souffle en laissant défiler la colonne. A leur grande surprise, elle comprenait uniquement le 124e. Où était passé le reste de la brigade? Peut-être les autres régiments avaient-ils été accrochés çà ou là. De tous côtés la fusillade retentissait, très proche à présent, ponctuée par des coups de canon lointains qui s'espaçaient. Avec cinq chasseurs fourbus eux-aussi, Claude et ses compagnons tentèrent d'accompagner l'arrière-garde; mais elle soutenait le train, les distançait. Après un quart d'heure ou vingt minutes, ils la perdirent dans le lacis des chemins sinuant parmi les bosquets et les taillis du parc Saint-Fargeau, en avant de la Courtille. Les arbres, les buissons masquaient l'éminence sur laquelle s'élevait la tour du télégraphe. « Allons à droite, dit le lieutenant. De toute façon, nous serons bientôt dans un endroit où l'on se bat. » A droite, à gauche, en effet, les détonations éclataient par salves ou crépitaient comme craque une étoffe. Des balles perdues miaulaient non loin. Des fumées traînantes apportaient l'odeur de la poudre. « Attention! commanda le lieutenant, apprêtez vos armes. En échelons par cinq, la droite en avant, intervalles dix pas. Marche! »

C'était parfaitement ridicule, Claude le sentait bien. Cette poignée d'hommes fatigués qui se rangeaient en bataille par cinq, cela eût provoqué le rire en toute autre occasion. Et il sentait aussi qu'il allait immanquablement y laisser la peau. Il n'en avançait pas moins avec résolution, la baïonnette croisée, le pouce sur le chien, l'index sur la détente, fouillant des yeux les bosquets devant lui. On contourna l'éminence du télégraphe. Le soleil bas sous les feuillages dessinait des rais dans l'air fumeux. Inopinément, la mousqueterie décroissait.

On dépassait la butte buissonneuse, lorsqu'une voix lança

soudain d'en haut : « Messieurs, si vous vouliez avoir la bonté d'abaisser vos armes une effusion de sang bien superflue serait évitée. » A leur gauche, une compagnie d'habits verts dressée brusquement sur la butte les tenait en joue. Des grenadiers de la garde impériale russe. Cent soixante gaillards sortant à mi-corps des buissons. Cent soixante fusils prêts à tirer au moindre mouvement de la petite troupe pour faire face. Les échelons restaient figés sur place. Vingt et un hommes changés en statues.

Le capitaine qui avait si courtoisement parlé descendit sur la pente. Toujours dans un français des plus purs, il reprit : « Messieurs, nous ne vous demandons pas de vous rendre. Formez seulement vos faisceaux, je vous prie, et veuillez attendre avec nous un "cessez le feu" qui va sonner d'un moment à l'autre. Depuis une heure après midi, vos chefs et les nôtres discutent les conditions de l'armistice. »

Il allait être cinq heures. On n'entendait plus le canon. Des coups de fusil pétillaient encore, sporadiquement. De toute évidence, la lutte finissait. Le lieutenant regarda ses hommes. Ils avaient voulu combattre jusqu'au bout, mais à quoi bon se faire tuer maintenant? « Arme au pied, ordonna-t-il. Repos, rompez les rangs, formez les faisceaux. » Il remit son épée au fourreau, marcha vers le capitaine russe, le salua et lui dit : « Grâces soient rendues à votre humanité, monsieur. Vous pouviez nous coucher tous à terre sans risquer la moindre perte. La générosité que vous montrez en ne nous désarmant pas nous touche plus encore. »

Pour sa part, Claude ne voyait là ni générosité ni humanité. C'était de la politique. Oui, il n'eût rien coûté aux Russes de les fusiller par le flanc; ils n'y eussent non plus rien gagné. Au contraire, en leur conservant la vie, en traitant ces bourgeois avec courtoisie au lieu de les humilier, ils servaient adroitement une cause commune à tous les Alliés. N'assurait-on pas depuis longtemps, dans le faubourg Saint-Germain, que les Parisiens n'avaient rien à redouter de « nos bons amis les ennemis »? Ils se conduiraient nécessairement de la manière la plus bienveillante afin que les Bourbons, pour lesquels ils agissaient, fussent bien reçus de leurs mains par la population.

Plusieurs officiers étaient descendus de la butte. Tous parlaient à la perfection le français. Ils s'adressaient avec beaucoup d'amabilité aux gardes nationaux, louant leur patriotisme, leur valeur. « Nous aimons votre belle nation, disaient-ils. Nous avons souffert de devoir entrer chez vous les armes à la main; mais ce n'est pas à vous que nous faisions la guerre, nous la faisions à l'ambition de votre empereur. » Claude ne put s'empêcher de répondre : « Sans doute, et cependant vous venez nous imposer des princes que nous avons chassés voilà vingt ans, qui ont à mainte reprise cherché le concours de nos ennemis pour rentrer en France, et qu'il va nous falloir accepter à présent.

— Mais comment pensez-vous cela! se récrièrent-ils. Nous sommes venus détruire une tyrannie détestable qui ruinait et saignait la France et l'Europe. Nous ne songeons nullement à vous imposer un souverain, vous choisirez librement votre régime : la régence, la royauté avec un prince à votre convenance, la république si vous la préférez. Notre tsar a toujours affirmé sa résolution à cet égard. Aussi n'a-t-il pas permis au comte d'Artois de suivre les armées au-delà de Nancy.

— Hier soir encore, ajouta un jeune lieutenant, Sa Majesté répétait à mon oncle, le grand duc Constantin, qu'Elle ne souffrirait pas de voir porter au trône le comte de Provence, à moins que ce ne fût le vœu exprimé par la majorité des Français.

— Je connais bien la France, pour y avoir vécu depuis la paix de Tilsitt jusqu'en 1811, déclara un autre officier plus âgé; je connais aussi le comte de Provence pour l'avoir approché assez souvent, en Courlande; il me paraît incapable de régner sur les Français, et surtout après Napoléon, dont je déteste le despotisme, mais dont on ne saurait nier la géniale intelligence ni vouloir anéantir les excellentes institutions. Notre ministre, le comte de Nesselrode, pencherait pour une régence de votre impératrice. Ce serait, il me semble, une solution très sage. Elle vous garantirait, outre la continuité de ces institutions, l'alliance de l'Autriche et de la Russie contre les rancunes de la Prusse et les ambitions de l'Angleterre. Mais, soyez-en assuré, monsieur, rien ne se décidera sans le consentement de vos Assemblées. Comme vous l'ont dit mes jeunes camarades, nous sommes venus détruire une tyrannie, non pas en imposer une autre à un pays que nous aimons. »

Ces gens étaient indubitablement sincères. « Pardonnez-moi,

messieurs, de vous avoir mal jugés, répondit Claude. Vos révélations modifient tout. Il faut les faire connaître dans Paris au plus tôt, car on vous croit ici pour restaurer les Bourbons. Leurs partisans abusent l'opinion là-dessus; ils la travaillent de plus en plus activement, et nous pourrions bien nous trouver bourbonisés avant d'avoir eu le temps de proclamer que nous ne le voulons pas. »

Sitôt le feu éteint partout, une escorte conduisit les gardes nationaux à travers les corps de troupes alliées massés entre Ménilmontant et la barrière. En chemin, le notaire observa : « Vous avez raison, mon cher M. Mounier, si Alexandre et Nesselrode maintiennent la régente, avec l'appui non douteux de son père et de Metternich, pour l'assurer sur le trône ils devront lui obtenir des conditions de paix au moins égales à celles que l'on aurait consenties à Louis XVIII. Dès lors, il n'est pas indispensable et nous évitons une aventure aux conséquences imprévisibles. Par nature, les Bourbons sont fourbes et imbéciles, comment se fier à eux? Le meilleur des trois frères était Louis XVI, voyez pourtant où il nous a menés avec sa faiblesse!

— Malheureusement, dit le lieutenant, je ne crois pas à la régence. L'impératrice Marie-Louise n'a pas d'aptitudes pour gouverner. De quoi se composera son conseil? Le roi Joseph, Cambacérès et les autres dignitaires ont montré leur nullité.

— Oh! ça, on trouverait au Sénat, au Conseil d'État des hommes parfaitement capables de la diriger! » répliqua Claude.

Il quitta ses compagnons dans le faubourg, qui gardait trace des combats livrés jusqu'à la barrière même. Les boulets avaient décapité des arbres, effrondré des cheminées, éventré une bicoque; on en apercevait l'intérieur éclaboussé de rouge encore luisant. Des troupes restaient là, incertaines, mêlées de curieux. Un vendeur d'eau-de-vie promenait son éventaire en psalmodiant : « Prenez la goutte, cassez la croûte! » comme s'il eût été à la foire. Des voitures emportaient les derniers blessés. On avait adossé les morts côte à côte au long des maisons. Et sur toute cette scène navrante, planait un splendide coucher de soleil.

Arrêtant un fiacre, Claude se fit mener chez Grégoire. Il n'y était pas; le Sénat siégait en permanence. Inutile donc de passer chez Sieyès ni chez Garat. Claude regagna sa demeure où les femmes poussèrent des cris en le voyant maculé de sang : celui des blessés qu'il avait, ce matin, aidés à rentrer dans Paris. Il l'expliqua. Seulement, sa joue noire de poudre le trahissait. « Eh bien, oui, avoua-t-il, je me suis battu; impossible d'agir autrement. Cela n'a servi à rien, du reste, qu'à satisfaire ma conscience. La guerre est finie; mais, ma chère Thérèse, le retour des Bourbons ne paraît pas pour cela aussi inévitable que se le figurent vos amies. »

Sitôt après avoir changé de costume et mangé, il écrivit à Sieyès, lui exposant les dispositions des Russes. Il alla porter lui-même au Luxembourg ce message, le remit à un huissier et attendit dans le vestibule de marbre plein d'allées et venues. Le comte Sieyès ne tarda point à paraître. « Ta communication est intéressante, dit-il. Peut-être aurions-nous une chance d'éviter Louis XVIII. Cependant, Bordeaux l'a proclamé avec l'assentiment des Anglais, tu ne l'ignores pas. Le Midi, l'Ouest en feront autant. Et puis Metternich et l'empereur d'Autriche partagent-ils les vues d'Alexandre? J'en doute. On ne sait rien. On ne sait même pas où se trouvent Napoléon et le reste de l'armée. Marmont a capitulé pour son corps et celui de Mortier, qui sont libres de se retirer; mais rien n'est conclu pour Paris. Joseph est parti avec tous les ministres. Le Sénat s'en ira-t-il lui aussi, ou convoquera-t-il le Corps législatif afin de former un gouvernement? Nous ignorons si les souverains entendent traiter avec l'empereur, avec ses représentants, ou bien avec ceux de la nation. Nous sommes dans la confusion la plus totale. Enfin, je vais utiliser au mieux tes renseignements, et nous verrons. »

Claude n'en pouvait accomplir davantage. Il rentra chez lui. Comme la veille, la nuit était très claire. Les feux de bivouac des Alliés illuminaient Montmartre. Par les quais, la rue de Rivoli, la rue Saint-Honoré, les troupes vaincues mais conservant armes et bagages s'écoulaient lentement vers l'ouest.

Le lendemain, 31 mars, Claude déjeunait, quand le valet de chambre annonça Grégoire et Garat. Les deux sénateurs n'entretenaient pas d'illusions. Sieyès les avait mis au courant des dispositions d'Alexandre Ier. « Mais, dit Grégoire, on saura les changer. La reddition de Paris a été signée à deux heures du matin, et Talleyrand, au lieu d'aller rejoindre à

Blois le conseil de Régence, a eu l'adresse de se faire retenir aux barrières puis renvoyer chez lui où il attend le tsar. En ce moment, son frère — celui de Talleyrand, Archambaud de Périgord —, le duc de Fitz-James, Louis de Chateaubriand et une vingtaine de leurs pareils caracolent sur les boulevards, cocarde blanche au chapeau, en braillant : "Vive le roi! Vive nos princes légitimes!" On saura réunir suffisamment de bourbonistes zélés pour convaincre Alexandre qu'une majorité veut Louis XVIII.

— Au reste, affirma Garat, restaurer la légitimité semble la seule solution, il faut bien l'avouer. La régence serait un paravent derrière lequel Napoléon reparaîtrait un jour ou l'autre. Le duc d'Orléans ne peut, sans devenir un usurpateur, monter sur le trône tant que la branche aînée subsiste. Bernadotte a porté les armes contre sa patrie, nul ne veut plus de lui, et il s'en doute. Quant à la république, même si nous la souhaitions, les Alliés, qui ont d'excellents motifs de s'en défier, car elle a commencé les conquêtes, lui demanderaient des garanties incompatibles avec notre sentiment national et notre indépendance. Je n'assisterai pas d'un cœur léger au retour des Bourbons, mais le moyen de n'en point passer par là?...

— Je suis sûr d'une chose, dit Grégoire : si le Prétendant adopte une constitution, s'il s'engage à ne point inquiéter les anciens révolutionnaires ni les acquéreurs de biens nationaux, le Sénat lui offrira la couronne.

— Ah! oui? dit Claude. Vous parlez comme si Napoléon avait renoncé à la sienne. Où est-il? Que fait-il?

— Ma foi, on n'en sait encore rien.

— Dans ce cas, vous pourriez en avoir de fâcheuses nouvelles, tel que je le connais. »

A onze heures et demie, les Alliés entrèrent dans Paris. Les Alliés, c'est-à-dire le tsar et le roi de Prusse. L'empereur d'Autriche ne s'y risquait pas; le prince de Schwarzenberg le représentait. Quant à lui-même, il demeurait à distance, au milieu de ses troupes. La veille, Autrichiens, Prussiens et Russes avaient laissé quatre mille morts entre Romainville et la barrière de Clichy; cela suffisait. François ne voulait pas se mettre à la merci des retours fulgurants de son gendre.

Les deux souverains furent accueillis par les cris de : « Vive nos libérateurs! Vive Louis XVIII! » Alexandre descendit à l'hôtel de Talleyrand, rue Saint-Florentin. A trois heures, il signait là une proclamation contenant en particulier ceci : « Les souverains alliés... déclarent que si les conditions de la paix devaient renfermer les plus fortes garanties lorsqu'il s'agissait d'enchaîner l'ambition de Bonaparte, elles doivent être plus favorables lorsque, par un retour vers un gouvernement sage, la France elle-même offrira l'assurance du repos. Les souverains proclament, en conséquence, qu'ils ne traiteront plus avec Napoléon Bonaparte ni aucun membre de sa famille, qu'ils respectent l'intégrité de l'ancienne France, telle qu'elle a existé sous ses rois légitimes; ils peuvent même faire plus, parce qu'ils professeront toujours le principe que, pour le bonheur de l'Europe, il faut que la France soit grande et forte. Ils reconnaîtront et garantiront la constitution que la nation française se donnera. Ils invitent, par conséquent, le Sénat à désigner sur-le-champ un Gouvernement provisoire, qui puisse pourvoir aux besoins de l'administration et préparer la constitution qui conviendra au peuple français... »

Un peu plus tard, Claude lut ce texte placardé rue du Lycée — ci-devant de Valois —, en allant avec Lise voir Bernard. *Des conditions de paix plus favorables... l'intégrité de l'ancienne France... même plus.* C'était assez satisfaisant; cela signifiait : les frontières de 92, et peut-être un peu mieux. Le reste correspondait bien à ce qu'avaient dit les officiers russes, la veille : les Français choisiraient librement leur régime.

« A tout prendre, avoua Lise, ils sont fort raisonnables, ces vainqueurs.

— Oui, mon poulet. Plus que ne l'a été Napoléon en pareille occurrence. Mais la nature de notre constitution dépendra de la manière dont le Sénat va composer ce fameux Gouvernement provisoire. Et remarque une chose : il ne s'agit déjà plus de régence. *Ni aucun membre de sa famille*, ces mots écartent Marie-Louise, membre de la famille au premier chef. Tout cela d'ailleurs néglige une réalité : l'existence de Napoléon; lequel doit être à présent non loin d'ici. Ne livrera-t-il pas une bataille, même désespérée, pour reconquérir Paris? »

Bernard, bien renseigné par ses officiers, par des visites de ses collègues, répondit à cette question. L'empereur était, depuis six heures du matin, à Fontainebleau. Il disposait ou disposerait incessamment des troupes laissées libres par la capitulation, plus sa garde, les corps revenus de Champagne derrière lui, et quelques compagnies de volontaires amenées par Moncey. « Au total, quarante-cinq à cinquante mille hommes, dit Bernard. Les Alliés en ont, dans la ville et autour, cent soixante-quinze mille. Ils possèdent une supériorité encore plus écrasante en artillerie, car Napoléon a perdu presque toute la sienne à Laon. Voudrait-il malgré tout s'avancer sur Paris, il ne le pourra pas. Les maréchaux ne le lui permettront pas, j'en suis sûr. Marmont et Mortier sont venus me demander conseil, hier, après la capitulation, peut-être pour se ménager, par la suite, le témoignage d'un collègue connu comme opposé à l'Empire, ou simplement parce que je suis leur aîné. Peu importe. " Votre devoir, leur ai-je dit, vous oblige à rejoindre l'empereur et à lui obéir, sauf en ce qui compromettrait les conditions d'une paix favorable, car là les intérêts de la France l'emportent sur nos serments à Napoléon." Macdonald, Ney, le vieux Lefebvre pensent comme moi, tu peux le tenir pour certain, mon cher Claude. »

Le 1er avril, il reprit son uniforme, nettoyé. La garde nationale était chargée de veiller au bon ordre. De petites bousculades se produisirent entre porteurs de cocardes blanches, dont l'excitation croissait avec le nombre, et des gens auxquels cet insigne ne plaisait pas; mais la plupart des passants le regardaient de la façon la plus indifférente. Aux cris de : « Vive le roi! Vive Louis XVIII! » ne répondit jamais aucun cri de : « Vive l'empereur! » L'intérêt des Parisiens allait surtout au pittoresque tableau offert par les Cosaques campant dans les Champs-Élysées.

Après midi, des colleurs d'affiches se mirent à placarder une proclamation dont on distribuait aussi des exemplaires. Le Conseil général de la Seine et le Conseil municipal de Paris déclaraient noir sur blanc qu'ils ne reconnaissaient plus pour souverain Napoléon Bonaparte. Ils exprimaient fermement « le désir de voir rétablir sur le trône la maison de Bourbon dans la personne de Sa Majesté Louis XVIII et de ses successeurs légitimes ».

« Décidément! s'exclama le notaire-grenadier, nous n'y couperons pas! » Claude hocha la tête. On ne pouvait attribuer au clan Talleyrand cette résolution des assemblées parisiennes les plus représentatives. Toute ou presque toute la bourgeoisie exprimait là son vœu; elle voulait le retour de la légitimité. Il fallait bien en prendre son parti puisque le peuple demeurait passif. Rien ne l'eût empêché de crier : « A bas les Bourbons! » s'il eût répugné vraiment à les recevoir.

A quatre heures et demie, le Sénat entra en séance pour élire le Gouvernement provisoire. On désigna Talleyrand, prince de Bénévent, le général comte de Beurnonville, jadis lieutenant de Dumouriez à Valmy, le sénateur comte de Jaucourt, le duc de Dalberg, conseiller d'État, l'abbé de Montesquiou, ancien membre de l'Assemblée constituante. Ce choix traduisait clairement les dispositions de la majorité sénatoriale. Elle écartait tous les ci-devant conventionnels, comme Lanjuinais, Sieyès. Celui-ci cependant dit à Claude, le soir, que la régence comptait des partisans dans la majorité. « Dalberg en est. On l'a nommé, car on sait que, malgré la proclamation d'hier, le tsar et Nesselrode penchent toujours pour la régence et n'accordent qu'une demi-confiance à Talleyrand. Alexandre garde beaucoup de prévention contre les Bourbons. Il considère le Prétendant comme l'homme le plus nul du monde, paraît-il. Dans la relevée, il a reçu Caulaincourt envoyé par Napoléon. Tout n'est peut-être pas joué en ce qui concerne la succession de l'empereur. Quant à lui-même, il sera déposé demain. Garat, Lanjuinais ou Lambrechts en feront la proposition.

— Tu sembles bien fatigué, remarqua Claude.

— Ah! mon ami, ces hauts et ces bas, ces incertitudes me tuent. »

Sieyès n'était plus l'homme froid et tranquille de la Convention. Il avait soixante-six ans; l'âge, l'inquiétude, la tristesse le marquaient durement. « Je ne partage pas l'avis de Garat et de Grégoire, reprit-il; les Bourbons ne m'inspirent aucune confiance. S'ils reviennent, il n'y aura ni repos pour les anciens révolutionnaires, ni sûreté pour nous, les régicides. Et puis quel crève-cœur! Tout ce que nous avions accompli!... La France de l'an V, ce qu'elle promettait alors!... Rien, il ne reste rien! Nous retournons de vingt années en arrière. »

Le 2 avril, le Sénat (où Sieyès n'avait point paru, car il était au lit) déclara Napoléon Bonaparte et sa famille déchus du trône, le peuple français et l'armée déliés de leurs serments. Le 3, l'acte de déchéance avec ses considérants était définitivement voté. Le Corps législatif y donna son adhésion. Le 4, à Fontainebleau, Napoléon abdiquait en faveur de son fils. Mais Alexandre Ier avait fini par abandonner la cause de la régence. Le 6, le Sénat appelait au trône « Louis-Stanislas-Xavier de France, frère du dernier roi, et après lui les autres membres de la maison de Bourbon dans l'ordre ancien ». Le 7, les maréchaux arrachaient à l'empereur, qui voulait marcher sur Paris, une abdication pure et simple.

Le Gouvernement provisoire et une commission de sénateurs, comprenant Lanjuinais, Fabre de l'Aude, Garat, Grégoire, préparaient l'acte constitutif du nouveau régime. Il parut le 8 au *Moniteur* sous le titre de *Charte constitutionnelle.* Claude constata qu'elle fournissait de sérieuses garanties. Elle consolidait les libertés acquises par la Révolution. Elle confirmait l'égalité des citoyens devant la loi et devant l'impôt, l'accessibilité à tous les emplois et les grades, consacrait irrévocablement les ventes de biens nationaux. Elle maintenait la Légion d'honneur. Conservant les deux Chambres existantes, elle conférait au Sénat et au Corps législatif non seulement le soin de discuter et de voter les lois, mais aussi le droit d'en proposer. Le roi les promulguait. Il exerçait le pouvoir exécutif, choisissait souverainement ses ministres, responsables toutefois devant les deux Assemblées. Il était inviolable et possédait le droit de grâce. « Aucun citoyen ne pourra être recherché ou inquiété pour des opinions, des votes ou des faits relatifs à la Révolution », spécifiait cette charte. Elle se terminait ainsi : « Louis-Stanislas-Xavier sera proclamé roi des Français aussitôt qu'il aura juré et signé par un acte portant : *J'accepte la Constitution, je jure de l'observer et de la faire observer.* »

« Que vaut le serment d'un monarque! observa Jean Dubon. D'ailleurs, Louis XVIII le prêterait-il? S'il refuse une fois en France, comment nous en tirerons-nous?

— Le tsar, répondit Claude, est résolu à imposer cette constitution. Grégoire, Garat me l'ont affirmé.

— Alexandre, bah! N'a-t-il pas renoncé à la régence! Il abandonnera cela aussi. Pourquoi le roi de Prusse et l'empereur d'Autriche imposeraient-ils au roi de France une constitution dont ils ne voudraient pas chez eux? »

La situation était assurément très fausse. L'impopularité soudaine du Sénat la compliquait encore. Un tollé quasi unanime s'élevait contre lui. Les bonapartistes ne lui pardonnaient pas, les uns d'avoir « trahi » l'empereur; les autres, plus sages, de n'avoir pas soutenu la régence. Les royalistes, loin de lui savoir gré de rappeler les Bourbons, reprochaient avec indignation aux sénateurs la Charte et ses monstrueuses restrictions à l'autorité légitime. Tout le monde les accusait de vouloir se perpétuer pour garder leurs sénatoreries, leurs dotations, leurs titres. On assistait à un déchaînement général contre une assemblée « qui n'a jamais conservé que pour elle-même ». Un des multiples pamphlets publiés depuis la parution de la Charte proclamait : « On pourrait demander au Sénat : "Qui êtes-vous et de qui tenez-vous votre pouvoir?" Vous avez été créé et mis au monde par Napoléon à la journée de Saint-Cloud. Le peuple n'a nullement participé à votre création, il ne vous connaît que comme des vampires qui vivez aux dépens de ses sueurs et de son sang, des pourvoyeurs de l'ogre, à qui vous le forciez de fournir annuellement deux à trois cent mille hommes... Ouvrage et enfants du Buonaparte, vous ne pouvez ni ne devez lui survivre : vous êtes la production la plus dangereuse qui soit sortie de ses entrailles. »

Il y avait du vrai dans ces accusations de servilité et de cupidité. Mais Claude retrouvait là le ton des royalistes hurlant, en 95, contre les « perpétuels ». Tout recommence périodiquement. Les royalistes étaient toujours forts pour parler au nom du peuple dont ils ne se souciaient guère; et bien des pamphlétaires improvisés ne se fussent nullement émus de la restriction apportée aux prérogatives royales, si la Charte n'eût limité à deux cents membres le recrutement du Sénat. Au demeurant, quels qu'aient été ses vices, il montrait le courage d'opposer la souveraineté de la nation à l'absolutisme de la légitimité. Il apparaissait comme le seul champion des principes de 89. Pour le soutenir, Claude songeait à reprendre sa plume de polémiste, lorsque l'inattendu se produisit.

Le 11 au soir, ainsi que tous les lundis, mercredis, vendredis, Lise et Thérèse tenaient leur cercle après le souper. Il y avait dans le grand salon plusieurs confrères de Claude, leurs épouses, Sieyès rétabli, accompagné de son neveu et de sa nièce, Grégoire au teint éternellement rose, le fidèle Gay-Vernon, Germaine Louvet — Lodoïska bien vieillie —, Réal, Rœderer revenus siéger au Sénat, la comtesse Rœderer, le baron Dupin, conseiller maître à la Cour des Comptes, sa femme — vingt ans plus tôt celle de Danton, dont elle ne parlait jamais, — Gabrielle, Jean Dubon, Claudine et Bernard le bras gauche en écharpe. Leur fille Élisabeth, Claire bavardaient sur le perron du jardin avec deux secrétaires de Claude et le Dr Gaillot, le jeune médecin qui s'occupait des convalescents séjournant dans l'hôtel (où ils se succédaient encore, car les hôpitaux regorgeaient toujours, avec le nouveau contingent de soldats français, russes, allemands blessés lors des derniers combats sous Paris). Le jour durait, mais dans le salon les lustres étaient allumés. Les domestiques passaient des sorbets, des boissons. La porte sur le vestibule s'ouvrit à deux battants et cette annonce retentit : « Son Altesse, Monseigneur le duc d'Otrante ».

« Toi! Par exemple! » s'exclama Claude en s'avançant vers Fouché qui l'embrassa d'une étreinte fraternelle. Il salua galamment les dames, s'inclina devant Grégoire et Sieyès. « Vous voilà donc! monsieur le duc, dit l'ancien directeur. Ma foi, je ne suis pas fâché de votre retour. Nous avons en ce moment grand besoin d'hommes habiles, et certes vous êtes un habile homme », conclut-il avec un sourire à peine narquois. Les ambitions de Sieyès s'étaient usées, il n'éprouvait plus de rancune, et sans doute ne lui déplaisait-il pas de voir entrer en lice un régicide de plus, à lui seul plus rusé qu'eux tous. Mais Claude entraînait Fouché pour lui demander en aparté : « D'abord, comment vas-tu, mon pauvre ami? » Sa très chère Bonne-Jeanne était morte à la fin de 1812, et Claude n'ignorait pas combien cette perte l'avait éprouvé. « Comme quelqu'un qui se console difficilement, répondit-il. Après seize mois, je ne suis pas encore fait à cette séparation; tout me manque avec la compagne de mon travail, de mes lectures, de mes promenades, de mon repos, de mon sommeil. Enfin, il faut vivre!... Viens, ce que je veux dire est pour tous. »

Les deux hommes rejoignirent le cercle. « Eh bien, monsieur le duc, lança Thérèse, avez-vous pris une idée de la situation?

— Certainement, madame, et elle ne me semble pas si mauvaise.

— Voilà du nouveau! se récria Réal. Votre Altesse est singulièrement optimiste.

— Pas plus qu'il ne convient, mon cher comte. »

Claude s'amusait toujours, ironiquement, d'entendre ses

vieux compagnons jacobins se traiter de monseigneur, de monsieur le duc, le comte, le baron, se parler à la troisième personne; mais aujourd'hui il n'inclinait pas à rire. Il écoutait très sérieusement Fouché raconter que, rentré la veille, il s'était, en sa qualité de ministre d'État, présenté chez Talleyrand où il avait vu un certain baron de Vitrolles, agent quasi officiel du comte d'Artois. « On peut s'entendre avec ce Vitrolles, assura Fouché. Il ne se dissimule pas l'hostilité d'Alexandre Ier contre les Bourbons, et il sait qu'ils ne rentreront point sans donner des gages. Il m'est revenu, d'autre part, qu'ayant étudié sur place le fonctionnement de la monarchie parlementaire anglaise, le Prétendant ne répugnerait pas à en appliquer les principes. Tels sont nos avantages. Vous avez agi fort adroitement, messieurs les sénateurs, en rappelant vous-mêmes les Bourbons. Il faut leur faire reconnaître qu'ils retrouvent le trône non point par le droit divin mais par votre volonté, par celle de la nation, et obtenir avant l'arrivée du Roi l'adhésion à la Charte. Si vous me soutenez, je me flatte d'y réussir. »

Il y réussit, en effet. Le 13 avril, il enlevait, au Luxembourg où il réoccupait son siège, le vote d'un décret conférant « à S.A.R. Monseigneur le comte d'Artois la lieutenance générale du royaume, en attendant que Louis-Stanislas-Xavier de France, appelé au trône des Français, ait accepté la Charte constitutionnelle ». Le 14, à huit heures du soir, une délégation du Sénat, conduite par Talleyrand, se rendait au pavillon de Marsan où Monsieur était descendu, pour lui présenter ce décret. Bon gré, mal gré, le comte d'Artois dut faire une déclaration dont le projet, rédigé par Fouché, avait été récrit par Vitrolles et l'abbé de Montesquiou. « Messieurs, dit S.A.R., j'ai pris connaissance de l'acte constitutionnel qui rappelle au trône de France le roi, mon auguste frère. Je n'ai point reçu de lui le pouvoir d'accepter la Constitution, mais je ne crains pas d'être désavoué en assurant en son nom qu'il en admettra les bases. » Monsieur les énuméra. C'étaient exactement les articles de la Charte, sauf l'hérédité du titre de sénateur, le maintien des dotations sénatoriales et le nom même de Sénat conservateur, dont il ne fut pas question. Mais, hormis les sénateurs, nul ne se souciait que le Sénat demeurât ou non. Toutes les libertés se trouvaient reconnues, cela seul comptait.

Claude félicita Fouché, et reçut en réponse un sourire sceptique. « Attendons, mon bon ami, de voir comment ces gens-là se conduiront. »

V

Louis XVIII fit son entrée à Paris le 3 mai. Ni Claude ni Lise ne voulurent assister à ce spectacle. En revanche, Thérèse ne le manqua point. Elle alla chez les Dubon; la famille royale devait passer deux fois sous leurs fenêtres, d'abord pour se rendre à Notre-Dame par le quai des Orfèvres, puis en traversant le Pont-Neuf pour gagner les Tuileries. Curieuse, Claire suivit sa tante.

Elles revinrent déçues. Le roi était un très gros homme quasi informe, engoncé dans un bizarre habit bleu barbeau avec d'énormes épaulettes d'or. Il ne cessait de désigner aux gens, d'une manière assez ridicule, sa nièce, la duchesse d'Angoulême, comme pour dire : « C'est elle, c'est bien elle la malheureuse orpheline. » Une orpheline de trente-six ans, dont le deuil datait de vingt années! Froide, dédaigneuse, guindée, elle semblait d'humeur à repousser toute sympathie. Le duc d'Angoulême et le duc de Berry avaient l'air de rustres habillés en milords. Seul, leur père, Monsieur, montrait cette distinction, cette bonne grâce qui lui valaient depuis le premier jour la faveur des Parisiens. « En vérité, dit Thérèse, il y a eu beaucoup d'enthousiasme dans le public.

— Oui mais, corrigea Claire, les soldats de la garde rangés en haie sur le pont et le quai mangeaient leurs moustaches. S'ils se fussent abandonnés à leurs sentiments, les Bourbons ne seraient plus de ce monde à l'heure présente.

— Et cela ne vaudrait pas plus mal, assura Jean Dubon qui avait raccompagné ses invitées. Je ne me fie pas à ces gens-là. Il suffit de les voir, ce sont d'orgueilleux imbéciles. La duchesse porte la vengeance sur son visage; certainement, elle n'a rien oublié et ne pardonnera rien.

— Louis XVIII cependant donne quelques signes d'honnêteté, dit Claude. Tu as lu sa déclaration, je pense. »

Elle avait paru le matin même au *Moniteur*, datée de la veille à

Saint-Ouen où résidait le roi avant d'entrer dans Paris, et conçue en ces termes :

« LOUIS, par la grâce de Dieu, Roi de France et de Navarre, à tous ceux qui ces présentes verront, Salut.

« Rappelé par l'amour de notre peuple au trône de nos pères, éclairé par les malheurs de la Nation que nous sommes destinés à gouverner, notre première pensée est d'invoquer cette confiance mutuelle nécessaire à notre repos, à son bonheur.

« Après avoir lu attentivement le plan de la Constitution proposé par le Sénat, dans sa réunion du 6 avril dernier, nous avons reconnu que les bases étaient bonnes, mais qu'un grand nombre d'articles portant l'empreinte de la précipitation avec laquelle ils ont été rédigés, ils ne peuvent dans leur forme actuelle devenir lois fondamentales de l'État.

« Résolu d'adopter une Constitution libérale, nous voulons qu'elle soit sagement combinée, et ne pouvant en accepter une qu'il est indispensable de rectifier nous convoquons pour le 10 du mois de la présente année le Sénat et le Corps législatif, nous engageant à mettre sous leurs yeux le travail que nous aurons accompli avec une Commission choisie dans le sein de ces deux corps, et à donner pour bases à cette Constitution les garanties suivantes : ... »

Elles répétaient purement et simplement l'énumération faite, le 14 avril, par Monsieur. Les promesses semblaient donc devoir être tenues. « Évidemment, remarqua Claude, *rappelé au trône par l'amour de notre peuple* n'est point *rappelé au trône par la volonté* ou même simplement *le vœu de la nation.* Le *roi de France et de Navarre* n'offre guère de rapport avec un roi des Français. L'emploi de ces vieilles formules n'indique pas une grande intelligence de la réalité actuelle ni ne promet beaucoup de compréhension pour l'avenir.

— Je le crains, dit Dubon. En tout cas, si Louis XVIII se croit roi de France par la grâce de Dieu, il ne restera pas longtemps sur le trône. »

Un mois plus tard, le 4 juin, lorsque le monarque se rendit solennellement au palais Bourbon pour présenter au Sénat et au Corps législatif réunis l'acte constitutionnel, celui-ci s'était transformé en une Charte royale, non plus acceptée mais *octroyée* par le souverain à ses sujets, datée de la dix-neuvième année de son règne, comme s'il était monté sur le trône par droit de naissance dès la mort du petit Louis XVII. Certes, cette Charte confirmait les libertés primordiales, l'égalité devant la loi et l'impôt, l'accessibilité de tous aux emplois et aux grades, l'irrévocabilité des ventes de biens nationaux, l'interdiction d'inquiéter quiconque pour des opinions, des votes ou faits relatifs à la Révolution, le maintien de la Légion d'honneur, des titres et des grades conférés par l'Empire. Mais elle substituait au Sénat une Chambre des pairs nommés par le roi, au Corps législatif une Chambre des députés élus au suffrage restreint, car la Charte rétablissait le cens : il fallait payer au moins trois cents francs d'impôt direct pour être électeur, mille pour être éligible. Enfin, le roi seul proposait les lois, et ses ministres étaient responsables devant lui seul.

« Joli tour de passe-passe! constata Dubon. Nous voilà, une fois encore, bernés. »

Il n'y eut néanmoins aucune protestation. Comment les patriotes se fussent-ils insurgés contre un gouvernement qui avait obtenu la paix à des conditions inespérées? Le traité, signé le 30 mai, — l'impératrice Joséphine était morte la veille à Malmaison —, conservait à la France, outre les frontières de 92, le territoire de Mulhouse, celui de Montbéliard, la Savoie, le comté de Nice, et entérinait l'incorporation du Comtat Venaissin, fief des Papes. Des colonies, on perdait seulement Sainte-Lucie, Tabago et l'île de France cédées à l'Angleterre, la partie espagnole de Saint-Domingue restituée à l'Espagne. Les Alliés ne demandaient aucune indemnité de guerre; ils ne réclamaient même pas les objets d'art enlevés par Napoléon dans les pays conquis, dont les Parisiens avaient déjà fait leur deuil.

Bernard se disait content de Louis XVIII. « Nul autre n'aurait valu au pays un traitement si favorable », affirmait-il. A quoi son beau-père et Claude répliquaient : « Es-tu content aussi de voir le drapeau blanc substitué aux couleurs nationales, de l'insolence qu'affichent les émigrés et les prêtres?

— Non, sans doute; mais, il faut bien le reconnaître, pour tout le continent ces couleurs sont devenues sous Napoléon celles du despotisme; et je ne me suis pas battu pour un drapeau, j'ai versé mon sang pour l'indépendance, l'unité, la grandeur, la tranquillité de la France. Eh bien, n'est-elle pas respectée, unifiée, en paix, n'occupe-t-elle pas un rang élevé parmi les nations?... Quant aux émigrés et aux prêtres, leur turbulence présente passera d'elle-même. »

Si honnête, si désintéressé qu'il fût, Bernard ne se laissait-il pas influencer par les façons de Louis XVIII à son endroit? Ainsi qu'aux autres maréchaux, le roi lui avait envoyé le bâton bleu fleurdelisé; mais en outre, comme il ne tenait de l'Empire ni dotation ni titre, Sa Majesté venait de le faire comte et pair. On ne pouvait lui en vouloir d'accepter ces distinctions si méritées. Depuis longtemps, titres et dignités remplaçaient les armes d'honneur par quoi l'austère Convention récompensait les services rendus à la patrie; pour sa part, Jourdan espérait être fait, enfin, duc de Fleurus. Claude, lui, n'avait pas ces raisons de considérer favorablement la nouvelle monarchie et, pas plus que Gay-Vernon déjà très pessimiste, il ne croyait les choses en voie de s'arranger toutes seules, bien au contraire.

Le bon vouloir ne semblait pas manquer à Louis XVIII. Il le prouvait en maintenant contre vents et marées la Charte attaquée furieusement par les ultra-royalistes; mais, vieillard impotent et, à ce qu'on disait, soucieux par-dessus tout de son bien-être, il ne possédait plus l'énergie nécessaire pour contenir sa famille. Celle-ci s'affirmait, comme l'avait pressenti Jean Dubon, entièrement stupide. Monsieur, d'abord si bien vu pour son affabilité, ses manières gracieuses et libérales, ayant jeté ce masque, se posait désormais en champion de l'absolutisme. Au pavillon de Marsan — là où siégeait autrefois le Comité de Sureté générale — il tenait sa propre cour composée d'émigrés, d'anciens officiers de Condé, de Vendéens. On s'y déclarait — comme, vingt-cinq ans plus tôt, Cazalès à Versailles — résolu à défendre la royauté contre le roi. Monsieur laissait entendre que de grands changements se produiraient si Dieu l'appelait à régner : éventualité fort envisageable étant donné l'état physique de Louis XVIII. Depuis la mort de Mme de Polastron, en 1804, le comte d'Artois était passé du libertinage à la bigoterie, d'un certain libéralisme adopté pour plaire au cabinet de Saint-James à l'absolutisme complet. Il n'existait pas pire fanatique. Thérèse elle-même, qui avait eu, en tant que vieille royaliste persécutée, l'honneur d'être présentée au pavillon de Marsan, tenait Monsieur pour un redoutable imbécile. Selon l'usage malheureusement conservé, il participait au Conseil, comme prince du sang. Ses fils aussi. Le cadet, le duc de Berry, occupé de ses plaisirs : les femmes, les chevaux, n'aimait guère les jacobins, mais se montrait tolérant. Il soutenait généralement les avis du roi. Le duc d'Angoulême, en revanche, joignait aux opinions outrées de son père la haine de sa femme pour tous les vestiges de l'esprit révolutionnaire. Par l'intermédiaire de son mari, elle exerçait dans le Conseil une action aussi néfaste que l'avait été celle de sa mère auprès de Louis XVI.

On n'ignorait rien de tout cela dans Paris, ni que les ultras voulaient purement et simplement restaurer l'Ancien Régime. Ils comptaient déchirer l'abominable Charte arrachée à la faiblesse de Louis XVIII, rétablir la monarchie d'avant 1789, abolir toute l'organisation administrative subsistant de la Révolution et de l'Empire, les départements, les préfectures, ressusciter les provinces, les intendances, les présidiaux, les parlements, procéder à la destitution générale des fonctionnaires, des magistrats, pour leur substituer des royalistes purs. Ils réclamaient le licenciement de l'armée, la reconstitution des anciens régiments provinciaux que commanderaient des officiers condéens et vendéens, la dénonciation du Concordat et la remise du clergé sur le pied de 1788. Bien entendu, suppression de l'électorat sous toutes ses formes, de la liberté de penser, d'écrire, de la Légion d'honneur, réintégration des nobles dans tous leurs privilèges, restitution des biens nationaux. Leurs acquéreurs devraient se tenir pour trop heureux d'en avoir eu l'usufruit pendant vingt ans. Encore bien beau qu'on ne les guillotinât pas, comme on y songeait autrefois. On se contenterait de proscrire les révolutionnaires et d'exécuter ou, à tout le moins, de déporter en Guyane les régicides.

Bernard n'accordait aucun crédit à ces extravagances. « Le roi, assurait-il, n'est pas homme à se laisser manœuvrer par son frère ni par les émigrés. Il a infiniment plus d'intelligence, de finesse qu'eux, et il cache sous son air bonasse pas mal de fermeté. » Allant régulièrement, avec Claudine, aux réceptions des Tuileries, Bernard, comme ses collègues Victor, Marmont, Macdonald, se prenait d'un respect affectueux et confiant pour le vieil homme majestueux en dépit de sa difformité, bienveillant, sceptique, opposant avec flegme à toutes les attaques et les récriminations, y compris celles de sa famille, une sérénité souveraine. « Il a ses petits côtés, c'est vrai : un peu de pédantisme, un peu de frivolité dans les choses secondaires, un certain égoïsme masqué sous sa bonhomie. Après tant d'épreuves, il tend naturellement à préserver ses aises, sa tranquillité. Cela nous garantit contre les aventures auxquelles pousse la coterie d'Artois. Nul ne fera faire au roi ce qu'il ne veut pas faire, sois-en sûr. Enfin, il possède au plus haut degré le sentiment de la France.

— Te voilà donc royaliste! dit Claude. Comment aurait-on imaginé chose pareille!

— Non, je ne suis pas royaliste, et je redeviendrais sans-culotte si Monsieur montait sur le trône. Simplement, Louis XVIII est, à mon sens, l'homme de la situation. A tout prendre, ne nous procure-t-il pas plus de liberté que nous n'en avons connu depuis vingt ans? »

C'était assez vrai. Ça l'eût été davantage si les ministres n'eussent pas regardé bien plus vers le pavillon de Marsan que vers celui de Flore. Par la volonté du roi, le système administratif, judiciaire, l'enseignement public demeurèrent inchangés. Il n'y eut pas de proscription ni de destitution générale. Mais l'influence des ultras sur le gouvernement entraîna des milliers de renvois individuels parmi les fonctionnaires, les magistrats, dans l'Université. Tous les sénateurs anciens révolutionnaires se virent écartés de la nouvelle Chambre haute, comme Sieyès, Grégoire, Fouché. Louis XVIII, appréciant à leur valeur le sens politique et les capacités d'homme d'État dont le duc d'Otrante avait fourni mainte preuve, l'eût admis au nombre des pairs, sinon au Conseil. Pour empêcher cette abomination, la duchesse d'Angoulême alla jusqu'à la crise de nerfs, et l'on n'en parla plus. L'Institut, créé par la Convention, subsista; mais Cambacérès, Grégoire, Carnot, Garat, Merlin de Douai — ci-devant *Merlin-Suspects* —, Guiton-Morveau, Monge, Lakanal s'en trouvèrent exclus. L'armée ne fut pas licenciée, ni les régiments provinciaux rétablis; mais on réduisit de moitié les effectifs, après avoir libéré la classe 1815. Douze mille officiers, mis en non-activité, passèrent du jour au lendemain à la demi-solde. Antoine, revenu avec les autres prisonniers, comptait parmi les victimes de cette mesure évidemment justifiée, car la France en paix ne pouvait entretenir une armée inutilement nombreuse. Mais le roi avait-il besoin de se constituer une Maison militaire composée de six-mille ex-condéens, vendéens, chouans et adolescents nobles recevant d'emblée l'épaulette de sous-lieutenant et appelés à former par la suite les cadres de la ligne? Ce qui fermait pratiquement la carrière militaire aux jeunes officiers dans la situation d'Antoine. Furieux, lui et ses camarades juraient de couper les oreilles à ces « soldats d'antichambre ».

Sévère comme on l'est à cet âge, Antoine ne pardonnait pas à « oncle Bernard » son retournement. « Malgré mon immense respect pour vous, monsieur le maréchal, lui dit-il, et malgré toute mon affection, je ne vous comprends point. Vous! renoncer aux couleurs françaises, accepter ce haillon blanc qui a traîné dans les pires sentines de l'émigration, ce torchon souillé de toutes les compromissions avec nos ennemis, cet emblème d'une famille étrangère! Et comment portez-vous encore cette Légion d'honneur que l'on s'efforce de déshonorer, que l'on distribue à des crapules, à des forçats, que le premier venu achète pour trois cents francs? »

Le soir même, arrivait à Paris Fernand Dubon — alors dans sa quarante-troisième année, et toujours obstinément célibataire. Sa conduite, en 1809, lors de la tentative anglaise contre Anvers, ensuite une brillante croisière aux Antilles, lui avaient valu le grade de contre-amiral puis de vice-amiral. Présentement, il était au comble de la rage. « Savez-vous, s'exclama-t-il, à quoi l'on m'a contraint? Par ordre de votre infâme Louis XVIII, j'ai dû remettre aux Anglais — oui, moi, aux Anglais! — tous les bâtiments de mon escadre : sept vaisseaux, quatre frégates, huit corvettes; et l'on m'expédie à Cherbourg, comme préfet maritime, avec mission de désarmer la flotte de la Manche pour vendre tous les navires qui trouveront preneur! En débarquant ici, je suis allé droit au ministère. Nous avons le plus grand besoin d'argent, m'a expliqué Malouet, et nul besoin de bâtiments de guerre. Quelques frégates suffiront au service des colonies. Voilà où nous en sommes, mes amis. Louis XVIII abandonne décidément aux Anglais la maîtrise des mers. Louis XVI la leur avait ravie. On l'a guillotiné. Louis XVIII n'est même pas digne de la guillotine; il faut le pendre.

— Mon pauvre Fernand, lui répondit son père, Napoléon nous a légué un arriéré de dette montant à plus d'un milliard six cent millions, si l'on en croit le *Moniteur*, et la Maison militaire indispensable, paraît-il, à la majesté d'un roi de France, coûte vingt millions. Alors, on bazarde la marine, on réduit brutalement l'armée, on maintient la régie des droits réunis, dont on avait promis la suppression. Pendre Louis XVIII? cela n'en vaut pas la peine. Lui, les siens, le cabinet sont en train de tuer la royauté beaucoup plus sûrement que nous n'y avions réussi, nous. »

Excepté l'honnête Malouet — qui allait mourir sous peu —, Talleyrand et le baron Louis, fidèles tous les trois au système de la monarchie libérale, les autres ministres étaient des rétrogrades imbéciles. Ils se souciaient uniquement de plaire aux princes. Pour flatter la bigoterie du comte d'Artois et de la duchesse d'Angoulême, le stupide Beugnot (« Ah! disait Claude, pourquoi Danton lui a-t-il sauvé la tête! »), directeur général de la Police, avait de sa propre initiative rendu obligatoire l'observation des dimanches et des fêtes religieuses, rouvrant les rues aux processions. Les boutiques, les restaurants, cafés, cabarets devaient rester clos tout le temps des offices. La circulation des voitures était interdite de huit heures du matin jusqu'à trois heures après midi; les habitants, tenus de tapisser leurs maisons sur le trajet du cortège; les passants, de se découvrir et de s'agenouiller. Le tout sous peine de cent à cent cinquante francs d'amende.

Grégoire, Lanjuinais, quoique profondément catholiques, s'indignaient. « On n'impose pas la religion, protestait l'ex-évêque, surtout par des mesures de police. On fera détester le culte, voilà tout. » Quant à Gay-Vernon : « Nous revenons, dit-il, à la tyrannie que Robespierre prétendait exercer sur les âmes. Nous l'avons abattu pour cela. Les Bourbons seraient avisés de s'en souvenir.

— Ils sont insensés, répondit Claude. Dans tous les domaines, rien, depuis trois mois, ne semble avoir été accompli qu'en vue de rendre odieux ce régime. »

Comme on pouvait s'y attendre, les ordonnances de Beugnot, très mal reçues par la majorité de la population, provoquèrent des émeutes à Paris et en province, et contribuèrent à discréditer Louis XVIII. Déjà, dans les casernes on ne l'appelait plus que le roi-pot ou le roi-cochon. Il devint aussi le roi-calotte. Des caricatures insultantes le représentaient, énorme, dans un fauteuil roulant poussé par un prêtre. Nul besoin d'être prophète pour se rendre compte que tout cela finirait fort mal.

A ces inquiétudes s'en ajoutaient d'autres pour Claude. Ses

enfants le souciaient. Antoine surtout. En famille, il ne se départait pas de son affectueuse douceur. Elle abusait les femmes. Claude ne s'y trompait point; il devinait chez son fils une colère qui s'échauffait, qui donnait à craindre les plus redoutables entraînements. Antoine avait pour amis de jeunes officiers sans uniforme, comme lui-même, tous de la meilleure éducation, plusieurs appartenant à la noblesse impériale. Ils faisaient excellente figure dans le salon de Lise et de Thérèse; mais, de jour, leur sévère redingote strictement boutonnée, leur cravate noire, le demi-castor penché sur l'œil, quelque chose d'insolent dans l'ébouriffement des favoris et le retroussis des moustaches, montraient assez avec qui ces garçons affirmaient leur fraternité. Claude soupçonnait son fils et ses camarades de fréquenter au Palais-Royal les cafés où, depuis quelque temps, s'affrontaient demi-solde et officiers royaux. Il alla lui parler, un matin, dans sa chambre.

Artiste autant que soldat — comme plusieurs généraux de l'Empire, dont Lejeune —, Antoine peignait une scène villageoise, d'après des croquis à l'aquarelle pris pendant sa captivité. « Peux-tu m'accorder un instant? lui demanda son père. Je voudrais te poser une question. » Antoine se débarrassa de la palette et des pinceaux. « Mais assurément. Je t'écoute. » Rompant avec les usages, Claude avait tenu à ce que ses enfants le tutoyassent, lui et leur mère. « Vas-tu au café Lemblin? » dit-il. Antoine ne détourna pas les yeux. « Oui, c'est mon habitude d'y passer un moment.

— Ainsi tu cherches un duel, des duels!

— Non, je ne les cherche pas. Mes amis et moi ne provoquons personne.

— Allons donc! vous provoquez par votre simple présence, et vous le savez bien. Qui d'abord a parlé de couper les oreilles? Pas les "soldats d'antichambre", reconnais-le. Qui a tué trente volontaires royaux, à Morlaix?... Antoine, ces façons me... m'offusquent profondément. Je conçois ta colère, et crois-tu que je les aime, ces émigrés, ces ultras, nos ennemis de toujours? Tu auras sans doute l'occasion de les combattre bientôt, car nous courons à une seconde Révolution; mais tu les combattras en officier conduisant sa troupe, non en bretteur, dans des rixes sordides, des duels sans gloire ni même dignité. Le fait de risquer sa vie en de pareilles rencontres peut les vêtir à vos yeux d'une apparence trompeuse; un citoyen n'a le droit de risquer sa vie que pour tenter d'en sauver une autre, pour protéger les siens ou pour défendre sa patrie. Comprends-tu cela, mon fils?

— Oui, père. Cependant ces matamores insultent à la gloire de la France!

— La gloire de la France est bien au-delà de leur atteinte. Ta colère leur attribue trop de pouvoir; ils ont seulement celui de se déshonorer eux-mêmes. Dédaigne-les, tu vaux mieux qu'eux.

— Mais enfin, je ne puis abandonner mes amis. Si j'essayais de leur répéter ta leçon, ils ne m'entendraient pas, ils me prendraient pour un lâche.

— As-tu le sentiment de l'être?

— Non, certainement.

— La façon dont les autres nous jugent n'importe pas; seul compte ce que nous dit notre conscience. Tu t'es battu avec ardeur, avec courage; tu recommenceras quand il le faudra. En ce moment, il ne le faut pas, voilà tout.

— Que dois-je faire?

— Tes bagages. Ta mère, ta sœur et ta tante vont avancer leur voyage en Limousin. Tu les accompagneras; tes amis ne pourront te le reprocher. Je vous rejoindrai plus tard.

— Ah, bon! Mais sais-tu, je me demande si l'éloignement de Paris arrangera les choses pour Claire.

— Je l'espère, mon petit. Vois-tu un meilleur moyen de l'aider? »

Antoine secoua la tête.

Claire traversait un pas difficile. Sans se le dire, elle et le Dr Gaillot ressentaient une vive attirance l'un pour l'autre. C'eût été fort bien, car le jeune médecin, engagé volontaire dans le corps des officiers de santé en janvier 1814, rendu à l'existence civile en mai, venait d'ouvrir son cabinet rue de la Chaussée d'Antin, et il offrait toutes les garanties souhaitables pour la destinée d'un ménage. Seulement, Claire était déjà tacitement promise au premier secrétaire de son père, un jeune avocat très brillant que Claude considérait et traitait depuis longtemps comme son futur gendre. Jusqu'à l'apparition d'Henri Gaillot, Claire envisageait du meilleur gré cette union en perspective. Ensuite, elle avait fait la différence entre une sympathie amicale, une admiration pour le brillant Jérôme, accompagnées par la vanité de lui plaire, et ce qu'elle éprouvait pour Henri. Malheureusement, Jérôme l'aimait tout de bon, elle le sentait. Il se rendait compte qu'il avait un rival, mais il se fiait à elle, il ne la croyait pas de nature à lui préférer soudain un nouveau venu.

« Eh quoi! disait Lise, tu n'es pas engagée envers lui, nulle promesse n'a été prononcée.

— Non, mais pendant deux ans, ou presque, nous nous sommes tous conduits comme si ce futur mariage était chose entendue, et moi-même n'ai donné à Jérôme aucune raison d'en douter.

— Enfin, ma chérie, si tu aimes vraiment Henri, tu ne vas pas en épouser un autre!

— Je devrais le faire, pourtant. Ah! je suis bien malheureuse! Henri, posé, maître de soi, se dominera plus aisément, si je me détache de lui, que Jérôme avec son caractère vif, passionné, son âme vibrante.

— Tu n'en sais rien, observa Thérèse. Le Dr Gaillot pourrait être très passionné sous son calme. Naturellement, tu as raison : une femme se doit à qui elle est le plus nécessaire. Mais, mais, mais, est-ce Jérôme? J'en doute.

— Tantine, tu n'as jamais eu grande sympathie pour lui.

— N'en conserves-tu pas beaucoup, toi, pour te dire si éprise d'un autre? Ma petite chatte, ton cœur ne me semble pas encore très fixé. »

Claude partageait l'opinion de sa belle-sœur. Au contraire de M. Dupré, jadis, il ne voulait en aucune façon imposer à sa fille un mari; il entendait la laisser libre de le choisir. Elle ne lui en paraissait pas capable dans les circonstances présentes, et il pensait que loin de ses soupirants — non encore déclarés — elle sentirait lequel lui manquait essentiellement. Si l'un d'eux lui manquait! Tombant dans une erreur toute semblable à celle qu'il avait commise, vingt-six ans plus tôt, en n'accordant pas assez d'importance à « l'amourette » de Lise et de Bernard, Claude ne prenait pas très au sérieux « ces balbutiements du cœur », disait-il. « Tu te trompes, mon ami, lui répondit Lise, un soir. Ce ne sont point des balbutiements, crois-en mon expérience. J'ai passé par là, ne t'en souvient-il plus? N'est-ce pas, même, une chose singulière que ma fille se trouve dans la situation où je me trouvais à son âge!

— La situation, la situation!... Alors selon toi, poursuivit

Claude s'amusant à taquiner sa femme, Henri serait Bernard, et Jérôme moi. Et tu espères voir ta fille mariée à Henri parce qu'au fond, mon petit lapin, tu as toujours regretté inconsciemment Bernard.

— Bien entendu. Je ne me console pas de t'avoir épousé, tu m'as rendue tellement malheureuse! Passons. Je n'ai pas de préférence pour Jérôme ou pour Henri, tu le sais; mais c'est celui-ci que Claire aime. Son cœur ne balbutie pas du tout, il parle nettement. Elle balance par scrupule, par honnêteté, parce qu'elle s'imagine moralement engagée envers Jérôme, et parce qu'étant bonne et tendre elle redoute de le faire souffrir. A mon avis, le temps arrangera cela. »

Comme son mari, Lise pensait qu'à Thias où, loin de Claude elle avait autrefois découvert peu à peu sa vérité, Claire à son tour se confirmerait la sienne.

Les trois femmes partirent avec Antoine le 16 juillet. Le lendemain, il y eut une petite émeute rue Saint-Honoré : des commerçants, se refusant à fermer boutique au passage d'une procession, tinrent la police en échec; il fallut appeler la gendarmerie. Le 22, un régiment de dragons défila rue du Bac aux cris de : « Vive l'Empereur! » Le 15 août, la Saint-Napoléon fut fêtée dans presque toutes les casernes parisiennes et dans maintes villes de province. Fouché, après avoir vainement tenté de faire entendre ses conseils et cru, un instant, accéder sinon au ministère du moins à la pairie, s'était retiré dans son château de Ferrières en déclarant que les Bourbons ne dureraient pas six mois. Il venait d'imprimer une *Lettre du duc de *** au comte d'Artois*, dans laquelle il mettait « les vrais amis de Louis XVIII » en garde contre les ultras, « royalistes mille fois plus dangereux que les traîtres, par les excès auxquels ils veulent se porter pour soutenir le parti de Sa Majesté ». Il engageait les Bourbons à n'imiter point les Stuarts, « qui, après être remontés sur le trône, en descendirent par imprévoyance ». Claude l'allait visiter à Ferrières, où l'on voyait le fidèle Gaillard et parfois Talleyrand. Là, l'ancien ministre coulait apparemment une vie toute paisible et patriarcale. Il se délassait sous les frondaisons de son beau parc, veillait sur ses enfants, dirigeait leur éducation. En réalité, la nostalgie du pouvoir le rongeait. Certainement, reconnaissait Claude, au ministère il aurait rendu grand service. Avec sa souplesse, son audacieuse ingéniosité, même son absence de scrupules, son habileté à ménager tous les partis, il eût été capable de guider sagement entre les écueils la monarchie extravagante. Il abondait en vues très sensées, en idées de véritable homme d'État; et la rancune qu'il laissait par moments paraître, virulente, ne prenait pas sa source seulement dans l'ambition déçue mais autant dans la conscience de ce que l'on gâchait.

En Limousin, les choses tournaient comme Claude et Lise encore davantage s'y étaient attendus. L'absence accomplissait son œuvre. Privée d'Henri, toute souffrante du besoin de le retrouver, Claire ne songeait plus guère à Jérôme. « Elle finirait, écrivait Lise, par détester en lui la cause de cette séparation. Le mal d'amour rend égoïste. Pauvre Jérôme! Tu devrais, mon ami, le préparer doucement à ne plus compter sur elle. » Commission peu aisée. Claude se borna, lorsque le jeune homme lui demandait des nouvelles de « ces dames », à répondre qu'elles se portaient bien. « Aucun de nous ne semble leur manquer. Bah! les femmes, il ne faut pas leur attribuer trop d'importance. Les jeunes filles surtout sont changeantes.

— Oh! protesta Jérôme, Mlle Claire n'est pas de celles-ci!

— Pourquoi ne le serait-elle pas? Elle est très honnête, assurément. Sa mère l'était aussi; mon ami Delmay se croyait sûr de l'épouser, elle lui a fait faux bond à mon avantage. » Claude forçait un peu la vérité pour la rendre plus frappante. « Au total, ajouta-t-il, nous sommes fort heureux, elle avec moi, le maréchal avec ma nièce. »

Là-dessus, il rompit l'entretien. Il le reprit en une occasion semblable et alla plus loin. « Claire a beaucoup d'amitié pour vous, mon cher Jérôme; mais de l'amitié ne concluez pas nécessairement à autre chose, vous pourriez vous préparer une désillusion. »

Ces avertissements ne paraissaient pas influencer notablement le jeune avocat. Inquiet, Claude chercha au Palais le père de son secrétaire, un conseiller à la Cour de cassation, et lui exposa le problème. « Je vous remercie de m'aviser, mon cher Mounier, lui répondit ce haut magistrat, je mettrai bon ordre à cela en me gardant, bien entendu, de trahir mon informateur. Mon fils ne nous avait fait aucune confidence, à sa mère et à moi, et j'en connais la raison. Voyez-vous, cher Maître, tout flattés que nous aurions été d'une union si honorable, nous n'aurions pu l'envisager, Jérôme le sait bien. Sans doute escomptait-il nous forcer la main après s'être engagé de telle sorte que nous reculions devant un éclat. Cela aurait pu se produire, en effet, sans votre ouverture si franche. Des obligations familiales lui imposent d'épouser certaine jeune personne qui lui est destinée depuis fort longtemps. » Claude ne crut pas un mot de cette dernière phrase. Le conseiller avait eu l'adresse d'afficher, assez tôt pour se maintenir sur son siège, les sentiments légitimistes les plus exaltés ; par ces temps de restauration, il lui aurait fort déplu de marier son fils à la fille d'un ci-devant conventionnel, un régicide. C'est cela que Jérôme savait.

Claude monta en poste pour Limoges le 28 août. Seize jours plus tard, il reçut de son cabinet une lettre foudroyante. Jérôme ne vivait plus ; un soir, au café Lemblin, il s'était querellé avec un officier des compagnies rouges, qui lui avait, le lendemain matin, au bois de Boulogne, logé une balle dans le cœur. Claude fut atterré. Jérôme ne fréquentait pas jusque-là les cafés du Palais-Royal. Nulle passion politique ne l'animait. Pourquoi eût-il provoqué un officier de ces compagnies ultra-royalistes, sinon pour se faire tuer par un homme du parti que flattait le conseiller ? C'était un suicide déguisé, évidemment, et à la fois une vengeance à l'égard de son père. Celui-ci avait dû vouloir le contraindre. Mais je suis le principal coupable, estimait Claude. L'origine de tout se trouve dans la façon dont j'ai traité ce malheureux enfant. Il faut se défier même de l'affection que l'on porte à autrui. Je lui en ai trop montré, je l'ai trop manifestement adopté pour gendre par avance, sans voir que les sentiments de Claire n'étaient pas mûrs, sans prévoir qu'elle pourrait en changer, sans prendre assez au sérieux ce dont pourtant Lise et moi — elle a raison — avons fait l'expérience. On recommence toujours les mêmes fautes, mais quelle atroce conséquence !

La douleur, le remords le poignaient. Il en tomba malade. Une jaunisse se déclara. Il dut garder le lit, chez ses parents, à la Manufacture. Lise, quoique très affectée elle aussi, s'efforçait de le convaincre qu'un enchaînement de hasards malheureux avait seul provoqué cette tragédie. Quand il put recevoir, son vieil ami Pierre Dumas, qui lui devait la vie, entreprit de le distraire, avec Brival, depuis quatorze ans juge à la cour d'appel de Limoges, et Montaudon oublieux de leur brouille ancienne. Claire, Antoine, Thérèse venaient de Thias tous les jours. Claire n'avait pas sans verser des larmes appris la fin de Jérôme. Elle le croyait mort dans un duel ordinaire, et, heureusement, ne se doutait pas qu'il eût choisi ce moyen de disparaître sans qu'elle pût s'imaginer en être la cause.

Souvent, M. Dupré, en dépit de ses soixante-dix-neuf ans, conduisait lui-même sa femme, Thérèse, Claire, en ville. Une fois, il arriva furieux. « Savez-vous, mon gendre! s'exclama-t-il. J'ai flanqué à la porte de chez moi ce sacré curé d'Isle. Ne me menace-t-il pas de m'excommunier, moi et les miens, si je ne restitue point les biens nationaux dont je suis propriétaire depuis vingt-quatre ans! " Excommuniez la commune entière, lui ai-je répondu, et même tout le département si ça vous chante. Nous nous moquons de vos momeries. Personne ne rendra un seul pouce de la terre acquise légalement, avec de l'argent durement gagné, qu'elle soit bien d'émigré ou bien d'Église." Ces foutus prêtres! ils ne se sentent plus. Ils feront perdre la tête à Louis XVIII comme l'a perdue Louis XVI.

— Eh! mon père, dit Claude en souriant, vous voilà aussi radical que les sans-culottes de 93!

— En vérité, je ne souhaite aucun mal au roi. Mais qu'il se débarrasse de sa clique, bon sang! »

Telle était l'opinion générale à Limoges, dans la bourgeoisie. Quant au peuple, il bouillait d'une sourde colère. Le peintre Préat, pourtant bien calmé par l'âge, prophétisait : « Il y aura une autre Révolution. On nous pousse à bout, le sang des prêtres et des nobles coulera de nouveau. » M. Mounier voyait sa manufacture, florissante depuis le Consulat jusqu'en 1811, péricliter une fois de plus. Il ne souhaitait certes pas une révolution, mais au contraire la stabilité, décidément impossible en France, semblait-il. Découragé, il parlait de vendre, quoique ce ne fût pas le moment. « Attends un peu, bon-papa, lui dit Antoine. Qui sait? Peut-être la reprendrai-je, ta manufacture, si la carrière des armes reste fermée. Cela m'intéresse, la porcelaine.» Il s'était amusé à dessiner un service dont il décora ensuite les pièces avec des scènes militaires. Il en fit don à Mme Dumas. La cadette de ses filles le charmait. Elle ne comptait que quinze ans; néanmoins, lorsqu'on repartit pour Paris, il ne s'éloigna pas sans certain regret.

On débarqua rue Notre-Dame-des-Victoires le 15 octobre,

car il avait fallu un mois entier à Claude pour se guérir, recouvrer son équilibre. Claire brûlait de bonheur et d'impatience. Henri l'attendait, elle le savait; Antoine recevait des lettres du jeune médecin et lui répondait : moyen, pour les deux amoureux, de correspondre par personne interposée. Henri se présenta, le 16 au soir, gauche d'émotion malgré sa maîtrise. En se retirant, il dit à Claude : « Monsieur, auriez-vous la bonté de recevoir, le plus tôt possible, mon père? Il désirerait vous entretenir d'un projet très cher à mon cœur.

— Certainement. Mais pourquoi n'agirions-nous pas mieux encore? Si monsieur votre père et madame votre mère voulaient bien souper ici dès demain, nous aurions, eux et nous, tout ensemble l'occasion de nous connaître et de règler ce projet. L'invitation n'est pas protocolaire, qu'importe! Mon cher enfant, je vous ai, bien malgré moi, imposé, à Claire et à vous, une longue épreuve. Je le sais, vous avez tous les deux hâte de vous exprimer sans contrainte vos sentiments, de parler de votre avenir. A quoi bon prolonger votre attente pour des questions de protocole?

— Ah! monsieur! avec quelle joie, avec quelle affection je vous donnerai le doux nom de père! Vous comblez mes vœux et ceux de mes parents impatients de voir Mlle Claire. »

Antoine jugea bon de raccompagner son futur beau-frère. Il eût été incapable de mener son cabriolet. Il avait perdu tout sang-froid.

Le 17 octobre, donc, le Dr Gaillot père, chirurgien réputé, un peu plus jeune que Claude, et sa femme, une très aimable personne de quarante-cinq ans comme Lise, vinrent à l'hôtel; et tout de suite naquit entre les deux couples une sympathie que l'estime réciproque devait mûrir en un indéfectible attachement. Claire enchanta le ménage. Après le repas, les deux pères se retirèrent, un instant, puis rentrèrent au salon en déclarant que les jeunes gens étaient officieusement fiancés, Henri autorisé à faire sa cour. Ces dames fixeraient la date des fiançailles officielles.

Antoine se disposait à soumettre au jury du Salon deux tableaux : un beau portrait de sa sœur, exécuté à Thias, et la scène villageoise qu'il achevait. Cette pacifique occupation ne rassurait pourtant pas Claude; les relations de son fils avec les jeunes bonapartistes se renouaient peu à peu. Avisés de son retour, ils relançaient leur camarade, il sortait à cheval en leur compagnie, le matin, et en voiture le soir, quand le jour obscurci ne permettait plus de peindre. Qu'ils courussent ensemble les foyers des théâtres, les demoiselles de petite vertu, rien à dire. Même les salles d'armes ; c'étaient des soldats, ils devaient se tenir exercés. Mais la fièvre politique sans cesse croissante rendait dangereux tous les lieux publics pour ces jeunes gens qui portaient leur opinion comme une enseigne. « Je ne peux pas les fuir, disait Antoine. Ce sont mes amis, et certains, dont Pontécoulant, depuis le Prytanée. J'ai fait campagne avec d'autres. Germain était prisonnier avec moi. Tu sais bien tout cela ! »

Brusquement, le 3 novembre, le roi demanda et les Chambres votèrent le rappel de 60 000 hommes sous les drapeaux. C'est qu'au congrès réuni à Vienne depuis un mois, et où Talleyrand représentait Louis XVIII, les Alliés, loin de s'entendre pour réorganiser l'Europe, menaçaient de se couper la gorge. La Prusse et la Russie s'opposaient violemment à l'Angleterre et à l'Autriche. Si une guerre éclatait, la France devrait se ranger d'un côté ou de l'autre. Claude saisit l'occasion. Il exposa ses craintes à Bernard, au sujet d'Antoine, et conclut : « Pourrais-tu obtenir sa rentrée au service, puisqu'on va nécessairement reprendre des officiers ? »

Très bien vu au pavillon de Flore — un peu moins bien au pavillon de Marsan —, Bernard comptait parmi les maréchaux les mieux traités par la Restauration. Non seulement il siégeait à la Chambre des pairs, mais encore il gouvernait la Ire division militaire : celle de Paris, alors que Jourdan restait confiné dans sa 15e, à Rouen, où il attendait toujours le titre de duc de Fleurus. En outre, le ministre de la Guerre, Dupont, le vaincu de Baylen, si longtemps persécuté par Napoléon, n'avait rien à refuser à son vieux camarade Delmay, l'un des deux seuls maréchaux qui aient pris parti pour lui en ces temps d'épreuves. Antoine fut donc, sans la moindre difficulté, replacé dans les cadres actifs, et, de plus, promu lieutenant. Cela, du moins, n'était pas une faveur ; la proposition datait de la bataille de Dresde, en août 1813.

Cette double nouvelle provoqua chez lui les sentiments les plus contraires. D'une part, la contre-épaulette l'enchantait, bien entendu ; il voyait se rouvrir, avec de bonnes chances, la carrière des armes. D'autre part : « Servir sous le drapeau blanc! disait-il. Prêter serment à Louis XVIII! Trahir mes amis!

— Sottises, mon garçon! lui répondit Bernard. D'abord, tu ne trahis personne. Tu reçois un ordre, tu obéis. Es-tu officier, oui ou non? Maintenant, écoute une histoire : En 1791, à ton âge, quand j'ai dû quitter Limoges avec le 2e bataillon de la Haute-Vienne, je suis allé demander à mon père la permission de partir. Royaliste entêté, il détestait les révolutionnaires infiniment plus que tu ne détestes la présente monarchie. Mais il m'a dit ceci : "Qu'importe! Roi ou nation, c'est toujours à la France que je te donne!" Voilà. On ne sert pas un homme, un roi, un empereur, un gouvernement, une dynastie, un régime; on sert la France, la France seule. Si tant d'entre nous ne l'avaient pas oublié, nous n'en serions point où nous sommes. Bon. Tu as voulu, malgré mes avertissements, être soldat. Tu en es un, excellent. Tu vas donc te conduire en soldat : rejoindre et faire ton devoir qui consiste à mettre ton peloton en état de combattre victorieusement s'il doit un jour marcher à l'ennemi. Rien de tout cela ne souffre discussion.

— Bien, monsieur le maréchal, dit Antoine en claquant les talons. — Puis il sourit et ajouta : Merci, oncle Bernard, permets-moi de t'embrasser.

— Parbleu!

— Dois-je vraiment te remercier aussi, Bernard? questionna Lise, une fois son fils sorti.

— Tu le peux, ma très chère. Ne t'inquiète pas, Antoine restera en garnison à Mont-de-Marsan. Les Alliés se montrent les dents, mais ils se garderont de mordre, j'en suis sûr. »

Claude approuva. Il n'attachait aucune importance aux rumeurs d'un conflit entre la Russie, la Prusse, et l'Autriche, l'Angleterre, où la France serait alliée à ces deux dernières puissances. La guerre était beaucoup plus près d'éclater entre les Français mêmes. Les ultras ne cachaient plus leur intention de contraindre Louis XVIII à céder le trône au comte d'Artois, qui en finirait avec les révolutionnaires et liquiderait les vestiges de la Révolution. Or le roi paraissait incapable de contenir cette coterie insensée. Le 30 décembre, il laissa son premier ministre, Blacas, se débarrasser des Chambres en les prorogeant à quatre mois. La liberté de la presse avait été supprimée en octobre, la censure préalable remise en vigueur. Les émigrés enregistraient victoire sur victoire. Leur agressivité s'en accroissait d'autant.

Dans la première semaine de janvier 1815, un soir où Lise et Thérèse tenaient leur cercle, Gay-Vernon arriva très agité. Tirant Claude à part, il lui confia : « Je quitte à l'instant Méhée. » Méhée de la Touche, ex-membre de la Commune, ex-rédacteur, avec Réal, du *Journal des patriotes de 89*. « Selon lui, les royalistes se préparent à massacrer tous les anciens révolutionnaires le jour anniversaire de la mort de Louis XVI, et d'abord les régicides.» Claude ne prit pas la chose au sérieux, mais le 7, le 8 janvier, ce bruit se confirma. Sieyès y croyait, Merlin de Douai aussi. (Destitué de sa charge d'avocat général à la Cour de cassation, Merlin portait lourdement le poids de sa vieille loi sur les suspects, et se sentait visé directement.) Réal, qui gardait de son passage à la police directoriale, consulaire, impériale, certaines sources d'information, dépeignait le complot. Le parti d'Artois voulait célébrer cet anniversaire en exterminant tous ceux que l'ultra-royaliste et ultra-cléricale *Quotidienne* appelait « les hommes de sang ». Depuis un mois, au pavillon de Marsan on désignait les victimes et l'on recrutait des sicaires. Dans la nuit du 21 au 22, les bandes d'assassins soldés, de chouans que l'on faisait venir par petit groupes, comme en vendémiaire an IV, se porteraient chez les ci-devant terroristes inscrits sur les listes et les égorgeraient. On attribuerait le coup à la colère du peuple indigné par leur attitude en ce jour. « La police, précisa Réal, doit en effet simuler une émeute sans-culotte sur le passage du cortège qui conduira solennellement à Saint-Denis les restes de Louis XVI, de Marie-Antoinette et de Madame Élisabeth. » Ces restes, ou plutôt un magma de chaux contenant des résidus rongés, avaient été exhumés au cimetière de la Madeleine. « On aurait, paraît-il, poursuivit Réal, soumis ce projet au roi qui l'aurait repoussé avec horreur, malgré l'insistance de Madame; mais on se passera de son assentiment.

— Quels fagots! se récria Claude. La duchesse d'Angoulême est assurément bornée, dure, rancunière; quant à la supposer capable de pousser à un massacre, je m'y refuse. Et comment escompterait-on attribuer pareille tuerie à l'indignation du peuple? La France entière, l'Europe savent qu'il se moque bien que l'on manque de respect aux Bourbons vivants ou morts. Ces deux détails rendent tout le reste aussi invraisemblable.

— Je n'y crois pas beaucoup, moi non plus, avoua Grégoire; pourtant Carnot prend la menace fort à cœur. »

Quoique n'ayant guère confiance dans son jugement, Claude alla le voir, rue Saint-Louis, au Marais, où il habitait avec les siens depuis son retour d'Anvers. Malgré ses soixante-deux ans, ses cheveux toujours drus grisonnaient à peine et il restait toujours rude. A la question de son ancien collègue, il répondit en prenant une liasse sur son bureau : « Tiens, lis. » C'étaient des lettres envoyées par des amis connus ou inconnus pour le mettre en garde. Sa brochure, *Mémoire au Roi*, publiée en juillet, dans laquelle il rejetait avec raison sur les émigrés et leurs agissements la responsabilité du supplice de Louis XVI, le désignait particulièrement à leur vindicte. « Sauvez-vous ou cachez-vous », lui recommandait-on. « Je n'en ferai rien, dit-il. Que de fois n'avons-nous pas attendu dans le sein de la Convention la mort qui rugissait à nos portes! Je ne fuirai pas comme certains. » Garat était parti pour Bayonne, Fouché demeurait prudemment à Ferrières, et Merlin préparait en hâte sa disparition. « Je ne me cacherai pas non plus. Je suis décidé à me défendre dans mon domicile; j'opposerai la force à la force avec un éclat qui ne manquera pas de remuer l'opinion publique.

— Ta détermination me plaît, répondit Claude, mais je doute encore que nous ayons besoin de nous défendre. »

Cependant les gazettes ultras ne freinaient plus leurs fureurs. Avec la bénédiction de la censure, elles appelaient la vengeance sur les régicides, dont elles réclamaient la déportation sinon les têtes. Le 15 janvier, le *Journal royal* imprima cette remarque révélatrice : « Une loi a interdit de rechercher ou d'inquiéter qui que ce soit pour des votes, des opinions ou mêmes des faits relatifs à la Révolution; mais la Charte ne parle que de *faits* et d'*opinions*, non de *crimes*. »

Le 17, Lise, sortie avec Claire pour aller chez leur lingère et leur modiste, revint inopinément. Claude voyant, par la fenêtre de son cabinet, la voiture rentrer dans la cour, crut que la neige, tombée en abondance, empêchait la circulation. Lise le détrompa. « Il y a, dit-elle, une grosse effervescence dans la rue Saint-Honoré, nous n'avons pu dépasser la place du Palais-Royal. Ce serait au sujet de Mlle Raucourt. »

L'ancienne « protectrice » de Babet Sage, depuis longtemps repentie et rachetant par une charité exemplaire le scandale de son passé, était morte l'avant-veille; on l'enterrait aujourd'hui. En dépit de sa conversion, le curé de Saint-Roch lui refusait le service religieux. Outrés par l'injure ainsi infligée à celle qu'il considéraient comme la providence des malheureux, cinq mille hommes en colère assaillaient l'église portant encore les marques des balles du 13-Vendémiaire. Aux cris de : « A bas la calotte! Les prêtres à la lanterne! Qu'on fouette le curé sur les marches! » ils forcèrent l'entrée, envahirent la nef, introduisirent le cercueil dans le chœur dont les grilles furent renversées. Ils auraient fait un mauvais parti aux desservants, si un commissaire de police très sage n'avait pris sur lui de requérir ceux-ci. La messe d'enterrement fut célébrée et tout se calma.

« Mais, dit Claude à Réal et à Grégoire après avoir lu ces détails dans *Le Censeur*, on ne pourra mettre à présent qu'un massacre de prêtres sur le compte de l'indignation populaire. »

Néanmoins, Jean Dubon insistait pour que son beau-frère, et même Lise, Claire, Thérèse (Antoine était à Mont-de-Marsan depuis plus d'un mois) ne restassent pas chez eux le 21. « On ne sait jamais! A quelles folies se porteraient des sicaires déçus de ne point trouver leur victime désignée? Allez donc tous chez Bernard. Là, aucun risque. » Claudine joignit ses instances à celles de son père. « Oncle Claude, je vous invite tous les quatre, tu ne vas tout de même pas refuser une invitation de ta filleule!

— Non, ma chère comtesse, certainement. Si c'est une réunion de famille, compte sur nous, madame la maréchale. » Claudine avait à présent trente-neuf ans; sa fille, quinze; son fils, treize.

La cour entendait donner un caractère expiatoire aux cérémonies du 21. Toute activité devait être suspendue en ce jour. On poserait les premières pierres de deux monuments à la mémoire du « roi martyr », l'un sur l'ex-place de la Concorde, rebaptisée place Louis XV, l'autre au ci-devant cimetière de la Madeleine. Des service funèbres auraient lieu dans toutes les églises de France. Les cloches sonneraient le glas durant le transfert des « augustes restes ».

Ce matin-là Thérèse, non point par ferveur royaliste mais par fidélité à des souvenirs, alla recevoir la communion et entendre l'office des morts à Saint-Germain-l'Auxerrois, dernière paroisse des feus souverains. Elle rentra irritée contre le curé. Évoquant le supplice du roi, il n'avait pas craint de conclure par une incitation singulière : « Jurez de poursuivre sans relâche les scélérats qui ont commis ce crime! »

« Sont-ce là des paroles à prononcer dans un sanctuaire! grognait Thérèse en s'attablant.

— Eh! fit Claude, c'est celui d'où partit le signal de la Saint-Barthélemy, ne l'oubliez pas. L'Église romaine n'a jamais reculé devant un *bon* massacre.

— Ne plaisantez pas, mon frère.

— Je n'ai nullement le cœur à plaisanter, je vous assure.

— Prêcher en ce jour la vengeance, c'est une injure à la mémoire de Louis XVI qui a trouvé dans sa sublime charité assez d'amour pour pardonner et pour prier Dieu de pardonner. Louis XVI était chrétien, ce curé ne l'est pas; je ne mettrai plus les pieds dans son église. »

Après le dîner, Lise confia la maison aux soins de Margot — on disait affectueusement « la vieille Margot », mais elle n'avait pas plus de cinquante-huit ans —, qui régnait à présent sur toute la domesticité, et l'on gagna la place Vendôme. Les rues étaient quasi désertes, la ville morte, enlinceulée. Les cloches sonnaient lugubrement. N'eussent été cette neige et le bruit du bronze, on aurait pu se croire en ce sinistre jour de 1792 où Paris, semblablement vide, attendait dans l'effroi les visites domiciliaires exigées par Danton. Lise songea, une minute, à l'affreux bossu, Buirette de Verrières. On ne l'avait plus revu, on n'avait plus jamais entendu parler de lui. Et tant mieux!... Mais elle et Claude ressentaient surtout, à vingt-deux ans de distance, l'angoisse qui les oppressait pendant la terrible veille aux Jacobins, dans la nuit et la matinée du 21 janvier 1793 : cette veille terminée par les salves de canon annonçant qu'un homme assurément bon, un homme aimant, aimé des siens et autrefois de toute la France, venait de mourir parce qu'il était roi.

Aujourd'hui, le vieux couvent des Jacobins n'existait plus; un marché lui succédait. La perspective de la place Vendôme ne s'ouvrait plus sur le passage des Feuillants et le Manège emportés par le percement de la rue de Rivoli. La tour du Temple, elle aussi, avait disparu, rasée en 1808. Rien n'évoquait plus la tragédie dont les scènes, après vingt-deux années si pleines d'événements, s'étaient estompées dans l'âme même des acteurs encore subsistants. Et voilà qu'on la faisait revivre, qu'on voulait la rendre inoubliable en consacrant par des monuments expiatoires son souvenir!

« Sans doute, reconnut Claude, la famille royale ne pouvait-elle pas ne point transporter à Saint-Denis les sépultures de Louis XVI, de Marie-Antoinette et de Madame Élisabeth; mais elle devait y procéder avec tact. Au lieu de quoi, on ajoute la provocation à l'hypocrisie. Car nul n'ignore que le comte de Provence et le comte d'Artois haïssaient leur belle-sœur, jalousaient leur frère, et qu'ils n'ont pas peu contribué à les pousser vers l'échafaud.

Dubon et Gabrielle, toujours coquettement mise, le teint toujours frais sous des cheveux maintenant blancs, avaient dîné avec leur fille et leurs petits-enfants. Bernard, comme tous les maréchaux présents à Paris, accompagnait le roi. « J'ai eu, dit Jean, la curiosité d'aller voir le cortège, rue Saint-Denis. Il s'y trouvait peu de monde, et pas recueilli pour un sou. On entendait des lazzi, des quolibets. Les soldats en haie présentaient leurs armes, au commandement, mais ils fredonnaient : *Bon voyage, monsieur Dumollet!* »

Bernard rentra pour souper, fort soucieux. « Le roi, dit-il, ne se rend pas assez compte du tort que lui cause le parti de son frère. Ces excités perdent la cause royale. A Saint-Denis, l'évêque de Troyes, prononçant l'oraison funèbre, a parlé en véritable fanatique. Si bien qu'en sortant Oudinot n'a pu se retenir de s'écrier : “Il va falloir maintenant, par expiation, nous couper tous le cou les uns aux autres.”

— Mon pauvre Bernard, lui répondit son beau-père, tout cela est la faute de ton trop cher Louis XVIII seul, de sa fondamentale impuissance à se considérer comme un monarque constitutionnel. Un monarque constitutionnel n'a pas de frère ni de neveux dans son conseil. Ses ministres sont responsables devant les Chambres. S'ils l'étaient, les ineptes personnages qui détiennent actuellement les portefeuilles seraient depuis belle lurette remplacés par de vrais hommes de gouvernement, d'honnêtes libéraux, et tout irait bien. Quand on a offert le trône à Louis XVIII, j'ai dit que s'il se croyait roi par la grâce de Dieu il ne régnerait pas longtemps. Avant deux mois, lui, sa famille, leurs émigrés et leurs prêtres feront connaissance avec la guillotine ou les piques... A moins, à moins, peut-être, que Napoléon ne reparaisse, comme tant de gens s'y attendent.

— Ils se leurrent, déclara Claude. Il ne suffit pas, pour le ramener, de fêter la Saint-Napoléon et de crier : "Vive l'Empereur!" Même ses fidèles Savary-Rovigo, Maret-Bassano, Lavalette n'iront point le chercher à l'île d'Elbe. Oh! je sais! Fouché envisage ce retour, et le redoute. Nous n'avons pas ses motifs personnels de le craindre. J'y verrais, au contraire, une chance pour la liberté, car Napoléon n'aurait aucune possibilité d'exercer son ancien despotisme. Après la Charte, il lui faudrait, bon gré mal gré, se montrer plus libéral que Louis XVIII. Mais l'éventualité de sa réapparition est absolument chimérique.

— Je l'espère bien, dit Bernard. Napoléon revenant, ce serait une catastrophe pour la France. Les Alliés n'accepteraient jamais de le revoir sur le trône, et nous aurions de nouveau à combattre l'Europe entière. »

La soirée, la nuit du 21 au 22 s'écoulèrent sans la moindre alerte. Claude, Lise, Thérèse, Claire dormirent paisiblement place Vendôme, tandis qu'au Marais Carnot veillait en armes avec une douzaine d'amis, pour la plupart officiers comme lui. En rejoignant leur domicile, où nulle troupe d'assassins ne s'était présentée, Claude et les trois femmes aperçurent un groupe de prêtres poursuivis, sur la place des Victoires, par des gens du peuple qui braillaient : « A bas les calotins! » et leur lançaient des boules de neige.

Les semaines suivantes, l'agitation ne cessa de croître : chaque nuit, on arrachait des drapeaux à fleurs de lys, on outrageait les portraits du roi, on barbouillait sur les enseignes les armes royales. Bientôt, la réaction contre le régime ne se cacha plus. En province, on bafouait publiquement Louis XVIII sous la forme de mannequins qui le représentaient habillé en femme ou en curé. On affichait des placards proclamant : « Français, réveillez-vous! Napoléon s'éveille. » « Amis du grand Napoléon, réjouissez-vous, nous l'aurons sous peu. Les royalistes tremblent. » « Vive l'Empereur! Il a été et il sera! » M. Mounier écrivait que, pour maintenir l'ordre en Haute-Vienne, le préfet avait dû demander l'envoi à Limoges de tout un régiment. A Paris, on chantait sur les boulevards *La Marseillaise*, on distribuait des médailles à l'effigie de Napoléon et de Marie-Louise, portant au revers ces mots : « Courage et espérance. » D'autres figuraient un aigle ou un lion endormi, avec, en exergue : « Le réveil sera terrible. »

Fouché, revenu à Paris, s'inquiétait de ce bouillonnement bonapartiste. Persuadé que l'empereur, s'il reprenait le pouvoir, ne balancerait pas à en finir avec le ministre qui l'avait tant contrecarré, il s'employait, de concert avec Talleyrand au congrès de Vienne, à faire reléguer Napoléon dans une île beaucoup plus lointaine : Sainte-Hélène ou Sainte-Lucie. Pour lui, cet éloignement formait la condition essentielle de toute entreprise contre le régime, car, au premier bruit d'un soulèvement en France, Napoléon, demeuré à l'île d'Elbe, accourrait immanquablement pour accaparer la révolution.

Les fervents bonapartistes, particulièrement Savary, duc de Rovigo, Maret, duc de Bassano, le comte Lavalette, vaguement neveu par alliance de l'empereur, désiraient son retour, mais ne se dissimulaient pas le risque d'une telle provocation à l'Europe. Sieyès, assidu au Palais-Royal où Louis-Philippe d'Orléans avait retrouvé les aîtres de son enfance, souhaitait pour souverain l'ancien soldat de Valmy, de Jemmapes, de Neerwinden. Mme de Staël, exilée sous l'Empire et rentrée dès sa chute, adoptait, avec ses amis Benjamin Constant, Sismondi, Barras également réapparu, ce parti garant d'une monarchie toute constitutionnelle. Mais Louis-Philippe refusait absolument une couronne qu'il eût usurpée. Claude s'était entremis pour rapprocher Sieyès et Fouché. D'un autre côté, Grégoire, Garat de retour de Bayonne, Réal, Thibaudeau — préfet des Bouches-du-Rhône jusqu'en mai précédent — avaient réconcilié le duc de Rovigo avec le duc d'Otrante, et celui-ci accordait tout le monde en reprenant la vieille idée de la régence. Les Bourbons chassés par un soulèvement national, on proclamerait Napoléon II empereur, sa mère régente, assistée d'un conseil comprenant le prince Eugène, fils de la première impératrice, Talleyrand, le maréchal Davout, Fouché ainsi que deux ou trois autres anciens conventionnels, dont Carnot.

Mis au courant de ce dessein par Réal et Garat, Claude dit à Fouché : « Je ne te comprends pas. Tu prônes la régence, paraît-il ! Comment peux-tu y croire ? Jamais le cabinet autrichien ne renverra chez nous Marie-Louise et son fils. Le seul parti raisonnable à tirer du mouvement qui va inévitablement se produire dans le peuple et l'armée serait de s'en servir pour faire pression sur Louis XVIII. Il faut le contraindre à renvoyer hors des frontières le comte d'Artois, la duchesse et le duc d'Angoulême, avec leur clique, à former un vrai ministère, composé de solides libéraux, et à gouverner selon la Charte. »

Le duc d'Otrante souriait en hochant le front. « C'est exactement mon intention, et je la réaliserai si ce diable de Napoléon ne vient pas se jeter à la traverse. Seulement, il faut amuser les bonapartistes, il faut qu'ils constatent la vanité de tout autre espoir. Alors, je déclencherai le mouvement. J'ai dans ma manche les généraux du Nord : Drouet d'Erlon, Lefebvre-Desnouettes, les frères Lallemand. Ils marcheront sur Paris à la tête de leurs troupes, entreront en ville sans difficulté, et, entraînant le peuple prêt à se soulever, forceront les Tuileries. La garde nationale ne bougera pas, je possède des garanties là-dessus. On peut même compter sur certains bataillons pour boucler la Maison militaire dans ses casernes sitôt Drouet d'Erlon au Bourget.

— En somme, un nouveau 20-Juin.

— Oui, mais dans la discipline et avec un but très précis au lieu des inconsistances de Legendre et de Santerre.

— Et si Louis XVIII refusait?

— J'en doute. Entre son trône et un frère visant à l'en déposséder, pourquoi hésiterai-t-il? Au reste, le roi, je le sais, a déjà menacé Monsieur, la duchesse et son mari de les éloigner. »

En quittant la rue Cerutti après cet entretien, Claude ne se sentait pas tellement convaincu. Avec son immense et ombrageuse conscience de la majesté royale, Louis XVIII serait bien capable de se refuser à exécuter sous la contrainte une chose qui, autrement, ne lui eût peut-être pas déplu. Et puis, comment se comporterait en l'occurrence Bernard, gouverneur de Paris? Claude ne voulait pas lui révéler le plan de Fouché, ni même lui donner des soupçons là-dessus. Il lui en parla indirectement. « Tu n'ignores point, lui demanda-t-il, que la révolution éclatera d'un jour à l'autre?

— Non, je ne l'ignore pas, quoique l'on n'en veuille rien croire aux Tuileries. On y montre une confiance absolument folle dans la solidité du régime. Néanmoins, avec le faible contingent dont je dispose, car la garde nationale n'est pas sûre, j'ai pris mes dispositions pour défendre le Château.

— Mais si cette révolution se dirigeait uniquement contre les princes; si, loin de menacer Louis XVIII, elle tendait au contraire à consolider la couronne sur sa tête en le débarrassant d'un entourage désastreux et en lui permettant de gouverner comme la France veut être gouvernée, que ferais-tu?

— Mon ami, répondit gravement Bernard, j'ai prêté serment au roi, pas à son frère ni à ses neveux. En toute circonstance, je veillerai sur la personne du roi, j'obéirai aux ordres du roi. C'est tout. »

Des difficultés retardèrent Fouché. Lavalette ne se fiait guère à lui. Barras n'oubliait pas la façon dont les deux complices, Talleyrand, Fouché, l'avaient joué, au 18-Brumaire. Il mettait Mme de Staël et ses amis en garde contre le machiavélisme du duc d'Otrante. Son plan rencontrait d'autres résistances : pour Carnot, pour La Fayette — qui s'était tenu à l'écart pendant tout l'Empire et qu'à présent les Bourbons tenaient à l'écart —, pour Lanjuinais, Cambacérès, Benjamin Constant, l'opposition ne devait pas se compromettre dans de ténébreuses intrigues, mais combattre au grand jour durant la prochaine session parlementaire. Ils considéraient le retour de l'empereur comme un épouvantail agité par Fouché. Carnot, Davout ne répondirent pas à ses ouvertures.

L'hiver se terminait. Le mariage de Claire approchait. Son père s'occupait du contrat. La jeune fille était riche. Grâce aux opérations pratiquées autrefois pour elle et son frère par leur oncle Naurissane, elle possédait, outre des rentes confortables, deux immeubles dans Paris. Elle n'avait donc besoin de rien. Néanmoins, vu les menaces qui planaient confusément sur les anciens conventionnels (Fouché n'envisageait-il, point, parfois, d'aller s'installer en Angleterre, Thibaudeau en Belgique!), Claude constitua en dot à sa fille l'hôtel de la rue-des-Victoires. Ainsi, dans le cas où il devrait quitter la France, il n'y laisserait aucune propriété saisissable.

Le 28 février 1815, Claire fut unie au Dr Henri Gaillot. Les témoins de la mariée étaient son frère et le maréchal comte Bernard Delmay; ceux du marié, son père et l'illustre chirurgien Larrey. Le soir même, le jeune ménage partait en voyace de noces, avec Limoges pour but lointain, afin que les grands-parents Mounier et Dupré, trop âgés pour avoir pu assister au mariage, connussent leur nouveau petit-fils. Le lendemain, Antoine reprit la poste pour Mont-de-Marsan. Au souper, Claude, Lise, Thérèse se trouvèrent bien seuls. Claudine, Bernard et leur fille vinrent les distraire. On parla de la situation, bien entendu. Tout restait en suspens. Le roi s'était momentanément délivré des Angoulême en les envoyant visiter « les provinces »; il coulait des jours tranquilles, déclarant : « Oui, il y a quelques nuages, je le sais, mais cela se dissipera. » Bernard aurait voulu appeler davantage de troupes sous Paris; à quoi Soult — successeur du général Dupont au ministère de la Guerre — s'opposait. « Il prétend, dit Bernard, que plus il y aura de soldats dans la place, plus Sa Majesté y comptera d'ennemis. Hélas, il n'a pas tort. » Claudine raconta qu'elle avait vu, rue Saint-Honoré, un chien portant à la queue une cocarde blanche.

Une fois rentrés dans leur chambre, Claude, prenant sa femme par les mains, et la regardant avec tendresse, lui dit : « Eh bien, mon petit poulet, nous revoilà comme autrefois, quand nous étions deux amoureux tout seuls.

— Nous avions vingt ans de moins!

— Qu'importe! Tu es toujours aussi jolie, aussi douce, et je t'adore toujours, ma Lise, ma Lison, ma Lisette, mon gentil liseron!

— Et toi tu es un grand fou, et toujours le plus charmant des hommes, mon cher ami, répondit-elle en l'embrassant.

Quatre jours plus tard, le 5 mars, il dictait à un secrétaire le plan d'une plaidoirie, lorsqu'on lui annonça le conseiller Gaillard. Quand ils furent tête à tête dans le cabinet, le fidèle confident de Fouché lâcha tout à trac : « L'empereur est en France, il s'avance vers Paris. »

Claude se releva d'un bond. « Impossible! C'est une fausse nouvelle.

— Hélas non! Napoléon a débarqué, le 1er, au golfe Juan, près d'Antibes, avec un millier d'hommes. Depuis, il marche. On n'en sait pas davantage. Une dépêche de Masséna relatant la chose est arrivée aux Tuileries à midi. Le duc d'Otrante l'a connue presque aussitôt. Il va commettre une folie; je vous conjure de joindre vos exhortations aux miennes pour l'en dissuader. »

Fouché voulait déclencher le soulèvement militaire préparé dans le Nord. En voyant Claude, il s'exclama : « Alors! n'avais-je pas raison quand je disais que le printemps nous ramènerait Bonaparte avec les hirondelles et les violettes? Blacas ne m'a pas entendu, tant pis pour les Bourbons!

— Oui, tu avais raison, et moi tort de ne point te croire; mais je ne vois pas ce que tu espères en lançant tes généraux sur Paris. La tentative me semble, comme à Gaillard, absolument déraisonnable.

— Ah! vraiment! Que faut-il donc faire, selon vous? Rien? Attendre soit le triomphe de Bonaparte, soit celui des Bourbons? Dans l'un ou l'autre cas, la cause de la constitutionalité sera perdue, car les Bourbons, s'ils arrêtent Napoléon, ne mettront plus aucun frein à leur penchant absolutiste; et Napoléon, vainqueur, réinstallera sur le trône l'impérialisme sans contrôle. Je veux éviter cela. Je veux provoquer le soulèvement militaire afin d'établir un gouvernement provisoire qui se substituera aux Bourbons, convoquera les Chambres, lèvera la garde nationale, et, ou bien s'opposera au retour de l'empereur si on le peut, ou bien lui imposera une constitution et des ministres libéraux.

— Chimères! mon ami, tu donnes dans les chimères! D'ici demain, la nouvelle du débarquement sera connue. L'armée, le peuple s'enthousiasmeront une fois encore pour Bonaparte, nul ne se souciera d'un gouvernement provisoire. Quant à une constitution libérale, Napoléon se l'imposera lui-même, je l'ai dit, je le répète, parce que les circonstances lui en font une nécessité. S'il existe une chose à ne pas craindre, c'est bien la résurrection de l'ancien impérialisme. Malheureusement, il y en aurait beaucoup d'autres à redouter. »

Fouché s'obstina. Le jour même, il expédia le général Lallemand à Lille, sans lui dire que Napoléon avait débarqué. Drouet d'Erlon mit sa division en marche sur Paris; mais, inquiété par l'arrivée soudaine de son chef le maréchal Mortier, il rappela presque aussitôt les régiments. Seuls, les chasseurs à cheval poursuivirent leur route, atteignirent Compiègne où l'aventure se termina par l'arrestation de Lefebvre-Desnouettes, des frères Lallemand et de plusieurs officiers supérieurs. L'affaire n'intéressait déjà plus le duc d'Otrante. L'abbé de Montesquiou, disait-il à Claude, engageait fermement le roi à former un ministère avec des libéraux, comme La Fayette, Benjamin Constant, et des conventionnels. On avait convoqué les Chambres. Mais Napoléon était à Grenoble. Fouché n'allait pas se risquer à soutenir une cause désormais perdue.

La royauté s'effondrait. Bernard, tout en demeurant attaché

au roi, ne se faisait pas d'illusions. « Dans huit jours, assurait-il, Bonaparte sera aux Tuileries. Ney, Macdonald sont partis pour lui barrer le chemin. Ils n'y réussiront pas. Ney a promis de le ramener dans une cage de fer; à peine l'aura-t-il vu, il lui baisera les mains. La monarchie n'arrêtera pas plus Bonaparte que le Directoire n'a pu l'arrêter à son retour d'Égypte. Et, une fois encore, les plus grands malheurs s'ensuivront. » Sieyès, Grégoire étaient tout aussi pessimistes. Gay-Vernon également. « Tout cela retombera sur nous, vous verrez! » prophétisait-il. L'ancien ami de Napoléon, Bourrienne, passé depuis à l'ultra-royalisme, venait d'être nommé préfet de police; les régicides devaient s'attendre à des ennuis. Carnot, Barras avaient disparu. Claude ne voulait pas abandonner ses occupations.

Le 16 mars, Fouché faillit être saisi; il s'échappa en escaladant le mur de son jardin. Gaillard, recherché lui aussi, fit avertir Claude. Le Dr Gaillot père, qui soupait avec sa femme rue des Victoires, l'emmena d'autorité chez eux. Il y passa deux jours. Le 19, à minuit, sous une pluie battante, Louis XVIII quittait Paris. Napoléon était à Montereau. Le 20, à huit heures du soir, il rentrait aux Tuileries, porté en triomphe par une foule d'officiers délirant. Dans la nuit même, Fouché redevint ministre de la Police. Le lendemain, Carnot reçut le portefeuille de l'Intérieur.

VI

Bernard avait suivi Louis XVIII à Lille. Lorsque Sa Majesté résolut de se retirer en Belgique, il l'accompagna fidèlement jusqu'à la frontière. Là, Mortier, Macdonald et lui, estimant qu'aucune cause ne pouvait justifier le passage d'un soldat à l'étranger, demandèrent leur congé au roi. Macdonald lui dit : « Au revoir, Sire, dans trois mois. »

Rentré à Paris, Bernard trouva Claude bien optimiste, soudain. L'enthousiasme unanime dans le peuple et la petite bourgeoisie, la joie de revoir le drapeau tricolore l'avaient conquis à ce qu'on appelait la révolution du 20 mars. Napoléon ne montrait-il pas l'intention la moins douteuse de gouverner en monarque libéral, comme la situation le lui imposait! « Voilà l'essentiel : les circonstances qui ont permis, sinon produit, l'instauration du Consulat à vie puis de l'Empire ne se reproduiront plus maintenant. Tout a pris une autre direction. Les Bourbons sont tombés pour n'avoir pas été capables de la suivre franchement. Depuis septembre 92, la nécessité portait au despotisme : celui de la Convention, celui du Directoire, celui du premier consul, de l'empereur. Sa chute a brisé cet enchaînement. Engagé, après Louis XVIII, dans le libéralisme, Napoléon n'aura jamais plus le moyen de rétrograder. » Par un décret daté du 13 mars, à Lyon, et paru dans le *Moniteur* du 21, il avait annoncé : « Les collèges électoraux des départements seront réunis en assemblée extraordinaire au Champ-de-Mars, afin de modifier nos constitutions selon l'intérêt et la volonté de la nation. » En outre, le choix des ministres : Carnot, Fouché, Caulaincourt aux Affaires étrangères, Davout à la Guerre, donnait de bonnes garanties.

Grégoire restait cependant très sceptique. « Tu es comme Carnot, tu crois Bonaparte changé après un an d'exil, alors que vingt-cinq ans n'ont pas changé les Bourbons.

— Mon ami, il ne serait pas bon qu'il fût changé. Sa prodigieuse habileté à saisir les situations, à en tirer le meilleur parti pour lui, ne représente plus pour la liberté un danger; elle nous assure, au contraire, de la façon dont il se conduira nécessairement.

— Sans doute, répliqua Sieyès, mais sur quoi peut-on compter avec cet homme toujours en train de se révolutionner lui-même?

— Le problème, ou plutôt la tragédie n'est pas là, messieurs, dit gravement Bernard. Je pense, moi aussi, qu'en raison des circonstances nous n'avons plus à redouter le despotisme de Bonaparte; seulement sa présence attire sur notre patrie une menace effroyable, comme il fallait s'y attendre. J'ai vu, à la frontière, les placards des coalisés. On feint ici d'escompter la paix, le retour de l'impératrice avec le roi de Rome, et peut-être les espère-t-on sincèrement. Cela ne se produira pas, la guerre est déjà déclarée contre Napoléon, depuis le 13 mars. L'Europe entière reprend les armes. Les souverains ont juré de ne les point déposer avant d'avoir définitivement abattu le revenant de l'île d'Elbe. Il leur faudra trois mois ou trois mois et demi pour réunir leurs forces, les amener à pied d'œuvre. Donc, vers la mi-juin, le 1er juillet au plus tard, huit à neuf cent mille hommes marcheront sur nous, et l'empereur n'en aura pas même deux cent cinquante mille à leur opposer. Croyez-moi, je puis juger de nos ressources. L'invasion recommencera, plus irrésistible encore que l'an dernier, car les généraux étrangers ont à présent l'expérience d'une campagne sur notre territoire. Et cette fois les Alliés ne combattront pas Napoléon seul, mais la France coupable à leurs yeux de l'avoir accueilli; il ne s'agira plus de la réduire aux anciennes limites, mais de la démembrer pour lui rendre la guerre impossible. »

A ces paroles, succéda un silence pesant. Puis Claude : « Oui, assurément, il y a de très grands risques; je les ai craints dès l'abord, je ne les oublie point. Je n'ai certes pas souhaité la venue de Bonaparte. Maintenant il est là, et il a pour lui la majorité de la nation.

— On n'en saurait douter, reconnut Sieyès. Hier, aux Tuileries, sur la terrasse du Bord-de-l'Eau, j'étais assourdi par le vacarme montant du Carrousel où les soldats, les gens des faubourgs acclamaient cet homme. Barère, passant par là, s'avança vers moi et me dit : " Entendez-vous ces cris? Voilà l'expression de l'opinion publique. " Je n'aime pas Barère, il n'en avait pas moins raison, monsieur le maréchal.

— Aussi, poursuivit Claude, j'incline à croire que si les souverains étrangers veulent arracher Napoléon du trône, il pourrait se produire un grand mouvement national pareil à celui de 93, lequel nous permit de jeter un million d'hommes contre l'ennemi. C'est l'opinion de Carnot, je la partage.

— Il vous a fallu un an pour les lever, les armer, nous fournir les moyens de passer à l'offensive. En octobre prochain, Bonaparte aurait probablement huit cent mille soldats et le matériel nécessaire; or les coalisés attaqueront nos frontières en juillet au plus tard, je le répète. Il devra combattre longtemps à un contre quatre ou cinq. Et quand il aura huit cent mille hommes, s'il dure jusque-là, les Alliés en compteront onze ou douze cent mille. En 1793, si la Russie avait joint ses armées à celles de l'Autriche, de la Prusse, nous aurions succombé. Une nation ne tient pas tête, seule, à toutes les autres. Bonaparte sait remporter des victoires à un contre cinq, il l'a prouvé encore l'année dernière; finalement, il sera, comme l'année dernière, écrasé sous le nombre. Macdonald ne lui donne pas trois mois, je lui en donnerais peut-être un peu plus, mais sûrement pas six. »

L'inéluctabilité de la guerre se vérifia bientôt. Le 13 avril, le *Moniteur* publia un rapport de Caulaincourt signalant l'hostilité dont témoignaient les chancelleries étrangères; les unes et les autres repoussaient toutes les propositions de l'empereur pour assurer la paix. Déjà, l'avant-veille et la veille, le rappel des soldats en congé, la mobilisation des gardes nationales actives avaient été décrétés.

Cependant, Napoléon, obligé par ses promesses, songeait à créer un gouvernement représentatif que tout le monde réclamait. D'après Fouché, ce serait une caricature de régime libéral. « Réunir sur le Champ-de-Mars trente mille personnes, comme il l'a follement annoncé à Lyon, pour leur faire élaborer une constitution est irréalisable; en revanche, les collèges départementaux pourraient élire rapidement une assemblée constituante. Bien entendu, il n'en veut pas. Il va désigner quelques hommes de son choix, auxquels il imposera sa volonté, et sa constitution ne sera pas moins " octroyée " que la Charte. » Fouché ne cachait pas à ses familliers qu'il était rentré au service de « cet homme » uniquement pour le combattre, à tout le moins le contraindre. La nomination des commissaires sembla démentir son pessimisme. Avec des bonapartistes modérés, comme Boulay de la Meurthe, Régnault de Saint-Jean d'Angély, on notait Carnot, Thibaudeau, Merlin de Douai, et même Benjamin Constant qui avait écrit un article extrêmement virulent contre l'empereur, peu après son débarquement. Ces choix inspiraient confiance.

Le projet parut au *Moniteur* le dimanche 23 avril, accompagné d'un décret invitant tous les citoyens à consigner leur acceptation ou leur refus sur des registres ouverts dans les mairies et chez les officiers ministériels. Le dépouillement aurait lieu le 26 mai, avec une exceptionnelle solennité, au Champ-de-Mars.

La rédaction avait soulevé de vives controverses, Claude et ses amis ne l'ignoraient pas. Les partisans du système anglais, entre autres Benjamin Constant, Régnault, Boulay, désiraient conserver une Chambre des pairs, nommés par le souverain, afin d'assurer la permanence du régime; Carnot,

Merlin, Thibaudeau, estimant la pairie antidémocratique, souhaitaient une chambre haute élue. Selon Carnot, l'empereur partageait leur avis. En revanche, contre le sentiment de tous les commissaires, il tenait à rattacher la constitution présente au passé impérial, car elle aurait ainsi « la sanction de la gloire ». C'est pourquoi, au lieu de s'intituler : *Nouvelle constitution de l'Empire*, ou simplement : *Constitution de* 1815, comme on s'y attendait, elle portait pour titre : *Acte additionnel aux constitutions de l'Empire.*

Ainsi, Bonaparte avait imposé sa volonté. D'un seul coup, Claude perdit ses illusions. Décidément « cet homme » n'était pas plus que les Bourbons capable d'oublier le passé. Il se pliait aux circonstances et tâchait d'en profiter, sans en avoir l'intelligence véritable. Grand capitaine assurément, génial organisateur, il demeurait en politique un opportuniste sans vues profondes.

Évidemment, l'Acte additionnel marquait, dans ses articles, un progrès considérable sur la Charte. Abaissant le cens, il élevait de vingt mille à cent mille le nombre des électeurs (augmentation encore dérisoire). Il rendait les ministres responsables devant la Chambre des représentants et celle des pairs. Leurs débats, à la seconde comme à la première, devenaient publics. Chacune possédait le droit d'amendement et la faculté de proposer des lois. Il garantissait les libertés, établissait l'égalité des cultes en repoussant toute religion d'État, supprimait la censure, la remplaçait par le principe de la responsabilité, déférait au jury les délits de presse. Enfin, il abolissait les juridictions d'exception et restituait l'exercice de la justice aux tribunaux traditionnels.

« Mais à quoi tout cela nous avance-t-il? » demanda Jean Dubon lors du souper qui réunit, ce dimanche d'avril, toute la famille et quelques intimes. « A quoi cela nous avance-t-il, si tout cela peut être, un jour, modifié par un simple décret, comme ce fut le cas en l'an VIII, en l'an X, en l'an XIII? Rien n'empêchera Bonaparte de faire avec la Chambre des pairs ce qu'il a fait avec le Sénat conservateur. Cette simple addition aux constitutions impériales dont la France a tant souffert, n'engage le Corse à rien. Je la refuserai.

— Beaucoup penseront et agiront comme vous, dit Gay-Vernon. C'est pourquoi Carnot aurait, assure-t-il, déclaré à l'empereur : "Votre Acte additionnel vous causera plus de tort que la perte d'une bataille." Pourtant la responsabilité des ministres devant les Chambres, le droit d'amender, de proposer des lois me paraissent générateurs d'immenses progrès. Aussi, sans approuver entièrement ce texte, ne le refuserai-je pas. Et puis l'article 67, interdisant toute proposition de rétablir sur le trône aucun membre de la famille des Bourbons, même si la dynastie impériale venait à s'éteindre, serait à lui seul, pour nous, une raison de voter affirmativement.

— Mon pauvre ami, répondit Bernard, ton article 67 n'empêchera pas Louis XVIII de remonter sur le trône avant six mois. Tout simplement parce que la France ne dispose pas d'un autre prince. Louis-Philippe n'a point voulu rester ici en l'absence du roi, et il n'y reviendra pas sans lui, sois-en sûr. Bonaparte vaincu, il faudra non seulement recevoir Louis XVIII, mais encore le rappeler à grands cris, en espérant qu'il nous évitera, une fois encore, le pire. »

Fouché pensait les mêmes choses. Claude l'apprit de sa bouche le mardi suivant. En rapports avec Metternich par l'intermédiaire de Talleyrand, et aussi avec le Corse Pozzo di Borgo, conseiller personnel du tsar, Fouché avait engagé des relations secrètes également avec lord Wellington. De la sorte, il savait pertinemment les Alliés opposés même à Napoléon II. Wellington et Alexandre eussent admis Louis-Philippe — réfugié de nouveau en Angleterre, — mais celui-ci repoussait toutes les sollicitations. Louis XVIII demeurait donc le seul souverain possible. « Je t'en préviens, ajouta Fouché, je suis résolu à favoriser sa restauration ; c'est notre unique rempart contre les fureurs de la Prusse. Ses ministres jurent de démembrer la France, de la transformer en quatre ou cinq duchés. Louis XVIII réoccupant le trône, il faudra bien au roi de Prusse le respecter, lui laisser un royaume.

— Et Louis XVIII à son tour te laissera ton portefeuille, hein !

— Souhaite-le, car cela me permettrait de défendre la monarchie contre les ultras, la nation contre les excès qui la menacent. On n'a pas voulu m'entendre, l'année dernière. Les faits m'ont donné raison. Le roi désormais m'écoutera. »

Le patriotisme de Fouché n'était pas douteux, mais pas davantage son besoin du pouvoir, sa manie intrigante. « M'aideras-tu à saper Bonaparte ? demanda-t-il.

— Comment cela?

— Je t'obtiendrai sans peine un siège à la Chambre des pairs, tu y mèneras notre politique.

— Non, répondit Claude, mon ami, n'y compte point. Je n'ai pas condamné à mort Louis XVI pour aller maintenant chercher son frère, dont les sottises nous ont ramené Napoléon. Je suis écœuré par la politique, je ne veux même plus en entendre parler. Danton avait bien raison, c'est chose trop absurde. »

Il passa néanmoins à la mairie pour consigner son suffrage. Comme le disait Gay-Vernon, on ne pouvait négliger une source de progrès. Et puis, sait-on jamais! si la mathématique militaire de Bernard se révélait inexacte, si Bonaparte réussissait quelque part un nouveau Marengo, s'il durait, il fallait qu'il connût bien la volonté formelle de la nation. Et dans le cas où Louis XVIII reviendrait, il devrait lui aussi la connaître, cette volonté de ne pas se laisser remettre les chaînes. Claude écrivit donc : « Comptant sur les institutions que l'on nous propose, pour amener, avec le temps, l'abrogation des anciennes constitutions impériales, la disparition du cens, le remplacement de la Chambre des pairs par une chambre haute élective, j'accepte l'Acte additionnel comme le point de départ d'un véritable libéralisme. » En haut de la page précédente, figurait un vote signé Tallien : « Espérant du temps, de l'expérience et du patriotisme des deux Chambres les améliorations désirables, je dis oui. » Séparé de sa femme, qui s'était remariée avec le comte de Caraman, nommé sous l'Empire consul à Alicante, Tallien y avait contracté la fièvre jaune et perdu un œil. Borgne, solitaire, vivant misérablement, il ne lui restait, à lui non plus, rien de sa passion politique, comme le montrait son vote sans enthousiasme. Presque tous, d'ailleurs, manifestaient les mêmes réserves, trahissaient le même désenchantement.

Bernard n'entendait ni approuver ni improuver la constitution. Tout ce qui advenait, il le tenait pour inexistant. Ni lui ni Macdonald ne s'étaient présentés aux Tuileries. Davout lui ayant écrit pour lui proposer un commandement, il répondit en substance : « Louis XVIII n'a point abdiqué, n'a pas été déchu du trône, il se trouve momentanément hors du territoire mais n'en demeure pas moins roi de France. J'ai prêté serment au roi, il ne m'a pas délié de mon serment. Conclus toi-même, mon vieux camarade. » Là-dessus, il partit avec Claudine et leur fille pour La Châtenaie, dans la vallée de Montmorency. L'été précédent, il avait acquis cette propriété — en partie grâce à un prêt proposé par Claude — afin d'asseoir le titre et la pairie qu'il transmettrait à son fils en mourant. Claude et Lise allèrent passer quelques jours auprès d'eux. Dans le parc, divisé en îles par un ruisseau dont les branches multiples se réunissaient ensuite pour former un vaste étang, Bernard quinquagénaire, dépouillant le maréchal, retrouvait ses plaisirs de jeune pêcheur. Cependant il demeurait sombre. « Quel prix de sang, de larmes, quelles humiliations, Bonaparte va-t-il coûter encore à notre pays! » disait-il.

Claude retourna plusieurs fois à Paris pour s'occuper des affaires de son cabinet, mais il ne réintégra, avec Lise, leur hôtel que le 31 mai. Le lendemain, aurait lieu la cérémonie fixée d'abord au 26. Le gouvernement avait dû la repousser au 1er juin parce que nul ne mettait le moindre empressement à voter la constitution ni à élire la Chambre des représentants. En quoi consisterait au juste cette cérémonie annoncée comme un *Champ de Mai*, à la mode carolingienne? Évidemment, les résultats du plébiscite y seraient proclamés; pour le reste, les bruits les plus contradictoires couraient la ville et les salons. « Tous également absurdes, déclara Thérèse. L'empereur, prétend-on, va résigner le pouvoir civil et garder le commandement des armées. Selon d'autres, au contraire il réclamera la dictature jusqu'à la paix. Certains croient encore voir apparaître au Champ de Mai Marie-Louise et le roi de Rome. Enfin, beaucoup s'imaginent que Napoléon a l'intention d'abdiquer solennellement en faveur de son fils; ainsi l'Autriche serait obligée de nous le rendre, s'imaginent-ils, et il n'y aurait pas la guerre. Hier soir, chez Mme de Staël, on disait Lucien très partisan de l'abdication, mais personne ne l'estimait vraisemblable. Tout cela est parfaitement ridicule. Un Champ de Mai, tenu en juin au Champ-de-Mars! Les royalistes ricanent; ils ont beau jeu. »

Ce 1er juin, Lise en se levant constata : « La fête sera mouillée. » Il bruinait, effectivement. Lise écrivit un mot qu'elle fit porter, rue de la Chaussée d'Antin, à Claire pour lui demander de venir souper, avec son mari et ses beaux-parents. Le temps se découvrait peu à peu. Vers onze heures, le soleil brillait quand une salve de canon annonça que le cortège impérial quittait les Tuileries. Toute l'artillerie de la capitale se mit alors à tonner. Claude n'avait aucune envie d'aller au Champ-de-Mars, mais, à deux heures après midi, gêné dans son travail par la canonnade persistante, il ordonna d'atteler. « Prenez vos lorgnettes de théâtre, dit-il à Lise et à Thérèse, nous irons à Chaillot. »

La calèche n'y parvint pas sans difficulté. Un grand nombre d'équipages encombraient la colline écrêtée pour construire au roi de Rome un palais, réduit encore à ses fondations. De cette terrasse, on voyait par-dessus la Seine le Champ-de-Mars rutiler comme un tapis aux couleurs éclatantes. Des milliers de soldats se répartissaient en masses rouges, vertes, bleu ciel, bleu sombre, beiges, noires (les bonnets à poil des grenadiers), gris pâle, amarante, jaunes, qui couvraient tout le terrain jusqu'à l'École militaire en partie masquée par des tribunes. A intervalles, éclataient les salves des batteries alignées au bord de la Seine; la fumée s'élevait en rideau, voilant tout, mais le vent la balayait rapidement.

La cérémonie durait depuis midi, et il était trois heures passées lorsque Claude, Lise, Thérèse avaient atteint la terrasse. Peu après, ils aperçurent un bref cortège sortant d'entre les tribunes. Il se dirigeait vers un podium élevé sur le front des troupes. A la lorgnette, ils reconnurent, vêtu d'une étrange tunique rouge clair, Napoléon qui prit place sur la plate-forme. Une foule de porte-drapeau (deux cents au moins) s'échelonnèrent sur les marches, et soudain, tandis qu'explosaient les fanfares, une immense vague étincelante recouvrit le Champ-de-Mars, noyant toutes les couleurs dans la scintillation de l'acier. Les troupes présentaient leurs armes. Un grondement sorti de vingt mille poitrines roula jusqu'à la terrasse de Chaillot : « Vive l'Empereur! » Dominant les drapeaux dont l'étagement formait une longue île tricolore sur cette mer de sabres et de baïonnettes, sa petite silhouette incarnate semblait celle d'un dieu de la guerre.

« Je déteste cet homme, dit Lise en abaissant sa lorgnette, je déteste ces musiques, ces armes, ce barbare enthousiasme. C'est affreux. Partons, je t'en prie, Claude. » Lui-même était offusqué. Quelle différence entre cette apothéose militaire et ce à quoi l'on s'attendait après les décrets de Lyon! Comme Lise, il pensait à leur fils, aux périls qu'Antoine courrait bientôt.

Le soir, après le souper, il y eut à l'hôtel beaucoup de visiteurs. Tous les habitués passèrent. On allait de maison amie en maison amie commenter les événements de ce jour, échanger des opinions, colporter observations et critiques. Claude éprouva l'agréable surprise de voir arriver, avec Merlin devenu ministre d'État, Cambon demeuré à Montpellier depuis 1796 et envoyé à la Chambre des représentants par le département de l'Hérault. Il avait, ainsi que Sieyès, Garat, Rœderer, assisté au Champ de Mai dans la tribune réservée aux membres du futur corps législatif. « Ç'a été, dirent les uns ou les autres, un mélange de tout ce qu'on peut imaginer : une pompe renouvelée du sacre, des costumes théâtraux, une messe pontificale, l'adresse des collèges électoraux, la proclamation des votes, le serment à la Constitution prêté par l'empereur sur les Évangiles, un *Te deum*, enfin la remise des aigles aux délégations des régiments, dont nous n'avons rien vu, du reste, car les tribunes tournaient le dos au Champ-de-Mars; le tout si long qu'on a dû interrompre la distribution des drapeaux pour la terminer une autre fois. L'impression a été généralement mauvaise. La messe, le *Te deum*, le serment sur les Évangiles ont choqué. Napoléon, a-t-on dit, veut rendre au catholicisme sa prépondérance; il refait toutes les fautes de Louis XVIII. Et puis cette mascarade! Pourquoi ce costume d'empereur d'opéra? Joseph, Lucien, Jérôme, en velours blanc, avec les manteaux courts brodés d'abeilles d'or? Tous les Bonapartes ont paru grotesques. Lucien s'en rendait compte; mal à l'aise, il tiraillait son col, ne cessait d'enlever et remettre ses lunettes. Les troupes ont manifesté le plus grand enthousiasme. En vérité, il y en a eu, un moment, dans les tribunes : lorsque David d'Angers a lu l'adresse des collèges électoraux, excellente, patriotique. L'empereur la connaissait, il n'a pourtant pas su y répondre. Il a parlé des souverains coalisés qui méditent de nous enlever les places fortes du Nord et de se partager la Lorraine et l'Alsace. Maladresse, car seul son retour, à lui, leur en offre le prétexte. Pour le reste, il a répété les affirmations si souvent entendues depuis le 20 mars : “Je tiens tout du peuple, ma volonté est celle du peuple, mon honneur, ma gloire, mon bonheur ne peuvent être que l'honneur, la gloire, le bonheur de la France." Comme s'il s'était jamais soucié du peuple! Et la France, à présent, ne semble guère se soucier de lui. Le dépouillement des registres a donné à peine plus d'un million cinq cent mille *oui* et de quatre mille huit cents *non*. Quand on se rappelle les plébiscites précédents, avec leurs trois millions à trois millions et demi de volants, on constate que le pays se désintéresse de la restauration impériale. »

Les représentants se réunirent le lendemain, au palais Bourbon. Ils comprenaient trente-deux des anciens conventionnels, entre autres Lanjuinais, Barère, Cambon, Drouet qui avait été préfet de Sainte-Menehould durant l'Empire, Poulain-Granpré, Ramel et aussi Garat, ex-minitre de la Convention. « Décidément, constata Claude, si j'étais rentré dans l'arène je m'y serais trouvé en pays de connaissance. » La remarque fut encore plus vraie le 4, quand le *Journal de l'Empire* publia la liste des pairs. Parmi eux figuraient Sieyès, Rœderer, Thibaudeau, Quinette, Boissy d'Anglas, Jourdan... et Fernand Dubon avec trois autres amiraux.

Jean Dubon en resta tout suffoqué. Son fils, pair de Napoléon; son gendre, pair de Louis XVIII; et lui, tout aussi dénué de sympathie pour l'empereur que pour le roi! C'était bien là le drame. Comme le disait Gay-Vernon : « Nous ne voulons en vérité ni de Napoléon ni de Louis XVIII, la république est impossible, et le souverain que nous souhaitons ne peut accepter la couronne. De quelle façon en sortir?

— La guerre changera peut-être la face des choses, répliqua Dubon. Sait-on jamais! Moi, je ne renonce pas à la république. »

On sentait très prochain le début des hostilités. La garde impériale était partie, — secrètement, mais comme des gardes nationaux faisaient depuis le 3 au matin le service des palais, ce départ ne laissait aucun doute. Le dimanche 4, l'empereur acheva, aux Tuileries, la remise des drapeaux, tandis qu'avait lieu dans le jardin, sur la place de la Concorde, dans les Champs-Élysées, une grande fête populaire avec chevaux de bois, mâts de Cocagne, orchestres, danses, acrobates, funambules, distributions de vin, de pain et de victuailles. La nuit tombée, les Tuileries s'illuminèrent. On tira un feu d'artifice. La pièce principale figurait le brick l'*Inconstant* ramenant de l'île d'Elbe Napoléon au-dessus duquel étincelait son étoile.

Lise, Claude, Thérèse étaient allés à La Châtenaie passer ce dimanche, beau par extraordinaire comme le vendredi précédent. Bernard pensait que Napoléon se disposait à prendre l'initiative des opérations. « Il ne peut agir autrement, la défensive ne lui est pas permise. Il va certainement fondre sur les coalisés sans leur donner le loisir d'achever leur concentration, et tenter de les vaincre successivement. D'après ce que je sais, il réunit cent vingt à cent vingt-cinq mille hommes aux abords de la frontière belge. Les Anglo-Bataves, commandés par Wellington, en ont environ quatre-vingt-quinze mille stationnés de la mer à Bruxelles. Blücher aurait un peu plus de cent mille Prussiens entre Liège et Namur. Un intervalle de quelque quatorze lieues subsiste donc d'une de ces armées à l'autre. Bonaparte, j'en jurerais, foncera là-dedans pour séparer ses adversaires, selon sa vieille tactique, tomber à droite sur Blücher, l'anéantir en un ou deux jours de combats, puis se jeter à gauche sur Wellington qui, lent, peu manœuvrier, n'aura pas le temps de secourir les Prussiens et sera écrasé à son tour, si toutefois il ne préfère se rembarquer au plus vite. Bien conduite, l'entreprise doit réussir. En ce début de campagne, je vois Napoléon gagnant. Mais ensuite il lui faudra repousser les Austro-Russes, et ce sera une tout autre affaire. »

Au retour, en coupant l'avenue des Tuileries, Claude, Lise, Thérèse s'arrêtèrent un moment à regarder le feu d'artifice. Chez eux les attendait un billet griffonné par Gay-Vernon : « La Chambre des représentants a élu Lanjuinais président. Quel camouflet pour Bonaparte ! Furieux, il menace, prétend Fouché, de la dissoudre. » L'année précédente, Lanjuinais avait été, dans le Sénat, l'un des premiers à proposer la déchéance de l'empereur. Celui-ci, disait-on, aurait voulu faire présider les représentants par Lucien. Ce dont Claude doutait fort. Napoléon eût certainement préféré mettre là un de ses fidèles, peut-être Régnault de Saint-Jean d'Angély. On y plaçait un homme qu'il considérait comme son ennemi personnel.

Néanmoins la Chambre ne fut pas dissoute et elle choisit pour vice-présidents le libéral Flaugergues, Dupont de l'Eure, le général Grenier, La Fayette qui avait refusé la pairie en déclarant : « Je ne vois dans Napoléon qu'un soldat venu de corps de garde en corps de garde jusqu'aux Tuileries. » Chose surprenante, l'empereur ratifia toutes ces nominations, celle de La Fayette comme celle de Lanjuinais. Pourtant il pouvait, constitutionnellement, s'y opposer. Pourquoi tant de tolérance chez lui? Était-il métamorphosé quoiqu'en pensât Grégoire? Ou se souciait-il en ce moment de la guerre seule, et se réservait-il, victorieux, de chasser une fois encore « les avocats », de ressaisir le pouvoir absolu?

Le 7, il se rendit au palais Bourbon où les deux Chambres réunies en une séance solennelle jurèrent devant lui obéissance à la Constitution, fidélité au souverain. Fernand Dubon était arrivé la veille pour participer à cette cérémonie. Elle lui produisit un assez bon effet. « Ce fut bien », dit-il, le soir, en famille. « Sans doute Napoléon a-t-il paru contraint d'abord. Au début de son discours, en prononçant ces mots : "Je viens parmi vous commencer la monarchie constitutionnelle", il n'a pu cacher son irritation. Toute sa figure trahissait la violence qu'il se faisait. Il avait cette toux nerveuse dont les quintes nous annonçaient son humeur, déjà au camp de Boulogne, quand Villeneuve l'exaspérait avec ses lenteurs, ses incapacités. Mais la fin de sa harangue, un appel vraiment émouvant à la discipline patriotique, à l'union, enfin cette affirmation : "La cause sainte de la patrie triomphera", lui ont valu les applaudissements de tous, pairs et représentants unanimes. Il est parti sous les acclamations. Il avait l'air rasséréné, très content. Pour ma part, je le crois sincère, je suis résolu à le soutenir sans restriction. Quant à l'aider! La marine n'en possède aucun moyen. La flotte française compte en tout et pour tout *un* vaisseau en état de prendre la mer. Maudit soit Louis XVIII! J'avais réussi à conserver à Cherbourg quatre frégates, et depuis le 20 mars le ministre Decrès en a fait réarmer sept dans différents ports. Un 74 anglais vient d'en attaquer et capturer une après un sanglant combat, en Méditerranée, l'empereur nous l'a dit tout à l'heure. Cela ne change rien, du reste; réduits à un vaisseau et onze ou dix frégates, nous ne saurions empêcher les Anglais de renforcer comme il leur plaira leur corps expéditionnaire en Belgique, ni d'exécuter une descente sur notre littoral même, s'ils jugent la chose nécessaire. Notre épouvantable infériorité maritime nous rend esclaves. Vous m'estimez bien pessimiste; mais, hélas, une nation qui a sept cent quatre-vingts lieues de côtes, sans la moindre flotte pour en interdire l'accès, est vaincue d'avance quand l'Angleterre se trouve au nombre de ses ennemis. Napoléon contiendra les envahisseurs au Nord, à l'Est, je veux le croire. Que fera-t-il si les escadres britanniques lui jettent en outre trois ou quatre corps de coalisés en Bretagne, en Vendée, à Bordeaux, dans le Midi?

— Décidément, dit Claude, Fouché et Bernard ont raison : il faut nous résoudre au retour de Louis XVIII.

— Pourquoi ça! protesta Jean. Nous ne sommes plus à l'année dernière, l'appareil d'une république est en place aujourd'hui. Si Napoléon tombe, il suffira de changer quelques mots dans la Constitution, de substituer à l'empereur un président désigné par les deux Chambres, de rendre désormais élective celle des pairs. Tout cela peut se réaliser en une seule et simple séance du corps législatif. Les voix n'y manqueront point pour émettre cette proposition. Ne comprend-il pas au moins cinquante des fondateurs de la République française!

— Mais combien parmi eux sont-ils encore républicains? Tu nourris bien des illusions, mon pauvre ami. »

Le dimanche 11 juin, Claude apprit, chez Sieyès, que l'empereur quitterait Paris dans la nuit « pour prendre la tête de ses armées »; il venait de l'annoncer aux délégations des Chambres, sans donner aucun détail, naturellement, sa destination devant rester secrète, quoiqu'elle ne fût pas difficile à imaginer. Des armées, il en existait sept, selon Bernard : six petites, dont l'ensemble n'atteignait pas quarante-cinq mille combattants, réparties sur les diverses frontières — comme l'armée des Pyrénées dans laquelle servait Antoine —, et la puissante concentration de cent vingt-cinq mille hommes entre Sambre et Meuse. L'empereur allait, bien entendu, prendre la tête de celle-ci.

Il partit le 12 à l'aube; on le sut dans la matinée. Après quoi, cinq jours s'écoulèrent lentement, anxieux, pleins de questions auxquelles les chances de la guerre seules fourniraient les réponses. Thérèse rapporta un mot de Mme de Staël : « S'il triomphe, c'en est fait de toute liberté en France; s'il est battu, c'en est fait de toute indépendance. » Au fond de lui-même, Claude continuait à ne pas croire possible la résurrection du despotisme impérial, et craignait bien davantage pour l'indépendance. Bernard, rentré à Paris afin de se trouver plus à portée des nouvelles, passait régulièrement chez Davout qui le voyait avec plaisir malgré la différence de leur position dans les circonstances présentes. D'ailleurs toux deux pensaient à la France avant tout, comme en ces jours de 1793 où Bernard, divisionnaire, confiait au chef de bataillon Davout la mission d'arrêter Dumouriez, en faisant tirer sur lui, au besoin. Et Davout n'avait pas hésité à tirer sur le général en chef. Depuis cette époque, bien d'autres liens unissaient les deux compagnons d'armes, et de plus, en ce moment, leur commune inquiétude. Davout ne doutait pas de Napoléon. « Son plan est admirablement combiné; mais, tu le sais fort bien, attaquer une armée ennemie presque en présence d'une autre, puis se rabattre sur celle-ci, cela exige la perfection dans les mouvements. La moindre erreur dans la transmission ou l'exécution des ordres, le moindre retard, un imprévisible accident peuvent être fatals. Le premier coup de canon tiré, l'empereur n'aura pas plus de vingt-quatre heures pour en finir avec Blücher et se retourner contre Wellington. »

Ces vingt-quatre heures couraient. Le 17 dans la relevée, une lettre, dictée par Napoléon au baron Fain le 15 au soir, informa Davout que ce jour-là l'empereur, avec toute l'armée du Nord, avait forcé, sous Charleroi, le passage de la Sambre, écrasé quatre régiments prussiens, fait quinze cents prisonniers, porté ses avant-gardes à mi-chemin de Namur et de Bruxelles. Donc, ce 17 juin Napoléon était déjà vainqueur ou vaincu. On dormit fort peu chez Claude, comme chez Bernard, la nuit suivante. Le lendemain — encore un beau dimanche après des pluies —, vers neuf heures du matin, la batterie des Invalides tonna. Ainsi, c'était la victoire! Claude se fit conduire vivement place Vendôme, où il ne trouva pas Bernard parti pour le ministère de la Guerre, mais il en revint bientôt : Davout n'y était pas. Claude se rendit chez Fouché. Il se rasait et l'accueillit avec le plus grand calme. « Oui, confirma-t-il, l'empereur semble avoir, le 16, sous Fleurus, battu les Prussiens et même les Anglais. Cela paraît beaucoup à la fois. Il exagère probablement, selon son habitude. Mais enfin un succès n'est pas pour me surprendre. Ne t'ai-je pas dit depuis longtemps qu'il gagnerait une ou deux batailles et perdrait la troisième? »

Au retour, la voiture eut à fendre, sur le quai Voltaire, sur le Pont-National, une foule grossissante. Tout Paris descendait dans les rues, et, sous le soleil, se pressait vers le Carrousel, le Palais-Royal, la place Vendôme, excité, impatient de savoir quel triomphe faisait gronder le canon. Bientôt on entendit des crieurs, brandissant et distribuant un *Extrait du Moniteur :* simple feuille sur laquelle s'étalait une dépêche de six lignes, datée du 16 au soir. Elle annonçait, sans aucun détail, que S.M. l'Empereur venait de remporter, à Ligny, « une victoire complète sur les armées prussienne et anglaise ». A cette nouvelle, la joie, l'orgueil de la revanche éclatèrent. On se congratulait sans se connaître, on s'embrassait.

« Ligny! s'exclama Bernard. C'est là que Jourdan, Saint-Just et moi avons vu, en juin 1794, les Autrichiens lâcher pied devant nous. C'est un village au nord de Fleurus, sur la remontée des pentes vers lesquelles nous avons repoussé les Impériaux. Vingt et un ans!... Mais comment diable les armées prussienne et anglaise se seraient-elles réunies sur cette position? Wellington aurait laissé sans défense tout l'ouest de la Belgique, y compris la route Charleroi-Bruxelles! Je ne puis le croire. »

Pourtant Davout, ce même dimanche, reçut de Soult, major général de l'armée du Nord, une dépêche confirmant « la victoire complète sur les Prussiens et les Anglo-Bataves ». Cette confirmation parut au *Moniteur* le lundi. Or ce jour-là, 19 juin, Bernard eut des nouvelles arrivant du champ de bataille. Elles étaient fragmentaires; leur ensemble fournissait néanmoins une esquisse de la journée. Il y avait eu, en réalité, deux actions, distantes de plusieurs lieues et conduites simultanément, dans la relevée du 16, l'une par Napoléon contre Blücher, sous Fleurus; l'autre par Ney contre Wellington, à l'ouest, sur la route de Bruxelles au lieudit les Quatre-Chemins ou les Quatre-Bras. Ainsi, les choses se concevaient mieux; elles ne correspondaient pas toutefois à l'annonce officielle.

Sous Fleurus, après « des combats d'une extraordinaire sauvagerie », l'empereur avait, « à la nuit tombante », enlevé Ligny et crevé le front prussien. Aux Quatre-Bras, Ney, avec des forces insuffisantes, était difficilement parvenu à contenir les Anglo-Bataves sans pouvoir les enfoncer. Selon le colonel Morin, écrivant le 17 à midi, les Prussiens avaient subi une correction sévère, on estimait leur perte à vingt-cinq mille hommes. « Cependant leur retraite n'évoquait en rien la déroute. A l'extrême droite où je me trouvais, dans le corps du maréchal Grouchy, nous sommes restés, jusque vers minuit, en contact avec des bataillons qui se retiraient en bon ordre à la faveur des ténèbres, faisant tête résolument si on les approchait trop. Il aurait fallu les harceler, on ne nous l'a pas commandé. Pourquoi?... A la vérité, l'empereur montre, dans cette campagne, une surprenante mollesse. Tous les généraux le remarquent; beaucoup s'en plaignent ouvertement, car les soldats leur imputent notre lenteur, et les accusent. Hier, nous avons passé la matinée dans l'inaction. Aujourd'hui, nous pensions marcher dès deux ou trois heures du matin pour parachever notre succès. Pas du tout. L'empereur n'a quitté son quartier qu'à neuf heures, en a consacré presque trois à visiter le champ de bataille, et tout à l'heure seulement s'est résolu à diriger le principal des troupes vers les Quatre-Bras, en détachant le maréchal Grouchy avec trente mille hommes afin de poursuivre les Prussiens dans l'Est, vers Namur. Sont-ils réellement de ce côté? J'en doute. Ceux que nous voyions hier soir allaient droit au Nord. Je me suis permis d'en faire la remarque au général, en lui proposant de pousser par là un ou deux de mes escadrons. Il m'a répondu : "Mon cher colonel, il ne nous appartient pas d'improviser. Conservez vos escadrons réunis, pour agir quand vous en recevrez l'ordre". Je me hâte de terminer. La garde se met en marche, suivant le 6e corps. Nous n'allons pas tarder à entrer dans le mouvement. Mais les Anglais n'ont certainement pas attendu aux Quatre-Bras. En bonne logique, ils doivent chercher dans le Nord une liaison avec les Prussiens, qui restent cent mille, et nous barrer la route devant Bruxelles. On verra bien... »

Quarante-huit heures s'étaient écoulées depuis le moment où le colonel Morin achevait cette lettre. Quelles que fussent les inquiétantes lenteurs dont il s'étonnait, Napoléon n'avait pu mettre plus d'un jour à rattraper et attaquer les Anglo-Bataves. Une bataille devait s'être livrée samedi soir ou dimanche aux abords de Bruxelles. « A moins, ajouta Bernard, que Wellington, après la défaite de Blücher, n'ait filé rapidement vers la mer pour attendre au large l'arrivée des Austro-Russes. Cela correspondrait à sa prudence bien connue. Ce serait d'ailleurs justifié, car il ne saurait, avec son armée hétéroclite, tenir tête à quatre-vingt-quinze mille Français, les trente mille de Grouchy étant à l'écart dans l'Est. Et il ne paraît pas possible qu'en un jour aussi les Prussiens, même incomplètement battus, même s'ils ont retraité au Nord comme le pense Morin, aient été capables de se rallier à Wellington le 17 au soir ou le 18 au matin. Bonaparte a donc, dimanche matin au plus tard, ou bien remporté sur les Anglais la seconde victoire à laquelle s'attend ton ami Fouché, ou bien pénétré dans Bruxelles sans coup férir. Nous l'apprendrons demain. »

Mais le lendemain, mardi, la batterie des Invalides demeura muette. Le *Moniteur* donna pour toute information un récit fantaisite de la bataille de Ligny, dont on n'avait pas encore le bulletin : chose bien singulière. Fernand dit qu'à la Chambre des pairs on s'inquiétait, des bruits alarmistes circulaient. Bernard, s'étant présenté chez Davout deux fois dans la relevée, ne fut pas admis. Il revint chez Claude. « Il y a certainement de mauvaises nouvelles, assura-t-il, on les garde secrètes, Davout ne veut pas me voir parce qu'il ne pourrait me les taire. Tu réussirais peut-être mieux auprès du duc d'Otrante. »

Quai Voltaire, Fouché reçut Claude entre deux portes, l'air affairé. « J'ai promis le silence, comme tous les ministres, dit-il, mais pour toi... Eh bien, Napoléon a été complètement écrasé, dimanche soir, en avant de Bruxelles, par Wellington et Blücher réunis. L'armée du Nord n'existe plus. Joseph nous a lu tantôt une lettre de son frère annonçant la défaite. Il sera ici dans la nuit. Pardonne-moi de te quitter si vite, j'ai du pain sur la planche.

— Que vas-tu faire?

— Tâcher de finir ce que j'ai entrepris; obtenir l'abdication de Bonaparte, préparer la rentrée du roi avec des garanties. Adieu, à demain, viens me voir. »

Une immense tristesse accablait Claude. Certes, la défaite était prévue, mais on espère toujours un miracle. Il ressentait profondément l'humiliation de la France, vaincue pour la deuxième fois, et l'amère absurdité de la situation.

Il ne retourna au ministère ni le mercredi ni les jours suivants. Les débats au Parlement, dont il connaissait la conclusion forcée quelles que fussent les péripéties, ne l'intéressaient pas. Il souffrait, se confinait dans son travail et se bornait à enregistrer les événements. Dès le jeudi, Fouché, manœuvrant les Chambres, poussant La Fayette, Lanjuinais, enleva l'abdication. Il éluda la régence, réclamée par les bonapartistes, en faisant voter l'institution d'une Commission de gouvernement. Le vendredi, il en subtilisait avec une habile désinvolture la présidence à Carnot. Le samedi, la Commission invitait Napoléon à quitter la capitale. Il s'y résigna le lendemain 25 et se rendit à la Malmaison. Pour calmer le peuple, fermer la bouche aux quelques bonapartistes subsistant dans les Chambres, on avait proclamé Napoléon II, mais sans y croire. La plupart des représentants et des pairs voyaient bien où l'on allait. Au contraire de ce qu'escomptait Jean Dubon, pas une voix, ni parmi eux, ni dans les rues, ne prononçait le mot de république. Thibaudeau proclama courageusement : « Si ce sont les Bourbons que l'on veut nous imposer, je déclare que jamais je ne consentirai à les reconnaître. » Carnot et un certain nombre de libéraux s'affirmaient également déterminés contre eux. « Thibaudeau, Carnot, Dupin et autres n'ont rien dans la tête, bougonna Jean. Ne pas vouloir la république, c'est nécessairement vouloir les Bourbons. Et mon propre fils n'ose pas la proposer.

— Je serais hué par la Chambre entière, voilà tout », répondit Fernand.

Le seul sentiment net dans la majorité, au Luxembourg comme au palais Bourbon et à la Commission de gouvernement, c'était une irritation, de plus en plus caractérisée, contre Napoléon. Les rapports militaires, les récits des officiers revenus siéger à la Chambre des députés ou à celle des pairs, une lettre de Ney à Fouché, insérée par le *Moniteur*, révélaient une accablante accumulation d'erreurs, d'inconcevables négligences, de fautes, dans cette lamentable campagne de quatre jours. Non seulement l'empereur n'avait pas, le 16, sous Fleurus — par suite de retards et de mouvements mal réglés —, remporté une victoire décisive, mais en outre pas su, le 17 au matin, profiter de son avantage momentané pour écraser entre lui et Ney l'armée anglo-batave restée aux Quatre-Bras jusqu'à dix heures, tandis qu'il allait à Ligny et à Saint-Amand visiter le champ de bataille. Se retirant avec trois heures d'avance, elle avait pu, au soir, lui couper la route de Bruxelles en prenant de fortes positions sur les pentes et le plateau de Mont-Saint-Jean, devant lequel il était arrivé trop tard pour tenter un assaut. A l'aube du dimanche 18, il en demeurait incapable, car ses troupes, laissées depuis la veille sans ordres de stationnement, s'éparpillaient de la ligne du front à plusieurs lieues en arrière. Pendant qu'elles se concentraient, Wellington renforçait ses défenses, transformait en solides redoutes les fermes de Papelote, de la Haie-Sainte, le château d'Hougoumont. A midi seulement, Napoléon s'était trouvé en mesure de commencer la bataille par une attaque de diversion contre Hougoumont, où toute l'aile gauche avait été inutilement engagée. A deux heures enfin, il ordonnait l'offensive en masse sur le centre anglais. A ce moment, on distinguait déjà, vers la droite, un corps d'armée prussien prêt à déboucher, on apprenait que Blücher, retraitant parallèlement à la route de Bruxelles et non vers Namur, n'avait jamais été à plus de trois lieues et demie de Wellington, et que depuis l'aube il marchait avec toutes ses forces pour le rejoindre. Au lieu de révoquer ses ordres et d'attendre une chance meilleure, l'empereur avait cru pouvoir, en plaçant deux divisions en potence sur sa droite, contenir là les Prussiens le temps d'enfoncer les Anglo-Bataves. Mais, tandis que son propre centre et sa gauche s'usaient dans des assauts désordonnés contre la Haie-Sainte, Hougoumont et le rebord du plateau, les Prussiens recevaient sans cesse des renforts, car Grouchy, trop éloigné dans l'est, n'avait réussi à fixer qu'un seul de leurs quatre corps d'armée. A huit heures du soir, la droite était repoussée sur le centre; en revanche, la déroute s'esquissait chez les Anglais. Mais alors un autre corps prussien se présentait juste à point pour soutenir Wellington. Celui-ci, appelant ses ultimes réserves, passait alors à l'offensive, descendait du plateau pendant que ses alliés déboulaient de l'est. Aux dires des témoins, ç'avait été un chaos effroyable. Les bataillons de l'aile droite, luttant depuis des heures en héros, ne comprenaient pas pourquoi de nouveaux ennemis débouchaient sur eux par là où l'empereur venait de faire annoncer l'arrivée de Grouchy. Ils criaient : « Trahison! Sauve qui peut! » et, entraînant tout dans leur panique, se ruaient vers la route de Bruxelles à Charleroi : seule voie de salut, aucune autre ligne de retraite n'étant prévue en cas d'insuccès. Encore une très grave faute.

Comment Napoléon avait-il pu tomber à un tel degré d'incapacité, d'aveuglement, de confusion mentale? En tout cas, il ne lui restait rien de son génie militaire. Se laisser anéantir par deux généraux très médiocres! On se désintéressait totalement de lui, on voulait oublier cet homme des désastres, n'en plus jamais entendre parler. C'est Davout en personne qui l'avait invité, assez rudement, à s'éloigner de Paris. A présent, la Commission de gouvernement le pressait de quitter la Malmaison pour Rochefort. Deux frégates l'y attendaient; elles le conduiraient en Amérique ou ailleurs, à son choix.

En dépit de son abdication, les hostilités continuaient. Aux offres de négociations, les Alliés répondaient par des fins de non recevoir. Ils n'entendaient pas traiter avant d'être de nouveau dans la capitale pour y dicter leurs conditions. Mais, contrairement à ce qu'ils s'imaginaient, et que l'on avait cru tout d'abord, l'armée vaincue n'était nullement détruite. Dès le 22 juin, Grouchy avait ramené à Givet vingt-huit mille hommes valides et cent canons ou obusiers. Rejoignant Laon, il y trouva vingt-sept autres mille soldats de toutes armes regroupés par Soult. Récupérant encore dix mille attardés, le maréchal Grouchy, nommé général en chef de l'armée du Nord et chargé de la conduire sous Paris, venait d'arriver à La Villette, après avoir gagné de vitesse les Prussiens et les Anglais entre lesquels il s'était glissé habilement, infligeant à Blücher, en cours de route, quelques bonnes gourmades. Le 29 juin au soir, Davout, généralissime, réunissant aux soixante-cinq mille hommes de Grouchy quarante mille tirés des dépôts ou de la garde nationale active, disposait de cent mille combattants pour défendre Paris.

Seulement, fallait-il défendre Paris?... Ni Bernard ni Claude ne le pensaient. A quoi servirait de gagner ici une bataille alors que, dans dix, douze jours, se présenteraient quatre cent mille Austro-Russes, au moins, devant lesquels on devrait finir par capituler? A faire tuer inutilement des braves, à payer plus cher la paix. Fouché s'employait à hâter le retour de Louis XVIII. « C'est la sagesse, hélas! » disait Claude.

Le 30 à l'aube, il fut réveillé par le canon. De nouveau, il s'était inscrit comme volontaire, sans conviction mais par principe. Il alla rejoindre son bataillon, rue Cerutti. On gagna La Villette. Cette fois, les choses ne se présentaient pas comme l'année dernière : une puissante ceinture de fortifications protégeait tout le nord-est. Des marins, avec leurs pièces à longue portée, occupaient les ouvrages. Les soldats-citoyens furent répartis sur les remparts. En avant bivouaquaient les troupes de ligne, dont les grand-gardes s'étendaient au loin dans la plaine des Vertus. Il était six heures. Les Prussiens attaquaient Aubervilliers depuis une heure environ. Bientôt, on le leur céda, car la position ne valait pas la peine d'y perdre du monde. Mais, quand ils voulurent pousser leur avantage, des trompettes sonnèrent sous le rempart. Deux régiments de chasseurs montèrent à cheval. Ils n'eurent pas à intervenir. Les batteries de marine tiraient et leurs boulets, ronflant par-dessus les bivouacs, allaient frapper les colonnes ennemies bien avant qu'elles ne fussent à portée de fusil des grand-gardes. On vit les sombres bataillons se disperser, se reformer en arrière et faire demi-tour. Deux autres attaques, dirigées simultanément contre Saint-Denis et les retranchements du canal de l'Ourcq furent arrêtées aussi catégoriquement. Les assaillants n'insistèrent pas. A huit heures du matin, le feu s'éteignit. Les Prussiens avaient compris qu'ils n'enlèveraient Paris ni par le nord ni par l'est.

La veille, l'empereur était parti pour Rochefort. En théorie, rien n'empêchait plus le retour du roi. Davout en reconnaissait la nécessité, l'urgence, car la France se trouvait envahie de toutes parts. La défaite de Napoléon à Mont-Saint-Jean — les Anglais disaient Waterloo — avait accéléré les mouvements des Alliés sur toutes les frontières. Alors que les Autrichiens, les Bavarois, les Russes suivaient les traces de Blücher et de Wellington, le prince de Wurtemberg assiégeait Strasbourg, le feld-maréchal de Wrède occupait Lunéville, Château-Salins et marchait sur Nancy. Lecourbe devait replier sa minuscule armée sous Belfort. Dans les Alpes, Suchet encerclé demandait un armistice. Vingt-cinq mille Espagnols entraient dans le Roussillon. Une flotte anglaise menaçait Toulon où Brune, avec ses cinq mille hommes, était impuissant. De plus, la guerre civile éclatait çà et là. Dans l'Ouest, une nouvelle chouannerie s'éveillait. Une insurrection légitimiste sévissait au Havre. A Dijon, le peuple tuait les bourbonistes, tandis qu'à Bordeaux, à Toulouse ceux-ci attaquaient la troupe. A Montpellier, une bataille rangée entre citoyens avait fait cent dix victimes. A Marseille, les royalistes venaient de massacrer cinq cents personnes dont plusieurs femmes.

Aussi Davout écrivait-il à Fouché : « Il n'y a pas de temps à perdre, nous devons proclamer Louis XVIII. » Il disait à Bernard : « J'ai vaincu mes préjugés. La plus irrésistible nécessité et la plus intime conviction m'ont déterminé à croire qu'il n'y a pas d'autre moyen de sauver la patrie. » Mais Fouché n'était pas le maître d'agir à son gré. Il fallait compter avec l'armée et avec les Chambres. L'armée voulait se battre, elle criait : « Vive Napoléon II! » Et à mesure que le rappel de Louis XVIII devenait plus indispensable, la majorité des représentants s'y montrait plus opposée. Ce 30 juin, le nom de Napoléon II fut encore une fois acclamé à la Chambre des députés. Le libéral Durbach, dans une improvisation passionnée, s'écria : « Vous déclarerez aux puissances que les Bourbons, qui depuis un quart de siècle portent la guerre en France, sont ennemis du peuple français, et qu'ils sont proscrits de son territoire; vous déclarerez qu'aucune proposition de paix ne pourra être faite ni écoutée si leur exclusion perpétuelle du trône n'est adoptée comme préliminaire et comme condition *sine qua non* de toute négociation; vous déclarerez que les Français sont résolus à combattre à mort pour leur liberté et leur indépendance et qu'ils périront tous plutôt que de supporter le joug humiliant qu'on voudrait leur imposer. »

En lisant ces lignes dans le *Moniteur* du lendemain, Claude sentit vibrer sa vieille fibre jacobine. C'était digne de l'an II. Malheureusement, l'an II se trouvait loin. En ce moment, aux Tuileries, siégeait un conseil extraordinaire convoqué par le duc d'Otrante et comprenant, outre la Commission de gouvernement, les bureaux des deux Chambres plus quelques maréchaux. On y conclut à l'inopportunité de livrer bataille. Claude le sut, le soir, chez Fouché. « Carnot lui-même, dit le duc, a reconnu qu'une victoire différerait seulement la reddition jusqu'à l'arrivée des Autrichiens et des Russes. Cambacérès pour les pairs, Lanjuinais pour les représentants ont entendu cela, il leur faudra bien le digérer. Au reste, on a résolu de réunir un Conseil de guerre qui décidera si l'on doit résister ou capituler. » Mais, toujours de la bouche de Fouché, Claude apprit bien autre chose. Sans vouloir prolonger la guerre, Davout n'entendait pas permettre à l'ennemi d'enlever Paris d'assaut. Avisé, par les rapports des généraux, que les Prussiens, abandonnant aux Anglo-Bataves le soin de tenir le front nord, cherchaient une ouverture dans le sud où n'existait aucune fortification, Davout avait fait frapper sur eux, par le général Exelmans, un coup d'arrêt très brutal. Dans l'après-midi, exécutant une opération impeccablement montée, Exelmans avait, entre Versailles, Saint-Germain, Rocquencourt et Le Chesnay, anéanti toute une division prussienne. Après cela, Blücher serait peut-être plus enclin à la négociation.

Claude s'empressa de porter cette nouvelle à Bernard. La place Vendôme était encombrée par les villageois de la banlieue nord et est, qui, une fois de plus, se réfugiaient en ville avec leurs enfants, leur ménage chargé sur des carrioles, leurs bestiaux. Ils campaient dans la nuit claire et chaude. Bernard connaissait le succès d'Exelmans. « Je m'en réjouis fort, assura-t-il. Rappeler le roi n'empêche pas de taper sur l'ennemi. Il faut tenir les Anglais et les Prussiens à distance jusqu'à ce que Louis XVIII soit rentré dans sa capitale. Alors nous déposerons les armes, de notre propre volonté. Voilà ce que je vais dire au Conseil de guerre. J'y suis convoqué, avec Macdonald et Oudinot. Macdonald ne veut pas y aller, il se ménage. Moi, j'irai. Peu m'importe de me compromettre. J'irai pour servir la patrie. »

Le Conseil s'ouvrit à minuit, au quartier général de Davout, à La Villette. Les réponses aux questions posées sur l'état des fortifications et de l'armement montrèrent que l'on pouvait lutter. S'il n'existait pas de retranchements au sud, une formidable concentration d'artillerie y remédiait. En effet, dans l'espace relativement restreint qu'il avait à défendre, le général Vandamme disposait de quarante-trois pièces à grande portée, d'une forte réserve de pièces de 12, et des quatre-vingts canons et obusiers de ses deux corps d'infanterie. Quant au front nord-est, inattaquable directement, il présentait à lui seul, avec ses quatre cents pièces, plus d'artillerie que les armées prussienne et anglaise n'en possédaient à elles deux. L'approvisionnement en munitions était considérable.

« Tout cela, messieurs, dit Bernard, me met à l'aise pour soutenir mon avis. » Il développa l'opinion qu'il avait exposée à Claude. Le maréchal Soult s'y rangea. « Il convient, déclara-t-il, de rappeler spontanément Louis XVIII et non de nous le laisser imposer par les coalisés. » La plupart des maréchaux et généraux présents opinèrent dans le même sens, mais les jeunes chefs de corps, en particulier Drouet d'Erlon, Lefebvre-Desnouettes, qui s'étaient déjà rebellés contre le roi avant le retour de Napoléon, protestèrent violemment. Le général Pajol s'emporta au point que Davout dut le menacer de le faire arrêter. Vandamme, d'abord très hostile aux Bourbons finit par se rendre aux raisons de ses pairs et de ses supérieurs. Vers trois heures du matin, ce dimanche 2 juillet, Davout leva la séance et se mit à rédiger le procès-verbal pour l'envoyer à la Commission de gouvernement. Bernard était resté. « Je mesure ton sacrifice », dit-il au maréchal prince d'Eckmühl, lorsque celui-ci eut achevé sa rédaction. « Comme généralissime, tu pouvais t'acquérir une grande gloire en battant les vainqueurs de Mont-Saint-Jean. Il serait facile de réussir ici ce que Napoléon n'a pas su faire là-bas, d'écraser successivement Blücher et Wellington deux fois séparés par la boucle de la Seine.

— Parbleu! répliqua Davout. Au lieu de quoi je vais me borner à escarmoucher. »

Il transféra son quartier général sur la rive gauche, à la barrière d'Enfer. Bernard l'y suivit. Les opérations continuèrent toute la journée, se limitant à des combats d'avant-postes, fort meurtriers pour les Prussiens aux ponts de Sèvres et de Saint-Cloud, dont ils ne purent s'emparer. Claude passa la plus grande partie de ce temps à patrouiller dans Paris avec son bataillon. Le bruit d'un retour de Louis XVIII s'était répandu, provoquant une vive effervescence. Des royalistes imprudents avaient été tués boulevard Saint-Martin et à Montmartre. La garde nationale, en masse, rétablit l'ordre.

Le lundi dès l'aube, la canonnade recommença, tout de suite très intense; puis soudain, à sept heures moins le quart, elle se tut. Claude patrouillait comme la veille. Vers midi seulement, ses compagnons et lui apprirent, en regagnant le poste, place des Victoires, qu'il y avait suspension d'armes. Des commissaires se rendaient au château de Saint-Cloud pour négocier avec Blücher et Wellington.

« En réalité, dit Bernard un peu plus tard, il ne s'agit pas de négociations mais d'une capitulation pure et simple. » Il se trouvait à Montrouge, avec Davout en situation d'infliger aux Prussiens une magistrale frottée, lorsque la Commission de gouvernement avait, à six heures du matin, envoyé au généralissime l'ordre de capituler. « Les soldats, les généraux étaient furieux. A juste titre; car, encore quelques heures, et c'est Blücher qui aurait dû demander un armistice. La Commission de gouvernement a commis une faute énorme. Nous voilà loin de ce que je souhaitais, de ce que je recommandais. On ne rappelle pas le roi et on se livre aux étrangers. La pire de toutes les sottises! »

Claude ne vit pas, ce soir-là, Fouché retenu au palais Bourbon où les représentants examinaient, en séance secrète, la convention d'armistice rédigée à Saint-Cloud. Et le lendemain la garde nationale fut sur les dents. La Chambre avait ratifié la capitulation. L'armée, le peuple s'en indignaient. Des groupes se formaient autour d'orateurs de carrefours, qui criaient à la trahison, incitaient à la révolte. Des bandes exaspérées se mirent à parcourir les rues, tirant des coups de fusils, hurlant : « Vive l'Empereur! » La ville prenait son aspect des jours d'émeute; les boutiques, les fenêtres se fermaient. Cependant les gardes nationaux réussirent à empêcher tout désordre grave; il leur fallut veiller toute la nuit. Dans la matinée du mercredi 5, les postes demeurèrent encore doublés. Enfin la discipline l'emporta, chez les soldats. Cet après-midi et le lendemain, ils évacuèrent Paris en grondant de colère, mais sans tumulte. Davout, abandonnant le ministère, avait pris leur tête pour les conduire derrière la Loire, où l'armée devait se retirer.

Louis XVIII était, le 6, à Saint-Denis. Bernard alla le saluer, en reçut le meilleur accueil et revint abasourdi d'avoir croisé dans l'antichambre royale le duc d'Otrante conduit par Talleyrand. Cela n'étonna point Claude. « Fouché, dit-il, achève de réaliser son dessein. Si, d'une façon ou d'une autre, il siège au Conseil, ce sera pour le libéralisme la plus sûre des garanties.

— Oui, mais nous allons payer son portefeuille par l'entrée des troupes étrangères dans Paris », répliqua Bernard avec amertume.

Le lendemain, vendredi, elles occupaient la ville, les Tuileries, le palais Bourbon, le Luxembourg. La Commission de gouvernement, les Chambres durent s'incliner devant le fait et se dissoudre. Le samedi 8, le roi se réinstallait sans pompe au pavillon de Flore, exactement cent jours après l'avoir quitté, comme le nota M. de Chabrol, préfet de la Seine, en accueillant le monarque. Talleyrand était président du Conseil; Fouché, ministre de la Police. Un bataillon prussien bivouaquait en armes au Carrousel, ses pièces braquées sur le Château, mèches allumées.

« Non seulement l'humiliation, mais de plus la menace, dit Bernard. Voilà tout ce à quoi ont abouti les intrigues de ton albinos. Car, pour les garanties, il n'en existe pas devant les canons. Ce sont les coalisés qui feront la loi, non point Talleyrand ni Fouché. Paris a pour gouverneur militaire, au lieu d'un maréchal de France, un général prussien. Je ne supporterai pas cela, j'ai demandé au roi la permission de me retirer à La Châtenaie. »

VII

Dans une déclaration datée de Cambrai, qui parut au *Moniteur* du 9 juillet, Sa Majesté avait promis le pardon aux « égarés », tout en marquant l'impossibilité de ne point frapper les « grands coupables ». Dès les premières séances du Conseil, les ministres eurent à s'occuper de ces coupables.

« Les dénonciations, disait Fouché à Claude, pleuvent des gouttières des Tuileries. » Ni lui ni Talleyrand, ni Louis XVIII au demeurant, ne voulaient de vengeances. Mais la réaction contre la Révolution que l'on avait cru voir reparaître avec « Buonaparté » se déchaînait. Dans le Midi, la Terreur blanche flambait aussi violemment qu'en 95. Dans la Gironde, dans l'Ouest, les royalistes ne se contentaient pas non plus de réclamer des châtiments; ils procédaient eux-mêmes à leurs représailles. Partout, comme en 95 aussi, les émigrés, les prêtres donnaient l'exemple. Les préfets, les commissaires envoyés dans les départements, loin de calmer les fureurs, les encourageaient. A Paris, au pavillon de Marsan, on exigeait trente, quarante, cinquante têtes, des centaines de déportations, des exils par milliers. « Tu n'as pas idée de la stupidité du comte d'Artois, disait Fouché. Excepté Louis XVIII, ces Bourbons sont des crétins. »

Dans le retour de Napoléon, ils voyaient le résultat d'un complot dont on devait exterminer sans pitié les fauteurs. « On va ouvrir la chasse aux maréchaux, proclamait le duc de Berry; il faut en tuer au moins huit. » Le roi tança son neveu, le menaçant, s'il continuait, de lui assigner résidence à la campagne. « *Ils* sont implacables, soupirait le monarque; mais si je les bravais, je n'aurais plus un instant de repos. » Les princes ne participaient plus au Conseil, lequel se tenait chez Talleyrand; Vitrolles, secrétaire d'État, rendait compte au souverain; celui-ci, quand il le jugeait bon, convoquait ses ministres pour travailler avec eux soit individuellement, soit ensemble. L'influence du parti d'Artois s'exerçait néanmoins sur les délibérations, par le canal de Pasquier, garde des sceaux, de Jaucourt, ministre de la Marine, de Vitrolles, depuis toujours l'homme de Monsieur. Les Alliés non plus n'y demeuraient pas étrangers. Bernard avait vu juste. « Pozzo di Borgo et autres diplomates, confia Fouché à Claude, nous déclarent très formellement, de la part de leurs maîtres, que si nous ne punissons pas *ceux qui ont si traîtreusement rompu la paix de l'Europe*, ils prendront le parti de les châtier eux-mêmes. Ils enlèveront, affirme Pozzo, et conduiront en Sibérie tous les hommes *notoirement connus pour avoir participé à ce grand attentat*. On tiendrait tête aux ultras, peut-être, mais pas aux coalisés, avec leurs armées. Il va donc falloir, bon gré mal gré, faire la part du feu, sacrifier quelques-uns pour sauver le grand nombre. Au reste, désigner une cinquantaine de coupables et là-dessus clore définitivement la liste, en annonçant que désormais toutes dénonciations, tous attentats, tous désordres seront réprimés au nom du roi, n'est-ce pas le seul moyen d'arrêter les vengeances? Et je me flatte qu'aucun de ces cinquante ne sera plus ici quand viendra l'ordre de les saisir. Thibaudeau a filé dès le 6. Ney roule vers la Suisse avec les passeports dont je l'ai muni; j'en distribue à tous ceux qui risqueraient d'être victimes.

— Dois-je t'en demander?

— Toi! Assurément non. Tu es resté étranger à l'Empire et n'as joué aucun rôle pendant les Cent-Jours. Nul ne songe à t'inquiéter. »

En effet, le nom de Claude ne figura pas dans l'ordonnance royale qui parut le 25 juillet, contresignée par le duc d'Otrante. Elle comprenait quatre articles. Le premier, déclaration de principe, établissait un distinguo entre les fautes. En raison de quoi, le second traduisait devant un Conseil de guerre Ney, La Bédoyère, Drouet d'Erlon, Grouchy et onze autres maréchaux ou généraux, plus le duc de Rovigo et Lavalette, tous considérés comme ayant « trahi le roi avant le 20 mars ». Ces dix-sept là encouraient la peine de mort. L'article III proscrivait purement et simplement cinquante personnes coupables d'avoir, après le 20 mars, occupé de hautes fonctions ou témoigné leur hostilité à la monarchie légitime. En tête, venaient Carnot, Thibaudeau, Réal, Maret, Regnault de Saint-Jean d'Angély, Barère, suivis de gens fort obscurs à présent, comme l'ex-babouviste Le Pelletier de Saint-Fargeau, les anciens conventionnels Desportes, Garnier de Saintes, l'ex-académicien Arnault. Le quatrième article précisait : « Ces deux listes sont et demeureront closes. Elles ne pourront jamais être étendues, pour quelque cause et sous quelque prétexte que ce soit. »

Certes, Fouché avait activement contribué à la chute de Napoléon — qui, ayant choisi de se livrer aux Anglais, voguait vers Sainte-Hélène. Néanmoins, le nom du duc d'Otrante eût été fort à sa place dans la seconde liste, et l'on estimait odieux que le ministre des Cent-Jours contresignât une ordonnance proscrivant ses propres compagnons. « On ne me comprend pas, dit-il à Claude. Carnot m'en veut furieusement. Je n'y puis rien; il me fallait parapher cette ordonnance ou quitter le ministère, et alors que serait devenue la politique de modération? » Il employait en vérité toute son ingéniosité retorse, toutes ses ressources à contrecarrer les ultras. Il avait, dans le Conseil, obtenu le rappel des commissaires extraordinaires. Il expédia aux préfets les instructions les plus sévères pour réprimer les désordres. Il ne put prévenir l'assassinat du maréchal Brune, massacré en Avignon, ni celui du général Ramel à Toulouse, ni l'exécution de La Bédoyère qui, muni par lui de passeports pour la Suisse, avait eu l'imprudence de s'attarder à Paris; mais, à la fin d'août, il tenait la situation en main. Sûr de lui, il déclarait hardiment aux fougueux royalistes étonnés par sa fermeté : « Rien en dehors du roi et de la nation. Les fonctionnaires, les magistrats qui ne montreraient pas l'énergie exigée par les circonstances, pour faire respecter la charte royale et rétablir l'empire des lois, trahiraient leurs devoirs, les intérêts de l'État et la confiance du roi. » Cette sagesse convenait aux goûts de Louis XVIII, et Wellington, Alexandre approuvaient une politique de modération si nécessaire à la tranquillité de la France, indispensable à la paix en Europe.

L'horrible fin de Brune émut beaucoup Claude, désormais seul de ceux qui se réunissaient, Cour du commerce, à la table de Danton. Santerre était mort en 1809, ruiné une seconde fois. Fréron, peu sympathique mais associé aux meilleurs souvenirs, avait péri de la fièvre jaune à Saint-Domingue. Qu'il semblait loin, le temps des grandes espérances, de l'enthousiasme, de la jeunesse! Et pourtant, il n'y avait de cela que vingt-cinq ans. Claude ne se sentait pas vieilli; il se donnait à sa profession avec autant d'activité, de conviction, qu'autrefois à la politique, au gouvernement de la France; il se passionnait toujours pour un idéal inchangé : celui de l'humanité, de la justice. Dans quelques mois, Lise et lui seraient des grands-parents, et cependant la vivacité de leur amour, voire leurs ardeurs, ne diminuaient pas. Il lui disait : « Jamais je ne parviendrai à me rassasier de toi.

— Je l'espère bien! » répondait-elle, infiniment savoureuse dans sa maturité.

Tout cela disposait Claude à ne point s'étonner lorsque le duc d'Otrante lui annonça qu'il allait se remarier. Fouché, à cinquante-six ans, était amoureux d'une jeune fille de vingt-six : Gabrielle de Castellane-Majastres, apparentée à Barras, mais de plus haute noblesse. Auréolé de quel prestige! et nanti d'une énorme fortune, au reste grand, mince, élégant, le duc avait de quoi plaire. Les plus grandes familles du faubourg Saint-Germain se disputaient l'honneur de lui donner une épouse. En l'occurrence, il n'obéit qu'à son penchant. Gabrielle de Castellane était très jolie, et pauvre.

Comble de faveur, le roi consentit à signer au contrat. Le mariage fut magnifique. Tout réussissait à Fouché. Trois départements : la Seine, la Seine-et-Marne, la Corrèze l'élisaient simultanément à la nouvelle Chambre des députés. Il opta pour Paris. Il semblait au faîte de la réussite. Un mois plus tard, il tombait. Le 15 septembre, Louis XVIII lui retirait le portefeuille de la Police et le nommait ambassadeur à Dresde.

C'est que, distrait peut-être par sa jeune épouse — comme Danton autrefois —, ou peut-être trop sûr de lui, trop dédaigneux, Fouché avait commis la grave faute de laisser Pasquier, Jaucourt, Vitrolles « faire » les élections en agissant sur les préfets, d'ailleurs enclins d'eux-mêmes à la réaction. Résultat : la Chambre allait être composée exclusivement, ou presque, d'ultra-royalistes. Celle des pairs, où Fernand Dubon perdait son siège, et où Bernard reprenait le sien, n'était guère plus modérée. Talleyrand sentait l'impossibilité de se présenter devant elles avec un régicide. Ce serait un haro et la chute inévitable du cabinet. Le prince avait donc lâché son complice et réussi sans peine à détacher de lui le roi, qui appréciait son habileté mais supportait mal sa présence. De plus, la duchesse d'Angoulême, rentrant d'Espagne et près de regagner Paris, affirmait très haut sa volonté de ne pas voir « M. Fouché ». Enfin, Louis XVIII, égoïstement avide d'affection, se prenait un peu plus chaque jour d'une tendresse toute paternelle pour le jeune et beau préfet de police Decazes, et Decazes voulait être ministre. Tout concourait ainsi à la perte de Fouché. Malgré une intervention de Wellington, son renvoi avait été résolu.

Il traîna, eut l'âpre satisfaction d'assister à l'effondrement du cabinet Talleyrand-Pasquier. Il espérait encore un impossible retournement. Menacé de destitution s'il ne rejoignait son poste, il dut partir. Claude le vit encore le 2 octobre. Fouché lui dit avec amertume : « J'ai parlé le langage de la raison à des gens qui ne voulaient entendre que celui des passions; peut-être aussi mes idées étaient-elles trop larges pour les têtes où je désirais les faire entrer. Adieu, mon ami; au revoir je ne sais quand. » Le surlendemain, il quittait la France.

Sa protection n'avait pas plus servi à Ney qu'à La Bédoyère. Au lieu d'utiliser ses passeports et de se réfugier en Suisse, Ney s'était caché, fort mal, dans le Cantal. Dénoncé, arrêté, détenu à Paris depuis les dernières semaines d'août, il allait passer devant un Conseil de guerre, dont Moncey avait refusé et Jourdan fini par accepter la présidence. Le 10 novembre, ce Conseil se déclara incompétent. Le 11, une ordonnance royale chargeait la Chambre des pairs « de procéder sans délai au jugement du maréchal Ney, accusé de haute trahison ». Il y eut cinq séances. Bernard vota le recours à la clémence de Sa Majesté. Quatre parmi ses collègues l'imitèrent. Treize se prononcèrent pour la déportation. Cent trente-neuf pour la mort. Le lendemain matin, 7 décembre, Ney tombait sous les balles du peloton, boulevard de Port-Royal.

Mais le destin d'un homme importait moins à Claude que celui de la nation, et entre-temps, le 20 novembre, avait été signé l'écrasant traité de paix. Grâce à la fermeté de Louis XVIII, à la modération de Wellington, à l'amitié du tsar pour le duc de Richelieu, premier ministre, ce traité se révélait un peu moins féroce qu'on ne le craignait. Il ne démembrait pas la France, comme les négociateurs prussiens l'auraient voulu, cependant il la réduisait aux limites de 89, lui enlevait Philippeville, Marienbourg, une partie de la Lorraine. Elle devait payer une indemnité de sept cent millions et subir, à ses frais, pendant cinq ans l'occupation de cent cinquante mille soldats étrangers. C'était désastreux.

« Voilà, dit Claude avec accablement, ce que nous coûte l'imbécillité des émigrés et des prêtres soutenus par l'imbécillité du comte d'Artois, de la duchesse d'Angoulême, de son mari. Sans leurs sottises, Napoléon ne serait jamais revenu. Peu importe l'argent! Les indemnités, on les paiera. Mais ces territoires, ces cinq cent mille âmes de plus arrachées à la France!... »

On s'apprêtait à lui en ôter quelques autres. Le 12 janvier 1816, une loi bannissait du royaume un peu plus de soixante ex-révolutionnaires, dont Claude lui-même. Violant l'ordonnance du 24 juillet précédent, cette loi, dite d'amnistie, créait une nouvelle catégorie de « coupables » : les régicides qui avaient accepté l'Acte additionnel aux constitutions de l'Empire. Elle les exilait à perpétuité; non point, certes, en raison des institutions établies par cet acte, mais à cause de l'article 67 dirigé contre les Bourbons.

Depuis le renvoi de Fouché et les premières séances de la Chambre, si frénétiquement royaliste que le roi la déclarait « introuvable », Claude s'attendait à quelque chose de ce genre. On entrait dans la réaction à outrance; elle n'épargnerait aucun adversaire, ou ci-devant adversaire, de la royauté. Étant allé, avec Lise et Thérèse, passer le mois d'août en Limousin, il avait avisé ses parents d'une mesure éventuelle contre les hommes de sa sorte, ajoutant qu'il ne faudrait pas la prendre au tragique; elle ne serait certainement pas durable, l'état d'esprit actuel ne pouvant se maintenir. Il n'en avait pas moins quitté son père, sa mère et ses beaux-parents — surtout M. Dupré, entré dans sa quatre-vingt-deuxième année — avec le déchirement secret de les embrasser peut-être pour la dernière fois. En revanche, il reverrait sûrement son fils. Antoine, revenu de l'armée des Pyrénées après avoir donné sa démission, car la carrière militaire ne lui offrait plus aucun avenir, s'initiait à diriger la Manufacture pour y succéder, un jour, à son grand-père; et il courtisait la charmante Juliette Dumas, mais sa mère n'entendait pas la marier avant deux ans. Eux, du moins, comme Claire et son mari, pourraient aller visiter à l'étranger des proscrits. Prudemment, Claude s'était mis à vendre par petits paquets ses rentes. De toute façon, il n'y perdait rien, le cinq pour cent ayant beaucoup monté depuis le retour du roi. Si rien ne se produisait, il réemploirait l'argent ainsi obtenu; dans le cas contraire, il le transformerait en lettres de change aisément transportables et négociables n'importe où.

L'événement le trouva donc préparé. Avec lui, Gay-Vernon, Sieyès, Cambacérès, Roger Ducos, Tallien, Cambon, David, Merlin de Douai, et la plupart des anciens conventionnels encore vivants tombaient sous le coup de « l'anti-loi » comme disait tout bas Lanjuinais qui n'avait pas osé voter contre elle à la Chambre des pairs. Lui, si imperturbable les 31-Mai-2-Juin, si peu sensible aux menaces de Legendre, il tremblait à présent devant les ultras.

Sieyès envisageait de faire tête, de dénoncer un ostracisme inique et de s'offrir en holocauste. « A quoi bon? lui répondit Claude. Si nous pouvions ébranler l'opinion, émouvoir le peuple, inquiéter la cour, oui; mais nous ne sommes plus aux temps héroïques, notre résistance nous vaudrait uniquement des brocards et le ridicule d'être conduits à la frontière par les gendarmes. »

Bernard, qui avait vigoureusement protesté, au Luxembourg, contre cette manière d'aggraver les sanctions prises par le roi, voulut plaider auprès de Sa Majesté la cause de Claude. Aux premiers mots, le monarque l'arrêta. « Mon cher comte, il s'agit d'une loi, et une loi ne souffre pas d'exception. »

Claude n'eût, au reste, accepté aucune faveur. « Je suis solidaire de mes anciens compagnons, dit-il, je dois partager leur sort. » Jean Dubon l'approuvait. Toute la famille n'en était pas moins dans l'affliction. « Allons, allons! dit Claude, ne nous frappons pas. A un moment ou un autre, Louis XVIII devra casser la Chambre; elle rendrait impossible tout gouvernement. Cela changera bien des choses. » Lise et lui pensaient, comme Sieyès et la plupart des proscrits, s'établir à Bruxelles, où se trouvait déjà Thibaudeau. « Si on nous laisse là, nous ne serons guère éloignés de vous. Bruxelles est moitié moins loin de Paris que Limoges; vous viendrez nous voir. »

Mais le roi des Pays-Bas accueillerait-il tous ces révolutionnaires en Belgique où fermentait encore le souvenir de la Révolution? Et le cabinet français tolérerait-il leur séjour si près de la frontière? L'avenir paraissait fort douteux, imprévisible même à beaucoup d'égards. Tout en affichant un bel optimisme pour soutenir le courage des femmes, surtout de Claire, fragile dans sa grossesse, et très affectée, Claude ne se dissimulait pas qu'il allait avec Lise courir bien des hasards. Il supportait mal d'être injustement puni; en signant l'Acte additionnel, n'avait-il pas considéré l'article 67 comme une simple clause de style, sans importance et qui n'empêcherait en aucune façon le retour éventuel de Louis XVIII! Outre le chagrin de quitter les siens, sa demeure, ses amis, il lui coûtait d'abandonner sa profession, son milieu, ce barreau où il s'était élevé aux premières places. Mais il cachait avec soin ces sentiments. Il liquida son cabinet, transmit à son confrère Dupin les affaires en cours et les archives.

Tout d'abord, Thérèse avait résolu de suivre sa sœur; on jugea finalement plus sage qu'elle restât pour le moment rue des Victoires. L'hôtel appartenant à Claire, ne pouvait être confisqué. Thérèse garderait la maison ouverte. Il semblait à Lise et à Claude que, la vie familiale et mondaine continuant chez eux, ils ressentiraient moins l'impression de bannissement. D'ailleurs, si les choses prenaient en Belgique la tournure espérée, Lise reviendrait dans deux mois au plus tard passer quelque temps à Paris, pour les couches de sa fille. On déciderait alors.

Claude alla faire ses adieux à Grégoire. N'ayant pas voté la mort de Louis XVI, ni rempli de fonctions pendant les Cent-Jours, ni accepté l'Acte additionnel, l'ex-évêque n'offrait aucune prise aux ultras. On avait cependant réussi à frapper l'auteur de la fameuse phrase : *L'histoire des rois est le martyrologe des nations*, en lui supprimant les vingt-quatre mille francs de pension qu'il touchait jusqu'en juillet 1815 comme ancien sénateur. Vendant sa bibliothèque pour vivre, il s'était retiré à Auteuil où il subsistait chichement, avec une résignation toute chrétienne.

Le 18 janvier, Lise et Claude, emmenant Gay-Vernon, partirent dans leur propre berline attelée de chevaux de poste. Avec un poignant regret, Claude regardait ces rues jalonnées par tant de souvenirs, ce Paris pour lequel il avait passé des nuits de garde dans le froid, dans la neige, et combattu comme un vrai soldat. En franchissant la rotonde de la Villette, il ne put se retenir de murmurer : « Tout de même!... Tout de même!...

— Eh oui! » soupira Gay-Vernon.

Par Valenciennes, Mons, Braine-le-Comte, ils atteignirent rapidement Bruxelles. Merlin de Douai, Cambon, David, Berlier étaient déjà là, et Vadier que Claude n'avait pas revu depuis vingt ans. Chaque jour amenait son contingent de proscrits. Sieyès arriva le 22. Les derniers furent Cambacérès et Ramel, Ramel de Nogaret, ancien membre du premier Comité de Salut public, ministre des Finances sous le Directoire. Seul, Tallien ne vint pas, son très précaire état de santé lui avait valu l'autorisation de rester à Paris. Certains, comme Brival, ne demeurèrent point. Le malheureux Brival, destitué de son siège à la Cour d'appel de Limoges, en juillet, puis atteint par « l'anti-loi », semblait complètement égaré. « Nous n'irons jamais assez loin, répétait-il. Ils nous frapperont encore, ils nous frapperont toujours. » Il poursuivit sa route vers l'Allemagne où il devait mourir, fou, à Constance. Carnot avait quitté la Belgique dès novembre, il séjournait à Varsovie; Fouché, à Dresde, dépouillé de son titre d'ambassadeur. Barère, Jean de Bry résidaient à Mons. Des premiers exilés, il ne restait à Bruxelles que Thibaudeau, Arnault, Garnier, Le Pelletier. L'ensemble des proscrits n'en formait pas moins une colonie importante; on pouvait craindre que les gouvernements, français ou orangiste, ne voulussent la disperser. Aussi Claude et Lise avaient-ils, dans l'attente, pris pension à l'hôtel où ils étaient descendus, rue de l'Empereur. Là également logeaient Sieyès et Cambacérès avec son secrétaire Lavollée. Mais très vite la surveillance exercée d'abord sur les nouveaux venus cessa. Il apparut qu'ils ne seraient pas inquiétés. Chacun songea donc à organiser son existence.

Sieyès, âgé de soixante-huit ans, n'espérait pas rentrer jamais en France. Il acheta une maison dans la tranquille rue de l'Orangerie, appela auprès de lui son neveu, officier démissionnaire en août, et sa nièce, et reprit avec eux la vie paisible qu'il menait à Paris avant les convulsions de 1814 et de 1815. Claude, pour sa part, se borna simplement à louer, rue de la Blanchisserie, un vaste pavillon dépendant d'un hôtel particulier dont le propriétaire — un gros brasseur d'affaires — était le mari d'une actrice française autrefois célèbre : Mlle Sage. Sous le Directoire, le Consulat, dans la première moitié de l'Empire, Lise et Claude l'avaient souvent applaudie au Théâtre-Français, dénommé alors Odéon. Elle les accueillit en personne dans le pavillon, tout meublé, s'entendit avec Lise pour le linge, poussa même la complaisance jusqu'à proposer à ses hôtes de leur procurer des domestiques.

« Votre extrême amabilité, madame, lui dit Lise, m'encourage à vous poser une question. Comment se fait-il que vous ayez brusquement disparu des scènes parisiennes? J'espère n'être pas indiscrète.

— Pas le moins du monde. Une querelle avec Mlle Duchesnois et, sur un coup de tête je suis partie pour Moscou après la paix de Tilsitt. Les Russes réclamaient des comédiens français. Je suis restée là-bas trop longtemps, car il m'a fallu en revenir avec la Grande Armée. J'aurais infailliblement péri dans cette épouvantable retraite sans les secours d'un des intendants du comte Daru. Il m'a ramenée saine et sauve ici, où je l'ai épousé. Mais savez-vous, madame, que vous me connaissiez bien avant mes succès au théâtre?

— Vraiment! s'exclama Lise, étonnée. Depuis quand cela? »

L'ex-comédienne la regardait d'un air sympathique et rieur. « Depuis le jour de votre mariage. Je suis allée à Thias, vous coiffer pour cette cérémonie, souvenez-vous.

— Par exemple! vous seriez...

— Babet Sage, alors la coiffeuse de votre sœur, l'amie du futur maréchal Delmay quand il travaillait à côté de chez moi, faubourg Manigne.

— Babet! Par exemple, par exemple! J'ai été si jalouse de vous!... Ah! quels souvenirs!... Notre jeunesse! Et quelle coïncidence de nous retrouver, vingt-cinq ans — non, vingt-sept ans — plus tard, si loin de Limoges! Embrassons-nous, ma chère. »

Claude n'y comprenait rien. Il ignorait que la célèbre Mlle Sage fût sa compatriote limousine; il n'avait jamais rien su des amours de Bernard avec elle, et ne se doutait pas qu'il lui devait en grande partie d'avoir pu reconquérir sa femme. En effet, sans ce très physique dérivatif à sa passion pour Lise, Bernard n'eût certainement pas été si réservé envers elle, à Limoges et à Thias, au temps des Etats généraux, de la Grande Peur.

« Eh bien, dit Lise, vous aurez l'occasion de le revoir, notre Bernard. Il ne manquera pas de nous visiter. Je ne l'aviserai pas. Il faut lui laisser la surprise. »

Antoine accourut le premier, confirmant les nouvelles déjà reçues par correspondance : à Limoges chacun se portait bien, la Manufacture rallumait tous ses fours, Juliette était toujours plus charmante; à Paris la grossesse de Claire se développait sans accident et le terme approchait. Au bout de trois semaines, le jeune homme repartit avec sa mère. Gabrielle et Jean Dubon arrivaient pour tenir compagnie à Claude. Fernand avait obtenu le commandement d'une division — bien modeste : une frégate, deux corvettes, deux bricks, « mais tu sais comment il est; peu lui importe, pourvu qu'il navigue » — destinée à reprendre possession des établissements français dans les Indes. Son vieil ami, Jacques Bergeret, remplissait une mission semblable aux Antilles. Une troisième division, menée par la *Méduse*, allait cingler vers le Sénégal. « Si abaissée soit-elle, la France reste encore capable de montrer aux Anglais son pavillon dans nos lointains comptoirs. Même si ce ne sont pas les couleurs nationales, on se sent un peu moins humilié.

— Oui, tu as raison, cela réconforte », dit Claude.

Bientôt, Lise lui annonça l'heureuse délivrance de leur fille. Claire avait mis au monde un garçon. « Un poupon magnifique, avec les yeux de sa mère et les cheveux de son père, écrivait Lise. Tout le monde nage dans la joie; toi seul manques, au bonheur complet, mais on t'amènera notre petit Jean-Claude dès qu'il sera en âge de voyager... Cependant, mon cher ami, j'ai hâte de te rejoindre. Je remonterai en voiture samedi prochain, Thérèse m'accompagnera, nous laisserons la maison à Margot pour l'été... »

Claude alla au-devant de sa femme jusqu'à Mons, où il tomba sur Barère. Fort inutilement dissimulé sous le nom de Roquefeuille, il persistait à demeurer dans cette petite ville, avec sa « gouvernante », Marguerite Lefauconnier, en réalité sa maîtresse depuis longtemps. « Pourquoi ne vas-tu pas à Bruxelles, comme nous tous? lui demanda Claude.

— Plus tard. J'irai plus tard, quand je m'estimerai en sécurité.

— Tu l'es parfaitement », répliqua Claude sans insister. Il gardait un vague attachement pour Barère, à cause de tout ce qu'ils avaient vécu ensemble au pavillon de l'Égalité, mais il ne l'estimait, ne l'aimait toujours pas.

Bernard, Claudine et leurs enfants vinrent passer le mois d'août. Retrouver là Babet n'étonna pas « monsieur le comte », comme elle le qualifia en accompagnant sa révérence d'un sourire amusé. De sa part, rien ne pouvait le surprendre. Même sa transformation physique ne le déconcerta point, car il se rappelait la « maman Sage » et sa débordante maturité. A quarante-cinq ans, Babet, brune de nouveau, le teint laiteux, les yeux verts conservant leur éclat, n'évoquait cependant plus par ses formes la serpentine adolescente du faubourg Manigne et du *Tonneau du Naveix*. C'était une opulente déesse. « Si je pratiquais encore les planches, j'en serais à jouer les Junon », disait-elle avec sa façon de se moquer d'elle-même. Elle avait un fils de quatre ans et se montrait excellente mère. « Il n'y a pas de monsieur le comte, lui répondit Bernard. Je serais heureux que nous continuions à nous tutoyer comme nous l'avons toujours fait. Et, ma chère, je t'embrasserai de bon cœur, si ton époux le permet. Monsieur, vous le savez certainement, votre femme et moi nous sommes élevés ensemble. Rien n'efface une amitié d'enfance. »

Claudine ne s'y trompa point. « A d'autres! dit-elle, tête à tête avec son mari. Telle que j'imagine cette personne quand elle avait vingt-cinq ou vingt-sept ans de moins, vous ne vous êtes pas bornés à l'amitié.

— Ma foi, je ne veux rien te cacher.

— Et tu étais en même temps amoureux de ma tante! Eh bien, monsieur le maréchal, quel Lovelace!

— Je ne vous connaissais pas alors, madame la comtesse. Depuis le jour où tu m'es apparue...

— Oui, oui. N'empêche! je vous tiendrai à l'œil, ta Babet et toi, pour le cas où vous seriez pris d'un revenez-y.

— Parbleu! s'exclama-t-il en riant, tu me donnes là une idée que je n'aurais certes pas eue. Mais hélas je t'ai juré fidélité, et je ne manque jamais à mes serments. Néanmoins, tu as été imprudente.

— Non, mon ami, car je te connais bien, répliqua-t-elle avec tendresse. J'ai voulu plaisanter pour te distraire parce que je te sens triste, au fond de toi.

— Il est vrai. La vue de Babet m'a rappelé son frère, ce pauvre Sage, et aussi Malinvaud. »

Jean Sage, devenu capitaine, et Malinvaud général de brigade, avaient péri tous deux en mai 1809, à Essling, celui-là le premier jour de la bataille, celui-ci le second, au temps où le maréchal Delmay restait inemployé. Il ne pensait jamais sans chagrin à cette double perte : Malinvaud, Sage, ses amis des jours joyeux, à Limoges, ses compagnons du bataillon des volontaires, de Valmy, de Jemmapes, de la campagne d'Alsace, de Fleurus!...

Pour les bannis — hormis Thibaudeau, bien décidé à ne jamais rentrer en France sous les Bourbons —, la grande question résidait dans les dispositions de la cour et du ministère à leur égard. Bernard pouvait y répondre; il voyait presque quotidiennement Louis XVIII, qui l'estimait fort. Sitôt Paris libéré des troupes étrangères, il l'avait replacé au gouvernement de la 1re division. Sa conduite pendant les Cent-Jours, son intervention pour l'immédiat rétablissement de la monarchie légitime, après Waterloo, lui valaient la faveur même du comte d'Artois et de la duchesse d'Angoulême.

Aux proscrits avides de s'informer, il répéta ce qu'il avait dit dès l'abord à Claude et à Gay-Vernon : « On voit avec satisfaction la manière dont vous vivez ici, on en prend bonne idée de votre sagesse, cela servira; mais on ne veut pas encore entendre plaider votre cause. Tant que la réaction dominera, il n'existera aucun espoir de retour. Votre éloignement, néanmoins, ne me semble pas devoir se prolonger longtemps. Richelieu est homme de bon sens, les émigrés l'excèdent avec leurs exigences et leurs rancunes. Quant à Decazes, à la place de Fouché, il pratique exactement sa politique. Sous peu, j'en suis sûr, il obtiendra le renvoi de la Chambre, dont les outrances irritent le roi. Louis XVIII n'entend point laisser les ultras poursuivre leurs agitations et empêcher ainsi la France de reprendre un équilibre si nécessaire à son relèvement. Il veut l'apaisement des esprits et la libération rapide du territoire. Je crois Sa Majesté, Decazes et Richelieu parfaitement capables d'atteindre ces buts.

— Peut-être, monsieur le maréchal, répliqua le vieux Sieyès. Je le souhaite ardemment pour notre patrie, cependant je crains bien qu'un changement de Chambre ne suffise pas à provoquer notre rappel. »

En effet, la « Chambre introuvable » fut dissoute en septembre; les électeurs expédièrent au palais Bourbon une majorité modérée; mais l'hiver, le printemps de 1817 s'écoulèrent sans modifier en rien la situation des exilés. Depuis plusieurs mois, Cambacérès faisait solliciter, à Paris, le gouvernement. Pendant l'été, il se sépara de son fidèle Lavollée pour l'envoyer activer les intercesseurs.

L'ex-archichancelier s'ennuyait à Bruxelles où les seules distractions étaient la promenade dans l'Allée verte, au parc royal, les réunions du dimanche chez Ramel, dans sa belle campagne de Laeken, quelques parlotes au café des Mille Colonnes avec des libéraux bruxellois. La haute société, tout orangiste, tenait à l'écart les hommes de la Révolution et de l'Empire. Entre eux-mêmes, existaient des ostracismes. Les ci-devant « Soixante-Treize » répugnaient à frayer avec les ci-devant « terroristes ». Les purs révolutionnaires, ex-hébertistes ou babouvistes, couvaient des rancunes contre les brumairiens et les « valets impériaux ». Les vieilles divisions subsistaient entre Girondins, Dantonistes, Robespierristes, Thermidoriens. Sieyès, Thibaudeau, Cambacérès souffraient mal Vadier, Choudieu; et Sieyès se gaussait de Cambacérès, ridiculement solennel dans ses propos comme dans ses habits brodés. Claude et David se voyaient très froidement; Claude n'oubliait pas les forfanteries et les couardises de David en germinal et thermidor an II, ni son idolâtrie éperdue pour Bonaparte; et David savait que Claude se souvenait. Les anciens membres du Comité de Salut public ne pardonnaient pas aux anciens membres du Comité de Sûreté générale de les avoir contraints à traduire Danton devant le Tribunal révolutionnaire, l'accentuation de la Terreur, la « Messe rouge », le flot de sang versé pour y noyer Robespierre. Il fallait toute la bonté, tout le tact, toute la souriante et adroite courtoisie de Ramel, pour apaiser les passions, faire régner un semblant d'entente dans ces réunions du dimanche. Mais, quoique ne s'aimant pas, pour la plupart, les uns les autres, une fraternité renforcée par leur sort commun unissait les proscrits. Les riches, comme Cambacérès, Ramel, Claude, Merlin de Douai (Roger Ducos, riche lui aussi, était mort dans un accident de voiture), les aisés comme Sieyès, David, Chazal, Thibaudeau, Cambon, avaient senti le besoin d'aider ceux qui, nombreux parmi eux, se trouvaient presque sans ressources. Une caisse de secours fonctionnait sous la présidence de Cambacérès, avec Ramel pour trésorier; elle fournissait à tous les déshérités de quoi vivre dignement.

Claude ne s'ennuyait pas, à proprement parler; il entretenait une importante correspondance avec les siens et ses amis, Grégoire, Garat, retiré à Bayonne, Rœderer, privé de toutes ses fonctions, Réal, installé au Canada, Fouché, maintenant à Prague où Thibaudeau se disposait à le rejoindre — au vif regret de Lise qui perdait en Mme Thibaudeau une très agréable compagne —, enfin avec d'anciens confrères et Dupin au sujet des affaires laissées en cours. De plus, les visites familiales se succédaient presque constamment. En mai, tous les Gaillot lui avaient amené son petit-fils âgé de treize mois. Et si les relations avec Sieyès, de plus en plus retiré, souffrant, devenaient un peu mornes, en revanche le spirituel et disert Ramel, l'exubérant Cambon mettaient, l'un du charme, l'autre de la gaieté dans l'existence. Cambon était impayable. Non seulement, comme Claude, il tutoyait Cambacérès, mais il l'appelait citoyen. Et l'ex-duc de Parme, qui aimait bien son compatriote montpelliérain, se laissait faire sans rien perdre de sa majesté. Une fois où Ramel s'adressait, selon son habitude, à Cambacérès en ces termes : « Votre Altesse a-t-Elle...

— Que diable dis-tu là, mon cher Ramel, avec ton Altesse! se récria Cambon. Nous sommes la Convention nationale. Il n'y a point d'Altesse à la Convention. »

Néanmoins, en dépit de ces compagnies et de ces occupations, deux nostalgies croissaient en Claude : celle de Paris, celle de son métier, au reste liées l'une à l'autre. De plus en plus, Paris, ses rues, ses places, ses quais, ses ponts, ses foules si vivantes, lui manquaient, et la vie de Paris, les relations, le salon de la rue des Victoires, les maisons amies, le Palais, les Pas-Perdus, les galeries, les Chambres, centre de son existence depuis vingt ans. Il lui fallait la diversité des clients, des affaires, ce renouvellement continuel. Il éprouvait le besoin d'exposer, de convaincre, de défendre. Son esprit, entraîné à débrouiller une cause, à dégager les points d'argumentation, à rechercher dans la jurisprudence de quoi les étayer, à bâtir enfin la charpente d'une plaidoirie, refusait l'oisiveté. La correspondance, les lectures ne lui suffisaient pas, ni même les notes que Claude s'était mis à jeter sur le papier, au fil de ses souvenirs, pour écrire peut-être, un jour, ses *Mémoires*.

L'automne de 1817, l'hiver, le début du printemps de 1818 passèrent encore. Lavollée, toujours à Paris, et Bernard annonçaient pour très prochaine une mesure en faveur d'un certain nombre d'exilés. Brusquement, un soir de mai, Bernard, courant la poste comme en sa jeunesse, arriva tout joyeux. « Ça y est! s'écria-t-il, embrassant Claude et Lise, vous rentrez à Paris, je viens vous chercher. Decazes m'a montré l'ordonnance qu'il allait faire signer au roi, et j'ai pris les devants. Voilà ton laisser-passer. Tu es rappelé, avec Cambacérès, Arnault et huit autres. A mon grand regret, notre bon Gay-Vernon ne figure point parmi ceux-ci. Ni son frère, le général, ni moi n'avons pu l'obtenir. Cependant il y aura bientôt d'autres rappels, plus nombreux. »

Sieyès non plus ne se trouvait pas sur la liste. Claude ressentait autant de gêne que de tristesse à la perspective d'abandonner de si anciens compagnons. Mais, le lendemain, Sieyès lui dit : « Mon ami, ces sentiments sont bien naturels de ta part, néanmoins tu ne dois pas t'y attarder. Nous sommes des fantômes; toi, tu as des enfants, ton absence leur pèse; pense à eux, et tu penseras parfois à nous qui te comprenons fort bien, qui te conserverons toute notre affection. D'ailleurs, pourquoi resterais-tu ici, inutile, quand tu peux reprendre ta noble profession d'avocat, ajouter par ta réputation à l'illustration de notre pays?... »

Claude ne songeait pas à sa réputation; il croyait devoir sa grâce — car ce n'était rien d'autre — aux sollicitations de Bernard. Celui-ci le détrompa. « Sans doute ai-je souvent parlé au roi, à Decazes; n'empêche qu'à l'instigation de Dupin, plusieurs de tes confrères, le bâtonnier, de hauts magistrats, sont également intervenus pour demander le rappel "d'une gloire du barreau", mon cher. Tel est le mot employé dans leur supplique, dont tu trouveras le double à Paris. Tu auras de la besogne pour les remercier tous, les signataires sont en nombre. »

Mais cela dut attendre, car Claude et Lise ne s'arrêtèrent guère à Paris. Ils reprirent bientôt la route avec Thérèse, suivis par le jeune ménage Gaillot, pour aller en Limousin assister au mariage d'Antoine, fixé au 10 juin. La clémence royale avait joué juste à temps. Claude trouva les siens peu changés. Bon-papa Dupré était toujours vert malgré ses douleurs, —il devait au reste durer encore quatorze ans, pour finir paisiblement dans sa quatre-vingt-dix-septième année.

Au retour, rue des Victoires, la vie reprit tranquille et active. Les relations, entretenues par Thérèse, ne s'étaient pas interrompues. Les soirs où elle et Lise tenaient leur cercle, le salon se peuplait de familiers. Dupin rendit à son confrère ses archives en lui disant qu'il les avait toujours considérées comme un dépôt; il lui remit également les dossiers des affaires non terminées. La clientèle se reconstitua rapidement. Tout ce qui manquait à Claude, en Belgique, il le possédait de nouveau, et il en sentait mieux le prix.

En novembre, Sa Majesté gracia vingt-deux autres exilés, dont Gay-Vernon. Il regagna Paris au début de 1819 mais n'y demeura point. On ne le revit plus, car l'ancien curé de Compreignac, ancien évêque constitutionnel de la Haute-Vienne, finit là ses jours en 1822, à Vernon, près de Saint-Léonard. Fouché était mort à Trieste, et Cambon à Bruxelles, en 1820; Napoléon à Sainte-Hélène, en 1821. En 1823, Carnot mourut à Magdebourg; en 1824, Cambacérès dans son hôtel rue de l'Université, et Louis XVIII aux Tuileries.

Le roi avait gouverné avec sagesse, libéré en trois ans le territoire, amélioré la monarchie constitutionnelle, rendu à la France une armée, une marine, des finances prospères, une place honorable dans le concert des nations. Claude le regretta. « Sa disparition, dit Bernard, est un grand malheur pour le pays. Louis XVIII a, dans la mesure du possible, contenu les extrêmes. Ils vont à présent se déchaîner. »

Avec le temps, le comte d'Artois s'était calmé. Couronné sous le nom de Charles X, il ne songeait plus à rétablir l'Ancien Régime; mais il avait été trop longtemps le champion de l'absolutisme et des privilèges pour qu'il fût en mesure de refréner ses vieux partisans. Les émigrés comptaient obtenir enfin la restitution des biens nationaux. Très vite, les ultras et le « parti prêtre » rendirent odieux son gouvernement. Libéraux et royalistes se livraient, au palais Bourbon, des assauts furieux. Le milliard d'indemnité aux émigrés en fut une occasion, entre autres. La Chambre des pairs, libérale dans sa majorité, refusa la « loi du droit d'aînesse » et la loi dite « de justice et d'amour » qui, en réalité, eût supprimé la liberté de la presse. Paris illumina. Le ministère Villèle puis le ministère Martignac se voyaient débordés par la droite et la gauche tout ensemble. « Nous allons, une fois de plus, à un accès de révolution », annonçait Claude dès les premiers mois de 1830. Elle éclata le 28 juillet. Il séjournait depuis deux semaines en Limousin avec Lise et Thérèse.

Ils apprirent là l'abdication de Charles X, la nomination de Louis-Philippe d'Orléans comme lieutenant général du royaume. Quand ils revinrent à Paris, le drapeau tricolore flottait sur les Tuileries, sur les tours de Notre-Dame, et Louis-Philippe Ier était roi des Français.

« Ainsi, constata Claude, voilà réalisé après quarante ans le vœu de Danton et de presque tous les hommes de 90. Les choses en iront-elles mieux? »

Les derniers proscrits rentrèrent, rappelés par une loi que le marquis de Dreux-Brézé combattit passionnément au Luxembourg, et que le duc de Broglie, le maréchal Delmay, l'amiral Dubon — replacé parmi les pairs en 1827, après la bataille de Navarin où il commandait contre les Turcs l'escadre française alliée aux Anglais et aux Russes — firent triompher. Sieyès, Merlin de Douai, Barère, Choudieu, Thibaudeau arrivèrent successivement. Il restait bien peu de survivants. David était mort en 1825, Vadier en 1828, l'excellent Ramel en 1829. Barère quitta bientôt Paris pour se retirer dans son Bigorre natal, avec sa Marguerite. Merlin rapportait un monumental *Répertoire de jurisprudence* qui lui valut d'entrer à l'Académie des Sciences morales et politiques. Claude l'y suivit peu après, avec Daunou, Pastoret, Talleyrand. Sieyès y avait été réinstallé; mais, âgé de quatre-vingt-trois ans, accablé par ses infirmités, il ne siégea pas. Il ne sortait plus. Claude le visitait régulièrement, au 119 rue du Faubourg Saint-Honoré. La plupart du temps, il le trouvait étendu sur un canapé, les yeux clos, murmurant des paroles auxquelles ses proches ne comprenaient pas grand-chose. Claude les entendait fort bien, lui, car il s'agissait de ce qu'ils avaient vécu, jadis. Il lui donnait la réplique. Le vieillard s'animait. Ils évoquaient les temps héroïques, les Etats généraux, la Constituante, la première tentative de monarchie constitutionnelle, la Convention. Sieyès parlait parfois du Directoire; de Bonaparte, du Consulat, de l'Empire, jamais.

Un jour de 1834, Claude, venant ainsi, fut reçu dans l'antichambre par un nouveau valet assez mal dégrossi, qui lui demanda : « Au moins, vous n'êtes pas M. Robespierre?

— Quoi! Robespierre!... Non, mon brave, non pas du tout. Et pourquoi cela, s'il vous plaît?

— Parce que M. le comte a bien recommandé : “ Si M. Robespierre se présente, vous lui direz que je n'y suis pas. ” »

Sieyès était affaibli par une grippe; sa tête s'en ressentait. Il se remit, mais il déclinait de mois en mois. Le 20 juin 1836, il s'éteignit.

Merlin de Douai s'en alla deux ans plus tard, ainsi que Choudieu. Barère, en 1841. Claude et Thibaudeau leur survécurent assez pour voir la monarchie, minée par le lent mais irrésistible cheminement des principes démocratiques, s'effondrer avec Louis-Philippe qui ne sut pas accorder le suffrage universel, la république se rétablir puis tomber, comme la première, entre les mains d'un Bonaparte, neveu de Napoléon. Le 21 novembre 1852, huit millions de votants proclamaient Napoléon III empereur. Le comte Thibaudeau accepta de lui un siège au Sénat.

Claude était alors un vieil homme aux cheveux très blancs, aux yeux bleus pâlis, un peu sourd, mais gardant, en dépit de l'âge, toute sa lucidité. « Décidément, disait-il, l'épreuve n'apprend rien. Ces fous veulent encore un Empire; il débute plus mal que le premier, il finira nécessairement comme lui, dans le sang et les désastres. Faut-il donc toujours tout recommencer!... Clootz prêchait dans le désert, la France ne se guérira pas des individus. Nous nous sommes efforcés de lui donner des serviteurs quasi anonymes, mais elle a besoin de personnalités; il faut à sa passion des Louis XVI, des Necker, des Mirabeau, des Danton, des Robespierre, des Louis XVIII et des Napoléon, pour les idolâtrer ou les haïr, — les idolâtrer et les haïr. Les Français versent leur sang pour la liberté, cependant ils ne l'aiment pas, au fond; il leur convient de dépendre. Ils n'aiment pas les régimes parlementaires, car les citoyens n'ont guère confiance en eux-mêmes, et la démocratie exige trop de leur paresse. Ils trouvent tellement plus commode de s'en remettre à un homme, quitte à lui couper le cou ensuite, ou le renverser, le bannir.

« Au demeurant, ajoutait-il avec une philosophie désabusée, on ne peut plus douter aujourd'hui, après tant d'expériences, que tout système de gouvernement soit un pis-aller. On en voit de passables, temporairement. Il n'en saurait exister de bon.

« N'importe! Malgré nos fautes, malgré la farouche Terreur, nous avons fait progresser l'esprit de justice, et ce progrès-là ne s'arrêtera jamais. »

Paris-Thias-Paris,
mars 1965-mai 1967.

ŒUVRES DE ROBERT MARGERIT

AUX ÉDITIONS PHÉBUS

L'Ile des perroquets, roman, 1984 ; en collection « Libretto », 1999

Le Dieu nu, roman, 1988, Prix Théophraste Renaudot 1951

Le Château des Bois-Noirs, roman, 1989

Les Amants, roman, 1990, préface de Georges-Emmanuel Clancier

La Terre aux Loups, roman, 1997, préface de Georges-Emmanuel Clancier ; en collection « Libretto », 2000

La Révolution, roman (4 vol.)

Tome I : L'Amour et le Temps, 1989 ; en collection « Libretto », 2005

Tome II : Les Autels de la Peur, 1989 ; en collection « Libretto », 2005

Tome III : Un vent d'acier, 1989 ; en collection « Libretto », 2005

Tome IV : Les Hommes perdus, 1989 ; en collection « Libretto », 2005

AUX ÉDITIONS GALLIMARD

Mont-Dragon, roman

Ambigu, nouvelles

Le Vin des vendangeurs, roman

Par un été torride, roman

La Femme forte, roman

La Malaquaise, roman

Waterloo, (coll. « Les Trente journées qui ont fait la France »).

PHÉBUS
libretto

des livres au format de poche
faits pour durer

MARCEL LÉVY
La Vie et moi

JOHN M. FALKNER
Moonfleet

VLADIMIR BARTOL
Alamut

DAPHNÉ DU MAURIER
Le Bouc émissaire
Mary Anne
Le Général du roi

CLAUDE SEIGNOLLE
La Malvenue
Intégrale des Romans et Nouvelles
Les Malédictions ☆
Les Malédictions ☆☆
La Nuit des Halles

JEAN-BAPTISTE LABAT
Voyage aux Isles

T. C. BOYLE
Water Music
La Belle Affaire

W. WILKIE COLLINS
La Dame en blanc
Pierre de Lune
Sans nom
Armadale
Cache-cache

LUDWIG LEWISOHN
Le Destin de Mr Crump
Crime passionnel

DEBORAH SCALING KILEY
Albatros

WILLIAM TREVOR
En lisant Tourgueniev
Ma maison en Ombrie
Lucy

CHARLES MATURIN
Melmoth

AHMAD AL-TIFACHI
Les Délices des cœurs

CHRISTIAN CHARRIÈRE
La Forêt d'Iscambe

VICKI BAUM
Shanghaï Hôtel
Grand Hôtel

HEINRICH VON KLEIST
La Marquise d'O... et autres nouvelles

MARTINE ROFFINELLA
Elle

SHUSHA GUPPY
Un jardin à Téhéran

CHRISTIAN DEDET
La Mémoire du fleuve
Le Secret du Dr Bougrat

GEORGE SAND
Consuelo
La Comtesse de Rudolstadt

OLIVE SCHREINER
La Nuit africaine

MEYER LEVIN
Crime
Frankie et Johnnie

PATRICIO MANNS
Cavalier seul

NEIL BISSOONDATH
Retour à Casaquemada

MAURICE COYAUD
Fourmis sans ombre : le Livre du Haïku

JACK LONDON
Le Peuple d'en bas
Les Enfants du froid
John Barleycorn
(Le Cabaret de la Dernière Chance)
Patrouille de pêche
(Les Pirates de San Francisco)
Le Fils du Loup

Le Vagabond des étoiles
La Route
(Les Vagabons du rail)
Martin Eden
Contes des mers du Sud
La Vallée de la Lune
Le Loup des mers
Avant Adam
Sur le ring
Le Talon de fer
L'Appel sauvage
(L'Appel de la forêt)
Parole d'homme
La Petite Dame dans la Grande Maison
Les Mutinés de l'«Elseneur»
Michaël, chien de cirque
Radieuse aurore

LEO PERUTZ
Le Cavalier suédois
Le Judas de Léonard

CHARLES SIMMONS
Les Locataires de l'été

MIKA WALTARI
Les Amants de Byzance
Jean le Pérégrin

PIERRE MAC ORLAN
L'Ancre de Miséricorde

JAMES MORIER
Les Aventures de Hadji Baba d'Ispahan
Les Aventures de Hadji Baba en Angleterre

La Poésie arabe

JOSEPH O'CONNOR
Desperados
Inishowen

SIR ERNEST SHACKLETON
L'Odyssée de l'«Endurance»

WALLACE STEGNER
Vue cavalière
La Vie obstinée
Angle d'équilibre

ROBERT PENN WARREN
L'Esclave libre

ALEXANDER KENT
Cap sur la gloire
Capitaine de Sa Majesté
Mutinerie à bord
Toutes voiles dehors
En ligne de bataille
Ennemi en vue

HELEN ZAHAVI
Dirty week-end

MAX AUB
Crimes exemplaires

SERGE FILIPPINI
L'Homme incendié

ROBERT LOUIS STEVENSON
La Route de Silverado
Intégrale des Nouvelles (2 vol.)

MATHIEU BELEZI
Le Petit Roi

ANTOINETTE PESKÉ
La Boîte en os

DANIEL ARSAND
La Province des Ténèbres

NORMAN LEWIS
Le Sicilien
Naples 44

Les Mille et Une Nuits, tome I
Les Mille et Une Nuits, tome II
Les Mille et Une Nuits, tome III
Les Mille et Une Nuits, tome IV

GILLES LAPOUGE
Les Pirates

SIR ARTHUR CONAN DOYLE
La Compagnie blanche
Sir Nigel

EDWARD JOHN TRELAWNEY
Mémoires d'un gentilhomme corsaire

PETER FLEMING
Courrier de Tartarie

FAWN BRODIE
Un diable d'homme
Sir Richard Burton ou le démon de l'aventure

SVETLANA VELMAR-JANKOVIĆ
Dans le noir

LOUIS GARNERAY
Corsaire de la République
Le Négrier de Zanzibar
Un corsaire au bagne

Les Aventures de Sindbad le Marin
Les Aventures de Sindbad le Terrien

DANIEL VAXELAIRE
Les Mutins de la liberté

VAMBA
Giannino furioso

ANONYME ARABE
Le Livre des Ruses
La Stratégie politique des Arabes

MATT COHEN
Le Médecin de Tolède

DANIEL DEFOE
Histoire générale des plus fameux pyrates (2 vol.)
I. Les Chemins de Fortune
II. Le Grand Rêve flibustier

NICCOLO MANUCCI
Un Vénitien chez les Moghols

Italia magica

RAFAEL SABATINI
Captain Blood

CHARLES NORDHOFF
J. N. HALL
L'Odyssée de la «Bounty» (3 vol.)
I. Les Révoltés de la «Bounty»
II. Dix-neuf hommes contre la mer
III. Pitcairn

JEAN-PIERRE OTTE
L'Amour au jardin

FRANCISCO COLOANE
Le Passant du bout du monde
Tierra del Fuego

JEAN AICARD
Maurin des Maures

THOR HEYERDAHL
L'Expédition du Kon-Tiki

Le Roman d'Aladin

PATRICK CARRÉ
Le Palais des Nuages

Sublimes paroles et idioties de Nasr Eddin Hodja

MARCEL SCHWOB
Œuvres

KATHLEEN WINSOR
Ambre

SARAH BERNHARDT
Ma double vie

LAURIE LEE
Rosie ou le goût du cidre
Un beau matin d'été

FLANN O'BRIEN
Le Troisième policier
L'Archiviste de Dublin

CHARLES PALLISER
Le Quinconce (5 vol.)
I. L'Héritage de John Huffam
II. Les Faubourgs de l'Enfer
III. Le Destin de Mary
IV. La Clé introuvable
V. Le Secret des Cinq Roses

MARC TRILLARD

Eldorado 51

ANDRÉ DHÔTEL

Lumineux rentre chez lui

Ma chère âme

Un jour viendra

Pays natal

Ce lieu déshérité

Les Premiers temps

Ce jour-là

Le Soleil du désert

JAN VAN DORP

Flamand des vagues

EMMANUEL ROBIN

L'Accusé

ABOU-ABDALLAH MOUHAMMAD AL-NAFZAWI

La Prairie parfumée où s'ébattent les plaisirs

ODETTE DU PUIGAUDEAU

Pieds nus à travers la Mauritanie

FREDERIC PROKOSCH

Ma sauvage Amérique

E. T. A. HOFFMANN

Fantaisies dans la manière de Callot

Le Chat Murr

Contes nocturnes

Les Élixirs du diable

ADALBERT STIFTER

L'Homme sans postérité

MARGARET DRABBLE

La Voie radieuse

JACQUES YONNET
Rue des Maléfices
Chronique secrète d'une ville

SYBILLE BEDFORD
Visite à Don Otavio

MICHEL VIEUCHANGE
Smara
Carnets de route d'un fou du désert

WASHINGTON IRVING
Contes de l'Alhambra

NICHOLAS MONTSARRAT
La Mer cruelle

PAUL DEL PERUGIA
Les Derniers Rois mages
Chez les pasteurs-poètes du Rwanda : chronique d'un royaume oublié

MATHIEU TERENCE
Les Filles de l'ombre

JOSEPH VON EICHENDORFF
Scènes de la vie d'un propre à rien

FREDERIC MANNING
Nous étions des hommes

WANG WEI
Les Saisons bleues

ARMEL GUERNE
Les Romantiques allemands

CATHERINE POZZI
Journal, 1913-1934

HUGO HAMILTON
Berlin sous la Baltique

KEITH RIDGWAY
Mauvaise pente

Cet ouvrage
réalisé pour le compte des Éditions Phébus
a été achevé d'imprimer
en avril 2005
dans les ateliers de Normandie Roto Impression S.A.S.
61250 Lonrai
N° d'imprimeur : 050597

Imprimé en France

Dépôt légal : avril 2005
I.S.B.N. : 2-7529-0082-1
I.S.S.N. : 1285-6002